中国古代文体学

附卷五

近现代文体资料集成

“十二五”国家重点图书出版规划项目
国家出版基金项目

全国高等院校古籍整理研究工作委员会规划项目
上海文化发展基金资助项目

四川师范大学文理学院重点科研项目

中国古代文体学

曾枣庄 著

附卷五

近现代文体资料集成

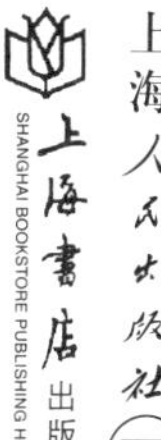

上海人民出版社
上海书店出版社
SHANGHAI BOOKSTORE PUBLISHING HOUSE

目録

近現代

馮　煦

馮煦(1843—1927)字夢華,號蒿庵,晚自稱蒿叟、蒿隱。清末江蘇金壇人。光緒八年(1882)舉人,十二年中進士,授翰林院編修。歷官安徽鳳陽知府、四川按察使和安徽巡撫。辛亥革命後,寓居上海,以遺老終世。少有才名,詩、詞、駢文皆工,參與纂修《江南通志》,著有《蒙香室詞》二卷(一名《蒿庵詞》)、《蒿庵類稿》、《蒿庵隨筆》,輯有《宋六十一家詞選》十二卷等。《蒿庵論詞》並非專著,乃近人從其《宋六十一家詞選》中輯録論詞之言而成書。清初,毛晉有汲古閣彙刊《宋六十一家詞》,馮煦在此基礎上,再加精選,校其訛誤,輯成《宋六十一家詞選》。《詞選》前有"例言",綜論宋名家詞,《蒿庵論詞》即彙此"例言"而成,共有詞話四十四則,一爲評論宋代三十七位名家詞,理論性較强,二是評毛刻本的得失,屬於考據性文字。

本書資料據中華書局1986年唐圭璋《詞話叢編》本《蒿庵論詞》。

《蒿庵論詞》(節録)

宋初大臣之爲詞者:寇萊公、晏元獻、宋景文、范蜀公與歐陽文忠並有聲藝林,然數公或一時興到之作,未爲專詣;獨文忠與元獻學之既至,爲之亦勤,翔雙鵠於交衢,馭二龍於天路。且文忠家廬陵,而元獻家臨川,詞家遂有西江一派。其詞與元獻同出南唐,而深致則過之。宋至文忠,文始復古,天下翕然師尊之,風尚爲之一變。即以詞言,亦疏雋開子瞻,深婉開少游。本傳云:"超然獨騖,衆莫能及。"獨其文乎哉!獨其文乎哉!

周少隱自言少喜小晏,時有似其體製者。晚年歌之,不甚如人意。今觀其所指之三篇,在《竹坡集》中,誠非極旨,若以爲有類小山,則殊未盡然。蓋少隱誤認幾道爲清倩一派,比其晚作,自覺未逮。不知北宋大家,每從空際盤旋,故無椎鑿之跡。至竹坡、無住諸君子出，漸於字句間凝煉求工，而昔賢疏宕之致微矣。此亦南北宋之關鍵也。

龍洲自是稼軒附庸，然得其豪放，未得其宛轉。子晉亟稱其《天仙子》、《小桃紅》二闋云：纖秀爲稼軒所無。今視其語，《小桃紅》褻矣而未甚也；《天仙子》則皆市井俚談，不知子晉何取而稱之？殆與陶九成之稱其《沁園春》詠美人指足同一見地邪？周必大《近體樂府》、黄機《竹齋詩餘》，亦幼安同調也。又有與幼安周旋而即效其體者，若西樵、洺水兩家，惜懷古味薄，濟翁筆亦不健，比諸龍洲，抑又次焉。

古無所謂詞韻也。《菉斐軒》雖稱紹興二年所刊，論者猶疑其僞託，它無論已。近戈氏載撰《詞林正韻》，列平上去爲十四部，入聲爲五部，參酌審定，盡去諸弊，視以前諸家，誠爲精密。故所選七家，即墨守其説，名章佳構，未嘗少有假借。然考韻録詞，要爲兩事，削足就履，寧無或過？且綺筵舞席，按譜尋聲，初不暇取《禮部韻略》，逐句推敲，始付歌板。而土風各操，又詎能與後來撰著逐字吻合邪？今所甄録，就各家本色，擷精含粗，其用韻之偶爾出入，有未忍概從屏棄者，姑舉一二以見例。如：竹山《永遇樂》詞，以"水、袂"叶"聚、去"；竹屋《風入松》詞，以"陰"及"根"叶"晴、情"；龍州《賀新郎》詞，以"悴、淚"叶"路、雨"之屬，皆是。匪獨《老學庵筆記》引山谷《念奴嬌》詞"愛聽臨風笛"，謂"笛"乃蜀中方音，爲不合《中州音韻》也。是在讀者折衷今古，去短從長，固無庸執後儒論辨，追貶曩賢；亦不援宋人一節之疏，自文其脱略，斯兩得之。

沈曾植

沈曾植(1850—1922)字子培，號乙盦，晚號寐叟，别號甚多。清末浙江嘉興人。博古通今，學貫中西，以"碩學通儒"蜚振中外，譽稱"中國大儒"。光緒六年(1880)進士，歷官總理衙門章京等職。1901年任上海南洋公學(上海交通大學前身)監督(校長)，改革舊貌，成績卓著。沈曾植爲書法大家，以草書著稱，取法廣泛，熔漢隸、北碑、章草爲一爐。碑、帖並治，尤得力於"二墨"，體勢飛動樸茂，純以神行，個性强烈，爲書法藝術開拓出新的境界。著述甚豐，有《菌閣瑣談》、《蒙古源流箋證》、《元秘史箋注》、《漢律輯補》、《海日樓詩集》、《海日樓文集》、《海日樓劄叢》、《海日樓題跋》、《辛丑劄叢》、《研圖注篆之居隨筆》、《全拙庵温故録》、《寐叟題跋》、《護德瓶齋涉筆録》等。其《菌閣瑣談》是以論詞爲主的專著。

本書資料據中華書局1986年唐圭璋《詞話叢編》本《菌閣瑣談》。

詞曲用字有陰陽

顧阿瑛《製曲十六觀》，全抄玉田《詞源》下卷，略加點竄，以供曲家之用。於此見元人於詞曲之界，尚未顯分，蓋曲固慢詞之顯分者也。其《第十五觀》云，曲中用字有陰陽法，人聲自然音節，到音當輕清處，必用陰字；當重濁處，必用陽字，方合腔調。用陰字法，如《點絳唇》首句，韻脚必用陰字。試以"天地玄黄"爲句歌之，則歌黄字爲荒字非也，若以"宇宙洪荒"爲句，協矣，蓋荒字屬陰，黄字屬陽也。用陽字法，如《寄生草》末句，七字内五字，必用陽字。以"歸來飽飯黄昏後"爲句歌之，協矣。若以黄昏後歌之，則歌昏字爲渾字非也。蓋黄字屬陽，昏字屬陰也。此一則爲《詞源》所無，然可與彼先人曉暢音律條相證。陰字配輕清，陽字配重濁，此當是樂家相傳舊法，乃與《樂府雜録》段安節所謂上平聲爲徵聲者隱相符會。向嘗疑上平聲爲徵聲，語不可解，若易之曰，陰平聲爲徵聲，則可解矣。（《菌閣瑣談》）

大晟樂

北曲興而詞變，大晟律吕之法，俗樂中蕩然不存，而大常雅樂，元襲宋，明襲元，一綫相沿，未嘗改作。鄭世子之言曰："宋大晟樂，方士魏漢律所造，取徽宗指寸爲律。朱子所謂崇定之際，奸諛之令，黥涅之徒，不足以語天地之和，指反律也。其樂器等，汴破入金，改名大和。金破入元，改名大成。元亡，樂歸於我。今太常所謂雅樂及天下學宫所謂大成樂，蓋漢津之律也。漢津之杜撰，自不能服宋人之心，而金、元以來反遵用之，無敢議其失者，理不可曉。"此鄭世子知明太常樂，襲宋大晟舊法也。《續通考》、《明史・樂志》，皆載十二月按律樂歌，大略與《詞源》合。正月太蔟，本宫黄鐘商，俗名大石，曲名《萬年曆》。二月夾鐘，本宫夾鐘宫，俗名中吕，曲名《玉街行》。三月姑洗，本宫太蔟商（與太蔟本宫黄鐘商同例），俗名大石（當作高大石），曲名《賀聖朝》。四月仲吕，本宫無射徵，俗名黄鐘正徵，曲名《喜升平》。五月蕤賓，本宫姑洗商，俗名中管雙調，曲名《樂清朝》。六月林鐘，本宫夾鐘角，俗名中吕角，曲名《慶皇都》。七月夷則，本宫南吕商（疑當依《詞源》作南吕閏，或南吕角），俗名中管商角，曲名《永太平》。八月南吕，本宫南吕宫，俗名中管仙吕，曲名《鳳皇吟》。九月無射，本宫無射宫，俗名黄鐘，曲名《飛龍引》。十月應鐘，本宫姑洗徵，俗名中吕正徵，曲名《龍池宴》。十一月黄鐘，本宫夷則角，俗名仙吕角，曲名《金門樂》。十二月大吕，本宫大吕宫，俗名高宫，曲名《風雲令》。雅俗諸名，皆用宋世之舊。而中管五調，宋世俗樂所無，獨太常雅樂有之。此明太常樂即宋大晟樂，最顯證也。《明史·樂志》："張鶚言，太常樂黄鐘爲合，似矣。其以大吕爲下四，太蔟爲高四，夾鐘爲下一，姑洗爲高一，夷則爲下工，南吕爲高工之類，皆以兩律兼一字，何以旋宫取律，止黄鐘一均而已？部復鶚奏，稱蕤賓之勾，應鐘之凡，其以字眼配律吕，亦如大晟之法。鶚奏，太廟樂南鐘均用林鐘起調，林鐘畢調，黄鐘均用黄鐘起調，黄鐘畢調。"云云。則朱子所稱張功甫行在譜子，大凡壓入音律，止在首尾二字，明太常樂人猶世守之。淩次仲以起調畢曲爲蔡氏所撰。彼太常樂人，豈嘗讀蔡氏書哉？（《全拙庵温故録》）

一聲叶一字

趙彦肅《十二詩譜》，直以一聲叶一字。朱子辨之，以爲應有疊字散聲，乃合古樂唱歎之自然。考白石《大樂議》，言"紹興大樂，多用大晟，知以七律爲一調，而不知度曲之義，知以一律配一字，而未知永言之旨。"則一聲叶一字，固大晟樂法，周美成、田不伐諸人所定者也。而白石自度諸曲，旁注管色，亦仍一聲叶一字。其二聲叶一字者，不過十分之一。矛盾已説，爲何意乎！諸調皆俗樂，音主流美，尤非《十二譜》雅樂音取古淡比也。然張叔夏《詞源》，却又有"字少聲多難過去"之語。所謂"先須道末後還腔"，即朱子所謂唱者發歌句也。所謂"助以餘聲始繞梁"者，即朱子所謂和者繼其聲也。朱子二語，殆隱括當時謳歌旨要言之。一聲一字則雅樂不永言，字少聲多則俗樂難過度，兩義相違，此疑問亦言樂者亟當研究者也。（同上）

譜　字

《詞源》，管色應指字譜：六、凡、工、尺、上、一、四、勾、合、五，十字，次叙勾，次合上，略與"遼志"同。五不具下高，而一、上、凡皆有尖號，與本書前列《古今譜》字略殊。末有大住、小住、掣、折、大凡、打六號，而白石歌曲《越九歌》後，有《古今譜法》，亦列折字法，折字管色爲ク，白石歌曲旁綴音譜，ク號首首有之，《九歌》亦首首有折字也。陳元靚《事林廣記·總叙訣》曰："折聲上生四位，掣聲下隔一宫，反聲宫閏相頂，丁聲上下相同。"其所謂反聲者，殆即《詞源》六號中之大凡。《詞源》、《謳曲指要》中"反掣用時須急過，折拽悠悠帶漢音"。又云"丁住無牽逢合六"。反掣折丁，得《廣記》相證，語始明白。而《指要》所言者聲，《廣記》所言者字，《管色譜》則列諸音字同條。白石歌曲有以折字當一聲，以叶一字者；有以折字兼一聲，以叶一字者。掣字作ク，丁字作丅。大凡入與尺字人混不可辨，小頓力亦多兼一聲以叶一字。尚有一丨號綴於聲旁者，或疑即大凡異體，加此諸聲於一聲一字之中，又加以大頓小頓疊頓。哩字引濁，囉字清住，乃哩、囉、頓陵喻八犯四犯寄煞諸訣，皆於一聲具諸變化。字少聲多之説，其可以此想像之乎？竊疑所謂"舉本輕圓無磊塊，清燭高下縈縷比，若無含韻强抑揚，則爲念曲叫曲矣"者，乃就一聲言，非以全體言。燕南芝庵論曲，與《謳曲指要》相出入。彼言凡歌一聲（歌一聲，歌一名，分二條），聲有四節，曰起末，曰過度，曰揾簪，曰攧落。所謂一聲，即一聲叶一字之一聲也。歌一聲而有四節，又雜以頓住反掣折丁諸節度，焉得不字少聲多。後世舉四節諸法，皆以工尺記之，故宋世之一字配聲少而後世配聲多，宋世一聲具諸節度，而後世但有工尺無諸節度也。（俗樂具此諸節度，誠永言之盡態極妍者矣。雅樂無此，所謂無含韻而念曲者也。姜氏非以一聲配一字爲非，意或欲以四節助永言耳。熊朋來《瑟譜》云："姜氏作《越九歌》，擬楚《九歌》，且自爲之瑟譜。瑟譜，雅樂也。而《越九歌》折字甚多，是姜氏誠能用俗樂節度于雅樂矣。"蔡條《鐵圍山叢談》："樂曲有均有韻。均者宫徵商羽角，合變宫、變徵爲之，此七均也。所謂韻者，凡調各有韻，猶詩律有平仄之屬，所謂韻也。"按：蔡氏所言之韻，即張氏若無含韻之韻也。淩次仲知韻之由字譜不由平仄，而不能指所謂猶詩平仄者何物。若以一聲中四節當之，則了然明白。四節復緯以四字，則每調之韻，自有區别，不必神瞽而後能聽。毛氏之掊擊起調畢曲，亦可不必矣。）（同上）

字譜昉自唐人

陳暘《樂書》卷一百五十七，論曲調曰："清樂盡於開元之初，十部亡於僖昭之末。流及五季，惟讌樂飲曲存焉。聖朝承末流之弊，雅俗二部，惟聲指相授，按文索譜。故音曲之變，其異有三。擬樂府者作爲華辭，本非協律，詩樂分二，去本浸遠。此一異也。古者樂曲，詞句有常，或三言四言以制宜，或五言九言以授節，故含章締思，彬彬可述。辭少於聲，則虚聲以足曲，如相和歌中有伊夷吾邪之類，爲不少矣。唐末俗樂，盛傳民間，然篇無定句，句無定字，又間以優雜荒豔之文，閭巷諧隱之事，非如《莫愁》、《子夜》，尚得論次者也。故自唐以後，止於五代，百氏所記，但記其名，無復記辭，此二異也。古者大曲咸有辭解，前豔後趨，多至百言。今之大曲，以譜字記其聲折，慢疊既多，尾遍又促，不可以辭配焉。此三異也。"按：暘書多引唐人舊籍，若趙耶利、李冲之《琴學》，《大周正樂》、《唐樂圖之器象》，《通志》：《大周正樂》一百二十卷，無撰人。《宋志》：《大周正樂》八十八卷。注：五代竇儼訂論。皆沈存中、王晦叔所未見。其他亦多本唐人遺説，惜其不盡著所出也。據此條稱宋承唐五季流弊，"雅俗二部，惟聲指相授，案文索譜"。則知管色字譜遠自唐傳。白石歌曲傍注，蓋仿唐人按文索譜舊式。世謂字譜始宋人，誤也。讌樂飲曲，文譜相承，而猶有篇無定句、句無定字之弊，於《花間》小令，字句多參差可徵之。詞家不爲音家束縛類然。景祐以後，乃漸齊一矣。抑《花間》多蜀詞，宋初教坊樂工，得之西蜀者多。歐陽炯所敘録，意固蜀伶工所私記者耶？《崇文總目》："周優人《曲辭》二卷，周吏部侍郎趙上交、翰林學士李昉、諫議大夫劉濤纂録燕樂優人之曲辭。"此五代中原詞選，惜其不傳。

《樂書》敘雅琴，稱"太宗皇帝因大樂雅琴，更加二弦，召錢堯卿按譜，以君臣文武禮樂正民心九弦，按曲轉入大樂，十二律清濁互相合應。御製《韶樂集》中有《正聲翻譯字譜》，又令鈞容班部頭任守澄並教坊正部頭花日新、何元善等注入唐來讌樂半字譜，凡一字先以九弦琴譜對大樂字，並唐來半字譜，並有清聲。今《九弦譜》内，有《大定樂》、《日重輪》、《月重明》三曲，並御製《大樂乾安曲》。景祐《韶樂集》内《太平樂》一曲，譜法互同，他皆仿此。可謂善應時而造者也。"按：此所稱唐來讌樂半字譜，尤足爲唐人管色字譜顯證。太宗《九弦琴譜》、景祐《韶樂集》，蓋皆辭與譜並載者。又可知白石《越九歌》、琴曲所祖述矣。（同上）

詞變爲曲之關鍵

芝庵論曲，玉田論詞，似不可並爲一談。然詞曲相沿，其始固未嘗有鴻溝之畫。愚意"字少聲多難過去"七字，乃當爲詞變爲曲一大關鍵。南方沿美成一派，字句格律甚嚴。北方於韻，平仄既通，於字少聲多之難過去者，往往加字以濟之。字少之詞，乃遂變爲字多之曲。哩、囉在詞爲虛聲，而在曲爲實字。最顯證也。此端自柳耆卿已萌芽，《樂章集》同一調而不同字數者劇多。彼蓋深諳歌者甘苦，又其時去五代未遠，了知詩變爲詞，即緣字少聲多之故。既演小令爲慢詞，遂不惜增減字句，以除磊塊，使無大晟之整齊，美成之嚴謹，詞化爲曲，不必待却特殊時代矣。然芝庵論曲，尚有添字病一條。去宋未遠，猶知方便非正則也。厥後以院本爲曲之正軌，而添字諸病，乃不復以爲病矣。張小山小令，添字甚少。（同上）

芝庵论曲术语

芝庵論歌之格調，"頂疊垛换"之"頂疊"，即《廣記・寄煞訣》"輪頂兩斯頂"之"頂"，亦即《詞源》"丁住無牽逢合六"之"丁"。《總敘訣》"丁聲上下相同"之"丁"也。"縈紆牽結"之牽，即"丁住無牽"之"牽"。"敦拖嗚咽"之"拖"，即《詞源》"聲拖字拽"之"拖"。敦即《寄煞訣》"敦指依數行"之"敦"也。《詞源》無敦字，而"大頓聲長小頓促"句下注云：

“頓，都昆切。”則頓字即敦字也。歌之節奏，有停聲，有待拍，即《詞源》“停聲待拍慢不斷”也。有偷吹，有拽捧，拽即“折拽悠悠帶漢音”、“聲拖字拽疾爲勝”之拽，又即“丁抗掣拽”之拽也。凡歌一聲，聲有四節。曰起末，即《詞源》“舉本輕圓”之“舉本”。曰過度，即“字少聲多難過去”之“過去”也。凡歌一句，句有聲韻，一聲平，一聲背，一聲圓，平即《詞源》“腔平字側”之“平”，圓即“舉本輕圓”之“圓”也。凡一曲中各有其聲，曰敦聲，曰抗聲，抗聲即《詞源》“抗聲特起直須高，抗與小頓皆一掯”也。凡歌有三過聲，曰取氣，即《詞源》“忙中取氣急不亂”之取氣。曰换氣，即《詞源》“拗則少入氣轉换”之氣轉换也。他若謂調有子母，有姑舅兄弟，有字多聲少，有字少聲多，既與《詞源》“字少聲多難過去”相證，又與白石徵爲子母調之説相證。放掯兒、明掯兒、暗掯兒、長掯兒、短掯兒、碎掯兒，則皆《詞源》七敲八掯之作用也。芝庵蓋金、宋間人，故所用術語，猶與詞家承接。而詞、曲遞嬗之節，亦可於此尋之。（以上《蕙閣瑣談》附録一《海日樓叢鈔》）

胡薇元

胡薇元（1850—约 1920）字孝博，號詩舲、石林、壺庵，别號玉居士、七十二峯隱者。清末大興（今北京）人，祖籍山陰（今浙江紹興）。光緒三年（1877）進士，任廣西天河知縣，後改官四川寧遠西昌，調重慶涪陵。光緒廿六年（1900）後調陜西，後任陜西興安、鳳翔、同州知府等。辛亥（1911）後，被革命黨拘禁二十多日，爲清守臣節不屈，作絶命詩明志。放歸後潛蜀中，居前賢百梅亭舊宅，自稱“百梅亭長”。著有《壺庵五種曲》、《夢痕館詩話》、《歲寒居詞話》及影響巨大的《公法導源》等。

本書資料據中華書局 1986 年唐圭璋《詞話叢編》本《歲寒居詞話》。

《歲寒居詞話》（節録）

《珠玉詞》與《小山詞》（節録）

晏元獻殊《珠玉詞》，集中《浣溪沙・春恨》“無可奈何花落去，似曾相識燕歸來”，本公七言律中腹聯，一入詞，即成妙句，在詩中即不爲工。此詩詞之别，學者須於此參之，則他詞亦可由此會悟矣。

《碧雞漫志》

《碧雞漫志》，宋王灼撰。是編上自古初，至唐、宋聲韻遞變之由，次列《凉州》、《伊州》、《霓裳羽衣曲》、《甘州》、《渭州》、《六么》、《西湖》、《楊柳枝》、《喝馱子》、《蘭陵王》、

《虞美人》、《安公子》、《水調歌》、《萬歲樂》、《河滿子》、二十八調，一一溯其緣起沿革。《三百篇》餘音，變爲樂府歌辭，及唐中、晚，詞亦萌芽，而歌詩之法絶，詞乃大盛，然猶播爲管弦。灼乃核其名義，正其宫調，以著倚聲之所由始。迨金院本既出，歌詞之法亦亡，明以來遂變爲文章之事，而非律吕之事矣。

詞　韻

宋元以來，作者雲興，但有製調之文，絶無韻選之事。嘉慶時，秦敦夫取阮文達《詞林韻釋》，名曰菉斐軒，而不知即元人所刻之《中原音韻》北曲韻，非詞韻也。道光初，戈順卿刊《詞林正韻》，用古韻平、上、去與入聲分隸，以意爲之，非紹興二年《詞林要韻》之舊也。至清初，趙鑰、曹亮武、李漁所刊《詞韻》，曲韻耳。《文會堂詞韻》，則平、上、去用曲韻，入聲用詩韻，亦未盡合。許昂霄、程名世、吴烺、鄭春波之學宋齋、緑漪亭，尤雜駁不可從。

詞韻與詩韻異

詞韻與詩韻異，以三聲併入入聲，可合可分有定也。以切音分類，各有界限，不可妄爲删並。

詞韻多南方脣音

詞韻多南方脣音，如晏幾道《梁州令》"莫唱陽關曲"，曲作邱雨切，叶魚虞；柳永《女冠子》"樓臺悄似玉"，玉作于句切；《黄鶯兒》"兩兩三三修竹"，竹字張汝切；辛稼軒《醜奴兒慢》"過者一霎"，霎作雙鮓切是也。

詞忌落腔

詞忌落腔，姜堯章云："十二律住字不同。"沈存中《筆談》，燕樂二十八調，殺聲住字，起調畢曲，有一定不易之則。楊守齋《作詞五要》，如越調《水龍吟》、商調《二郎神》，皆合用平入韻。守齋名纘，即白石所稱紫霞翁，洞曉音律，與草窗論五凡工尺義理之妙，未按管色，已知其誤。唐段安節《樂府雜録》，五音二十八調，平聲羽七調，上聲角七調，去聲宫七調，入聲商七調，上平調爲徵，有聲無調，故止二十八調。如越調之《霜天曉角》、商調《憶秦娥》、高平調之《江城子》、中吕宫之《柳梢青》、仙吕宫之《聲聲慢》、大石調之《看花回》、小石調之《南歌子》，用仄皆宜入聲。《滿江紅》平入南吕，入則仙吕。越調犯正宫之《蘭陵王》，仙吕犯商調之《淒凉犯》，林鐘商之《一寸金》，南吕商之《浪淘沙慢》，皆宜用入聲，而不可用上去也。

林　紓

林紓(1852—1924)原名羣玉、秉輝,字琴南,號畏廬、畏廬居士,别署冷紅生。晚稱蠡叟、踐卓翁、六橋補柳翁、春覺齋主人。室名春覺齋、煙雲樓等。清末福建閩縣(今福州)人。近代著名文學家、小説翻譯家。光緒八年(1882)舉人,官教諭。考進士不中。二十六年,在北京任五城中學國文教員。所作古文,爲桐城派大師吴汝綸所推重,名益著,因任北京大學講席。辛亥革命後,入北洋軍人徐樹錚所辦正志學校教學,推重桐城派古文。後在北京,專以譯書售稿、賣文賣畫爲生。早期思想進步,主張改革兒童教育,興辦女子教育,宣傳愛國思想;後來轉向保守,跟他始終主張維新、忠於清光緒帝的立場有關。林紓是我國最早翻譯西方文藝作品的人,雖然不懂外文,却能依靠别人口譯,用文言文翻譯了歐美等國小説一百八十餘部。工詩、古文辭,復肆力於畫。除翻譯小説外,文著有《畏廬文集》、《續集》、《三集》;詩有《畏廬詩存》、《閩中新樂府》;自著小説有《京華碧血録》、《巾幗陽秋》、《冤海靈光》、《金陵秋》等;筆記有《畏廬漫録》、《畏廬筆記》、《畏廬瑣記》、《技擊餘聞》等;傳奇有《蜀鵑啼》、《合浦珠》、《天妃廟》等;古文研究著作有《韓柳文研究法》、《春覺齋論文》、《左孟莊騷精華録》、《左傳擷華》等。《春覺齋論文》是其在京師大學堂授課的講義,集中探討了古文審美藝術的諸種内涵與形式,其中尤以意境論最具特色。林紓以"意境"爲"文之母",以"真"爲核心,以高潔誠謹爲上,以詩書、仁義及世途之閱歷爲造境不可或缺之前提,最終塑造兼具"海闊天空氣象"與"清風朗月胸襟"的審美至境。同時,林紓也還是將意境論移至古文並進行具體闡述的第一人,其理論是對中國古典意境論的一個極其重要的深化與擴展,在中國古典散文審美發展史上具有重要意義。

本書資料據人民文學出版社 1959 年版《春覺齋論文》。

流别論

一

《文心雕龍·辯騷篇》曰:"酌奇而不失其真,翫華而不墜其實。"是言真知《騷》者也。枚、賈得其麗,馬、揚得其奇,此私淑者之徑造其室也。然其敘情怨,述離居,論山水,言節候,綜此四者,披而讀之,瞑目遐想,良有不可自解者。

少時喜誦《九章》,謂怨悱不可申愬者,無如《惜誦》之文曰:"忠何罪而遇罰兮,亦非余心之所志。行不羣以顛越兮,又衆兆之所咍(呼來切)。紛逢尤以離謗兮,謇不可釋。情沈抑而不達兮，又蔽而莫之白。心鬱邑余侘傺兮，又莫察余之中情。固煩言而不可結詒兮，願陳志而無路。退靜默而莫余知兮，進呼號又莫吾聞。"其曰"莫之白"，曰"莫察"，曰"無路"，曰"莫吾聞"，積沓而下，不外一意，胡以讀之不覺其沓？由積愫莫伸，悲憤中沸，口不擇言而發，惟其無可伸愬故沓，惟沓乃愈見其衷情之真。若無病而呻，爲此絮絮者，便不是矣。

《涉江》之詞曰："哀南夷之莫吾知兮，旦余濟乎江湘。乘鄂渚而反顧兮，欸秋冬之緒風。步余馬兮山皋，邸余車兮方林。乘舲船余上沅兮，齊吴榜以擊汰。船容與而不進兮，淹迴水而疑滯。朝發枉渚兮，夕宿辰陽。苟余心其端直兮，雖僻遠之何傷？入溆浦余儃佪兮，迷不知吾所如。深林杳以冥冥兮，猨狖之所居。山峻高以蔽日兮，下幽晦而多雨。霰雪紛其無垠兮，雲霏霏而承宇。哀吾生之无樂兮，幽獨處乎山中。吾不能變心而從俗兮，固將愁苦而終窮。"此一段，真所謂述離居，論山水，言節候，悉納於小小篇幅中矣。夫惟朝廷之莫己知，遂涉江而逝。然秋冬之風撲面，迴顧國都，已在蒼蒼莽莽之中。秋水漫天，楚江日暮，自枉渚至辰陽，初無托足之所，於是深林猨狖，雨雪凄迷，其中着一去國之孤臣，不特此身不可安頓，即此心亦寧有安頓之處？又知國家衰敗，斷無容己之人，即一己亦不願變心而從俗。不待讀《涉江》全文，只此小小結搆，靜中思之，在在咸足悲梗。

乃知《騷經》之文，非文也，有是心血，始有是至言。賈誼、劉向作《惜誓》、《九歎》，皆有所感，故聲悲而韻亦長。東方、嚴忌諸人習而步之，彌不及矣。後人引吭佯悲，極其摹仿，亦咸不能似，似者唯一柳柳州。柳州《解祟》、《懲咎》、《閔生》、《夢歸》、《囚山》諸賦，則直步《九章》，而《宥蝮蛇》、《斬曲几》、《憎王孫》，則又與《卜居》、《漁父》同工而異曲。惟屈原之忠憤，故發聲滿乎天地；惟柳州之自歎失身，故追懷哀咎，不可自已：而各成爲至文，即劉勰所謂真也，實也。不實不真，佳文又胡從出哉？

二

"賦者，鋪也。鋪采摛文，體物寫志也。"一立賦之體，一達賦之旨。爲旨無他，不本於諷諭，則出之爲無謂；爲體無他，不出於頌揚，則行之亦弗莊。然其發源之處，實沿《三百篇》而來。至《楚辭》出，局勢聲響，始洪大而激楚。故有以《騷》爲體者，亦有以對偶、排比爲體者，雖極于雕畫，苟不定以旨趣，均不足以傳播于藝林，馳騁于文圃。

彦和稱當時英傑，但有十家，（荀况、宋玉、枚乘、相如、賈誼、王褒、孟堅、平子、子雲、延壽也）太冲諸人不與焉。鄙意謂足與《兩都》抗席者，良爲平子之《兩京》。東漢自光武及和帝，均都洛陽，西都父老頗懷怨望，故孟堅作《兩都賦》，歸美東都，以建武爲發端，詳叙永平（明帝年號）制度之美，力與西都窮奢極侈之事相反，以堅和帝西遷之心。雖頌揚，實寓諷諫。平子之叙西京，尤侈靡無藝：首述離宫之妍華，次及太液之三山，又次及于水嬉獵獸，雜陳百戲，百戲不已，又叙其徽行，及歌舞靡曼之態，縱恣極矣。一轉入東京，則全以典礼勝奢侈。孟、張二子，皆抑西而伸東，以二子均主居東者也。左思仍之，故《三都》之賦，力排吴、蜀，中間貫串全魏故實，語至堂皇。以魏都中原，晉武受憚即在于鄴，此亦班、張二子之旨。至于《子虚》、《上林》、《甘泉》、《羽獵》，或行以精悍之思，或出以雋冷之語，爲賦家之聖手，此美不勝美，議無可議者。《靈光》峭勁，爲力頗殫；《景福》條暢，承勝微緩；下及玄虚之賦海，景純之賦江，或以渾淪勝，或以徵實勝：要皆不易之才，非等斤斤于草區禽族、庶品雜類中，極雕鎪组織之工也。

齊、梁多小賦，固有是病，然麗詞雅義，亦不可盡没。至于子山《哀江南賦》，則不名爲賦，當視之爲亡國大夫之血淚。（以徐、庾二家另詳于《流别論》中，故不之論）六朝以降，小品逾多。宋人以賦取士，破題竟有定格，如“蛇不難斬，君宜灼知”之類，幾成笑柄。先朝館賦，格律較嚴，然多以詩句命題，以水濟水，聲響皆劣。今日科舉一變，乃並此區區者亦絶響矣。

雖然，當此風雅銷沈之後，吾輩措大，無益于國，然能存此國粹，爲斯文一綫之延，則文章、經濟，雖分二途，即守此一途，於世亦無所梗。是在好古之君子加之意耳。

三

頌者，“敷寫似賦，而不入華侈之區；敬慎如銘，而異乎規戒之域”。讚者，“約舉以盡情，昭灼以送文”。蓋頌之爲言，容也；讚之爲言，明也。

《商頌》、《魯頌》，用之以告神明，若《原田》、《裘韠》，一出諸野夫之口，一用爲刺譏之辭。至訓“頌”爲“誦”，此頌之變體也。三閭《橘頌》，則覃及細物，又爲寓懷之作，非頌之正體。於是子雲、孟堅，用之以美趙充國、竇融，已移以頌顯人，晉而上之頌天子矣。此頌之源流也。益讚禹，伊陟讚巫咸，劉勰謂之“颺言以明事，嗟歎以助辭”，此讚體之初立者也。遷、固二書，始託讚以爲褒貶，而郭景純註《雅》，雖植物亦有讚焉。景純之讚植物，由諸靈均之頌橘，均爲變體。

綜言之，頌讚之詞，非澤于子書，精于小學者，萬不能佳。二體均結言于四字之句，不能自鎮則近佻；不能自斂則近纖；累句相同，不自變换，則近沓；前後隔閡，不相照應，則近蹇。過艱惡澀，過險惡怪，過深惡晦，過易惡俚。必運以散文之杼軸，就中變化，文既古雅，體不板滯。自非發源於葩經，則選詞不韻；賦色於子書，則取材不精。下字必嚴，譔言必巧，近之矣。

陸士衡爲《漢高祖功臣頌》，皇皇大觀也。然篇中如“拾代如遺，偃齊猶草”，“身與煙消，名與風興”等句，此揚子雲所萬萬不爲者。觀子雲爲《趙充國頌》，無一語不經心，亦無一語傷于纖弱，則極意摹古，由其讀古書多，故發聲亦洪而肅，此不能以淺率求也。

韓昌黎之《元和聖德詩》，厥體如頌，其曰："取之江中，枷脰械手。婦女累累，啼哭拜叩。求獻闕下，以告廟社。周示城市，咸使觀覩。解脱攣索，夾以砧斧。婉婉弱子，赤立傴僂，牽頭曳足，先斷腰膂。"讀之令人毛戴。子由以爲"李斯頌秦所不忍言，而退之自謂'無媿于《風》、《雅》'，何其陋也！"南軒曰："蓋欲使藩鎮聞之，畏罪懼禍不敢叛。"愚誦南軒之言，不期失笑。魏博傳五世，至田弘正入朝，十年復亂，更四姓，傳十世，有州七。成德更二姓，傳五世，至王承元入朝；明年王庭湊反，傳六世，有州四。盧龍更三姓，傳五世，至劉總入朝；六月朱克融反，傳十二世，有州九。淄青傳五世而滅，有州十二。滄景傳三世，至程權入朝，十六年而李全略有之，至其子同捷而滅。宣武傳四世而滅，有州四。彰義傳三世而滅，有州三。澤潞傳三世而滅，有州五。叛逆至于數世，而魏博最久，此豈畏罪懼禍？鄙意終以昌黎之言爲失體。蓋昌黎藴忠憤之氣，心怒賊臣，目覩俘囚伏辜，振筆直書，不期傷雅，非復有意爲之。但觀《琴操》之温醇，即知昌黎非徒能爲此者也。

贊體不能過長，意長而語約，必務括本人之生平而已，與頌略異。

四

銘箴之大要，曰："箴全禦過，故文資確切；銘兼褒讚，故體貴弘潤。"弘潤非圓滑之謂也。辭高而識遠，故弘；文簡而句澤，故潤。

臧武仲論銘曰："天子令德，諸侯計功，大夫稱伐。"天子、諸侯所謂"令德"、"計功"者，晚近人文集中恒不多見。大抵無德可稱而亦稱之，神道也，阡表也，墓誌也，累萬盈千，無論何家文集則皆有之，此昌黎所謂"諛墓"也。劉勰稱"蔡邕銘思，獨冠千古"，以《黄鉞》之銘爲"吐納《典》、《謨》"，《朱公叔之鼎斤》爲碑文之體，確矣。《黄鉞》之銘，爲橋公也，辭曰："帝命將軍，秉兹黄鉞。威靈振耀，如火之烈。公之在位，羣狄斯柔。齊斧罔設，人土斯休。"用字極庸，而神骨極峻，賦色又極古澤。婁東雖録其文，未嘗加以圜贊，似目之易及。不知"斯柔"、"斯休"二語，閒閒着筆，已包括無數安邊之略，正以作家氣定神閒，不必爲張皇語耳。婁東競尚才氣，宜其簡略看過。且原序之末有云："晀事三年，馬不帶鈌（《説文》："刺也。"），弓不受樞（《説文》："弓弩端弦所居也。"），是用鏤石假象，作兹鉦鉞軍鼓，陳之東堦，以昭公文武之勳焉。"此數語，用字選材，均簡古無尚，雖非《典》、《謨》，然决非魏、晉才人所及！至于以銘辭作碑文體，亦不止公叔一鼎，橋公之《東鼎》、《中鼎》、《西鼎》三銘，亦咸以碑文爲體。蓋一味求古，是中郎一病也。

班蘭台《封燕然山銘》，文至肅穆，序不以華藻爲敷陳，骨節鏘然，銘用楚詞體，實則非也。楚詞之聲悲，銘詞之聲沈；楚詞之聲抗，銘詞之聲啞。其詞曰："鑠王師兮征荒裔，勉凶虐兮截海外，夐其邈兮亘地界。封神丘兮建隆嵑，熙帝載兮振萬世。"（《尚書》蔡傳："熙，廣也。載，事也。"）吐屬不類蘭台。然蘭台深知銘體典重，一涉悲抗，便爲失體，故聲沈而韻啞。此訣早爲昌黎所得，爲人銘墓，往往用七字體，省去"兮"字，聲尤沈而啞。其爲朝散大夫尚書庫部郎中鄭君弘之墓銘曰："再鳴以文進塗闢，佐三府治藹厥跡（三府，謂鄭岳、江陵、襄府）。郎官郡守愈著白，洞然渾樸絶瑕讁，甲子一終反玄宅。"此體尤難稱，不善用者，往往流入七古。七古在近體中，别爲古體，以不佻也，然一施之銘詞中，則立見其佻。法當于每句用頓筆，令拗，令蹇，令澀。雖兼此三者，而讀之仍能圓到，則昌黎之長技也。"再鳴以文"是一頓，謂由進士書判拔萃出身者。"進塗"之下用一"闢"字，此狡獪用法也。"佐三府治"又一頓，"藹厥跡"句以"藹"字代"懋"字，至新穎。"郎官郡守愈"五字又一頓，其下始着"著白"二字，是文體，不是詩體。"洞然渾樸"四字作一小頓，"絶瑕讁"三字，即申明上四字意。以下"甲子一終"則順帶矣。句僅七字，爲地無多，屢屢用頓筆，則讀者之聲，不期沈而自沈，不期啞而自啞，此法尤宜留意。

箴者，攻疾防患，喻鍼石也。《夏箴》已亡，一見於《逸周書》。《商箴》則見於《吕氏春秋・名類篇》。《周箴》則見於《左氏傳》魏絳告晉侯之言。所足以留爲世範者，唯一《虞箴》。揚雄學古至深，爲《九州牧箴》，語質義精，聲響高騫，未易學步。程子四箴，質而不華，又當别論。綜言之，陳義必高，選言必精，賦色必古，結響必騫，不必力摹古人，亦自能肖。曾文正間用長短句，亦不礙其體妙，在以散文之體，行於韻語中，能拗能轉，亦自有神解。

五

"誄者，累也。累其德行，旌之不朽也。""碑者，埤也。上古帝皇，紀號封憚，樹石埤岳，故曰碑也。"

誄之最古者，凡兩見於《左傳》：一爲魯莊公之誄縣賁父，一爲魯哀公之誄孔子。顧縣賁父之誄，不詳于篇；而孔子之誄，則用長短句，不盡出于四言。柳妻之誄惠子亦然，文出《説苑》，紀文達以爲未必果出于柳妻。文達最雅博，雖斥其僞，然亦不得其確據。今讀其文，哀側而多韻，今人之製哀辭者恒仿傚之，蓋誄之變體也。揚子雲誄元后文亦四言。然則，四言實通用之體。

劉勰盛推潘岳"巧於叙悲"。愚按《黄門集》所登哀誄之作，頗贍於他集。其誄武帝，文甚典重，讀"如何寢疾，背世登遐，遷幸梓宫，孤我邦家"四語，戀恩之情，溢言表矣。其誄楊荆州曰:“余以頑蔽,覆露重陰。仰追先考,執友之心;俯感知己,識達之深。承諱切怛,涕淚霑襟。豈忘載奔,憂病是沈。在疾不省,於亡不臨。舉聲增慟,哀有餘音。”自叙交誼,不期沈痛。凡誄體,入己之事實,當緣情而抒哀。陳思王之誄文帝,數語以外即自陳己事,斯失體矣。黄門以深情爲人述哀,自能動聽,且無此病。其誄馬敦(汧督)文,尤悲憤有餘音,且琢句奇麗。其叙馬生掘塹破氐之潛隧曰:“鍤未見鋒,火以起焰。薰尸滿窟,掊穴以斂。”其述馬生瘐死曰:“慨慨馬生,琅琅高致。發憤囹圄,投而猶眠。”生氣凛然。其誄楊仲武曰:“痛矣楊子,與世長乖。朝濟洛川,夕次山限。歸鳥頡頏,行雲徘徊。臨穴永訣,撫襯盡哀。”則夾叙風物,觸目成悲,所謂叙悲之巧,或在此乎。要之,六朝有韻之文,自有不可漫滅處,不能以唐、宋大家之軌範繩之。六朝去古未遠,猶之故家中落,子弟未至于懸鶉糲食,與語富貴饗用之事,固能了了也。

至于碑志之文,竊以爲漢文肅,唐文贍,元文蔓,而昌黎之碑記文字,又當别論,不能就唐文中繩尺求之。劉勰高蔡中郎之才鋒,竊意亦以爲確。《郭有道碑》膾炙人口,由其氣韻至高,似鼎彝出于三代,不必極雕鎪之良,而古色斑斕,望之即知非晚近之物。陳太丘凡三碑:一爲歎功述行碑,中叙聞喜、太丘事,似遺愛碑也,次則廟碑,又次則墓碑。廟碑簡約,墓碑最着意,叙太丘生平,文渾穆雅健,使元、明人恣意摹仿,終形其傖。今但少舉碑中文字,如“清風暢于所漸”一語,高處寧可及耶?劉勰又稱中郎《楊賜》之碑“骨鯁訓典”,然第一碑踵效《虞書》太似,至亦襲其句法,不足用爲法程。

大抵碑版文字,造語必純古,結響必堅騫,賦色必雅樸。往往宜長句者,必節爲短句,不多用虚字,則句句落紙,始見凝重。《平淮西碑》及《南海廟碑》,試取讀之,曾用十餘字爲一句否?

元人碑版文字最多,幾于叙入官中文字,則真不知古人裁制之謹慎處。元姚牧菴燧碑版文字,張養浩稱其“才驅氣駕,縱横開合,紀律惟意”,柳貫又稱其“雅奥深醇”。實則,以縱横之才氣入碑版文字,終患少温純古穆之氣。昌黎步步凝斂,正患此弊耳。至于《表忠觀碑》則别爲一體,亦爲古今傑作。

六

哀辭之哀,爲言依也。“悲實依心,故曰哀也。”“奢體爲文,則雖麗不哀。”“弔者,至也。”“言神至也。”“哀而有正,則無奪倫。”

《文章流别論》曰:“哀辭者,誄之流也。”然誄之爲體,選言録行,傳體而頌文,榮始而哀終,王侯將相皆可誄也,然未聞有以哀辭施之王侯將相者。故劉勰曰:“不在黄髮,必施夭昏。”建安中,文帝與淄侯各失稚子,命徐幹、劉楨各爲哀詞。潘岳集有金鹿、澤蘭哀辭。金鹿，岳之幼子；又爲任子咸妻作孤女澤蘭哀辭。由此觀之，哀辭之爲體，施之夭昏，決矣。

顧有不盡然者，歸震川爲明代文章宗匠，乃爲御史中丞李公作哀辭。李公以天子新建紫宫及西苑、平台、神仙長年之殿，李公爲之連歲采運，大工迄成而卒。此花石綱之弊政，在理初不能以私情哀之，矧李位至中丞，年非夭札，乃不顧體裁而哀之，過矣。

《昌黎集》中，哀辭凡兩篇。一爲哀獨孤申叔文，無序。一爲《歐陽生哀辭》，哀歐陽詹也，其序曰："父母老矣，捨朝夕之養以來京師，其以將以有得於是，而歸爲父母榮也。雖其父母之心亦皆然：詹在側，雖無離憂，其志不樂也；詹在京師，雖有離憂，其志樂也。若詹者，所謂以志養志者歟！"辭中既哀詹矣，又哀其父母，見詹之死，尚有父母悲梗於上，所以可哀也。《元豐類稿》有《王君俞哀詞》。王官殿中丞，然卒時年始二十六，子固之叙曰："夫爲人如前之云，而不享於貴且壽，曾未少施其所學，又負其所承之心，是於衆人之情不能泯哀也。"正以君俞有老母在，且孝而不昌其年，此所以可哀也。則亦仍守前人之法律。至於辭中之哀惋與否，則子固、震川皆不長於韻語，去昌黎遠甚。他若方望溪之哀蔡夫人，則文過肅穆，辭尤無味，名爲哀詞，實不能哀，亦但存其名而已。

綜言之，哀辭者，既以情勝，尤以韻勝。韻非故作悠揚語也，情瞻於中，發爲音吐，讀者不覺其緜亘有餘悲焉，斯則所謂韻也。

古人有哭斯弔，宋水鄭火，皆弔以行人。賈長沙首用《離騷》之體弔屈原；揚子雲亦摭取《離騷》之文反之，自岷山投諸江流，以弔屈原，名曰《反離騷》；蔡中郎亦然：蓋屈原之懷忠而死，不得志於世者，往往託爲同心。猶之下第之人，必尋取下第之人，發舒其抑鬱之氣，故劉蕡之身，每爲失志者藉口，即此意也。若胡廣、阮瑀之弔伯夷，則一無所託，不過覓得好題目，表見其文采。即陸機之弔魏武，亦不盡有所激于中情，而成爲此種文字。蓋必循乎古義，有感而發，發而不失其性情之正，因憑弔一人，而抒吾懷抱，尤必事同遇同，方有肺腑中流露之佳文。不爾，則蔡確之弔郝甑山，蓋比宣仁太后於武氏，真是謾駡，非弔也。此尤不可不知。

七

《史傳篇》曰："觀夫左氏綴事，附經間出，于文爲約，而氏族難明。及史遷各傳，人始區詳而易覽，述者宗焉。"此專言史傳之傳。實則，"傳"之爲言"轉"也，轉受經旨，以授于後。章實齋《文史通義》曰："經禮二戴之記，各傳其説，附經而行，雖謂之傳可也。其後支分派别，至於近代，始以録人物者區爲之傳，叙事跡者區爲之記。"又曰："後世專門學衰，集體日盛。叙人述事，各有散篇。亦取傳記爲名，附于古人傳記專家之義。”蓋專指文人爲人作家傳，及寄記諷刺，諧謔游戲，如《王承福》、《宋清》、《毛穎》之類是也。

實則，化編年爲列傳，成正史之傳體，其例實創自史遷。而劉彦和慮其“歲遠則同異難密，事積則起訖易疏，斯固總會之爲難也。或有同歸一事而數人分功，兩記則失于重復，偏舉則病于不周，此又銓配之未易也”之數語者，可謂深明史體。邵泰衢《史記疑問》謂《功臣表》漢九年吕澤已死，而《留侯世家》漢十一年不應又有吕澤。葉榮甫曰：“《史》、《漢》並稱良史，乃其中有分一人爲二人，合二人爲一人者。如伯益、伯翳一人爾，（見《鄭語》及《後漢・地志》）《史記》于《陳杞世家》之末乃云：‘伯翳之後分爲秦。’又云：‘垂、益、夔、龍，其後不知所分。’是以翳、益爲二人也。闞止、子我一人爾，（見《傳》哀公六年杜預注及《史記・齊世家》賈逵注）《史記》于《田完世家》乃云：‘子我者，闞止之宗人。’又云：‘田氏之徒追殺子我及闞止。’是又以一人爲二人。”諸如此類，仁和梁氏玉繩《史記質疑》中言之指不勝屈，即所謂同異难密者也。至於“同歸一事，則數人分功，兩記則失于重復，偏舉則病于不周”，愚按此着史公似有專長，能于復中見單，令眉目皎然，不至於淆亂。但以樊、酈、滕、灌四傳論之，四人悉從高帝，未嘗特將，爲功多同，史公頗患其溷，故于四傳中各異其書法以别之。如《樊噲傳》用“先登”二字以表異噲之功，如“常從沛公擊章邯軍濮陽，攻城先登”，“復從攻城陽，先登”，“擊破趙賁軍開封北，以却敵，先登”，“攻宛陵，先登”，“東攻宛城，先登”，“從攻雍、斄城，先登”，“擊章平軍好時，攻城先登”，“破柏人，先登”，以四人中噲最勇敢，故以“先登”别此三人。《酈商傳》則每從征必領以官銜，如“以隴西都尉從擊項籍軍”，“以梁相國將從擊項羽”，“以將軍從擊荼”，“以右丞相别定上谷”，“以將軍爲大上皇衛”，“又以右丞相從高帝擊黥布”是也。夏侯嬰一生位竟太僕，則即以太僕爲全傳之眼目，如“賜嬰爵七大夫，以爲太僕，從攻胡陵”，“臧荼反，嬰以太僕從擊荼”，“以太僕從擊代”，“以太僕從擊胡騎勾注北，大破之”，“以太僕擊胡騎平城南”，“嬰自上初起沛，常爲太僕，竟高祖，以太僕事孝惠帝”也。《灌嬰傳》則用“所將卒”三字以别灌嬰之功，如“擊項羽之將項冠于魯下，破之，所將卒斬右司馬騎將各一人”，“擊王武别將桓嬰白馬下，破之，所將卒斬都尉一人”，“將郎中騎兵東屬相國韓信，擊破齊軍於歷下，所將卒虜車騎將軍華毋傷及將吏四十六人”，“追齊相田横至嬴、博，破其騎，所將卒斬騎將一人，生得騎將四人”，“破齊將軍田吸于千乘，所將卒斬吸”，“從擊項籍軍于陳下，破之，所將卒斬樓煩將二人”，“從擊韓信胡騎晉陽下，所將卒斬胡白題將一人”。由此觀之，四人皆從高帝，雖有分功之事，而序事能各判其人，此謂因事設權者也。

綜之，記事之作，務取簡明。凡局勢之前後，宜有部署，有前後錯叙，而眼目轉清；有平鋪直叙，而文勢反窒，則熟取《史》、《漢》讀之，自得製局之法。至于二十四史，浩如煙海，愚亦不能一一標其得失也。

八

“論者，倫也。倫理無爽，則聖意不墜。”此言稱《論語》者也。又曰：“説者，悦也。故言咨悦懌，過悦必僞。”此所以砭戰國之説士也。

然《論語》一書，出言爲經，宋儒語録，即權輿於此，（或謂語録出之南宗諸僧，實則非是）非復後人所作之論體。論之爲體，包括彌廣：議政，議戰，議刑，可以抒己所見，陳其得失利病，雖名爲議，實論體也；釋經文，辨家法，爭同異，雖名爲傳注之體，亦在在可出以議論；至於正史傳後，原有贊評之格，述贊非論，仍寓褒貶，既名爲評，亦正取其評論得失，仍論體也，不過名稱略異而已；且唐、宋人之贈序、送序中語，何者非論？特語稍斂抑；而文集、詩集之序，雖近記事，而一涉詩文利弊，議論復因而發；歐公至於記山水廳壁之文，亦在在加以憑弔，憑弔古昔，何能無言？有言即論。故曰：論之爲體廣也。

雖然，論者貴能破理。莊子之《齊物》、王充之《論衡》，析理微矣，仍子書之體。《吕氏春秋》之六論，亦各有篇目，不必專爲一事。惟賈誼之《過秦》、陸機之《辨亡》，則直有感而作矣。鄙意非所見之確，所藴之深，吐辭不能括衆義而歸醇，析理不能抑羣言而立幹，不如不作之爲愈。《昌黎集・顔子不貳過論》則應試之文，味同嚼蠟；《諍臣》一論，似朋友規諫之書，未嘗取已往之古人口诛而筆伐之。雖夏侯太初有《樂毅》、《張良》二論，荀仲豫集論亦數篇，鄙意樂毅、張良皆報仇人也，當時司馬氏已昌，曹氏屹屹，或有託而言，此未可定也。仲豫史家，既爲《漢紀》，中有所見，亦不能不秉筆而成論。若蘇家則好論古人，荆公間亦爲之，特不如蘇氏之多。蘇氏逞聰明，執偏見，遂開後人攻擊古人之竅竇。張曼東尚平允，至船山《通鑑》、《宋論》一出，古人體無完膚矣。愚故云：非所見之確，所藴之深，此等論不作可也。

劉勰曰：“凡説之樞要，必使時利而義貞，進有契於成務，退無阻於榮身。”此爲説士言也。學人訓《經》釋《雅》，亦皆有説，皆主發明至理而言，名曰經説。近人闡明學理，亦曰學説。獨昌黎之《馬説》、子厚之《捕蛇者説》，則出以寓言，此説之變體也。愚謂《馬説》之立義，固主於士之不遇而言，然收束語至含蓄。子厚《捕蛇者説》則發露無遺，讀之轉無意味矣。

九

詔策一門，“漢初定儀，命有四品：一曰策書，二曰制書，三曰詔書，四曰戒敕。敕戒州郡，詔誥百官，制施赦命，策封王侯。策者，簡也。制者，裁也。詔者，告也。敕者，正也。”自漢訖今，沿用勿改。

然以文體言之，漢詔最爲淵雅。《陔餘叢考》稱漢詔多懼辭，斯則“敬天法祖，勤政愛民”之恒言。西漢固不必世皆令辟，然掌制有人，故詞況極臻美備，而漢文之詔爲尤動人。劉勰稱武帝“選言弘奥”，斥文帝之詔爲“浮新”，紀文達議之，當也。東漢明帝所降詔書，不及文帝精懇，然祖義褒德，雅善説辭，亦佳筆也。

魏文以篡竊之資，御位七年，其中詔書，首崇大聖，且不令奏事太后。后族之家，不當輔政之任。辭儀偉然。晉武席父祖之蔭，得位一如魏文，然素贍文采，詔敕所出雅正，當於政要。東晉明帝爲年未抵三十，而遺詔冲抑，江表爲之感慟。斯皆中書有人，故能發言動衆至此。至於六朝，則純以藻繢勝矣。齊文宣凶頑逾於桀、紂，而《禁止浮華》一詔，亦辯暢可人意。

有唐詔墨，高逾山丘，獨太宗爲美：凡屬大典，或出詞臣手筆，則駢四儷六，不無詞費；中如《節省山陵節度詔》、《答房玄齡解僕射詔》、《答皇太子承乾詔》、《責齊王祐詔》，似出御筆，其中或緯以深情，或震以武怒，咸真率無僞，斯皆詔敕中之極筆也。武后詔敕，中書本多名流，顧爲名不正，義乃無取。

宋人制誥，初無散行文字，而四六之中，往往流出趣語。東坡當制，黜吕吉甫，天下傳誦其文，不知當時風氣所趨，不如是亦不中於程式。建隆登極之赦詔曰：“當周邦草昧，從二帝以徂征；洎虞舜陟方，翊嗣君而纂位。但罄一心而事上，敢期百姓之與能。”《賜范鎮獎諭詔》曰：“散樂工於河海之上，往而不還；聘先生於齊、魯之間，有莫能致。”《隆裕太后告天下詔》曰：“歷年二百，人不知兵；傳序九君，世無失德。雖舉族有北轅之釁，而敷天同左袒之心。”又曰：“漢家之厄十世，宜光武之中興；獻公之子九人，惟重耳之尚在。”《建炎幸明州赦詔》曰：“雖眷我中原，漢祚必期於再復；而迫於强敵，商人幾至於五遷。”又曰：“惟八世祖宗之澤，豈汝能忘？顧一時社稷之憂，非予獲已。”《建炎復位赦詔》曰：“帝堯無黄屋之心，豈非躬之敢議？漢高先馬上之治，庶後效之可圖。”《紹興親征詔》曰：“赤地千里，謂殘暴而無傷；蒼天九重，以高明爲可侮。”《開祐改元詔》曰：“《大易》論變則通，通則久，莫如去故而取新；《春秋》謂正次王，王次春，尤重表年而首事。”凡兹隸事，皆精切而流轉。故以宋方唐，則唐之駢文郁不入纖，宋之駢文巧不傷雅。

樓攻媿《北行日録》：“金人之待使者，每有錫予，亦必加以詔書，然皆陳腐如書啓，不足言文。”明太祖起自兵間，子孫相沿，乃不究心文采，如嘉靖枉殺楊忠愍手敕，至用“這厮”二字，且“交鎮撫司好生打着”云云，真是傖荒説話，非詔書矣。

大抵策命之自有程式，唯詔誥一門，非鎔經鑄史，持以中正之心，出以誠摯之筆，萬不足以動天下。唐之興元、奉天，均陸宣公當制，詔書所至，雖驕將悍卒，皆爲流涕，孰謂官中文字不足以感人邪！

一〇

檄移之文，“必事昭而理辨，氣盛而辭斷”，二語盡之矣。按，“檄”之爲言“皦”也，“宣露於外，皦然明白也”。

自東漢訖於季漢，以隗囂之檄新莽、陳琳之檄豫州爲最。囂文簡括嚴厲，數莽逆天、逆地、逆人三大罪，而所謂逆人之罪，狀莽之凶頑殘賊，讀之未有不動色者。至所謂炮烙醇醯之刑，則指燒殺陳良、終帶等二十七人，又以董忠謀叛，收忠宗族，以醇醯白刃毒藥叢棘并一坎而埋之也。文中匪語不精，亦匪狀弗肖，第未知當時出自何人手筆耳。陳琳本有兩檄：一代尚書令彧檄吴將校部曲；一則代袁紹檄豫州，其文最著於時，寓嚴切於暇豫之中，疏罪案以詳審之筆，自是文人極軌。兩兩相較，囂則湍瀨奔瀉，一往無留；琳則長川大河，挹注不盡也。鍾司徒檄蜀，桓司馬檄明，鍾會雅而桓激。司徒文稱武侯曰孔明，稱姜維曰伯約而不名，以蜀爲漢裔，非開罪於魏之比。魏擁立不正，故能喻蜀以禍福，不能責蜀以大義，用筆頗擅去取之能。石勒荼毒中原，天人同憤，桓温斥曰“胡賊”，非嫚罵也。勒非蜀漢之比，故行文雖激，不害於正。吕相之絶秦，鄭人之拒晉，本無檄文之體，而言則似檄。蓋不斥人之罪案，不見己師之出于有名；不張己之兵威，莫望壯士之進而殺敵。且證以天時，審以人事，辨興亡之理，論强弱之勢，此檄文之要領也。

他若吴朝請均之《檄江神》，責問周穆王時沈璧，直是癡人説夢，文亦非佳。隋煬帝《遺陳尚書江總檄》，其開場語曰：“南北雖殊，風雲在望，載懷虚遲，寤寐爲勞。”直以尺牘爲檄文，其下亦多涉鋪張，檄文之體於是大壞。梁元帝《討侯景檄》，文采亦殊不弱，顧不救台城之困，但鬩邵陵之墻，文不副實，已乖孝友。矧檄中文字，不言武帝之所以崩，簡文之所以困，羣臣僇辱，宫眷摧殘，侯景凶鋒，直覆載之所不容，神人之所共憤，乃誇張武節，至云“鳴鼓聒天，樅金振地。朱旗夕建，如赤城之霞起；戈船夜動，若滄海之奔流”，皆出碎辭，都無誠語。元帝本無性情，宜此檄之不能流傳于後，如駱賓王之《討武曌》也。

劉勰之論檄曰：“植義颺辭，務在剛健。”愚謂本無義憤，何由能剛？不衷公道，奚得稱健？若隗囂、桓温、駱賓王三家之文，可云近矣。人品固不足言，而文字實衷彝憲。

“移者，易也，令往而民隨之。”司馬相如之《難蜀父老》，曉而喻博，有移檄之意。《漢書・楚元王傳》，劉歆有《移書太常博士》責讓之文。《晉書・成都王穎傳》，陸平原有《移百官文》，顧乃無傳。惟陳徐僕射陵爲護軍長史王質移文討賊華皎，又有《移齊》、《檄周》二文，皆恢張國力，無失文移之體。而膾炙人口者，則孔稚珪之《北山移文》爲最瑰邁奇古，巧不傷纖，謔不傷正，雖非文移之正體，而文已足傳。後來有司之文移，則出自吏胥之手，填以俚鄙之格式，愚則不知其爲何體矣。

一一

"章者，明也。""表者，標也。"又曰："章以造闕，風矩應明；表以致禁，骨采宜耀。"因盛稱"左雄奏議，臺閣爲式；胡廣章奏，'天下第一'。"按，《後漢書・左雄傳》："自雄掌納言，多所匡肅，每有章表奏議，臺閣以爲故事。"《胡廣傳》："遂舉孝廉。既到京師，試以章奏，安帝以廣爲天下第一。"按二傳所載，似左之奏議，特閣臣之格式；廣之章奏，亦中旨之褒揚：不必資爲後世法則。顧雄文亦有切直者，如以日食進諫云："夫刑罪，人情之所甚惡；貴寵，人情之所甚欲。是以時俗爲忠者少，而習諛者多。故令人主數聞其美，稀知其過，迷而不悟，至于危亡。"廣文亦有簡當者，如顺帝欲立皇后，有寵者四人，議欲探籌，以神定選。廣上疏曰："竊見詔書，以立后事大，謙不自专，欲假之籌策，决疑靈神。篇籍所記，祖宗典故，未嘗有也。恃神任筮，既不必當賢；就值其人，猶非德選。夫岐嶷形于自然，俔天必有異表。宜參良家，簡求有德，德同以年，年均以貌。"文頗明爽動目。至於文舉《荐禰》、孔明《出師》，琳、瑀、孔璋、陳思諸傑，體贍律調，辭清志顯，鄙人詳論諸家之文，已經叙述，不復更贅。

竊謂章表即今之奏議，古謂"章以謝恩，奏以按劾，表以陳情，議以執異"。今之體裁，唯伸賀謝恩，則仍用表式；其餘奏議，通曰"奏摺"。古之奏議取直，今之奏議取密。直者，任氣攄忠，以所言達其所蘊，凡德不聰，僉王在側，亂萌政弊，一施匡正，一加彈劾，不能以格式拘，亦不必以忌諱避。至于密之爲言，則粉飾補救，俾無罅隙之謂，偶舉一事，上慮樞臣之斥駁，下防部議之作梗，故必再四詳慎，宜質言者則出以吞吐，故作商量，宜實行者則道其艱難，曲求體諒，語語加以騎牆，篇篇符乎部式，此安得有佳章表，如彦和所謂"雅義以扇其風，清文以馳其麗"者？

顧吾輩今日論文，非論事也。鄙意漢、魏、六朝以降，唐之章表，則切實取陸贄，典重取常衮；宋之章表，則雅趣横生，各擅其勝。能於此留意，必爲章表中之好手筆也。

一二

"書者，舒也。舒布其言，陳之簡牘，取象於夬，貴在明决而已。"姚惜抱謂書之爲體，始於周公之告君奭，"於是列國士大夫，或面相告語，或爲書相遺，其義一也"。劉彦和分其類曰"書記"，姚惜抱則分其類曰"書説"。記，奏記也。漢公府用奏記，郡將用奏牋，今則牋記已屏不用，通行者但名"與書"。《左傳》："晉侯不見鄭伯，以爲貳於楚也。鄭子家使執訊而與之書，以告趙宣子。""與書"二字，始見於此。

然辭主駁詰，而必本之以禮衷；意屬爭競，未嘗行之以激烈。春秋去古未遠，雖競尚詐術，而猶崇禮讓。吕相之絶秦，至無理矣，而聽者仍彬彬然。至於子産，則淹博中却含蒼質之氣，語語純實，此與書中亦上品也。

七雄游説之士多，詭麗輻輳，步步設爲機械，用以陷人。至於漢世，則辭氣紛紜縱恣，觀史遷之《報任安》，足以見矣。遷之爲史，語至深嚴，獨此書悲慨淋漓，蕩然不復防檢，極力爲李陵號冤，漫無諱忌。幸任安爲秘其書，遷死乃稍出，然讀之但生後人之悲憤，若見之當時，則又有媒孽其短者矣。楊子幼(惲)之《報孫會宗》，意似湛於農畝，然過自標舉，所謂"酒酣耳熱，仰天擊缶，而呼嗚嗚"者，皆盛氣語。凡身世不與相類者，競摹其作，適足增其枵響而已。揚子雲之《報劉歆》，則侈述作之事，措詞簡貴高厲，頗脱《法言》艱深之習，亦以劉歆績學，雄之報書不敢草草，故淩紙怪發，字字生稜。叔夜《絶交》，較楊子幼爲直率。蓋子幼功名中人，退而治田，尚挾怨望；嵇康山野之性，不嗜膴仕，故攄懷而出，語至儁妙。以上四書，皆人人傳誦者。讀者領其氣，味其趣，各就性之所近，當生悟境。

清初大老，崇尚樸學，則以與書一門，爲辨析學問之用，灑灑千言，多半考訂爲多，文家沿用其體，凡意所不宣者，恒於與書中傾吐之。讀者幾以名輩與書一門，爲尋檢遺忘之具，較之漢、唐規律，頗有同異。

《昌黎集》中與書頗多，然多吞言咽理之作，有時文法同於贈序。蓋昌黎未遇時，亦一無聊不平之人，第不欲爲公然之嫚駡，故於與書時弄其狡獪之神通。其《答胡生書》，伸縮吐納，備極悲凉，若引吭高吟，至有餘味，而惜抱之《古文辭類篹》乃未收入。

大抵與書一定之體，果有所見，如先輩之析辨學問可也。至於指陳時政，抗論世局，或叙離悰，或抒積悃，所貴情摯而語馴，能駕馭控勒，不致奔逝，奮其逸足，則法程自在，會心者自能深造之也。

一三

姚氏姬傳曰："唐初贈人，始以序名，作者亦衆。至於昌黎，乃得古人之意，其文冠絶前後作者。"嗚呼！先生之知昌黎深矣。

唐初雖傑出如陳子昂，然其《别中岳二三真人序》，則皆用駢儷之句，如"悠悠何往，白頭名利之交；咄咄誰嗟，玄運盛衰之感"，語至凡近。其餘則李白爲多。白《送陳郎將歸衡嶽序》，如"朝心不開，暮髮盡白。登高送遠，使人增愁"句，則狃於六朝積習。《金陵與諸賢送權十一序》，如"歲律寒色，天風枯聲。雲帆涉溪，冏若絶雪。舉目四顧，霜天崢嶸"，氣幹雖佳，仍落子山窠臼。《送張承祖之東都序》"金骨未變，玉顔以緇。何嘗不捫松傷心，撫鶴歎息"，雖名佳句，仍不可施之散文。夫文章至於子昂、太白，尚何可議？不過唐世一有昌黎，以吞言咽理之文，施之贈送序中，覺唐初諸賢，對之一皆無色。

韓集贈送之序，美不勝收。東坡稱《李愿歸盤谷序》爲第一，鄙意不敢謂然。李愿之人品，不慊於昌黎之心，不欲昌言而頌其美，故託愿之言以爲言，但能謂之狡獪，而所謂吞言咽理者未之見也。其最難著筆者，則莫如《送浮屠文暢師序》及《送廖道士序》。僧、道二氏，昌黎平日攻之不遺餘力，而臨别忽加以贈言，此又何理？若當面抹殺，復何必施以文章？若降心相從，又不免自貶身分。試觀《文暢序》中，至面斥浮屠爲禽獸夷狄，而文暢爱之不以爲忤者，以關軸轉捩妙也。意謂民之初生，固若禽獸夷狄焉，唯得聖人之仁義、禮樂、刑政，而堯、舜、禹、湯又歷歷相傳，所以免爲禽獸。意且不遽説破，忽接入"今浮屠者，孰爲而孰傳之邪?"浮屠既不得聖人所傳，自然是箇禽獸矣，豈非當面駡煞？而接處即由禽獸生義，用"今吾與文暢"五箇字提出禽獸羣中，同等爲人，此處是從禽默中救出文暢矣。然又不肯引文暢爲同等，仍斥文暢爲不知聖人之仁義、禮樂、刑政，則文暢又岌岌鄰於禽獸，詞絶而意正。不知昌黎胸中藴何智珠，有此等絶大之神通？

至於《送廖道士序》，則把一座衡嶽舉在半天，幾幾壓落廖師頂上，忽又收回。自"五岳於中州"句，直至"千尋之名材，不能獨當也"句止，使廖師聽之色飛眉舞，謂此處定説到山人身上矣。"意必有魁奇、忠信、材德之民生其間"，廖師必又點首歎息，媿不敢當。忽然闖出"而吾又未見也"句，把廖師一天歡喜撇在霄漢。以下似無文章，乃用迷惑老、佛之教，又似所説者皆指廖師。至"未見"云云，直隱于佛、老而未見耳，不是全無其人，廖師似已死中得活。忽又有"若不在其身，必在其所與遊"，則並隱于佛、老中者亦都不屬廖師身上。廖師考語但得"氣專容寂，多藝善遊"八字，與道字都無關涉。一篇毫無意味之文，却説得淋漓盡致，廖師亦歡悦捧誦而去，大類乳媪之哄懷抱小兒，佳處令人忽啼忽笑。神品之文，當推此種。其餘歐、曾、臨川、三蘇亦各有佳處，原當一一選采流别之中，以惜抱盛推昌黎，故但即昌黎之文少加説論。

一四

姚氏姬傳曰："雜記類者，亦碑文之屬。碑主於稱頌功德；記則所紀大小事殊，取義各異。故有作序與銘詩全用碑文體者，又有爲記事而不爲刻石者。柳子厚記事小文，或謂之序，然實記之類。"按姚氏所言，蓋指柳子厚《陪永州崔使君遊讌南池序》及《序飲》、《序棋》也。然右軍之《蘭亭》、李白之《春夜宴桃李園》，雖序亦記，實不權輿于柳州。所謂"全用碑文體"者，則祠廟、廳壁、亭臺之類；記事而不刻石，則山水遊記之類。然勘災、濬渠、築塘、修祠宇、紀亭臺，當爲一類；記書畫、記古器物，又别爲一類；

記山水又別爲一類；記瑣細奇駭之事，不能入正傳者，其名爲“書某事”，又別爲一類；學記則爲説理之文，不當歸入廳壁；至遊讌觴詠之事，又別爲一類：綜名爲“記”，而體例實非一。勘災、濬渠、築塘，語務嚴實，必舉有益于民生者，始矜重不流于佻。祠宇之記，或表彰神靈，及前賢之宦跡隱德。亭臺之記，或傷今悼古，或歸美主人之仁賢，務出以高情遠韻，勿走塵俗一路，始足傳之金石。書畫古器物之記，務尚考訂，體近於跋尾。韓昌黎之《畫記》專摹《考工》，後人仿效，雖語語皆肖，究同木偶。記古器物固須刻劃，必一一摹擬，又似鑿矣。記山水則子厚爲專家，昌黎不能及也。子厚之文，古麗奇峭，似六朝而實非六朝。尤精于小學，每下一字必有根據，體物既工，造語尤古，讀之令人如在鬱林、陽朔間，奇情異采，匪特不易學，而亦不能學。歐陽力變其體，俯仰夷猶，多作弔古歎逝語，亦自成一格。至於瑣細不入正傳者，如望溪《書逆旅小子》、袁子才《書馬僧》之類，則事近小説，不能歸入正傳，又非記事之體，則稱之曰“書”。學記一體，最不易爲，王臨川、曾子固極長此種，二人皆通經，根柢至厚，故言皆成理。若遊讌觴詠，或有唱和之什，則冠其首者爲“序”；否則，專記其事亦可。

綜之，體物工者，作記匪不工；中惟學記一種，非湛深于經學儒術者，不易至也。

一五

姚氏姬傳曰：“序跋類者，昔前賢作《易》，孔子爲作《繫辭》、《説卦》、《文言》、《序卦》、《雜卦》之傳，以推論本原，廣大其義。《詩》、《書》皆有序，而《儀禮》篇後有記，皆儒者所爲。其餘諸子或自序其意，或弟子作之，《莊子・天下篇》、《荀子》末篇皆是也。”愚按，序古書，序府縣志，序詩文集，序政書，序奏議、族譜、年譜，序人唱和之詩，則歸入“序”之一門；辨某子，讀某書，書某文後，及傳後論，題某人卷後，則歸入“跋”之一門。

數種中，書序最難工。人不能奄有衆長，以書求序者，各有專家之學。譬如長於經者，忽請以史學之序；長於史者，忽請以經學之序。門面之語，固足鋪叙成文，然語皆隔膜，不必直造本人精微。故清朝考據家恒互相爲序。惟既名爲文家，又不能拒人之請，故宜平時窺涉博覽，運以精思，凡求序之書，尤必加以詳閲，果能得其精處，出數語中其要害，則求者亦必饜心而去。王介甫序經義甚精，曾子固爲目録之序至有條理，歐陽永叔則長於叙詩文集。此外政書、奏議一門，多官中文字，尤不易序，能者爲之，不能者謝去，不可强也。强爲渲染，適足爲己集之瘢垢，毋庸也。辨讀子史二種文字，最有工夫，非沈酣其中，洞其關竅，則可不必作。以不關痛癢之言，爲集中備數文字，近人往往有此病痛。

至於跋尾，亦分數種：金石之跋最難，必考據精實，方可下筆；其下如古書古畫，亦必考其收藏之家，詳其流派所出，又是一門學問。東坡、山谷之跋，則出以天趣，殊不在此例。

近代文家往往代人作壽序。"壽序"一體，於古無之。顧亭林深惡此種文字，《望溪集》中亦但有數篇，盛者唯有歸震川，然多短篇。蓋壽言與生傳及神道墓銘有别，大抵朋友交期，祝其長壽，或偶舉一二事，足以爲壽徵者，衍而成文而已。震川文中多本此意。乃時作無可搬演，則盡舉其人之身世出處，體似生傳，又似神道，必極長而止。故壽文一體，惜抱但録震川，歸入"贈序"一門，不入"序跋"。僕論贈送序中，遺却此體，故補論於此。實則此等文字，酬應爲多，語之不必精切，徒增紛紜，苟可以已，即不必作。

綜言之，序貴精實，跋貴嚴潔，去其贅言，出以至理。要在平日沈酣於經史，折衷以聖賢之言，則吐詞無不名貴也。

吴曾祺

吴曾祺(1852—1929)字翼亭，亦作翊庭。清末侯官(今福建福州)人。光緒二年(1876)與其父同時考取舉人，歷任平和、泰寧等縣學教諭，漳州中學堂監督。光緒二十九年(1903)，任全閩師範學堂教務長。後受聘上海商務印書館，主持古今秘笈珍本編輯。其間住該館涵芬樓，利用樓中數十萬卷藏書，摘取精華，於宣統二年(1910)編成《涵芬樓古今文鈔》，全書搜羅宏富，十三類、二百一十三目，凡二千餘家，文達萬篇。嚴復在序言中譽之爲"藝苑巨觀"。辛亥末，辭職返里。另著有《涵芬樓文談》、《國語國策補注》、《國語韋解補正》、《清史綱要》、《漪香山館文集》等。《涵芬樓文談》(附《文體芻言》)是吴曾祺爲答四方請益"作文之法"，"因就生平所得"而成此書。全書舉凡作家修養、謀篇佈局、寫作要則、語言修辭、爲文戒律等皆有所論，取材豐富，理論具體，叙述詳實，用語平易，具有較高的理論價值和切實的指導意義。

本書資料據商務印書館宣統三年本《涵芬樓文談》及所附《文體芻言》。

誦騷第四

爲詞章之學者，溯其淵源所自，莫古於騷。騷者出於《風》、《雅》之遺，而抑揚反覆以盡其變，其體製遂與詩不同。自屈平始作《離騷》，其徒宋玉、景差之屬，相率爲之。後則賈誼、東方朔、嚴忌、王褒諸子，皆衍其旨趣，遞有述作。大抵皆文人學士，蹉跎不遇，以寫其抑鬱無聊之思，而卒歸於忠愛之旨。以其始於楚人，故統謂之《楚辭》。其獨至之詣，一本於幽。幽者，非闇然無華之謂，斂其光氣，而納之沈鬱頓挫之中。劉彦和稱爲“金相玉式，豔溢錙毫”，即謂此也。自後代賦家，間用是體，而推而廣之，如哀死之文、禮神之作，莫不以此爲大宗，而其奇怪譎詭之談，支離曼衍，不可究詰，又爲小説家之濫觴矣。唐宋以來作者，惟韓、柳二家於此實有所得，此外則金之元遺山，亦可稱爲入室弟子，餘人莫之敢望也。凡不善學此者，其失在於風骨不騫，情韻易竭，而徒襲乎一二楚音，即强而名之曰“騷體”，此真所謂老成不存而虎賁入座者矣。

或謂騷人之作，詞賦家所宜問津，若爲散體文者，似可無事乎此。不知古之爲文者，本無所謂駢散之分；自魏晉以後，偶語盛行；迄於梁陳，文體日敝。於是唐昌黎氏出，始倡爲古文，純以行氣爲主，以救從前靡曼之失，所謂文起八代之衰者，此也。然二者究不可偏廢。學者擇其性之所近，而從事焉，未嘗不可。舉一而棄之，則謬矣。大凡學駢體者，不可不知散體；學散體者，不可不通駢體。二者不惟不相背，且互相爲用。况古人集中，於無韻之文，居十之六七；於有韻之文，亦居十之二三。苟徒知議論叙事之爲古文，而不知銘誄頌贊箴銘之屬皆爲古文，是三者已去其一矣，尚得謂之能文之士乎哉？今有人於蕭《選》一書，全未寓目，則其爲文，色不澤而枯，字不雅而俗，其去古也遠矣，而猶號於人曰："吾之文固以氣勝！"其孰信之？故人當少時，不獨《楚辭》當讀，必取秦漢之文數十篇，朝夕諷誦，使吾之神明意象，日與之習，久而自化，則雖率意之作，而氣味固自不同。昔明之李、何倡言秦漢，而薄唐宋以下之文不讀，誠爲過當。然使反其道而爲之，專讀唐宋以下之文，而置秦漢文於不問，是猶爲人孫子敬其祖父，而於高曾以上，曾無水源木本之思，可乎不可乎？

辨體第六

作文之法，首在辨體。人之一身，目主視而耳主聽，手職持而足職行，數者不能相假，惟文亦然。固有精語名言，而不足以爲吾文重者，體敝故也。陸士衡作《文賦》，歷舉詩、賦、碑、誌（誄）、箴、銘、頌、論、奏、説諸體。梁任昉作《文章緣起》，所舉比陸氏爲詳。劉彦和《文心雕龍》自二卷至五卷（編者按：當爲“自五卷至二十五卷”）皆論文體，約二十篇。先民矩矱，畢具於斯。至明代賀（復）徵著《文章辨體》，一本吴訥之舊而擴充之，分類比前人爲較詳，煌煌乎藝苑之鉅觀，而謂之精當不易，則未也。歷參從前選本，自昭明《文選》而下，如《唐文粹》、《文苑英華》、《宋文鑑》、《金文雅》、《元文類》、《明文典》諸書，皆主分體，而離合之間，均不無可議。至國朝桐城姚惜抱先生，始約之爲十三類：曰論辨，曰序跋，曰奏議，曰書説，曰贈序，曰詔令，曰傳狀，曰碑誌，曰雜記，曰箴銘，曰頌贊，曰辭賦，曰哀祭。湘鄉曾文正公著《經史百家文鈔》，因姚氏之舊，雖稍有變易，而大致不殊。於是論文體者，莫不以此爲圭臬。然姚氏之書，第舉其綱，而未詳其目。余不自揆，始著《涵芬樓古今文鈔》凡百卷，於各類之中，各加以子目，或數種，或十餘種，或數十種。雖附麗之法，不敢謂毫無疑義，而其所遺者，固已少矣。大凡辨體之要，於最先者，第識其所由來；於稍後者，當知其所由變。故有名異而實則同，名同而實則異；或古有而今無，或古無而今有：一一爲之考其源流，追其派别，則於數千年間體製之殊，亦可以思過半矣。

文體既分，則行文之得失，自當依體爲斷，每體各有一定格律，凛然不可侵犯。記有友人選賦學，評語多云："似記者"、"似箴者"、"似贊者"、"似頌者"，余謂不如"似賦"爲妙，正以文各有體故也。明人方以智著《文章薪火》引秦少游謂"《醉翁亭記》用賦體"，尹師魯謂"《岳陽樓記》用傳體"，然細思之，尚未有大謬。至魏冰叔論蘇老泉《上田樞密書》，開口便云："天之所以予我者，豈偶然哉?"見是作論，古來書札中不見有此。此却不易之論，雖老泉復起，不能爲之辭也。余則謂杜牧之之《阿房宫賦》、蘇東坡之《黠鼠賦》，通體全不似賦，直姑以賦名之耳。此與姚惜抱所論韓昌黎《伯夷頌》並非頌體，亦何以異？在古人興之所到，隨意涉筆，固自無妨；吾輩尤而效之，而反以古人爲藉口，殊可不必。

切響第十三

劉彦和《文心雕龍·聲律》一篇，備言吃文之患，言音韻不調，如人之口吃也。蓋其時駢偶盛行，故文章家無不留意於此。迨其後散體既興，自非治詞賦者，即已置之不講。不知音聲一道，其疾徐高下、抑揚抗墜之分，不獨有韻之文有之，即無韻之文亦有之，特寄之有韻之文者，其得失易見；寄之無韻之文者，其得失難知。近湘鄉曾文正公，深喜桐城姚惜抱之文，而思救其懦緩之失，故論文每以音響爲主，即此意也。今試取古人之文讀之，有噌吰鏜鞳者，有細微要眇者；有急絃促管者，有緩節安歌者。大約言樂者多和，叙哀者善咽；施之廟堂之上，則有廣大之旨；叙及男女之私，則多靡曼之節。此其自然而然，雖作者亦有不自知者乎。今學者誠欲留意於此，既不可如度曲填詞，按譜而得，惟有取漢魏之文之佳者數十篇，讀之不厭，使吾之口與古人之口，無一不相應，久亦與之俱化矣。人但知《文選》一書爲講駢文者不可不讀，余則謂講散文者亦不可不讀，蓋以求音韻之諧者，莫此爲近。夫昔之論詩者，動曰"詩籟"。詩既有籟，文獨無籟乎？近有問學文之法於余，余告之曰："今欲學古文，譬如閩粤之人欲學京中人語，自非日與之居，不可得也。古文者猶之京中人語也，吾不能爲是語，而方竊竊焉求其應對之工，恐雖有蘇張之口，亦將囁嚅而不敢出也已。"

惟夫聲律之用，相沿不廢，故古人之文，其出於有韻，往往有不期而合者。羣經中如《詩》不待言矣，如《易》，如《書》，如《左傳》，亦多有韻，其見於近人著述中所舉者，不一而足。即如四子書中，子思、孟子之書皆散文，而《中庸》曰："大哉，聖人之道！洋洋乎發育萬物，峻極於天，優優大哉！禮儀三百，威儀三千。"《七篇》曰："今也不然，師行而糧食，飢者弗食，勞者弗息，睊睊胥讒，民乃作慝。方命虐民，飲食若流，流連慌亡，爲諸侯憂。"至如諸子之書，亦多有韻者。今試舉《老》、《莊》而言。《老子》："玄牝之門，是謂天地根，綿綿若存，用之不勤。"《莊子》："巧者勞而智者憂，無能者無所求，飽食而遨遊，汎若不繫之舟。"子思、孟子、老子、莊子斷非有意於用韻者也，而讀其所作，謂非用韻而不可也。蓋衝口而出，自爲宫商，此即《樂記》所謂"聲者，由人心生者也"。後人不知此妙，謂惟頌贊箴銘之屬須用韻，其餘則否，不知其出於無心者，無處無之。至於古人之書，亦有有意於用韻者，如荀子《成相篇》、史游《急就篇》之類，此則不必學也。

仿古第十六

文章之體，往往古有是作，而後人則仿而爲之，雖通人不以爲病。其濫觴所自，始於揚子雲作《太玄》擬《易》，作《法言》擬《論語》。他如枚乘變賦體爲《七發》，後則有曹子建之《七啓》、張孟陽之《七命》，自是爲之者益衆，好事者合爲《七林》一書。東方朔始作《答客難》，揚子雲因之作《解嘲》，班孟堅因之作《答賓戲》，唐韓昌黎又因之作《進學解》。司馬相如作《封禪書》，揚子雲因之作《劇秦美新》，班孟堅因之作《典引》，唐柳子厚因之作《晉問》，此皆章章可見者也。又如陸士衡作《辨亡論》，全學賈生《過秦論》。杜牧之作《阿房宫賦》，全學楊敬之《華山賦》。乃若王子安作《滕王閣序》，其"落霞與孤鶩齊飛，秋水共長天一色"，當日稱爲名句，相與膾炙人口，然實脱胎於庾子山《華林園馬射賦》"落花與芝蓋齊飛，楊柳共青旗一色"。劉夢得著《儆舟篇》云"越子膝行吴君忽，晉宣尸居魏臣怠，白公厲劍子西哂，李園養士春申易"，俱效班《書》語。然此不過小小摹其句法而已，最不可解者，枚乘《上吴王書》"夫以一縷之任，繫千鈞之重"至"難以復出"，凡七十餘字，乃全用《孔叢子》語。乘一代作者，决不如此。或者《孔叢子》係僞書，人取乘語以入之，亦未可定。此則莫能明矣。洪容齋謂唐之王摩詰、宋之黄魯直二人皆工詩，而其集中多竊前人所作。試考之，亦足知其説之不謬矣。此劉彦和所謂"寶玉大弓，終非其有"者也。

文人好事，往往有擬古之作，見於詩集者較多，見於文集者特少，今約略言之。如李少卿《答蘇武書》、諸葛孔明《後出師表》，皆後人贋作，人以其文之工，而不忍廢，然徑謂之擬作可也。此皆本無其文而擬之者，亦有本有其文而擬之者，如東坡擬《歸去來辭》，世稱爲工，其餘不可勝數也。大凡擬體之工，比各體爲更難。各體之作，凡命意措詞，皆以我作主，至於筆力所趨，亦可各出其所長。至擬體，則一切出之古人，古人所謂非者，吾不得以爲是也；古人所謂是者，吾不得以爲非也。即其氣體所近，亦必以所擬之人爲斷，一有不似，雖有佳語，無所用之。其狀比之優伶之演劇，一無以異。行文本樂事，何爲自尋拘苦如此！雖一生不作可也。近來人人爭非議制舉文字，然制舉文字所以可厭，通體描摹昔人口氣，亦其一端也。欲出一言，忽然而爲尼山大聖，忽然而爲顔、曾、思、孟諸賢，又忽然而爲告子、陳相，下至王驩、陽虎之屬，直謂以文爲戲則可，於此求工，果何爲哉！擬體之作，得無类是？

屬對第三十八

自散體之作，别於駢儷爲名，於是談古文者，以不講屬對爲自立風格。然平心而論，二者如陰陽畸（奇）耦，不可偏廢。自六經以外，以至諸子百家，於數百字中，全作散語，不著一偶句者，蓋不可多得。此無他，文以氣爲主，而氣之所趨，苟一洩無餘，而其後必易竭，故其中必間以偶句，以稍止其汪洋恣肆之勢，而文之地步乃寬綽有餘。此亦文家之祕訣，而從來無有人焉嘗舉以告人者也。惟屬對之法，與駢儷不同。駢儷之句法，或力求工整，或務在諧叶。漢魏以前，尚不甚拘，自齊梁以降，日嚴一日，其作法與詩賦相近。若散文之對法，自以參錯不齊爲妙。凡字之多少，句之長短，皆所不禁。且駢語則多兩句爲偶，或四句爲偶，散體則均無不可。韓文公爲一代文宗，實首變燕許之格，然其文中間用偶語者，亦往往而是，而運用之法，亦在在以金針度人。蓋此中機括，全由音節而生。駢文有駢文音節，則有駢文對法；散文有散文音節，故有散文對法。使取二者互易而用之，則數句之後，已不復可讀矣。惟陸宣公之奏議，間於不駢不散之間，善以偶語寓單行者，實爲自闢畦町，而爲宋四六之濫觴。此視人筆性之所近，而不必强爲學步。此外更有遥對之法，如蘇東坡作《秦始皇扶蘇論》，上半篇結句云："吾故表而出之，以戒後世人主如始皇、漢宣者。"下半篇結句云："吾故表而出之，以戒後世人主之果於殺者。"此在制舉文中，儼然二大比，亦一對法也。或謂東坡此作，實與《孟子》"逢蒙學射"一章相近，斯言得之。（以上《涵芬樓文談》）

《文體芻言・論辨類第一》

"論"之名奚自昉哉？古之聖賢與人相問答之辭，人因籍而記之，以垂訓萬世，如齊魯《論語》是也，而非今之論體也。其己所自作之書，如諸子百家之屬，實與著論無異。漢人多以"論"名書，如《論衡》、《鹽鐵論》、《潛夫論》、《中論》之類，皆用斯例。今篇首所列，有彭祖《攝生養性論》一篇，其真僞不可知。賈生之《過秦論》三篇，世之學爲論者祖焉。"辨"之義，主於反覆詰難，務達其初意而止，與論大同而小異。後代經生家言，多用此體，其最古者，如《楚辭》中之《九辨》，而非今所謂辨也。論、辨二者，蓋爲言語之通稱，而因爲説理之文之别體。序論辨類第一，爲目二十四：曰論，曰設論，曰續論，曰廣論，曰駁，曰難，曰辨，曰義，曰議，曰説，曰策，曰程文，曰解，曰釋，曰考，曰原，曰對問，曰書，曰喻，曰言，曰語，曰旨，曰訣，其餘爲附録。

論一　凡史家之體，於志傳之後，著論一篇，《文選》採之，别爲史論。今以古今論史之作甚多，故併入論中，不復别出。又古人奏議之文，多云"論某事"，"論某人"。名爲論，實則疏劄類也，今皆入奏議類。古人集中亦有本屬論體，而不以論名者，今以名爲論者，入之論上；不名爲論者，入之論下。以下疏策之屬仿此。

設論二　戰國之世，宋玉作《對楚王問》一篇，以抒其遭時不遇之感，其後東方曼倩、揚子雲、班孟堅之徒，皆仿而爲之，《文選》因收此三篇，以其皆設爲問答之詞，命之曰"設論"。惟宋玉之作，别爲"對問"類。今併而爲一，而益以屈平《卜居》、《漁父》，東方曼倩《非有先生論》，王子淵《四子講德論》，取其體之相近故也。其唐宋以下如此體者，各以類附焉。

續論三　取古人所作，中有未盡之意，引而申之，故名曰"續"，如昔人《續孟子》、《續離騷》之例。

廣論四　與續略同。謂之廣者，即古人《廣雅》、《廣方言》之例。廣議附。

駁五　奏議中有駁議一體，蓋漢時嘗設爲專官，主封駁之事。兹之駁者，取古人所作，意不謂然者，從而反之，亦駁議之意。或竟謂之反，如《反離騷》、《反招魂》之類，意均相似。

難六　難亦駁之類，蓋皆以己意不同於人者相往復也。東方朔有《答客難》一篇，今入設論類；司馬相如有《難蜀父老》一篇，今入詔令類。

辨七　辨與論同，而其體出駁後。如陸士衡之《辨亡論》，劉孝標之《辨命論》，皆辨也，而不以辨名篇。蓋自六朝以上，爲此體者絶少，故《文選》中曾不一及。《九辨》非此體。唐宋以後有之，韓柳集中凡屢見。

義八　《戴記》有《冠義》、《昏義》等篇，是漢時常有此稱，後世或謂之本義，或謂之正義。大抵説經之書，其用以名文者，謂之講義，或但謂之義。自宋以上無所見，至明之世，又以制舉之文，如《四書義》、《五經義》之屬當之，非其故矣。

議九　古之議者，不過採取衆言，不必有文字也。以議名文，似遠在論之後。今之所採者，以三國爲始。所謂議之體在論後，專指論議而言。若奏議，則秦漢已有之矣。凡私家所作，則人之此，其用以奏御者不與。

説十　劉彦和《文心雕龍》著《論説》一篇，引伊尹論味、太公辨釣及燭武紓鄭、端木存魯。此近於戰國遊士之言，非説體也。説之始興，蓋出於子家之緒餘，故自漢以來，著述家所作雜説，出於寓言者十嘗八九。蓋皆有志之士憫時疾俗，及傷己之不遇，不欲正言，而託物以寄意，此其義也。後人推波助瀾，用演之爲小説部，儼然於文中别出窠臼矣。

策十一　本論事之作，而用之奏對者爲多，故宜列之奏議中。今取各家所私作及試之有司者，列之於此。

程文十二　體與義相近，宋之中葉始有之，謂之程文，蓋以示學者爲程式也。

解十三　《戴記》有《經解》一篇，後人詁經之詞，多謂之解。然其實不專爲解經設也，觀子家之文或以解名篇可見。揚子雲有《解嘲》一篇，與此體異，今入之設論中。

釋十四　其稱昉於《爾雅》。劉熙之《釋名》，即效《爾雅》而作。以作法與解經相合，故經生家多有此體。

考十五　考者，主於臚舉故實，以詳核爲上，其用與解釋相輔，而體稍不同。漢唐以前此等文尚少，宋以後多見。

原十六　原者，溯其始之謂也。古無此體，韓退之始作《五原》，後人因倣而爲之。本作"原某"，或作"某原"，義同。

對問十七　奏議類有對問一體，皆對君之辭，與策相似。今取朋友師弟之間相與問答者，别爲此體。《文苑英華》謂之"問答"，義同。宋玉《對楚王問》一篇，入之設論中，説見上。

書十八　本著述家言，子之屬也，與奏議、書牘兩門各不相涉。

喻十九　文之有喻，猶詩中之比體也。諸子之書，此類實繁，而以喻名篇者，古無所見，唐以後間有之。又東坡《日喻》一篇，以係贈人而作，故入之贈序類。

言二十　凡見諸文字者，皆謂之言。故詩則以五言、七言爲體，而見之奏章者，則謂之"上言"；託之著述者，或曰"寓言"，或曰"卮言"，皆其例也。以言名篇，六朝偶有之，唐以後始相率爲之矣。

語二十一　古人著書多以語爲名，《論語》之外，如《國語》、《家語》之類，而文體之中無此稱，唐宋以來偶見之。

旨二十二　旨者指也，謂其意之所屬也。任彦升《文章緣起》有此一體，引崔駰《達旨》一篇。後世以王言稱旨，而著述家罕有稱之者，唐人偶一爲之。

訣二十三　凡藝事之微，必有其竅要所在，能者因揭其旨以告人，而命之曰訣。

道釋二家，多用此語，如《真訣》、《仙訣》之類。文章家亦藉以名篇，古有之，今則無是作矣。

附録二十四　文有可決其爲某類，而無子目可入者，則統謂之附録。以下倣此。

《文體芻言·序跋類第二》

古人每有所作，必述其用意所在，以冠一篇之首。如《尚書》每篇之首數語，乃史臣之述其緣起，即序也。或讀者爲之，則如《詩·關雎》之有序，或云"出自子夏"，其確否不可知，要其由來固已久矣。至史家之體，序文實繁。跋，亦序類也，其出比序爲後，其作法亦稍近。惟序有前序、後序，跋則施之卷末而已，故取足後之義爲名。而金石一家，傳此者甚夥，有彙成一書者，蓋考證之學，於此體爲宜。叙序跋類第二，爲目十七：曰序，曰後序，曰序録，曰序略，曰表序，曰跋，曰引，曰書後，曰題後，曰題詞，曰讀，曰評，曰述，曰例言，曰疏，曰譜，其餘爲附録。

序一　序類凡三種：以之送人者，則入之贈序類；以之記事者，則入之雜記類；惟以弁諸詩文之首者，則入此類。蓋將以述作者之意，非熟讀深思而得其旨者，不能作也。後世之著述家，或乞聞人爲之，以取重當世，雖左太冲尚且不免，餘蓋不足道矣。

後序二　卷端已有序，更以所作附於其後，故有後序之稱。前後各自爲篇，或出自兩人，或出自一人，均無不可。

序録三　西漢時劉子政在天禄閣審定圖籍，每上一書，則爲之縷述作者之大意，及其得失之所在，名目《序録》，後人因效而爲之。其體與序小異而大同。

序略四　西漢時劉子政之子歆繼父任，彙羣書而綜爲《七略》。略之云者，蓋撮舉大凡之義。後世因之，爰有序略之體。然自漢以後，作者亦不多見，惟鄭漁仲作《通典》，尚沿此稱。

表序五　司馬氏改左氏編年之體爲"本紀"、"世家"、"列傳"，而世次之先後、制度之沿革，恐其散而無考，因爲之"表"，以後史氏多因之。表必有序，即所録者是也。

跋六　此體蓋始於宋之中葉，歐陽永叔集中有跋尾數十篇，蘇黄之徒，相繼爲之。前此未之見也。

引七　引爲詩歌之一名，取引音赴節之義。觀石崇有《思歸引序》一篇，則引之不與序爲類明矣。後人則改爲序之别名。姚氏謂蘇氏父子兄弟，其先有名"序"者，故改序爲引，避其家諱，亦以其用同故歟。班孟堅有《典引》一篇，此引之最古者，而其體與序不同，今入之符命類。

書後八　班孟堅有《記秦始皇後》一篇，意書後之體，當權輿於此。至韓柳集中屢見，後人亦多仿爲之，其體與跋相似。

題後九　題後即書後也。謂之題者，取審諦之義，義見《釋名》。

題詞十　題詞之體，多以韻語爲之，亦有隨意書數十字者，乃變體也，與題後略相似。

讀十一　古人讀書，偶有所得，則書於簡之後，因名曰讀，備遺忘也。而能者爲之，便有詞采可觀，故可傳者亦多。唐以後有之，前此無所見。

評十二　評者，平也，所以平其義也。史家於紀傳之後，加以斷語，曰論，曰贊，陳氏《三國志》則謂之評，即是此體。唐以後文章家始有此稱。

述十三　述與序相似。謂之述者，取述而不作之義，故今人著書，或以"述義"、"述聞"名篇，即此意也。今專取發明作書之旨者，則列於此。其紀雜事者，則入之雜記類。

例言十四　古之讀書者，必先明其例，故晉人杜元凱有《左傳釋例》一書，而其序中亦言發凡以言例。然而文章之家，傳此體者絶不可見，何也？今存者大半近人所作。

疏十五　疏之爲體，於奏御之外，爲經生家言，則注解有疏；爲佛氏家言，則焚修有疏。此所謂疏，又與二者不同。蓋募資以集事，先述其意以告人也，故於序爲近。

譜十六　著作之家，有所謂譜録之學，本博雅之士，取所見聞，裒而集之，劉彦和所謂"譜者普也，事資周普"是也。然自鄭康成《詩譜》之屬，皆勒爲成書。今擇其大意具於一篇中者，入之序跋類。

附録十七

《文體芻言・奏議類第三》

此爲臣告君之詞，《尚書》此類文甚多，《左傳》及《國語》、《國策》亦皆有之。惟古人語質，並不設奏疏諸名稱，後世體製日增，蓋亦不勝其繁矣。今所列者，必正君臣之分，於義始稱。其有所告在先而後乃爲之臣，與既爲之臣旋去之者，則所陳仍入之書牘内，不與此爲類，以示區别。其用之私家者，亦不在此例。叙奏議類第三，爲目二十八：曰奏，曰議，曰駁議，曰謚議，曰册文，曰疏，曰上書，曰上言，曰章，曰書，曰表，曰賀表，曰謝表，曰降表，曰遺表，曰策，曰摺，曰劄子，曰啓，曰牋，曰對，曰封事，曰彈文，曰講義，曰狀，曰譔，曰露布，其餘爲附録。

奏一　奏，進也，取進御之意，詳《尚書》"敷奏以言"之義，本以達之天子爲言，然後世之稱奏事，稱奏記，稱奏書，亦有不盡達之天子者。今各視其所用爲斷，自秦已有之，而文不可見，漢世始多用之。

議二　録自秦以後，至後人刻集，或謂之奏議，或謂之疏議，蓋名異而實未嘗不同。今特依當日所稱，隨類附入。説已見之論辨類。

駁議三　理之是非，不能以一人之言爲定，於是有駁。駁之云者，去其不當以歸於當也，主於反覆詰難、曲盡事理爲要。漢世始立駁議之法，唐以來中書之官，兼以主封駁駁爲職。

謚議四　古人於易名之典，頗重其事。每大臣没，則使朝臣聚議。事本屬之中書，故所傳作者，亦仕於此者爲多。其士大夫之家，间爲私謚者，亦偶有謚議，今附録於此。

册文五　國家遇上徽號大典則用之。然或其文出之天子者，則入之詔令類；其爲臣下之詞，則入之此類。

疏六　取疏通之義，注經者謂之疏，論事者亦謂之疏，其義一也。漢以來始有之。至於陶元亮與子書，亦謂之疏，不在此例。有陳事之作，明係疏體者，而古人集中，並不謂之疏，宋一代文字如此種爲最多。今以稱疏者列爲疏上，不稱疏者列爲疏下。

上書七　凡致之尊長者，皆有此稱，今惟取進御者入之。始於戰國，盛於漢，自元明以後不復見。

上言八　自漢以來，凡表文之體，其首必曰“臣某言”，此即上言之義。亦有以“上言”二字自爲體者，猶之上書也。亦有謂之上辭，如吴章曜《獄中上辭》是也。自宋以後不復見。

章九　漢世奏上之文有四品：一曰章，二曰奏，三曰表，四曰議。章表二者，皆取發明事理爲義。後漢察舉必試章奏，蓋重其事也。漢魏人多有此作，唐以後無之。

書十　即上書也，或但謂之書，故别爲一類。凡上之與下者，入之詔令類；下之奉上者，入之奏議類；其臣民相與往來，則入之書牘類。

表十一　表者，明也，義與章同。漢初始具此體。或曰秦始皇時已有之，然文不可見。其可見者，自東漢以後。其初與奏同爲言事之作，自唐宋以下，於賀表、謝表之外，惟以進書用者爲多。

賀表十二　凡國家有大慶典，臣子獻文爲賀，則用此體，多以駢儷爲之。昉於六朝，唐宋以下多用之。

謝表十三　皆謝恩之語，純以駢儷爲之，與賀表同。晉以後間有之，宋人之通籍者，凡文集中多有此體，其體亦視古爲少變矣。

降表十四　皆勢屈力窮，爲乞憐之語。於五代之世得三四篇，其餘多不傳。

遺表十五　自漢唐以來，凡大臣薨逝，多有遺表。其上者，或及國家大政，平日所言之不盡者，託於尸諫之義；下者，則但云受恩深重，圖報來世而已；其有爲子弟乞恩者，則愈下矣。

策十六　策，簡也，書其所言於簡，故以策爲名。多係應試之作，故謂之試策。董江都《天人三策》，其最古者。唐宋以後，傳者實多。更有明爲對策之文，而不謂之策者，蓋多平日爲之，以備應試之用。觀《白香山文集》中，已有此作。今以名爲策者入之策上，不名爲策者入之策下。

摺十七　摺，疊也，書所言於紙而疊之，取其便於上進也，故謂之摺。向無此稱，至今遂爲奏牘中之一體。

劄子十八　或謂之奏劄，或謂之劄文，或但謂之劄，其義一也，取條奏之意。今讀書之法，或作劄記，義亦與此相似。宋以來始有此稱。編中不列劄記，以其條分件係，無與文章之體。

啓十九　漢避景帝之諱，故此體不見，魏晉以後盛行。其首則曰"臣某啓"，末則曰"臣某謹啓"，大略相似。其始尚或用以奏御，唐以下，則第施之尊貴而已。今擇非奏御之作，入之書牘類。

牋二十　魏晉時多此體，然上之太子諸王而已，不以施之奏御也。今於元文中得數篇，竟與賀表同用，非古義也。

對二十一　《禮》"史進象笏，書思對命"，對之義古矣。宋玉之《對楚王問》，蓋設爲問答之詞，如《卜居》、《漁父》之屬，非其類也。自漢以來，其體始立。惟《文心雕龍》有《議對》一篇，即以策問當之。然策多應試所作，與尋常奏對又有不同，今特於策之外别爲一體。

封事二十二　古者上書，皆以囊封，故謂之封事，唐人詩所謂"明朝有封事"是也。漢一代多有之，元明以下少見。

彈文二十三　凡按劾有罪則用之。謂之彈文者，如彈丸之加鳥也。《文選》列彈文三篇，皆有一定體製，後亦少變，與他奏事相似矣。相傳又謂之彈事。

講義二十四　人君於聽政之暇，使詞臣入侍經筵，分日進講，其所講之書，恐不能詳盡，皆預无撰擬，名曰講義。宋以來始有之。其私家所作，非以奏御者，不在此例。

狀二十五　論事之體，與奏疏同。謂之狀者，謂條其事實而上之。漢以前傳者有趙充國一篇，唐以後此等文甚多，然亦有施之書牘者，如韓退之《薦侯喜狀》是也，與上書不獨施之奏議者，可爲一例。而後世乃以爲獄詞之别稱，非其舊矣。

謨二十六　謨，謀也，臣子以其所謀舉以入告也。自《尚書》以下無所見，唐人元次山始效爲之，猶之北周人之擬《大誥》，唐人之補《逸周書》也，其詞力求古奥，以期與三代以前相類。

露布二十七　露布之名，始於漢，謂上書之不加封者，如漢李云"露布上書"是也。

本非將帥獻捷所用，至北魏時，以戰伐有功，欲天下聞之，乃書帛建於竹竿上，名曰露布，事見《通典》。傅永以此文得名。自此始惟軍中用之。唐宋文選中皆有此體，至明尚沿用不廢。

附録二十八

《文體芻言·書牘類第四》

劉彦和云："戰國之前，君臣同書。"蓋其時上與下則謂之書，下與上亦謂之書，所謂同也。其後名分既嚴，兩不相假。其得入書牘類者，則僅僅用之尊貴，及自敵以下而已。然而主於達意爲義，其用要未嘗不同。既以達意爲義，則凡泛而不切，雖詞采可觀，非書之上者也。史稱"陳遵占辭，百封各意"，詎不以此歟？牘即書之别名，史稱漢文帝"遺匈奴尺一牘"是也。今設爲書牘一類，變姚氏之書説爲書牘，用曾氏之例。叙書牘類第四，爲目十四：曰書，曰上書，曰簡，曰札，曰帖，曰劄子，曰奏記，曰狀，曰牋，曰啓，曰親書，曰移，曰揭，其餘爲附録。

書一　三代之上，此體少見；至春秋時，而列國大夫，相與往來，其文之傳者多矣。今不録。録自越大夫種《遺吴王書》始，蓋已近戰國之世矣。在文體中，惟此之用爲最廣，而佳篇偉製，亦以此爲最多。

上書二　與書相類，而用之尊貴者，以此爲多。今惟别其非進御者録之。

簡三　古者書簡並稱，故書籍之類，可以謂之簡；書信之類，亦得謂之簡。其與書小異：書則長短並宜，簡則零篇寸楮爲多。自魏晉以後始有之。字或作"柬"，義同。

札四　札與簡同，以木爲之，而作字於其上。後乃轉以爲書札之名，即漢人所稱筆札是也。至今世，則爲公牘中之一體；而朋友往來之詞，鮮有稱札者矣。

帖五　《説文》："帖，帛書署也。"蓋書於木則謂之札，書於帛則謂之帖，各隨其字之所從，而義自見。後乃轉爲書之别名，其文亦以善於用短爲貴，魏晉間人多有之。今則學書者，取前人筆跡以供臨摹，名之曰帖，又一義也。

劄子六　古有筆劄之稱，即書劄之劄，非奏劄之劄也。然歷觀古人集中，奏劄之傳尚多，而書劄之傳蓋少矣。

奏記七　奏，進也。或稱奏記，或稱奏書，或稱奏牘，其實一也。與上書相似，同爲進御之稱，而臣下可以通用者也。惟進御之作，多祇稱曰奏，其稱奏記者罕矣。

狀八　以其有陳列之事，故謂之狀，與奏議之狀義同，特所用異耳。若尋常通候之語，不得借用。

牋九　字亦作箋，本奏記之類，上太子諸王多用之。魏有繁欽、吴質各致魏文帝牋，梁有任昉、百辟勸今上牋，核其時代，蓋皆在未臨御之先，於體初無不合。至若晉簡文帝有《遺會稽王牋》，是上之於下亦用之，此特偶然耳，未可爲典要也。

啓十　魏晉间於啓之首尾，多云“某啓”、“某謹啓”、“某啓聞”，此乃一定之體。或又謂之啓事，史稱“山公啓事”是也。用駢儷者居多。用之奏御者，不入此類。

親書十一　凡結兩姓之好則用之，謂之親書，又謂之婚書，今俗謂之禮書。宋以來始見。

移十二　移亦檄之類。劉彦和以司馬相如《難蜀父老》文當之，取其詞意相似而已。劉子駿《移書太常博士》，此其最古者。後世爲公牘之一體，雖體稍不同，而名義尚沿其舊。

揭十三　揭，舉也，謂舉其事以示人也，又謂之揭帖，多因揭人之過失用之。其衆人共爲之者，則謂之公揭；兩人交相舉者，則謂之互揭。亦有主於論公事者。

附録十四

《文體芻言·贈序類第五》

贈序一類，自來選古文者，皆與序跋爲一，至姚氏《古文詞類纂》始分爲二。然追原所以名序之故，蓋由臨别之頃，親故之人相與作爲詩歌，以道惓惓之意。積之成帙，則有人爲之序，以述其緣起，是固與序跋未嘗異也。惟相承既久，則有不因贈什而作，而專爲序以送人者，於是其體始分。姚氏離之，是也。曾氏又從而去之，失斯旨矣。叙贈序類第五，爲目五：曰序，曰壽序，曰引，曰説，其餘爲附録。

序一　贈序之體，貴在援引古義，以致其諷勉之旨，始合於古人臨别贈言之意。若近於喁喁兒女之私，於理謬矣。昌黎於此等文爲最工，故所選獨多。

壽序二　此體元時偶一見，至明中葉以後，乃盛行於時。惟所語多諛詞浮泛，故體稍卑。至能者爲之，獨能緯以議論，亦時有足稱者。

引三　引爲序之别名，説已具之序跋中。

説四　論辨中有此體，惟古人集中多有云“某説爲某人作”與“名某説”、“字某説”，其語氣實與贈序無異，故列之於此。

附録五

《文體芻言·詔令類第六》

詔令者，上告下之詞，其體蓋多見於《尚書》。然《尚書》不聞有二者之稱，至秦始有之。後世則詔專屬之王言，令則上下共之。惟曾氏編《經史百家雜鈔》，如馬援《戒兄子書》、鄭玄《戒子書》皆入焉。則尊長之告卑幼，凡有規戒之詞在書牘中者，不知凡幾也，可悉改書爲令乎？似此者雖出自先正，所不敢從。叙詔令類第六，爲目三十六：曰詔，曰即位詔，曰遺詔，曰令，曰遺令，曰諭，曰書，曰璽書，曰御札，曰敕，曰德音，曰口宣，曰策問，曰誥，曰告詞，曰制，曰批答，曰教，曰册文，曰謚册，曰哀册，曰赦文，曰檄，曰牒，曰符，曰九錫文，曰鐵券文，曰判，曰參評，曰考語，曰勸農文，曰約，曰牓，曰示，曰審單，其餘爲附録。

詔一　周文王有《詔牧》、《詔太子發》二篇，詔之稱，蓋權輿於此。後世相傳秦始皇始爲詔，然其文不可得見。漢詔，則存者多矣，其文詞典雅，爲歷朝之所不及，亦其近古然也。唐以武后名曌，故避嫌名改詔爲制，然唐之中葉，亦有稱詔者，意惟不用之武后之世歟？

即位詔二　人君即位，必頒詔四方，無論開創嗣立皆有之，宋元以前文不可見。

遺詔三　蓋憑几之言，見於《顧命》者爲最古。多臣下之詞，亦有一二篇，可信其自作者。

令四　三代之時，上之告下，則謂之命，如《微子之命》、《文侯之命》，皆見《尚書》，後世始廢命不用，而以令代之。劉勰所云“降及七國，並稱曰令”是也。秦孝公下令國中，始有文字可見。而《文選》六臣注云“秦法，皇后及太子稱令”，然秦始皇有《初并天下議帝號令》，意尚在法制未定之先，故可以通用歟？自秦以下，則天子與臣下俱用之，無定制。

遺令五　乃臨殁之頃，所以教誡其後人者，上下可以通用。而文之可存者，寥寥不可多見也。

諭六　《左傳》有“周天子諭告諸侯”，是諭之稱，已見於春秋之世。漢高帝有《入關告諭》。近世則出自天子者，謂之上諭；臣下之告其屬，亦稱曰諭。

書七　漢時有詔書、策書、制書之屬，皆體製嚴重，其徑謂之書者，則天子自以意告其臣下，往往紆尊以示之，實與親朋之誼不大相遠。蓋去古未遠，其上下相親之意，猶可想見。自唐以後，則用此者希，間以施之外藩而已。

璽書八　古者臣下所用之章，皆得謂之璽，《左傳》有“璽書追而與之”之語。後世惟天子稱璽，故璽書之頒，亦惟天子得有之，蓋即詔敕之别名。漢時屢見；至唐，間有之；自五代之後，絶不復見矣。

御札九　札，即書之别名，出之天子，則爲御札。後世於公牘用之，不聞王言復有稱札者矣。

敕十　《後漢書・光武紀注》：“帝之下書有四：一曰策書，二曰制書，三曰詔書，四曰敕書。"敕之云者,有儆戒之義,故又謂之戒敕。漢時每刺史太守赴官,皆有敕書。宋人或用之於獎諭,非其義矣。明代凡差遣諸大臣,予敕行事。今則贈封用之。

德音十一　《詩》"秩秩德音"、"德音莫違",蓋謂有德之言,用以爲相稱頌之語,不以指王言也。至唐宋之世,詔敕之外,别有此體,凡加惠寓内則用之,如後世之所稱恩詔也。

口宣十二　宣即旨之别稱,故傳旨謂之傳宣,候旨謂之候宣。口宣者,臨時使親近之臣宣布上意,故其文只數言而止,亦僅見宋人文集中。

策問十三　漢文武二帝,均策问賢良文學,此後世以策試士之始,自南北朝下至唐宋元明,以及我朝,相沿不改。其非臨軒親試,而有司主之者,亦以類及焉。

誥十四　誥之名見於《尚書》,在詔令之先。漢唐少見,如王莽、蘇綽均有《大誥》之作,然不過以意摹古,非常用之體也。宋則臣下授官多用誥,如唐代之告身。今世則誥敕並用,以官品高下爲差。按宋代之誥,其體實與前代不類,今以五代以上爲誥上,宋以後爲誥下。

告詞十五　所以授入仕者,即誥之異名,與唐代之告身,亦大略相似。

制十六　《文心雕龍》云:"秦并天下,改命曰制。"而其文不可考。《漢書》:高后臨朝稱制,即詔也,特異其名耳。漢世詔書多冠以"制詔"二字,足以爲制詔爲一之明證。故武帝《策賢良詔》三篇,後之傳者,或謂之制。唐之初,制尚與詔無别。至武后時,以避嫌名,始稱制不稱詔。宋世,制體專爲除官之用。其代言之官,謂之掌制,又有知制誥之稱。

批答十七　唐時只謂之批,故張九齡有《批張守珪〈送安禄山詣闕奏〉》,而元微之集中亦有《批劉悟〈謝上表〉》、《批王播〈謝官表〉》。至宋世,始謂之批答。自是以後,謂之批者,臣下間得用之;而"批答"二字,則專屬之王言。

教十八　蔡邕《獨斷》云"諸侯言爲教",謂長官之諭其下者。漢世已有之,魏晉之間猶屢見,今則統謂之諭,不復稱教矣。

册文十九　古凡受封者,皆授之以策。《左傳》"策命晉侯爲侯伯"是也。特其文不可考。漢世,封策屢見之馬班書中。然免官亦有用策者,如漢哀帝之《策免彭宣》、《策免師丹》是也。後世改策爲册,册即策字,見於《書・顧命》,非不典也。今列册文一體,而録漢策於前。其列之奏議中者,亦有此體,大抵上尊號用之,非此類也。案册文有二種:用以上尊號者,入之册文上;用以封臣下者,入之册文下。

謚册二十　此爲上謚之文,皆叙述功德,與上徽號文一例。昉於唐世,自宋以下皆用之。

哀册二十一　每帝后晏駕,將遷殯於某陵,則命文臣撰文以讚揚功德,皆以韻語爲之。

赦文二十二　書傳屢言赦，而文不可見。赦文之最古者，魏文帝有《赦遼東吏民公文》是也。唐宋以後，則凡赦必有文，不可勝舉矣。

檄二十三　周穆王命祭公謀父爲威猛之詞，以責敵人，其體想與檄相近。《戰國策》張儀《爲檄告楚相》，檄之名始見。軍中遇有急事，則以羽插之，故謂之羽檄。姚曾二氏，均以入詔令内，惟姚氏以昌黎《祭鱷魚文》入之，殊可不必。

牒二十四　牒，即今之札。《左傳》："右師不敢對，受牒而退。"《疏》："札也。"可證。漢以前少見，唐以後始多用之。又謂之籤，六朝時有典籤，想即司此事者。

符二十五　符，剖竹爲之，各藏其一，以爲信驗。漢世有竹使符、龍虎符之稱，與檄俱於軍中用之，故符檄並稱。

九錫文二十六　九錫之稱，出《韓詩外傳》，蓋設爲殊典，以待諸侯之有大功者。莽操之徒乃竊而居之，自是之後，迄於宋齊梁陳，凡禪位之先，必有此舉，幾成故事矣。其文體亦大略相似。

鐵券文二十七　漢氏之初，功臣受封，有泰山黄河之誓。迄唐氏中葉，藩臣驕蹇，朝廷慮其爲變，賜之鐵券，以安其心。文中明言"雖有重罪，皆赦不治"，如《周禮》"八議"之説，其券以鐵爲之，糁金屑爲字，形與覆瓦相似。

判二十八　判，始於西漢，本爲試士而設，揚雄綜判取士是也，皆爲兩造之詞，加以判斷，而定曲直焉。唐時，身言、書判各爲一科。至宋，此典不廢，而文體與前少異。

參評二十九　告屬吏之辭，即古人所謂教也。明人偶爲之，此外亦少見。

考語三十　古者，凡長官於其屬，遇考績之期，必類其平日之政績，而定其上下，加進退焉，蓋昉於《周官》弊吏之法。每人必有考語，又謂之考詞，如《唐書・陽城傳》"撫字心勞，催科政拙"八字，即考語也。

勸農文三十一　漢世重農，文帝有《勞勸孝弟力田詔》，即勸農文之託始。作此文者，多括《豳風》、《月令》之旨爲之。唐以前無所見，宋以來始有之。

約三十二　約者，以繩束物之名，故有約束之義。任彦昇《文章緣起》，特列約之一體，想六朝人習爲之，其可見者如王褒《僮約》一篇。後世如章程、規則之類，皆其遺意。然多以俗語爲之，求如古人之典雅者希矣。凡盟約、誓約之文，别有專體，與此不類，今歸之盟文、誓文内。

牓三十三　唐世科舉盛行，凡登第者書其姓名，張之通衢，因謂之牓，故有龍虎牓之語。然實則示衆之詞，皆謂之牓，不獨爲科舉也。字又作榜。

示三十四　古者告民之詞，皆謂之諭，無稱示者，近世則二者兼而用之。其命名之意，取宣布之義，《禮》所稱"國奢則示之以儉，國儉則示之以禮"，即其旨也。

審單三十五　從古無此稱，至明偶一見，以其體求之，即今之所謂堂論也。

附録三十六

《文體芻言·傳狀類第七》

傳者，傳也，所以傳其人之賢否善惡，以垂示萬世。本史家之事，後則文人學士亦往往效爲之。或謂之家傳，則以藏之私家爲名；叙次甚略者，則謂之小傳；單述軼事者，則謂之别傳，又謂之外傳：各因其體而爲之名。有謂非史家不宜爲人作傳者，不必然也。狀之名一見於論辨類，一見於書牘類，一見於奏議類，而此則專指行狀而言。或謂之事狀，今人又謂之行述。爲乞銘誄傳志而作，與傳相似。惟傳則有褒有貶，行狀出於親朋子弟之手，皆述平生之嘉言懿行，其有遺議者，則諱而不書，所以與傳異也。叙傳狀類第七，爲目十二：曰傳，曰家傳，曰小傳，曰别傳，曰外傳，曰補傳，曰行狀，曰合狀，曰述，曰事略，曰世家，曰實録。

傳一　凡名公鉅卿，其傳皆在史館，文半不足存，其事之顯於世者，每在神道碑、墓誌銘之屬，不以傳也。惟文人學士之作，其表章所及，類皆士夫潛德，閨閣幽光，其文往往俊偉足傳，故所録亦以此種爲最多。

家傳二　自秦漢以來，不爲史家而爲人作傳者極少，至家傳則絶無之。後乃見於《唐書·藝文志》。宋元以後，始多此體。國朝則仿而爲者愈衆。

小傳三　偶見於李義山文集，前此無可考。今人編輯詩文，於作者姓名之下，略述其里居官閥，亦謂之小傳。然皆寥寥數語，不復成文，故不之及。錢東澗《列朝詩小傳》，間用大篇。此外無所見。

别傳四　别傳之作，多因其人已有傳，别舉一二事以補其佚。近人文集中偶有之，古亦無見。

外傳五　外傳之體，與别傳略同。小説家多有此種文字，如《飛燕外傳》、《太真外傳》是也。更有謂之内傳者，名殊而實相似。

補傳六　古人所不及作，或有之而軼者，則後人從而補之。如束廣微之《補亡詩》，朱紫陽之《補大學格致》一篇是也。補傳之作，亦仿此意。

行狀七　漢時衹謂之狀，如胡幹作《楊原伯狀》。自六朝以後，即謂之行狀，所以述死者之行誼，及其爵里生卒年月，爲乞人撰文而作，故謂之狀。

合狀八　合狀，古無所見，當是仿合傳之義爲之。

述九　《漢書》於傳贊之外，别爲述贊。述贊者，謂述其事而贊之也。陶淵明有《讀史述》，通篇俱作韻語，與贊相似，蓋即仿《漢書》之體。後世則作行述者，或但謂之述，亦不復用韻語矣。

事略十　事略，非指一事而言，凡生平大概皆具，故與雜記中書某人事者不同。

世家十一　史家以此列於傳體之前，今亦用不收史傳之例，一概不録。其所登之一二篇，乃見諸文集中，不出史臣之手，以示限制。

實録十二　韓昌黎始作《順宗實録》，今世有實録館之設，所書皆天子之事。獨唐人李習之有《皇祖實録》一篇，係序其先世之事，此爲刱(創)見。

《文體芻言·碑誌類第八》

古之葬者，樹石於壙之四隅，中設轆轤以下棺；其設之祠廟者，則爲麗牲之用，二者皆本無文字，後人乃刻文於其上，而碑遂爲文體之一，大都爲紀功德而作者居多。而施之墓者，則謂之墓碑，或謂之墓表，或謂之墓碣；列於墓道之旁者，謂之神道碑；其入幽者，曰墓誌，曰墓誌銘，曰壙誌，曰壙銘。姚氏則謂凡立之墓上與埋之壙中，皆得謂之誌，然古今文家皆分碑誌爲二，似姚氏之説亦不可從也。叙碑誌類第八，爲目十六：曰碑，曰碑記，曰神道碑，曰碑陰，曰墓誌銘，曰墓誌，曰墓表，曰靈表，曰刻文，曰碣，曰銘，曰雜銘，曰雜誌，曰墓版文，曰題名，其餘爲附録。

碑一　碑之文，始於西漢之末，而盛於東漢之世，前必有序，而亦有不作序而第作銘者，本無定體。惟謂之碑者，可以不作銘，謂之碑銘者，未有不作銘者也。今擇碑後之有銘有詩有頌者列之上篇，餘爲下篇。

碑記二　凡碑後之無韻語者，即碑記也。然古無此稱，第謂之碑而已，後人始有碑記之名。亦有名爲碑記，而後復係以詩銘者，此變體也。

神道碑三　神道二字，見《漢書·霍光傳》。其有文者，漢有《故太尉楊公神道碑》，見《集古録》。或袛稱神碑，《隸釋》有《張公神碑》，其文有"表神道"云云，是神碑即神道碑也，特異其名耳。

碑陰四　鎸文於碑之後，故名。或略叙事實，與碑記相似；或則但記立碑年月而已。

墓誌銘五　古之葬者，慮及陵谷變遷，後人不知爲誰氏之墓，故爲墓誌銘，而納之壙中，使後日有所稽考。誌文似傳，銘語似詩，其大較也。惟古之有誌者不必有銘，有銘者不必有誌，或誌銘俱備，而係二人所作者，此其與今人異也。

墓誌六　誌又作志，趙甌北《陔餘叢考》引《傳》記孔子之喪，公西赤志之；子張之喪，公明儀志之，以爲墓誌之始。然未必即今之墓誌也。墓誌之興，在東漢之世，比墓銘爲後。西漢南宫殿内有《醇儒王史威告葬銘》。

墓表七　所些示表異之義，不獨墓有之，凡表宅、表閭，皆此例也，故古今相傳有華表之稱。西漢有《故謁者景君墓表》，其最古者。

靈表八　即墓表，特異其名耳，蔡伯喈集中有此作。

刻文九　刻文皆摩崖之作，史稱周穆王紀迹於弇山之石，當是刻文之製，而二字至秦時始見，皆李斯之作。後世文集中亦少見。周宣王石鼓尚是礱石爲之，非此製也。

碣十　與碑相似，金石家謂"首之圓者爲碑，方者爲碣"，然古碣之存者，固有與碑極相似，方圓之説，亦不盡然也。晉潘尼作《潘黄門碣》，碣之最古者。

銘十一　銘之本義，是以金爲之，後乃以石代之者，亦謂之銘。若以文體而言，亦是箴銘之銘居先，碑銘之銘居後。

雜銘十二　墓誌銘之外，更有所謂壙誌銘、壙銘、權厝銘、華表銘、墓甎銘、葬銘、窆石誌銘之類，皆與墓銘相似，今合而名之曰雜銘。

雜誌十三　墓誌之外，更有所謂壙誌、葬誌、權厝誌、窆石誌之類，皆與墓誌相似，今合而名之曰雜誌。

墓版文十四　版之爲義，蓋書文於木之上，故書詔語者，則謂之詔版；書祭文者，則謂之祭版。以此求之，當是碑文之未及入石者。古人碑版並稱，以其文體相同故也。

題名十五　唐時有雁塔題名故事，乃登第之人，書姓名於上。而爲山水遊者，屐跡所至，亦往往有題名，惟僅記同遊名氏而已。兹擇有文字者録之。

附録十六

《文體芻言・雜記類第九》

雜記者，所以叙見聞所及，或謂之雜志，或謂之雜識，其義一也。凡遺聞軼事，下至一名一物之細，靡所不有，而宫室之修造，山水之遊歷，其篇目爲最多。其用與碑刻相似，然碑刻無不入石，記則或不入石。今擇其目爲碑記者，入之碑誌類。碑記之不入記類，猶之碑銘之不入銘類，同一理也。叙雜記類第九，爲目十二：曰記，曰後記，曰笏記，曰書事，曰紀，曰志，曰録，曰序，曰題，曰述，曰經，其餘爲附録。

記一　《書・禹貢》、《顧命》二篇，不名爲記，實記體也。今世所傳孔子《閉房記》，恐係僞作。《周禮》之《冬官・考工記》、《儀禮》篇後必有記，記之最古者。漢有樊彦《脩西嶽廟記》，其末有銘，則碑記也，與此不類。魏晉閒人始多爲記，至唐而傳者衆矣。

後記二　取前記未盡之意，而補出之，謂之後記。記之有後記，猶序之有後序也，惟後序常常有之，而後記則不多見。

笏記三　古者人臣有所建白之事，則先書之於笏，備遺忘也。《禮》所云“史進象笏，書思對命”，其來久矣，然其文不多見也。

書事四　自始至終，直書一事者，此爲書事之正體。若旁及他事，及雜以議論者，皆破體也。其與碑誌之體似之而實不同，故入之雜記爲是。凡曰“書某事”、“書某人事”者，則入之；其曰“某人事略”，則入之傳狀類。

紀五　史之有本紀及世紀、外紀之屬，皆紀王者之事，與世家、列傳相應。此則專紀民間瑣務，其稍大者，如記寇亂之始終，書地方之沿革，以一事自爲首尾，與書事不甚相遠。

志六　史之有志，凡兵刑禮樂之類，一代之制作，皆具其中，與一切之郡縣志一方之故實無所不載者，非此類也。今取其列一事之始末，與記相似者入焉。

録七　録，以鈔寫爲義，後之著書者，因爲之録，蓋謙言祇鈔胥之役而已。然大都網羅貴富，其體與譜相似。今取其近於紀事者録之。

序八　集中已有序跋、贈序二類，然亦有名爲序，而於二類均不可入者，則入之此爲宜。如王右軍之《蘭亭序》、王子安之《滕王閣序》、李太白之《春夜宴桃李園序》之類是也。姚氏以柳子厚所作之《序棋》、《序飲》，名爲序，其實記也。所言具有至理，今從之。

題九　此與序跋類之有題後頗相似。惟題後多因讀古人著述而作，此則多題壁之語而已。

述十　凡著書之詞，或曰“某著”，或曰“某撰”，或曰“某述”。述之云者，蓋不敢居於著作之稱，姑述前言而已。其用爲文之一體者，古無是稱，亦無是作，唐以後始見。邯鄲淳有《魏受命述》，入之符命内，乃頌體，非記體也。與《九辨》之不爲辨，《典引》之不爲引，體例略同。有二種：述著作之緣起，則入之序跋類；述事物之名迹，則入之雜記類。

經十一　古之著作家，惟屈子之《離騷》、揚子之《太玄》直名爲經，以外無所聞。唐陸魯望有《耒耜經》，宋蘇子瞻有《酒經》，當是踵陸羽《茶經》爲之，其體皆與記爲近。

附録十二

《文體芻言·箴銘類第十》

箴銘者，古之聖賢相與爲儆戒之義，其體遠在三代之前。顧箴一而已，銘則分爲二，一則入之碑誌類，其文多入石；一則入之箴銘類，其文多不入石：名同而實則相遠。

自來選家,於此殊少區别,惟姚氏選本,始各以類相從,然亦有可議者。如班孟堅之《封燕然山銘》、張孟陽之《封劍閣銘》,皆摩崖之作,姚氏一則入之碑誌類,一則入之箴銘類,殆不可解。豈不以班語主於頌揚,張文則稍存規戒?然以此爲言,蓋亦不勝其瑣矣。至張横渠之《東西銘》,姚氏列之此類,允矣。而曾氏乃與論辨爲類,豈以無韻而異之歟?然二銘中,實不盡無韻。且祭文皆有韻,而韓退之《祭十二郎》獨無韻,豈亦得謂之非祭文耶?如此之類,均不敢輕附前人。序箴銘類第十,爲目八:曰箴,曰銘,曰戒,曰訓,曰規,曰令,曰誥,其餘爲附録。

箴一　與鍼同義,鍼所以治病,故有規戒之意。始於《虞箴》,漢時揚子雲、崔駰之徒,相與效爲之。

銘二　始自黄帝,其真僞不可知,然可信非三代以後之作。湯有《盤銘》,武有《十七銘》,後人因之,凡器物皆爲之銘,施之金石者爲多。凡發揖功德及山林祠廟之作,悉入碑誌類,餘列於此。

戒三　帝堯有此文,後則漢氏始見,體與箴銘相似。字又作誡。

訓四　相告勉之辭,《尚書》有《伊訓》,即此體之濫觴也。惟古爲臣告君,今則施之自敵以下而已。

規五　亦告勉之辭,謂之規者,約之使合於法度也。此體古無所師,唐人以意爲之,後人每有規條規約之目,亦是此意。

令六　亦教下之詞,與詔令内之令相似,惟用之家庭,而訓誡之意居多,故入之箴銘類。

誥七　書之有誥,本與詔敕相似,而凡尊長之教卑幼,亦謂之誥。誥者,告也,取告戒之義,故與箴銘相近。

附録八

《文體芻言·頌贊類第十一》

頌爲四詩之一,蓋揄揚功德之詞。其初本臣子施之君上,後則自敵以下,亦相與爲之。其以稱古人以寓仰止之意者爲更多,甚至器物禽獸之微,亦藉以見意。蓋文人游戲之作,非正體也。亦有名爲頌而實非頌者,如韓退之《伯夷頌》是也。贊亦頌類。古者賓主相見,則有贊互相稱譽,以致親厚之意,故文之稱人善者,亦以贊爲名。然至史家之體,每傳必有贊,則其中賢否不一,亦時有貶詞焉,非其正體本如是也。敘頌贊類第十一,爲目五:曰頌,曰贊,曰雅,曰符命,曰樂語。

頌一　古之爲頌者,多用以刻石,如《史記·秦本紀》“刻石頌秦功德”是也。此與碑銘相近,宜入之碑誌類。西漢人所傳各頌,則多不入石。又頌必用韻,而亦有不用韻者,如王子淵《聖主得賢臣頌》是也。

贊二　自史家以外,鮮有作贊者。司馬相如作贊以美荆軻,此贊之最古者。贊有二種:有用韻者,有不用韻者。班《書》中已分爲二,《文選》因之,今以無韻者爲贊上,有韻者爲贊下。

雅三　柳子厚有《平淮夷雅》一篇,乃歌詠武功之盛,比於《江漢》、《常武》諸篇,故名曰雅。樂府有"鐃歌",與此亦相近,但音節不同耳。

符命四　古者帝王受命,其臣作爲文字,鋪張功德之隆盛,旁及瑞應,以侈上天眷佑之意。《詩》之《玄鳥》、《生民》,即此類也。《文選》特設"符命"一體,以收此種文字,其體與頌相近,故附入焉。

樂語五　自宋以來,凡遇宫庭演劇,則命詞臣爲樂語,使伶人歌之,大都道太平之盛,故亦爲應制之作。然民間尋常宴聚,亦間有之。先爲駢語,後媵以詩,亦有不爲詩者。又名致語。

《文體芻言·辭賦類第十二》

辭爲文體之名,猶之論也,蓋皆語言之别稱,惟論則質言之,辭則少文矣。故《左傳》稱"子産有辭"是也。而後之文體,亦由此而分。曾氏每以無韻者入之論著類,以有韻者入之辭賦類,即其義也。春秋以後,惟楚人最工此體,故謂之《楚辭》,而後之人往往摹擬而爲之。自漢魏以後,迄於南北朝,賦體盛行,唐人且以之取士。洎唐中葉,韓柳之徒出,於是文有駢體、散體之分。而今人之選古文者,往往不登詞賦一門,以示裁别。然二者用有廣狹,而其實不可偏廢也。且自古文人,亦未有於駢體全未問津而能工散體者,特人之性質不同,故於功力所至,不免有所專注焉耳。叙辭賦類第十二,爲目八:曰賦,曰辭,曰騷,曰操,曰七,曰連珠,曰偈,其餘爲附録。

賦一　賦爲詩之一體,自荀卿子始以賦名篇,楚人宋玉尤多此體,漢魏因之,大都皆屬古體。唐以來始有律賦,間以四六,試士用之。今以古賦爲賦上,律賦爲賦下。

辭二　辭之爲體與賦同,蓋皆詩之附庸,後乃自爲大國。今擇樂府歌曲之以詞名者,不以入選。惟漢武帝之《秋風辭》與詩相近,然自昭明入選時,已不與詩爲類,今仍之。《楚辭》亦辭也,今别之爲騷,自爲一體。

騷三　楚人屈原始爲此體。謂之騷者,凡以寫其憂鬱無聊之思,猶《風》、《雅》之變也,其文中多楚音。後人多效而爲之。

操四　與詩相似。孔子有《龜山》、《猗蘭》二操,其來久矣。而考其體製,實與騷不相遠，所以異於騷者，不以楚人作楚語耳。

七五　《楚辭》中有《七諫》一篇，而其體未備。漢人枚乘始作《七發》，首序，餘則設問難之辭凡七，因以爲名。後人仿而爲之甚衆。

連珠六　始於揚子雲，至後漢章帝之世，班固、賈逵、傅毅皆受詔爲之。以其文義如珠相貫，故名。踵昔人之後，而廣其義，故有演連珠、廣連珠、暢連珠之名。

偈七　本佛家梵語，晉鳩摩羅什有《贈沙門法和十偈》。唐代文人佞佛者多，故往往效而爲之。

附録八

《文體芻言·哀祭類十三》

哀爲傷逝之詞，如誄文、輓文、弔文、哀詞之屬皆是。祭則所用者廣，不盡施之死者，如告祭天地山川、社稷宗廟，凡一切祈禱酬謝詛咒之舉，莫不有祭，即莫不有文。以交於神明者，於理則一，故選家皆合而同之。姚氏於哀祭一門，專收送死之作，非其義矣。叙哀祭類第十三，爲目二十八：曰告天文，曰告廟文，曰玉牒文，曰祭文，曰諭祭文，曰哀詞，曰弔文，曰誄，曰騷，曰況，曰祝香文，曰上梁文，曰釋奠文，曰祈，曰謝，曰歎道文，曰齋詞，曰願文，曰醮辭，曰冠辭，曰祝嘏辭，曰賽文，曰贊饗文，曰告文，曰盟文，曰誓文，曰青詞，其餘爲附録。

告天文一　古者帝王受命，必行告天之禮，如商湯之“予小子履”數言是也。秦以上文皆不傳，傳自西漢之世。告地文附。

告廟文二　古人敬天之外，重在尊祖，故國有大事，則告於祖，其文必稱“嗣天子某”，此乃一定之體。漢以後始有文可見。

玉牒文三　本告天之文，書之於簡，鐍而封之，以玉爲飾，故名玉牒。凡帝王行封禪之禮則用之，所謂泥金檢玉是也。二字見《史記·封禪書》。

祭文四　曾氏以《黄鳥》之章爲祭文之祖，然玩其詞義，乃哀詞也。予謂祭之有文，不獨用之死者，如《武成》云“所過名山大川”以下數語，便是祭山川文之可見者。至送死之文，謂之祭文，則自晉以來有之。如陶元亮集中三篇是也。今以其用既廣，因分祭山川祠廟及異代之人者爲上篇，餘爲下篇。

諭祭文五　凡遇大僚薨逝，天子命詞臣撰擬祭文，而親近之臣，恭代行禮，於是有諭祭文。自明至今不廢。

哀詞六　《楚辭》有《哀郢》篇，司馬相如有《哀二世賦》，皆與哀詞相近。至東漢班孟堅有《梁氏哀詞》，二字始見。魏之曹子建、晉之潘安仁集中，皆有哀詞數篇，此文前必有序，而附韻語於後，亦有一篇全爲韻語者。

弔文七　弔祭並言，然弔文實與祭文不類。祭文對死者而言，弔文則自致傷悼之意，故用之怀古爲多。漢賈太傅之《弔屈原文》、晉陸士衡之《弔魏武帝文》，稍爲近古。

誄八　《文心雕龍》稱"殷臣誄湯"，其文不可見；其可見者，如柳下季妻之誄其夫，魯哀公之誄孔子，其文爲最古。古人語質，本無一定之體。後之爲此者，前必有序，誄文則先叙家世，次及才行，次及官閥，次及死亡，大致略同。亦有從而少變之者。

騷九　屈子之《九歌》，姚氏由辭賦類分入。竊謂宋玉《招魂》、景差《大招》，體同一例。後人所作，如《送神》、《迎神》諸曲，皆此類也。

祝十　史稱帝堯時有華封人三祝，祝字始見，而非籲神之語。《金縢》有册祝，祝文權輿於此。其餘則如蒯聵之誓曰："無絶筋，無折骨。"《禮記》祭蜡之文曰："水歸其壑，土反其宅。"皆祝文也。自漢晉以後，此等文傳者頗多。以其書之於版者，故又謂之祝版文。

祝香文十一　古之祭者，爇蕭艾之屬以辟邪氣。今之拈香，當起於東漢之世，本佛氏之法，後則凡有事於神明者，皆用之。祝香之有文，蓋始見於南宋之世。

上梁文十二　不知始於何時，宋以後此體屢見，楊誠齋、王介甫集中皆有之。文用駢語，皆寓頌禱之意，實《小雅・斯干》之遺。末附詩，上下東西南北凡六章，每章冠以"兒郎偉"三字，亦有不用者。

釋奠文十三　古之始入學者，必釋奠於先聖先師，由來久矣，而不見有文。釋奠之文，即祭文也。惟祭文爲總名，釋奠文則惟於學宫用之。

祈十四　古者祭而不祈，故漢詔有"增祀無祈"語。然或雨暘愆期，則爲民乞命，亦義不可廢。古文之存者，惟宋武帝有《祈雨文》一篇，餘皆爲有司之事矣。

謝十五　古之於神明，有祈必有報。謝者，報之事也，祈而有獲則謝之。

歎道文十六　此文古絶無有，唐世道教盛行，自天子以下皆供奉如不及，今其文尚在，亦足以覘當日之風氣矣。玩其詞義，似皆以女冠主之。

齋詞十七　唐人佞佛，士大夫亦相率爲之，故集中往往有此種文字。謂之齋詞，謂齋戒以致詞也。

願文十八　此亦祝辭之遺意，而施之於供佛者，謂之願文，以文中必云所願如何，冀其稱情以相予也。或以所應盡之功德，預告於佛前，故有發願之語。

醮辭十九　醮之本義，爲祭而飲酒之名。後凡僧道設壇祈禱，皆謂之醮。祈禱必有詞，因謂之醮辭。又謂之章，故詩人有"緑章夜奏通明殿"之語。

冠辭二十　古者將行冠禮，必告於祖，告必有祭，祭必有詞，因謂之冠辭。辭中必檮於鬼神，以祈多福，故嘗曰"某冠祝文"，又曰"祝辭"。

祝嘏辭二十一　即祝文也。謂之祝嘏，嘏，福也，因祝而祈福也。漢代有之，後之傳者少矣，宋劉敞偶仿爲之。

賽文二十二　《詩經》中有報賽田祖之作，蓋因年穀豐登，具酒醴以謝神明，所謂賽文，即謝文也。謂之賽者，《説文》："賽，報也。"引申之治物以饗神，因而相與誇勝，亦曰賽。

贊饗文二十三　亦道家之事，所饗爲東皇大（太）一之神，或北帝明堂，皆道者之所崇祀者也。其文語意，亦與齋醮等文相近。

告文二十四　天子有告廟文，士大夫之家，不敢自同於天子，因但謂之告文，而達其意於先人者，其義一也。本以告祖爲名，亦有不以告祖而泛稱之者。

盟文二十五　《左傳》：諸侯相與盟，則載其信約之詞於策，即盟文也。謂之盟者，盟者，明也，所以告於神明也。《文心雕龍》有《祝盟》一篇，二者本不相同，而其爲陳信之用者，則義固無殊也。

誓文二十六　誓之體於《尚書》屢見，所以告於神明者，亦與盟文相類。惟盟則多施之同等之國，而誓則用以約束羣下，爲稍異耳。

青詞二十七　亦於齋醮用之。唐人爲之濫觴，宋人文集中亦常常有之。至於嘉靖中道教盛行，天子一意焚修，一時詞臣爭以此迎上意。謂之青詞者，蓋以青紙書之也。

附録二十八

陳　衍

陳衍（1856—1937）字叔伊，號石遺。清末福建侯官（今福州市）人。光緒八年（1882）舉人。曾入臺灣巡撫劉銘傳幕。二十四年，在京城爲《戊戌變法榷議》十條，提倡維新。政變後，湖廣總督張之洞邀往武昌，任報局總編纂，與沈曾植相識。二十八年，應經濟特科試，未中。後爲學部主事、京師大學堂教習。清亡後，在南北各大學講授，編修《福建通志》，最後寓居蘇州，與章炳麟、金天翮共倡辦國學會，任無錫國學專修學校教授。陳衍通經史訓詁之學，特長於詩，與鄭孝胥同爲閩派詩的首領人物，標榜"同光體"，對近代舊詩壇發生過廣泛影響。其詩學習王安石、楊萬里的曲折用筆，骨力清健。著有《石遺室文集》、《石遺室詩集》、《石遺室詩集補遺》、《説文舉列》、《朱絲詞》、《石遺室詩話》、《石遺室詩話續編》、《遼詩紀事》、《金詩紀事》、《元詩紀事》、《石遺室論文》、《史漢文學研究法》等，選有《近代詩鈔》、《宋詩精華録》。《石遺室論文》原爲陳衍在無錫國學專修學校授課的講義，共五卷。

本書資料據1936年無錫民生印書館本《石遺室論文》。

上古至周秦(節録)

《尚書》爲中國第一部古史,亦即中國第一部古文。以史學論,後世之《天官書》、《律曆志》本於《堯典》上半篇,《職官志》本於《舜典》之命官,《輿服志》、《樂書》本於《益稷》,若《地理志》、《河渠書》之本《禹貢》,《本紀》之本二《典》,其尤顯者矣。以文學論,曾湘鄉之《雜鈔》,分記載、告語、著述、詞賦四類。竊以爲記載、告語二類,爲用最廣最要。《尚書》之《典》、《謨》則傳狀碑誌所自昉,《禹貢》、《金縢》、《顧命》皆記事體,《召誥》、《洛誥》雖中多告語,而首尾實記事體。《顧命》惟韓昌黎曾學之,《金縢》則開後世"紀事本末"之體。奏議爲下告上之言,本於《臯陶謨》、《洪範》、《無逸》、《召》《洛》二誥,而《臯陶謨》實開《漢書》徐樂、嚴安二列傳之體,徐、嚴二傳只載上書一篇,别無他事。贈序爲同輩相告語之言,始於回、路之相贈處,而實本於《君奭》,蓋共處一地而贈言者。若鄭子家、晉叔向之與書,則隔異地而相與言,亦其類也。序跋昉於《易十翼》、《書序》、《詩序》、《射義》、《冠義》、《昏義》、《鄉飲酒義》。祭文昉於《武成》、《金縢》之祝詞。魯公之誄縣賁父,哀公之誄孔子,皆見於《檀弓》。而《周禮·大祝》作六辭,六曰"誄",則周初已有之。(卷一)

两漢(節録)

文之有駢偶,兆端《尚書》、《周易》,至《國語》、《左傳》而已盛。今之論文學源流者,以爲始於西漢之相如、子雲,東京之孟堅、平子,豈其然哉!李斯《諫逐客書》、賈生《陳政事疏》中既多排偶矣,而鄒陽《諫吴王書》、《獄中上梁王書》,其排偶尤多者也。通篇全引古事,以爲證據,故非以排偶出之,則嫌其孤證單弱。其布置以二人爲一偶,或以四人爲一偶,略用反正相承,極似後世演聯珠體,似即聯珠所由來。而每段收束處,多用單行,則東漢以迨六朝駢文亦皆如是也。中間"臣聞明月之珠"一段,尤筆意舒展,事理反覆詳明。全節起結兩筆,尤有力量。起云:"臣聞'忠無不報,信不見疑',臣常以爲然。徒虚語耳!"結云:"則士有伏死掘穴巖藪之中耳,安有盡忠信而趨闕下者哉?"(卷二)

唐(節録)

唐承六朝之後,文皆駢儷,至韓柳諸家出,始相率爲散體文,號稱起衰復古,然元次山(結)、杜子美(甫)已嘗爲之。(卷四)

宋(節録)

碑銘之最古者,如孔子題吴季札之子葬云:"於虖有吴延陵君子之葬"十字,後人亦稱"十字碑"。《史記·夏侯嬰傳》注引《博物志》云:"公卿送嬰葬,至東都門外,馬不行,掊地悲鳴,得石椁,有銘曰:'佳城鬱鬱,二千年見白日。吁嗟! 滕公居此室。'乃葬之。"厥後東漢蔡伯喈(邕)以最長碑銘稱,遂開六朝人駢偶之體,多人人可以公用之語。其《郭有道碑》爲最著者。文中如"聰睿明哲,孝友温恭,仁篤慈惠"等字,非不仿《尚書》"允恭克讓"、"謨明弼諧"等語。然《典》、《謨》中間,皆叙述許多實事,及"都"、"俞"、"吁"、"咈"各端;伯喈文全篇無一事實,惟"辟司掾""舉有道"二語,若掩去姓名及此二句,則移作何人碑文不可? 况此二事,亦不必郭林宗有之乎。故碑傳不得不以馬、班、韓、柳、歐、蘇爲工。(卷五)

鄭文焯

鄭文焯(1856—1918)字俊臣,號小坡、叔問、大鶴山人。清末奉天鐵嶺(今屬遼寧)人。光緒元年(1875)舉人,官内閣中書。長於詞,與樊樊山、朱彊邨、況周頤並稱四大家,在詞的創作、詞學研究、詞籍校勘上成就巨大。兼長金石、書畫、醫學。辛亥革命後,以遺老自居。其詞多表現對清王朝覆滅的悲痛。著述甚豐,有《説文引經考故書》、《揚雄説故》、《高麗好太王碑》、《釋文纂考》、《醫故》、《詞源斠律》、《冷紅詞》、《樵風樂府》、《比竹餘音》、《苕雅餘集》、《絶妙好詞校釋》、《瘦碧詞》等,合刊爲《大鶴山房全集》。

本書資料據中華書局1986年唐圭璋《詞話叢編》本《大鶴山人詞話》。

《大鶴山人詞話》(節録)

鄭大鶴先生論詞手簡(節録)

二

聲調從律吕而生,依永和聲,聲文諧會,乃爲佳制。然詞原於燕樂,非專於樂府中求生活者。自古音譜失圖,所可見只《詞源》一書耳。故淩仲子著《燕樂考原》,苦無圖説,以闡發秘奥,至晚歲,始得玉田書,研究之,頗有創獲。雖仲子書不爲詞旨昌明,而其所造，終不出燕樂章本，會心正不在遠。曩嘗博徵唐宋樂紀，及管色八十四調，求之三年，方稍悟樂祖微眇，悉取《詞源》之言律者，鋭意箋釋，斠若畫一，豈旦夕能畢其説耶？今蘇布政陳公，曾於甲午之夏，持拙編《斠律》二卷，見訪於沽上客樓，殷殷下問，意在盡得其指要，卒之未竟其緒，但辨以宫位所在，能知戈氏自詡知律之謬誕而已。朱文公嘗云："不知宫位究在那裏？"其全書中有紀俗譜管色，益錯亂已。此老不爲考據訓故之學，固未爲知樂也。

三

近世詞家，謹於上去，便自命甚高。入聲字例，發自鄙人，徵諸柳、周、吴、姜四家，冥若符合。乃知詞學之微，等之詩亡，元曲盛行，彌以傖靡，失其舊體。國朝諸家，尟所折衷。良以攻朴學者薄詞爲小道，治古文者又放爲鄭聲。自宋迄今將千年，正聲絶，古節陵，變風小雅之遺，騷人比興之旨，無復起其衰而提倡之者，宜夫朱厲雕琢爲工，後進馳逐，幾欲奴僕命騷矣。獨皋文能張詞之幽隱，所謂"不敢以詩賦之流，同類而風誦之"，其道日昌，其體日尊。近卅年作者輩出，罔敢乖剌，自蹈下流。然求其述造淵微，洞明音吕，以契夫意内言外之精義，殆十無二三焉。此詞律之難工，但勿爲"轉摺怪異不祥之音"，斯得之已。姑舍是，詞之難工，以屬事遣詞，純以清空出之，務爲典博，則傷質實，多著才語，又近昌狂。至一切隱僻怪誕、禪縛窮苦、放浪通脱之言，皆不得著一字，類詩之有禁體。然屏除諸弊，又易失之空疏，動輒跼蹐。或於聲調未有吟安，則拌舍好句，或於語句自知落韻，則俯就庸音，此詞之所爲難工也。而律吕之幾微出入，猶爲别墨焉，所貴清空者，曰骨氣而已。其實經史百家，悉在鎔煉中，而出以高澹，故能騷雅，淵淵乎文有其質。如石帚之用"三星"，則取之詩"跂彼織女"之疏，夢窗之用"棠笏"，則取之《舊唐書・李蕃之傳》，餘類不可勝數。若子集中之所取裁者益夥，讀者貴博觀其通耳。

五

凡爲文章，無論詞賦詩文，不可立宗派，却不可偭體裁。蓋無體則飣餖蟋蟀，所謂"安蔽乖方，迷不知門户"者也。不知所以裁之，則冗濫敷庸，放者爲之，或矜才使氣，靡靡無所底止，又所謂"雜亂無章"者也。作詞尤誡此二弊，一由"蔽所希見"，一由"予智自雄"。比嘗見並世詞人，陳陳相因，得門實寡。即有志師古者，亦往往爲律所縛，頓思破析舊格，以爲腔可自度，黠者或趨於簡便，藉口古人先我爲之，此"畏難苟安"之錮習使然，甚無謂也。然則今之妄託蘇、辛，鄙夷秦、柳者，皆巨怪大謬，豈值一哂耶？宣尼論學，"以約失之者鮮"，請進此恉以言詞，貴能精擇以自鏡得失耳。拉雜書之，不復詮第。冀宏達廣吾勢焉。鶴道人記。

《温飛卿詞集》考

陸文圭謂《花間》以前無集譜，余謂詞有專集，昉於後唐和凝之《紅葉稿》，而馮正中《陽春集》，李珣《瓊瑶集》，皆其嗣響焉。若唐人以長短句原於樂府，類皆附詩集以傳，故謂之詩餘，初未聞别爲一集而名之也。《新唐書·藝文志》載：庭筠有《握蘭集》三卷，《金筌集》十卷，《詩集》五卷，《漢南真稿》十卷，宋志從同，明焦竑據以入《經籍志》。宋陳振孫《直齋書録》僅記《飛卿集》七卷。國初長洲顧嗣立自叙《温詩箋注》，亦云："依宋本分爲《詩集》七卷，《别集》一卷。"足知《飛卿集》至宋已多散軼。顧叙又云："所見宋刻有《金筌詞》一卷，却以其《楊柳枝》八首，見於《花間集》者，闌入集外詩。"其詞名《金筌》，始見於此。特惜顧氏未據以校刻行世，亦付之不足無徵已耳。吴子律《蓮子居詞話》謂："宋本《飛卿集》，末一卷爲《金筌詞》。"亦不可見。蓋唐、宋舊志所稱《金筌集》者，固合詩詞而言，詞即附於詩末，後人别出之以名其詞，非舊編也。證以歐陽炯叙《花間集》，亦止稱"飛卿復有《金筌集》"。其所收六十六首，極深美宏約之致，方之諸家所作，亦云觀止。誠以衛弘基去晚唐未遠，詞客清芬，猶承光誦，宜其甄采高制，於飛卿所得獨多，或即出於原集之末卷，學者得此，無俟他求已。考飛卿本傳，但記其"能逐弦吹之音，爲側豔之詞"。《唐詩紀事》亦述其爲令狐綯代撰《菩薩蠻》詞，並未載有詞集。當時詞無專家，豈其爲詩賦盛名所掩耶？至《古今詞話》云："庭筠《玉樓春》一曲，'家臨長信往來道'起句是也，今多訛爲《春曉曲》，而《花間》亦未選及。"案《玉樓春》舊調上下闋並側起，《花間集》中如顧夐、牛嶠、魏承班諸作可證與飛卿《春曉曲》異體，《詞話》殆未之深考耳。又《全唐詩》所附録者，既以《楊柳枝》入詩，而《菩薩蠻》又增"玉纖彈處真珠落"一闋，《尊前集》亦載之，注："一作袁國傳。"諦審之，確非温作，未足多也。自顧氏有《金筌詞》之目之後，近今倚聲家，乃以未窺全豹爲憾，爰稽撰舊聞，取其要實，俾後之緒帑了焉。

四印齋本《花間集》跋（節録）

詞者，意内而言外，理隱而文貴，其原出於變風、《小雅》，而流濫於漢魏樂府、歌謡。皋文所謂"不敢同詩賦而並誦之"者，亦以《風》《雅》之馨遺，文章之流變；其體微，其道尊也。

况周頤

况周頤（1859—1926）原名周儀，以避清宣統帝溥儀諱，改名周頤。字夔笙，一字揆孫，别號玉梅詞人、玉梅詞隱，晚號蕙風詞隱。清末臨桂(今廣西桂林)人。光緒五年(1879)舉人。後官内閣中書、會典館纂修，以知府分發浙江，曾先後入張之洞、端方幕府。其間，復執教於武進龍城書院和南京師範學堂。辛亥革命後，以清遺老自居，寄跡上海，鬻文爲生。况周頤以詞爲專業，致力五十年，與王鵬運、朱祖謀、鄭文焯爲晚清四大家。二十歲前，其詞作主性靈，“好爲側豔語”，“固無所謂感事”(趙尊岳《蕙風詞史》)。光緒十四年(1888)入京後，與當時詞壇名家同里前輩王鵬運同官，以詞學相請益，得所謂重、拙、大之説，詞格爲之一變，稍尚體格，詞情也較沉鬱。甲午戰爭時，憤於外敵入侵，寫下一些傷時感事、聲情激越的篇什；有一些作品，則對清室的興衰、君臣的酣嬉深致憂思。况周頤尤精詞評，著有《蕙風詞話》五卷，是近代詞壇上一部有較大影響的重要著作。况周頤的詞學理論，本於常州詞派而又有所發揮。他强調常州詞派推尊詞體的“意内言外”之説，詞必須注重思想内容，講究寄託；又吸收王鵬運之説，標明“作詞有三要，曰：重、拙、大”。他論詞突出性靈，强調“真字是詞骨，情真、景真，所以必佳”。此外，其論詞境、詞筆、詞與詩及曲之區别、詞律、學詞途徑、讀詞之法、詞之代變以及評論歷代詞人及其名篇警句都剖析入微，往往發前人所未發。况周頤著述甚豐，有詞九種，合刊爲《第一生修梅花館詞》，晚年删定爲《蕙風詞》；又有《秀道人修梅清課》，與張祥齡、王鵬運聯句詞作《和珠玉詞》；又輯有《薇省詞抄》、《粵西詞見》、《詞話叢鈔》。此外，尚著有《詞學講義》、《玉棲述雅》、《餐櫻廡詞話》、《歷代詞人考略》、《宋人詞話》、《漱玉詞箋》、《選巷叢譚》、《西底叢談》、《蘭雲菱夢樓筆記》、《蕙風簃隨筆》、《蕙風簃二筆》、《香東漫筆》、《眉廬叢話》、《餐櫻廡隨筆》等。

本書資料據中華書局1986年唐圭璋《詞話叢編》本《蕙風詞話》。

《蕙風詞話》(節録)

詞非詩餘

沈約《宋書》曰：“吴歌雜曲，始皆徒歌。既而被之弦管。又有因弦管金石作歌以被之。”按前一法即虞廷“依永”之遺，後一法當起於周末宋玉《對楚王問》。首言客有歌於郢中者，下云其爲《陽阿薤露》，其爲《陽春白雪》，皆曲名。是先有曲而後有歌也。填詞家自度曲，率意爲長短句，而後協之以律，此前一法也。前人本有此調，後人按腔填詞，此後一法也。沿流溯源，與休文之説相應。歌曲之作，若枝葉始敷。乃至於詞，則芳華益茂。詞之爲道，智者之事。酌劑乎陰陽，陶寫乎性情。自有元音，上通雅樂。别黑白而定一尊，亘古今而不敝矣。唐、宋以還，大雅鴻達，篤好而專精之，謂之詞學。獨造之詣，非有所附麗，若爲駢枝也。曲士以詩餘名詞，豈通論哉。

詞非詩之勝義

詩餘之"餘",作赢餘之"餘"解。唐人朝成一詩,夕付管弦,往往聲希節促,則加入和聲。凡和聲皆以實字填之,遂成爲詞。詞之情文節奏,並皆有餘於詩,故曰"詩餘"。世俗之説,若以詞爲詩之勝義,則誤解此餘字矣。

詞用詩句曲用詞事

兩宋人填詞,往往用唐人詩句。金元人製曲,往往用宋人詞句。尤多排演詞事爲曲。關漢卿、王實甫《西廂記》出於趙德麟商調《蝶戀花》,其尤箸者。檢《曲録·雜劇部》,有陶秀實醉寫《風光好》、晏叔原風月《鷓鴣天》、張于湖誤宿《女貞觀》、蔡蕭閑醉寫《石州慢》、蕭淑蘭情寄《菩薩蠻》,皆詞事也。就一劇一事而審諦之,填詞者之用筆用字何若。製曲者又何若。曲由詞出,其淵源在是;曲與詞分,其徑塗亦在是。曲與詞體格迥殊,而能得其並,皆佳妙之故,則於用筆用字之法,思過半矣。(以上卷一)

唐詞與詩近

唐賢爲詞,往往麗而不流,與其詩不甚相遠。劉夢得《憶江南》云:"春去也,多謝洛城人。弱柳從風疑舉袂,叢蘭裛露似沾巾。獨坐亦含顰。"流麗之筆,下開北宋子野、少游一派。唯其出自唐音,故能流而不靡。所謂風流高格調,其在斯乎。前調云:"猶有桃花流水上。無辭竹葉醉尊前。"《抛球樂》云:"春早見花枝,朝朝恨發遲。及看花落後,却憶未開時。"亦皆流麗之句。

晚唐詩有詞境

段柯古詞僅見《閑中好》,寥寥十許字,殊未饜人意。《海山記》中隋煬帝《望江南》八闋,或雲柯古所託,亦無塙據。余喜其《折楊柳》詩"公子驊騮往何處。緑陰堪係紫遊韁"。此等意境,入詞絶佳。晚唐人詩集中往往而有,蓋詞學寖昌,其機欝勃,弗可遏矣。

宋詞用襯字

元人製曲,幾於每句皆有襯字,取其能達句中之意,而付之歌喉又抑揚頓挫,悦人聽聞,所謂遲其聲以媚之也。兩宋人詞間亦有用襯字者。王晉卿云:"燭影摇紅向夜闌,乍酒醒、心情懶。""向"字、"乍"字是襯字。據詞譜,"燭影摇紅"第二句七字,應仄平仄仄平平仄。周美成云"黛眉巧畫宫妝淺",不用襯字,與换頭第二句同。

辛詞陳詩

《吹劍録》云："古今詩人間出，極有佳句。無人收拾，盡成遺珠。陳秋塘詩：'不知筋力衰多少。但覺新來懶上樓。'"按此二句乃稼軒詞《鷓鴣天》歇拍。稼軒倚聲大家，行輩在秋塘稍前，何至取材秋塘詩句。秋塘平昔以才氣自豪，亦豈肯沿襲近人所作。或者俞文豹氏誤記辛詞爲陳詩耶？此二句入詞則佳，入詩便稍覺未合。詞與詩體格不同處，其消息即此可參。（以上卷二）

董解元《哨遍》

柳屯田《樂章集》，爲詞家正體之一，又爲金、元已還樂語所自出。金董解元《西廂記》，搊彈體傳奇也。時論其品，如朱汗碧蹄，神采駿逸。董有《哨遍》詞云："太皞司春，春工著意，和氣生暘谷。十里芳菲，儘東風絲絲，柳搓金縷。漸次第，桃紅杏淺，水緑山青，春漲生煙渚。九十日光陰能幾，早鳴鳩呼婦，乳燕攜雛。亂紅滿地任風吹，飛絮濛空有誰主。春色三分，半入池塘，半隨塵土。滿地榆錢，算來難買春光住。初夏永、董風池館，有藤床冰簟紗幮。日轉午。脱巾散發，沈李浮瓜，寶扇摇紈素。著甚消磨永日。有掃愁竹葉，侍寢青奴。霎時微雨送新凉，些少金風退殘暑。韶華早、暗中歸去。"此詞連情發藻，妥帖易施，體格於《樂章》爲近。明胡元瑞《筆叢》稱董《西廂記》精工巧麗，備極才情。蓋筆能展拓，則推演爲如干字何難矣。自昔詩、詞、曲之遞變，大都隨風會爲轉移。詞曲之爲體，誠迥乎不同。董爲此曲初祖，而其所爲詞，於屯田有沆瀣之合。曲由詞出，淵源斯在。董詞僅見《花草粹編》，它書概未之載。《粹編》之所以可貴，以其多載昔賢不經見之作也。（卷三）

唐詞三首

唐人詞三首，永觀堂爲余書扇頭。《望江南》云："天上月，遥望似一團銀。夜久更闌風漸緊，以奴吹散月邊雲。照見附心人。"前調云："五梁臺上月，一片玉無暇。以里看歸西□去，横雲出來不敢遮。叆叇繞天涯。"《菩薩蠻》云："自從宇宙光戈戟。狼煙處處熏天黑。早晚豎金雞。休磨戰馬蹄。森森三江小。半是儒生類。老尚逐今財。問龍門、何日開。"並識云："詞三闋，書於唐本《春秋後語》紙背，今藏上虞羅氏。《樂府雜録》云：'《望江南》始自朱崖李太尉鎮浙西日，爲亡伎謝秋娘所譔。'"《杜陽雜編》亦云："《菩薩蠻》乃宣宗大中初所制。明胡元瑞《筆叢》據之，太白集中《菩薩蠻》四詞爲僞作。然崔令欽《教坊記》末，所載教坊曲名三百六十五中，已有此二調。崔令欽見《唐書・宰相世係表》，乃隋恒農太守宣度之五世孫，是其人當在睿、元二宗之世。其書紀事，訖於開元，亦足略推其時代。據此，則《望江南》、《菩薩蠻》皆開元教坊舊曲。此詞寫於咸通間，距李贊皇鎮浙西時二十餘年，距大中末不過數年，而敦煌邊地已行此二調，益知段安節與蘇鶚之説，非實録也。蕙風詞隱曰：胡元瑞斥太白《菩薩蠻》四詞爲僞作，姑勿與辨。試問此僞詞孰能作，孰敢作者。未必兩宋名家克辦。元瑞好駁升庵，此等冒昧之談，乃與升庵如驂之靳，何耶？

六么令

詞名《六么令》，近人寫作“幺”，一説當作“么”，作“幺”誤。“么”是宋樂譜字。按白石自製曲《揚州慢》“盡薺麥青青”“薺”字，《長亭怨慢》“緑深門户”“門”字，《淡黄柳》“明朝又寒食”“又”字，旁譜並作“么”，它詞尚多見。今“上”字也。六么之“么”，未知是否即今“上”字之“么”。然作“幺”誼亦未優，不如作“么”，較近聲律家言也。（以上卷四）

《蕙風詞話續編》（節録）

宋代曲譜

《四庫提要》云：“宋代曲譜，今不可見。”《白石詞》皆記拍於句旁，莫辨其似波似磔，宛轉欹斜，如西域旁行字者，節奏安在。考《四庫存目》箸録宋張炎《樂府指迷》一卷，《提要》云：“其書分詞源、製曲、句法、字面、虚字、清空、意趣、用事、詠物、節序、賦情、離情、令曲、雜論，十四篇。”即《詞源》下卷，不知何所本，而以沈伯時《樂府指迷》之名名之。而其上卷，則當時並未經見。故於白石譜字，竟不能辨識也。宋燕樂譜字，流傳至今者絶尠。日本貞亨初，當中國康熙初。所刻《增類羣書類要事林廣記》。吾國西潁陳元靚編輯。卷八《音樂舉要》，有管色指法譜字，與白石所記政同。卷九《樂星圖譜》所列《律吕隔八相生圖》及《四宫清聲律生八十四調》，於諸譜字之陰陽配合，剖析尤詳。卷二文藝類有黄鍾宫散套曲，爲《願成雙令》、《願成雙慢》，已上係宫拍《獅子序》、《本宫破子》、《賺》、《雙勝子》、《急三句兒》等名，首尾完具，節拍分明。讀《白石詞》者，得此可資印證。

方秋岩《沁園春序》

方秋崖《沁園春》詞，檃括《蘭亭序》。有小序“汪彊仲大卿，禊飲水西，令妓歌《蘭亭》，皆不能，乃爲以平仄度此曲，俾歌之”云云。大抵循聲按折，宋人最爲擅長。不徒長短句皆可歌，即前人佳妙文字，亦皆可歌。水西羣妓，殆非妙選工歌者。如其工者，則必能歌《蘭亭序》矣。它如庾子山《春賦》，梁元帝《蕩婦思秋賦》、《采蓮賦》，李太白《惜餘春賦》、《愁陽春賦》，儻付珠喉，未知若何流美。又如江文通《别賦》，謝希逸《月賦》，鮑明遠《蕪城賦》，李遐叔《吊古戰場文》，歐陽文忠《秋聲賦》，蘇文忠前後《赤壁賦》，皆可選摘某篇某段而歌之。此類可歌之文，尤不勝僂指。紅簫鐵板，異曲同工已。

王文簡《倚聲集序》

王文簡《倚聲集序》："唐詩號稱極備。樂府所載，自七朝五十五曲外，不概見。而梨園所歌，率當時詩人之作，如王之涣之《凉州》，白居易之《柳枝》。王維《渭城》一曲，流傳尤盛。此外雖以李白、杜甫、李紳、張籍之流，因事創調，篇什繁富，要其音節皆不可歌。詩之爲功既窮，而聲音之祕，勢不能無所寄，於是温、韋生而《花間》作，李、晏出而《草堂》興，此詩之餘而樂府之變也。詩餘者，古詩之苗裔也。語其正則南唐二主爲之祖，至漱玉、淮海而極盛，高、史其嗣響也。語其變則眉山導其源，至稼軒、放翁而盡變，陳、劉其餘波也。有詩人之詞，唐、蜀、五代諸人是也。有文人之詞，晏、歐、秦、李諸君子是也。有詞人之詞，柳永、周美成、康與之之屬是也。有英雄之詞，蘇、陸、辛、劉是也。至是，聲音之道乃臻極致。而詩之爲功，雖百變而不窮。"云云。僅二百數十言，而詞家源流派别，了若指掌。是書傳本絶鮮，亟節記之。(以上卷一)

《雜體詩鈔》

先雨人世父澍，輯《雜體詩鈔》鋟行。如《柏梁體》、《梁父吟》、《離合體》、《神智體》、《休洗紅》、《兩頭纖纖》、《自君之出矣》、集詞名、藥名之類，體凡數十，得二十四卷，分八鉅册。余幼時輒每種仿爲之。偶憶其一云："自君之出矣，不復畫長眉。眉長似遠山，山遠君歸遲。"(卷二)

陳　鋭

陳鋭(1859—1922)字伯弢，一字伯濤，號袌碧。清末武陵(今湖南常德)人。師從晚清擬古詩派的泰斗王闓運。光緒十九年(1893)，鄉試中舉。翌年候補江寧(今南京)，充兩江督務處提調。光緒二十八年任江南鄉試同考官。辛亥革命後，曾任湖南省通志局分纂。1920年歸里，修建藏書樓，續編所著詩文。陳鋭工詩文，是著名的湘西"三才子"之一，與易順鼎、王以慜齊名。今人錢鍾書認爲陳鋭的詩歌成就遠遠高出王闓運。陳鋭在晚清詞壇有很高的地位，與王鵬運、朱孝臧、鄭文焯等人齊名，被推爲一代詞宗。其詞沉著沖淡,一洗鉛華靡麗之習;無矜錬之跡可尋,却無一字不矜錬,格高律細。同時,他在詞學理論上也有很高成就。著有《裦碧齋集》,包括詩五卷,詞一卷,文一卷,詩話、詞話各一卷。另有《裦碧齋篋中書》、《説文解字校勘記》、《讀經史劄記》、《夢鶴庵詩集》、《秋出吟詞稿》等,多未刊行。

本書資料據中華書局1986年唐圭璋《詞話叢編》本《裦碧齋詞話》。

用字當知上去入

詞調分上去入,用字則祇知平仄,此大誤也。一詞中有少數入聲字,如《高陽臺》、《掃花遊》之類。有多數入聲字,如《秋思秏》、《浪淘沙慢》之類。又如《鶯啼序》中有少數上聲字,千萬不可通融者。今人不知上去,況入聲乎!

《東風第一枝》不宜作入聲

《東風第一枝》,前人有作入聲者,竊訟其不宜。吾友鄭叔問於《雨霖鈴》、《琵琶仙》,偶填上去韻,其詞絶佳,殆亦不能割愛。

清真、夢窗守律嚴

清真詞《大酺》云:"牆頭青玉旆。"玉字以入代平。下文云:"郵亭無人處。"皆四平一仄。夢窗此句第四字,亦用入聲,守律之嚴如此,今人則胡亂用之矣。

填詞一義

"填詞"二字不知何始,"填"之訓"築土"。孟子曰:"填然鼓之。"亦是一義。

詞如古詩

詞如詩,可摸擬得也。南唐諸家,迴腸盪氣,絶類建安。柳屯田不着筆墨,似古樂府。辛稼軒俊逸似鮑明遠。周美成渾厚擬陸士衡。白石得淵明之性情。夢窗有康樂之標軌。皆苦心孤造,是以被弦管而格幽明,學者但於面貌求之,抑末矣。

宋以後無詞

宋以後無詞，猶之唐以後無詩，詞故詩之餘也。晏、范、歐、蘇、後山、山谷、放翁，皆極一時之盛。

宋詞如唐詩

詞有南、北宋，如詩之有中、晚唐，界限分明。獨周公謹之於程書舟，微覺波瀾莫二。

柳三變純乎其爲詞

詞源於詩，而流爲曲。如柳三變，純乎其爲詞矣乎。

訂正《詞律》

萬紅友《詞律》一書，光緒初年杜文瀾氏重加校刊，燦然大備。鄙見所及，偶有訂正。如第五卷，葉少藴《應天長》，萬注柳詞，於渺字意字俱協韻，而不知起句老字，柳已領韻，此葉詞之失也。九卷《垂絲釣》注，飲字不是韻，杜校疑爲宴字之誤。按飲、掩聲轉韻近，並非誤字。十三卷《塞翁吟》算終是注，終宜仄，疑是縱之訛。按此字平仄，似可不拘，夢窗又一作好花，是花字亦平也。《法曲獻仙音》註，夢窗冷字不叶韻，而以宛相向連上讀。不知吴音冷讀如朗也。十六卷《迷神引》回向煙波路注，疑回字上下多一字。按回字因向字形近而重出。下段怪《竹枝歌》聲聲苦，又重一聲字。此調本七十九字，去此二字，與柳詞合也。至卷二《相見歡》下注，即《秋夜月》，不知何據。而卷十二，又有《正調秋夜月》。《浪淘沙》下録《浪淘沙慢》，《木蘭花》下録《木蘭花慢》，《木蘭花令》，而《雨中花慢》，又不録於《雨中花》下。《雙雁兒》即《醉紅妝》，萬以其一押韻爲又一調。《錦帳春》即《錦堂春》，燕飛忙、鶯語亂，亂字是韻。《觀洺水》詞，問何人留得住，住亦韻也，而萬以爲兩調。柳詞《雨中花慢》，宋本作《錦堂春》，宜從宋本，今列於《雨中花慢》。凡此之類，疏略尚多。若杜校編韻，三覺之樂，與十藥之樂字不甚分明。至以駐馬聽入青韻，而隔簾聽入徑韻，則亦强爲分别矣。

白石詞沿舊本之誤

庚戌之秋，沈子培提學以坊刻《姜白石詞》見遺，其後題嘉泰壬辰。辰當爲戌，以嘉泰無壬辰也。至詞中誤字，亦往往而有，如角招起句云："爲春瘦，何堪更，繞湖盡是垂柳。"按此調第三句本祗六字，不知何時湖上多一西字，遂使旁注少一宫譜，此皆沿舊本之誤。

陳澹然

陳澹然(1860—1930)字劍潭，號老劍、晦堂。清末安徽桐城人。少時以不同尋常的才氣而聞名鄉里。應童子試，以奇文妙著轟動故里。光緒十九年(1893)中恩科。民國初年，被袁世凱委任爲總統府高級顧問、陸軍部編修。時隔不久，楊度爲袁世凱稱帝組織"籌安會"，招澹然入幕，遭其嚴詞拒絶。後無心爲官，甘於清貧，閉門謝客著文。陳澹然博學卓識，恃才自負，以司馬遷、班孟堅自許。其時桐城派支流繁出，餘波蔓衍，名聲頗高，桐城士子無不以繼承"家學"而自豪，獨澹然不拘守於"桐城派"家法，遭家鄉學士反唇相譏，"狂士"之名，由此而起。爲文跌宕恣肆，構思奇特。著有《原人》、《原學三編》、《寤言》、《權制》、《蔚雲新語》、《江蘇通志》、《江表忠略》等。《文憲例言》爲其《原學三編》之二。

本書資料據 1923 年《晦堂叢著》本《原學三編》之二《文憲例言》。

選例章第三

近世古文所宗，惟《古文淵鑑》及姚選《古文詞類纂》、曾選《經史百家雜鈔》三者而已，然《淵鑒》義歸經世，而文或未精。《類纂》一主於文，而義或未廣。分途既衆，究其所極，亦不過爲文人。《雜鈔》併姚書爲八類，獨創"典志"、"叙紀"二端，義使治文者，講求典章治亂，其識可謂卓矣。然獨尊詞賦，居全編四一之繁，極其所歸，則亦文人而已。今所選義歸經世，文必雅馴，屏詞賦一門，盡刊浮藻，約其目，曰紀述，曰典制，曰策論，曰書疏，而以詔、令、箴、歌廣其術。蓋經世之文，首推論策，若空文摹擬，流弊亦等時文。故必先明其體，而後可求其用。紀述者，古今治亂大原。典制，則典章所在。斯二者其體也。論策者，推闡古今治亂典章，以明其義，使人達古而措諸今。書疏爲論策所推，各即其事以爲之説。必精論策，而後可爲。詔、令原出書疏，而制益簡。

箴、歌義兼書、令，而法益嚴。斯四者，其用也。

古之爲文，不外紀事、論事。先通記事之法，論事方有持循。紀述、典制，皆記事也。論策、書疏，皆論事也。詔、令、箴、歌，則出入四者之間，體殊而用則一，大旨歸諸經世而已。然經世之本，則存乎人，爲人之方，不踰乎學。故經世而外，茍關學行，間附一二於各類之後，以明士君子讀書厲節之大防。蓋學問駁，則必爲介甫之泥《周官》，不知變通，以禍天下。人品隳，則必爲王伾、叔文、張璁、桂萼之圖倖進，不知自守，以害人心。近世異學紛歧，人心囂競。士君子欲求經世，不能自守，安能治天下國家？不明中國大原，安能通五洲萬國？惟所取皆菽帛之言，一切空談性命、訓詁、詞章不録，此選例之大略也。

近世文家，齗齗文體，議、辨、解、説、傳、誌、碑、銘、叙、記諸體，剖及毫芒，體愈多則文愈劇，文教所由衰也。實則傳、誌、碑、銘、叙、記，不踰紀述；議、辨、解、説，不出論策之中。故此數者，各取以從其類，而不敢紛。即此，而經世之道得矣。持此爲編，治文術者，仍可從其類以求其體。爲類既簡，使知經世外，皆可無事疲勞，而冗文或寡。《易・繫言(辭)》曰："易則易知，簡則易從"，"易簡而天下之理得。"多云乎哉，此編次之大略也。

論策章第六

論議之文，理與事二者而已。論多主理，策多主事。顧事非理不立，理非事不明。體用雖殊，實則無體非用，無用非體。惟言性命者，或泥理而遺事。言事功者，或泥事而遺理。皆非經世之道也。古之人學深而道得，則爲論説以明天下，非好言也。論之精者，莫過《論》、《孟》、《大學》、《中庸》、《管》、《老》、《商》、《韓》，故取以明經世之本，而以《孟子》之論王道、好辨，并耕論法度。韓愈之《原道》，歐陽修之《本論》定其趨。取《管》、《老》、《商》、《韓》、《莊》、《墨》論治之精者通其蔽。以《孟子》之論天命，蘇轍之論商周、隋唐、六國，杜詔之《讀史論略》，蘇軾、司馬光、方孝孺之論正統、論深慮，方宗誠之論繼統，《史記》、《漢書》、柳宗元、顧炎武之論封建、郡縣，晏嬰、叔向之論齊晉，賈誼之《過秦》，陸機之《辨亡》，江統之《徙戎》，蘇洵之論六國，蘇軾之論平王，申鑒之論治，薛福成之變法振其綱。三代禮樂寖亡，存者多不行於後世。故取左氏、劉子、季札、《戴記・禮運》、《史記・樂書》、《新唐書・禮樂志》之論禮樂，存其意而略其詳。以賈子之論士民、陰符，孫武、荀卿之論兵，蘇軾之論刑賞，曾、王之論學校、人才，程顥之論科制，歐陽修之論朋黨、縱囚，蘇洵之論高帝、御將、論諫臣，韓琦之論諫，蘇軾之論始皇、論大臣、論任俠，韓愈之論諍臣，王安石之論孟嘗，曾國藩之原才，柳宗元之議復仇、論封建、論守原。《五代史》之論伶官明其目。以《孟子》之論養氣、論道統，嵇康之論命運，蘇軾之論伊尹、留侯、賈誼守其常。以其論隱公、商鞅、韓非，蘇洵之辨姦明其變。以子産、秦醫論疾治其身。以歐、蘇論世系、春秋、四史，曾國藩之聖哲贊通其學。而以《易·繫辭》、《史》、《漢》、韓、歐、曾、王諸序、紀關政教大者附焉。策莫精於《戰國》，而董仲舒之《對天人》，蘇洵之《審勢》、《審敵》，杜牧之《戰守》、《罪言》，陳亮之《策中興》，皆其大者也。蘇軾之諸策略，蘇轍之策臣、民，皆其細者也。劉黄之論宦寺，蘇軾之論直言，皆其敢言者也。一切空言無實用者擯焉，此論策大略，所以明經世之謨也。

書疏章第七

古人無書疏。所爲書者，問答而已。所爲疏者，奏對而已。然考之《尚書》，《君奭》、《召誥》，則固書之始也。《皋謨》、《益稷》、《伊訓》、《無逸》，則固疏之始也。後世僚友之義漓，而書繁矣；君臣之分閡，而疏繁矣。然斯二者，固出好興戎所繫，戞乎艱哉。《尚書》，贈、告、論、奏之言尚已，獨其文詞義過深，而不適於後世。爰取《論語》“曾晳之侍坐”、“季氏之伐顓臾”，《左》、《國》問對游説之詞，及其書盛者爲的。近時萬邦互市，專對游説，實干戈玉帛之機，故詞令尤亟。漢文帝與趙佗、清攝政王與史可法往來書，漢鄒陽《上吴王》，馬援《諫隗囂》，晉會稽王《與桓温》，王羲之與殷浩、謝安，漢關東人奏記鄧禹，相如之《難蜀父老》，蘇洵《上韓太尉》、《昭文相公》，皆軍國存亡之大者也。司馬遷《報任安》，楊惲《報孫會宗》，鄒陽《上梁王》，李陵《答蘇武》，阮籍《勸司馬昭》，王生《諫蓋寬饒》，王羲之《與謝萬》，丘遲《説陳伯之》，皆人臣安危之大者也。韓愈答孟尚書、李翊、崔立之，柳宗元《寄許京兆》、《答韋中立》，蘇洵《上歐陽公》，蘇轍《上韓太尉》，王安石與司馬君實、張殿丞，皆君子立身爲學之大者也。魏文帝《與吴質論諸賢》，悽愴哀感，肫然愛士之誠，而其詞獨弱，此魏晉六朝，君臣之所由衰也。併以附焉。古者，君臣相對，皆有家人父子之歡。“伊”名“訓”，而“説”名“命”，名乃告君，不啻父兄之教子弟，足見古公、孤坐論之尊嚴，非若後世人主自尊，臣甘僕隸。返此二者，而後天下乃可有爲，而其詞已見於叙記。春秋以下，世降德衰，《左》、《國》奏對、説諫之詞，或則往復從容，或乃恢奇譎異。爲人臣者，必兼此乃可達其忠愛之誠。而孟軻之諫齊梁，尤爲經而能變。若秦漢以來，賈誼之陳政事，王安石之論人才，方苞之論貢舉，晁錯之論兵，歐陽修、尹師魯之謀西夏，揚雄之諫納單于，蘇軾之言治盗。經綸大略，百世可宗。而賈生尤跨百代。賈山之至言，相如之諫獵，匡衡之論經學、威儀、妃匹，諸葛亮之論君子、小人，劉向之論朋黨，路温舒之論刑，程頤之對經筵，王安石之論近習，孫嘉淦之三習一弊，皆爲君德所關。而曾鞏之過闕上書，博厚於斯爲盛。至若嚴安、淮南王、賈捐之、蘇軾之諫用兵，軾兄弟之諫新法，類皆深識遠謨。它若陸贄之諫德宗，曹冏之論封建，歐陽修之論皇子、論諫臣，韓愈、王守仁之諫佛，尤爲言人所難。清醇賢親王之杜尊崇，度越千古，實與韓疏同入西京。若夫李密之陳養，韓愈之謝潮州，蘇轍之乞兄死，則尤哀怛之詞也，因以附焉。明此則開明堂以號令天下，垂拱安坐而無勞矣。此書疏大略，所以明經世之用也。

詔令章第八

詔令之始，二《典》爲昭，《咨岳》、《命官》遂成典要。王者經綸萬國，惟詔書數語，足以鼓天下而動其精誠。高帝約法關中，發喪討楚，遂令區區漢蜀，海内歸心。光武除莽苛政，復漢官儀，遂致河北臣民，聞風感泣。唐德宗奉天奔走，得陸贄爲詔，而悍將歸誠。宋元祐幹蠱熙寧，得蘇軾爲詔，而羣賢鼓舞。晉隋之際，詔令膚纖，天下竟歸大亂。明季大學士不知何況名詞，調旨詰難，宗社遂致丘墟。嗚呼，一言善則天下應，一言不善則天下違。此豈尋常文具云爾哉？爲此者必有怛摯淵懿之誠，乃可當喉舌絲綸之任。守文既久，詔令皆成故事，振厲尤難。首唐虞《咨岳》、《命官》與《胤征》、《甘誓》、《湯誓》、《牧誓》、《文侯之命》、《費誓》、《秦誓》，《左傳》"襄王之辭請隧"、與"王子朝之告諸侯"，明其原也。秦併天下，詔令明肅，冠絶古今，而温和意少，故二世輒亡，明其變也。漢高約法、發喪、求賢，寬簡中别具温和之度，所以定天下也。文帝繼之，除誹謗、祛肉刑、求嘉言、禁祈福、策賢良、賜南越、遺匈奴，氣象不逮高皇，而慈祥獨至，所以貞漢業也。武帝求異才、使絶域、罪不舉孝廉、報李廣、封諸王、策文學，所以廣漢業也。昭帝賜燕王，宣帝察官屬，元帝封甘延壽，皆有操縱一世之謨，而氣衰矣。光武賜竇融、報臧宫、馬武、耿弇諸臣，不修大司徒之怨，遜答匈奴，所以致中興也。明帝詔即位、祀明堂、行養老、問東平王，章帝舉直言、明禘祭、問三公，馬后之禁外家，所以守中興也。漢後主之策丞相，魏明帝之賜彭城，宋文帝之戒江夏，所以明重相御藩之義也。陸贄之擬改元、馭叛將，文未古而義則精，所以明持危處變之道也。歐陽修、曾鞏擬制，雖未若漢詔深嚴，然後世及之者寡矣。凡此皆帝王之語，所謂詔也。曹植之令國中，王尊之敕功曹，諸葛亮之教羣下，所以明守藩任帥之義也。司馬相如之諭巴蜀，陳琳之檄豫州、諭吴將，鍾會之檄蜀漢，石苞之與吴王，傅亮之修張良廟，所以處敵國也。韓愈之策進士、祭鱷魚，所以謀内安也。凡此皆臣下之語，所謂令也。馬援、鄭玄、諸葛亮、王羲之、舒元輿、司馬光之戒子弟，尤爲治生涉世之大關，亦令也。舉其大，而以類此者附之，蓋經世之道成矣。

箴歌章第九

箴歌者，始於唐虞之世。君臣相規，《南薰》、《月華》、《擊壤》諸篇，遂開後世風謡之祖，而《九歌》、《勿壞》，尤爲久安長治之原。後世君臣互答，有頌無規，遂至諛諂萬端，君益驕而臣益媚，治乃不忍言矣。嗟乎，禮繁則敝，樂靡則亡。揖讓之節愈明，而禮愈昧；律吕之文愈辨，而樂愈淆。不返其元，其奚能治？三代愈遠，禮樂無徵，通其義而毋泥其文，其惟箴歌乎？夫箴者，《禮》之遺。歌者，《樂》之遺也。《詩》三百篇尚已，其原則虞廷元首，五子陳歌。逮《三百篇》，則《魚藻》、《卷阿》、《敬之》、《小毖》、《抑戒》、《賓筵》，凡切於規諷者録之。《左傳》之《虞箴》、《金人銘》，揚雄之《十二州箴》、《酒箴》，高彪之《御史箴》，崔琦之《外戚箴》，張華、裴子野之《女史箴》，嵇康之《太師箴》，潘尼之《乘輿箴》，摯虞之《尚書箴》，王褒之《太子箴》，崔駰之《官箴》，韓愈之《五箴》，程子之《四箴》，范浚之《心箴》，曾國藩之《自訟箴》，皆君臣上下，政治身心之大關也。歌之大，莫若清廟明堂。而《房中》樂歌，實爲根本。首取商、周、魯雅、頌之廣大精融若《玄鳥》、《生民》、《文王》、《清廟》者録之，所以厲人君也，而以周宣諸《雅》，及秦《小戎》、《駟鐵》與秦皇刻石諸文，唐中興頌，及韓碑柳雅，與魏武短歌，振天下衰靡之風。《鴟鴞》、《東山》、《缺斨》、《狼跋》、《小弁》、《雉飛》、《黍離》、《下泉》、《北風》、《衡門》諸篇，見古人憂危之節。《崧高》、《蒸民》、《芃黍》及《漢書》"叙"、"傳"，陸機《高祖功臣頌》，揚雄《趙充國頌》，袁宏《三國名臣贊》，夏侯湛《東方贊》，陶潛《讀史》，韓愈《漢三賢贊》，柳宗元《伊尹贊》，朱子《六先生贊》與漢、唐、宋、清諸名臣碑銘附之，所以厲人臣也。《詩》《皇矣》、《高山》、《公劉》、《七月》、《楚茨》、《南山》，所以明植國之本也。《關雎》、《葛覃》、《卷耳》、《汝濆》、《麟趾》，所以明创國之基也。餘則取國政民風之大者録之。西漢《房中》諸歌，亦《關雎》意也，然而其實微矣。晉束晳《南陔》、《白華》諸作，及韓愈《琴操》，皆忠孝之思也，而以四言爲斷。餘則取屈原《九歌》附之。忠臣義士，不幸而處衰危，不得已遁於山水鬼神，自攄其意，亦逃世之一端也。明乎此，則以經世之術，審量於身世之間，而忖其所處。天下可治，不難自盡其才；不可治，亦將陶寫山林，不至猝投禍亂。蓋至是而經世之術至焉已。

張德瀛

張德瀛(1861—?)字采珊，别號山陰道上人。清廣東番禺人。光緒十七年(1891)舉人。著有《耕煙詞》五卷、《詞徵》六卷。張德瀛的詞學思想主要體現於他的詞話著作《詞徵》中，其基本特點是：推尊常州詞派，關注爲人品節，重視音韻譜律，凸現歷史意識，追求係統論述。《詞徵》前三卷爲詞體研究，卷一論詞體、詞牌、詞律，卷二論詞之律呂，卷三論用字、音韻；後三卷著録詞籍、品評詞人，卷四列舉自唐至明之詞集，卷五評論唐、宋人詞，卷六評騭金、元、明、清人詞。

本書資料據中華書局1986年唐圭璋《詞話叢編》本《詞徵》。

《詞徵》(節録)

古樂遞變

《鄉飲酒義》曰："工入升歌三終，主人獻之；笙入三終，主人獻之；間歌三終，合樂三終，工告樂備。遂出。"此古樂歌也。秦燔樂經，其緒乃絶。六代而後，靡音日興。迄有唐之世，疊出新響，詞肇其端。蓋風會遞變，若有主之者。王仲淹謂情之變聲，即斯意也。

意内言外爲詞

詞與辭通，亦作詞。《周易》孟氏章句曰："意内而言外也。"《釋文》沿之。小徐《説文繫傳》曰："音内而言外也。"《韻會》沿之。言發於意，意爲之主，故曰意内。言宣於音，音爲之倡，故曰音内。其旨同矣。《周易章句》，漢孟喜撰。喜字長卿，東海蘭陵人，事跡具《漢書・儒林傳》。喜與施讎、梁丘賀同受業於田王孫、傳田、何之易。世以意内言外爲許慎語，非其始也。

詞本楚詞

屈子《楚辭》，本謂之《楚詞》，所謂軒翥詩人之後者也。《東皇》、《太一》、《遠遊》諸篇，宋人制詞，遂多仿效。沿波得奇，豈特馬、揚已哉！

樂府之始

《漢書・禮樂志》云："武帝定郊祀之禮，乃立樂府。自司馬相如等討論八音，河間獻王獻所集雅樂，後世樂律，於兹爲盛。"嚴滄浪謂漢成帝定郊祀，立樂府。王漁洋謂樂府之名，始於漢初，引高祖《三侯歌》、唐山夫人《房中歌》爲證，二説不同。考孝惠二年，夏侯寬已爲樂府令，則樂府不始於武帝。劉彦和謂武帝崇禮，始立樂府者，蓋據《漢志》言之。若元微之以仲尼操伯牙《流波》、《水仙》等操，齊牧犢作《雉朝飛》，衛女作《思歸引》，爲樂府之始，是第窮其源之所自出耳。

詞所自出

鄭夾漈曰："古之詩，今之詞曲也。"胡明仲曰："詞曲者，古樂府之末造也。"張功甫曰："《關雎》而下三百篇，當時之歌詞也。"宋人品藻如是，則知詞之所自出矣。

相和成曲

詞多以相和成曲，《巴渝詞》之竹枝女兒，《採蓮曲》之舉棹年少，其遺響也。考相和曲有《碧玉歌》、《懊儂歌》、《子夜歌》諸調，蓋創於典午之世。

豔詞所本

隋煬帝令樂正白明達造新聲，創《萬歲樂》、《藏鉤樂》、《長樂花》、《十二時》諸曲，遂爲後人豔詞所本。

《閑中好》所祖

南北朝尚書令王肅《悲平城》詩云："悲平城，驅馬入雲中。陰山嘗晦雪，荒松無罷風。"祖瑩又作《悲彭城》詩云："悲彭城，楚歌四面起。屍積石梁亭，血流睢水裏。"唐人制《閑中好》詞，其音響實祖二詩。

詞之句法本於詩

鄉先輩謂詞之句法，皆本於詩，兩字成句者本於《鱨鯊》、《祈父》。其三字以下句法，不一而足。愚按：詞有一字成句者，小令如《蒼梧謠》、慢聲如《哨遍》皆然。唐時令狐楚賦山、同作者凡九八，此概舉其一耳。張南史賦雪，《詠物》六首之一。皆從一字起。文與可《丹淵集》，亦具兹體。顧徵君謂《緇衣》章"敝"字爲句，"還"字亦爲句，是詞之有一字，實本於《三百篇》也。

摘曲中語爲調名

古樂府《長相思》、《行路難》，摘曲中語爲題。毛平珪詞云："何時解珮掩雲屏。訴衷情。"即以"訴衷情"名調。毛並有《戀情深》，詞格同。蘆川詞云："翻成別怨不勝悲。"即以"別怨"名調。梅溪詞云："换巢鸞鳳教偕老。"即以"换巢鸞鳳"名調。詞之上承樂府，觀此益信。

唐宋詞風

陸務觀云:"倚聲制詞,起於唐之季世。"又云:"詩至晚唐五季,氣格卑陋,千人一律,而長短句獨精巧高麗,後世莫及。"此亦但究其始耳。實則詞至北宋,堂廡乃大,至南宋而益極其變。晚唐五季小詞,沾沾自喜,未足言極軌也。轉法華勿爲法華轉,此禪家語也。張叔夏《詞源》云:"使事而不爲事所使。"其言洞窺癥結,宜乎於南渡以還,卓然成獨至之詣。

沈伯時論作詞法

沈伯時論作詞之法,謂音律欲其協,不協則成長短之詩;下字欲其雅,不雅則近乎纏令之體;用字不可太露,露則直突,而無深長之味;發意不可太高,高則狂怪,而失柔婉之意。説最精審,循此以求之,其途正矣。

詞名詩餘

小令本於七言絶句夥矣,晚唐人與詩並而爲一,無所判别。若皇甫子奇《怨回紇》,乃五言律詩一體。劉隨州撰《謫仙怨》,竇宏餘、康駢又廣之,乃六言律詩一體。馮正中《陽春録》,《瑞鷓鴣》題爲《舞春風》,乃七言律詩一體。詞之名詩餘,蓋以此。

和韻詞

晁無咎《摸魚兒》,蘇子瞻《酹江月》,姜堯章《暗香》、《疏影》,此數詞後人和韻最夥。至周美成詞,趙秋曉八用其韻;崔菊坡詞,劉後村七用其韻。而方千里、楊澤民並有和清真全詞,夢□、陳三聘又有和石湖詞。可以想一朝壇坫之盛。

詞叶短韻

蘇子瞻《水調歌頭》前闋云:"我欲乘風歸去,又恐瓊樓玉宇。"後闋云:"月有陰晴圓缺,人有悲歡離合。"宇、去、缺、合,均叶短韻,人皆以爲偶合。然檢韓无咎詞賦此調云:"放目蒼崖萬仞,雲護曉霜城陣。"仞、陣是韻。後闋云:"落日平原西望,鼓角秋深悲壯。"望、壯是韻。蔡伯堅詞賦此調云:"燈火春城咫尺,曉夢梅花消息。"尺、息是韻。後闋云:"翠竹江村月上,但要綸巾鶴氅。"上、氅是韻。乃知《水調歌頭》實有此一體也。

隱括體

詞有隱括體。賀方回長於度曲,掇拾人所棄遺,少加隱括,皆爲新奇。常言吾筆端驅使李商隱、温庭筠，常奔命不暇，後遂承用焉。米友仁《念奴嬌》，裁成淵明《歸去來辭》；晁無咎有《填廬仝詩》，蓋即此體。

福唐體

福唐體者，即獨木橋體也，創自北宋。黄魯直《阮郎歸》用“山”字，辛稼軒《柳梢青》用“難”字，趙惜香《瑞鶴仙》用“也”字，均然。朱錫鬯《長相思》用“西”字，紅橋尋歌者沈西《柳梢青》用“耶”字，馬上望瑯琊山《行香子》用“娘”字，伎席此闋見《曝書亭外集》陳其年《醉太平》用“錢”字、詠錢“瓢”字，題孫無言半瓢居本效宋人。此亦如今體詩之轆轤格、壺盧格，乃偶然託興者，必踵其轍，則爲惡境矣。

回文體

回文有二體：有逐句回環者，晁次膺《菩薩蠻》是也。有通體回環者，吴禮之《西江月》是也。毛大可《浣溪沙》和任二王回環韻，以下一首回前，未詳所本。

明清人仿顧敻體

顧敻《荷葉杯》詞：“春盡小庭花落。寂寞。憑檻、斂雙眉。忍教成病憶佳期。知麽知。知麽知。”敻所賦九詞，“麽”皆作“摩”。自後仿其體者，明人有小詞二闋，一疊“催麽催”三字，一疊“乾麽乾”三字，《赤荷葉杯》調，《艮齋雜説》以爲《如夢令》者，誤也。曹秋岳詞疊“留麽留”三字，毛大可詞疊參麽參三字。

《杏花天》二體

紫霞翁云：“木笪人以歌《杏花天》得名，補教坊都管。”案《杏花天》有二體，其一體與《端正好》同，一體與《於中好》同。

《虞美人》體

《虞美人》詞五十六字者是正格。元何介夫有五十四字一體，詞云：“三年奔走荒山道。喜説苕溪好。苕溪秋水漫悠悠。載將離恨上杭州。干戈未已身如寄。安樂知何處。青溪溪上釣魚磯。縱使無魚、還有蟹螯肥。”向來詞譜均未載及此體。

《一萼紅》體

《一萼紅》一百八字，平側各一體。吴山尊專賦是調，成《一萼紅詞》二卷，然以本調編至四體則未碻。

詞有扇對

詩有扇對，詞亦有扇對。鄭都官詩云："昔年共照松溪影，松折碑荒僧已無。今日還思錦城事，雪消花謝夢何如。"此詩之扇對也。趙元鎮詞云："欲往鄉關何處是，正水雲浩蕩連南北。"後闋云："欲借忘憂須是酒，奈酒行欲盡愁無極。"此詞之扇對也。

集詩句入詞

集詩句入詞，惟朱竹垞《蕃錦集》篇帙最富。然蘇子瞻、趙介庵均列是體，蓋宋人已有爲之者。其集前人詞句，則石次仲《金谷遺音》載之。

詞爲曲家導源

詩衰而詞興，詞衰而曲盛，必至之勢也。柳耆卿詞隱約曲意。至黄魯直《兩同心》詞，則有"女邊著子，門裏挑心"之語，彭駿孫《金粟詞話》，已言其鄙俚。楊補之《玉抱肚》詞云："這眉頭强展依前鎖。這淚珠强收依前墮。"此類實爲曲家導源，在詞則乖風雅矣。

詞必立調

小徐曰，詞之虚立，與實相扶，物之受名，依詞取義，此蓋謂語之助也。推此而言，則詞必立調，而後可以審其節哉。

巴渝詞

《巴渝》詞有十四字者，有二十八字者。《舊唐書·音樂志》云："《巴渝》，漢高帝所作也。帝自蜀漢伐楚，以板楯蠻爲前鋒，其人勇而善鬬，好爲歌舞，高帝觀之曰：'武王伐紂歌也。'使工習之，號曰《巴渝》。渝，美也。亦云巴有渝水，故名之。"

謫仙怨

《謫仙怨》，劉文房所創調也。竇弘餘云："天寶十五載正月，安禄山反，陷没洛陽。五師敗績，關門不守，車駕幸蜀。途次馬嵬驛，六軍不發，賜貴妃自盡，然後駕行。次駱谷，上登高，下馬望秦川，遥辭陵廟，再拜嗚咽流涕，左右皆泣。謂力士曰：'吾聽九齡之言，不到於此。'乃命中使往韶州，乙太牢祭之。因上馬索長笛吹，笛曲成，潸然流涕，佇立久之。時有司旋録成譜，及鑾駕至成都，乃進此譜請名曲，帝謂'吾因思九齡，亦别有意，可名此曲爲《謫仙怨》'。其旨屬馬嵬之事，厥後以亂離隔絶，有人自西川傳得者，無由知，但呼爲《劍南神曲》，其音怨切，諸曲莫比。謂有賢宰思，乃深爲彼美惜耳。"

一點春

《一點春》詞，相傳爲隋宫人所制。薛漁思《河東記》載歌一章，與《一點春》聲響相類，惟用側韻不同。

憶江南

《憶江南》調，原名《謝秋娘》，本贊皇鎮浙西日，爲亡姬謝秋娘作也。是調多别名，初寮詞亦謂之《安陽好》。毛大可《詞話》及劉斧《青瑣集》以爲是隋煬帝所撰者，誤從《海山記》之言，而未知爲後人所僞託也。

傾杯曲

《傾杯曲》，一云唐太宗時，長孫無忌所撰。一云宣宗善吹蘆管，自製此曲，蓋宫調也。今詞調《傾杯令》、《傾杯樂》，猶沿此稱。

調笑令

《調笑令》，創於唐天寶中，一名《宫中調笑》。戴容州謂之轉應詞，五代時謂之轉應曲，惟三十八字者，祇名《調笑》，初無異稱，蓋轉踏曲也。詞前以儷語作引，附古詩八句，多集唐人句。詩繇平至側，詞起句即承詩末兩字。附以破子，音響同詞。不以詩作引，末以絶句媵焉。毛澤民謂之遣隊，洪景伯《盤洲集樂章》謂之句隊，或謂之放隊。兩宋時多尚此體，亦詞之折楊皇荂也。其引子如古樂府之豔與和，破子如古樂府之趨與亂。《調笑令》一名《三臺令》，並有《上皇三臺》、《突厥三臺》、《中宫三臺》之目。其後三體名則從同，而音響異矣。三臺之伱，李濟翁以爲鄴中三臺，即陸翽記中所述者。《劉公嘉話》言高洋築三臺，皆指地言。惟方密之《通雅》引李涪《刊誤》言権酒三十，拍促曲名三臺。謂三臺者，作樂時部首拍版三聲，然後管色振作，乃曲名耳。此説近之。

秋　霽

《秋霽》調，始自李後主，宋胡浩然易爲《春霽》，即此調也。楊升庵《詞品》，謂《秋霽》詞爲陳後主所創，蓋沿《草堂詩餘》之誤。

《月上海棠》與《瑶臺第一層》

《月上海棠》，徽廟所創調也，見《雲麓漫鈔》。《瑶臺第一層》，裕陵所創調也，見後山居士《詩話》。

醉翁操

《醉翁操》，乃琴調泛聲。歐陽文忠初作醉翁亭於滁州，既爲之記。時太常博士沈遵游焉，爲作《醉翁吟》三疊，寫以琴。然有聲無詞，故文忠復爲《醉翁述》以補之。或病其琴聲爲詞所縄約，殆非天成。後三十餘年，有廬山玉澗道人崔閑，工鼓琴，請於蘇東坡爲之詞，律吕和協。辛稼軒《長松之風》一闋，其和章也。元、明人無賦是調者。惟於本朝得三闋焉，其一爲陳砥中作，見《松風閣琴譜》。其一爲淩次仲作，見《梅邊吹笛譜》。其一爲女史吴蘋香作，見《花簾詞》。

憶瑶姬

《憶瑶姬》，史邦卿所創調也。《水經注》謂天帝之季女名曰瑶姬。案《襄陽耆舊傳》云，赤帝女曰瑶姬，未行而卒，葬於巫山之陽，故曰巫山之女。楚懷王游於高唐，晝寢夢見與神遇，自稱是巫山之女，遂爲置觀於巫山之陽。

孟家蟬

《孟家蟬》九十七字，潘元質所創調也。朱彧《可談》云，孟后衣服畫作雙蟬，目爲孟家蟬，識者謂蟬有禪意，久之竟廢。姜堯章詩"遊人總戴孟家蟬"，張伯雨詞"玉梅金縷孟家蟬"，指此。

歸國謡

《歸國謡》，或作《歸國遥》，劉氏延禧謂即樂府之《刮骨鹽》。謡、鹽聲之轉，刮骨與歸國聲近，殆一名訛别爲二也。

玉瓏璁

《玉瓏璁》，即《釵頭鳳》。《風月堂雜識》，玉瓏鬆，浙中謂之睡梅。毛文錫詞"快教折取戴玉瓏璁。"璁、鬆同。

釵頭鳳

《釵頭鳳》，程正伯易名《折紅英》。蜕岩詞折作摘。唐氏和陸詞，前用側韻，後用平韻，上下闋同，實一調也。

小聖樂

《小聖樂》，九十五字，元遺山所制，俗以爲"驟雨打新荷"者是也。趙松雪計"主人自有滄洲趣，遊女仍歌白雪詞"，謂此。詳見陶南村《輟耕録》。

鞓　紅

無名氏有《鞓紅》詞，鞓紅，牡丹名也。辛稼軒詞"鞓紅似向舞腰横。"孫花翁詞"一朵鞓紅，寶釵壓髻東風溜"。萬紅友詳論其制，所云宋待制服鞓紅犀帶，蓋即《西溪叢語》引石子惠之説。愚案《夢溪筆談》云；海上有一船，桅折，抵岸三十餘人，如唐衣冠，紅鞓角帶，則知唐時已有之，非特宋制然也。

昔昔鹽

樂府有《昔昔鹽》，昔或作析。一云昔昔，隋宫美人名。傳自戎部，蓋疏勒曲也，屬羽調。鹽與胤、引均通，又轉爲豔，義與樂府之《三婦豔》相類，又作炎。北宋時，王師南征，制《黄帝炎曲》。《容齋隨筆》云，《玄怪録》載籧篨三娘工唱《阿鵲鹽》，又有《突厥鹽》、《黄帝鹽》、《白鴿鹽》、《神雀鹽》、《疏勒鹽》、《滿座鹽》、《歸國鹽》。唐詩："媚賴吴娘唱是鹽，施肩吾詩"嫵媚吴娘笑是鹽"，略異。更奏新聲《括骨鹽》。"然則歌詩謂之鹽者，如吟、行、曲、引之類。愚案詞有《鹽角兒》，託始於此。角謂是詞屬角調也。梅聖俞紙角裹鹽之説，穿鑿附會，殆不可據。

菩薩蠻

《菩薩蠻》，或作《菩薩鬘》。《杜陽雜篇》云：宣宗大中初，蠻國人入貢，危髻金冠，瓔珞被體，故謂之菩薩蠻。白太傅諷諭詩："玉螺一吹雅髻聳。銅鼓千擊文身踴。珠瓔炫轉星宿摇，花鬘斗藪龍蛇動。"蓋指此也。

婆羅門引

《婆羅門》，胡曲，屬太簇商調。宋時隊舞，亦名婆羅門舞。詞調《婆羅門引》，宋詞或於上增"望月"二字。陽羨萬氏云："'望月'二字是詞題，非牌名也。"删上二字。徐誠庵謂唐教坊曲有《望月婆羅門引》，萬氏删原題，非也。今考隋大業中，遣常駿等使其國，赤土王遣婆羅門鳩摩羅以舶三十艘，吹螺擊鼓以迓常駿。迄唐開元中，西凉府節度楊敬述始進《婆羅門曲》。一名《西凉調》，一名《凄凉調》，一名《子母調》，一名《高宫調》。《唐會要》謂天寶十三載，改《婆羅門》爲《霓裳羽衣》，鑿鑿可證。《教坊記》之説，未可爲據。至《樂府雅詞》、《陽春白雪》載楊如晦《婆羅門引》，亦無“望月”二字。元段復之《遯齋樂府》，《望月婆羅門引》注云：“以《望月婆羅門引》歌之，酒酣擊節，將有墮開元之淚者。”以訛傳訛，沿誤久矣。

霓裳羽衣曲

唐開元時，有霓裳羽衣舞，並《霓裳羽衣曲》。曲則西涼節度使楊敬述所造，玄宗從而潤色之。故王仲初《霓裳詞》，白太傅《霓裳歌》，皆筆於篇，以紀其事。歐陽永叔《詩話》云：“今教坊尚能作其聲，其舞則廢而不傳。人間又有《望瀛府》、《獻仙音》沈存中云屬燕部。二曲云，此其遺聲也。”周公謹謂《霓裳》一曲，共三十六段，是能作其聲之一證。宋太宗時舞隊，其第五隊曰拂霓裳隊，或仍仿唐制也。詞調之《拂霓裳》及《霓裳中序第一義》，蓋本此。元微之云：“散序六遍無拍，故不舞；中序始有拍，亦名拍序。”

蘇幕遮

《蘇幕遮》，即《蘇摩遮》，本唐時曲名。幕乃摩之轉聲，西域婦帽也。唐張説有《蘇摩遮》詞四首，其第一首云：“摩遮本出海西胡。琉璃寶眼紫髯須。”義蓋取此。

簇　拍

唐人樂府有《簇拍陸州》、《簇拍相府蓮》，今詞之《滿路花》、《醜奴兒》，均有以促拍名者，乃唐人之所謂《簇拍》耳。

六　么

王灼《碧雞漫志》云：《六么》一名《緑腰》，《吐蕃傳》云：奏《涼州》、《胡渭》、《緑腰》、《雜曲》。《緑腰》之名始此。一名《録要》。段安節《樂府雜録》云：樂工進曲，上令録其要者。據此則知《録要》之名，貞元中德宗所定者也。此曲内一疊名花十八，前後十八拍，又四花拍，共二十二拍，曲節抑揚可喜，舞亦隨之。《墨莊漫録》亦云：《六么》曲有花十八，今《夢行雲》詞調，别名《六么花十八》。張斗南宫詞“奏罷六么花十八”，歐陽永叔詞“貪看六么花十八”，謂歌聲與舞態也。《演繁露》云：唐有新翻羽調《緑腰》，蔣竹山詞“羽調緑腰彈遍了”可證。以曲有高平吕調。考《緑腰》凡四曲，高平吕調其一耳。毛稚黄謂《緑腰》一名《樂世》，蓋依白太傅詩集編列，它家無之。

采雲歸

燕樂仙吕調有《采雲歸》，詞調《采雲歸》，采誤作彩，當據《宋史・樂志》更正。

犯聲

陳暘《樂書》云：以臣犯君謂之犯聲，犯聲自天后末年始也。詞之名犯，皆謂以此宮犯彼宮之調，如《四犯玉連環》、《四犯翦梅花》、《八犯玉交枝》、《四犯令》、《玲瓏四犯》、《花犯》，《念奴凄凉犯》、《花犯》、《倒犯》、《尾犯》、《側犯》，皆然。

六州

《容齋隨筆》云：今樂府所傳大曲，皆出於唐，而以州名者五：伊、凉、熙、石、渭也。謹案，《欽定歷代詩餘》云：六州，伊、凉、甘、石、氐、渭也。唐樂府多以此名，詞調因之，與《容齋》所紀不合。詞調所謂《六州歌頭》者謂此。宋《樂志》所載六州鼓吹曲也，郊祀明堂大樂多用之，與《六州歌頭》迴異。然《六州歌頭》亦多言古今興亡之事，非豔詞比。其他若《伊州序》、《梁州即凉州。序》、《甘州子》、《石州慢》、《氐州第一》，皆託名於詞調，而渭州無之。

調名音近而異

調名有因音近而異者，如《紅窗迥》之爲《虹窗影》，《握金釵》之爲《戛金釵》是矣。有因義同而異者，如《眼兒媚》之爲《秋波媚》，《夜行船》之爲《明月棹孤舟》是矣。有因所賦之詞而異者，如《暗香》、《疏影》之爲《紅情》、《緑意》是已。它如《浣溪沙》之爲《浣沙溪》，《滿江紅》之爲《上江虹》，則因槧本誤刻而異。若《長相思》名《吴山青》，《烏夜啼》名《上西樓》，佳章流播，緣是得名。固非東澤綺語債，東山寓聲樂府之比也。

詞譜行而詞學廢

宋、元人製詞，無按譜選聲以爲之者。王灼《碧雞漫志》、沈義父《樂府指迷》、張炎《詞源》、陸輔之《詞旨》，詣力所至，形諸齒頰，非有定式也。迄於明季，始有《嘯餘譜》諸書，流風相扇，軌範或失，蓋詞譜行而詞學廢矣。

《詞律》

萬氏《詞律》不收明以後自度腔，最爲有識。其糾正諸調紕繆，如湯沃雪，久爲名流所心折。然譜中失收之調，正復不少。徐誠庵《詞律拾遺》所補入者一百六十五調，一百七十九體，合原書爲八百二十五調，一千六百七十餘體。統此二書，可爲準的矣。許積卿論萬氏《詞律》一書，謂一詞之中字句即有參差，不當以又一體判之。蓋於樂同在一宫，不得又爲一體也。其論極通，因爲拈出。

《詞律》辨四聲句法

《詞律》於四聲句法，斷斷辨之，有不厭其繁者，雖於所入宫調及聲之清濁，未嘗剖晰，而旨意恒與宋人吻合。淩次仲賦《湘月詞》吊之云："律比申商，料後世應有知音題品。"誠重之也。

《詞律拾遺》

《詞律拾遺》一書，旁搜博采，捃摭綦備，卷七、卷八，訂正原書，亦多確論。然其中有應補而不補者，如韓淲《弄花雨》，姜夔《鶯聲繞紅樓》、無名氏《樓心月》、張翥《丹鳳吟》、張雨茅《山逢故人》，此當列入補調。李敏軒《慶清朝慢》、側韻陳允平《祝英臺近》、李之儀《憶秦娥》、趙以汝苑《江城梅花引》，此應列入補體。若斯之類，宜加搜輯，而反闕之，此其所略也。（以上卷一）

明曲承宋

《明史・樂志》，載嘉靖間續定慶成宴樂四十九章，其《賀聖朝》、《水龍吟》、《醉太平》等曲，猶承宋之遺響。若《清江引》、《水仙子》諸曲，又濫觴於金、元者。惜乎詞之音理，至勝國而其緒絶也。（卷二）

詞不能舍音韻

《樂記》曰：聲成文謂之音，聲出而音定焉，音繁而韻興焉。論其秩序，則音居先，韻居後。若舍音韻以言詞，匪特戾於古，詞亦不能工矣。

音律本於人聲

劉彦和《聲律篇》云：夫音律所始，本於人聲者也。聲含宫商，肇自血氣。惟詞亦然，高下洪細，輕重遲疾，各有一定之響。解人正當於喉吻間得之。

唐宋人製詞無韻書

齊永明時尚聲韻之學，周顒撰《四聲切韻》，沈隱侯撰《四聲譜》，曩嘗求其書讀之而不可得，蓋二書本未傳於世也。然平上去入，互相通轉，羣經有之。其見於《毛詩》者，尤不可枚舉。當發言之始，期合天籟，非拘牽於聲韻者。故唐、宋人製詞，别無韻書，而韻寓焉。陳獻可云：詞曲起，則律吕即在詞曲之中。語載陸清獻《三魚堂剩言》。然則制詞，而必求諸韻書，非其旨矣。段懋堂《六書音韻表》云：古平上爲一類，去入爲一類，上與平一也，去與入一也，上聲備於《三百篇》，去聲備於魏、晉。愚謂段説亦概舉之詞耳。實則《三百篇》未嘗無去聲，魏、晉未嘗無上聲也。

韻書分部

隋、唐韻書判二百六部，《唐韻》並作一百六部，覈其通轉之例，實得五部。五部者，宫、商、角、徵、羽，宋人以唇齒牙舌喉配之，厥後又易爲喉齶舌齒唇。《古今通韻》謂第一宫部爲喉音，今韻中東、冬、江、陽、庚、青、蒸七韻是也。七韻中字每讀訖，必返喉而入於鼻，唱曲家呼爲鼻音。或謂之穿鼻音。第二商部爲齶音，今韻中真、文、元、寒、删、先六韻是也。六韻中字每讀訖，必以下舌抵上齶，恩痕音以舌抵齶，則其收聲在恩痕之間也。第三角部爲舌音，今韻中魚、虞、蕭、肴、豪、歌、麻、尤八韻是也。八韻中字每讀訖，必懸舌居中。毛氏以上五韻及尤韻爲斂唇音，而割歌、麻二韻爲直喉音。第四徵部爲齒音，今韻中支、微、齊、佳、灰五韻是也。五韻中字每讀訖，必以舌擠齒。或謂之展輔音。第五羽部爲唇音，今韻中侵、覃、鹽、咸四韻是也。四韻中字讀訖，必兩唇相闔，歌曲家呼爲閉口音，近人撰《古音類表》，實暢其説。目用《廣韻》，而移蕭、肴、豪、侯諸部爲第五部，以侵、覃、鹽、咸四部爲附聲，並割今韻蒸部附焉。此又從樂律二變通之，而分部益密矣。淩次仲自謂其詞用韻，凡閉口不敢闌入抵齶鼻音，至於抵齶與鼻音亦然。然則詞之用韻，不綦嚴乎！徐靈胎《樂府傳聲》，謂曲家尚有落腮、穿齒、穿牙、覆唇、挺舌、透鼻、過鼻種種諸法，則五音四呼一切不足以盡之。

五音法

《韻書》云：合口爲宫，開口爲商，捲舌爲角，齊齒爲徵，撮口爲羽。又云：喉音爲宫，齒音爲商，牙音爲角，舌音爲徵，唇音爲羽。如上所云，蓋即沙門神珙《五音聲論》及所分五音之法。

《四聲譜》

神珙《四聲五音九弄反紐圖序》曰：譜曰，平聲者哀而安，上聲者厲而舉，去聲者清而遠，入聲者直而促。數語若爲倚聲家言之。其所謂譜，疑即沈氏之《四聲譜》也。

朱竹垞論詞韻

朱竹垞檢討謂遼、金、元文字雜以國書字體，其詩詞落韻，有出於二百六部之外者。觀檢討所論，即詞韻一端可判升降，況有氾濫於遼、金、元之外者乎！

兩通法

蕭山毛氏言四聲之中有兩通法，平上去三聲自爲一通，去入二聲自爲一通。三聲自通，必不雜入聲一字，二聲自通，必不雜平上一字。然覈之於詞，則固不然。詞韻上去自爲一通，入聲則或通於平，或通於上去二聲。若平與上去，當嚴立畛域，乃無遷就之弊。沈義父《樂府指迷》謂詞中去聲字尤要，入聲可代平聲，不可代上聲。萬氏《詞律》一書，實衍沈氏之說。

楊升庵論七音

楊升庵謂七音，即今《切韻》宫、商、角、徵、羽外，有半商、半徵，蓋牙齒舌喉唇之外，有深淺二音故耳。考梵學於五音外，有折、攝二聲，折聲自臍輪起至唇上發，如𨥥字浮金反。之類是也。攝字鼻音，如歆字鼻中發之是也。升庵所謂深淺二音，實勦其說。《通雅》又以爲大宫商之概者，皆此兩音也。

詞借用詩韻

詞稱詩餘，故製詞者多借用詩韻。考唐孫愐依陸法言《切韻》增補，始有《唐韻》。宋陳彭年等删減之，謂之《廣韻》。宋祁、丁度等增廣之，謂之《集韻》。景祐四年乃頒行《禮部韻略》，而衢州毛氏、平水劉氏復增補之。至元黄公紹撰《古今韻會》，纖悉備矣。厥後陰氏時中時夫。並奉《平水韻》而删並之，遂爲通用之本，今之詩韻是也。婺源江氏云：今世詞家習於並韻，談韻學者亦粗舉並韻，甚且誤以劉韻爲沈約韻。江氏所謂劉韻，即陰氏韻也。桐城方密之撰《韻考》，既誤以今所行之陰氏韻爲沈韻，江氏又誤以爲劉韻，皆未審也。詩韻之稱，自明人作俑，蕭山毛氏謂詩爲試字之訛。而世遂有以詩韻爲詞韻者矣。

陶宗儀《韻記》

唐五代詞，承詩之遺，其韻多與近體詩合。《爰園詞話》謂唐晚五代小令填詞用韻，多詭譎不成文，未知其所謂詭譎者安在也。陶宗儀《韻記》曰：本朝應制頒韻，僅十之二三，而人爭習之，户録一篇以黏壁，故無定本。後見東都朱希真復爲《擬韻》，亦僅十有六條。其閉口侵尋監咸廉纖三韻，以陰陽二聲標引，此爲曲韻之祖。不便混入，未遑校讎也。鄱陽張輯，始爲《衍義》以釋之。洎馮取洽重爲繕録增補，而韻學稍爲明備通行矣。值流離日，載於掌大薄，躪藏於樹根盎中，濕朽蟲蝕，字無全行，筆無明畫，又以雜葉細書如半菽許，願一有心世道者，詳而補之。然見所書十六條，與周德清所輯，小異大同，要以中原之音，而列以入聲四韻爲準。觀南村所記，知宋人製詞無待韻本，若張馮所記者，亦泯滅久矣。

《詞韻略》

菉斐軒《詞林韻釋》一書，但爲北曲而設，於詞固無與也。至沈去矜始輯《詞韻略》，亂次以濟，散無紀律，而萬氏樹、徐氏釚反矜視之，竊所未喻。

清詞韻

踵《詞韻略》而撰詞韻者，本朝則有李氏《詞韻》、胡氏《文會堂詞韻》、吴氏《學宋齋詞韻》、湯氏《詞韻選雋》、未刻本鄭氏《緑漪亭詞韻》，中惟戈書條理秩然，刊誤訂訛，多有卓識，視沈書相距遠矣。

戈氏韻分部

戈氏於入聲韻編分五部，覈諸唐、宋諸家詞，獨見精審。惟以第六部之真、諄等韻，第十一部之庚、耕等韻，第十三部之侵韻判而爲三，與宋人旨意多不相合。其辨《學宋齋詞韻》，謂所學皆宋人誤處，而力詆真、諄、臻、文、欣、魂、痕、庚、耕、清、青、蒸、登、侵十四部同用之非。今考宋詞用韻，如柳耆卿《少年游》，以頻、纓、真、雲、人通叶。篇中所謂叶，謂同一韻而上下相叶，非謂以此韻叶彼韻，如顧處士《音論》所云。周美成《柳梢青》，以人、盈、春、心、雲、存通叶。李秋崖《高陽臺》，以塵、雲、昏、凝、沈、瓊、深、痕、情、陰通叶。洪叔璵《浪淘沙》，以冥、晴、春、人、斟、情、鳴、清通叶。周公謹《國香慢》，以根、婷、春、凝、簪、兄、雲、清通叶。奚秋崖《芳草》，以薰、醒、雲、昏、凝、心、林、聽、人通叶。張叔夏《慶春宫》，以晴、人、餳、迎、箏、裙、雲、情、泠通叶。毛澤民《于飛樂》三闋，一以林、陰、深、心、尊、清、春、人通叶，一以雲、驚、瓶、心、亭、聲、清、礜通叶，一以輕、雲、匀、神、颦、魂、人、情通叶。略舉數家，可得梗概。至上、去韻，如高竹屋、王碧山《齊天樂》，史邦卿《雙雙燕》亦然。此等處宋人自有律度，輾轉相通，强爲遷就，固屬不可。然概指爲誤，轉無以處宋人，吴氏所輯，亦非無所見也。

詞不以復出爲禁

周美成《齊天樂》詞，或病其復韻，非也。上句"佳時又逢重午"，指節序言；下句"唤風綾扇小窗午"，指氣候言。逃禪詞和美成韻，上"午"字作"五"。大抵文辭用韻，其異義者，原不必以復出爲禁。石林詞"誰采蘋花寄與"，又"悵望蘭舟容與"，兩"與"字異詁。黄魯直《喝火令》兩用"尋"字，乃刊本之訛。

詞用平側韻

詞有可用平韻亦可用側韻者，《閑中好》、《如夢令》、《憶秦娥》、《霜天曉角》、《豆葉黄》、《南歌子》、《虞美人》、《浣溪沙》、《絳都春》、《步月聲聲慢》、《慶清朝》、《滿庭芳》、《百字令》、《蠟梅香》、《滿江紅》、《慶佳節》、《祝英臺近》、《永遇樂》、《玉樓春》、《雨中花》、《喜遷鶯》，是也。側韻三聲皆可，惟《憶秦娥》、《虞美人》、《南歌子》則宜用入。至《漁歌子》、《南浦》等曲，亦平仄二調，然音響迥不侔矣。

平側通叶

詞之平側通叶者，《西江月》、《换巢鸞鳳》、《少年心》、《渡江雲》、《戚氏》、《大聖樂》、《哨遍》、《玉碾蕚》、《兩同心》、《江城梅花引》、《古陽關》，凡十一調。它詞如賀方回《水調歌頭》、杜壽城《漁家傲》、周公謹《露華》，亦有通叶，然皆借韻爲之，非若數詞有定格也。

用韻借叶

詞用韻可借叶，姜堯章《長亭怨慢》以此叶户。宋人原有此體，惟不可藉口以寬其塗。明人不知叶韻之法，遂以姜詞“不會得，青青如此。日暮”爲一句。而國初人多宗之，或有改本文“此”字爲“許”字者。

詞無襯字

吴夢窗《唐多令》詞“縱芭蕉不雨也颼颼”。卓人月以“縱”字爲襯字，萬氏《詞律》卷九已駁正之。蓋謂曲有襯字，詞無襯字，二者不可相混也。朱子云：“古樂府只是詩中間，却添許多泛聲，後來人怕失了那泛聲，逐一添個實字，遂成長短句，今曲子便是。”朱子所謂曲子，指詞言之。胡元任云：“唐人調俱失傳，今可歌者，《小秦王》、《瑞鷓鴣》耳。《瑞鷓鴣》依字易歌，若《小秦王》必雜以虚聲，乃可歌也。據此，則詞雖無襯字，而曲之肇源於詞者，概可識矣。”周公謹《唐多令》“燕風輕，庭宇正清和”，下闋云“扇鸞孤，塵暗合歡羅”，句法與夢窗同。（以上卷三）

應制詞

万俟雅言晁端禮在大晟府時，按月律進詞。曾純甫、張材甫詞，亦多應制體。它如曹擇可有《荼蘼應制詞》，宋退翁有《梅花應制詞》，康伯可有《元夕應制詞》，與唐初沈、宋以詩誇耀者相頡頏焉。風氣之宗尚如此。

以詩入詞

“無可奈何花落去,似曾相識燕歸來”,晏元獻詩句也。元獻又以其語填入《浣溪沙》。苕溪漁隱謂下句是王君玉所續成者。

疊字詞

李易安《聲聲慢》詞起云“尋尋覓覓,冷冷清清,淒淒慘慘戚戚”,句法奇創,喬夢符《天淨沙》曾仿其體。又葛常之《嫋嫋水芝紅》,詞句皆疊字,如唐人之宛轉曲,世謂其源出“青青河畔草”一詩。然屈原《九章・悲回風》及《無量壽經》“行行相值”六語,又爲葛詞之祖。

南宋辛體

劉改之詞,如“左執太行之獿,而右搏雕虎”,是善效稼軒體者。陶南村謂其贍逸有思致,殊不足以盡之。南宋此體最多,張安國《六州歌頭》:“長淮望斷,關塞莽然平。”翁五峯《摸魚兒》:“歎江左夷吾、隆中諸葛,談笑已塵土。”劉潛夫《沁園春》:“使李將軍、遇高皇帝,萬户侯,何足道哉。”杜伯高《酹江月》:“元龍老矣,世間何限餘子。”王錫老《賀新郎》:“致使五官伸脚睡,喚諸兒、盡取長陵土。”陳定父《沁園春》:“劉表坐談、深源輕進,機會失之彈指間。”楊濟翁《水調歌頭》:“可憐報國無路,空白一分頭。”張仲宗《賀新郎》:“天意從來高難問,况人情易老悲難訴。”皆所謂拔地倚天,句句欲活者。本朝鉛山蔣氏則專以此體爲宗矣。(以上卷五)

藥名詩詞

藥名詩創於梁簡文帝。唐張籍《答鄱陽客詩》云:“江皋歲暮相逢地,黄葉霜前半夏枝。”可謂入妙。然本朝曹顧庵《南溪詞》,有“遠山平仲緑,幽徑寄奴青”之句。至萬紅友製藥名藏頭詞,賦續斷令,精巧絶倫。然陳瑩中詞有《世間藥院》一闋,陳亞有《生查子》三闋,則宋人已導其源矣。(卷六)

王兆芳

王兆芳(1861—?)字漱馥。江蘇南通人。清末,金沙有所謂“三鼎甲”,即王兆芳、顧鴻愷、孫謹臣。他們三人都是清末舉人,其中,王兆芳是苦學成材的學者,對經學有相當造詣。著有《公羊異禮疏證》、《經義征學》、《古今義鑒》、《教育原典》、《霞山精舍文獻記》、《文章釋》等,考證翔實,説理清晰透徹,可惜大部分已經散失。其《文章釋》一卷,是一部論文體的重要著作,作於一九〇一年,刊於一九〇三年。其特點,一是他所謂文章,包括一切文體,不僅指單篇詩文詞曲之體,還包括圖書典籍之體,如注、疏、講義之類,共一百四十二種,有一些是其他論文體之書所未論及者。二是解説全面,分别考含義,叙體要,講源起,舉流變。

本書資料據光緒二十九年刊本《文章釋》。

釋

釋者,解也,解釋文字也。主于因文解義,正名事物。源出《爾雅》之篇稱"釋某",凡易檢者不注。流有漢劉熙《釋名》,唐陸德明《經典釋文》,及宋王應麟《通鑑地理通釋》。

解

解者,判也,判解書義也。主于蠢析奥義,申明故訓。源出《禮記·經解》篇,流有漢孔安國《論語訓解》,鄭興、鄭衆《周官解詁》,賈逵《春秋内外傳解詁》,並輯。凡佚書有前儒輯本,多非一家,統注曰輯。何休《公羊解詁》,服虔《左傳解誼》,輯。魏何晏《論語集解》,及漢高誘《吕氏春秋訓解》,唐裴駰《史記集解》。

故

故者,本字作"詁",詁訓古言也。主于訓解古言,傳述聖意。源出漢儒《三家詩故》,流有杜林《倉頡故》,並輯。宋戴侗《六書故》,我師儆季子《禮故》。

傳

傳者,馹遽也,轉也,傳也,轉傳經訓,若馹遽也。公羊子曰:"主人習其讀而問其傳。"主于轉移受授,依經傳訓。源出《禮經·喪服傳》、《春秋傳》,流有魏文侯《孝經傳》,漢申公《魯詩傳》,伏生《尚書大傳》,三書輯。毛公《詩故訓傳》。

微

微者,隱也,細也,經指精細者幽隱難顯,而釋之使明顯也。顔師古曰:"微謂釋其微指。"主于抉明經義,鈎隱宣精。源出《春秋左氏微》、《鐸氏微》、《張氏微》、《虞氏微傳》,《漢志》目。凡佚無見文,而但存其目者,僅注曰某書目。流有近儒魏源《書古微》、《詩古微》。

注

注者,俗作"註",灌也,傳釋若水之灌注也。賈公彦曰:"注義于經下,如水之注物。"主于灌注經義,與傳同意。源出漢杜子春《周官注》,輯流有馬、鄭諸經注馬注輯及漢唐人子史注。

箋

箋者,或作"牋",表識書也。以訓詁爲表識,傳注之屬也。主于表揭義訓,傳意注例。源出漢鄭子《毛詩箋》,流有近儒萬斯大《禮記偶箋》,潘維城《論語古注集箋》及徐文靖《竹書統箋》。

義

義者,本字作"誼",宜也,理也,裁斷合宜之道理也。主于釋明古訓,循理得宜。源出《禮》、《祭義》、《冠義》等篇,流有漢劉向《五經通義》,許慎《五經異義》,吴翟(子)元《周易義》並輯及漢應劭《風俗通義》。宋以來試場之經義、四書義,賢儒别其爲時文。

義　疏

義疏者,"疏"一作"疋",通也,分理也,分理注義而疏通之也。主于釋注通經,注之誤者獻疑而不駁。源出吴陸璣《毛詩草木鳥獸蟲魚疏》,流有梁皇侃《論語義疏》,唐、宋人《十三經義疏》,及宋吴仁傑《離騷草木疏》。

申 義

申義者,“申”本字作“伸”,不屈也,舒伸也,舒伸舊義,使之不見屈也。主于引伸長義,徵信拒駁。源出魏爲鄭學者“申鄭駁王”,流有晉宣舒《申袁準從母論》,見《通典》九十二。凡佚篇有完文者,注曰見某書。段暢《申杜元凱皇太子除服議》。見《通典》八十。

口訣義

口訣義者,“訣”與“決”通,法也,决也,以口言之法,明義決斷,義疏之支別也。主于循經順詞,斷義施法。源出唐史徵《周易口訣義》,流有宋胡瑗《洪範口義》。

講 義

講義者,講,和解也,論習也,論習合義,若兩國和講也。主于按經論解,與口訣義相近。源出齊永明東宫與諸王《孝經講》,《隋志》目。齊文惠太子《傳》引。凡佚而有見文者,注曰某書引。流有宋陸佃《講義》,耿南仲《周易新講義》,史浩、林岊、戴谿諸《講義》。王應麟曰:“元豐間,陸農師在經筵,始進《講義》。自時厥後,上而經筵,下而學校,皆爲支流曼衍之辭。”其敝爲時文,雖名曰經義、四書義,實則非義,非講義。

衍 義

衍義者,“衍”通作“演”,水流行也,引也,廣也,廣引經義,若水之流演也。主于引義延蔓,廣徵事類。源出宋真德秀《大學衍義》,流有明夏良勝《中庸衍義》。

説

説者,説釋也,兑也,述也,叙述談説,以言爲兑説也。《禮・學記》曰:“相説以解。”主于博尋指趣,心解口述。源出孔子《周易・説卦》,流有漢儒諸經説,《漢志》多目。《五經異義》與羣書引。韓嬰《詩説》,后氏、安昌侯《孝經説》,並輯。及歷代多雜説、小説。

論

論者，議也，倫也，議論有倫也。劉熙曰："有倫理也。"循理以論道，異乎史論者也。主于講論道義，酌理衷聖。源出《論語》，流有《荀子》、《禮論》、《樂論》諸篇，漢儒《石渠論》、輯《白虎論》及《吕氏春秋》六《論》，漢桓寬《鹽鐵論》，王符《潛夫論》，《文選》、《文粹》列"論"。選文之書甚多，兹僅取《文選》、《古文苑》、《唐文粹》三種，文多雅，易購。

辨

辨者，通作"辯"，判别也，明辨，非爭辯也。揚子曰："惟五經爲辯。"主于别是非，明異同，若别白黑。源出《禮辨名記》，輯。《楚辭》"伏羲《駕辯》"，注云"古曲名"，非後世辨體所本。流有《墨子・三辨》，漢陸賈《新語・辨惑》，吴韋昭《辨釋名》，輯唐陸文通《春秋集傳辨疑》，宋賈昌朝《羣經音辨》，辨字同音異，辨字音清濁，辨彼此異音，辨字音疑混，辨字訓得失。及漢劉梁《辨和同論》，孔衍《上書辨〈家語〉宜記録》，《文粹》列"辯"。

駁

駁者，或借作'駮'，馬色不純也，儒説違經不純正，而以經折之也。主于爓經正誤，駕以精純。源出漢鄭子《駁五經異義》，流有魏王肅《毛詩義駁》。並輯。

評

評者，平也，訂也，議也，校訂平議也。主于長短舊説，立議持平。源出晉孫毓《毛詩異同評》，流有陳邵《周禮異同評》，江熙《公穀二傳評》並輯。及梁袁昂《書評》。見《太平御覽》七百四十八，《閣帖》五。

述

述者，循也，循乎古也。鄭子曰："述者，述其古事。"主于循舊申言，不敢妄作。源出吴陸績《周易述》，流有隋劉炫《尚書、毛詩、春秋、孝經述義》並輯。及魏邯鄲子叔《受命述》。

敘後敘、引

敘者，通作"序"，次第也，端緒也，述也，述書篇之意，或古或今，或人或己，而次厥端緒也。一曰：抒也，抒洩其實，宣見之也。敘有目者，目後或稱"後敘"。又各文篇首，述其意爲敘，此亦謂之"引"。劉勰曰："序以建言，首引情本。"又曰："引者允辭。"主于述循端緒，明厥意指。源出孔子《周易・序卦》、《書百篇序》，流有子夏《詩序》，漢鄭子《詩譜敘》，許慎《説文敘》，及孫子《算經敘》，《吕氏春秋・序意》，《淮南子》末篇《要略》，《文選》列"序"。《淮南》、許慎《敘》書其目後，爲後敘。《説文》小徐本作"後敘曰"，嚴可均從之，大徐本脱"後"字。依許《敘》，則《淮南》末篇，凡屬書者以下，爲後敘矣。又漢以來各文篇首敘甚多，隋釋智顗《唱法華經題讚引》。見《續高僧傳》。

題辭

題辭者，題額也，表識也，表識書意以爲辭，若穎額之有垠鄂也。主于因書表象，記識明意。源出《春秋説題辭》，輯流有趙岐《孟子題辭》。

例

例者，比也，比類全書之科條也。主于校比凡要，條理始終。源出《春秋凡例》，流有漢穎容、晉杜預《春秋釋例》，穎書輯。魏王弼《周易略例》，及隋魏澹《魏史義例》。

音

音者，聲也，文字之聲讀也。主于紐弄反切，定聲正讀。源出魏孫炎知反語，爲《爾雅音》，輯。《釋文》載孔安國《尚書音》、鄭《諸經音》，駁云："漢人不作音，後人所託。"流有六朝人多爲諸經音《釋文》引。及後儒多爲子史音。

右二十三體，源出經學。釋、解、注、箋、義、義疏、説、論、辨、評、述、敘、例、音十四體流及各學，餘亦可推。

春　秋

春秋者，春，陽氣之始，草木初生，秋，陰氣之先，禾穀成熟，爲四時之二名也。史舉春秋以晐冬夏，編年月而記事也。管子曰："春秋之記。"其不編年月者，亦以時記也。主于記載有次，因時先後。源出《夏殷春秋》，《史通》述《汲冢瑣語》目。流有孔子《春秋》，孔子使子夏等求周史記，得百二十國寶書，即墨子所云"百國春秋"也。作經主魯春秋，參以百國春秋，其名沿舊。《桃左春秋》，《韓非・内備（備内）》引。漢陸賈《楚漢春秋》，輯。趙長君《吴越春秋》，晉習鑿齒《漢晉春秋》，孫盛《晉陽秋》，二書輯。及《晏子》、《吕氏》諸《春秋》。

記

記者，疏也，識也，條疏事實而記識也。主于疏識實事，不遑議論。源出《周史記》、《逸周書・史記》篇，流有漢司馬遷《史記》，蔡邕《車駕上原陵記》，見《續漢・禮儀志上》注、袁宏《後漢紀》、《通典》五十二。《文粹》列"記"，及《禮》經之《記》，《周官・孜工記》，二戴《禮記》。

志書、意、典、録、説

志者，通作"識"，或作"誌"，記也，記事迹也。劉知幾曰："班、馬著史，别裁書、志。"蔡邕曰"意"，華峤曰"典"，張勃曰"録"，何法盛曰"説"，名目雖異，體統不殊。主于記識前迹，與記相通。源出《周官》小史掌邦國之志、外史掌四方之志，《前志》、《左傳》文六、襄二十五引。《周志》、《左傳》文二引。《軍志》、《左傳》僖二十八、宣十二引。史佚之《志》，《左傳》成四引。流如劉説，晉陳壽《三國志》，宋鄭樵《通志》，漢以來多地志。

録實録

録者，金所刻鏤篩也，領也，總領事物，書于竹篩，後世以紙代也。劉勰曰："古史、《世本》，編以簡策，領其名數。"主于定例編記，領理繁雜。源出《周官》"職幣奠録"，流有計然《萬物録》，輯漢劉向《别録》、輯《諸子書録》，梁阮孝緒《七録》，輯唐許嵩《建康實録》，歷代《實録》甚多，及宋儒語録。

譜牒

譜者，籍録也，布也，普也，布事籍録，令周普也。劉熙曰："布列見其事也。"劉勰曰："事資周普。"亦謂之牒，牒借作"諜"，札也。譜諸牒札，猶云布事籍録也，後世以紙代竹木也。主于布列年世，先後普記。源出《五帝三代譜諜》，《史》、《三代世表》、《十二諸侯年表》，《漢志》目。流有漢揚子《家牒》，《藝文類聚》四十、《御覽》五百五十八引。後代世譜玉牒、士大夫族譜、賢儒年譜、諸名物之譜，及漢鄭子《詩譜》，後魏李槩《音譜》。輯。

表

表者，上衣也，標也，標格明顯，如木表與裘表也。桓譚曰："太史公《三代世表》，旁行邪上，並效《周譜》。"主于標明綴識，與譜相因。源流如桓説。遷《史》之後，《漢書》，《新唐書》，宋、遼、金、元、明諸《史》立表，及近段若膺《六書音韻表》。

紀

紀者，絲别也，理也，記識也，記識事迹，若理别絲縷也。劉知幾曰："紀之爲體，猶《春秋》之經，繫年月以成歲時，書君上以顯國統。"主于編年列事，分理條别。源出《禹本紀》，《史・大宛傳》引。流有《瞽史紀》，《晉語》四引。漢遷《史》十二本紀，班史以下皆曰"帝紀"，荀悦《漢紀》。

史傳

史傳，爲列傳。"傳"義見前。列，分解也，叙也。史以人事分叙，異乎釋經之傳也。司馬貞曰："叙列人臣事迹，令可傳于後世。"主于叙事釐分，壹依史法。源出《穆天子傳》，流有漢遷《史》列傳，後史因之，唐韓退之《毛穎傳》。

别傳

别傳者，别，分也，傳文分别于正傳之外，與之異處也。主于續事正傳，搜遺重録。源出漢《東方朔别傳》，《御覽》引。流有後世别傳甚多。

自叙自述

自叙，爲自傳，亦謂之自述，義並見前。自己叙述以作傳，兼陳書目，史傳之變，參以書叙者也。主于表身世，明著作，躬行記載。源出漢司馬相如《自叙》，流有遷《史·自叙》，班書《叙傳》，揚子、鄭子《自叙》，鄭《叙》，《孝經正義》、《唐會要》七十七、《文苑英華》七百六十六引。魏文《自叙》，晉杜預《自述》，《北堂書鈔》九十七引。梁江淹《自叙傳》。

史論論贊、某人曰、序、詮、評、議、述、譔、奏、史臣曰

史論，爲論贊。"論"義見前。"贊"一作"讚"，見也，明也。附論説于紀傳之後，其倫理明見，若贊者之引見也。劉知幾曰："《春秋左氏傳》每有發論，假'君子'以稱之。二《傳》云'公羊子'、'穀梁子'，《史記》云'太史公'。既而班固曰'贊'，荀悦曰'論'，《東觀》曰'叙'，謝承曰'詮'，陳壽曰'評'，王隱曰'議'，何法盛曰'述'，揚雄當作常璩。曰'譔'，劉昞曰'奏'，袁宏、裴子野自顯姓名，史官所撰通稱'史臣'。必取便于時者，則總歸論贊焉。"主于因事發議，評定得失。源流如劉説。范書别論爲贊，《文選》列"史"。

攷

攷者，借作"考"，敏也，稽孜事物，若敏擊之也。主于破疑徵信，蒐佚備存。源出蜀譙周《古史攷》，輯。流有宋歐陽修《五代史》《司天》、《職方》二《攷》，馬端臨《文獻通攷》，魏了翁《古今攷》，及王應麟《詩攷》、《詩地理攷》、《漢制攷》。

續紹

續者，連也，繼也。亦謂之紹，紹，繼續也。繼前書而與連屬也。主于繼連舊籍，循例增事。源出孔門續《春秋》至"孔某卒"，流有晉司馬彪《續漢書》，輯。梁劉昭《續漢志》，及劉宋鮑照《紹古辭》，唐林慎思《續孟子》。

右十三體，源出史學。春秋、記、録、譜、表、攷、續七體流及各學，志亦可推，續無專體。

略

略者，經略土地也，法也，約要也，得約要之法而經略之者也。主于簡舉經猷，概陳要法。源出《六韜·兵略》篇，流有秦黄石公《三略》，及漢劉歆《七略》，晉鄒堪《周易統略》，梁阮孝緒《文字集略》，三書輯。宋楊億《歷代銓政要略》。

訣

訣者，與"决"通，義見前，决斷之要法也。主于明决要道，探祕著法。源出《黄帝兵法要訣》，《隋志》目。《五行大義》引《黄帝兵訣》，《開元占經》十一引《黄帝用兵要訣》，《御覽》三百三十八、七百三十六引《黄帝出軍訣》。流有宋道士崔嘉珍（彦）《脉訣》，及《孝經鉤命决》，宋樓昉《崇古文訣》。

鑑

鑑者，鏡屬，取明水之鑑諸也，理明如鏡也。主于著明事理，爲後世鏡。源出漢荀悦《申鑑》，流有宋仁宗《洪範政鑑》，及司馬光《通鑑》，范祖禹《唐鑑》，吕祖謙《宋文鑑》，元李文仲《字鑑》。

題後後叙、書後、讀某、跋

題後，爲後叙，亦謂之書後、題、叙，義並見前。書，著也，從篇卷之後題識書著而叙述也。亦謂之讀某，讀，誦書也，抽也，誦書抽義而叙于後也。亦謂之跋，跋，蹎跋也，前躐也，從後爲叙，若欲前躐也。讀書道心得，或記己身關涉本書之事也。主于就書寫志，語繫篇卷。後名異，從外引。源出《荀子》末篇"今爲説者"一章，流有晉王羲之《題衛夫人筆陳圖後》，《始皇本紀後》非班固親記，《索隱》言後人取附。唐韓退之《讀荀子》及《讀儀禮》諸篇、《張中丞傳後叙》，陸龜蒙《書李賀小傳後》，宋董迪《廣川書跋》，六朝以來亦題詩爲書後。

细　草

細草者，"草"本字作"艸"，卉也。刱造之草藁，若生卉也，細微也。推算術而屬草藁，理析微細者也。主于依術演算，詳述精微。源出唐劉孝孫撰《張邱建(算經)細草》，流有宋秦九韶《數學九章草》，元李冶(治)《測圓海鏡草》，後世算家細草甚多。

原原始

原者，本字作“灥”，一作“源”，水泉本也，尋思事物道理之本原也。亦謂之始，亦謂之原始。始，初也，推原厥初也。主于因流上溯，寻討本初。源出《淮南子·原道訓》，流有唐韓退之五《原》，皮日休、牛僧孺三《原》，依《文粹》。及梁任昉《文章始》，即《文章緣起》，隋、唐《志》作“始”。宋鄭汝諧《論語意原》，高承《事物紀原》，明徐炬《古今事物原始》。書甚弇陋，但取其名。

難

難者，蓋惡鳥也，相與爲讎仇，若疾惡鳥也，不易也，言説如與爲讎仇而使之不易安處也。主于辨理詰駁，樹敵投艱。源出《韓非子·難》篇，流有漢揚子《難蓋天八事》，及臨碩《周禮難》，輯。司馬相如《難蜀父老》，范升《奏難〈費氏易〉、〈左氏春秋〉立博士》，陳元《奏難范升》。

非刺

非者，違也，譏也。亦謂之刺，違而譏刺也。主于違舊譏彈，不以爲爾。源出《墨子》《非攻》、《非樂》諸篇，流有《荀子》《非相》、《非十二子》，漢王充《論衡·刺孟》，宋劉章《刺〈刺孟〉》，佚。及漢趙壹《非草書》，隋何妥《非七調議》，唐柳宗元《非國語》，宋劉章、江端禮、曾于乾、元虞槃《非〈非國語〉》。四家並佚。

右八體，源出諸子之學，流及各學。

反

反者，覆也，背也。主于違背舊文，欲使傾覆。源出漢揚子《反離騷》，流有魏王粲《反金人贊》，晉孫楚《反金人銘》，唐皮日休《反招魂》，明徐禎卿《反〈反騷〉賦》。

廣

廣者，大也，增習也。主于斥大舊文，增習承衍。源出漢揚子《廣離騷》，《漢・揚雄傳》目。流有蔡邕《廣連珠》。《御覽》四百五十九、八百十四引。

補

補者，完衣也，修也，修佚文不完者而完之也。主于完修舊文，彌縫其闕。源出晉夏侯湛《補周詩》、束晳《補亡詩》，流有唐皮日休《補九夏歌》繫文，及白居易《補逸書》，宋熊方《補後漢書年表》，陶岳《五代史補》，後儒經史子補注。

擬效、學、法、倣、依、代

擬者，通作"儗"，度也，比也，揣度而比象也。或別原意而擬體，或體、意俱擬，或約擬體、意，或原文散佚而虛擬體、意。亦謂之效、學、法、倣、依、代。"效"一作"傚"，象也。"學"古作"斆"，後覺效先覺也。法，制也，效其制也。"倣"本字作"仿"，通作"放"，似也，效也。依，倚也。代，以異語相更易也。皆擬也。主于揆道比文，神明規矩。源出漢揚子，以經莫大于《易》，作《太玄》；傳莫大于《論語》，作《法言》；史篇莫善于《倉頡》，作《訓纂》；箴莫善于《虞箴》，作《州箴》。別原意而擬體。流有班固《擬連珠》，魏王粲《倣連珠》，晉傅玄《擬天問》、《書鈔》一百五十五、《初學記》四、《御覽》四及八引。《（擬）招魂》、《書鈔》一百三十二引。《（擬）四愁詩》、擬《金人銘》作《口銘》，劉宋謝靈運《擬魏太子鄴中集序》，袁淑《效曹子建白馬篇》，齊王融《法樂辭》、《代徐幹"自君之出矣"詩》，謝朓《擬風賦》，梁江淹《學苑園賦》，體意俱擬。又劉宋《華林聯句效柏梁體》，王僧達《和琅邪王依古詩》，江淹《讀劉僕射東山集學騷》，別原意而擬體。又謝靈運《擬鄴中集詩》，江淹《斆古雜體詩》，約擬體、意。又唐劉希仁《代荀卿與春申君書》，虛擬體、意。又後世有虛擬法，本無原文而因事爲擬。後世樂府用舊題，詩稱"古意"、"覽古"，皆屬擬。

右四體，源出雜學。補體流及各學，餘亦可推。四者皆無專體。

凡修學之文章四十有八體。申義、講義、辨、難四體兼措事。

教

教者，上所施，下所效也，誨也。古天子用教，漢以後惟王侯大臣稱教。主于施文訓誨，俾知法度。源出伏羲十言之教，見《六藝論》、《左傳》定四正義。鄭論輯。流有《神農之教》，《漢·食貨志》引。周《先王之教》，《周語中》引。及李悝《爲魏文侯作盡地力之教》，漢張敞《告絜舜教》，朱博《出教主簿》，孔融、蜀武侯多教文，《文選》列"教"。

訓

訓者，説教也，教道之文也。又詁説古言，亦爲訓也。主于説教道義，示以雅言。源出《大訓》、《書·顧命》目。《夏訓》，《左傳》襄四引。流有《商書·伊訓》，《孟子》、《漢志》、《堯典》疏引。祖乙作高宗之《訓》，《逸周書》《度訓》、《命訓》、《常訓》，及漢蔡邕《女訓》，繁欽《川里先生訓》，後魏高允《酒訓》，北齊顔之推《家訓》，又《逸周書·時訓》，及漢淮南《周易道訓》，馬融《論語訓説》。二書輯。

典

典者，册在丌上，尊閣之也，常法也。主于重視尊册，著明常法。源出《五典》，《左傳》昭十二目。即《五帝書》，惟《堯典》存。流有《逸周書》《程典》、《寶典》、《本典》，《周官·六典》，《唐六典》，《明會典》，《大清會典》，及屈到《祭典》，見《楚語上》。吴陸景《典語》，輯。隋杜臺卿《玉燭寶典》，黎氏《古逸叢書》本。唐杜佑《通典》。

法制、憲、禁

法爲國制，古作"灋"，如水之平，觸不直者去之也，制也。制，裁斷也，裁斷用法也。《易》曰："制而用之謂之法。"亦謂之憲。憲，敏也，法也，博識心敏以定法也。亦謂之禁。禁，忌也，止也，禁止所忌，以法防姦也。主于遏止邪枉，制以正道。源出神農之法、《文子·上義》、《淮南·齊俗》引。之禁，《羣書治要》、《六韜·虎韜》引。流有黄帝《李法》、《漢·胡建傳》引。《兵法》，《隋志》著目，《開元占經》八卷十一、二十一引。《顓頊之法》，《淮南·齊俗》、《御覽》七十引。《禹禁》，《逸周書·大聚》引。《周官》諸"法"、"憲"、"邦禁"，《禮》《王制》、《祭法》，《逸周書》《劉法》、《謚法》諸篇，楚《僕區法》、《左傳》昭七引。《茅門法》，見《韓非·外儲説右》。魏《大府之憲》，見《魏策》。及漢張衡《靈憲》，諸子《兵法》。

册

册者，古作“箣”，借作“策”，或作“筴”，符命也，諸侯進受于王者也，天子之命編簡作符册也。《詩》曰：“畏此簡書。”《聘禮》記曰：“百名以上書于策。”漢“帝命四書”、唐“王言七制”，皆一曰“册書”。今制立后、封王侯、上尊號諸事用“册”。主于視簡作命，首著“天子”之稱。古稱“王曰”，漢以後稱“皇帝”。漢篆書兩編，起年、月、日、“皇帝曰”，以命諸侯王、三公；隸書尺一木，賜以辠免。見胡廣《漢制度》、蔡邕《獨斷》。胡書輯。源出《大始天元册文》，《素問》《天元紀大論》、《五行運大論》引。流有《武王即位筴》，見《逸周書·克殷》、《史》《周本紀》、《齊世家》。周公《金縢册》，成王《命周公册》，襄王《策命晉文》，漢武《封三王策文》，《文選》、《文粹》列“册”。

命

命者，使令也，教也。主于使令諸侯，順天命以爲教。源出《堯典》帝“命”，流有《商書·説命》，《禮·文王世子》《學記》《緇衣》、《楚語上》、《書大傳》引。《周書》諸《命》，召公述王命《命大公》，靈王《賜齊靈公命》。秦改“命”爲“制”。

令

令者，發號也，教也，禁也，發號而教且禁也。古天子諸侯皆用令，秦改“令”爲“詔”，其後惟皇后、太子、王侯偁“令”。主于教善禁惡，號使畏服。源出《夏令》、《周語中》引。《明堂月朔令》，見《管子·輕重己》。流有伊尹作《四方獻令》，《禮·月令》，《逸周書·月令》，周《先王之令》，《周語中》引。列侯《令國中》，孔子《爲魯哀下救火令》，《韓非·内儲説上》引。及漢吴王濞《下令國中》，蕭何《令諸大夫》。

制

制者，義見前。胡廣曰：“帝者制度之命。”秦從王綰議改“命”爲“制”，漢“帝命四書”、唐“王言七制”，皆二曰“制書”，今制宣示百官曰“制”。主于裁制命詞，首以“制詔某臣”。源出秦皇帝“制”，流有漢文《增神祠制》，唐明皇《賜王希夷致仕制》，陸贄爲德宗作諸制。

詔

詔者，告也，告以事也。秦從王綰議改“令”爲“詔”，漢“帝命四書”，三曰“詔書”。《漢禮儀》曰：“補制言曰詔。”應劭《漢官儀》引。應書輯。今制布告天下曰“詔”。主于詔告羣下，意同命令。源出文王《詔牧》、《詔太子發》，見《逸周書・大匡、文儆》。《召將詔》，見《六韜・龍韜》、《羣書治要》引《犬韜》。《周官》諸“詔王”者，不爲文體。流有秦漢以來詔文。

策問

策問者，“策”本字作“册”，義見前。著詞于策以諮問賢才也。主于詢言諮事，制詔試學。源出漢文《策賢良文學詔》，流有武帝《策賢良制》，晉陸機《爲武帝策秀才文》，《文選》列“策秀才文”。

諭

諭者，一作“喻”，告也，曉也，以事情告下，令明曉也。主于告曉意指，與詔、誥相通。源出漢高帝《入關告諭》，古諭不爲體。流有宣帝《諭意蕭望之》，及張騫《諭指烏孫》，王駿《諭指淮陽王欽》，王遵《喻牛邯書》，唐劉蜕《諭江陵耆老書》。

誥

誥者，古通作“告”，告也，覺也。劉熙曰：“上敕下曰告。”使覺悟知己意也。《易》曰：“后以施命誥四方。”《周官》：大祝“作六辭以通上下、親疏、遠近”，三曰誥；士師“五戒”，二曰誥，用之于會同。秦廢誥，宋以贈封，今制昭垂訓行曰“誥”，贈封五品以上曰“誥命”。主于告示羣下，据事敕教。源出《商書》《湯誥》、見《史・殷本紀》。《仲虺之誥》，《左傳》宣十二，襄十四、三十，《墨子・非命》，《荀子・堯問》，《吕氏春秋・驕恣》引。虺盖奉王命誥，或据僞書，謂下以告上，非。流有《周書》諸《誥》，漢張衡作《東巡誥》，及晉夏侯湛《昆弟誥》，劉宋顔延之《庭誥》。

誓

誓者，約束也，謹也，束軍衆，使謹也。《毛詩傳》曰："師旅能誓。"《周官》士師"五戒"，一曰誓，用之于軍旅。又不涉軍旅而束謹，亦爲誓也。主于約束身心，誠言示謹。源出《禹誓》，《墨子・兼愛下》引。流有《甘誓》，《湯誓》，《周書》諸《誓》，晉惠《韓誓》，句踐《誓衆》，及鮑叔《塞道誓》，漢郅惲《誓衆》，苻秦王猛《渭原誓》，又湯《與諸侯誓》，見《逸周書・殷祝》。周公《誓命》，《左傳》文十八引。及趙鞅《鐵誓》。

敕

敕者，借作"勑"，飭也，正也，正言警誡，使謹飭也。劉熙曰："使自謹飭，不敢廢慢也。"《易》曰："君子以明罰敕法。"漢"帝命四書"，四曰"誡敕"；唐'王言七制'，四曰'發敕'，五曰"敕旨"，六曰"論事敕書"；今制申明職守曰"敕"，贈封五品以下曰"敕命"。主于正詞警惡，與戒相通。源出周穆《命郊父受敕憲》，《穆天子傳》目。"郊父"或作"鄧父"。流有漢高《手敕太子》，武帝《敕責楊僕》，及陳咸移敕郡長史，曹褒《原盜敕》。

戒儆

戒者，與"誡"通，警也，敕也。其意曰"戒"，其言曰"誡"，渾語通也。亦謂之儆。儆，戒也。主于警敕人己，意嚴辭厲。源出黄帝《戒》，《意林》一、《路史・疏仡紀》引。流有《堯戒》，見《淮南・人間》。夏之《時儆》，《周語中》引。《逸周書》《文儆》、《武儆》、《大戒》，晉元誠周顗，及季文子《戒子》，見《説苑・至公》。孫叔敖《戒子》，見《吕氏春秋・異寶》。漢劉向、鄭子《戒子》，馬援《誡兄子》，班昭《女誡》，蜀武侯《誡外生》，張嶷《戒費祎》，魏王昶、王肅、晉李秉《家誡》。

箴

箴者，與"鍼"通，縫綴衣者也，刺病者也，儆誡若綴衣與刺病也。主于攻疾補闕。其箴人，終于"敢告某"，而箴己不拘。源出《夏箴》，《逸周書・文傳》引。流有《商箴》，《周箴》，《吕氏春秋・名類》《謹聽》引。衛武《耄箴》，及辛甲《虞箴》，漢揚子《州牧》《百官箴》，宋程子《視聽言動箴》，《文選》、《古文苑》、《文粹》列"箴"。

銘

銘者，名之題勒者也。《禮·祭統》曰："銘者，自名也。"《月令》曰："物勒工名。"劉勰曰："觀器必也正名。"《毛詩傳》曰："作器能銘。"《春秋傳》曰："天子令德，諸侯言時計功，大夫稱伐。"蔡邕《銘論》詳徵之。主于勵德揚功，名正詞實。源出黄帝《巾几》、《金人》諸銘，《漢志》:《黄帝銘》篇。《巾几銘》，《路史·疏仡紀》引。《金人銘》，見《太公金匱》、《説苑·敬慎》。流有湯《盤》，周《量銘》，及正考父、孔悝《鼎銘》，歷代器銘甚多，《文選》、《古文苑》、《文粹》列"銘"。

誄

誄者，通作"讄"，謚也，累也，累列行事以爲謚也。《毛詩傳》曰："喪紀能誄。"《禮·曾子問》曰："賤不誄貴，幼不誄長。"又曰："諸侯相誄非禮也。"《周官》:大祝"作六辭"，六曰誄；大史讀誄。源出周初，流有魯哀《誄孔子》，漢揚子作《元后誄》，及柳下妻《誄惠》，漢杜篤作《吴漢誄》，《文選》、《古文苑》、《文粹》列"誄"。

哀　册

哀册者，"册"義見前；哀，閔也，傷也，以閔傷之詞書于簡册也。摯虞曰："今哀册，古誄之義。"主于叙功屬思，愛閔悲傷。源出周穆哀盛姬，内史執策，《穆天子傳》目。流有周景《追命衛襄》，見《左傳》昭七杜注，如今之哀策。魏文爲《武帝哀册》，《文章緣起》:李尤作《和帝哀册》，佚。明帝爲《甄皇后哀册》、《賜漢獻册文》，晉潘岳作《景獻皇后哀册》，《文選》、《文粹》列"哀册"。

哀　辭

哀辭者，"哀"義見前，愛閔悲傷以屬辭也。摯虞曰："誄之流也，率以施于童殤、夭折、不以壽終者。體以哀痛爲主，緣以歎息之辭。"主于列事垂情，悲慟惋歎。源出漢明命班固作《馬仲都哀辭》，流有魏曹植作《仲雍》及《金瓠》、《行女》諸《哀辭》。

頌

頌者，容也，六《詩》之一也。《詩序》曰："美盛德之形容，以其成功告于神明者也。"主于形容王功，軼風、雅，而兼賦、比、興。源出有焱氏爲《頌》，見《莊子・天運》。流有三《頌》，祝融（雍）《成王冠頌》，及漢董子《山川頌》，《文選》、《古文苑》、《文粹》列"頌"。摯虞曰："若馬融《廣成》、《上林》之屬，純爲今賦之體，而謂之頌，失之遠矣。"

詩歌、詠、吟

詩者，志也，之也，心所之而發于言，人所歌者也。亦謂之歌、詠。歌，詠也；詠，歌也。亦謂之吟。吟，呻也，猶歌詠也。荀爽曰："詩者，古之歌章。"《漢志》曰："誦其言，謂之詩；詠其聲，謂之歌。"《書》曰："詩言志，歌永言，聲依永，律和聲。"主于叶五聲，備六義，温柔敦厚，心志無邪。源出伏羲《駕辯》，《楚辭・大招》目。流有虞舜與臯陶、八伯諸歌，三百篇《詩》，漢《郊祀歌》三言詩，武帝《柏梁》七言詩，《文章緣起》：魏高貴鄉公作九言詩，佚。顔延之曰："九言聲度闡誕，不協金石。"及古《竹彈歌》二言詩，見《吴越春秋》。漢韋孟四言詩，東方朔六言詩，《文選・蜀都賦》注引《漢書》載朔八言、七言上，下，佚。孔融六言詩，古十九首與蘇李五言詩，班固《詠史》，蜀武侯《梁父吟》，唐以來近體詩。梁簡文有《賦得橋》、《賦樂府得箜篌》諸詩，梁元有《賦得涉江采芙蓉》、《賦得竹》諸詩，命題異法，非刱詩體。而六朝已有五言絶句，唐律詩、排律詩與絶句皆分五、七言，世謂之近體，而詩人亦皆能爲古體。絶句亦曰"截句"。宋至今無刱體。

樂府

樂府者，府，文書藏也；樂，五聲八音總名也。樂歌之府藏，古樂章之遺也。其詩中聲律，别于後世不中聲律之詩也。主于歌合樂律，取法古詩。源出漢初《三侯章》爲樂府，見《史・樂書》。流有武帝立郊祀、房中樂府，及張衡《怨篇》、《同聲歌》二樂府，諸鐃、輓歌亦隸樂府，《文選》、《文粹》列"樂府"。

祝

祝者，祭主贊辭者也，祭神祈福之辭也。又不祭而祈神福，亦爲祝也。主于陳信立誠，不雜詛詶。源出伊耆氏《蜡祝》，鄭子、蔡邕指爲祝。流有祝雍《成王冠祝》，周人《請雨祝》、見《春秋・漢含孳》。《止雨祝》、《立社祝》，並見《御覽》七百三十六。漢桓《祠恭懷皇后祝文》，及《禮經・少牢》"祝嘏辭"、《士冠》"祝辭"，越文種《固陵》、《文臺》二《祝》，漢班固《涿邪山祝文》，又湯《綱祝》及華封、麥邱人祝。

禱祈

禱亦謂之祈。禱，告事求福也，請也。祈，求福也，請檮也。祝之支别也。主于特事請福，詞異常祭。源出湯《桑林禱》，流有周公《禱書》，魯僖《禱請山川辭》，蒯聵《戰禱》，劉宋武帝《祈晴文》，及荀偃《禱河辭》，漢匡衡《禱廟文》，見《韋玄成傳》。諒輔《禱山川辭》。

祠

祠者，品物少，多文辭也。得福而報神，祝之支别也。鄭子曰："求福曰禱，得求曰祠。"賈公彦曰："得福報賽曰祠。"主于感報神福，詞申而詳。源出舜之《祠田》，《文心雕龍》引。流有《詩・豐年》"秋冬報"、《良耜》"報社稷"，皆屬祠，及梁任孝恭《賽鍾山蔣帝文》。見《類聚》一百。

告　神

告神者，"告"本字作"祰"，告祭也。祰神之文，祝之支别也。主于告事祭神，自引其過。源出《商書・帝告》，《書傳》引。流有《救日食告天文》，見《春秋・感精符》。漢光武《祭告天地文》，後世因之，蔡邕作《遷都告廟文》，魏明《告祠文帝廟文》，及匡衡《告毁廟文》，曹植《告咎文》。

詛

詛者詶俗作呪。也，沮也，詶神加殃沮事也。鄭子曰："謂祝讀爲詶。之，使沮敗。"《詩》曰："出此三物，以詛爾斯。"《周官》詛祝掌盟詛。主于詶人辠惡，請神加禍。源出黄帝《祝讀爲詶。邪文》，《軒轅記》目。流有秦王《詛楚文》。

盟誓載辭、載書、要言

盟誓者,“誓”義見前;盟,國有疑,殺牲歃血以要信也。盟神而誓之也。《禮·曲禮》曰:“約信曰誓,涖牲曰盟。”《春秋傳》曰:“申之以盟誓。”亦謂之載辭、載書。載,乘也。盟誓載于册,若車之乘,其辭曰載辭;加牲上,曰載書也。亦謂之要言。要,身中也,約也,約束之盟言如要束也。又不盟而質神要信者,爲自誓也。主于要約取信,意達神明。源出黄帝與雷公割臂盟,見《靈樞·禁服》。流有武王使召公與微子共頭盟辭,使周公與膠鬲四内盟辭並見《吕氏春秋·说(誠)廉》。王子虎《王庭要言》,齊桓、晉文述王命爲葵丘、踐土《盟辭》,士匃、士弱爲盟亳、盟戲二《載書》,鄭桓《與商人盟誓》,漢高盟誓,吴蜀盟文,及臧昭伯《盟從者載書》,寧俞《宛濮盟辭》,漢臧洪《酸棗盟》,袁紹《漳河盟》,晉劉琨盟段匹磾諸文,又晉王羲之《墓前自誓》,祖逖《渡江誓》。

契券判書、傳别、莂

契券者,契,大約也;券,契也。刻書木札,分之曰券,合之曰契。後世以紙代也。亦謂之判書,判,分也,分判之券也。亦謂之傳别,“别”義見前;傳,相也,箸也,以約言傳箸文書,若取其輔相而分别爲券也。亦謂之莂,莂,别也。劉熙曰:“大書中央中破别之也。”《周官》:小宰“聽稱責以傳别”,“聽取予以書契”;質人“掌稽市之書券”,朝士“聽責以判書”。主于約信彼此,與符相似。源出黄帝命倉頡作書契,流有漢高《丹書鐵券》,婁敬爲漢《與匈奴分界作丹書鐵券》,《書鈔》一百四。唐陸贄爲德宗作二鐵券文,昭宗《賜錢武肅王鐵券》,及漢潁陽《井券》,晉石崇《奴券》,楊紹《買冢地莂》。

符

符者,信也,孚也,合竹及金玉爲信孚,後世以紙代也。馬援曰:“符印所以爲信也。”劉勰曰:“符者,孚也,徵召防僞,事資中孚。”《易》曰:“節而信之,故受之以中孚。”《周官》掌節、小行人用符節。主于符合情實,語示信從。源出黄帝合符釜山,西王母《授黄帝符》,見《御覽》七百三十六。流有漢高剖符作誓,文帝與郡國守相爲銅虎符、竹使符,及漢闕名《討羌符》,見《古刻叢鈔》。晉梁王肜親黨與孫霖下符詰博士蔡充,齊邱巨源、梁江淹二《尚書符》,陳陸瓊下符討周迪、陳寶應二符。

約

約者,纏束也,以言爲纏束也。鄭子曰:"言語之約束。"盟誓、契券之變也。主于約束取信,定議嚴謹。源出蘇秦爲六國作《從約》,流有趙文惠《空雄約》,楚義帝與諸將約,及蘇代《約燕昭》,李牧《備邊約》,漢王襃《僮約》。

書

書者,著也,著文簡牘以通語也。主于著寫事情,擬同晤語。源出齊桓《與魯書》,流有燕惠《讓謝樂毅書》,秦昭襄《遺楚懷書》,及臧文仲《密遺魯公書》,見《列女傳》。子家《與趙盾書》,叔向《詒子産書》,子産《復叔向書》、《告士匃書》,鬼谷子《遺書責蘇、張》,見《類聚》三十六、《録異記》。燕丹《與鞠武書》,鞠武《報燕丹書》,《文選》、《文粹》列"書"。

版　書

版書者,"版"或作"板",判木也,古謂之方也,箸版爲貽書也。主于因事伸情,俾重手跡。源出漢明《書版》,見《東觀漢記》。流有袁紹託制《拜烏丸三王爲單于版文》,及朱穆《留與冀州從事版書》,崔季珪《答曹公露版》,督郵闕名《保舉博士版狀》。

刻石石銘、勒石

刻石爲石銘,亦謂之勒石。"銘"義見前;刻,鏤也;"勒"爲馬頭絡銜,亦刻也。或磨崖,或别立石刻,勒于山嶽、丘陵、澤陂,不成碑而銘纪事跡者也。《穆天子傳》曰:"銘跡于縣圃之上。"又曰:"紀丌古"其"字。跡于弇山之石。"主于紀名事跡,俾垂久遠。源出古封禪刻石,流有趙武靈《潘吾勒石》,秦昭襄《華山勒石》,並見《韓非·外儲说左》。《與夷人刻石爲盟要》,見《後漢·南蠻傳》、《華陽國志》。始皇諸刻石,漢武《泰山刻石》,及漢人墳、壇二石刻,叢崖、襃斜二石刻,《嵩嶽大室石闕銘》,蜀張飛《八濛石銘》,後魏鄭道昭、北齊鄭述祖諸石刻。

碑 表

碑者，豎石也。古宫、廟、庠序之庭碑以石，麗牲，識日景；封壙之豐碑以木，縣棺綍。漢以紀功德，一爲墓碑，豐碑之變也；一爲宫殿碑，一爲廟碑，庭碑之變也；一爲德政碑，廟碑、墓碑之變也。皆爲銘辭，所以代鐘鼎也。其顯之衢路者，亦謂之表。"表"義見前，以碑爲表識也。主于銘紀功德，詳則記焉序焉。源出漢惠《四皓碑》，《文章緣志》、《玉海・藝文》目。《古隅翁伯碑》，後人追名，文亦非碑體。流及《三老袁君碑》，景君、張遷二表，《鄭固碑》，上有大孔，若貫綍者。《楊震神道碑銘》，又班固作《泗水亭碑》，又《華山廟碑》，又《表》，裴岑《紀功碑》，蔡邕多碑文，歐、洪、趙、王諸書著録碑文。

碣

碣者，與"楬"通，特立之石，藉爲表褐也。石方曰碑，圓曰碣。趙岐曰："可立一圓石于墓前。"洪适曰："似闕非闕，似碑非碑。"隋唐之制，五品以上立碑，七品以上立碣。主于表揚功德，與碑相通。源出周宣石鼓爲石碣，劉寶楠曰："碣形似鼓，遂誤名鼓。"流及漢《孔謙碣》、《江原長進德碣》，晉潘尼作《潘黄門碣》，《文選・王文憲集序》注引。《唐觀音寺碣》，歐、洪、趙、王諸書著録碣文。

右三十七體，源出君上之事。教、訓、典、法、令、諭、誥、誓、敕、戒、箴、銘、誄、哀辭、頌、詩、樂府、祝、禱、祠、告神、盟誓、契券、符、約、書、版書、刻石、碑、碣三十體流及臣下之事，詛亦可準。

上書獻書

上書者，上，高也，奏上也，奏上書而高進也。亦謂之獻書，獻，饋食進也，以書奏上若進饋也。主于進達情事，忠言獻替。源出祖朝《上晉獻書》，見《説苑・善説》。流有魏絳《授晉悼僕人書》，范蠡《辞句踐書》，蘇秦上秦、趙二王書，樂毅《獻書報燕王》，秦李斯上韓王、秦帝諸書，漢淮南王安《上書諫伐南越》。《文選》、《文粹》列"上書"。

章

章者，樂竟爲一章也，明也，書明顯若樂章之奏也。漢"上書四名"，一曰章。蔡邕曰:“章者需頭,稱‘稽首上書、謝恩、陳事’,詣闕通者也。”主于感謝陳請,言必明顯源。出漢初,流有董子《乞種麥限田章》,郎顗《詣闕拜章》,蔡邕《戍邊》、《上壽》諸章,魏曹植《慶受禪》、《謝封陳王》諸章,劉宋謝莊《爲新安王拜司徒》、《謝兼司徒》諸章。

奏

奏者,上、進也,上書奏進,古“敷奏以言”之變也。李善曰:“奏以陳情、敘事。”漢“上書四名”,二曰奏。蔡邕曰:“奏者亦需頭,其京師官但言‘稽首’,下言‘稽首以聞’,其中者(有據《獨斷》盧文弨校改)所請,若皋法劾(劾)。案,公府送御史臺,公卿校尉送謁者臺也。”唐門下省“下通上六書”,一曰奏鈔。漢魏或施諸王侯,後世專奏天子。主于通達國事,進言持正。源出漢初,流有張蒼《奏淮南王皋》,魏相《條奏便宜》,董子《奏江都王求雨》,趙昭儀《奏上趙皇后賀正位》。

劾彈

劾者,法有皋也。亦謂之彈。彈,行丸也,抨也,以法抨有皋,若行丸也。奏書之屬也。唐門下省“書”,二曰奏彈。主于案舉臣皋,議從國法。源出漢初,流有陶青《劾奏鼂錯》,《漢書》“青翟”衍“翟”字。張敞《奏劾黄霸》,杜業《追劾翟方進》,晉王渾《奏彈虞濬》等,梁沈約《脩竹彈甘蕉文》,《文選》列“彈事”。

表

表者,義見前,貢獻、慶謝、薦請之等,表明情事,如裘表與木表也。李善曰:“言標箸事序,使之明白。”漢“上書四名”,三曰表。蔡邕曰:“表者,不需頭,左方下附曰‘某官某甲上’。文多用編兩行,文少以五行,詣尚書通者也。”唐門下省“下通上六書”,五曰表;尚書省“下達上六書”,一曰表。今制,慶賀皇上、皇太后曰表。主于明楬所陳,首以“臣某言”,終以“表聞”、“頓首”等語。源出漢初,流有李陵上《表》,魏相《采〈易〉陰陽、〈明堂〉、〈月令〉表》,劉歆《上〈山海經〉表》,馬援《上銅馬式表》,蔡邕多表書,《文選》、《文粹》列“表”。

議

議者,語也,謀也,謀事之語也。漢“上書四名”,四曰駁議。蔡邕曰:“其有疑事,公卿百官會議。其非駁議，不言‘議異’。”唐門下省“六書”，四曰議。李充曰：“在朝辨政而議出，宜以遠大爲本。”主于援舊謀新，語中事理。源出黄帝時《明臺議》，《管子·桓公問》目。流有秦王綰《帝號》、《封建》二《議》，淳于越《封建議》，諸儒生《封禪議》，李斯《存韓》、《廢封建》諸《議》，漢蕭何《天子服議》，後世議文甚多，《文粹》列“議”。漢石渠、白虎經論亦曰議奏。

駁　議

駁議者，“駁”義見前，立議求是，斥人議之不純也。李善曰：“推覆平論，有異事進之，曰駁。”漢上書四曰駁議。蔡邕曰：“若臺閣有所正處，而獨執異議者，曰駁議。駁議曰，‘某官某甲議以爲如是’，下言‘臣愚戇議異’。”李充曰：“駁不以華藻爲先。”主于進言指誤，勝以純正。源出漢初，流有張蒼《駁公孫臣漢應土德議》，蕭望之《駁張敞入穀贖辠議》，許商《駁孫禁開篤馬河方略》，後世駁議甚多。

封　事

封事者，封，諸侯爵土也，藏也，封藏言事之書，若限于封疆，不使易見其中之所有，書之有囊封者也。漢文集上書囊爲殿帷，蓋封事囊也。宣帝令吏民得奏封事，不關尚書。蔡邕曰：“凡章、表皆啓封，其言密事，得皂囊盛。”宋制立封事。主于陳事機密，冀君獨覽。源出漢初，流有魏相《薦張安世》、《奪霍氏權》二《封事》，張敞《爲霍氏上封事》，劉向、翼奉、京房、王嘉、蔡邕多封事。

疏

疏者，義見前，亦條録也。陳言面條析疏通，奏書之屬也。漢兼施于王侯，魏晉六朝專上王侯，後世專上天子。今制，陳事曰疏。主于陳事通徹，條理明序。源出漢韓信《上尊號疏》，流有賈誼、匡衡、劉向多疏文，王吉《上疏諫昌邑王》，《文粹》列“疏”。

狀

狀者，犬形者，形貌也，官民之事臧否之形狀也。《漢官篇》曰：“十有三牧，分部馳郡行國，督察在位，奏以言，録見囚徒，考實侵冤，退不録職，孫星衍曰：當作“稱”。狀狀，進一奏事焉。”孫曰:當有譌。《解詁》曰:“課吏、長吏不稱職者,爲殿舉免之;其有治能者,爲最察,上尤異;州又狀州中吏民、茂才異等。”又曰:“歲盡,齎所狀納京師,名奏事。”唐門下省“六書”,六曰狀;尚書省“六書”,二曰狀。主于陳告善惡,表其形貌。源出漢初,流有闕名《置五經博士舉狀》,見《漢官儀》。張敞《條奏昌邑王居處狀》,趙充國《條上屯田便宜十二事狀》,孫權《白曹公狀》,隋劉炫《自狀》,唐陸贄、宋岳武穆多狀書,《文粹》列“狀”。

牋

牋者,本字作“箋”,借作“籛”,義見前。表識所言之情事,上天子與王侯、郡將也。劉勰曰:“郡將奏牋。”漢舉孝廉試牋奏。一曰“章奏”。唐尚書省“六書”,三曰牋。今制,慶賀皇后曰牋。主于表白情事,與表相近。源出漢趙皇后《奏成帝牋》,見《飛燕别傳》。流有臨邑侯劉復《牋》,《書鈔》一百三十四引。復,光武兄。馮衍《與(詣)鄧禹牋》,班固、崔駰《與竇憲》二牋,劉宋沈亮《修治石埸箋》,《文選》列“牋”。

啓

啓者,本字作“启”,開也,詣也。開啓以事,明事之所至詣,上天子與王侯大臣,奏、表之變也。劉熙曰:“以告語官司所至詣也。”劉勰曰:“晉來盛啓,用兼表奏。陳政言事,既奏之異条;讓爵謝恩,亦表之别榦。”唐尚書省“六書”,四曰啓。今制,以上太子、諸王。主于就事開閩,要其所至。源出漢桓譚《啓事》,流有晉王導《請原羊聃啓》,李重《薦曹嘉啓》,《文選》列“啓”。

札　牒

札牒者,札,牒也;牒,札也,簡牘之小者,版書之屬也。劉勰曰:“議政未定,故短牒咨謀。”唐尚書省“六書”,六曰牒;“王言七制”,七曰敕牒。主于小事通言,簡略明意。源出漢齊人公孫卿奏札書,流有薛宣《與陽湛手牒》,鍾離意《白周樹牒》,蜀蒲元《與武侯牒》,齊殷瀰《請以虎江屬南豫牒》,及宋高宗賜岳武穆諸札。

劄　子

劄子者,劄,刺箸也,刺箸所言以代坐論者也。宋臣下可面奏,而用劄子免疏失;

又事之不降敕者，尚書省、樞密院得旨行下，而付授用劄子，謂之堂劄，猶堂牒也；《宋史》《職官志》、《唐介傳》，《却埽編》。君亦以御寶賜劄子。《宋史·吴及傳》。主于簡明捷速，擬面語而例口宣。源出宋范質具劄子，《宋史·范質傳》目。流有歐陽修、二程、岳武穆多劄子，寇準《堂劄》，《宋史》寇準、唐介傳目。及寧宗《賜朱子手劄》。見《宋史·朱熹傳》。

奏策

奏策者，策，馬箠也，籌策也，謀也。謀若運籌，亦如運用箠策，而奏進之者也。主于籌算精謀，别中下而要其上。源出漢賈讓《奏治河三策》，流有隋文中子奏《太平十二策》，唐王忠嗣上《平戎十八策》，宋張齊賢獻《開寶十策》。

對問

對問者，對譍無方也，此猶《内則》所云"博學無芳"。譍對君之所問也。主子因言譍答，不長其惡。源出伊尹《對湯問》，見《吕氏春秋·先己》、《説苑》《君道》、《臣術》。流有《鬻子·對文武成王問》，宋玉《對楚王問》，漢董子《郊事》、《雨雹》諸《對》，後世對問甚多。

對狀

對狀者，"狀"義見前，以君所問之事，而言其形狀也。主于就事撲貌，陳説情形。源出漢終軍《奏對詔問徐偃狀》，流有侯應《對問罷邊備事狀》，郎顗、毛玠二《對狀》，晉荀勖《奏條牒諸律問列和意狀》。

對策

對策者，"策"本字作"册"，義見前。譍對君所問事之册書，非謂謀策也。顔師古曰："對策者，顯問以政事、經義，令各對之而觀其文辭，定高下也。"主于視策詳説，殫洽見聞。源出漢晁錯《對賢良文學策》，董子《對賢良策》，平津侯《對賢良策》、《對册書問治道》，杜欽《對賢良方正策》、《白虎殿對策》，唐劉蕡《對賢良方正能直言極諫策》。古亦有射策甲乙科，顔師古曰："射策者，謂爲難問疑義，書之于策，量其大小，署爲甲乙之科，列而置之，不使彰顯。有欲射者，隨其所取得而釋之，以知優劣。"是射策異對策矣，其文罕傳。

告白

告者，牛觸人，角箸横本，所以告也。白也，白事若牛角之明告，異乎誥命也。亦謂之白。白，詞言之氣從鼻出，與口相助，口告事爲白也。主于語事通情，切實無妄。源出祖乙奔告高宗，流有鄭《以從楚告晉》、《以從(服)晉告楚》，鄢肸《爲蒯聵告即位于周》，漢以後大臣多建白之言，《文章緣起》："孔融主簿，作白事書。"佚。晉褚䂮《白刺史王沈》，及成王《告伯禽》，見《説苑·君道》。襄王《告難》，王子朝《告諸侯》，夫差、句踐皆《告大夫》，漢高《發使告諸侯》。

奏記

奏記者，義並見前。記亦志也，進事于王侯大臣而伸言厥志，奏書之支别也。劉勰曰："後漢公府奏記，進己志也。"主于言事進志，與奏疏相類。源出漢丙吉《奏記霍光議立皇曾孫》，流有杜延年《奏記霍光爭侯史吴事》，鄭朋《奏記蕭望之》，李固《奏記梁商》，《文選》列"奏記"。

答難

答難者，"難"義見前，"答"本字作"畣"，對也，對答佗人之難問也。主于對人詰駁，申釋卓見。源出漢東方朔《答驃騎難》，流有張敞《答兩府入穀贖辠難問》，蕭望之《對兩府難問入穀贖辠議》，班勇《對鐔顯難》、《對毛軫難》，又鄭子《答臨碩周禮難》，輯。晉蔡謨《答范寧難》。

璽書

璽書者，璽，印信也，印封書以取信也。各書多璽封，其無主名者，專曰璽書。衛敬仲曰："秦以前，民皆以金玉爲印，龍虎紐，惟其所好。秦以來，天子獨以印稱璽，又獨以玉，羣臣莫敢用也。"主于立文徵信，慎重莊言。源出《周官》職金楬璽，掌節、小行人、司市用璽節，流有季武子《璽書》，及秦始皇《賜扶蘇璽書》，漢文《賜晁錯璽書》，後世皇帝多璽書。

露　布

露布者，露，潤澤覆慮物也，不覆慮爲暴顯也；布，枲織也，陳也，施也，陳施若枲織列經緯也。軍書顯露不封而施布之。承名于露布制書，漢帝制書赦贖露布州郡。露布奏書漢奏書或露布。也。漢末以露布文告軍事，六朝而來專以告捷，唐制門下省“六書”，三曰露布。主于顯陳戰事，首以“某臣”而終以“奉聞”。源出漢賈洪爲馬超伐曹操作露布，《文章緣起》目。曹操《露布文》九卷，《隋志》目。流有後魏釋僧懿《破魔》、《平心》二《露布》文，唐駱賓王《姚州破賊露布》，于公異《破朱泚露布》。

檄

檄者，二尺書也，激也，軍書所徵召而激動者也。一曰皦也，皦然明白也。魏武《奏事》曰：“若有急，即插以雞羽，謂之羽檄。”《後漢·光武紀》注引。主于揚激軍情，詞意急切。源出張儀《檄告楚相文》，流有漢司馬相如《喻巴蜀檄》，朱博《口占檄文》，王昌《移檄州郡》，任光《討王郎檄》，蜀吕凱《答雍闓檄》，及晉元《討石勒檄》，《文選》列“檄”。

移　書

移書者，“移”本字作“迻”，遷徙也，手書遷移于人，或召或約，或責或勸，使之從也。主于徙達嚴詞，鼓動人意。源出王孫駱《移記公孫聖》，見《吴越春秋》。流有漢薛宣《責謝游》、《勞勉尹賞、薛恭》、《追署王立》三《移書》，劉歆《讓太常博士移書》，竇章《勸葛恭移書》，宗均《移記九江屬縣》，應劭《移書申約吏》，及梁簡文《答穰城永和移文》。

列　辭

列辭者，“列”義見前，亦陳也，陳事于官，條叙之而使上聞也。劉勰曰：“陳列事情，昭然可見也。”主于特事陳叙，抉情明布。源出漢張磐《自列狀》，流有劉宋孫薩《詣郡列辭》免兄，釋道温《列言秣陵縣》上皇太后。

序

序者，本字作“叙”，義見前。讌會賦詩而叙之，又餞送有詩，以贈言爲叙也，詩序之變也。主于即事記述，寫以深情。源出晉王羲之《蘭亭詩序》，流有唐蘇晉《天子命宴序》，歐陽詹《讌東湖亭序》，贾曾《餞張尚書赴朔方序》，韓退之多送友序，《文粹》列“序”。

帖

帖者，帛書署也。服虔曰：“題賦曰帖。”帛書言事題署之變，後世以紙代也。主于題寫事指，明若表楬。源出漢崔瑗《雜帖》，流有蜀武侯《遠涉帖》，魏鍾繇《雜帖》，阮籍《搏赤猿帖》，晉王珉、王羲之多雜帖。

題署揭文、榜

題署者，“題”義見前，署，部署各有所网屬猶繫屬。也，書也，表也，亦題也。題額屬名，或門闕，或器物，書字爲表，文籍檢署之支别也。亦謂之揭文。揭，舉也，舉爲表楬也。題門亦謂之榜，“榜”一作“牓”，所以輔弓弩也，標榜也，標書擧目，蓋猶輔弓弩之榜也。主于表識文字，令可覩記。源出孔子《觀季札葬子題字》，孫星衍、嚴可均釋末字爲“葬”，唐宋人誤爲“墓”。流有孟嘗君《書門版》，漢蕭何題未央宫前殿額，見羊欣《筆陣圖》。魯王墓二石人題字，西嶽廟神道石闕題字，孝堂山郭巨石室題字，司馬相如《題市門》，翟公《署門》，劉宋鮑照《瓜步山楬文》，梁范述曾《牓郡門》，又漢褒一作哀。章、銅匱二檢署，曹操《題識送終衣匳》，及梁元《題劉孺手版詩》。

募文

募文者，募，廣求也，招也，以文求衆而招之，題署之支别也。主于求所欲獲，招示賞予。源出商君《南門徙木》二募文，流有晉李特《改辛冉購募榜文》，北周韋孝寬《手題募格書背》。

謁　文

謁文者，謁，白也，詣告也，請見也，諧見而以文白告也。劉熙曰："書其姓名于上，以告所至詣者也。"主于白告大略，明所詣請。源出漢酈食其《踵軍門上謁文》，流有鄭衆《婚禮謁文》，張超《謁孔子文》。

饗　辭

饗辭者，"饗"本字作"享"，獻也，祭獻鬼神之辭，而求其受享者也。主于寫忱告饗，當禮順情。源出《禮經》《士虞》、《特牲》、《少牢》諸饗辭，流及漢帝《郊拜太一贊饗文》、《拜祝祠太乙贊饗文》、《祠上帝明堂贊饗文》。

弔　文

弔文者，弔，問終也，問終以文辭也，又傷逝寓問終之意也。主于愍死問恤，哀慰交陳。源出《禮・檀弓》"大夫爲天王弔辭"，見《白虎通・崩薨篇》。流有漢賈誼《弔屈原文》，胡廣《弔夷齊文》，禰衡《弔張衡文》，晉束皙弔蕭孟恩、衛巨山二文，湛方生《弔鶴文》，及後魏文帝《弔比干墓文》，《文選》列"弔文"。

祭

祭文者，祭，祀也，索也，祀索鬼神，以文盡索之，祝辭、饗辭之變也。劉勰曰："中代祭文，兼讚言行。"祭而兼讚，蓋引神而作也。主于籲靈求飫，舉事陳情。源出《攷工記》祭侯辭，亦見《大戴禮》。流有漢杜篤《祭延鍾文》，《文章緣起》目。曹操《祀橋太尉文》，晉王沈《祭先考東郡君文》，庾亮《釋奠祭孔子文》，袁宏《祭牙文》，潘岳《爲諸婦祭庾新婦文》，陶潛《祭程氏妹》、《祭從弟敬遠》、《自祭》三文，梁徐悱妻劉氏《祭夫文》，《文選》列"祭"。

行　狀

行狀者，"狀"義見前，行，步趨也，猶事也。行事而趨于正道，既死而親舊門人表其事狀,供誄謚也。初狀之于朝,後亦狀諸戚友。主于追叙行事,得其形貌。源出漢丞相倉曹傅胡幹作《楊元伯行狀》,《文章緣起》目。流有闕名《裴瑜行狀》,《後漢·史弼傳》注引。梁任昉、沈約多行狀,唐韓退之《董公行狀》,宋程伯子《彭公行狀》,程叔子《明道先生行狀》,朱子多行狀,《文選》列"行狀"。

墓誌銘

墓誌銘者,"志"、"銘"義並見前,墓,丘也,慕也。孝子所思慕之丘墓,以石志事銘功,而葬時埋之。豐碑與銘旌、器銘三者之變也。初但爲銘,後乃首志尾銘,而渾稱則志、銘通也。主于書名氏,叙爵里,述功績,意恐年久失墓,欲子孫可得兆域。源出處父《石棺銘》,見《史·秦本紀》。流有衛《沙丘石椁銘》,見《莊子·則陽》。漢《王史威長葬銘》,見《博物志》。杜鄴自作墓誌,見《西京雜記》。晉《東海王越女冢石銘》,王獻之《保母志》,《劉韜墓誌》,《王戎墓銘》,《封氏聞見記》引。劉宋謝莊《豫(章)長公主墓誌銘》,見《類聚》十六。歐、洪、趙、王諸書著録墓誌銘。

輓　歌

輓歌者,"輓"通作"挽",引車也,引喪車而謳歌也。摯虞曰:"因唱和而爲摧愴之聲,銜枚所以全哀。"莊子曰:"紼謳所生,必于斥苦。"主于情詞哀苦,克應力挽。源出公孫夏命歌《虞殯》,《左傳》哀十一目。流有漢田横門人挽歌《薤露》、《蒿里》二章,見《搜神記》。按宋玉《對楚王》已言《薤露》,非挽歌也,豈田横門人以擬古挽師歟?《文選》列"挽歌"。

贊

贊者,義見前,明人物之美惡,令其著見也。一曰:稱人之美曰贊。李充曰:"容象圖而讚立,宜使辭簡而義正。"蕭統曰:"圖象則贊兴。"主于擬象事物,明見如圖。源出漢司馬相如《荆軻贊》,《文章緣起》目。流有《尚書省中古烈士畫贊》,蔡質《漢官典則儀式選用》,蔡書輯。《郡府聽事壁諸尹畫贊》,《漢官儀》。魏曹植《漢殿閣古人畫贊》,蜀楊戲《季漢輔臣贊》,晉郭璞《爾雅圖讚》、輯《山海經圖贊》,北周庾信《聖帝名賢畫贊》,隋劉炫《自贊》,《文選》、《古文苑》、《文粹》列"贊"。

賦

賦者，斂也，鋪也，敷也，文之鋪陳敷布，若財之斂聚一處也。鄭子曰："直鋪陳今之政教善惡。"劉熙曰："敷布其義。"《毛詩傳》曰："登高能賦。"班固曰："《傳》曰：不歌而誦謂之賦。"又曰："賦者，古詩之流也。"主于鋪敷事物，聯雅頌，寓風諷，而比興兼用。源出屈原《離騷》，荀子《禮》、《智》、《蠶》、《箴》諸《賦》，荀賦不承屈子。流有宋玉，漢馬、揚、班、張及武帝之賦。唐人賦尚駢偶，猶可也；宋人賦而散文，失六義，非詩之流矣。漢亦漸蹈淫靡，揚子曰："詩人之賦麗以則，辭人之賦麗以淫。"

亂

亂者，治也，理也，治理篇義也。韋昭曰："凡作篇章，篇義既成，撮其大要爲亂辭。"主于總理前義，治緒得理。源出正考父校《商頌》而輯《亂》，見《魯語》下。流有《楚辭》、漢魏賦文各篇末之亂。

辭

辭者，本字作"詞"，意内而言外也，嗣也。劉熙曰："令撰善言相續嗣也。"《易》曰："聖人之情見乎辭。"凡文皆有詞，其韻文無主名者專曰詞。主于言語嗣續，宣意流情。源出越人《離別相去辭》，見《吴越春秋》。流有《楚辭》，晉夏侯湛《征迈辭》，梁江淹《雜詞》及漢武《秋風辭》，《文選》列"辭"。

操

操者，持也，人所執持之志也，自顯志操之琴曲也。桓譚曰："窮則獨善其身，而不失其操。"應劭曰："言雖怨恨失意，猶守禮義，不懼不懾，樂道而不失其操者也。"主于抒寫志操，詞義堅凝。源出許由《箕山操》，流有伯奇《履霜操》，孔子《猗蘭》、《龜山》、《將歸》三操，伯牙《水仙操》，沐犊子《雉朝飞操》，商陵牧子《别鹤操》及太王《岐山操》，文王《拘幽操》，周公《越裳操》。

引

引者，開弓也，導也，長也，歌曲之導引而長者，若引弓也。一曰："引"與"廞"通，廞，興也，猶詩之興。主于開導憂思，長歎而不怨。源出楚樊姬《烈(列)女引》，流有魯《伯妃(姬)引》，魯次(漆)室《貞女引》，衛女《思歸引》，楚商梁《霹露引》，樗里牧巷《走馬引》，樗里子高妻《箜篌引》，統號"九引"。漢以來樂府擬作者甚多。

曲行

曲者，屈，不直也，行也，屈折委曲而行其歌也。亦謂之行，"行"義見前，亦曲也，歌曲之行若步趨也。漢樂府曲有平、清、瑟三調，合以楚調，爲相和調。主于搆象寫聲，詰屈而能伸騰，趨而不徑。源出師曠《陽春白雪曲》，宋玉《笛賦》目。後人稱帝王樂歌爲曲，非本名，古樂歌亦與稱曲者異體。流有漢樂府琴、笛、鐃、輓等曲，《君子》、《長歌》諸行，班婕妤《怨歌行》，蔡邕《飲馬長城窟行》，曹操《短歌》、《秋胡》諸行，魏曹植、晉張華、陸機及魏文、梁武等多曲、行，唐以來詞曲不足道。陸游曰："倚聲製詞，起于唐之季世。則其變愈薄，可勝歎哉。"

謠

謠者，省作"䚻"，徒歌也，詩歌之不合樂也。《爾雅》曰："徒歌謂之謠。"《毛詩傳》曰："曲合樂曰歌，徒歌曰謠。"主于有感徒歌，動得天趣。源出《余謠》、《大謠》、《中謠》、《小謠》、《尚書大傳》目。《康衢童謠》，流有丙之晨《童謠》，漢《邪徑謠》，見《五行志》。晉夏侯湛《寒苦謡》、《長夜謠》及周穆使宫樂爲《黄池謠》，西王母《白雲謠》。

謳

謳者，齊歌也。顔師古曰："謂齊聲而歌。"或曰齊地之歌。此亦顔語，經、傳、子、史所云謳多不屬齊地。《漢志》"齊謳"亦與"蔡謳"並列，《御覽》引《古樂志》：齊謳、吴歈、楚豔。曹植言齊謳、楚舞，説皆後起。主于詞旨清淺，取便齊聲。源出宋國《城者》、《築者》二《謳》，流有魏曹植《甘露》、《時雨》、《嘉禾》、《木連理》，《白鵲》、《白鳩》六《謳》。

誦

誦者，諷也，不爲長言之歌而徒諷誦也。主于諷言美刺，詞近歌謠。源出晉人《惠公背賂誦》、《改葬共世子誦》，流有《城濮誦》，鄭人《子産誦》，魯人《孔子》、《臧孫》諸誦，漢人《邴原誦》。《御覽》五百三十二。

七

七者，陽數之踰五者也。古恒言，半曰五，小半曰三，大半曰七。設客主，爲七章也。主于託物問答，諷諭歸道。源出《管子・七臣七主》篇，流有漢枚乘《七發》，其後演者甚多，《文選》列"七"。崔駰既作《七依》，而假非有先生之言曰："孔子疾小言破道，斯文之族，豈不謂義不足而辯有餘者乎？賦者將以諷，吾恐其不免于勸也。"摯虞曰："率有辭人，淫靡之尤矣。"

九

九者，老陽之數，踰七而多者也。古恒言，少曰一，多曰九。諷詞別章至九數也。主于假譬規諷，充義盡情。源出夏禹"九歌"，流有《楚辭》，屈原《九歌》至漢王逸《九思》等篇，魏曹植《九詠》，晉陸雲《九愍》。

設　論

設論者，設，施陳也，假也，假客問而施陳言論也。主于假人立難，自陳己志。源出《韓非子・難勢》，流有漢東方朔《答客難》，揚子《解嘲》、《解難》，見《文紀》。後世演者甚多，《文選》列"設論"。

甲乙論議

甲乙論議者，甲乙，幹名也，假甲乙爲人，或設其事，或設其言，以爲論與議，多則逮丙丁以下也。主于辨語是非，道歸一是。源出漢董仲舒《春秋決事比》，佚。流有蜀費禕《甲乙論》，晉鄭沖、荀顗、荀勖、張華、蔡謨等《甲乙問議》，近嚴可均《甲乙議》。

連　珠

連珠者，“連”本字作“聯”，耳聯于頰，絲聯不絶也，屬也，續也。諷戒之文，若絲之編珠，聯續相屬也。沈約曰：“辭句連續，互相發明，若珠之結排也。”主于排比聯屬，情詞圓潤。源出漢揚子《連珠》，《類聚》五十七，《御覽》四百六十八、九。《文選・晉紀總論》《五等論》注引。《北史・李先傳》：“魏帝召先讀韓子《連珠》二十二篇。”但《韓非》書無《連珠》名，亦與漢人連珠異體。流有班固《擬連珠》，魏王粲《擬連珠》，劉宋顔延之《範連珠》，謝惠連《連珠》，齊王儉《暢連珠》及魏文、梁武、簡文《連珠》，《文選》列‘連珠’。

回　文

回文者，“回”或作“迴”，轉也，文可回轉讀之也。傳咸曰：“反覆其文者，以示憂心輾轉也。”主于選字酌韻，環轉情思。源出曹植《回文鏡銘》，流有晉殷仲堪回文《酒》、《盤》二銘，傳咸《回文反覆詩》、温嶠《回文詩》今亡。蘇蕙《回文璇璣圖詩》，後魏釋達磨《回文真性頌》及梁武《回文硯銘》，簡文《回文紗扇銘》、《和湘東王後園回文詩》，宋桑世昌編《回文類聚》四卷。

離合詩

離合詩者，離爲離黄鳥，假借爲離别字，分别也；合，合口也，交合也。分離字形之半，而兩交潛併，合成本字，屬詞而爲詩也。主于按字生情，明分暗併。源出漢孔融《離合郡姓名字詩》，流有晉潘岳，劉宋何長瑜、謝惠連、謝靈運，齊王融，陳沈炯諸《離合詩》，宋蘇軾《離合硯蓋字》，及劉宋孝武、梁元《離合詩》。又鮑照有《謎字詩》説字形。又六朝人有《兩頭纖纖》、《五雜組》、《藁砧》等詩，有《數名》、《建除》、《六甲》、《十二屬》、《六府》、《四色》、《四氣》、《八音》、《八卦》、《州郡》、《縣里》、《姓氏》、《鳥獸藥草名》等詩，皆雜詩。《建除詩》取建、除、滿、平、定、執、破、危、成、收、開、閉十二字分冠聯首。

集　句

集句者，集，羣鳥在木也，合也，集合古句若鳥集也。主于合聚古語，雜成篇章。源出晉傅咸集《孝經》、《論語》、《毛詩》、《周易》、《周官》、《左傳》諸詩，流有宋王安石多集句詩，近黄之雋《香屑集序》集唐人句。

右五十五體，源出臣下之事。札牒、劄子、告、璽書、檄、移書、題署、饗辭、弔文、賦、辭、操、曲、謠、連珠、回文、離合詩十七體，流及君上之事，祭文、贊、亂、引、集句五體亦可推。

禮　辭

禮辭者，禮人所履也，履行禮典而有文辭也。《聘禮記》曰："辭多則史，少則不達。"主于典雅樸實，文質相劑。源出《禮經·覲禮》天子賜舍辭、侯氏諸辭，《聘禮》主人接賓、賓反命諸辭，《燕禮》請辭、對辭、致命辭，《射禮》命射辭，《士冠》醴辭、醮辭，《士昏》昏辭、醮辭、送女命辭，《既夕》赴辭，《特牲》、《少牢》筮辭，《投壺》命弟子辭，流有漢昭《冠辭》，漢《祭天》、《迎日》諸辭，魏王肅《納徵辭》，晉《娶何后六禮版文》，何琦《答文》，宋朱子《家禮》多禮辭。

聯　句

聯句者，"聯"通作"連"，義見前，作詩不一人，共以句相聯屬也。主于衆才合韻，屬詞接聲。源出《衛風·式微》黎莊夫人與傅母同作，依《列女傳》。流有漢《柏梁聯句》，劉宋《華林聯句》，齊謝朓等《阻雪聯句》，後世聯句甚多。

右二體源流，通臣君上、臣下之事。

凡措事之文章九十有四體，訓、典、法、甲乙論議四體兼修學。

大凡文章一百四十有二體。

惟清光緒二十有七年，歲在重光赤奮若，夏五月辛巳望，十七日。門弟子請問文章之體，兆芳答曰：昔自倉頡造文字，是生文章，帝王載道，萃而爲經。文學之事，通經學道，儒與王同道，文與學相因也。夫子之文章，豈後世所謂詞章哉？"文"爲交爻錯雜有經緯之稱，《説文》曰："文，錯畫也，象交文。"《易》曰："物相雜謂之文。"《左傳》昭二十八年、《逸周書·謚法》並言"經緯天地曰文"。雜而不越，猶五色之成文不亂；《樂記》："五色成文而不亂。""章"本爲樂竟，《説文》："章者，樂竟爲一章，從音從十"引申曰著明。文之合積而成，《吕氏春秋》："大樂合而成章。"《詩·關雎章句疏》："章者，積句所爲。"著明而完竟者，章也。文成章曰文理，《易》曰："六畫而成章。"虞注："章謂文理也。"經緯交錯，著明完竟，而始終條理，是謂文章。書字成篇卷，徵之于學術，其全體普矣。由漢而來，文章寖别于學術，于是選文之籍，罕録講學之篇，若《文選》、《文館詞林》、阮氏所得四卷本，黎氏所得十四卷本，並得自日本。《古文苑》、

《文苑英華》、《唐文粹》、《宋文鑑》、《文章正宗》、《元文類》、《明文海》，此類所編，可覩流變，然皆以羅衆品，勢不能羼入書卷，學者專以詞章計篇者爲文章，心偭學術矣。而述原委、論文體，摯虞《文章流別》輯。以下，其可取十餘家，僉就詞章計篇者屬意，未足爲通，又多以詞句論體，學者從是求之，治絲而棼，翻不遑學術。夫行文之通體，則有孔子曰："辭達而已矣。"又引古志曰："文以足言。"以兹爲宰，無浮辭，無俗言矣。孔惡慙、枝、游、屈，孟距詖、淫、邪、遁，以兹爲禁，遠異端矣。守聖訓，而始終條理，經緯交錯，著明完竟，可御百體而不離宗，安取瑣論？然非治學術，不能也。而文章之異體，生從文字，文字之用多，故文章之體亦多，非選家所能括。要皆出于天然，猶生物之異體。不辨其異，宜畫龍而獸毛，畫虎而禽翼，不誠無物矣。本體百異，不可不辨，雖小品，可不爲而不可瞀也。其軀骨有解釋、考据、記叙，告語、諷賦、議論六體，象貌有散行、駢偶兩體，而以此隸百體，卒無以明學術。内學術于文章中，而綜厥大體，不外修學、措事二科。攷道、傳道爲修學，率道爲措事。知其措事，則知文章爲有用之具；知其措事之必由修學，則知文章爲載道之器。如是可與道文學。爰著《文章釋》一卷，列一百四十有二目。先釋名義，必宗本字本義，其取引申義者，必使與本義相顧，明立體之元意也；終釋源流，源取信于可考，流略舉以見例，明觀體之來路也；中釋體之所主，契名義，符源流，明布體之要法也。其不爲恒體者闕焉。綜爲修學、措事二綱，約揭經史諸家之學，君上、臣下之事，明文學相因之大體也。秋七月既望，十八日。三易藁矣，召門弟子而示之曰：勉爲文學，其入道哉。《易》曰："修辭立其誠。"

門弟子如皋吴一鶴書，句容戴國源、通州邢啓才、吴保之、徐家模、陸錦芝、王鴻緒、王永圖校。

是書既成，呈質曲园俞先生，糾正數條，而其叙中祇舉續、擬、七、九四體之説，餘未之及，宜一一楬明之。然學者每苦檢校之勞，而傳書有駁，又不如純。爰依俞先生所糾正，改入本條，注明原藁之失，并曰"依俞先生改"，未敢襲取掠美，而可省檢校之勞，亦庶幾傳書之純而無駁歟。又書中闕判體，吾友顧澤軒爲道之。吾書之例，不爲恒體者闕，判乃恒體，屬臣下之事，宜人移書、列辭之間。而書刊，不能羼人全條，謹補于後。光緒癸卯夏兆芳跋。

判

判者，分也，决事而分别事理也。自古有决事，必有其辭，惟其簡質，故前古無見文，亦不名判也；六朝决事曰判，唐試士有判，至于明代亦然。主于判斷事理，審辭平議。源出古决事之辭，流有唐崔融《對耽書穿牀判》、周彦之《對遺腹襲侯判》、闕名《對劉亨還墳判》。

合前數爲一百四十有三體。

姚永樸

姚永樸(1862—1939)字仲實,號素園,晚號蜕私老人。安徽桐城人。光緒二十年(1894)中順天鄉試舉人。先後游於同里方存之、吴摯甫、蕭敬孚諸先生之門。治詩古文辭,後專讀經,於注疏及宋、元、明、清諸儒經説,無不融會貫通,旁及諸史、音韻,博稽而約取,自成一家之言,號稱"通儒"。姚永樸是桐城派最後一位大師,他辛苦執教五十餘年,經歷了近代教育發展的各個階段。他在新的歷史條件下,以書院、學堂、大學爲陣地,潛心著述,培育人才,爲桐城派在近現代繼續保持一定的影響,作出了重要貢獻。著述甚豐,著有《小學廣》、《羣經考略》、《諸子考略》、《羣儒考略》、《十三經述要》、《我師録》、《蜕私軒讀經記》、《國文學》、《文學研究法》、《史學研究法》、《蜕私軒集》、《史事舉要》、《舊聞隨筆》、《論語解注合編》、《蜕私軒易説》、《蜕私軒詩説》、《古今體詩約選》、《歷代聖哲學粹》等。《文學研究法》四卷是姚永樸的力作,也是桐城派作家系統闡述桐城派文論的唯一專著。在舊學與新學交替之際,作者試圖努力證明"義法"適應時代要求的可行性,對桐城派文論作了新的整理和闡述。他始終强調文學與語言學的結合,强調文學風格存在於作品和創作主體之中,自覺不自覺地將桐城文論與時代接軌。全書資料宏贍,文字雅潔,對研究中國古代文學和語言學極有參考價值。

本書資料據1916年商務印書館本《文學研究法》。

門　類

欲學文章,必先辨門類。門者,其綱也;類者,其目也。總集古以《文選》爲美備。故王厚齋應麟《困學紀聞》云:"李善精於《文選》,爲注解因以講授,謂之'文選學'。少陵有詩云:'續兒誦《文選》。'又訓其子云:'熟精《文選》理。'蓋'選學'自成家。"陸放翁《老學庵筆記》亦云:"宋初此書盛行,士爲之語曰:'《文選》爛,秀才半。'然其中録文既繁,分類復瑣。"蘇子瞻題之云:"限其編次無法,去取失當。"亦不可謂盡誣。蓋文有名異而實同者,此種只當括而歸之一類中,如騷、七、難、對、問、設論、辭之類,皆詞賦也;表、上書、彈事,皆奏議也;箋、啓、奏記、書,皆書牘也;詔、册、令、教、檄、移,皆詔令也;序及諸史論贊,皆序跋也;頌、贊、符命,同出褒揚;誄、哀、祭、弔,并歸傷悼。此等昭明皆一一分之，徒亂學者之耳目。自是以後，或有以時代分者，或有以家數分者，或有以作用分者，或有以文法分者，衆説紛紜，莫衷一是。自惜抱先生《古文辭類纂》出，辨别體裁，視前人乃更精審。其分類凡十有三：曰論辨，曰序跋，曰奏議，曰書説，曰贈序，曰詔令，曰傳狀，曰碑誌，曰雜記，曰箴銘，曰贊頌，曰詞賦，曰哀祭。舉凡名異實同與名同實異者，罔不考而論之。分合而入之際，獨釐然當於人心。乾隆、嘉慶以來，號稱善本，良有以也。上元梅伯言曾亮約之，有《古文辭略》之選，而增詩歌類。曾文正公又選《經史百家雜鈔》，其分門有三。著述門凡三類：曰著述，曰詞賦，曰序跋；告語門凡四類：曰詔令，曰奏議，曰書牘，曰哀祭；記載門凡四類：曰傳誌，曰敘記，曰典志，曰雜記。其異於姚氏三端：如分類外更揭出三門，此所以示學者最爲明白；至於雜記類外更益以典志、叙記兩類，此則姚氏非不知之，第以其例既不選經史，則其他著作能合於此兩類者寥寥，故括之於雜記類，而不别出兩類之目耳；若夫併贈序於序跋，附箴、銘、贊、頌於詞賦，此則姚氏之意，特以贈序與序跋，箴、銘、贊、頌與詞賦，其用本不同而然，但文正或併或附，亦猶姚氏之以對策合於奏議，檄、移之合於詔令，夫亦何爲不可！惟梅氏以詩歌入古文辭中，意在得文學之大全，然止録古體而無今體，與其合之而仍不備，誠不若别選之爲愈矣。今就姚氏所分十三類，詳論於後。

論辨類者，劉彦和勰《文心雕龍·論説》篇云："聖哲彝訓曰經，述經叙理曰論。論者，倫也。倫理無爽，則聖意不墜。昔仲尼微言，門人追記，故仰其經目，稱爲《論語》。蓋羣論立名，始於兹矣。"又云："論也者，彌綸羣言，而研精一理者也。是以莊周《齊物》，以論爲名；不韋《春秋》，六論昭列。"姚氏亦云："蓋原於古之諸子，各以所學著書詔後世。孔、孟之道與文至矣。自老、莊以降，道有是非，文有工拙。"綜兹兩説，可以知所由來。其曰辨者，字本作辯，《説文》："辯，治也，從言，在辡之間。"故他傳注或曰"明也"，或曰"分也"，或曰"别也"。曾氏云："諸子曰篇、曰訓、曰覽，古文家曰論、曰辨、曰議、曰説、曰解、曰原，皆是。"惟《伯夷頌》姚氏亦入此類，蓋以其名異實同，且未用韻，與諸家之頌不同也。

序跋類者，《經典釋文》云："序，次也。又與叙通。叙，亦次也。蓋次作者之指而道之也。"姚氏云："昔前聖作《易》，孔子爲作《繫辭》、《説卦》、《文言》、《序卦》、《雜卦》之《傳》，以推論本原，廣大其義。《詩》、《書》皆有序，而《儀禮》篇後有記，皆儒者所爲。其餘諸子，或自序其意，或弟子作之，《莊子·天下》篇、《荀子》末篇是也。"據此則古人之序，多綴於末。《詩》、《書》序舊别爲一卷，附本書以行；其冠之每篇首，特後所移耳。太史公自序、《漢書叙傳》亦綴於末，惟諸表序冠於首。班氏作《兩都賦》，前爲之序，左太冲《三都賦》因之，而鄭氏《詩譜》亦以序居前，此其濫觴歟？至乞人作序，起於太冲爲賦成，自以名不甚著，求序於皇甫謐，由是後人文集莫不皆然；甚有兩序或三四序者，顧亭林《日知録》深譏其非體。自有前序，乃謂綴末者爲後序，亦謂之跋尾，或謂之書後。跋，《説文》："蹎，跋也。從足，犮聲。"《爾雅·釋言》："躐也。"《漢書》注："躡也。"蓋本從足取義，引申之，凡處後皆日跋。此類之原，曾氏廣以《禮記》之《冠義》、《昏義》，而謂"後世曰序、曰跋、曰引、曰題、曰讀、曰傳、曰注、曰箋、曰疏、曰説、曰解，皆是"。

奏議類者，其異名尤多。姚氏云："唐、虞、三代聖賢陳説其君之辭，《尚書》具之矣。周衰，列國臣子爲國謀者，誼忠而辭美，皆本《謨》、《誥》之遺。漢以來有表、奏、疏、議、上書、封事之異名，其實一類，惟對策體少别。"曾氏亦云："凡後世曰書、曰疏、曰議、曰奏、曰表、曰劄子、曰封事、曰彈章、曰牋、曰對策，皆是。"而《文心雕龍》言之尤詳。《章表》篇云：七國言事，"皆稱上書。秦初定制，改書曰奏。漢定四品：一曰章，二曰奏，三曰表，四曰議。章以謝恩，奏以按劾，表以陳請，議以執異。章者，明也。表者，標也"。《奏啓》篇云："奏者，進也。言敷於下，情進於上也。自漢以來，奏事者或稱上疏。""啓者，開也。孝景諱啓，故兩漢無稱。至魏國箋記，始云'啓聞'。奏事之末，或云'謹啓'。自晉盛啓，用兼表奏，陳政言事，既奏之異條；讓爵謝恩，亦表之别幹。自漢置八儀，密奏陰陽，皁囊封板，故曰封事。晁錯受書，還上便宜"，"多附封事，慎機密也。"《議對》篇云："議之言宜，審事宜也。昔管仲稱軒轅有明臺之議，其來遠矣。"漢立駁議。"駁者，雜也。雜議不純，故云駁也。""又對策者，應詔而陳政也；射策者，探事而獻説也。言中理準，譬射侯中的。二名雖殊，即議之别體也。"案唐以後有狀，宋以後有劄子，近世有題本，有奏本，有附片。其名之異，亦以義各有主焉耳。

書説類者，姚氏云："昔周公之告召公，有《君奭》之篇。春秋之世，列國士大夫或面相告語，或爲書相遺，其義一也。"曾氏謂"凡後世曰書、曰啓、曰移、曰牘、曰簡、曰刀筆、曰帖，皆是"。《文心雕龍·書記》篇云："書者，舒也。舒布其言，陳之簡牘。戰國以前，君臣同書。秦漢始有表奏，王公國内，亦稱奏書。迄至後漢，稍有名品：公府奏記，而郡將奏牋。記之言志，進己志也；牋者，表也，表識其情也。"曾氏名此類曰書牘，而姚氏則曰："書，説也。"蓋因其中多載戰國游士説異國之君之辭而然。至説之爲言，《文心雕龍·論説》篇云："説者，悦也。兑爲口舌，故言資悦怿；過悦心僞，故舜驚讒説。"得其旨矣。

贈序類者，姚氏云："《老子》曰：'君子贈人以言。'顔淵、子路之相違，則以言相贈處；梁王觴諸侯於范臺，魯君擇言而進，所以致忠愛、陳忠告之誼也。唐初贈人始以序名，作者亦衆。至於昌黎乃得古人之意，其文冠絶前後作者。蘇明允之考名序，故蘇氏諱序，或曰引，或曰説。"而遷安鄭東甫杲語永樸云："《詩·崧高》'吉甫作頌，其詩孔碩，其風肆好，以贈申伯。'即贈序之權輿。"富陽夏伯定震武亦云："《燕燕序》'莊姜送歸妾'，《謂陽》'我送舅氏'，皆有贈言之義。"據此可知其來遠矣。至歐陽《鄭荀改名序》，明允《仲兄文甫説》、《名二子説》，歸震川《張雄字説》、《二子字説》，此則因《儀禮·士冠禮》有字辭，且既冠而字之，以見於鄉大夫、鄉先生，又各有訓戒，觀《國語·晉語》載欒武子、范文子、韓獻子之告趙文子即其證，亦不可謂無本。惟明時壽序盛行，其弊或入於諂諛，有道君子多耻爲之。方望溪及曾氏咸有斯論，而兩家集中終不能免。然則，擇人而作，且所稱無溢於實，庶乎可也。

詔令類者，姚氏云："原於《尚書》之《誓》、《誥》。而檄、令皆諭下之辭，亦當附入。"曾氏謂"凡後世曰誥、曰詔、曰諭、曰令、曰教、曰敕、曰璽書、曰檄、曰策命，皆是"。而《文心雕龍》言之尤詳。《詔策》篇云："昔軒轅、唐、虞，同稱曰命。其在三代，事兼誥、誓，誓以訓戒，誥以敷政，命喻自天，故授官錫胤。降及七國，並稱曰令。令者，使也。秦并天下，改命曰制。"漢初"命有四品：一曰策書，二曰制書，三曰詔書，四曰戒敕。敕戒州部，詔誥百官，制施赦命，策封王侯。策者，簡也；制者，裁也；詔者，告也；敕者，正也"。又云："戒者，慎也。君父至尊，在三罔極。漢高祖之敕太子，東方朔之戒子，亦顧命之作也。教者，效也，言出而民效也。故王侯稱教。"《檄移》篇云：檄之稱自七國始。"檄者，皦也。皦然明白也。或稱露布，播諸視聽也。""移者，易也。移風易俗，令往而民隨者也。"蓋劉氏判詔策、檄移爲二，而以教、戒附於詔策；姚氏則合檄、令於詔中；至曾氏悉貫爲一條，尤完密矣。

傳狀類者，劉子玄知幾《史通·六家》篇云："傳者，傳也，所以傳示來世。"《補注》篇云："傳者，轉也，轉授於無窮。"此傳之意也。《文心雕龍·書記》篇云："狀者，貌也。體貌本原，取其事實。"此狀之義也。曾氏云："經則《堯典》、《舜典》，史則本紀、世家、列傳，皆紀載之公者也。後世記人之私者，曰家傳、曰行狀，曰事略，曰年譜，皆是。"但彼合傳、誌爲一，故更數及墓表、墓誌銘、神道碑。姚氏分而出之，引劉海峯之言曰："古之爲達官、名人傳者，史官職之；文士作傳，凡爲圬者、種樹之流而已。其人既稍顯，即不當爲之傳；爲之行狀，上史氏而已。"案《日知録》云："列傳始於太史公，蓋史體也。不當作史之職，無爲人立傳者。梁任昉《文章緣起》言傳始於東方朔作《非有先生傳》，是以寓言而謂之傳。《韓文公集》傳三篇，《柳子厚集》傳六篇，皆微者與游戲之作，比於稗官；若段太尉則曰逸事狀，而不曰傳。"方望溪《答喬介夫書》亦云："家傳非古也，必阨窮隱約，國史所不列，文章之士，乃私録而傳之。獨宋范文正公、范蜀公（鎮）有家傳，而爲之者，張唐英、司馬温公耳。此兩人故非文家，於文律或未審；若八家則無爲達官私立傳者。"此兩説實海峯所本。至傳末評語，其名諸家不同。據《史通·論贊》篇云："《左傳》發論，假君子以稱之，二《傳》云公羊子、穀梁子，《史記》云太史公，班固曰贊，荀悦曰論，《東觀》曰序，謝承曰詮，陳壽曰評，王隱曰議，何法盛曰述，揚雄曰譔，劉昺曰奏，袁宏、裴子野自顯姓名，皇甫謐、葛洪列其所號，而史官通稱史臣。其名萬殊，其歸一揆，必取便於時者，則總歸論贊焉。”此雖論史，其可以資文家之取裁乎。

碑誌類者，《文心雕龍·誄碑》篇云：“碑者，埤也。上古帝皇紀號封禪，樹石埤岳，故曰碑也。又宗廟有碑，樹之兩楹，事止麗牲，未勒勳績。而庸器漸缺，故後代用碑，以石代金，同乎不朽。自廟徂墳，猶封墓也。”姚氏云：“其體本於《詩》，歌頌功德，其用施於金石。周之時有石鼓刻文；秦刻石於巡狩所經過；漢人作碑文，又加以序。序之體蓋秦刻瑯琊具之矣。茅順甫（坤）譏韓文公碑序異史遷，此非知言。金石之文，自與史家異體，如文公作文，豈必以效司馬氏爲工耶？誌者，識也，或立石墓上，或埋之壙中，古人皆曰誌。爲之銘者，所以識之之辭也。然恐人觀之不詳，故又爲序。世或以石立墓上曰碑、曰表，埋乃曰誌，及分誌、銘二之，獨呼前序曰誌者，皆失其義，蓋自歐陽公不能辨矣。”又《與陳碩士書》云：“墓表自與神道碑同類，與埋銘異類。神道碑有銘，似墓表用銘亦可通，然非體之正也。吾謂文章體製，當準理决之；不得以前賢有此，便執爲是，如贈序中用‘不具某頓首’，與書同，此顔魯公真卿《送蔡明遠序》體也，直當斷以爲不是耳，安可法之耶？”又評韓公《殿中少監馬君墓誌銘》云：“古者書旌柩前，即謂之銘，故不必有韻之文始可稱銘。”案：《禮記·檀弓》云：“銘，明旌也。以死者爲不可别已，故以其旗識之，愛之斯録之矣，敬之斯盡道焉耳。”《祭統》云：“夫鼎有銘。銘者，自名也。自名以稱揚其先祖之美，而明著之後世者也。”又云：“銘者，論撰其先祖之有德善、功烈、勳勞、慶賞、聲名，列於天下，而酌之祭器，自成其名焉，以祀其先祖者也。”左氏襄二十九年《傳》云：“夫銘，天子令德，諸侯言時計功，大夫稱伐。”據此則銘之義至廣，凡樹之山岳，勒之宗廟，無論爲金爲石，有韻無韻，皆可稱之，不獨揭之墓道與埋諸幽室也。姚説固非無稽。餘姚黄太冲（宗羲）《金石要例》云：“墓誌而無銘者，蓋叙事即銘也。所謂誌銘者，道一篇而言之，非以叙事屬誌，韻語屬銘。猶作賦者末有‘重曰’、‘亂曰’，總之是賦，不可謂重是重、亂是亂也。”又云：“柳州《葬令》曰：‘凡五品以上爲碑，龜趺螭首；降五品爲碣，方趺圓首。’此碑碣之分。凡言碑者，即神道碑也。後世則碣亦謂之碑矣。”又云：“今制：三品以上神道碑，四品以下墓表。銘藏於幽室，碑、表施於墓上。雖名不同，其實一也。故墓表之書子姓與有銘，不可謂非。”先亹塢府君《援鶉堂筆記》云：“誌止是立石爲辭以誌之，銘即誌耳。故或稱誌銘，或稱銘誌。劉顯卒，友人劉之遴啓皇太子爲之銘誌，今《梁書》載其詞。觀前人石刻，有‘有序’二字，以目其散文，《文選》謝朓《和伏武昌詩》，善注引徐冕《伏曼容墓誌序》云云是也。若後無韻語，則即散文亦可謂之誌，唐宋諸公集皆有之。歐公論《尹師魯墓誌銘》云：‘誌言云云，銘言云云’，是以誌銘分爲二，以序独爲誌，蓋是誤也。”兩家之論，皆惜翁所本。

雜記類者，姚氏云：“亦碑文之屬。碑主於稱頌功德，記則所紀大小事殊，取義各異，故有作記序與銘詩全用碑文體者，又有爲紀事而不以刻石者。”曾氏云：“如《禮記》《投壺》、《深衣》、《内則》、《少儀》，《周禮》之《考工記》皆是。”後世修造宫室有記，遊覽山水有記，以及記器物、記瑣事皆是。

箴銘類者，姚氏云：“三代以來有其體矣。聖賢所以自戒警之義，其辭尤質而意尤深。”案：箴如軒轅《輿》、《几》之箴（《皇王大紀》），辛甲之“命百官官箴王闕”（左氏襄四年《傳》）。銘如湯之《盤銘》（《禮記·大學》），武王《户》、《席》諸銘（《大戴禮·武王踐阼》），皆其原也。

頌贊類者，姚氏云：“亦《詩·頌》之流，而不必施之金石者也。”《文心雕龍·頌讚》篇云：“頌者，容也，所以美盛德而述形容也。”“讚者，明也，助也。昔虞舜之祀，樂正重讚，（《大傳尚書》）蓋唱發之辭。及益讚於禹（《書·大禹謨》）、伊陟贊於巫咸（《史記·封惮書》），並颺言以明事，嗟嘆以助辭也。”

詞賦類者，《漢書·藝文志》云：“《傳》曰：‘不歌而誦謂之賦。登高能賦，可以爲大夫。’言感物造耑（注：耑，古端字），材知深美，可與圖事，故可以爲列大夫也。古者諸侯卿大夫交接鄰國，以微言相感，當揖讓之時，必稱詩以諭其志，蓋以別賢不肖而觀盛衰焉。故孔子曰：‘不學《詩》，無以言’也。春秋之後，周道寖壞，聘問歌詠，不行於列國，學詩之士，逸在布衣，而賢人失志之賦作矣。”《兩都賦序》云：“賦者，古詩之流也。”《文心雕龍·詮賦》篇云：“詩有六義，其二曰賦，賦者，鋪也。鋪采摛文，體物寫志也。”賦與詩體雖異，“總其歸塗，實相枝幹。賦也者，受命於詩人，拓宇於楚辭也。”姚氏云：“賦者，風雅之變體也，楚人最工爲之，蓋非獨屈子而已。余嘗謂《漁父》及楚人以弋説襄王、宋玉對王問遺行，皆設辭無事實，皆詞賦類耳。太史公、劉子政不辨，而以事載之，蓋非是。詞賦固當有韻，然古人亦有無韻者，以義在託諷，亦謂之賦耳。”綜諸説觀之，然則賦之發源在於詩，無可疑者。至其異名，曾氏云：“後世曰賦、曰辭、曰騷、曰七、曰設論、曰符命、曰歌，皆是。”蓋得其實。

哀祭類者，姚氏云：“《詩》有《頌》，《風》有《黄鳥》、《二子乘舟》，皆其原也。”曾氏更廣以《書》之《武成》、《金滕》祝辭，《左傳》荀偃、趙簡子祝辭，而謂“後世曰祭文、曰弔文、曰哀辭、曰誄、曰告祭、曰祝文、曰願文、曰招魂，皆是”。《文心雕龍·誄碑》篇云：周時“大夫之材，臨喪能誄。誄者，累也，累其德行，旌之不朽也”。《哀弔》篇云：“哀者，依也。悲實依心”，“以辭遣哀，蓋不泪之悼”，“吊者，至也。君子令終定謚，事極理哀。故賓之慰主，以至到爲言也。”觀其所論，可知三者當歸一類。劉氏以誄合碑，又別出哀弔，豈非矛盾耶？

若夫典志之名，《爾雅·釋詁》、《書·傳》并云：“典，常也。”《儀禮》注：“典，常也，法也。"《説文》:"典,五帝之書也。從册在丌上,尊閣之也。"莊都説:"典,大册也。"志與識通,記也。詩歌之名,《詩》孔《疏》云:"詩有三訓:承也,志也,持也,作者承君政之善惡,述己志而作詩,所以持人之行,使不失墜也。"《禮記·樂記》:"歌,詠其聲也。"《詩·傳》:"曲合樂曰歌。"合而觀之,亦可以知兩類發生之所由。

至記叙類,其義易明,玆不贅釋。(卷一)

派别(節録)

吾嘗論有韻之文與無韻之文之發生,必有韻之文居乎先。觀堯之戒、舜之歌可見。若《典》、《謨》不盡用韻,乃出夏之史臣,蓋在其後。《日知録》云:"古人之文,化工也,自然而合於音,則雖無韻之文,而往往有韻。苟不其然,則雖有韻之文,而時亦不用韻,終不以韻害意也。《三百篇》之詩,有韻之文也,乃一章之中,有二三句不用韻者,如'瞻彼洛矣,維水泱泱'之類是矣;一篇之中有全章不用韻者,如《思齊》之四章、五章、《召旻》之四章是矣;又有全篇無韻者,《周頌》《清廟》、《維天之命》、《昊天有成命》、《時邁》、《武》諸篇是矣。説者以爲當有餘聲。然以餘聲相協,而不入正文,此則所謂'不以韻而害意'者也。孔子贊《易》十篇,其《彖》、《象》傳、《雜卦》五篇用韻,然其中無韻者,亦十之一;《文言》、《繫辭》、《説卦》、《序卦》五篇不用韻,然亦間有一二,如'鼓之以雷霆,潤之以風雨;日月運行,一寒一暑;乾道成男,坤道成女。''君子知微知彰,知柔知剛,萬夫之望。'此所謂'化工之文,自然而合'者,固未嘗有心於用韻也。《尚書》之體本不用韻,而《大禹謨》'帝德廣運,乃聖乃神,乃武乃文'以下,《伊訓》'聖謨洋洋,嘉言孔彰'以下,《太誓》'我武惟揚,侵于之疆'之下,《洪範》'無偏無陂,遵王之義'以下,諸語皆用韻。又如《曲禮》'行前朱鸟而後玄武,左青龍而右白虎'以下,《禮運》'玄酒在室,醴醆在户,粢醍在堂,澄酒在下'以下,《樂記》'夫古者天地順而四時當,民有德而五穀昌'以下,《中庸》'故君子不可以不修身,思修身不可以不事親'以下,《孟子》'師行而糧食,飢者弗食,勞者弗息'以下,諸語亦然。此類秦漢諸子書並有之。太史公作贊亦時一用韻,而漢人樂府詩反有不用韻者。"據此則文之有韻無韻,皆順乎自然,詩固有韻,而文亦未必不用韻。東漢以降,乃以無韻屬之文,有韻屬之詩,判而二之,文章日衰,未始不因乎此。而況詩之造句隸事雖與文異,然如李、杜之五七言古詩,與杜公之五言長律,其中章法筆法,何嘗不與文相通?至韓、歐、蘇、王諸家本長於古文,其詩即以古文法爲之經緯。必謂詩與文兩道,何啻癡人説夢哉!

若夫偏於用奇之文與偏於用偶之文之發生,則用奇者必居乎先,觀伏羲畫卦、先《乾》後《坤》可見。但有奇即當有偶,此亦順乎自然而不可以已者。昔李申耆《駢體文鈔序論》云："天地之道，陰陽而已，奇偶也，方圓也，皆是也。陰陽相並俱生，故奇偶不能相離，方圓必相爲用，道奇而物偶，氣奇而形偶，神奇而識偶。孔子曰：'道有變動故曰爻，爻有等故曰物，物相雜故曰文。'又曰：'分陰分陽，迭用柔剛。'故《易》六位而成章，相雜而迭用。文章之用，其盡於此乎！六經之文，班班具在。自秦迄隋，其體遞變，而文無異名。自唐以來，始有古文之目，而目六朝之文爲駢儷，而爲其學者，亦自以爲與古文殊路。既歧奇與偶爲二，而於偶之中，又歧六朝與唐與宋爲三。夫苟第較其字句、獵其影響而已，則豈徒二焉三焉而已，以爲萬有，不同可也。夫氣有厚薄，天爲之也；學有純駁，人爲之也；體格有遷變，人與天參焉者也；義理無殊途，天與人合焉者也。得其厚薄純雜之故，則於其體格之變，可以知世焉，於其義理之無殊，可以知文焉。文之體至六代而其變盡矣，沿其流極，而泝之以至乎其源，則其所出者一也。吾甚惜夫歧奇偶而二之者之毗於陰陽也。毗陽則躁剽，毗陰則沉膇，理所必至也，於相雜迭用之旨，均無當也。"曾滌生《送周荇農序》云："天地之數，以奇而生，以偶而成。一則生兩，兩則還歸於一，一奇一偶，互爲其用，是以無息焉。物無獨必有對。太極生兩儀，倍之爲四象，重之爲八卦，此一生兩之説也。兩之所該，分而爲三，叡而爲萬，萬則幾於息矣，物不可以終息，故還歸於一。天地絪緼，萬物化醇，男女構精，萬物化生，此兩而致於一之説也。一者陽之變，兩者陰之化，故曰一奇一偶者，天地之用也。文字之道何獨不然？六籍尚已。自漢以來，爲文者莫善於司馬遷。遷之文其積句也奇，而義必相轉，氣不孤伸，彼有偶焉者存焉。其他善者，班固則毗於用偶，韓愈則毗於用奇。蔡邕、范蔚宗以下，如潘、陸、沈、任等比者，皆師班氏者也；茅坤所稱八家，皆師韓氏者也。轉相祖述，源遠而流益分，判然若黑白之不類，於是刺議互興，尊丹者非素。而六朝隋唐以來，駢偶之文，亦已久王而將厭，宋代諸子乃承其敝，而倡爲韓氏之文，而蘇軾遂稱曰'文起八代之衰'。非直其才之足以相勝，物窮則變，理固然也。豪傑之士，所見類不甚遠。韓氏有言：'孔子必用墨子，墨子必用孔子，不相用不足爲孔、墨。'由是言之，彼其於班氏相師而不相非，明矣。耳食者不察，遂附此而抹摋一切。又其言多根六經，頗爲知道者所取，故古文之名獨尊，而駢偶之文乃屏而不得於其列。夫適王都者，或道晉，或道齊，要於達而已。司馬遷，文家之王都也。爲駢偶之文者，進而不已，則且達於班氏而不爲韓氏所非，又不已，則王都矣。"據此，則用奇與用偶，其流異，其源同，彼此呰謷，亦屬寡味。

著　述

著述門之文，就姚、曾二家所定合觀之，有四類：其無韻者曰論辯；而有韻者曰詞賦，曰箴銘；至自述著作之意，或述他人所作者，曰序跋。大抵論辨、箴銘，毗於説理與事者爲多；詞賦則毗於述情者爲多；序跋兼而有之。試評於後。

論辨類莫古於《論語》、《孟子》。程子《語録》云："孔子之言如玉然，自是温潤含蓄氣象；孟子如冰與水精，有許多光耀。"此論誠然。但《論語》中長篇，如論正名，論兵食民信，論伐顓臾，詞氣剛勁，已開《孟子》先聲。且《孟子》光明俊偉中，自有簡嚴易直者存，韓退之《進學解》稱其"吐辭爲經"，柳子厚《報袁君陳秀才避師名書》，亦與《論語》並云"皆經言"，正以此。先薑塢府君《援鶉堂筆記》云："莊周之文，如飛天仙人，絶世聰明語，不容第二人道得。《列子》較之便平。"又云："《列子·周穆王》篇前路絶世之文，《列》之逸，於此篇可見。"又云："《楊子》須得其章法簡古、句字生新處；《荀子》當得其一段洋洋灑灑、暢所欲言之致。"吴摯甫先生嘗據《史記·韓非列傳》之録《説難》一篇，謂"韓公子文當以此爲第一"。愚觀此傳又載秦王見《孤憤》、《五蠹》之書，曰："嗟乎，寡人得見此人與之遊，死不恨矣。"《太史公自序》亦云："韓非囚秦，《説難》、《孤憤》。"然則此數篇皆司馬氏所心折可知。唐宋八家惟退之約六經之旨以爲文，而神似《孟子》，然方望溪評《原毁》云："管、荀、韓非之文，俳比而益古，惟退之可與抗行。自宋以後，有對語則酷似時文，以所師法者自漢唐而止也。"惜抱先生評《爭臣論》云："其風格出於《左》、《國》，是諸子之長，實兼而有之。子厚廉悍似韓非，歐、曾曉暢似荀子，三蘇得力《戰國策》爲多。"惜翁《古文辭類纂序目》謂"子瞻間亦取之《莊子》"。又評諸策云："筆勢多學《莊子》外篇。"而曾文公《日記》則謂"蘇公雖學《莊子》，實則恢詭處不逮遠甚"。《援鶉堂筆記》亦云："凡文字輕利快便，多不入古，纔説仙才，便有此病。李太白詩，蘇東坡文，皆有此患。莊周亦間有之。"方植之《昭昧詹言》云：宋人流易，不及漢唐人厚重；東坡尤甚，"如所云'筆所未到氣已吞'，'高屋建瓴'，'懸河洩海'，皆其所擅場；但嫌太盡，一往無餘，故當濟以頓挫之法。頓挫之説，如所云'有往必收，無垂不縮'，'將軍欲以巧勝人，盤馬彎弓惜不發'，此惟杜詩、韓文最絶，太史公書亦如此，六經、周、秦諸子亦如此。"蓋文章欲求深入，最忌剽滑。雖以退之之深古，而《諱辨》一篇，稍近馳騁，曾文正已謂其太快利，非韓公上乘文字，而況三蘇之文，明爽俊快。老泉尤踔厲風發，其筆力堅勁，雖能傾倒一時，然專以此種爲法，去古人渾穆高古之境，豈不遼絶哉！是以東坡晚年亦知之，《與張嘉父書》云："凡人爲文，至老多有所悔，僕嘗悔其少作矣。"又《與王庠書》云："僕少時好議論古人，既老涉世更變，往往悔其言之過。"而作《子由新修汝州龍興寺吴畫壁詩》亦云："始知真放本精微，不比狂花生客慧。"然則在南海所爲《志林》十三首，雖筆勢卓犖，而意之謹慎，詞之嚴重，與平生不同，宜矣。茅鹿門云："公於時經歷世途已久，故上下古今處，所見尤别。"方望溪評《魯隱公》篇云："事核而理當，直達所見，不用反覆以爲波瀾，於子瞻諸論中，更覺嶢然而出其類。”又評《始皇扶蘇》篇云:“鈎深索隱,實人情物理之自然,是以可貴。”惜翁亦評《魯隱公》篇云:“此與論周東遷,皆雜引古事,錯綜成篇。而此篇尤爲奇肆飄忽,其神氣蓋近《孟子》。是不可以貌論也。”讀蘇氏論者,宜分别觀之。雖然,曾氏《經史百家雜鈔》於蘇論抉擇頗慎,而策則未録;惜翁録之乃極多者,蓋爲初學計耳。昔東坡《與姪帖》云:“凡文字,少小時須令氣象峥嶸,采色絢爛;漸老漸熟,乃造平澹。其實不是平澹,乃絢爛之極也。汝只見我而今平澹,何不取舊日應舉時文字看,高下抑揚,如龍蛇捉不住,且當學此。”據此則初入門者,於此等文固不得不加一番揣摩也。

詞賦類以屈原爲鼻祖。蓋周衰《詩》熄,屈氏因崛起於楚。自淮南子稱之云:“《國風》好色而不淫,《小雅》怨誹而不亂,若《離騷》者可謂兼之。”太史公取此語入屈氏傳,由是藻麗之士咸師之,厥制益繁。近世張皋文《七十家賦鈔序》云:“譎而不觚,盡而不觳,肆而不衍,比物而不醜,其志潔,其物芳,其道杳冥而有常,此屈平之爲也。與《風》《雅》爲節,涣乎若翔風之運輕赮,灑乎若元泉之出乎蓬萊而往渤澥。及其徒宋玉、景差爲之,其質也華然,其文也縱而後反。雖然,其與物椎拍,宛轉泠汰,其義觳棵于物,芴芴乎古之徒也,剛志决理,輐斷以爲紀,内而不汙,表而不著,則荀卿之爲也。其原出于《禮》經,樸而飾,不斷而節。及孔臧、司馬遷爲之,章約句制,奡不可理,其辭深而旨文,確乎其不頗者也。其趣不兩,其於物無猶,若枝葉之附其根本,則賈誼之爲也。其原出於屈平,斷以正誼,不由其曼,其氣則引費而不可執。循有樞,執有廬,頡滑而不可居,開决宧窔,而與萬物都,其終也芴莫,而神明爲之槖,則司馬相如之爲也。其原出于宋玉。揚雄恢之,脅人竅出,緣督以及節,其超軼絶塵而莫之控也,其波駭石咢,而没乎其無垠也。張衡盱盱,塊若有餘,上與造物爲友,而下不遺埃壒。雖然,其神也充,其精也苶。及王延壽、張融爲之,傑格拮撥,鈎孑菆牾,而俶佹可睹,其於宗也無蜕也。平敞通洞,博厚而中,大而無瓠,孫而無弧,指事類情,必偶其徒,則班固之爲也。其原出于相如,而要之使夷,昌之使明。及左思爲之,博而不沉,贍(贍)而不華,連犿犿焉而不可止。言無端厓,儻倪以爲質,以天下爲郛廓,入其中者,眩震而謬悠之,則阮籍之爲也。其原出於莊周。雖然,其辭也悲,其韻也迫,憂患之詞也。塗澤律切,莩薍紛悦,則曹植之爲也。其端自宋玉,而枘其角,摧其牙,離其本,而抑其末。浮華之學者相與尸之,率以變古,曹植則可謂才士矣。揹揹乎改繩墨,易規矩,則佞之徒也。不揹於同,不獨於異,其來也首首,其往也曳曳,動静與適,而不爲固植,則陸機、潘岳之爲也。其原出於張衡、曹植,矯矯乎振時之儁也。以情爲裏,以物爲襮,鑱雕風雲,琢削支鄂,其懷永而不可忘也;坌乎其氣,煊乎其華,則謝莊、鮑照之爲也。江淹爲最賢,其原出于屈平《九歌》。其掩抑沈怨,泠泠輕輕,其縱脱浮宕,而歸太常,鮑照、江淹,其體則非也,其意則是也。逐物而不反,骀蕩而駁舛,俗者之囿而古是抗。其言滑滑,而不背乎塗奥,則庾信之爲也。其規步矱躨，則揚雄、班固之所引銜而控轡，惜乎拘于時而不能騁，然而其志達，其思哀，其體之變則窮矣。”此條於六朝前爲玆體者之得失，言之詳備。但其體之變既窮，勢不能不歸於清真古樸，是以劉彦和《文心雕龍·辨騷》篇，以屈宋爲“驚采絶艷”，而嘆“《九懷》以下，莫之能追”。洪景盧《容齋隨筆》云：“枚乘作《七發》，創意造端，麗旨腴詞，上薄騷些，蓋文章領袖，故爲可喜。其後繼之者，如傅毅《七激》、張衡《七辨》、崔駰《七依》、馬融《七廣》、曹植《七啓》、王粲《七釋》、張協《七命》之類，規倣太切，了無新意。傅玄又集之以爲《七林》，使人讀未終篇，往往棄諸幾格。柳子厚《晉問》，乃用其體，而超然别立新機杼，漢晉文士之弊，於是一洗矣。東方朔《答客難》，自是文中傑出。揚雄擬之爲《解嘲》，尚有馳騁自得之妙。至於崔駰《達旨》，班固《賓戲》，張衡《應間》，皆屋下架屋，與《七林》同。及韓退之《進學解》出，於是一洗矣。”由是説推之，韓、柳外如歐陽子《秋聲賦》，雖曰小品，而情致未嘗不纏綿。至東坡《赤壁》兩賦，清曠夷猶，方望溪評之云：“所見無絶殊者，而文境邈不可攀。良由身閑地曠，胸無雜物，觸處流露，斟酌飽滿，不知其所以然而然。豈惟他人不能摹倣，即使子瞻更爲之，亦不能如此調適而鬯遂也。”學者參觀，庶於玆體正變，可以綜括靡遺乎！

箴銘類據曾文正《家訓》云：“凡箴以《虞箴》爲最古，乃官箴也。如韓公《五箴》，程子《四箴》，朱子各箴，范浚《心箴》之屬，皆失本義。”愚謂《詩·庭燎序》“美宣王也，因以箴之”，《國語·周語》載邵穆公言，亦有“師箴瞍賦”之語，是不特官箴，而下亦得箴其上也。至《賓之初筵》、《抑戒》二詩，雖曰“刺時”，亦兼“自警”，則箴之義廣矣。韓公以下諸箴於本義未必不合。

序跋類莫古於《易》之《十翼》，其辭至爲古茂。自《彖》、《象》兩傳外，大率孔門諸弟子所爲，觀《繫辭》稱“子曰”凡二十有四、《文言》稱“子曰”凡六可見。他若《詩·關雎序》、鄭康成《詩譜序》，氣味淵雅，亦足嗣之。後世此類分數種。有曰“讀”者，以韓、柳爲最。故曾文正評韓公讀《儀禮》、《荀子》、《墨子》、《鶡冠子》四首云：“矜慎之至，一字不苟。”方望溪評《讀荀子》云：“止如槁木。自周以後，惟太史公、韓退之有此，以所讀皆周人之書也。”又《書柳文後》云：“柳子厚文，惟讀魯論辨諸子、記柳州近治山水諸篇，縱心獨往，一無所依藉，乃信可肩隨退之，而嶢然於北宋諸家之上。退之稱子厚文必傳無疑，以其久斥後爲斷，正謂諸篇。”又評《魯論辨》云：“此二篇意緒風規，退之所未嘗有。乃苦心深造，忽然而至此境。”又云：“標然若秋雲之遠，使人可望而不可即。如出自宋以後人，即所見到此，文境亦不能如此清深曠邈。”有爲史序者，自太史公諸年表外，惟歐陽公《唐書》、《五代史記》諸序爲最。故茅鹿門評《五代史·職方考序》云：“數十年之間，易世者五，其所當州郡分割晝次如掌。”方望溪評《唐書·藝文志序》云：“求其承接變換渾然無迹處，始知其筆妙而法精。”有爲校書所上之序者，自劉子政

《戰國策序》外，莫如曾子固。故望溪云："南豐之文長於道古，故序古書尤佳，而《戰國策》、《列女傳》、《新序》諸目録序爲之最，純古潔淨，所以與歐、王並驅，而爭先於蘇氏也。"有上其自撰之書而爲之序者，莫如王介甫《三經義序》。故望溪稱其文"清深高雅"。又云："指意雖未能盡於義理，而詞氣芳潔，風味邈然，於歐、曾、蘇氏諸家外，別開户牖。"有爲他人文集作序者，莫如歐陽公，而《二釋序》尤勝。故望溪云："古之能文事者，必絶依傍。韓子《贈浮屠文暢序》，以儒者之道開之；《贈高閑上人序》，以草書起之，而亦微寓箴石之意。若更襲之，覽者惟恐卧矣。故歐公別出義意，而以交情離合纓絡其間，所謂各據勝地也。"若夫退之《張中丞傳後序》，夾叙夾議，望溪謂其"生氣奮動處，不學《史記》而自與之相近"。然於諸序中，蓋又爲一格云。

大抵諸類之體雖殊，然必命意、布局、行氣、遣詞則一。是故忌平鋪直叙，須有反正，有開合，有賓主。凡題之正面，不宜絮衍，蓋所謂反與開與賓，無非托出正面也。又有恐意不明而用譬喻者，《戰國策》及《孟》、《莊》、《韓非》諸子最工，其短者一兩句，不嫌於簡；而長者數行或十數行，亦不覺煩。此莫貴於新穎親切。惟新穎乃有趣，惟親切乃能使讀者當下豁然。故《論語》曰："能近取譬。"(《泰伯》)《禮記》曰："罕譬而喻。"(《學記》)若但用習見語爲之，豈復有味？洪景盧《容齋三筆》云："韓、蘇兩公爲文章，用譬喻處，重疊有至七八者，韓公《送石洪序》云：'論人高下、事後當成敗，若河決下流東注；若駟馬駕輕車就熟路，而王良、造父爲之先後也；若燭照數計而龜卜也。'《盛山詩序》云：'儒者之於患難，其拒而不受於懷也，若築河堤以障屋霤；其容而消之也，若水之於海，冰之於夏日；其玩而忘之以文辭也，若奏金石以破蟋蟀之鳴、蟲飛之聲。'蘇公《百步洪》詩云：'長洪斗落生跳波。輕舟南下如投梭。水師絶叫鳧雁起，亂石一綫爭磋磨。有如兔走鷹隼落，駿馬下注千丈坡。斷弦離柱箭脱手，飛電過隙珠翻荷'之類是也。"愚謂韓公《原道》引夏葛、冬裘、渴飲、饑食以詰老氏，茅鹿門謂"正譬雜遝，各無數語，筆力天縱"。他若《爭臣論》云："聖賢者，時人之耳目也；時人者，聖賢之身也。"《守戒》既引猛獸穿窬爲强藩之喻，末又云："賁言之不戒，童子之不抗，魯鷄之不期，蜀鷄之不支。"下復接之以鹿之於豹一喻。《進學解》以匠氏、醫師陪出宰相之用才。《送窮文》云："攜持琬琰，易一羊皮，飫于肥甘，慕彼糠糜。"語皆奇警。蘇氏父子造句不及韓公之古，而構想亦妙，或更引古語古事爲證。蓋經營慘澹，各具匠心，非熟讀深思，烏能窮其變化哉！

告　語

告語門之文，就姚、曾二家所定合觀之，有五類：其上告下者曰詔令；下告上者曰奏議；同輩相告者曰書牘，曰贈序；人告於鬼神者曰哀祭。前四類毗於説理説事者爲多，而述情亦存乎其中；後一類毗於述情者爲多，而理與事亦存乎其中。試評於後。

詔令類莫古於《尚書》誓、命、誥三體。今觀《甘誓》、《湯誓》、《文侯之命》等篇，何其簡而明也！《吕刑》之哀矜惻怛，《盤庚》、《大誥》、《多士》、《多方》之委曲詳盡，亦極其勝。《費誓》可以見周公家學。《秦誓》意沈痛而語亦駿邁。後世帝王，惟漢初詔爲之冠。故惜抱先生云："秦最無道而辭則偉。漢至文、景，意與辭俱美矣，後世無及焉。光武以降，人主雖有善意，何其衰薄也！"然愚觀《光武賜竇融書》，猶可與文帝《賜南越王書》媲美；章帝《詔三公》，亦不減文帝《除肉刑》、宣帝《令二千石察官屬》諸詔。特晉以後尤遜耳，就中惟陸敬輿《擬奉天改元大赦制》與歐、曾所擬諸制，能存典則而協機宜。若夫檄文，未有善於司馬長卿《諭巴蜀檄》、韓退之《祭鱷魚文》者，蓋一則雄深，一則矯健也。至陳孔璋爲袁檄曹、爲曹檄孫，文非不妙，而醜詆之辭，或至失實；以鍾士季會《伐蜀檄》較之，似彼尚持平。若家教，則馬伏波援、鄭康成、諸葛武侯亮爲最優矣。

奏議類莫古於《尚書・皋陶謨》。此篇自當從《今文尚書》，與《益稷》合爲一篇。蓋皋陶言"思日贊贊"與禹言"思日孜孜"正相銜接，禹所陳即申皋陶之旨。末載賡歌，君臣交儆，千載下如聞其聲。厥後召公作《召誥》，周公作《無逸》、《立政》，詞意亦同。三代下，惟路長君温舒《尚德緩刑》、匡稚圭衡《戒妃匹勸經學威儀之則》兩疏、諸葛公《出師表》，足以嗣之。但此等非醞釀深純不能爲，故學者所當法者惟三家，曾文正公言之矣。其評賈長沙《陳政事疏》云："奏疏以漢人爲極軌，而氣勢最盛、事理最顯者，尤莫善於《治安策》，故千古推爲絶唱。賈生爲此疏，當在文帝七年，年僅三十歲耳，於三代及秦治術，無不貫徹，漢家中外政事，無不通曉，蓋有天授。奏疏以明白顯豁、人人易曉爲要。後世讀此文者，疑其稱名甚古，其用字甚雅，若倉卒不能解者。不知在漢時乃人人共稱之名，人人慣用之字，即人人所能解也。然則居今日而講求奏章，亦用今日通稱之名、通用之字，可矣。"其評《陸宣公集》云："駢體文爲大雅所羞稱，以其不能發揮精義，並恐以蕪累而傷氣也。陸公文則無一句不對，無一字不諧平仄，無一聯不調馬蹏。而義理之精，足以比隆濂、洛；氣勢之盛，亦堪方駕韓、蘇。退之本爲宣公所取士；子瞻奏議，終身效法陸公。而公之剖晰事理精當，則非韓、蘇所能及。"其評蘇子瞻《代張方平諫用兵書》云："東坡之文，其長處在徵引史事，切實精當；又善設譬喻，凡難顯之情，他人所不能達者，坡公輒以譬喻明之。此文以屠殺膳羞，喻輕視民命；以箠楚奴婢，喻上忤天心，皆巧於搆想，他人所百思不到者，既讀之而適爲人人意中所有。古今奏議，推賈長沙、陸宣公、蘇文忠三人爲超前絶後。余謂長沙明於利害，宣公明於義理，文忠明於人情。陳言之道，縱不能兼明此三者，亦須有一二端明達，庶無格格不吐之態。”又評《上皇帝書》云：“奏疏總以明顯爲要。時文家有典、顯、淺三字訣；奏疏能備此三字，則盡善矣。典字最難，必熟於前史之事跡，並本朝掌故，乃可言典。至顯、淺二字，則多本於天授，雖有博學多聞之士，而下筆不能顯豁者，多矣。淺字與雅字相背。白香山詩務令老嫗皆解，而細求之，皆雅飭而不失之率。吾嘗謂奏疏能如白詩之淺，則君上易感動。此文雖不甚淺，而典、顯二字則千古所罕見也。”又黄東發《日鈔》於長沙云：“賈生論漢事，如分王諸侯等，後卒如其説，真洞識天下之大勢者也。”於東坡云：“蘇氏之文，尤長於指陳世事；述叙民生疾苦，發越懇到，能使巖廊崇高之地，如親見閭閻哀痛之情。”所見亦同。

書説類自《尚書・君奭》外，莫古於《左傳》《鄭子家與趙宣子書》、《子産告范宣子書》、《叔向貽子産書》。其後樂毅《報燕惠王書》、太史公《報任安書》、劉子駿（歆）《移讓太常博士書》，皆大文也。而孔文舉《論盛孝章》、魏文帝《與吴質》、曹子建《與楊德祖》、丘希範遲《與陳伯之》諸篇，氣韻亦美。曩閲曾文正《日記》有云：“古文中唯書牘一門，竟鮮佳者。八家中韓公差勝，然亦非書簡正宗。唯諸葛武侯、王右軍羲之書翰，風神高遠，最愜吾意，然患太少，且乏大篇。”頗不喻其旨。後取其所評韓公諸篇繹之，蓋於《與孟尚書書》云：“此爲韓公第一等文字。”於《與鄂州柳中丞書》云：“文氣絶勁。”於第二書云：“論事之文，不遜賈、晁。”於《答崔立之書》云：“前半述己隱忍就試之由，中間鳴其悲憤，後幅寫其懷抱，視世絶卑，自負絶大，極用意之作。”於《與崔羣書》云：“‘自古賢者少不肖者多’節，悲感交集。‘人固有薄卿相之官’節，憤極出奇想，沉痛至矣。‘僕無以自全活’節，絶沉痛。”於《答吕毉山人書》云：“絶兀傲自負。”於《答李秀才書》云：“義深而文淡永。”於《與孟東野書》云：“真氣足以動千歲下之人。韓公書札不甚矜意者，其文尤至。”於《答尉遲生》云：“傲兀自喜。”《與李翺書》云：“‘今而思之，如痛定之人思當痛之時’數句，能達難白之情。”於《與馮宿論文書》云：“自負語絶沉著。”此皆其所推服者也。於《上襄陽于相公書》云：“諛辭累牘，固不能工。”於《上宰相書》云：“連用三‘抑又聞’，義層出不窮。然究是少年才思横溢欠裁鍊處，故文氣不遒也。”於後二書云：“皆可不作。”於《重答李翊書》云：“韓公文如主人坐於堂上，而與堂下奴子言是非。然不善學之，恐長客氣。”於《與少室李拾遺書》云：“敦諭隱士之文，以六朝駢文爲雅；若散文則三四行已足，如兩漢中諸小簡可也。”此則其所不甚滿意者。由此推之，歐、曾、蘇、王四家，可誦者多不過三四篇，少止一二篇，而蘇氏或過馳騁而少餘味，曾説未可謂誣。

贈序類之在古人者言多簡，故僅存記事文中。及退之爲之乃多，或深微屈曲，如《送董邵南》之屬；或生動飛揚，如《送楊少尹》之屬；或奇奧，如《送鄭尚書》之屬；或滑稽，如送温、石二處士之屬。先薑塢公《援鶉堂筆記》云：“宋人作序，前多有冒頭，序其原由。惟昌黎不然,辟頭湧來,是其雄才獨出處。"又云:"昌黎於作序原由,每能簡潔,而文法硬札高古。歐、曾以下無之。"而曾文正評《送温處士赴河陽軍序》首"伯樂一過冀北之野而馬羣遂空"句,乃云:"此種起法,創自韓公。然不善爲之,譬若唐人爲官韻賦,往往起四句峭健壁立,施之於文家,則於立言之體大乖。漢文無起筆峭立者,按之固自有序也。"按曾氏之旨,蓋恐人學之而成空套,與彼評《朝散大夫贈司勳員外郎孔君墓誌銘》首"昭義節度使盧從史有賢佐曰孔君"句云:"此等起法,惟韓公筆力警聳矯變,無所不可;若他手爲之,恐僨張而長客氣。"同一用意。

哀祭類自《詩》之《頌》、《楚辭》之《九歌》、《招魂》外,莫如韓公。故《祭河南張員外》文,茅鹿門謂"奇崛,戰鬭鬼神處,令人神眩"。先薑塢府君亦云:"凄麗處獨以健倔出之,層見疊聳,而筆力堅淨。"《祭柳子厚文》曾文正云:"峻潔直上,語經百鍊,此種宋惟介甫與之近,歐、曾、蘇皆不能爲,其用四言少,用長短句多以此。"

大抵告語之文,體裁自與論著異;而所同者,則開合、呼應、操縱、頓挫之法也。試觀短者如司馬長卿《諫獵書》,《援鶉堂筆記》云:"此篇真聖於文者! 下面方似有説話,忽然止却,插入他説,忽然而接,變怪百出,而神氣渾涵不露,雖以昌黎《師説》較之,且多圭角矣。"長者如司馬子長《報任安書》,方望溪評之云:"如山之出雲,如水之赴壑,千態萬狀,變化於自然,由其氣之盛也。"李申耆亦云:"厚集其陣,鬱怒奮勢,成此奇觀。"而譬喻之妙,曾氏於蘇公奏議詳評之。引證處吾最愛蘇代《約燕昭王書》,通篇皆引秦往事,筆力奇肆,只末句説明事秦之爲大患,以爲結穴。劉子政《論甘延壽》等疏,亦歷引古事漢事,而於末比較之曰:"故言威武勤勞,則大于方叔、吉甫;列功覆過,則優於齊桓、貳師;近事之功,則高於安遠、長羅。而大功未著,小惡數布,臣竊痛之。"洪景盧《容齋隨筆》云:"當時匡衡、石顯出力沮害,非此一疏援據明白,豈能與之亢哉!"若夫哀祭間有用詞賦體者,賈誼《弔屈原》,漢武帝《悼李夫人》,是其例也。

記 載

文章必有義法,而記載門尤重。無論所録者,或關一代,或繫一人,而事必有首尾,人必有精神。儻不知所剪裁,何由首尾昭融、精神發越乎? 兹就姚、曾二家所定合觀之,凡六類:一曰典志,二曰叙記,三曰雜記,四曰紀傳,五曰碑誌,六曰贊頌。試評於後。

典志類莫古於《尚書》之《禹貢》。其發端"禹敷土"三句,總冒全篇,繼分叙九州,繼合論大山大水,末及五服與境之四至。以蓋世奇功,不過寥寥數紙,何其約也! 其中於地理、水道、物産、貢賦、封建,略無缺漏,而復及於土色之黄、白、黑、赤、青、黎,質之壤、墳、壚、埴、泥、塗，草木之繇、條、夭、喬、漸、包，與“桑土既蠶，篠蕩既敷，陽鳥攸居”，蓋趣之逸如此。自“導河積石”以下至“九州攸同”，才二百餘字，而用“南至”、“東至”、“北至”等凡數十，連屬重壘，讀之不覺其煩，又何其奇也！《周禮》五官，《儀禮》十七篇，文、武、周公致太平之迹具於是，其文之精密，亦無以加。太史公八《書》，以感時憤俗之懷，運於縱横變化之中，氣之雄奇，非班固十《志》所能及；而固之詳贍過之。是後惟歐陽子《唐書》諸《志》、《五代史》諸《考》，差可頡頏。若文家，則自曾子固《越州趙公救菑記》、《序越州鑒湖圖》二篇外，無聞焉。

叙記類莫古於《尚書》《金縢》、《顧命》兩篇。《金縢》自“既克商二年”至“王翼日乃疗”爲一大段，叙周公禱神事，以爲後半張本。自“武王既喪”至末，又叙周公遭流言事。及“啓金縢”乃回繳前半，筆力何等斬截！《顧命》自當從《今文尚書》，合《康王之誥》爲一篇，前幅乃其起原，中段則傳成王之命也，後幅則受命後見諸侯之事也。其間叙陳設之物與儀節，何等詳細，又何等簡質！初不知行事在何地，至“出廟門”句，始知其在廟中，此倒點法。末言“王釋冕，反喪服”，又回繳前“王麻冕黼裳”句。通篇渾穆莊重，豈後人所能及？《左傳》一書，舊依經以行。自章茂深冲就事聯屬之，爲《春秋左氏傳事類本末》。近世鄒平馬宛斯驌有《左傳事緯》。吾友吴辟疆闓生復有《左傳文法讀本》。辟疆與李右周書云：“《左傳》記事，最長在總挈列國時勢，縱横出入，無所不舉。故局勢雄遠，包羅閎麗，二百餘年，天子諸侯盛衰得失，具見其中。”其體格與《尚書》同。至文法之奇，約有數端：一曰逆攝。吉凶未至，輒先見敗徵。此猶其易識者矣。至城濮之役，猶未戰也，而蔿賈質責子文，以痛子玉之敗。三郤之難，猶未兆也，而范文子怒逐其子，以憂晉國之亡。此皆憑空特起，無所附著，蕩駭心目，莫此爲尤。故重耳之奔走流離，一亡公子耳，而所如皆有得國之氣象。楚靈、夫差，方其極盛，踔厲中原，而勢已不能終日。若此者，皆其逆攝之勝也。一曰横接。必然之勢，無可避免，而語意所趨，未嘗徑落。惠公之擒也，先之以小駟；齊侯之敗也，先之以韅蛇；共王之傷也，先之以射月；督戎之死也，先之以焚丹書。必有所藉而後入，必有所附而後伸。若此者，皆其横接之勝也。一曰旁溢。蹇叔哭師，知其敗之必於崤耳；而二陵風雨、后皋之墓，罣然有憑高弔古之思焉。徐關之人，勉保者以慎守耳；而子女之辟、鋭司徒之問，殷然有家人父子之誼焉。推之華元“皤腹”之謳，以著其雅量；叔展“麥麴”之問，以極其艱窮；叔儀“佩蕊”之歌，以彰其匱竭，皆假軼事小文，肆爲異采，則其横溢而四出者也。一曰反射。莊公之不子，則以潁考叔之孝彰之；齊豹之不臣，則以公孫青之謹形之；季孟之怯耎縱敵，則以冉有之義、公叔務人、林不狃之節形之；臧孫之無罪，則以東門遂、叔孫僑如之盟首形之；推之崔、慶、欒、高之亂齊，而以晏子正君臣之義；昭公之亡國，而以子家子主反正之策。言出於此，義涉於彼，如湯沃雪，如鏡鑒幽。

若此者，皆以相反而益著者也。先薑塢府君《援鶉堂筆記》亦云："左氏之文，須看其摹畫點綴，千古情事如睹，而天然葩艷，照映古今。"此外如《國策》叙次亦工。《援鶉堂筆記》謂其文凡有數種，如蘇秦之辨，則形容炫耀；《齊宣王見顔斶》、《觸讋説趙太后》等，則淡遠高妙。大抵此數書後世罕有逮者，惟《通鑑》剪截舊史，猶有法度可觀耳。

雜記類莫古於《禮記》《檀弓》、《深衣》、《投壺》三篇。《檀弓》記雜事，二篇則存古之遺制。《周禮・考工記》亦然。後世惟韓退之《畫記》體與近之，故方望溪評之云："周人以後無此種格力。歐公自謂不能爲，所謂曉其深處；而東坡以所傳爲妄，於此見知言之難。"後晁無咎《捕魚圖記》又學《畫記》，《援鶉堂筆記》評之云："雖錯綜變化，一齊讀去，較之昌黎體勢似緩，然自工。"柳子厚山水記，又一變詞賦家富麗，而以華妙之筆，納之古澹之中。故惜抱先生評之云："子厚間用《水經注》興象，然豈酈道元所能逮?"黄東發《日抄》云："《柳集》惟晚年紀志人物，寄其嘲罵，模寫山水，抒其抑鬱，皆峻潔精奇，如明珠夜光，見輒奪目。"曾文正公《與吴南屏書》云："陶公及韋、白、蘇、陸閑適之詩，雕刻物態，逸趣横生，讀之栩栩焉神愉而體輕，惜古文家少此種。獨柳子厚山水記，破空而遊，並物我納諸大適之域，非他家所有。若歐、蘇、曾、王，以議論入之，或就情韻爲文，於兹類蓋爲變調。"

紀傳類於古惟《尚書》帝典爲本紀發原；《中庸》昭明聖祖之德，爲傳狀發原。《堯典》自當從《今文尚書》，合《舜典》爲一，而南齊姚方興後得之二十八字不足信。蓋《堯典》末言帝以二女妻舜，文氣未終，與"慎徽五典"相接，"序"所謂"歷試諸艱"也。堯以"曰若稽古"起，以"殂落"終。舜以"有鰥在下"起，以"陟方"終，前後相承，如天衣之無縫，豈可從中截斷？若夫《中庸》篇首自"性"、"道"、"教"説來，以千古率性、修道、立教，莫孔子若也。其後歷引孔子論舜之大知，顔子之擇乎中庸，子路之强，及舜之大孝，武王、周公之達孝，皆爲仲尼作賓。至篇末"至誠至聖"，乃贊孔子，爲一篇之歸宿。及司馬子長撰《史記》，而《紀》以年分，《傳》以人分，遂爲史家二體，其文章尤高妙。故歸震川《史記總評》云："《史記》起頭處，往往來得勇猛。"又云："事迹錯綜處，太史公叙得來如大塘上打繂，千船萬船不相防礙。"又云："《史記》只實實裹説去，要緊處多跌宕，跌宕處多要緊。"又云："雖跌宕又不是放肆。"又云："跌宕如在峽中行，忽然躍起。"又云："《史記》叙事時有捱幾句似閑的説話，最妙！"又云："叙事或追前説，或帶後説，此是周到。"又云："《史記》重疊處正不見重疊。"又云："《史記》多旁支。凡旁支處只點景説，不是這等死煞説。"又云："旁支如江水一直去，又有旁支，不是正論。"又云："《史記》如人説話，本説他事，又帶别樣説。"又云："太史公但至熱鬧處，就露出精神來了。如今人説平話者然，一拍手又説起，只管任意説去。"又云"如説平話者，有興頭處，就歌唱起來。"又云："《史記》如水平平流去，忽遇石激起來。"又云："《史記》如兩人説話堂上，忽撞出一人來，即挽入在内。”又云：“《史記》如平地忽見高山。”又云：“《史記》如畫然，連山斷嶺，峯巒參差。”又云：“《史記》如地高高下下相因，乃去得長。”又云：“《史記》如作遊山記然，本是説本處景致，乃云前有某山、後有某水等，乃爲大家文字。他人文是一條鞭的。”又云：“他人之文，如臨小畫，非不工緻；子長之文，如畫《長江萬里圖》。”顧亭林《日知録》云：“秦楚之際，兵所出入之途，曲折變化，惟太史公序之如指掌。以山川郡國不易明，故曰東、曰西、曰南、曰北。一言之下，而形勢瞭然。以關塞江河爲一方界限，故於項氏則曰‘梁乃以八千人渡江而西’，曰‘羽乃悉引兵渡河’，曰‘羽將諸侯兵三十餘萬行略地至河南’，曰‘羽渡淮’，曰‘羽遂引東欲渡烏江’。於高帝則曰‘出成皋玉門北渡河’，曰‘引兵渡河復取成皋’。蓋自古史書兵事地形之詳，未有過此者。太史公胸中固有一天下大勢，非後代書生之所能幾也。”《援鶉堂筆記》云：“太史公至處，班固不能到。即如《蕭相國世家》‘以帝嘗繇咸陽時，何送我獨嬴奉錢二也’一句，太史公自語未了，忽入高帝口氣，摹畫玲瓏，而文法奇絶。又如《平準書》叙文、景後，方人‘至今上即位數歲’，忽説‘漢興’云云，皆奇絶。且於文、景亦不説其盛處。至此方摹畫之。如此乃可謂之涵蓄深遠。”又云：“文字精神，至太史公方入神妙，班史但可謂旺相耳。”方望溪評《絳侯周勃世家》云：“絳侯安劉之功，具吕后、孝文《本紀》，故首叙戰功，承以可屬大事。其後獨載懼禍遭誣事。條侯亦首叙將略，後獨載爭栗太子、抑王信二事。其父子久任將相，豈他無可言者乎？蓋所紀之事，必與其人規橅相稱，乃得體要。子厚以‘潔’稱太史，非獨辭無蕪累也；明於義法，而所稱之事不雜，故氣體爲最潔也。”曾文正評《老莊韓非列傳》云：“太史公傳莊子曰：‘大率皆寓言也。’余謂《史記》亦然。列傳首《伯夷》，一以寓天道福善之不足據，一以寓不得依聖人以爲師，非自著書，則將無所託以垂於不朽。次《管晏傳》，傷己不得鮑叔者爲之知己，又不得知晏子者爲之薦達。此外如子胥之憤，屈、賈之枉，皆藉以自鳴其鬱耳，非以此爲古來偉人計功簿也。”又評《李將軍列傳》云：“‘初，廣之從弟李蔡’至‘此乃將軍所以不得侯者也’十餘行中，專叙廣之數奇，已令人讀之短氣；此下接叙從衛青出擊匈奴徙東道迷失道事，愈覺悲壯淋灕。若將從衛青出塞事叙於前，而以廣之從弟李蔡一段議論叙於後，則無此沈雄矣。故知位置之先後，剪裁之繁簡，爲文家第一要義也。”凡此諸條，皆得要領。至《漢書》，則惜抱先生《與陳碩士書》所謂“佳篇皆在昭、宣以後”者，亦足盡所長。後代文家大抵書微者，或骨肉親舊，少有大篇；然各有鎔裁，未可忽也。

碑誌類之可誦者，自李斯《泰山》、《琅邪》、《之罘》、《碣石》、《會稽》諸刻文始，厥後惟班孟堅《封燕然山銘》、元次山《大唐中興頌》，庶足繼之。而韓退之《平淮西碑》，尤爲傑作。其廟碑、墓碑，在東漢者，大抵以高簡之筆，行於儷語中。魏晉以降，乃漸輕靡。及退之變偶爲奇，而謀篇變化，造句奇崛，遂爲第一大手筆。宋諸家惟歐公有其情韻不匱處，故《援鶉堂筆記》云："歐文黄夢升、張子野墓誌最工。而黄志尤風神發越，興會淋灕。然皆從昌黎《馬少監》出。而瑰奇綺麗，歐未之及也。"王有其法度謹嚴、筆力簡峻處，故惜抱先生評退之《太原王君墓誌銘》云："此文已開荆公誌銘文法。"曾氏亦云："此篇先將官階叙畢，然後申叙居某官、爲某事，此等蹊徑，介甫多學之。"要之兩家各得一節，而未能盡其全量，況餘子乎？

贊頌類自《魯頌》外，如《漢書》所載《房中》、《郊祀》等歌，寓規於頌；其叙傳則評隲古人，詞皆深雅。他若揚子雲、蔡伯喈邕、陸士衡、袁伯彦宏諸篇，亦稱傑作。唐以後可誦者惟韓退之《子産不毁鄉校頌》、柳子厚《伊尹五就桀贊》《平淮西雅》而已。

由斯以觀，記載之文，全以義法爲主。所謂義者，有歸宿之謂；所謂法者，有起、有结、有呼、有應、有提掇、有過脉、有頓挫、有鈎勒之謂。歸氏《史記總評》云："曉得文章掇頭，千緒萬端文字，便可做了。"又云："作文如畫，全要界畫。"《援鶉堂筆記》云："文字須有'入不言兮出不辭'之意。"惜抱先生云："作文如小兒放紙鳶，愈放愈高，止在手中綫牢耳。"(《吴先生點勘史記讀本引》)方植之《昭昧詹言》云：凡作文，"於題面題緒及作旨歸宿，必交代清楚"，"譬名手作畫，無不交代谿徑道路明白者"；然"又忌太分明"。又云："古人文法之妙，一言以蔽之曰：語不接而意接。俗人接則平順駢蹇，不接則直是不通。韓公曰：'口前截斷第二句。'太白云：'雲臺閣道連窈冥。'須於此會之。"興化劉庸(融)齋熙載《藝概》云：章法"不難於續，而難於斷。先秦文善斷，所以高下易攀。然抛鍼擲綫，全靠眼光不走；注坡驀澗，全仗韁轡在手。明斷正取暗续也"。此等語宜深味之。

詩歌(節録)

若夫詞曲，據《四庫全書總目》云："此二體在文章技藝之間，厥品頗卑。然《三百篇》變而古詩，古詩變而近體，近體變而詞，詞變而曲。層累而降，莫知其然。究厥淵源，實亦樂府之餘音，風人之末派也。"又張皋文《詞選序》云："自唐之詞人，李白爲首。其後韋應物、王建、白居易、劉禹錫之徒，各有述造，而温庭筠最高。五代之際，孟氏、李氏君臣爲謔，競變新調，詞之雜流由是作矣。至其工者，往往絶倫。亦如齊梁五言，依託魏晉，近古然也。宋之詞家，號爲極盛。然張先、蘇軾、秦觀、周邦彦、辛棄疾、姜夔、王沂孫、張炎，淵淵乎文有其質焉。若柳永、黄庭堅、劉過、吴文英，亦各引一端，以取重於當世。而後進彌以馳逐，破碎奔析，壞亂不可紀。故自宋之亡而正聲絶，元之末而規矩隳。"此兩條附録於後，以見梗概。(以上卷二)

聲　色

《詩·大雅·皇矣》篇云:“不大聲以色。”《中庸》申之曰:“聲色之於以化民,末也。”夫聲色爲末,則道爲本矣。然道舍聲色亦無由昭著,故惜抱先生與先石甫府君書云:“夫道德之精微,而觀聖人者不出動容周旋中禮之事;文章之精妙,不出字句聲色之間。舍此便無可窺尋矣。”考《説文》云:“聲,音也。”又云:“色,顔色也。”然則,所謂聲者,就大小、短長、疾徐、剛柔、高下言之;所謂色者,就清奇、濃淡言之。此其分也。

蓋聲之有關文章,其説遠矣。如《書》帝典云:“詩言志,歌永言。聲依永,律和聲。八音克諧,無相奪倫。”左氏襄二十九年《傳》載季札觀樂而云:“美哉淵乎!”“泱泱乎!”“蕩乎!”“颯颯乎!”“思深哉!”“廣哉! 熙熙乎!”“至矣哉!”《禮記·樂記》載子貢問樂於師乙。而乙之言云:“上如抗,下如隊,曲如折,止如槁木,倨中矩,句中鉤,累累乎端如貫珠。”使非精於聲律,固不能爲是言。故《樂記》又云:“凡音者,生人心者也。情動於中,故形於聲;聲成文,謂之音。”《荀子·勸學》篇云:“詩者,中聲之所止也。”《大略》篇云:“其誠可以比金石,其聲可内於宗廟。”又云:“其言有文焉,其聲有哀焉。”韓退之《送孟東野序》云:“周之衰,孔子之徒鳴之,其聲大而遠。《傳》曰:‘天將以夫子爲木鐸。’其弗信矣乎!”其《上襄陽于相公書》,既以“正聲諧韶濩,勁氣沮金石”並言;《答尉遲生書》又以“本深而末茂,形大而聲宏”並言。《荆譚唱和詩序》且推及於“和平之音淡薄,而愁思之聲要眇;歡愉之辭難工,而窮苦之言易好”。李習之作退之祭文,遂謂“其聲殫天地”。歐陽永叔《送楊寘序》云:“夫琴之爲技小矣。及其至也,大者爲宫,細者爲羽,操絃驟作,忽然變之,急者凄然以促,緩者舒然以和,如崩崖裂石,高山出泉,而風雨夜至也,如怨夫寡婦之嘆息,雌雄雍雍之相鳴也。其憂深思遠,則舜與文王、孔子之遺音也;悲愁感憤,則伯奇、孤子、屈原忠臣之所嘆也。喜怒哀樂,動人深心,而純古淡泊,與夫堯舜三代之言語、孔子之文章、《易》之憂患、《詩》之怨刺無以異。其能聽之以耳,應之以手,取其和者,道其堙鬱,寫其憂思,則感人之際,亦有至者焉。”此雖論琴,而文章凖諸此矣。故王介甫作永叔祭文,遂評其文云:“其清音幽韻,凄如飄風急雨之驟至;其雄辭偉辯,快如輕車駿馬之奔馳。”先薑塢府君《援鶉堂筆記》云:“朱子謂‘韓昌黎、蘇明允作文,敝一生之精力,皆從古人聲響處學。’此真知文之深者。”劉海峯《論文偶記》云:“文章最要有節奏。譬之管絃繁奏中,必有希聲窈渺處。”惜抱先生《與陳碩士書》云:“詩古文要從聲音證人。不知聲音,總爲門外漢耳。”梅伯言《閑存詩草跋》云:“今世之聞樂者,肅然穆然,其聲動人心,非皆能辨其詞也。取《清廟》、《生民》之詞,而佶屈誦之,未有不聽而思卧者。故詩之道,聲而已矣。”曾文正《日記》云:“樂律不可不通，以其與兵事、文章相表裏。”又云：“漢魏人作賦，一貴訓詁精確，一貴聲調鏗鏘。”又云：“讀韓文《柳州羅池廟碑》，覺情韻不匱，聲調鏗鏘，乃文章中第一妙境。情以生文，文亦以生情；文以引聲，聲亦以引文。循環互發，油然不能自已，庶漸漸可入佳境。”又云：“温蘇詩朗誦頗久，有聲出金石之樂。因思古人文章，所以與天地不敝者，實賴氣以昌之，聲以永之。故讀書不能求之聲氣二者之間，徒糟粕耳。”又云：“作文以聲調爲本。”又《家訓》云：“凡作詩最宜講究聲調。須熟讀古人佳篇，先之以高聲朗誦，以昌其氣；繼之以密詠恬吟，以玩其味。二者並進，使古人之聲調，拂拂然若與我喉舌相習，則下筆時必有句調奔赴腕下。詩成自讀之，亦自覺琅琅可誦，引出一種興會來。”張廉卿《復朱菜香書》云：“聲調一事，世俗人以爲至淺，不知文之精微要眇，悉寓於其中。”凡此皆論聲調之有關於文章者也。

但古人之所謂聲調者，與齊梁人之説不同。古人本乎天籟，齊梁則出於人爲。説莫詳於沈休文《宋書・謝靈運傳論》，其略云：“夫五色相宜，八音協暢，由乎玄黄律吕，各適物宜。欲使宫羽相變，低昂舛節。若前有浮聲，則後須切響。一簡之内，音韻盡殊；兩句之中，輕重悉異。妙達此旨，始可言文。自靈均以來，多歷年代，雖文體稍精，而此秘未睹。至於高言妙句，音韻天成，皆暗與理合，匪由思至。張、蔡、曹、王，曾無先覺；潘、陸、顔、謝，去之彌遠。”《南史・陸厥傳》云：“王融、謝朓、沈約等文，將平上去入四聲制韻，有平頭、上尾、蜂腰、鶴膝，世呼爲‘永明（南齊武帝年號）體’。”厥與約書云：“尚書云：‘自靈均以來，此秘未睹。’但觀歷代衆賢，似不都闇此處。自魏文屬論，深以清濁爲言；劉楨奏書，大明體勢之致。齟齬妥貼之談，操末續顛之説，興玄黄於律吕，比五色之相宜。苟此秘未睹，兹論爲何所指耶？故愚謂前英已早識宫徵，但未屈曲指的若今論所申。乃可言未窮其致，不得言‘曾無先覺’也。”沈答書又云：“宫商之聲有五，文字之别累萬。以累萬之繁，配五聲之約，高下低昂，非思力所學。又非止若斯而已。十字之文，顛倒相配；字不過十，巧歷已不能盡，何况復過於此者乎？靈均以來，未經用之於懷抱，固無從得其髣髴矣。若斯之妙，而聖人不尚，何耶？此蓋曲折聲韻之巧，無當於訓義，非聖哲玄言之所急也。是以子雲譬之‘雕蟲篆刻’，云‘壯夫不爲’。自古辭人。豈不知宫羽之殊，商徵之别？雖知五音之異，而其中參差變動，所昧實多。故鄙意所謂‘此秘未睹’者也。”其後劉彦和從而申之，於《文心雕龍・聲律》篇云：“凡聲有飛沈，響有雙疊。雙聲隔字而每舛，疊韻雜句而必睽；沈則響發而斷，飛則聲颺不還；並轆轤交往，逆鱗相比，迂其際會，則往蹇來連，其爲疾病，亦文家之吃也。夫吃文爲患，生於好詭，逐新趣異，故喉脣糾紛；將欲解結，務在剛斷。左礙而尋右，末滯而討前，則聲轉於吻，玲玲如振玉；辭靡於耳，累累如貫珠矣。是以聲畫妍媸，寄在吟泳；吟詠滋味，流於字句；字句氣力，窮於和韻。異音相從謂之和，同聲相應謂之韻。

韻氣一定，故餘聲易遣；和體抑揚，故遺響難契。屬筆易巧，選和至難；綴文難精，而作韻甚易。雖纖意曲變，非可縷言；然振其大綱，不出斯論。”由諸言出，而聲病之説以起。及唐近體詩盛行，於是文學家又增一體製矣。

自休文創聲律之學，當時鍾仲偉已深詆之，故《詩品序》云：“昔曹、劉殆文章之聖，陸、謝爲體貳之才，鋭精研思，千百年中，而不聞宫商之辨，四聲之論。”自“王元長創其首，謝朓、沈約揚其波，於是士流景慕，務爲精密，襞積細微，專相凌架，故使文多拘忌，傷其真美。余謂文製本須諷誦，不可蹇礙，但令清濁流通，口吻調利，斯爲足矣。至平上去入，則余病未能；蜂腰鶴膝，閭里已具。”大抵八病曰平頭，曰上尾，曰蜂腰，曰鶴膝，曰大韻，曰小韻，曰正紐，曰旁紐。據鄞縣仇滄柱兆鰲《杜詩詳注》云：“所謂平頭者，前句上二字與後句上二字同聲，如古詩‘今日良宴會，歡樂難具陳’，‘今’、‘歡’同聲，‘日’、‘樂’同聲，是平頭也。又如‘朝雲晦初景，丹池晚飛雪，飄披聚還散，吹揚凝其威’四句，上二字皆平聲，是平頭也。又如周王褒詩‘高箱照雲母，壯馬飾當顱。單衣火浣布，利劍水精珠’四句，疊用四物，而每物各用一虚一實字面，亦平頭也。又如杜摯詩‘伊摯爲媵臣，吕望身操竿，夷吾困商販，寧戚對牛嘆，食其處監門，淮陰飢不粲’，疊引古人，皆在句首，是亦平頭也。所謂上尾者，上句尾字與下句尾字俱用平聲，雖韻異而聲則同，是犯上尾。如古詩‘西北有高樓，上與浮雲齊’，‘樓’與‘齊’皆平聲。又如‘庭陬有古榴，緑葉含丹榮’，‘榴’與‘榮’亦平聲也。又如一句尾字與三句尾字連用同聲，是亦上尾。如古詩‘客從遠方來，遺我一書札，上言長相思，下言久離别’，‘來’、‘思’皆平聲。又如‘新製齊紈素，皎潔如霜雪，裁爲合歡扇，團圓似秋月’，‘素’、‘扇’皆去聲，亦犯上尾矣。其在七律，如杜詩‘春酒杯濃琥珀薄’與‘誤疑茅堂入江麓’，同係入聲。王維詩‘新豐樹裹行人度’與‘聞道甘泉能獻賦’，同聲同韻，皆犯上尾也。又如杜《秋興》詩‘西望瑶池降王母，東來紫氣滿函關，雲移雉尾開宫扇，日繞龍鱗識聖顔’，‘王母’、‘函關’、‘宫扇’、‘聖顔’，俱在句尾，未免疊足，亦犯上尾。若‘林花著雨胭脂落，水荇牽風翠帶長，龍虎新軍深駐輦，芙蓉别殿漫焚香’，前聯拈‘落’、‘長’二字於字尾，後聯移‘深’、‘漫’二字於上面，便不犯同矣。”蔡寬夫《詩話》云：“蜂腰、鶴膝，蓋出於雙聲之變。若五字首尾皆濁音，中一字獨清，則兩頭大而中間小，即爲蜂腰。若五字首尾皆清音，中一字獨濁，則兩頭細而中間粗，即爲鶴膝矣。今案張衡詩‘邂逅承際會’，是以濁夾清，爲蜂腰也。如傅玄詩‘徽音冠青雲’，是以清夾濁，爲鶴膝也。所謂大韻者，如‘微’、‘暉’同韻，上句第一字不得與下句第五字相犯。阮籍詩‘微風照羅袂，明月耀清輝’是也。所謂小韻者，如‘清’、‘明’同韻，上句第四字不得與下句第一字相犯。詩云‘薄帷鑒明月，清風吹我襟’是也。所謂正紐者，如‘溪’、‘起’、‘憩’三字爲一紐，上句有‘溪’字，下句再用‘憩’字，庾闡詩‘朝濟清溪岸，夕憩五龍泉’

是正紐也。所謂旁紐者，如‘長’、‘梁’同韻，‘長’上聲爲‘丈’，上句首用‘丈’字，下句首用‘梁’字，是亦相犯。詩云‘丈夫且安坐，梁塵將欲起’，此旁紐也。在七律如杜詩‘遠開山嶽散江湖’，‘山’、‘散’爲正紐；如‘丈人才力猶强健’，‘丈’、‘强’爲旁紐矣。”此外又有雙聲、疊韻之法。《南史》王元謨問謝莊曰：“何者爲雙聲？何者爲疊韻？”答曰：“‘互’、‘護’爲雙聲，‘磝’、‘碻’爲疊韻。”《學林新編》曰：“雙聲者，同音而不同韻；疊韻者，同音而又同韻也。如李羣玉詩‘方穿詰曲崎嶇路，又聽鈎輈格磔聲’，‘詰曲’、‘崎嶇’乃雙聲，‘鈎輈’、‘格磔’乃疊韻也。”此條所考至爲詳明。唐時日本僧空海撰《文筆眼心鈔》云：“十字中一、六相犯名水渾，二、七相犯名火滅，是謂平頭。十字中上句末與下句末相犯名土崩，是謂上尾。五字中二、五相犯又二、四相犯，是謂蜂腰。二十字中第一句末字與第三句末字相犯，是謂鶴膝。所云相犯，統四聲言之。五字中二、五用同韻字，名觸絶病，是謂大韻。五字中一、三用同韻字，名傷音病，是謂小韻。五字中用雙聲而隔字，名爽切病，是謂旁紐，亦曰大紐。五字、十字中用同紐而疊字，亦名爽切病，是謂正紐，亦曰小紐。”此與仇説又小異。沈氏《四聲譜》久佚，今可考者，惟《謝靈運傳論》及《答陸韓卿厥字書》。諸家以意推測，其不同宜耳。何義門《讀書記》云：“浮聲、切響，即是輕、重。今曲家猶講陰陽清濁。”楊用修亦云：“《文心雕龍》論‘和’、‘韻’之殊，宋詞、元曲皆於仄韻用和音以叶韻。蓋以平聲爲一類，而上、去、入三聲附之。如‘東’、‘董’、‘凍’是和，‘東’、‘中’、‘風’是韻也。”如所言，可見沈説不特爲近體詩所由來，勢非流爲詞曲不止。實則大家何嘗沾沾於此！是以唐僧皎然《詩評》云：“沈氏酷裁八病，碎用四聲，風雅殆盡。”《援鶉堂筆記》云：“齊梁以四聲殊音韻，別輕重，沈、宋之研順聲勢，但取平仄調協。於彼説亦不能盡避。旁紐雙聲，一詩中固時時見之；若疊韻則杜公‘卑枝低結子，接葉暗巢鶯’，且故爲之，何嘗不調協乎？”然則近體且不盡如其説，何論古詩？更何論古文？善乎韓退之《答李翊書》云：“氣盛則言之短長與聲之高下皆宜。”吴摯甫先生《答張廉卿書》云“聲音之道，嘗以意求之，才無論剛柔，苟其氣之既昌，則所爲抗墜、曲直、斷續、斂侈、緩急、長短、伸縮、抑揚、頓挫之節，一皆循乎機勢之自然，非必有意於其間，而故無之而不合，其不合者必氣之未充者也。”是真破的之論矣！若夫下手之方，則在於諷誦。故惜抱先生《與陳碩士書》云：“大抵學古文者，必要放聲疾讀，又緩讀，衹久之自悟。若但能默看，即終身作外行也。”又云：“寄來詩文皆有可觀；但説到中間，忽有滯鈍處，此乃是讀古人文不熟。必急讀以求其體勢，緩讀以求其神味，得彼之長，悟吾之短，自有進也。”梅伯言《與孫芝房書》云：“夫古文與他體異者，以首尾氣不可斷耳。有二首尾焉，則斷矣。退之謂六朝文雜亂無章，人以爲過論。夫上衣下裳，相成而不復也，故成章。若衣上加衣，裳下有裳，此所謂無章矣。其能成章者，一氣者也。欲得其氣，必求之於古人。周、秦、漢及唐、宋人文，其佳者皆成誦乃可。夫觀書者，用目之一官而已；誦之而入於耳，益一官矣；且出於口，成於聲，而暢於氣。夫氣者，吾身之至精者也。以吾身之至精，御古人之至精，是故渾合而無有间也。”張廉卿《答吴摯甫書》云：“閣下謂苦中氣弱，諷誦久則氣不足載其辭。往在江寧，聞方存之宗誠云：長老所傳，劉海峯絶豐偉，日取古人之文，縱聲讀之。姚惜抱則患氣羸，然亦不廢哦誦，但抑其聲使之下耳。”是或一道乎？

但古文固無一定之平仄，而聲調既有高下，則二音要有不容不相濟者，况古詩限於五言七言乎？况近體乎？《四庫全書總目》於趙秋谷《聲調譜》云：“執信嘗問聲調於王士禛，士禛靳不肯言。執信乃發唐人諸集，排比鉤稽，竟得其法，因著此書。其例：古體詩五言重第三字，七言重第五字，而以上下二字消息之。大抵以三平爲正格，其四平切脚，如李商隱之‘詠神聖功書之碑’；兩平切脚，如蘇軾之‘白魚紫蟹不論錢’者，謂之落調。‘柏梁體’及四句轉韻之體，則不在此限焉。律詩以本句平仄相救爲單拗，出句如杜甫之‘清新庾開府’，對句如王維之‘暮禽相與還’是也。兩句平仄相救爲雙拗，如許渾之‘溪雲初起日沈閣，山雨欲來風滿樓’是也。其他變例數條，皆本此而推之。而起句結句不相對偶者，則不在此限焉。”此説亦學詩所不可不知者。

色也者，所以助文之光采，而與聲相輔而行者也。其要有三：一曰鍊字，二曰造句，三曰隸事。《文心雕龍·鍊字》篇，有避詭異、省聯邊、權重出、調單復四法，而論重出尤精。其説云：“重出者，同字相犯者也。《詩》、《騷》適會，而近世忌同。若兩字俱要，則寧在相犯。故善爲文者，富於萬篇，貧於一字。一字非少，相避爲難也。”方植之《昭昧詹言》云：“好用虚字承遞”，“最易輭弱。須横空盤硬，中間擺落剪斷多少輭弱，詞意自然高古。”吴摯甫先生嘗爲永樸誦歐陽永叔《石曼卿墓表》末段“嗚呼曼卿”以下數行，以爲字字若有凸凹，因嘆文章之難，第一用虚字，蓋淺深雅俗，於此焉分。曾文正公《復李眉生書》云：“來函詢虚實、譬喻、異詁三門。虚實者，實字而虚用，虚字而實用也。至用字有譬喻之法，後世須數句而喻意始明，古人止一字而喻意已明。異詁云者，無論何書，處處有之，大抵人所共知，則爲常語；人所罕聞，則爲異詁。古人用字，不主故常，初無定例，要之各有精意運乎其間。閣下現讀《通鑒》，即就《通鑒》異詁之字，偶一鈔記，他人視爲常語，而己心以爲異，則且鈔之；或明日視爲常語，而今日以爲異，亦姑鈔之。久之多識雅訓，不特譬喻、虚實二門可通，即其他各門，亦可觸類而貫徹矣。”又《復鄧寅階書》云：“《文選》以多讀爲妙。蓋京都、田獵、江海諸賦，雖難於成誦，而造字、形聲、訓詁之學，即已不待他求。”又《家訓》云：“文章雄奇，以行氣爲上，造句次之，選字又次之。然未有字不古雅，而句能古雅；句不古雅，而氣能古雅者；亦未有字不雄奇，而句能雄奇；句不雄奇，而氣能雄奇者。是文章之雄奇，其精處在行氣，其粗處全在造句、選字也。余好古人雄奇之文，以昌黎爲第一，楊子雲次之。二公之行氣，本之天授。至於人事之精能，昌黎則造句之工夫居多，子雲則選字之工夫居多。"《援鶉堂筆記》云："字句章法，文之淺者也；然神氣體勢，皆階之而見。古今文字高下，莫不由此。"又云："字句之奇，宋以後大家多不講此，亦是其病處。"《論文偶記》云："神氣者，文之最精處也；音節者，文之稍粗處也；字句者，文之最粗處也。然予謂論文而至於字句，則文之能事盡矣。蓋音節者，神氣之迹也；字句者，音節之矩也。神氣不可見，於音節見之；音節無可準，以字句準之。"又云："音節高則神氣必高，音節下則神氣必下，故音節爲神氣之迹。一句之中，或多一字，或少一字；一字之中，或用平聲，或用仄聲；同一平字、仄字，或用陰平陽平，上聲、去聲、入聲，則音節迥異。故字句爲音節之矩。"又云："字成句，積句成章，積章成篇，合而讀之，音節見矣；歌而詠之，神氣出矣。"又云："近人論文，不知有所謂音節者；至語以字句，則必笑以爲末事。此論似高實謬。作文若字句安頓不妙，豈復有文字乎？但所謂字句、音節，須從古人文字中實實講貫過始得，非如世俗所云也。"吕月滄輯吴仲倫《古文緒論》云："作文豈可廢雕琢？但須清氣運乎其中。功夫成就之後，信筆寫出，無一字一句喫力，却無一字一句率易，清氣澄澈中，自然古雅有風神，乃是一家數也。"又云："文字有作一句不甚分明，必三兩句而古雅者；亦有練數句爲一句，乃覺古簡者。總之，氣不可不疏。"至於隸事，《文心雕龍·麗辭》篇，嘗戒不均與孤立二病，以爲"若兩事相配，而優劣不均，是驥在左驂，駑爲右服也。若夫事或孤立，莫與相偶，是夔之一足，趻踔而行也"。蘇子瞻《題柳子厚詩》云："用事當以故爲新，以俗爲雅。好奇務新，乃詩之病。"焦弱侯《筆乘》云："韋莊詩'西園公子名無忌'，觀《選》詩：'公子敬愛客，終宴不知疲，清夜游西園，飛蓋相追隨'，乃子建事，不可加之無忌。"《援鶉堂筆記》云："大凡文字援據，雖有詳略，然必具見端末。"又云："何大復《聞武昌邊報》詩：'請纓誰爲繫樓蘭？'賈誼請繫單于頸，終軍請以長纓繫南越，無繫樓蘭事。且當時邊報，又無與西域。"惜抱先生《復劉明東開書》云："見贈五言排律，所用故事，都不精切，止是隨手填入。姑摘其一聯：'誌公謂徐陵，天上石麒麟'，豈可易'石'爲'玉'？又陵官非學士，學士唐乃有此官耳。公孫宏與陵，於鄙人絶不似，止十字中而病痛已四五矣。"《五七言今體詩鈔》評陸放翁《江樓醉中作》："天上但聞星主酒，人間寧有地埋憂？生希李廣名飛將，死慕劉伶贈醉侯。"以爲"前聯用孔北海'天垂酒星之耀'、仲長統'寄愁天上、埋憂地下'，並漢人語，相稱。後聯用唐人詩'若使劉伶爲酒帝，亦須封我醉鄉侯'，取材較猥，對上句不過。"又《昭昧詹言》引先生之言云："王阮亭四法，一'典'字中，有古體之典，有近體絶句之典。近體絶句之典，必不可入古詩。其'遠'、'諧'、'則'三字亦然。"據此可見運用故實，無論詩文，皆不可苟。或因周秦諸子及詞賦家多假設之辭，以爲藉口，不知寓言與莊語未可同科。觀《退庵隨筆》載："蘇子容頌每聞人言故事，必檢出處。"又云："蘇文忠公每有撰著，雖目前事，率令少章秦觀弟覯、叔黨公少子過諸人檢視而後出。"古人審慎何如！若夫文忠《刑賞忠厚之至論》，引"皋陶曰殺之三，堯曰宥之三"，特少年應試之作，理想成文，可以將無作有，故曰"想當然爾"。文士狡獪，要當别論。昔黄山谷《與王觀復書》云："老杜作詩，退之作文，無一字無來處。蓋後人讀書少，故謂韓、杜自作此語耳。"《顔氏家訓・勉學》篇亦云："談説製文，援引古音，必須眼學，勿信耳受。"長洲朱仲武孔彰又以臨川李小湖先生聯琇之言告永樸云："作文引事，斷宜檢查原文，不可但恃記憶之力。蓋自以爲不誤，其誤必多。"學者所當服膺，正在此等語也。

雖然，文章色澤，猶不盡於此。廣而言之，如《易》之象，《詩》之比、興，《孟》、《莊》之譬喻，揚、馬之鋪張，皆是。又詩家於篇中往往插入描寫之語，文家亦或凌空布景，如《秦誓》"若有一个臣"一段。《孟子・莊暴》章"今王鼓樂於此"一段，韓退之《原毁》"嘗試語於衆曰"一段，與李斯《諫逐客書》中間，即色、樂、珠、玉爲喻，皆設色處也。至紀事之文，因此人而牽及彼人，因此事而牽及他事，迷離變化，古人譬之"雲煙"，亦曰"煙波"。昔張廉卿先生告永樸云："古人論文，要情韻不匱。夫所謂'不匱'者，以旁支多也。如花開，必枝葉掩映，風韻乃可人；若去枝葉惟存花，亦不足觀矣。考《説文》於'文'字云：'錯畫也，象交文。'然則文固以交錯爲義，惟交錯斯采色生焉。夫詞藻之於采色，特一端耳，何足以盡其妙？"歸震川《與沈敬甫書》云："近來俗子論文，頗好剪紙染采之花，遂不知復有樹上天生花也。"斯言真有味哉！（卷三）

蔣觀雲

蔣觀雲（1865—1929）名智由，字觀雲，别號因明子。浙江諸暨人。早年求讀於杭州紫陽書院，能詩善文，工書法。光緒二十三年（1897）以廪貢生京兆鄉試舉人得授山東曲阜知縣之職，因懷救國革新的志向未赴任。後來響應康、梁維新變法，成爲資産階級改良派人士。一九〇二年冬留學日本，曾擔任《浙江潮》、《新民叢報》編輯，發表民俗學論文和詩作，因積極推動梁啟超發起的"詩界革命"，被梁啟超譽爲"詩界三傑"之一。

本書資料據《新民叢報》。

（無題文）

夫今之戲劇，於古亦當屬於樂之中。雖古之樂以淪亡既久，無可考證，經數千年變更以來，决不得以今之戲劇，謂正與古書之所謂樂相當。然今之演劇，要由古之所謂樂之一系統而出；則雖謂今無樂，演劇即可謂爲一種社會之樂，亦不得議其言爲過當。夫樂，古人蓋甚重之。孔子之門，樂與禮並稱，而告爲邦，則曰："樂則《韶舞》。"在齊聞《韶》，三月忘味。其餘論樂之言尤多。蓋孔子與墨子異，墨子持非樂主義，而孔子持禮樂全能主義，故推算樂若是其至也。而古之樂官，若太師摯、師曠等，亦皆屬當世人材之選，昭昭然著聲望於一時，而其人咸有關係於國家興亡之故。夫果以今之演劇當古時樂之一種，則古之樂官，以今語言之，即戲子也。嗚呼！我中國萬事皆今不如古，古之樂變而爲今之戲，古之樂官變而爲今之戲子，其間數千年間，升降消長，退化之感，曷禁其棖觸於懷抱也！抑我古樂之盛，事屬既往，姑不必言。方今各國之劇界，皆日益進步，務造其極而盡其神。而我國之劇，乃獨後人而爲他國之所笑，事稍小，亦可耻也。（第三年第十七期）

王葆心

王葆心（1867—1944）字季薌，號晦堂。羅田（今屬湖北）人。自幼勤奮好學，成年入黄州經心書院讀書，府考以經學第一名中秀才，後入兩湖書院深造。光緒二十九年（1903）鄉試中第三名舉人，光緒三十三年舉貢考試第一。先後任湖北博通書院、潛江傳經書院、羅田義川書院、漢陽晴川書院院長，兩湖優級師範學堂教習，清朝學部總務司行走兼圖書局總纂、學部主事、兼充京師大學堂及京師優級師範學堂經學、文學教習。辛亥革命後，歷任湖南官書報局總纂，湖北革命實録館總纂、北京圖書館總纂、湖北國學館館長、武昌高等師範及武漢大學教授、湖北通志館籌備主任兼總纂。抗戰期間退居故里，任羅田縣志館館長。王葆心治學嚴謹，主張義理、考據、詞章三者並重，對經學、史學、文學、教育學均有研究。晚年於方志一門致力尤勤。主要著作有《方志學發微》、《歷朝經學變遷史》、《經學講義》、《古文辭通義》、《中國教育史》、《蘄黄四十八寨紀事》等一百八十餘種。其《古文辭通義》是一本學習、創作、研究古代散文的入門書，也是一部集歷代古文之學之大成的文學理論專著。全書分爲《解蔽》、《究指》、《識塗》、《總術》、《關係》、《義例》等六篇二十卷。

本書資料據1916年《晦堂叢書》本《古文辭通義》。

以至簡之門類檃括文家之製體（節録）

文家義法備於《史》、《漢》，文之體制備於唐宋，故宋以後無完全創造義法之人，宋以前無完備辨體之作。是以文之品格有愈降而程度愈低之勢，文之體製有後起而愈復愈備之觀。簡略而趨繁雜，文例本如是也。友人李偉曰："從前文章衹如散錢，至《昭明文選》分三十九類，始合爲十。姚氏《古文辭類纂》分十三類，始合十成百。曾文正《經史百家雜鈔》分三門十一類，始貫百成千。然綱舉而目未盡張，虚肭短絀，實不滿千。姚氏前儲氏《八大家類選》分六門三十類，其奏疏書狀即曾之告語門，其序記傳志即曾之記載門，論著詞章即曾之著述門，已幾幾乎合百成千矣。惟其所選僅及八家，未足網羅百代。宋真氏《文章正宗》擘分四類而子目不具，則又有千而無百。世無文正，生其後者雖欲以宏綱巨目籠蓋往籍，何可得乎？今合真、儲、姚、曾四家門目爲目次異同比較表，以足滿貫一千之數。其三門十五類，本曾氏序目而少增變之，間採姚氏之説以歸完備，非後人果勝前人也。勢積而備，理固然矣。"李君之言如此，吾更區分其十五類所屬各體附列下方。其目有本體、附屬二者，本體以詮古近文體之正製，附著以歸隸通俗文字焉。

通觀右表，繹厥指歸，可知告語門者，述情之彙；記載門者，記事之匯；著述門者，説理之匯也。三門之中對於情、事、理三者有時亦各有自相參互之用，而其注重之地與區别之方要可略以情、事、理三者畫歸而隸屬之。王弇州嘗區三者之紛見於列朝也，其《藝苑卮言》有曰："孟、荀以前作者，理苞塞不喻，假而達之詞。後之爲文者，詞不勝，跳而匿諸理。六經也，四子也，理而詞者也。兩漢者，事而詞者也，錯以理而已。六朝者，詞而詞者也，錯以事而已。"所謂理者、事者、詞者，實綜有三類，蓋所謂詞者，亦可謂之情也。而弇州用之定立名義，以區别六朝以前之文也。此三者可檃括文家製體之一證。陸桴亭《漫園文稿序》曰："言以足志，文以足言。文者，載道之器也。古之人道足於中，發於外而爲言，言之成章，故名之曰文。羲、文之《易》，所以述天人，即後世性理諸書是也。虞夏商周之《書》、孔子之《春秋》，所以紀政事，即後世史傳諸書是也。商周之《雅》、《頌》，十五國之《風》詩，所以言性情，即後世樂府詩歌之類是也。周公之《周禮》、《儀禮》，漢儒之《禮記》，所以載典禮，即後世八書十志之類是也。然而在古則爲經，在今則概謂之詩與文，蓋有説焉。古人之詩文先有道而後有言者也，可以爲萬世法，故謂之經。後人之詩文則詩文而已矣，求一言之幾於道而不可得，即或如韓之《原道》、歐之《本論》，亦庶幾乎聖人之徒矣，而程朱猶謂之倒學，蓋先有文而後有道也。乃後世之學爲韓、歐八家文者，並所謂倒學而忘之，而日馳騖於體格氣局詞論之末。"陸氏此説蓋本闡文家養本充學之旨，而其以理、事、情三者檃括古今文家之製體，其説良確。其禮典一類，亦即在紀事門中。此二證也。章實齋嘗區三者流别之出入也，曰："子史衰而文集之體盛，著作衰而詞章之學興。文集者，詞章不專家而萃聚文墨以爲龍蛇之菹也。後賢承而不廢者，江河導而其勢不容復遏也。經學不專家而文集有經義，史學不專家而文集有傳記，立言不專家即諸子書也。而文集有論辨。後世之文集，捨經義與傳記、論辨之三體，其餘莫非詞章之屬也。而詞章實備於戰國，承其流而代變其體焉。"繹章氏之意，蓋可知三門之分自經、史、子。經義分自經類，在著述門，爲說理。記載分自史類，在記載門，爲記事。論辨分自子，其類亦統在著述之説理。告語一門亦言經，左史之遺，推合其類應並出自經史。三者之外統歸詞章，詞章則抒情一類之匯。而情、事、理三者之流別明焉。此三者可櫽括文家製體之三證。魏叔子謂："文章以明理適事，無當於理與事則無所用文，故曰：文者，載道之器。言事莫尚漢，言理莫尚宋。該事者每謬於理，宗理者迂闊不切事，其實相乖離，其亦終無有能合者。"陳洪綬謂："爲文者非持論即摭事耳。以議屬文，以文屬事，雖備經營，亦安容有作者之意存其中耶？自作家者出，而作法秩然，每一文至，必銜毫吮墨，一爲有作者之意先於行間，捨夫論與事而就我之法，曰如是則當，如是則不當，而文亡矣。"此深病後世架格之説，而亦以事、理、文三者挈其綱也。沈氏《樂志簃筆記》謂："文有述、作二體。《左傳》之紀事，述也；《孟子》之言理，作也。就一文論，叙處爲述，議處爲作。傳志等文，述多作少；論辨等文，述少作多。亦有序議並行者，述作相併也。述貴合事情，以簡當爲主；作貴達義理，以真切爲主。"又曰："傳主叙，實者也；論主議，虚者也，然貴變化。史公《伯夷列傳》叙之後即發議，是化實爲虚；賈生《過秦論》上篇議之前先叙事，是變虚爲實。"案：此説必合李耆卿、章實齋、黄虎癡三人之説始見完備，詳卷十八。李次青謂："文之用有二：曰議論，曰叙事。議論以理勝，經與子之流也；叙事以情勝，史之流也。"並三門而兩之，合抒情於叙事，亦足見近世抒情之文未能暢於壇苑之由也。王維楨《駁喬三石論文書》曰："文章之體有二，叙事、議論，各不相淆，人人能言。然此乃宋人創爲之，真德秀以之讀古人之文。古誠有之，然固有不可歧别者，如遷史列傳及序，往往既述其事，又發其義。觀詞之辯者，以爲議論可也。變化離合，不可方物。"其説可與李説參觀。焦里堂循《雕菰樓集·與王欽萊論文書》謂："文之大要有二端：曰意，曰事。意或直斷，或婉述，或詳引證，或設譬喻，或假藻飾，明其意而止。事之所在，或天象算數，或山川郡縣，或功業道德，國之興衰隆替及一物情狀、一事本末，亦以明其事而止。明事患不實，明意患不精。"案：此所謂意，即所謂理，所謂作，所謂議論也；所云事者，即所謂事，所謂述，所謂叙事也。張文襄謂讀《文選》有徵實、課虚二法，其用意雖與此不同，要可知一實一虚，在文家實爲賅通一貫之道也。朱蘭坡珔《掔六室文鈔序》曰："文之體不一，散體本與駢體殊科。而散體又各别，有議論之文，揣摩理勢，近乎子；有叙述之文，網羅事蹟，近乎史。二者每分道揚鑣。惟訂證之文，名物訓詁近乎經，則尤足尚。"此三者可櫽括文章製體之四證。朱錫庚謂其父《笥河集》中"文不越考古、記事二端，而不爲論辨"，謂"考古，經之遺也；記事，史之遺也。不爲論辨者，六藝而外有述無作也"。按：此章實齋《文史通義》之所由作也。章氏之宗旨蓋師承笥河與周書昌也。近人譚復堂服膺章畢，尚未究其原也。王弘撰《文稿自序》曰："文，君子之言也，以明理，以曉事，以宣情，取其達而已矣，故貴淡。'行乎其所當行，止乎其所不得不止'，斯善爲淡者也，所謂絢爛之極爾。浮蕩艱深，綺靡嘽緩，失其淡也，文斯下矣。"此三者可櫽括文家所由以自致之五證。總之，遠古文字純樸，統合至易。後世文字繁復，統合常不能周。觀者通知其意可矣。姜南《叩舷憑軾録》稱陳后山區周七國漢文爲三等，並各言其遞降之失，用意與弇州略同。見《究指篇》。

今人《法蘭西文學説例》謂法蘭西之散文分五種，其中有三種：曰記事，即表中之記載門所屬也；曰辨論，即表中著述門所屬也；曰書牘，即表中告語門所屬也。日本人曾合選記事、論説文爲《文範》，其分類有三門中之二門。其《國民作文軌範》一書於記事、論説外增祝賀弔祭文，又有告語門之意，體尤全備矣。此中外文家之同軌者。

文章之體製既不外告語、記載、著述三門，文章之本質亦不外述情、叙事、説理三種。然究其元始，則又先有情而後有告語，先有事而後有記載，先有理而後有著述。詩歌詞賦屬著述。然溯其古義，則古人詩賦多用於陳奏諷諫，則下告上之類；或用以言志，或用以贈答，則同輩相告之類；雅、頌以祀先，交於神明，有人告於鬼神之義。繹此三義，皆與告語門通。故當其始事，則宋景濂所謂“先有其實而後文隨之。以事爲既著，無以記載之則不能行遠也”。景濂之説則三者爲鞹，而文其毳也。洎乎文事既勝，雖極人世萬有，仍不能出乎最初之範。魏善伯所以有“詩文不外情、事、景三者”之言也。善伯之説則文其車，而三者所共之轂也。故以告語之文述情，記載之文叙事，著述之文説理，文之本質乃附體製以達諸羣用。明乎此，足以綜貫文家之體用矣。

惲子居亦以言事、言理、言情區文事，謂於三者“皆宜以所定文律曰典、曰自己出、曰審勢、曰不過乎物四者行之”。又謂：“言理之詞如火之明，上下無不灼然，而迹不可求也。言情之詞如水之曲行旁至，灌渠入穴，遠來而不知所往也。言事之詞如土之墳壤鹹潟而無不用也。”此推言三者之能事也。劉融齋謂“明理之文大要有二：曰闡前人所已發，擴前人所未發”。又謂“大書特書，牽連得書，叙事本此二法便可推擴不窮”。亦推言三者中二者之作用也。

袁氏守定《佔畢叢談》則以理、事二者爲文之材質，其説曰：“摅文無他巧，不過言理、言事二者而已。如典、謨之文，所謂人心道心，精一執中，此言理也；授時命官，治水伐苗，此言事也。孟子之文所謂知言、養氣、性善、知天，此言理也；井田、學校、保民、班禄，此言事也。伊古能文之士，心制言結，莫不由此。若無欲吐之理，可言之事，而綴詞飾藻，襞績成章，雖紙勞墨瘁，烏得謂之文哉?”李氏紱《秋山論文》則以二者宜交互出之，其説曰：“論事之文以説理出之，則根柢深厚而無小非大矣；説理之文以論事出之，則精神刻露而無微不著矣。”兩家用意各明體用，可參味也。方宗誠《柏堂讀書筆記》論文章本原亦以記事、纂言二者括文家之用，而二者之中又以提要鉤玄、有物有序究其歸趣。其説曰：“文章之用不外記事、纂言二者。韓昌黎曰：‘記事者必提其要，纂言者必鉤其玄。’記事不提其要則繁冗而無統紀，纂言不鉤其玄則散漫而無歸宿。古人之文，無論叙事議論，長短繁簡，皆有一意義貫乎其中，或在首作提掇，或在中作關鍵，或在後用結束，或在言外，令人想象而得之。以此意義爲主，至其文之開合反覆，沉鬱頓挫，皆無非發明此意義，所謂要也玄也。孔子論《詩》曰：‘《詩三百》，一言以蔽之，曰：思無邪。'此示人以提要鉤玄之法也。《莊子》曰：'《詩》以道志，《書》以道事，《禮》以道行，《樂》以道和，《易》以道陰陽，《春秋》以道名分。'此亦提要鉤玄之法也。如《論語》二十篇，只'爲仁'二字是要。如《孟子》七篇，只'仁義'二字是要。如《大學》、《中庸》，皆於首提其要而後發揮。如蔡氏《書傳序》曰：'二帝三王之治本於道，二帝三王之道本於心。得其心，則道與治可得而言也。'此示提要鉤玄也。此皆可爲讀書之法，亦可爲作文之法。"又曰："孔子繫《易》曰：'言有物。'又曰：'言有序。'二語千古立言之法。言中之物，即所謂要也玄也。言而無物即是空文、閒文、浮僞之文，聖賢所惡也。然有物而不能有序，則又不能發揮其理，曲暢其義，鼓舞其神，令千百世後讀者感動而興起，故又在於有序。序非徒平鋪直敘之謂。或繁或簡，或順或逆，或開或闔，或縱或擒，或斷或續，或頓或挫，自有天然不可移易之序，要在熟讀古書而精思其義，自能得之。"又曰："凡讀古人書，讀一部須求其一部之物與序，讀一篇須求其一篇之物與序。此皆通正之言，讀書作文一貫之道也。"按：方氏言有序與李邁堂同，必參以包氏之言，而有序之義始完備。

文體名義表

張表臣《珊瑚鉤詩話》解釋有韻、無韻諸文之名義甚爲簡切，近人謂其較《文體明辨》爲優。以《七修類稿》所述各文之始較之，此亦更爲簡切。今表列於左。此種辨體之説甚多，今以簡約之意取之。

有韻	名	義
	風	刺美風化，緩而不迫。
	賦	採摭事物，摛華布體。
	雅	推明政治，莊語得失。
	頌	形容盛德，揚厲休功。
	騷	幽憂憤悱，寓之比興。
	辭	感觸事物，託於文章。
	銘	程事較功，考實定名。
	箴	援古刺今，箴戒得失。
	歌	猗遷抑揚，永言之。
	謡	非鼓非鐘，徒歌之。
	行	步驟馳騁，斐然成章。
	引	品秩先後，序而推之。

	曲	聲音雜比，高下短長。
	詠	吁嗟慨嘆，悲憂深思。
	詩	吟詠性情，總合言志。
	古	蘇、李而上，高簡古澹。
	律	沈、宋而下，法律精切。
無韻	**名**	**義**
	制	帝王之言，出法度制人。
	詔	絲綸之語，若日月垂照。
	典	道其常而作彝憲。
	謨	陳其謀而成嘉猷。
	訓	順其理而迪之。
	誥	屬其人而告之。
	誓	即師衆而申之。
	命	因官使而命之。
	教	出於上者。
	令	行於下者。
	敕	時而戒之。
	宣	言而喻之。
	贊	諮而揚之。
	册	登而崇之。
	論	言其倫而析之。
	議	度其宜而揆之。
	辨	别嫌疑而明之。
	説	正是非而著之。
	記	記其事。
	紀	紀其實。
	纂	纘而述焉。
	策	條而對焉。
	傳	傳而信之。
	序	緒而陳之。
	碑	披列事功而載之金石。
	碣	揭示操行而立之墓隧。

誄　累其素履而質之鬼神。

誌　識其行藏而謹其終始。

檄　激發人心而喻之禍福。

移　自近移遠而使之周知。

表　布臣子之心，致君父之前。

牋　修儲后之問，申宫闈之儀。

簡　質言之而略者。

啓　文言之而詳者。

狀　言之於公上。

牒　用之於官府。

露布　捷書不緘，插羽而傳之。

劄子　尺牘無封，指事而陳之。

文　青黄黼黻，經緯以相成。

由完全三種統系可觀歷代之文派

“左氏、屈原始以文章自成一家，而稍與經分。”此宋汪藻之言也，而文由經降之論定矣。故離經孤立而後，古今文家之緒，苟立三派以統之，實足以賅備百代。漢人去離經孤立時代最近，其可以三派區分者，《藻川堂譚藝》曾述之曰：“西漢文章，如司馬遷、賈誼輩，皆以氣骨、識略勝，而淵源於《書傳》、《孟》，策詞之雄者也。如董仲舒、劉向輩，皆以經術、義理勝，而淵源於《論》、《禮》、卜、荀，詞之醇懿者也。如司馬相如、乘、朔輩，皆以麗采葩韻勝，而淵源於《詩》、《騷》、賦版，詞之煒譎者也。是賈、馬爲叙事紀事之文，宋祁《筆記》謂：“賈誼善言治，司馬遷工叙事”。楊氏《丹鉛總録》區爲政事之文、紀事之文，一宗管、晏，一宗《春秋》。董、劉爲説理之文，宋氏謂仲舒善推天人，劉向父子博洽。楊氏區爲説理之文、術数之文，一宗經傳，一宗讖緯。馬、枚爲述情之文。”宋氏謂相如、揚雄善爲文章。楊氏區爲游説之文、諷諫之文，一宗戰國，一宗《楚詞》。此遠古之文可以完全三派統之者也。祁駿佳《遯翁隨筆》曰：“三代之後，以西漢爲文章之盛，而大盛於武帝時。其時文似有三種：枚、鄒、莊、馬、吾丘之流，皆以詞賦唱和，供奉乘輿，此其一。太史公包羅諸史，成一家言，又其一。至淮南賓客撮合諸家之旨，發明道術，又其一。然漢文雖有此三種，如煎藥成膏，百味俱在而混融不可析。後人之文如未煮之藥，亦合百味而滿貯一篋。即應病立方，萃而爲劑，可以辨其此爲參，此爲苓也，則膏液與渣質之異也。”謝氏《蒙泉子》曰：“子家，言理之文也，其詞駁，而釋道家益佹矣。史家，言事之文也，其詞蕪，而稗官小説家益蕩矣。詩賦家，言情之文也，其詞游，而詞曲家益俚矣。”姚諶《施均父集序》曰：“文惟西京爲盛，賈生之學出於左氏，仲舒深於公羊，史遷則《春秋》之別子也。相如詞賦爲古詩流裔。而子政奏事疏通知遠，得於《書》教爲多，其學術文藝各有淵源本末而不相兼，蓋專精於一藝以極其致而名其家，不肯苟爲泛博，而非其才有不及也。”祁氏之説爲西漢文溯源於經史子，謝氏之説充其遷流之極言之，姚氏則専以經旨歸宿之。意有廣狹，均可見西漢以上文家盛大而精微之旨也。唐人承六朝偏統之後，亦略具有三派。《唐書·文藝傳序》稱唐文三變：沿江左者，王、楊爲之伯；索理致者，燕、許擅其宗；排百家者，韓、柳爲之倡和。吾觀王、楊之文有所沿，尚餘情韻；韓、柳之文有所排，獨抒閎議；燕、許本自玄宗之好經術，故能索理致。是中古文家亦尚有完全三派之餘波而兼尚情、事、理者也。宋人則承偏統而不能自完其三派矣。陳氏《捫蝨新語》云：“唐文章三變，宋文章亦三變。荆公以經術，東坡以議論，程氏以性理。”吾觀李耆卿言：“蘇氏之文不離乎縱横，程氏之文不離乎訓詁。”故述經術與性理，言理一派也；議論，則言事一派也。韓淲《澗泉日記》曰：“本朝慶曆間諸公，韓魏公、富鄭公、歐陽公、尹舍人、孫先生、石徂徠，雖有憤世疾邪之心，亦皆學道有所見，有所守。下至王介甫、王深甫、曾子固、王逢原，猶守道論學。至東坡諸人，便只有憤世疾邪之心，議論利害是非而已，伊川諸儒復專以微言詔世，天下學者始各有偏。渡江六十年，此意猶未復也。”此韓止仲《記富公集》語，亦可見當日之風氣也。所缺者，述情一派。宋逮元、明，文章之變，天下遂常少此一種文，而近古文之三派爲不完全矣。劉台拱爲《汪容甫傳》，稱其選經史子及漢魏六朝唐人之文爲《喜誦》十卷，又選屈原以下哀挽之文爲《傷心集》，未成。此殆本性情以甄文而思彌後世之缺佚者乎？故以横勢區三朝之文，其大意如此。若以縱勢區之，則世稱漢至魏文凡三變：西京厚重，有經術；東京變而靡，不如西京之深厚；魏縟采有餘而氣體不振。故每變而逾下。唐文三變：王楊輩章句揣合；燕許變而黜浮崇渾；韓柳變而法度森嚴。故每變而益上。宋文三變，各立門户，不相蹈襲，其末流皆不免有弊。論者謂雖一時舉行之過，亦事勢有激而然也。皆以時代之變遷區之也。大抵文章之力能衍爲一派者，其人無不能自成一家。但承前人流派而不變者，其後亦無有不衰者也。然不可以前人之盛並回護後來之衰，亦不可以後來之衰並掩没前人之盛。故以流派區分漢、唐、宋而彼此有完缺，以時代變遷分別漢、唐、宋而源流有盛衰。於是易世而還三派之蟬嫣遞衍，遂各發見平排、側注之迹矣。

由不完全三種統系可觀歷代之文派

漢、唐、宋爲平排時代，漢後與唐、宋後爲側注時代。雲山先生《譚藝》謂：“周秦詞學之緒至於西漢盛極而衰。以逮東京，説經之儒蔓延弗絶。詞賦綺麗，若班、傅、張、蔡之流，先後炳絢。樂府歌詞之盛延於魏晉，未嘗替衰，皆相如輩所濫觴也。而遷、誼、舒、向之風遂無有驤躍而追迹者，何哉？詞采易工而風骨難立，浮華既炫而本實將微，天道人事皆相因而至者也。"是東京至六朝但傳述情一派，而常少叙事、説理二派之説也。此三派側注之第一時代也。曾文正《湖南文徵序》云："自東漢至隋，文人秀士大抵義不孤行，詞多儷語，即議大政考大禮亦每綴以排比之句，間以婀娜之聲，歷唐代而不改。雖韓、李鋭志復古而不能革舉世駢體之風。此皆習於情韻者類也。"持誼與雲山同旨。曾文正謂："宋興既久，歐陽、曾、王之徒崇奉韓公，以爲不遷之宗。適會其時大儒迭起，相與上探鄒魯，研討微言，羣士慕效，類皆法韓氏之氣體以闡明性道。自元明至聖朝康、雍之間，風會略同，非是不足與於斯文之末。此皆習於義理者類也。"劉孟塗云："宋諸家出乃举八代而空之，於是文體薄弱。"案：此即諸家偏於説理而缺述情之由來，與曾説相互發。是宋逮雍乾但傳説理一派，而常少叙事、述情二派。此三派側注之第二時代也。惲子居曰："自黄初、甘露之間而文集與百家判爲二途。太白、樂天、夢得諸人自曹魏發情。"言乎第一側注之時代也。又曰："熙寧、寶慶之會而文集與經義並爲一物，静修、幼清、正學諸人自趙宋得理。"言乎第二側注之時代也。朱梅崖言："唐長慶後其氣傷，宋熙寧後其理漶。二者交譏，古文道缺不全以迄於今。"亦統兩者言之，而其説稍異者也。然則由唐逆溯六朝而側注在情，故柳子厚《楊評事文集後序》括文家大旨謂："文有二道：一本乎著作，一本乎比興。著作出於《書》、《易》、《春秋》，比興出於詠歌風雅。"案：劉氏《八代文苑》之説："一無韻，原於《書》；一有韻，原於《詩》。"蓋即此旨。但以紀事配述情而不及説理，子厚固承六朝之緒者也。由雍、乾逆溯至宋，而側注在理。故自唐庚至王褘、邵長蘅、姚椿括文家之大旨，稱世之論文者二：曰載道，曰紀事。紀事本馬、班，載道本六籍，而六籍之外宗孟、韓、歐。但以紀事配説理而不及述情。唐庚逮姚椿，固此時代中人物也。述情一派之缺略於後世，由於道德政治之見太重，謂述情一派爲冷淡不急之文字，而文字固有之興味全失矣。今人《静庵文集》曰："我國詩歌，詠史、懷人、感事、贈人之題目彌滿充塞，而抒情、叙事之作什佰不能得一。其有美術上之本領者，僅其寫自然之美之一部位耳。"日本宫崎來城亦云："支那文學沉淪，讀其所作文章，大都以枯澹爲本領，人不復知别樣之文致，且有目漢字爲不適於寫優婉者。"亦病述情一派之荒之説也。吾觀述情、叙事之詩歌，惟漢人最可貴，由當時述情一派未亡也。文家亦然。

日本人桑里氏分希臘、羅馬文學時代，稱西紀前八百年後爲西人文學初期，而希臘琴歌挽歌稱詩之人始出，五百三十年後而悲劇大家與歷史家始出，四百七十年後而各種派之散文家始出，四百零三年後而喜劇家與大雄辯家始出，三百三十六年後而批評家與科學大家始出。羅馬承之，詩人與各派散文家依時而輩出。當拉丁文學最盛之黄金時代，西紀前二百十七年後。始有小説家；至文學之銀時代，紀元十四年後。始有修詞家及文法家；至文學之真鍮時代，紀元一百十八年後。文化衰退，而歷史家、文法家、理學者亦多有其人;至文學之鐵時代,紀元四百二十二年後。始有美術家。然則西人文學先有詩歌、悲劇,是先發見言情之文,繼有歷史而發見紀事之作,其雄辯、批評、理學、科學各承散文派後而踵興。蓋是數者,説理統係中事也,是説理之風盛於言情、紀事之後矣。以中國屬三者之盛衰比較之,則漢至隋而盛著緣情之文,宋至今而盛推説理之文。文家情先於理,而叙事常居其中數。然則中西之轍迹亦有同者乎?原生民之初雖極喬野,情愫之真緣生而具,有觸而發,無待矯飾,故言情之作首出焉。洎乎世運日進,漸啓聰明,相盪相摩,思想强盛,故説理之作繼緣情而興焉。唐義疏家稱《詩》興於上古,《易》興於中古。《詩》、《易》者,情與理之祖也。故言情或起於文字未作之先,紀事則隨文字而具,説理則在文字略備之後矣。三者滋生之次第無中外,一也。峯岸氏之《世界歷史》稱:"希臘上古文學先有和美耳之史詩,又有哀曲家哀斯基路士、梭佛革利、猶利比底諸人,又有歡曲家阿理斯篤法内士等,古今推爲獨步。"亦言抒情一派最先出者也。"希臘史家有菲洛達篤士,世稱爲希臘之司馬子長,其史議論家則有租基的鐵士。"亦言紀事一派次出者也。"哲學則有小亞細亞之米列篤斯人大來士唱萬物根源皆水之説,又有小亞細亞人阿奈廓沙哥拉士唱精神説,又有詭辯派起於叙利亞,立感覺即物準説以排真理,而議論紛歧矣。蘇格拉底出,立智即德説,門弟子柏拉圖唱唯心説,其弟子亞利士多德出則綜合大米士以來諸家所唱之哲學,陶冶爲一爐,如孔子之集大成者。"然此説理一派又次出者也。此叙述西人文學,每派必標出其最著家數,與桑里所述大同。中西過去文學遞衍之狀,實不謀而互成一公例者也。

由完全三種統系區别文家之家數(節録)

以三統家數之源流正變言之,屬三統之遠源,則《易》爲説理之祖,劉彦和以論説詞序隸之。顔黄門以序述論議隸之。韓子蒼《上宰相書》云:"學《彖》、《象》者,其流則爲論爲義。"《詩》爲述情之祖,劉以賦頌歌讚隸之。顔氏亦同。劉又云:"銘誄箴祝,則《禮》總其端。"顔亦略同。然苟以用韻之體按之,則四者亦可以《詩》統之也。韓子蒼云:"學《三百五篇》者,其流則爲箴銘賦贊。"《書》、《春秋》爲叙事之祖。劉以詔策章奏隸《書》,紀傳銘檄隸《春秋》。顔亦略同。韓子蒼云:"學筆削者,其流則爲傳爲記。學百篇者,其流則爲表啓疏檄。"屬三統之近宗,則莊周爲説理之宗,宋祁《筆記》:"老子《道德篇》爲玄言之祖。"陳傅良曰:"憑虚而有理致者,莊子也。"直齋陳氏曰:"莊憑虚而理。"姜南曰:"後之學者,言理者宗周。周之言出於《易》。"語意皆同。楊慎《丹鉛總録》則以此派文字宗經傳。惟方望溪於此一派則云:"荀、董以道古之文傳。"用意略異。朱仕琇則云:"《易》紹於雄。"屈原爲述情之宗,宋云:"屈、宋《離騷》爲詞賦之祖。"陳云:"屈原變《風》《雅》而爲《離騷》。"直齋陳氏云:"屈變《詩》而《騷》。"姜云:"言情者宗原。原出於《詩》。"意亦同。杨慎説亦同。惟望溪則不及此一派。朱云:"《詩》變於原。"左氏、馬遷爲叙事之宗。宋云:"司馬遷《史記》爲紀傳之祖。"陳云:"子長易編年而爲紀傳。"直齋陳氏云:"左摭實而文,子長易編年而紀傳。"姜云:"言事宗左氏、司馬遷。左氏、司馬遷出於《尚書》、《春秋》。"語意亦同。杨慎説亦同。惟望溪於此分爲兩派，云："左、馬、班以紀事之文傳，管、賈以論事之文傳。"意亦略别。朱云："史變於遷。"劉氏《藝概》稱："儒學、史學、玄學、文學見《宋書・雷次宗傳》。大抵儒學本《禮》，荀子是也。史學本《書》與《春秋》，馬遷是也。玄學本《易》，莊子是也。文學本《詩》，屈原是也。後世作者取塗弗越此矣。"故"《莊》，變《易》者也；《離騷》，變《詩》者也；《史記》，變《春秋》者也"，謝應芝《蒙泉子》之言也。由是漢人沿之而鼎承三統，唐人沿之而略具三統，宋人沿之而略少一統。故列代家數遂有並衍、兼衍、一衍之分。二千年文統流傳，輯録者既多本三者以定宗旨，辨體者又多本三統以賅羣類，豈非文家總要之術哉？（以上卷十三）

袁祖光

袁祖光（1868—1930）字曉村，别號瞿園。安徽太湖人。光緒二十年（1894）舉人，二十九年進士。在進士館學習政法三年，畢業後，歷任吏部文選司主事、直隸候補知州、湖北候補道尹。光緒三十一年赴日本考察政治，經許士英介紹加入同盟會。民國初年回安徽選爲議員，任安徽省政府秘書長，後調豫鄂皖三省帑捐局局長。晚年定居安慶市，在小南門袁氏寓館病故。著有《瞿園詩草》、《緣天香雪簃詩話》、《端木詩》、《摘星詩雜》、《古今齊諧》，雜劇《一綫天》、《金華夢》、《望夫石》、《暗藏鶯》、《仙感》、《藤花夢》、《長人賺》、《玉津園》等。

本書資料據民國刻本《緣天香雪簃詩話》。

《緣天香雪簃詩話》（節録）

古詩多四言，後沿爲五、七言，間亦有六言體，稍近詞句，大家集中亦不多見。明羅明仲有三言絶句《詠扇》云："揚風帆，出江樹，家遥遥，在何處。"《詠圍棋》云："勝與負，相爲端，我因君，得大觀。"已屬創見。又有人作九言詩，如"昨夜西風擺落千林稍，渡頭小舟捲入寒塘拗"之句，多至百十首，大都拗體，健筆似七言古中長句，雖曰創體，究不軌於正也。（卷一）

詩之爲言持也，言持其性情而規以法度也。詳述始末，謂之引體，如行書謂之行，放縱出之謂之歌，兼之曰歌行。悲如秋蟲謂之吟，通乎俚俗謂之謠，委曲盡情謂之曲，各有體例，一語不相借，下字不相攙。謹嚴之法，神而明之。相體製衣，相題作詩，不越乎規矩準繩之外，乃謂之詩人。（卷三）

章炳麟

章炳麟(1869—1936)又名章太炎。初名學乘,字枚叔,因敬慕明清之際的思想家、學者顧炎武,更名絳,號太炎。後又改名炳麟。浙江餘杭人。近代民主革命家、學者、書法家、語言文字學家、思想家、歷史學家、散文家,有"國學大師"之稱。章炳麟早期哲學思想有唯物主義傾向,反對天命論;後期受宗教哲學、西方哲學和老莊哲學的影響,有主觀唯心主義色彩。在文學方面,他從古文經學家的立場來詮釋、評論文學,把文章區分爲句讀文和無句讀文兩種。圖畫、表譜等是"無句讀文"。句讀文中"賦頌、哀誄、箴銘、占繇、古今體詩、詞曲"是有韻文;"學説、歷史、公牘、典章、雜文、小説"是無韻文。章炳麟在文學上的成就,主要是散文。其政論文感情强烈,思想敏鋭,内容充實,組織嚴密,雖詞不迫切,而含意獨厚,有一種動人力量。他博通經史,精研文字、音韻、訓詁之學,在使傳統小學脱離經學附庸地位而成爲獨立的語言科學方面起了重要作用。他在漢語音韻學方面的成就主要體現在修正王念孫、江有誥的古韻分部,定古音爲二十三部。著述豐富,版本繁多,刊入《章氏叢書》和《章氏叢書續編》,部分遺稿刊入《章氏叢書三編》。今人編有《章太炎全集》。

章炳麟《國故論衡》分上、中、下三卷。上卷論小學,共十一篇。討論語言、音韻問題,大抵根據聲韻轉變的規律,上探語源,下明流變,考證詳核。中卷論文學,共七篇。首論文學界説,以爲"有文字著於竹帛"者皆屬於"文"的範圍;亦述歷代散文、詩賦的優劣,大抵於論辯之文尊晚周、魏、晉,於詩賦薄中唐以降。下卷論諸子之學,共九篇,通論諸子哲學的流變,對道家推崇備至,謂儒、法皆出於道家,而"經國莫如《齊物論》"。

本書資料據上海古籍出版社 2003 年版《國故論衡》。

文學總略(節録)

《論衡·超奇》云:"能説一經者爲儒生,博覽古今者爲通人,采掇傳書以上書奏記者爲文人,能精思箸文連結篇章者爲鴻儒。"又曰:"州郡有憂,有如唐子高、谷子雲之吏,出身盡思,竭筆牘之力,煩憂適有不解者哉!"又曰:"長生死後,州郡遭憂,無舉奏之吏。以故事結不解,徵詣相屬,文軌不尊,筆疏不續也。豈無憂上之吏哉?乃其中文筆不足類也。"又曰:"若司馬子長、劉子政之徒,累積篇第,文以萬數,其過子雲、子高遠矣;然而因成前紀,無胸中之造。若夫陸賈、董仲舒,論説世事,由意而出,不假取於外,然而淺露易見,觀讀之者猶曰傳記。陽成子長作《樂經》,揚子雲作《大玄經》,造於助思，極窅冥之深，非庶幾之才，不能成也。桓君山作《新論》，論世間事，辯照然否，虛妄之言，僞飾之辭，莫不證定。彼子長、子雲論説之徒，君山爲甲。自君山以來，皆爲鴻眇之才，故有嘉令之文。”準此，文與筆非異塗，所謂文者，皆以善作奏記爲主。自是以上，乃有鴻儒。鴻儒之文，有經、傳、解故、諸子，彼方目以上第，非若後人擯此於文學外，沾沾焉惟華辭之守，或以論説、記序、碑志、傳狀爲文也。獨能説一經者，不在此列，諒由學官弟子曹偶講習，須以發策決科，其所撰著，猶今經義而已，是故遮列使不得與也。

或言學説、文辭所由異者，學説以啟人思，文辭以增人感，此亦一往之見也。何以定之？凡云文者，包絡一切著於竹帛者而爲言，故有成句讀文，有不成句讀文，兼此二事，通謂之文。局就有句讀者，謂之文辭；諸不成句讀者，表譜之體，旁行邪上，條件相分，會計則有簿録，算術則有演草，地圖則有名字，不足以啟人思，亦又無以增感，此不得言文辭，非不得言文也。諸成句讀者，有韻無韻則分。諸在無韻，史志之倫，記大傀異事則有感，記經常典憲則無感，既不可齊一矣。持論本乎名家，辨章然否，言稱其志，未足以動人也。《過秦》之論，辭有枝葉，其感人顧深摯，則本諸從横家。然其爲論一也，不可以感人者爲文辭，不感者爲學説……就言有韻，其不感人者亦多矣。《風》、《雅》、《頌》者，蓋未有離於性情，獨賦有異。夫宛轉偯隱，賦之職也。儒家之賦，意存諫誡，若荀卿《成相》一篇，其足以感人安在？乃若原本山川，極命草木，或寫都會、城郭、游射、郊祀之狀，若相如有《子虚》，揚雄有《甘泉》、《羽獵》、《長楊》、《河東》，左思有《三都》，郭璞、木華有《江》、《海》，奥博翔實，極賦家之能事矣，其亦動人哀樂未也？其專賦一物者，若孫卿有《蠶賦》、《箴賦》，王延壽有《王孫賦》，禰衡有《鸚鵡賦》，侔色揣稱，曲成形相，嫠婦孽子，讀之不爲泣，介胄戎士，詠之不爲奮，當其始造，非自感則無以爲也，比文成而感亦替，此不可以一端論也。且學説者，獨不可感人耶？凡感于文言者，在其得我心。是故飲食移味居處緼愉者，聞勞人之歌，心猶泊然。大愚不靈無所憤悱者，睹眇論則以爲恒言也。身有疾痛，聞幼眇之音，則感慨隨之矣。心有疑滯，睹辨析之論，則悦懌隨之矣。故曰：“發憤忘食，樂以忘憂。”凡好學者皆然，非獨仲尼也。以文辭、學説爲分者，得其大齊，審察之則不當。

正賷送（節録）

葬不欲厚，祭不欲瀆，靡財于一奠者此謂賊，竭思于祝號者此謂誣。諸爲歸人餥述者，亦賷送之事也，不得其識，甚乎以璠璵斂矣。古者弔有傷辭，謚有誄，祭有頌，其餘皆禱祝之辭，非著竹帛者也。《上曲禮》：“知生者弔，知死者傷。”《正義》曰：“弔辭口致命，傷辭書之于版。”《既夕禮》：“知死者贈，知生者賻。書賵于方，若九若七若五。”諸在版者，皆百名以下，其字有定：賵之多者，不過九行；傷辭多者，不過百字。上世作者，雖若滅若没哉，觀魏武帝過橋玄墓，不忘疇昔，爲辭告奠，其文約省，哀戚爲已隆矣。斯蓋古之令軌，爲法于今者乎。誄者，誄其行迹而爲之謚。《記・曾子問》曰：“賤不誄貴，幼不誄長。”“天子稱天以誄之。”《周官・大史》：“遣之日讀誄。”《文章流别傳》曰：“詩頌箴銘之篇，皆有往古成文，可放依而作。惟誄無定制，故作者多異焉。見于典籍者，《左傳》有魯哀公爲孔子誄。”《列女傳》述魯展禽妻誄夫事，古者諸侯相誄，猶謂之失，况以燕昵自誄其夫？似後生所託也。《詩傳》曰：“喪紀訖誄，可以爲大夫。”大夫不當有誄人事，蓋稱君命爲之辭。

訖于新氏，揚雄不在史官而誄元后；後漢大司馬吴漢薨，杜篤以獄囚上誄，由是賤有誄貴者矣。宗廟之樂，天子有頌，以其成功告于神明。自下蓋謂之祠。春祭曰祠，品物少多文辭也。太祝六辭，一曰祠，舊讀以爲“辭令”，蓋未諦。若夫攻説之文，對于神祇，非用之人鬼者也。凡此三族，後世稍分爲十餘種，而或施諸刻石。文敝者宜返質，謂當刊剟殊名，言從其本。自傷辭出者，後有弔文。賈誼《弔屈原》，相如《弔二世》，録在賦篇，其特爲文辭而迹可見于今者。若禰衡《弔張衡》，陸機《弔魏武帝》，斯皆異時致閔，不當棺柩之前，與舊禮言弔者異。惟束晳《弔衛巨山》、《蕭孟恩》二首，斯得職耳。

今之祭文，蓋古傷辭也。喪禮奠而不祭，故《既夕禮》曰：若奠，“受羊如受馬”。兄弟賵奠可也，所知則賵而不奠。今在殯宫而命以祭，言則不度。《文章緣起》曰：後漢車騎郎杜篤始作《祭延鍾文》，不知其吉祭耶，抑喪奠也？神固不歆非類，雖在吉祭，于古未有異姓爲主者。士禮既崩，近世或有功德在民祭于州邑，及夫往世特達之士，比干、夷、齊、魯連、鄭康成之倫，廟祀猶在。有特豚魚菽之祭，爲之祭文可也。其旁出者有哀辭。《文章流别傳》曰：“崔瑗、蘇順、馬融等爲之，率施于童殤夭折，不以壽終者。”蓋死而不弔者三：畏厭溺、長殤以不與鮮死者同列，不可致弔，于是爲之哀辭。禮以義起，是故馬仲都以元舅車騎將軍之重，從駕溺死，明帝命班固于馬上三十步爲哀辭。蓋君臣慎禮，不以貴寵越也。今人以哀辭施諸壽終，斯所謂失倫者。衛巨山爲楚王瑋矯詔所誅，方之舊典，宜哀辭。而束晳自郡赴喪，爲文以弔，亦少褒矣。其餘挽歌之流，當古虞殯，徒役相和，若舂杵者有歌焉，不在士友。有傷辭，則弔文、挽歌可以省。

自誄出者，後有行狀。誄之爲言，累其行迹而爲之謚。故《文心雕龍》曰：“序事如傳，辭靡律調，誄之才也。”此則後人行狀，實當斯體。唐世行狀，以上考功，固爲議謚作也。然以誄無恒制，多制華辭，爲方人之言。《聖賢羣輔録》列二十四狀，皆與序事有異。且作狀者既爲先賢，即與讀誄議謚異用。《文章緣起》曰：“漢丞相倉曹傅斡始作《楊元伯行狀》。”蓋漢末文士，事不師古，以意題别其名。其時别傳又作，漢司空李郃有家書，荀氏亦有家傳，斯并譜牒之細。其越代作傳者，又異是。若《管輅别傳》，作于弟辰，斯行狀之方也。知行狀爲誄者，則行狀可以省。今人議謚，上不因誄，下不緣行狀，誄與行狀皆空爲之。欲辨章是非、記其伐閲者，獨宜爲别傳。誄、行狀所以議謚，謚有美惡，而誄、行狀皆諛，不稱其職。别傳作于故舊，其佞猶多，在他人斯適矣。

自頌出者，後有畫像贊，所謂形容者也。《文章緣起》曰：“司馬相如始爲《荆軻贊》。”聞之舊訓，贊者佐也，助也。孔子贊《易》，《禮》有贊《大行》，班固《漢書》贊及《食貨》、《郊祀》、《溝洫》諸志。非獨紀傳，然則贊者佐助其文，非褒美之謂也。言辭不盡。更爲增廣，在賦稱重，在六藝、諸子稱贊。《荆軻贊》今不可見，而《七略》雜家有《荆軻論》五篇，司馬相如所次。論有不足，輔之以贊，自佐其論，非以佐軻。諸爲畫像贊者，佐其圖畫，非佐其人，世人昧于字訓，以贊爲褒美之名。畫像有頌，自揚雄頌趙充國始。斯則形容物類，名實相應。贊之用不專于畫像，在畫像者，乃適與頌同職，其同異之故宜定。

若夫銘刻之用，要在符契。孔琳之有言：官莫大于皇帝，爵莫尊于公侯，而傳國之璽，列代遞用；襲封之印，奕世相傳，此其最樸略者已。《周禮》大約劑書于宗彝，小約劑書于丹圖。宗彝有銘，聖人之操左契，其在下士，王褒《僮約》，亦决券而書之，非以揚功德也。諸有服器，物勒工名以致其誠，非以事鬼神也。上自槃盂，下逮几杖，皆有辭以自飭，非以祝壽考也。鐘鼎庸器，告于神明，周之尸臣，衛之孔悝，莫敢僭頌名，而叔世立石自頌變。秦始皇太山諸刻，猶不稱碑。其後死人之里，鬼神之宅，刻碑者寖衆。碑表、神道、石闕，其始皆在寢廟，後虒于墓。宫庭有碑，以此識景，廟則從之，又麗牲焉。《禮記·檀弓》曰：“公室視豐碑，三家視桓楹。”桓楹，故謂之表。及其在墓，碑者所以下棺，表即無有，漢世乃增建之。石闕者，《周官》所謂象魏。梁陸倕爲《石闕銘》，正在兩觀。然自舜墓已爲石郭，故《楚語》曰：楚靈王“築臺于章華之上，闕爲石郭，陂漢，以象帝舜”。象九疑之匑也。神道者，《説文》云：“塲，祭神道也。”《釋宫》曰：“廟中路謂之唐。”唐即塲字。索祭祝于祊，自祊而入，故其路謂之神道。漢有《嵩山太室神道石闕銘》，與《説文》言塲相應。其後墓道象之。孟子曰：“孔子殁，子貢築室于塲。”則廟有神道矣。自漢以降，碑表二名轉相亂，及今無有知神道爲廟制者，守文不綜其實，因以盲瞽。

觀漢世刻石，稱銘者記其物，稱頌者道其辭，斯則刻石皆頌也。周制天子始有頌，于漢則下逮庶官，名號從是弛矣。昔魯有《駉頌》。自季孫行父請周，而史克作之。漢揚雄爲《趙充國頌》，猶奉天子命也。《文章緣起》曰：“漢惠帝始爲《四皓碑》”，猶帝者賜之也。今以匹士專作頌辭，與賤者誄貴等。雖然，自朱穆、蔡邕私立謚號，荀爽聞而非之。張璠以爲謚者上之所贈，非下之所造，朱、蔡各以衰世臧否不立，故私議之。準是，則立碑固不可訓。後漢士庶，專務朋游，故吏私人，黨附舊主，鴟梟之惡，喻以鳳皇，斗筲之材，比于伊、管，稱譽過情，有亂觀聽。延及宋世，裴松之以良史部屬，陳議禁斷，誠懼其妨正也。唐律：諸在官長吏實無政迹，輒立碑者，徒一年；若遣人妄稱己善申請于上者，杖一百。有贓重者坐贓論，受遣者各減一等。然猶許死者立碑，爲之等制。夫生人立碑則亂政，死者立碑則亂史。生人遣人有贓，爲死者遣人獨無贓邪？漢世碑文，本頌之别，雖有陳序，則考績揚榷之辭，不增其事，文勝質，故不爲史官所取，無害于方策。唐世漸失其度，其後浸淫變爲序事，與别傳同方。别傳幸有他人所作，辭有進退，不壹于褒揚。碑即自子孫與金乞貸，其言不得不美。既述其事，虚張功狀，睹之若真，終于貞僞混淆，爲史秕稗，可無斷乎！漢之立碑，或爲處士名德，民所鄉往；今乃壹爲尸位之夫，乞米以爲傳，昔人所鄙，今雖不爲史官，乞米猶易，顧炎武所以惡言義取者也。

且刻石皆銘也，自漢訖今，或前爲記叙，後繫以銘。記叙已刻石，非銘云何？名實不辨，而瑣瑣以言式例，古者謂之"放飯流歠，問無齒决"者也。《詩傳》曰："作器能銘，可以爲大夫者。"有其器斯銘之，無其器斯不銘矣。今世葬無窆石，廟不麗牲，而空立石爲碑，名實既爽，則碑可以廢。余念爲一人述事者，固有别傳，爲神廟興作識其年歲者，刻石作記可也。昔元魏修野王孔子廟，劉明等以爲"宣尼大聖，非碑頌所稱，宜立記"。其文曰："仲尼傷道不行，欲北從趙鞅，聞殺鳴鐸，遂旋車而反。及其後也，晉人思之，于大行嶺南，爲之立廟，蓋往時回轅處也。"此則記之與頌，在石有殊。漢世亦嘗作《周公禮殿記》，今立廟者宜以爲法。其有山谷之士，獨行之賢，不見記録，而芳烈在民，立祠堂以昭來許，宜序其行事而已。若夫封墓以爲表識，藏志以防發掘，此猶隨山刊木，用記地望，本非文辭所施。世言孔子題季札墓，其情僞不可知，就今所摹寫者，財有題署，固無記述之文。墓誌始作，自王莽大司徒甄邯，亦有題署無文辭。及張氏《穿中記》，文稍縟矣。後生作者，杯酒之愛，自謂久要，百年之化，悲其夭枉，于情爲失衷，于事爲失順，淫溢不節。權厝亦爲之誌。作誌之情，本以陵谷變遷，慮及久遠，權厝者數年之事，當躬自發掘之，于是作誌，又違其本情矣。若斯之倫，悉當約省盈辭，裁奪虚作。墨翟、楊王孫之事，雖不可作，要之慎終追遠，貫其樸質者也。（以上中卷）

陳　洵

陳洵（1871—1942）字述叔，别號海綃。廣東新會人。少有才思，游江右十餘年。晚歲於廣州中山大學任教。歸安朱孝臧見其詞，甚加推許。生性孤峭，少與順德黄節善，番禺梁鼎芬每爲揚譽，並稱“陳詞黄詩”。其《海綃翁説詞稿》是一部頗具特色、值得重視的詞學批評著作。其“通論”部分體現了傳統儒家的文學觀和常州派的詞學觀，其“説詞”部分對清真詞的章法結構評説十分深刻，而對夢窗詞的評説頗爲精到。著有《海綃詞》，尚有《遺詞》一卷，未刊。

本書資料據中華書局1986年唐圭璋《詞話叢編》本《海綃翁説詞稿》。

本詩謂《三百篇》也

《詩》三百篇，皆入樂者也。漢、魏以來，有徒詩，有樂府，而詩與樂分矣。唐之詩人，變五七言爲長短句，制新律而繫之詞，蓋將合徒詩、樂府而爲之，以上窺國子弦歌之教。謂之爲詞，則與廿五代興者也。

源流正變（節録）

詞興於唐，李白肇基，温岐受命。五代纘緒，韋莊爲首。温、韋既立，正聲於是乎在矣。天水將興，江南國蹙，心危音苦，變調斯作，文章世運，其勢則然。宋詞既昌，唐音斯暢。二晏濟美，六一專家。爰逮崇寧，大晟立府，製作之事，用集美成。此猶治道之隆於成康，禮樂之備於公日，監殷監夏，無間然矣。東坡獨崇氣格，箴規柳、秦，詞體之尊，自東坡始。南渡而後，稼軒崛起，斜陽煙柳，與故國月明相望於二百年中，詞之流變，至此止矣。湖山歌舞，遂忘中原，名士新亭，不無涕淚，性情所寄，慷慨爲多。然達事變，懷舊俗，大晟餘韻，未盡亡也。天祚斯文，鍾美君特。水樓賦筆，年少承平，使北宋之緒，微而復振。尹焕謂前有清真，後有夢窗，信乎其知言矣。稼軒由北開南，夢窗由南追北，善乎周氏之能言也。南宋諸家，鮮不爲稼軒牢籠者，龍洲、後邨、白石皆師法稼軒者也。二劉篤守師門，白石别開家法。白石立而詞之國土蹙矣。至玉田演爲清空，奉白石爲祧廟。畫江畫淮，號令所及，使人遂忘中原，微夢窗誰與言恢復乎！

周止庵曰：“近人頗知北宋之妙，然終不免有姜、張二字，横亘胸中。豈知姜、張在南宋亦非巨擘乎？論詞之人，叔夏晚出，既與碧山同時，又與夢窗别派，是以過尊白石、但主清空。後人不能細研詞中淺深曲折之故，羣聚而和之，並爲一談，亦固其所也。”

嚴　律

凡事嚴則密，寬則疏，詞亦然。以嚴自律，則常精思。以寬自恕，則多懈弛。懈弛則性靈昧矣。彼以聲律爲束縛者,非也。或又謂宫商絶學,但主文章,豈知音節不古,則文章必不能古乎!無韻之文尚爾,何況於詞。凝思静氣,神與古會,自然一字不肯輕下。莊敬日强,通於進德,小道云乎哉!

章廷華

章廷華(1872—1927)字紱雲。江陰(今屬江蘇)人。曾從林紓學古文,能詩,著有《勺園詩鈔》、《論文瑣言》一卷。

本書資料據1914年《滄粟齋叢刻》本《論文瑣言》。

《論文瑣言》(節録)

古史家有二,曰《尚書》,曰《春秋》。《尚書》記言,《春秋》記事。祖《尚書》者,後來紀事本末一派;祖《春秋》者,後來編年、紀傳如《資治通鑑》一派。

《史記》爲通書正宗,《漢書》爲斷代爲書之正宗,《三國志》則近《國語》體裁。

屈子開辭賦一派,揚、馬更推衍之,其辭益侈,晉、宋以至唐初,皆其支流也。諸子之文,則開後來論説一派,如王符《潛夫論》、王通《中論説》是也。衍而爲語録,爲簿記,則筆也,而非文矣。

《卜居》、《漁夫》兩篇在有韻無韻間,後來設難之體,實權輿於此,六朝問答之文,皆其支流也。

王充《論衡》、王符《潛夫論》、仲長統《昌言》,皆出入儒家,其體近子。六朝人凡類此者,皆不謂之文,而謂之筆。

唐、宋以前,凡作銘均無序,唐、宋後銘前乃有序,即墓誌類也。

古書序跋皆附於集尾。

孫德謙

孫德謙(1873—1935)字受之,一字益庵,晚號隘堪居士。元和(今屬江蘇)人。自幼性好讀書,於學無所不窺。年未三十,聲聞已著,前輩鄭文焯、吴昌碩、朱祖謀等皆與之交遊,又與張采田爲友。歷任東吴大學、大夏大學、交通大學、國立政治大學教授,江蘇通志局纂修。精研經史,書法蘇軾,功力至深。辛亥革命後,致力於聲韻、訓詁、經史之學。工駢文。著有《太史公書義法》、《漢書藝文志舉例》、《劉向校讎學纂微》、《六朝麗指》、《稷山段氏二妙年譜》、《諸子要略》、《諸子通考》等。其《六朝麗指》用傳統駢文話的形式寫成，全篇共一百則，分述六朝駢文之變遷、作家、文體、文風、文辭，概論全面，論述精闢，極爲後人所重。其論駢文以六朝爲典範，在對六朝駢文藝術的評價上，標舉"氣韻"，以爲"氣韻"乃六朝駢文之真髓。

本書資料據1923年四益宧刊本《六朝麗指》。

《六朝麗指》自序

麗辭之興，六朝稱極盛焉。夫沿波者討源，理枝者循幹，作爲斯體，不知上規六朝，非其至焉者矣。唐、宋以來，各擅其勝，爰迨近彦，頗亦爲工。然北江傑材，别成其派衍；南城輯略，羣奉爲正宗。六朝之氣韻幽閒，風神散蕩，飈流所始，真賞殆希。亦由任、陸楷模，得世纘而顯；魏、邢優劣，唯孝徵則知。未有下帷鑽堅，升堂覩奥，需逮來哲，譬曉密微故也。夫論文之製，託始子桓。厥後弘範謂之《翰林》，仲洽條其《流别》；士衡詮賦，曲盡於能言；公曾撮題，雜撰乎集叙：自是孳多於世矣。其在六朝，往往間出。彦昇《緣起》，乃原六經；休炳一編，備稽江左。若夫隱侯述志，水德博徵；仲偉周游，風謡自局。其古今隳括，體用圓該，東莞《雕龍》，可云殆庶。然宋、齊而下，不復詳言，則以世近易明，無勞甄序，六朝盛藻，嗣響尠聞。將師曠知音，且期異代；惠施妙處，未獲傳人：意者豈其然乎？加以昌黎崛起，古文代雄，後來辭人，遞相師祖。震起衰之説，近蔽眉山；矜載道之華，遠承泗水。語乎六朝富豔，方且俳優黜之。夫迭相奇偶，前良所崇，雖簡文嗤其懦鈍，士恢訾其華僞，爾時氣格，或不免文勝之歎。然其缛旨星稠，逸情雲上，綴字通《蒼》、《雅》之學，馭篇運騷、賦之長：駢麗之文，此焉歸趣。又况王筠妍鍊，獨步名家；仲寶典裁，騰芬當世者焉。

余少好斯文，迄兹靡倦，握睇籀諷，垂三十年。見其氣轉於潛，骨植於秀，振采則清綺，浚節則紆徐。緝類新奇，會比興之義；窮形抒寫，極絢染之能。至於異地儁才，剛柔昭其性；並時齊譽，希數覯其微。凡皆成誦在心，借書於手，符羊子百章之數，準馬談六家之論，亦已著之篇中，兹蓋試言其略也。評非月旦，敢覬乎高名？禮毋雷同，豈資於勦説？固知言不盡意，恒患攸存，庶六朝之閎規密裁，於是焉在！若乃鏡鑒源流，銓綜利病，善文之士，類能道之，斯則非所急矣。癸亥七月元和孫德謙自序。

《六朝麗指》(節録)

駢體文字，以六朝爲極則。作斯體者，當取法於此，亦猶詩學三唐，詞宗兩宋，乃爲得正傳也。《易·繫辭》云:“物相雜,故曰文。”蓋言文须奇偶相生,方成爲文。然則文章之道,語其原始,豈轉以駢偶爲體要乎? 自唐昌黎韓氏刱造古文,學者翕然從之,於是别自名家,遂與六朝駢文作鴻溝之劃。其甚者執東坡八代起衰之説,卑視六朝,黜爲俳優。近世桐城一派,且以對偶辭句,不得搖其筆端,爲古文之大戒。吾謂文無駢散,往讀賈誼《過秦論》,即據篇首秦孝公數語,以爲此即駢散合一之理。若謂“秦孝公據崤函之固”,“君臣固守,以窺周室,有席卷天下”之意,删除復語,純用單行,未嘗不辭簡而意足。蓋“擁雍州之地”與所云“包舉宇内,囊括四海”,“并吞八荒”,以古文家言之,皆駢枝也,然文則索漠無生氣矣。説者謂東漢以後,駢文之體既成,此固探源立論。其實文之有駢體,所從來者遠,六經、百家,無不用之。試觀《易·乾文言》云“君子體仁足以長人,嘉會足以合禮,利物足以和義,貞固足以干事”,以及“水流濕,火就燥,雲從龍,風從虎”,句句相對,而可鄙薄六朝乎? 有志斯文者,當上窺六朝以作之準,不可逐末而忘其本。何則? 六朝者,駢文之初祖也。

駢體與四六異。四六之名,當自唐始,李義山《樊南甲集序》云:“作二十卷,唤曰《樊南四六》。”知文以四六爲稱,乃起於唐,而唐以前則未之有也。且序又申言之曰:“四六之名,六博格五,四數六甲之取也。”使古人早名駢文爲四六,義山亦不必爲之解矣。《文心雕龍·章句篇》雖言“四字密而不促,六字格而非緩”,此不必即謂駢文,不然,彼有《麗辭》一篇,專論駢體,何以無此説乎? 吾觀六朝文中,以四句作對者,往往衹用四言,或以四字、五字相间而出。至徐、庾兩家,固多四六語,已開唐人之先,但非如後世駢文,全取排偶,遂成四六格調也。彦和又云:“今之常言,有文有筆,以爲無韻者筆也,有韻者文也。”可見文章體製,在六朝時但有文、筆之分,且無駢、散之目,而世以四六爲駢文,則失之矣。

昔之論詞者,謂詞當上不入詩,下不墮曲,其説精矣。余嘗謂作爲駢文,亦不可無分别。其下焉者,往往有時文句調、書契格式。時文久已廢棄,固無煩贅言,凡文中發抒議論,善取翻騰作勢,即是時文變相,按之六朝,則無是也。往時幕僚之中,有專司書契者,其所爲函牘,每有一定行欵,於是辭意之間,不相聯屬,駢文則豈可如此? 其上焉者莫如律賦。賦固駢文之一體,然爲律賦者,局於官韻,引用成語,自不能不顛倒其字句,行之駢體,則不足取矣。庾子山《後堂望美人山銘》:“高唐疑雨,洛浦無舟,何處相望,山邊一樓。”《至仁山銘》:“山横鶴嶺,水學龍津,瑞雲一片,仙童兩人。”《梁東宫行雨山銘》:“山名行雨,地異陽臺,佳人無數,神女看來。”其他如《謝趙王賚白羅袍袴啓》:“鳳不去而恒飛,花雖寒而不落。”《謝趙王示新詩啓》:“文異水而湧泉,筆非秋而垂露。”此等句法,皆後世律賦家所常用。駢文宜純任自然,方是高格,一入律賦,則不免失之纖巧。吾觀《文心雕龍》《詮賦》與《麗辭》各自爲篇,則知駢儷之文,且不同於賦體矣。故文雖小道，體裁要在明辨也。若欲救律賦之弊，多讀六朝文，必能知之，誠以律賦興於唐，六朝尚無此體耳。

六朝駢體之盛，凡君上誥敕，人臣章奏，以及軍國檄移，與友朋往還書疏，無不襲用斯體。至於立言傳世，其存於今者，若梁元帝《金樓子》、劉晝《新論》、顔之推《家訓》，其中皆用駢偶，《新論》則全書盡然。若劉舍人專論文字，更不待言矣。蓋亦一時風尚，有以致此。間嘗誦習其文，遒鍊雋逸，使人玩繹不厭，後之學爲駢文者，此數家書安可不讀哉？

義山《樊南甲集序》云："始通今體。"其上則云："以古文出諸公間。"是義山固以"今體"對"古文"矣。所謂今體者，義山既自名其集爲《樊南四六》，則今體固指四六言也。然梁簡文帝《與湘東王論文書》有云："若以今文爲是，則昔賢爲非；若昔賢可稱，則今體宜棄。"由此觀之，六朝時已目駢文爲今體矣。簡文又云："比見京師文體，懦鈍殊常，競學浮疏，爭爲闡緩。"如其言，似頗不以當時文體爲然。但吾嘗取其語以讀六朝文，轉覺六朝文字，其所長實在此。何也？六朝駢文，絶不矜才使氣，無有不疏宕得神，舒緩中節，似失之懦鈍者。不知陽剛、陰柔，古今自有兩種文體，若泥簡文之説，而即以擯黜六朝，則非也。

駢文與賦之别，已論辨於前矣，觀於六朝文，又不盡然。顔延之、王元長《曲水詩序》兩篇，一自"有詔掌故，爰命司歷"以下，一自"芳林園者"以下，其中詞句，皆近賦體，蓋可見矣。劉彦和《詮賦》云："六藝附庸，蔚爲大國。"是殆風、騷而後，漢之文人，胥工於賦，而獵其材華者，不能不取賦爲規範。故六朝大家，宜其文有賦心也。即鮑明遠《大雷與妹書》，此乃紀游之作，篇中"南則积山萬狀"云云，與"則有江鵝、海鴨，魚鮫、水虎之類"，此等句法，豈不盡從京都諸賦而來？即《河清頌》亦復如是。余向謂鮑深於賦，至此益信。

六朝以前文章無有選本，《昭明文選》固後世選家之所宗也。惟選文當以體裁爲主，昭明之選，其例誠善，宜爲姚鉉而下遞相師祖。但每類之中所用子目，如"賦"之曰"志"、曰"情"，不免爲細已甚。即賦爲六義附庸，今先賦後詩，識者譏之是也。至其自序，以明經、史、諸子不入選輯。或謂昭明所選，乃是必文而後選，誠哉是言！吾謂登選之文，雖甄録《楚詞》與子夏《詩序》，上起成周，其實偏重六朝。何以知之？試觀"令"載任彦昇《宣德皇后令》一首，"教"載傅季友《爲宋公修張良廟教》、《修楚元王廟教》二首，"策秀才文"則祗有王元長與彦昇兩家，以及"啓"類、"彈事"類、"墓誌"、"行狀""祭文"諸類，彦昇爲多，其餘即沈約、顔延之、謝惠連、王僧達數人之文，豈非以六朝爲主乎？不然，自"啓"以下，古人詎無作此體者？近世之論駢文，有所謂"選體"，蓋亦詔人以學六朝乎？

三體之論,余已據《南齊書》載於前矣。統觀六朝,凡有四體:有以時言者,則曰"永明體";有以地言者,則曰"宫體";有以人言者,則曰"吴均體"、"徐庾體"。何謂"永明體"?《齊書·陸厥傳》所謂"永明末,盛爲文章,吴興沈約、陳郡謝朓、瑯琊王融以氣類相推轂,汝南周顒善識聲一韻。約等文皆用宫商,以平上去入爲四聲,以此制韻,不可增減,世呼爲'永明體'"是也。何謂"宫體"?《隋志》所謂"梁簡文之在東宫,亦好篇什,清辭巧製,止乎衽席之間;雕琢蔓藻,思極閨闈之内。後生好事,遞相放習,朝野紛紛,號爲'宫體'"是也。"吴均體"者,《梁書》均本傳:"均文體清拔,有古氣,好事者或斆之,謂爲'吴均體'。""徐庾體"者,《周書》庾信本傳:"既有盛才,文並綺豔,故世號爲'徐庾體'。"綜此四體,六朝作者,當不外乎是矣。

文章之分駢散,余最所不信。何則?駢體之中,使無散行,則其氣不能疏逸,而叙事亦不清晰。嘗欲選輯六朝人文,取其通體不用聯語者,彙成一編,以示人規範。今録一篇於此。傅季友《爲宋公至洛陽謁五陵表》:"臣裕言:近振旅河湄,揚於西邁,將届舊京,威懷司雍,河流遄疾,道阻且長。加以伊、洛榛蕪,津塗久廢,伐木通徑,淹引時月,始以今月十二日次故洛水浮橋。山川無改,城闕爲墟,宫廟隳頓,鐘簴空列,觀宇之餘,鞠爲禾黍,廛里蕭條,雞犬罕音,感舊永懷,痛心在目。以其月十五日奉謁五陵,墳塋幽淪,百年荒翳,天衢開泰,情禮獲申,故老掩涕,三軍悽感,瞻拜之日,憤慨交集。行河南太守毛修之等,既開翦荆棘,繕修毁垣,職司既備,蕃衛如舊。伏維聖懷,遠慕兼慰,不勝下情,謹遣傳詔殿中中郎臣某奉表以聞。"此篇竟同散文,幾無偶句,但究不得不以駢文視之,蓋所貴乎駢文者,當玩味其氣息。故六朝時雖以駢偶見長,於此等文尤宜取法。彼以駢、散畫爲兩途者,盍將季友輩所撰一讀之?若以斯文入之散文中,其有以異乎?

文章體製,原本六經,此説出之六朝,其識卓矣。《文心·宗經篇》曰:"論説辭序,則《易》統其首;詔策章奏,則《書》發其源;賦頌歌讚,則《詩》立其本;銘誄箴祝,則《禮》總其端;紀傳銘檄,則《春秋》爲根。"《顔氏家訓·文章篇》曰:"夫文章者,原出五經:詔命策檄,生於《書》者也;序述論議,生於《易》者也;歌詠賦頌,生於《詩》者也;祭祀哀誄,生於《禮》者也;書奏箴銘,生於《春秋》者也。"所言雖有異同,而以文體爲備於經教則一,可見六朝之尊經矣。夫論文之作,始於魏文《典論》,其後摯虞《流别集》、李充《翰林論》,均著有成書,今俱不傳。六朝時如傅亮《續文章志》、宋明帝《晉江左文章志》、沈約《宋世文章志》,亦無有存者,良可惜也。吾最愛讀鍾氏《詩品》,以其於每一家詩,能究其淵源所自。而劉舍人、顔黄門兩家,獨識文字之原六經,無體不具,前此未有言之者,猶可賤視六朝乎?至任彦昇《文章緣起》,但舉秦、漢以來,不及六經,且其書或謂已非真本,則存而不論可耳。

碑誌之文，自蔡中郎後，皆逐節敷寫，至有唐以降，乃易其體。若六朝則猶守中郎矩矱，王仲寶、沈休文外，以庾子山爲最長。觀其每叙一事，多用單行，先將事略説明，然後援引故實，作成聯語，此可爲駢散兼行之證。夫駢文之中，苟無散句，則意理不顯。吾謂作爲駢體，均當如此，不獨碑誌爲然。譬之撰詩賦者，往往標明作意，列序於前。所以用序者，蓋序即散體，而詩賦正文，則爲駢矣。使詩賦語極穠麗，而無序言冠於其首，讀至終篇，竟不知其恉趣何在。猶駢偶文字，通體屬對，甚至其人事實，亦從藻飾，將何免博士買驢之誚乎？病之所在，由未識寓散於駢也。故子山碑誌諸文，述及行履，出之以散，而駢儷之句則接於其下。推之别種體裁，亦應駢中有散，如是則氣既舒緩，不傷乎滯，而辭義亦復軒爽。陳宣帝《天嘉六年修前代墓詔》："若其經綸王業，縉紳民望，忠臣孝子，何世無才"，此散也；而"零落丘山，變移陵谷，咸皆翦伐，莫不侵殘。玉杯得於民間，漆簡傳於世載。無復五株之樹，罕見千年之表"，則駢矣。王褒《寄梁處士周宏讓書》："頃年事遒盡，容髮衰謝，芸其黄矣，零落無時，還念生涯，繁憂總集"，此散也；"視陰愒日，猶趙孟之徂年；負杖行吟，同劉琨之積慘。河陽北臨，空思鞏縣；霸陵東望，還見長安"，則駢矣：略舉一二，爲駢文者毋但泛填事類，純用排比，以爲文體宜爾；專務華豔，謂與散文有别，庶幾善法六朝者也。且吾讀隋豫王暕《遺崔賾書》："昔漢氏西京，梁王建國，平臺東苑，慕義如林。馬卿辭武騎之官，枚乘罷弘農之守。每覽史傳，嘗竊怪之，何乃脱略官榮，棲遲藩邸，以今望古，方知雅志。彼二子者，豈徒然哉？"蓋又有駢作於前，而散居於後，以引伸其義者。要之，駢散合一乃爲駢文正格。倘一篇之内，始終無散行處，是後世書啓體，不足與言駢文矣。且所謂駢者，不但謂屬對工麗，如一句冗長，當化作兩句，或兩句尚嫌單弱，則又宜分爲四語，總視相體而裁耳。

漢文雄傑，故多大篇。論者每以齊梁小文，鄙之爲才氣薄弱，其説似矣。然鮑明遠《河清頌》，梁簡文《南郊》、《馬寶》二頌，薛元卿《老氏碑》，李公輔《霸朝集序》，如此等篇，亦復氣體恢弘，從漢文出，但類此者無多耳。若以唐文較之，唐代駢文，無不壯麗，其源出於徐、庾兩家。徐、庾文體，亦極藻豔調暢，然皆有遒逸之致，非僅如唐文之能爲博肆也。作爲文章，固當兼學漢、唐，以論駢體正宗，則宜奉六朝爲法。

四六之與駢文，其體不同，余已辨之。然有頗似四六，而其實以十字爲句者。鮑明遠《大雷與妹書》："則有江鵝、海鴨、魚鮫、水虎之類，豚首、象鼻、芒鬚、針尾之族，石蟹、土蚌、燕箕、雀蛤之儔，拆甲、曲牙、逆鱗、返舌之屬。"王元長《三月三日曲水詩序》："褰帷斷裳、危冠空履之吏，彯搖武猛、扛鼎揭旗之士。"此等語句，豈可分爲四六讀之？沈休文《梁武帝集序》："《鹿鳴》、《四牡》、《皇華》、《棠棣》之歌，《伐木》、《采薇》、《出車》、《杕杜》之謡。"亦十字句也。又梁元帝《忠臣傳諫諍篇序》："亦有傾天滅地、汙宫豬社之罪，拔木塞源、裂冠毁冕之釁。"亦同此句法。蓋彼時本無所謂四六也。且六朝之中，駢四儷六，諸家文字固時有所見，亦必有虚字行乎其间，使之流動，非如塗塗附者也。試觀傅季友《爲宋公修楚元王墓教》："愛人懷樹，甘棠猶且勿翦；追甄墟墓，信陵尚或不泯。"略舉此篇，可知即用四六，亦無有失之平板者。至鮑、王諸文，則非以四六爲句，尤學者不可不知也。

《史記》列傳，於其人有著述者，無不言之曲盡，直可作書序讀。《隋書·經籍志》有劉向《别録》二十卷，其書久亡，然今以《管子》、《荀子》諸書録觀之，或即取本傳之文。近儒有曰："在人則謂之傳，在書即謂之序。"此真不刊之言。余讀任彦昇《王文憲集序》與宇文逌《庾子山文集序》，皆叙述生平，近於傳體。將六朝駢文，作爲序録，亦上法遷《史》者耶？

連珠之體，彦和謂肇始揚雄，此説不然。或謂源於韓非《儲説》，斯得之矣。以吾考之，其體刱於《鄧析子》，又非出自韓非也。《無厚篇》云："夫負重者患塗遠，據貴者憂民離。負重塗遠者，身疲而無功；在上離民者，雖勞而不治。故智者量塗而後負，明君視民而出政。"又云："獵羆虎者，不於外圂；釣鯨鯢者，不於清池。何則？圂非羆虎之窟也，池非鯨鯢之泉也。楚之不泝流，陳之不束麾，長盧之不仕，吕子之蒙耻。"則連珠一體，在春秋已有矣。子雲好擬古，始倣而爲之。其後如東漢之班孟堅、魏之潘勖、晉之陸士衡，無不承流而作。其在六朝，謝惠連、顔延年、王仲寶、沈隱侯輩，皆極一時之選。而其最多者，莫如蘭成，凡四十四首，然但叙身世，無關理要，或以别格稱之矣。

枚乘《七發》，近儒以《孟子·齊宣王章》"肥甘不足於口"數語，謂爲此體濫觴，此固探本之談矣。然徵之《孟子》，猶不若説《大人章》益爲符合，其中疊言"我得志弗爲"，非枚乘之所宗與？考之六朝，梁簡文帝有《七勵》，何仲言有《七召》，是即繼子建《七啓》、景陽《七命》而起者。《南北朝文鈔》獨取吴均《餅説》，其言曰："叔庠文如責璧食移，俱倣詭可喜，此尤膾炙人口，録之以爲《七發》繼聲。"豈《七勵》二篇，爲所未見耶？夫《七發》之體，歷舉聲色游獵，摛藻騁華，《餅説》僅説餅耳，豈得爲《七發》嗣音乎？《書》曰："辭尚體要。"甘亭先生爲駢文名家，何於體製未能辨别若是？真所不解矣。

墓誌之體，據李善《文選注》則始於宋。善注任彦昇《劉先生夫人墓誌》云："吴均《齊春秋》：王儉曰：'石誌不出禮典，起宋元嘉顔延之爲《王琳石誌》。'"而王應麟《困學紀聞》亦云："葉少藴曰：齊武帝欲爲裴后立石誌墓中，王儉以爲非古。或以爲宋元嘉中顔延之爲王球作誌，墓有銘自宋始。"是此體始作於宋矣，然則後之爲墓銘者，實奉六朝爲法也。考古者或謂創於兩漢，或謂三代已有，其説皆非無據，吾意名之爲誌者，則自宋爲然耳。彦和論文，無體不備，若往古早有此體，彼豈独遺之？

論之爲體，蕭《選》所録，如班彪《王命》諸篇，皆論事理，而未有尚論古人者。論及古人，唐宋以後乃始有之，前此則不經見。《漢書・王莽傳》：大司馬嚴尤"非莽攻伐四夷，數諫不從，著古名將樂毅、白起不用之意及言邊事凡三篇"。《三國・魏志》"夏侯玄字太初"注："玄嘗著《樂毅》、《張良》及《本無肉刑論》。"《文心・論説篇》："嚴尤《三將》。"又："太初之《本玄》。"似漢魏時人，早爲此體，然其文則不傳。吾考之六朝，梁元帝有《鄭衆論》。《後漢書・逸民・高鳳傳論》曰："先大夫宣侯嘗以講道餘隙，寓乎逸士之篇。至《高文通傳》，輟而有感，以爲隱者也，嘗著其行事而論之"云云。宣侯者，范泰也。是泰有《高鳳論》矣。竊謂論人之文，六朝作者絶少，豈以史家作傳，乃有論贊，苟非載筆之士，所由論不空設乎？彦和謂："敷述昭情，善入史體。"若然，則論實史體。《太平御覽》載古賢别傳不下數百家，在六朝時，文儒願爲别傳，故不復輕於立論也。然而范泰、梁元，則固已爲之矣。《蜀志・姜維傳》注有郤正《姜維論》，六朝以前卻不多見。

司馬遷作《史記》，刱立《滑稽列傳》，而《文心雕龍》以《諧隱》爲專篇，知文體之中，故有用游戲者矣。昌黎《毛穎傳》，學者多稱之，其後承流而作者，不可殫述。吾觀六朝時，如陶通明《授陸敬游十賚文》、袁陽源《雞九錫文》並《勸進》、韋琳《鮰表》、沈休文《修竹彈甘蕉文》、吴叔庠《檄江神責周穆王璧》、孔德璋《北山移文》，此皆游戲文字。昭文入選，不加區别，德璋一篇，乃與正文相廁，亦其失乎！若但泥體制而論，韋琳之表，叔庠之檄，豈將列表檄類耶？然後人盛譽昌黎，而六朝有開在先，恐沈、孔而外，《鮰表》諸名，且有不知者矣。

古人著書，皆以自序附其後，所以明作書之意，如司馬遷《史記》、班固《漢書》皆是。索人作序，則始於左太沖。太沖撰《三都賦》成，或謂須得高名之士序之，於是乞序於皇甫士安。自此例既行，後賢著述，遂無不求人爲之矣。夫序録之學，創始劉向。向校中祕，每一書已，輒條其篇目，撮其指意。今《别録》雖不傳，而《晏子》、《管子》諸書録，即其遺文之幸存者。論者謂曾子固文純似中壘，以其長於序言也。吾觀六朝文人，如昭明序《陶靖節集》、劉孝綽序《昭明太子集》、虞炎序《鮑明遠集》，他若《庾子山集》，則有滕王序之，可謂極一時之盛矣。至沈約《宋書》、魏收《魏書》，以及酈道元《水經注》、裴松之父子之《史記》、《三國志》注，序皆爲其自著，文則均以駢體行之，詳明條例，而仍成章斐然，爲難能也。張守節《史記正義》："孔子作《易卦》、當謂《序卦》子夏作《詩序》之義，其來尚矣。"吾獨怪彦和論文，諸體悉備，而遺此序體，何哉？嘗擬别撰一文以補之，迄未成也。若其源流事類，則收采尚矣。

《昌黎集》多有送人序文，蓋取古人臨别贈言之義，六朝卻無此體。其實未嘗不有也，如梁簡文《與蕭臨川書》，全是録别，亦猶送人之序，但其文則名爲書耳。《古文辭類纂》云："唐初贈人始以序名，作者亦衆，至於昌黎，乃得古人之意，其文冠絶前後作者。蘇明允之考名序，故蘇氏諱序，或曰引，或曰説，今悉依其體，編之於此。"其言是矣。特未知六朝則名書，姬傳先生其殆未一考其源乎？

魏文帝云："元瑜書記翩翩，致足樂也。"書記之職，後世不廢，每遇重午中秋，令辰佳節，則撰爲賀牘。其文限於格式，卻以駢體行之，最無可觀采，豈知體亦有所本。昭明太子《十二月啓》，起用數語先叙時令，中間則每言"敬想足下"，其後有"但某"云云，實與後來啓事無或少異，必是爲書記者寫仿爲之，遂相沿成習耳。惟昭明則一歲之中，無月不備，後人稍變其例，爲不同也。至昭明之所出，則有晉束皙《月儀》，此文《古文苑》載之。李義山有《端午日賀啓》，觀此知逢節致賀，事殆始於唐矣，然文體則遠宗昭明，可覆按也。

公牘中凡同僚則用移文，此體本之劉歆《移太常書》，至漢王子淵之《移金馬碧雞》，則游戲之作，不足據也。六朝時梁簡文有《移市教》、《答穰侯求和移文》，庾子山亦有《移市教》、《移齊河陽執事文》，是移文之體，成於六朝也。《文心》有《檄移》篇，所稱相如之《難蜀父老》，則不名爲移，惟謂"陸機之《移百官》，言約而事顯"，固後世所宗，其文雖不傳，要以六朝爲法。孔稚珪《北山移文》，乃是别裁耳，文則古今"誦。中有'先貞後黷'"語，亦可爲今之晚節不終者諷焉。

近人喜語體者，以爲用此則生，文言則死，其排斥駢文尤甚，此大謬不然。夫文之生死，豈在體制？以言語論，人之言語，有同説一事：一則娓娓動聽，栩栩欲活；一則不善措辭，全無生氣。烏在一用語體，其文皆生耶？若如文章，六經尚矣，諸子百家以及歷代史書，能卓然盛業，傳之不朽者，固無論已。古文家凡其入情入理、可泣可歌，苟是死板文字，何能傳世行遠？譬如讀武侯《出師表》，覺其忠義之氣，躍然紙上；讀李密《陳情表》，使人孝養之心，油然而興：其文死乎？否乎？又人之爲文，在善叙事。作游記文，能狀山川情景，乃使讀之者心曠神怡，如置身於其中；作節烈傳記，述其一言一動，祇知有殉夫之志，往往令人不忍卒讀，淚下沾襟。夫文至可以動人若此，又得謂一用文言，而斥之曰自古皆死耶？駢文之體，固是以辭藻勝，然六朝工於摹寫。如劉孝儀《北使還與永豐侯書》："馬銜苜蓿，嘶立故墟；人獲蒲萄，歸種舊里。"真一幅子卿歸國圖也。庾子山《爲梁上黄侯世子與婦書》："想鏡中看影，當不含啼；欄外將花，居然俱笑。"此種文何等活潑，直入畫境。夫文能妙達畫理，豈猶垂垂欲死耶？六朝名家，其他亦多類是。蓋嘗取喻於畫：駢文如著色山水，非如古文之猶可淡描也。至如昭明《謝勑賚地圖啓》："域中天外，指掌可求；地角河源，户庭不出。"庾肩吾《謝曆日啓》："初開卷始，暫謂春留；未覽篇終，便傷冬及。"此兩文皆駢體也，明白如話，其可謂之死耶？吾嘗謂生死之説，不在文體，《易》所云"神而明之，存乎其人"耳。是故語體也，駢體也，苟非其人，將如庸醫殺人，使人不生不死，而卒至於死。取彼去此，非特一偏之見哉？

或問曰：駢文之名始於何時？逮至國朝，别集則有孔巽軒《儀鄭堂駢體文》、曾賓谷《賞雨茅屋駢體文》、董方立《移華館駢體文》，總集則有曾賓谷《駢體正宗》、姚梅伯《駢文類苑》，選本則有李申耆《駢體文鈔》、王益吾《駢文類纂》。而古人有其名乎？答之曰：是固未之深考。以《文心》言，則謂之"麗辭"，梁簡文又謂之"今體"，唐以前卻無駢文之稱。自唐而後，李義山自題《樊南四六》，宋王銍所著爲《四六話》，謝伋又有《四六談塵》，明王志堅所選之文，亦言《四六法海》，當是並以四六爲名矣。其實六朝文衹可名爲駢，不得名爲四六也。證之《説文》，"駢"訓"駕二馬"。由此類推，文亦獨一不成。劉彦和所云"造化賦形，支體必雙，神理爲用，事不孤立"，即其説也。《莊子》："駢拇枝指，出乎性哉。"此則言增贅旁出，非其本義矣。昔人有言"駢四儷六"，後世但知用"四六"爲名，殆我朝學者，始取此"駢"字以定名乎？

來裕恂

來裕恂(1873—1962)字雨生，號匏園。浙江蕭山人。光緒十六年(1890)，肄業於杭州西湖詁經精舍，得清末經學大師俞樾青睞，譽爲"頗通許、鄭之學"。曾留學日本，係光復會會員。1927年6月，出任紹興縣縣長，任職不到半年，因不滿官場惡習，憤而辭官。一生著作宏富，著有《漢文典》、《匏園詩集》、《蕭山縣志稿》、《杭州玉皇山志》、《蕭山人物志》、《春秋通義》、《姓氏源流考》等。其《漢文典》分爲《文字典》與《文章典》二典：《文字典》述字之源流及品性，《文章典》論文之法則與體格。《文章典》又分爲文法、文訣、文體、文論四卷。

本書資料據1906年商務印書館本《漢文典》。

《漢文典·文章典·文體》(節録)

文章莫先於辨體，體立而經以周密之意，貫以充和之氣，飾以雅健之辭，實以淵博之學，濟以宏通之識，然後其文彬彬，各得其所。中國文家，辨體者衆矣。然摯虞《流别》久已散佚，今所傳者，惟頌、詩、七、賦、箴、銘、誄、文、哀辭、圖讖、碑銘十一類，爲不完全之書。厥後劉勰《文心雕龍》四十九篇，雖於文章利病，窮極微妙，惜論體裁之别，僅二十五篇，類既不分，體又不備。任昉《文章緣起》，《隋志》已稱逸失。今所流傳，或疑爲明陳懋仁作，而體既不詳，詞復支蔓。北齊顔之推《家訓》，論文體出於五經，亦未能統舉各體，詳加討論。自《昭明文選》分類三十七，宋元以來，總集别集，雖稍更其列目，要以《文選》爲主。但《文選》分類，前哲已多有議之者。至明吴訥《文章辨體》，徑增爲五十類。而徐師曾之《文體明辨》，又細别爲百一類，徒從形體上觀察。故近人毛西河、朱竹垞之徒，痛斥《文體明辨》。自姚惜抱《古文辭類纂》分部十三，於是古文之門徑，可於文體求之。然贈、序、書、説之分類，於義究有未安。曾滌笙《經史百家雜鈔》易爲十一類，文義較密，而體裁則未之及焉。作《文體》第三，隸篇三。

叙記篇

文最難於叙記，亦最繁於叙記。叙記之文，貴簡而賅，質而不俚，務使其事、其人、其物之精神，躍然畢見而後工。古今稱叙記之文，《左傳》、《國語》、《史記》、《漢書》而已。後惟歐陽修《五代史》、司馬光《資治通鑑》，可以繼之。

第一章　序跋類

序跋類者，就他人之著作，以叙述其意旨者。前聖作《易》，孔子推論本原，闡發義理，作《繫辭》、《説卦》、《文言》、《序卦》、《雜卦》。又《詩》、《書》皆有《序》，而《儀禮》篇後有《記》。或自述其意，或弟子作之，如《莊子·天下》篇，《荀子》末篇者，蓋亦足多焉。其文以始末詳明，辭氣直達爲貴。

第一節　序

序者，序其始末以明事物也。其體二：曰論序，曰直序。論序者，如司馬子長《游俠傳序》、《酷吏傳序》，劉子政《戰國策序》，歐陽永叔《唐·藝文志序》、《宦者傳序》、《伶官傳序》等是也。直序者，如班孟堅《諸侯王表序》，韓退之《張中丞傳後序》，歐陽永叔《五代史職方考序》，曾子固《列女傳目録序》等是也。又有小序，序篇章之所由作，對大序而名之也。古人著書，每自爲序，然後己意瞭然，無有隔閡，此小序之所由作也。又有變體，或繫以詩，或繫以歌者，如韓退之《送李愿歸盤谷序》、《送張道士序》是也。柳子厚紀事小文，如《序棋》、《序飲》，雖名爲序，實乃記體，此又序之變體也。唐代盛行贈序，序之本旨遂失。後世生日有壽序，遷居有賀序，贈物有謝序，則更變贈序之體而加厲矣。

第二節　引

引者，推之原之，稍稍節次，大畧如序而較爲簡短。唐以前文，未有以引名者，班固《典引》，實符命也；唐以後始有引，柳宗元《霹靂琴贊引》，劉禹錫《送元嵩南遊詩引》是也。至蘇明允之作引，以父名序，故諱序曰引，不得以引體目之也。

第三節　跋

跋者，跋於圖籍篇章之末也。《易》之《繫辭》是其例也。其體以簡當發明爲主，有跋語、跋尾之異名。凡經、傳、子、史、詩、文、圖書之類，前有序引，後有後序，可謂盡矣。其後覽者别有心得，則撰詞以跋於後，蓋始於宋代之歐、曾，謂之跋語。

第四節　題

題者，簡編之後語也，亦有用之於卷首者。體始於唐，蓋題明其書之本原，與其文辭之作也，又名爲題辭。漢趙岐作《(孟子)題辭》，其文稍繁；而宋朱子作《(小學)題辭》，更爲韻語，又一體也。然題則書於後，而題辭則列於卷首，此又當知所别也。又有所謂題名者，如韓文公《長安慈恩塔題名》是。

第五節　書

書者，説明本書之義，或有感而言，皆撰詞以綴之。體始於宋，又名“書後”。

第六節　讀

讀者，著作之因於讀書者也。體始於唐，如韓、柳之讀某文而書於後是。

第二章　傳紀類

傳紀類者，傳、紀、録、略、行述、行狀、神道碑、墓誌銘等是也。諸體與列傳同，惟互爲詳略耳。古代有傳、紀而無碑、銘。自史學衰而傳、紀多雜出，亦自史學衰而文集多傳、紀，於是碑、銘成爲專體。其材料，則全用録、略、行狀、行述，與作傳、紀同焉也。此類以事迹切實，言論簡質爲貴。

第一節　傳

傳者，記載事迹，傳諸後世也。《左氏》、《公羊》、《穀梁》三傳，蓋紀體也。自司馬氏作《史記》，創爲列傳，以紀一人之始終，後世史家，襲用其體，而傳爲史家所專有。凡載於列代史者，謂之史傳。若《王肅家傳》、《王褒世傳》，蘇軾《方山子傳》，曾鞏《徐復傳》，則謂之家傳。嗣是山林閭巷，或有隱德弗彰，或有細行可法者，皆爲之作傳，以傳其事。至若《穆天子傳》、《漢武内傳》，則小説之屬也。劉向《列女傳》、嵇康《高士傳》，則專門之紀也。《陳留耆舊傳》、《會稽先賢傳》，則郡邑之志也。柳宗元《梓人傳》、《種樹郭橐駝傳》，則假託之文也。韓愈《毛穎傳》、秦觀《清和先生傳》，則設論之類也。又有排麗若碑誌者，如庾信《丘乃敦崇傳》是。又有自述其生平者，如《陸文學自傳》是。又有借名存諷刺者，如《宋清傳》是。又有投贈類序引者，如《强居士傳》是。凡若此者，雖具傳體，然厠於列傳中，要不足取法也。

第二節　紀

紀者，即左史記言，右史記動之遺義。後儒不察，强分左言、右動爲二體，謂記事當法《尚書》，而編年必法《春秋》，是知《春秋》而不知《尚書》者也。其實《尚書》、《春秋》皆紀體也。自司馬遷作《本紀》，紀之名專矣。然司馬《通鑑》、朱子《綱目》，非紀體乎？大抵文人學士，遇有見聞，載筆誌之，或以備史官之採擇，或以補史籍之遺漏，皆所謂紀也，又名紀事。

第三節　録

録者，録取事實，雜用編年紀事之法而直書之，以備史官採擇者也。其體始於《金縢》、《顧命》，盛於唐代之實録。若蘇明允《族譜後録》以序體而名録，李習之《來南録》以記體而名録，皆録之變體也。

第四節　略

略者，舉其大綱，不貴詳説也。名昉於"韜略"。劉歆取之作《七略》，鄭樵因之作《二十略》，然皆志體，非略體也。若文之題序略、論略、記略、説略、辨略、傳略、紀略，雖以略名，仍謂之序、論、記、説、傳、紀，不得謂之略也。略之正體如簡，故簡略並稱，惟後世鮮有爲略者，故簡略之略，其文不傳。今世所用之略，惟事略、行略二者，體同於傳、紀，亦稍得簡略遺意，故爲正體。

第五節　述

述者，述先人之行實，及他事實也。其義取於孔子之述古，後世行述遂因之。行述類乎行狀，惟行述多子孫爲之，行狀多門生、故吏、親舊爲之。緊維孝子慈孫之思親不置也，特取先人生平之言語、行事、世系、名氏、爵里、年壽、後裔而述之，以志不忘。如王安石《先大夫述》是也。至若班孟堅《述高紀贊》、《述成紀贊》，謝靈運《述祖德詩》，皆本述體爲之，惟不得謂之述，仍名贊、名詩而已。

第六節　狀

狀者，詳敘死者生平、言行、氏族等，令人閱之，如見死者之狀貌，故謂之狀。或牒考功太常，使之議謚；或牒史館，請爲編録；或上作者，乞墓誌碑表之類，皆上以狀，詳具事實，以有所請求，故曰狀。體取比事，不取屬辭，《文選》所載行狀，其辭多儷，後世不用其體。韓、柳所爲，世多因之，此行狀也。又有事狀，據實事以上聞者也。又有逸事狀，但傳逸事，乃狀之變體。

第七節　碑

碑者，刻石以紀事。夷考初制，厥有二端：一爲宫廟中庭之碑，一爲宫室下棺之碑。中庭之碑，以石爲之，止取麗牲；公室之碑，以木爲之，止取下棺，皆不鎸以文辭也。文始於夏之岣嶁碑，周孔子之延陵碑。若七十二家封禪文，言刻石，不言碑也。故《史記・封禪書》引《管子》及《秦始皇本紀》，並云刻石，不云立碑。至漢而刻石之名始罕見。於墓也，以文敘述行事，名之爲碑；於廟也，以文敘述事迹，亦名爲碑；於刻石也，以文稱頌功德，亦有謂之碑者。然漢碑多酬應諛頌之文，已開後世濫用之漸。後漢以來，山川有碑，城池有碑，宫室有碑，壇井有碑，橋道有碑，神廟有碑，寺觀有碑，古蹟有碑，土風有碑，而其用遂濫矣。金石家不辨，概入圖籍，抑何謬也！凡碑文，叙次者爲正體，如韓愈《柳州羅池廟碑》、《平淮西碑》是也；議論者爲變體，如蘇軾《潮州韓文公廟碑》是也；叙事兼議論者又爲一體，如蘇軾《上清儲祥宫碑》是也。若王禹偁《壽域碑》，託物寓意，是爲别體。又有書碑陽、書碑陰者，亦碑文種類之一也。又有名爲記而實乃碑者，如《古文苑》載後漢樊毅《修西嶽記》，其末有銘，亦碑文之類。至若墓碑，則自成一體。言神道碑者，因堪輿家以東南爲神道，碑立其地，故以名焉。墓碑樹於墓之前，刻死者功業於其上。唐碑制，龜趺圓首，五品以上官用之，而近世高低廣狹，各有等差，則制之密也。蓋葬者，既爲誌以藏諸幽，又爲碑碣與表以揭於外，皆孝子慈孫不忍蔽其先德之心也。其爲體，有文有銘，又或有序。其題名各有不同，有曰碑者，如韓退之《曹成王碑》是；有曰碑文者，如蔡伯喈《郭有道碑文》、《陳太丘碑文》是；有曰墓碑者，如韓退之《唐故相權公墓碑》是；有曰神道碑者，如王介甫《虞部郎中贈衛尉卿李公神道碑》是；有曰神道碑銘者，如韓退之《贈太尉許國公神道碑銘》是。近世又有去思碑之體，如朱梅崖《松溪令潘公去思碑》是。又有壽藏碑，預營兆域而刻之，又謂之壽藏記。諸體雜出，而文與誌銘大略相似，惟銘或謂之詞，或謂之係，或謂之頌。總之碑文體裁，其序則傳，其文則銘耳。

第八節　碣

碣者，楬櫫也，有所表識也。碣較碑狹小而圓，其制始於周代。《周官·蜡氏》：有死於道路者，令埋而置楬。後人以石爲之，其字爲碣，古文如《禹碣》，見於《述異記》；周宣王《獵碣》，見於石鼓文。至若墓碣，後世以唐制爲斷。唐碣制，方趺圓首，五品以下官用之，而近世復有尺寸之限，則其制益密。韓退之《清河郡公房君墓碣銘》，柳子厚《唐故御史周君碣》，王介甫《仙源縣太君夏侯氏墓碣》，姚姬傳《蔣君墓碣》，皆其例也。其文與碑相類，而無銘有銘，惟人所爲。有云碣者，有云碣銘者，有云碣頌并序者，其文亦兼叙事、議論二體。又有書碣陽、書碣陰之異名。

第九節　誌

誌者，記其人世系、名字、里居、行年、生卒月日，與其子孫之大略，勒諸石，藏於墓，以防異時陵谷變遷也。始於漢杜子夏勒文埋於墓側，然當時無所謂誌也。至宋元嘉，顔延之爲《王琳石誌》，於是有石誌之典禮。後世因之，其用不一，有埋於壙中者，謂之壙誌；有立於墓上者，謂之墓誌。自誌之體立，於是後世葬亦有誌，如《河東集·馬室女雷五葬誌》是。權厝亦有誌，如劉才甫《舅氏楊君權厝誌》是。誌之爲體，或序或銘，甚爲紛雜。題爲墓誌銘者，有誌有銘者也，如韓愈《太原王公墓誌銘》是。題爲墓誌銘並序者，有誌有銘而先有序者也，如元稹《杜工部墓誌銘並序》是。題爲銘而不及誌者，如蔡邕《貞節先生范史雲銘》是。題爲誌而却是銘者，如任昉《劉先生夫人墓誌》是。題爲銘而實有誌者，如韓愈《查元賓墓銘》是。他若既殯後葬而再誌者，謂之續誌，又曰後誌，《柳河東集》有《連州員外司馬陵君墓後誌》。歿於他所而歸葬者，謂之歸祔誌，《河東集》有《先夫人河東縣太君歸祔誌》。葬於他所而後遷者，謂之遷祔誌，《河東集》有《叔妣陸夫人遷祔誌》。或以磚爲之，曰墓磚記，日墓磚銘，《河東集》有《下殤女子小姪女墓磚記》。墓磚銘，或以版爲之，曰壙版文，曰墓版文，《唐文粹》有舒元輿撰《陶母壙版文》。有誌無銘者，則《江文通集》有《宋故尚書左丞孫緬墓誌文》。有誌有銘者，則《河東集》有《故尚書户部侍郎王君朱太夫人河間劉氏誌文》。曰壙記，《河東集》有《韋夫人壙記》。曰埋銘，《朱子集》有《女埋銘》。於釋氏則有塔記，有塔銘。其種類之繁賾，有如此者。

第十節　銘

銘者，名也。名死者之德行，刻於金石，長垂令名而不朽也。不必有韻之文而後爲銘也，孔悝之銘彰矣。亦有先叙事蹟，後更爲銘詩者，欲使後世歌功頌德，故詩之也。銘詞之爲體，有三言、四言、七言、雜言、散文之異；有中用“兮”字者，有末用“兮”字者。其用韻之法，有一句用韻者，有兩句用韻者，有三句用韻者，有前用韻而末無韻者，有前無韻而末用韻者，有篇中既用韻，而章内又各自用韻者，有隔句用韻者，有一字隔句重用自爲韻者。其更韻之法，有兩句一更者，有四句一更者，有數句一更者，有全篇不更者，不一律也。其全不用韻者，如杜拾遺誌其姑萬年縣君墓誌，銘而不韻是。

第十一節　表

表者，與碑、碣同體，謂之墓表。以其樹於神道，故又名神道表。原其最初，始於孔子《季札墓表》。然古昔乃樹木於墓而題之，後世易之以石，始於東漢安帝元初元年謁者景君立墓表。又有曰靈表者，對始死而表之，如蔡邕《太傅安樂侯胡公夫人靈表》是。有曰殯表者，於未葬而表之，如韓愈《施州房使君鄭夫人殯表》是。有曰阡表者，就墓道而表之，如歐陽修《瀧岡阡表》是。自靈而殯，自殯而墓，自墓而阡，總之，不離表章之義者近是。

第三章　表志類

表志類者，所以記政典，載故事也，貴詳實明簡。蓋譜系之學，表志之體，記注之文，非老於典故者，不能爲也。

第一節　圖

圖者，始於河圖。河圖有九篇，孔安國以爲八卦。自鄭樵作《通志》，提倡此學，定爲一略，於是圖學日盛。如天文圖、輿地圖、禮器圖等，漸漸發展。有因圖不足以明者，則爲之論説考證焉，謂之圖説、圖釋、圖解、圖注、圖考、圖志，又有圖讖，雖非正文，然縱横而頗有義。

第二節　譜

譜者，列具其詳，以明事物也。古者紀事别繫之書謂之譜。春秋之前稱世，謂之世譜；春秋以後稱年，謂之年譜。桓君山曰："太史公《三代世表》，旁行邪上，並效《周譜》。"是譜變爲表矣。至唐代又名世譜爲玉牒。玉牒者，如帝紀而特詳，是譜又變爲牒矣。今之家乘猶以譜名，若年譜，則失古義矣。

第三節　表

表者，敘其事迹，使之彰明也。如《史記》十表，變譜而爲之者也，後世史表因之。有若朱睦㮮《帝系世表》、李燾《歷代宰相年表》、張紱《歷代史年表》、齊召南《歷代帝王年表》。

第四節　志

志者，記載故實也。其體始於《禹貢》，司馬遷因之以作八書。古者記事之史謂之志，《左傳》載周志、軍志，當時宋、鄭之史，皆謂之志。後世志名，起於《漢書》之十志，餘史因之。

第五節　記

記者，記事之終始、物之本末也。其名始於《考工記》。有記事、記物、雜記三體。文以敘事爲主，然歐、蘇以下，則雜以議論。有託物以寓意者，如王績《醉鄉記》是也；始用序文而記以韻語者，如韓愈《汴州東西水門記》是也；篇末繫以詩者，如范仲淹《嚴先生祠堂記》是也。是皆别體也。敘事之文，惟記最難，何言之？誌、傳、表、狀，則行誼顯然，惟記無質幹可立，故昌黎作記，多緣情事爲波瀾；永叔、介甫，别求義理以寓襟抱；柳子厚記山水，雕琢衆形，能移人情。凡此皆記之妙者也。

第六節　注

注者，詳具事實，發明義理者也。三代以上，記、注不分，《周官》六典之文，即注之成法。後世起居注、儀注等書，尚存注之本真，經注、史注，亦其例也。至何法盛改表曰注，不獨失譜系之義，并不明注之體者也。

議論篇

議論之文，所以治世，經邦論道，莫重於斯，有諸子之遺風。古之立言垂不朽者，其端於是焉在。

第一章　論説類

論説類者，釋義論理，指事達道。其爲文也，須層出不窮，千轉萬變，飛揚生動，曲折透達。蓋原於名學，而合於論理學者也。

第一節　辨

辨者，判别言行之是非真僞，執大義以斷之也。其原出於孟子之與楊、墨辨，及公孫龍堅白異同之辨。若宋玉《九辨》，則賦體也。柳子厚《辨〈論語〉》、《辨〈列子〉》、《辨〈文子〉》、《辨〈鬼谷子〉》、《辨〈晏子春秋〉》、《辨〈鶡冠子〉》，則序體也。韓《諱辨》，柳《桐葉封辨》，得其體矣，而未盡辨之能事，於辨體中爲小文。要之，貴以至當不易之理反覆曲折而明辨也。

第二節　原

原者，推論事理之本原，而詳究其委末也。自韓愈作《原道》、《原性》、《原人》、《原鬼》、《原毁》五篇，後人遂因之。其爲文也，曲折抑揚，與論相表裏。

第三節　論

論者，經綸世務，言之有倫理也。名始於《論語》，其體約有數者：理論似乎經，如王安石《禮論》是也；政論似乎議，如柳宗元《封建論》是也；經論似乎傳，如歐陽修《春秋論》是也；史論似乎贊，如范蔚宗《後漢書・皇后紀論》是也；文論似乎序，如王安石《莊周論》是也。他如東方朔《非有先生論》多諧辭，李康《運命論》多寓言，又論之或體也。

第四節　説

説者，解釋事理也。名起於《説卦》，漢許慎因之而作《説文》。魏晉以來，作者絶尟，獨曹植集載有二篇，良由《文選》不録，故斯體遂闕。説之屬體有五：一屬論辨，如韓愈《師説》、《雜説》是也；一屬奏議，如《蘇子説齊閔王》、《中旗説秦昭王》是也；一屬書牘，如《趙良説商君》、《張儀説魏哀王》是也；至後世又有名、字之説，其原出於《儀禮・士冠》，申以字辭，後人遂有字説、名説，如蘇老泉《名二子説》、歸熙甫《二子字説》，意主誥誡，而文主質實，是又屬訓體；又有贈人之説，其原出於顔淵、子路相違，以言相贈，後人遂有贈説之作，如蘇子瞻贈張琥作《稼説》，意主忠告，而文主簡明，是又屬序體。

第五節　解

解者，釋疑難也。始於孔子之經解，後揚雄用其名作《解難》，唐韓愈因之作《獲麟解》，王介甫《復讐解》亦相繼而作。然若揚子雲《解嘲》，韓退之《進學解》，則詞賦之流，徒事敷陳，不關辨釋。

第六節　釋

釋者，解之流也。體昉於《爾雅》。劉熙《釋名》倣之，然體類經注。至蔡邕作《釋誨》，其詞旨遞相祖述。及唐韓愈，别出新意，以作《釋言》。

第七節　義

義者，疏通義理也。始於《冠義》、《昏義》諸篇，然《冠義》、《昏義》，其體類序。義之正體，惟唐代之經義，宋儒亦多爲之。張才叔《書經義》二篇，獨載《宋文鑑》耳。

第八節　書

書者，别出議論以成書者也。合人臣進御之書，朋友往來之書，爲三體。始於《史記》之八書，唐李翺有《復性》、《平賦》二書，此類是也。

第九節　評

評者，品題也，史家褒貶之詞也。始於陳壽《三國志》之"評曰"。然司馬遷《史記》之"太史公曰"，班固《漢書》之"贊曰"，范曄《後漢書》之"論曰"，皆評義也。梁世劉勰、鍾嶸之徒，品藻詩文，而評體之準立矣。

第十節　駁

駁者，雜也，雜議不純，故曰駁。昔趙武靈王胡服而季父爭論，商鞅變法而甘龍交辨。此爭論交辨，即所謂駁也。漢始立駁議之名。應劭有《駁議》二十篇。

第十一節　七

七者，設問類也，原於"孟子問齊宣王之大欲"。蓋周秦諸子著書，及漢人作賦，多設爲問答之辭，而《文選》爲之别立"七"體，謬矣。自枚乘作《七發》，後傅毅《七激》，崔駰《七依》，曹植《七啓》，張協《七命》，繼作者多矣。

第二章　奏議類

唐虞三代，人臣告誡其君，如禹、皋、伊、傅、周、召之所作，其陳義高遠，其指事曲當，其立論和平。至於《春秋》内外傳所録，猶存篤厚純美之文。下逮戰國，士或危言悚論，或度詞隱語，蓋敷陳之道，刻薄寡義矣。循斯以降，策士則揣摩主意以陳言，迂儒則高談王道以敷奏，故斯類之文，難得其當。必也審利害、明義理、達人情，則奏議之體得矣。

第一節　奏

奏者，進詞言事也。原於唐虞之敷奏，七國以前，皆稱上書，秦初改爲奏，是奏事也。漢人兼用以彈劾，謂之奏彈，又名劾事，故曰奏以按劾，然奏事亦用之。惟公府用奏記，郡將用奏牋耳。明制，陳私情曰奏，則非止於按劾矣。厥後流爲章、疏之總名，故有奏狀、奏議、奏牋、奏章、奏劄、奏疏、奏本之名。

第二節　議

議者，言事之宜也。貴據理析事，審時度勢，以確切明覈爲工。昔黄帝立明堂之議，後世議禮、議謚、議事、議政、議制因之。其有不純者駁之，謂之駁議。按漢制，密奏入議以封事。又朝臣外補，天子有事，下議以書對。然則議又包括封事與上書者也。

第三節　疏

疏者，列疏情事，宣布上告也。漢奏事皆稱上疏。諸王之官屬，上於其君亦用之。唐之表狀，亦稱書疏。至後世，則爲章奏之總名矣。

第四節　表

表者，標明其事也。漢表多散文，唐表多駢文。故表體二：一漢體，一唐體。宋表因唐體，明初進書、讓官、謝恩、慶賞諸表，未有定式。嘉隆以後，以富儷爲工，於是起止有定式，鋪次有成轍，而文日陋矣。

第五節　章

章者，表之簡者也。姚姬傳曰："劉越《勸進表》是章體，而晉時已通謂之表。"按：表多用以陳情，章每用以謝恩，謂之上章。又有奏章，有諫章，有薦章，有彈章。

第六節　策

策者，謀也。策之體有三：曰制策，天子問而臣下對也；曰試策，有司策試士而令對之也；曰進策，士庶著策進上者也。然試策、制策，屬詔令類，惟進策乃臣僚士庶，有策而進於上，奏議類也。王通《太平十二策》，王樸《平邊策》是也。若對策，可謂之對，不得謂之策。

第七節　對

對者，就所問而對之也。《左傳》、《國語》、《國策》所載夥矣。漢文如東方朔《化民有道對》、賈捐之《罷珠崖對》、諸葛亮《隆中對》是。若董仲舒、公孫弘、晁錯、杜欽之《賢良對》，蘇軾之《制科策對》，亦當云對。别立對策一門者，謬也。

第八節　狀

狀者，形容所言之是非也。唐宋皆用之，謂之奏狀，有散文、駢文之區别。

第九節　彈

彈者，彈劾也。彈爲奏體，故題曰奏彈。六朝御史中丞劾奏曰彈事。

第十節　啓

啓者，開道其君於善也。義原於殷高宗之"啓乃心"。漢景諱啓，故漢無此體。魏之箋記，始用啓聞，奏事之末，或云謹啓，後世多有爲之者。

第十一節　連珠

連珠者，假喻達情，臣下婉轉以告君者也。體始於漢章之世，班固、賈逵、傅毅受詔作之，其文麗，其言約，其旨遠，欲覽者悟於微也。合於古詩風、興之義，欲使累累如貫珠，易看而可悦者也。

第十二節　上　書

上書者，人臣進君之書也。七國之時，言事於君，皆稱上書，至秦改書曰奏，然如李斯《上書秦始皇》猶稱上書，蓋當時“奏”與“上書”並稱也。漢沿其名，故鄒陽《獄中上書》、司馬相如《上書諫獵》，皆稱上書。亦有單名書者，如晁錯《言兵事書》，主父偃《論伐匈奴書》、路温舒《尚德緩刑書》是也。逮至五代，爲此體者蓋寡，若江文通《詣建平王上書》，則詞多偶儷，後世惟宋有上書之體，如蘇子瞻《上神宗皇帝書》、王介甫《上仁宗皇帝書》，皆大文也。

第十三節　封　事

封事者，密奏也。其制始於漢，漢令密奏，置陰陽皂囊，封以板，以防宣泄，故謂之封事。然作者希罕，劉向以宗室而進《條災異封事》、《極諫外家封事》，餘惟蔡邕上《施行七事封事》，張子高《論霍氏封事》。至若後世，惟宋朱晦菴《壬午應詔封事》、《戊申封事》而已。

第十四節　箋

箋者，表之尤簡者也。始於東漢。當時上於太子、諸王、大臣皆稱箋，《文選》載之。後世專用於上皇后、太子，其他不得用。明制，奏事太子、諸王稱“啓”，慶賀皇后、太子稱“箋”。

第十五節　劄　子

劄子者，宋之創制，與奏疏無别義也。蓋本唐人牓子、録子之類而更其名。其用最多於宋。

第十六節　本

本者，明之創制，有奏本、題本之名。其用之分别：論政事曰題，陳私情曰奏，皆謂之本。

第三章　箴規類

箴規類者，聖賢所以自警、警人之義，其辭質而意深，蓋自古有此文體矣。

第一節　箴

箴者，有所諷刺以救過失也。夏、商二箴，見於《尚書・大傳》及《吕氏春秋》，惜全篇已闕。惟《左傳》載虞箴，辭俱完備，故漢揚雄仿之。箴體有二：一官箴，如揚雄《十二州箴》，李德裕《丹扆六箴》是也；一私箴，如韓退之《五箴》，程正叔《四箴》是也。惟箴之本義，引申古今治亂興衰之迹，反覆警戒，使讀者惕然於心，默知自鑑，斯乃正體。

第二節　規

規者，規其闕失也。古者，箴君之過曰箴，臣下自相規戒曰規。《書》曰“官師相規”，是也。古之規文，不可得而見，惟唐元結《五規》可考也。

第三節　戒

戒者，警誡也。《淮南子》載：“堯戒曰：‘戰戰慄慄，日謹一日，人莫躓於山而躓於垤。’”故戒之體古矣。厥後，漢杜篤作《女誡》，諸葛亮著《誡》一卷，綦毋邃撰《誡林》三卷，柳宗元作《三戒》，韓愈作《守戒》，均載簡册。後世亦有作者。

第四節　訓

訓者，諄諄相告也。始於《夏書》之“皇祖有訓”，後世遂祖述之。

第五節　銘

銘者，包含自警、警人二義也。夏殷鼎、彝、尊、卣、盤、匜之屬，莫不有銘，而文多殘闕，惟湯盤見於《大學》，周武王諸銘載於《踐阼記》，後人模楷，取斯焉爾。惜所用過濫，而山川宫室門井之類，皆各有銘，又雜以祝頌之語，則更失警戒之微意矣。

第六節　贊

贊者，助也，助以發明本文也。原於益之贊禹，伊陟之贊巫咸，而著於司馬相如之贊荆軻，然《史記》不載其詞。至唐則用以試士。其體二：曰雜贊，曰史贊。雜贊者，專意褒美，若諸集所載人物、文章、書畫諸贊是也；史贊者，詞兼褒貶，如《史記索隱》、《東漢書》、《晉書》諸贊是也。又有哀贊，哀人之歿，而述其德以贊之也。原贊之本義，在於啓善懲惡，後世衹用以稱美，失於諛矣。

第七節　喻

喻者，曉喻也。原於《書》之誥，司馬相如、陸贄優爲之，宋東坡《日喻》是其嗣音，明劉基《賣柑者言》，亦喻體也。

辭令篇

辭令者，或君命臣，或上令下，或用於會、盟、聘、享、征、伐，或士大夫面相告語及爲書相遺贈，或文人學士言情達志，皆須辭令也。

第一章　詔令類

詔令類者，上告下之辭也。原於《周書》之命。秦雖無道，而詔令之文則偉。漢文景所爲，辭意俱美。東漢以來，辭氣衰薄矣。

第一節　詔

詔者，王言也。三代無其文，秦并天下，改命曰詔，於是詔興焉。漢謂之詔書，又稱手詔，又稱密詔。六朝詔語，多用偶儷。逮至唐宋，漸漸復古。

第二節　誥

誥者，告語也。厥體最古，然古時無上告下、下告上之别。如《仲虺之誥》，下告上也；《康誥》，上告下也；《大誥》、《洛誥》、《湯誥》，告衆人也。周禮用誥以會同諭衆，亦告衆人也。秦始專用於君，漢唐或用或不用，逮宋又專用以命官。及追贈、封贈大臣之祖父母、妻室，及貶謫有罪，凡不宣於廷者，皆用之。然考歐、蘇、曾、王諸集，通謂之制。蓋當時王言之司，謂之兩制，是制之名，統諸詔、命、七者而言，故誥亦稱制也。明制，命官不用制誥，惟三載考績，則用誥以褒美，贈封、贈謚亦用之。其詞有散文，有駢文。

第三節　命

命者，猶令也。大曰命，小曰令，此命、令之别也。命有二體：一用以命官封爵，如《冏命》、《微子之命》、《蔡仲之命》是，又有《顧命》，如後世之遺詔；一用以聘問鄰國，出使通信，如裨諶草創之命是。

第四節　令

令者，教令之，使不得相犯也。古曰命。秦制，惟皇后、太子稱令。漢世有功令，如太史公曰“予讀功令”是。唐代賞罰，赦宥囚虜，大除授皆用之，中書省掌之。宋遣策臣下，亦用令。

第五節　制

制者，制度之命也。唐虞至周皆曰命，秦改命曰制。漢下書有四，而制次之；唐王言有七，而制亦次之。其詞宣讀於廷，皆用儷語，故有“敷告在廷”、“敷告在位”、“敷告萬邦”等語。唐世大賞罰，赦宥虜囚及大除授，則用制書，其褒嘉贊勞，則有慰勞制書，餘皆用敕，中書省掌之。宋承唐制，用以拜三公、三省、門下、中書、尚書等官，而罷免大臣亦用之。其餘庶職，則但用誥而已。然唐宋文體，則不相類。

第六節　諭

諭者，曉也。始於周天子之諭告諸侯，而著於漢高帝之入關告諭。後世襲用之，如司馬相如《諭巴蜀》是。或傳言書翰亦用之者，乃習俗也。

第七節　敕

敕者，詔之切也。始於周穆王命其臣受敕書。漢謂之誡敕，漢高祖有《太子敕》，武帝有《責楊僕敕》，亦謂之戒書。至唐始盛用之，曰戒敕，曰敕旨，曰敕牒，曰敕書，曰發敕，種類不一。明制，差遣諸臣，多予敕行事，詳載職守，申以勉辭，而褒獎責讓亦用之，詞皆散文。又用於封贈，亦稱敕命，始兼四六。厥後復有敕諭、手敕之名。

第八節　璽　書

璽者，細書成文，鎊鐫之於玉，以作符號。君書用璽者，詔制之切要者也。名始於《左傳》，魯襄公在楚，季武子使公冶問璽書。至漢遂立專體，如漢文帝《賜晁錯璽書》，昭帝《賜燕王旦璽書》，漢武《賜竇融璽書》是。又名手迹，如光武《賜方國手迹》是。手迹者，即璽書也。

第九節　策

策者，書策也。古者，大事書於策。有賜封之策，如漢武帝《封齊王策》、《封燕王策》、《封廣陵王策》是也。有試士之策，如漢《賢良策》，唐《賢良方正能直言極諫策》是也。漢世又以策免三公。

第十節　批　答

批答者，判臣下之章奏也。始於唐太宗。後世又名内批。

第二章　誓告類

誓告類者，原於《尚書》之誓、誥。周之衰也，盟誓文告，猶存王府。秦漢以來，斯類益蕃，而其體夥矣。

第一節　誓

誓者，徵信之言也。又申命師衆，亦有誓。始於《尚書》征苗之誓。後漢蔡邕作《艱誓》，則誓之變體矣。

第二節　告

告者，誥也。《春秋》内外傳載天子、諸侯告語及列國往來相告之辭是也。漢高祖告諸侯爲義帝發喪，及章帝廬江太守、東平相等告皆是。後世此體之文尚存，而其名則變易矣。

第三節　約

約者，約而不可負也，如盟誓之辭。有規約、契約、盟約之不同。始於蘇代約燕昭王，而著名於高祖之三章法約。近世約章，關於國政尤大。

第四節　券

券者，示要約之久也。有銅券、鐵券之名。

第五節　盟

盟者，盟於神明以昭信也。體盛於周，《左傳》所載衆矣。然曹沫劫盟，秦昭夷盟，豈爲約信？故“古者不盟，結言而退”。《穀梁傳》曰：“詛盟不及三王。”自誓作民疑，繼之以盟，於是歃血載書，藏於王府；若尋而寒之，則要契詛咒之用窮矣。

第六節　祝

祝者，天人相與之事也。爲神權主義，乃人羣初進化時代之所有事也。祝有二：一司祝之祝，一司曆之祝。祝之有辭，始於伊耆之蜡祭，而舜之祠田，湯之告天繼之。蓋古者，司祝之祝，主代表人民，以達之於天，而祈福禳禍者也。周代太祝一職，神祇人鬼，六祝之辭乃有專司。後世郊祠之詞，報賽之歌，因之而作。司曆之祝，主本天象以應用於人事者也。《春秋》災異之書，梓慎裨竈，休咎占驗，猶存專職，當時雩、禜之文、祈禳之辭猶有存者。故《大戴禮》"庶物羣生，各得其所"，祈天之祝辭載之。"明光上下，勤施四方"，迎日之祝辭載之。《儀禮》"小心畏忌，不惰其身"，祔廟之祝辭載之。"多福無疆，於汝孝孫"，饋食之祝辭載之。他若宜社、類禡，皆有祝文。視幣陳牲，亦用祝語，極至美輪美奂，成室頌禱，然當時猶有敬天畏人之意，於人羣進化，未甚發達之時，不無裨益。其末流也，卒成巫覡之俗，而民智愈塞。後世祈晴有文，禱雨有文，求病有表，告災有符，諂瀆鬼神，文體濫矣。

第七節　頌

頌者，形容美德也。始於黄帝時猋氏《咸池》之頌，若商之《那》，周之《清廟》等篇，皆用以告神，無關人事。若《左傳》所載輿人之頌"誦"同，則近乎譏刺。《孔叢子》所載麛裘之頌，則近乎謗毁，此頌之變體，而用之於人者也。若屈原《橘頌》，又用之於物者也。至秦皇刻石頌德，則專事形容美善矣。後世用斯體者，亦有二：一用以告神，一用以頌德。如傅毅依《清廟》作《顯宗頌》十篇，告神也；李思《孝景皇頌》十五篇，頌德也。然班、傅之《西巡》、《北征》，流而爲序；馬融之《廣成》、《上林》，變而爲賦；韓愈《伯夷頌》，又似乎論。其流别不無少異焉。

第八節　册

册者，言之最誠信者也。有册封、册立、册祝、册盟之别。册封者，諸侯進朝於王，王作册以封之是也。册立者，歷代册立皇后、太子是也。册祝者，《書・金縢》"史乃册祝"是也。册盟者，《左傳》"載在書册，藏於王府"是也。册祝、册盟，别立祝、盟二體，惟册封、册立，獨名曰册。古者用册，惟於祀神。漢以下，凡履尊上號封拜，皆用之。又有哀册、誄册、謚册之名。

第九節　符　命

符命者，謂王者之興，符於天命也。其體二：一爲王者誇耀功德，封泰山，禪梁父，以作符命，謂之封禪文是也；一爲臣下作符命以諛主，如揚雄《劇秦美新》，班固《典引》是也。

第十節　教

教者，諸侯之言也。蔡邕《獨斷》曰："教者，諸侯告下之辭。"《文選》亦列此體。然又爲大臣告下之辭，如諸葛亮《與羣下教》是也。

第十一節　檄

檄者，軍書也。其體原於《書》之《胤征》，其名始見於戰國張儀爲檄告楚相。又有急則加以羽，謂之羽檄，言如飛之捷也。其文論天時人事，憤發忠義，有散文，有儷語。儷語始於唐，其他報答、諭告，及邦州徵使，起義募兵，亦皆稱檄。蓋取明速之義也。

第十二節　露　布

露布者，軍中奏捷之詞，露其文而布告，咸使聞知也。其原出於《書》之《多方》，其名見於漢桓帝時，地數震，李雲露布上書。其文始於賈洪爲馬超伐曹操。至魏以後，專用於軍書。及元魏攻戰克捷，欲天下聞知，乃立帛建於漆竿上，名爲露布。其名雖同，其用則異也。

第十三節　榜

榜者，示衆之辭也。原於《管子・幼官》篇。又有客位榜，示己之志向，張諸賓坐，謂之客位徬。

第十四節　移

移者，移易其情之書也。一爲移書，如劉子駿《移書讓太常博士》是也；一爲移文，如孔稚圭《北山移文》，徐陵《移齊文》是也。

第十五節　牒

牒者，通告也。如柳宗元《爲裴中丞代黄賊轉牒》是。

第十六節　判

判者，斷也。分别是非，折獄判斷之辭也。唐以書判取士而"判"興焉。其文貴洞曉刑名，條斷合法。

第十七節　問

問者，質疑也。其用五：一君后相問；一朋友相問；一師弟相問；一爲考問，如試士之策問；一爲設問，如屈原之《天問》，江淹之《邃古篇》。問體之文，反覆縱横，可以舒憤鬱而通意慮，蓋亦文之不可缺者也。又有名爲"問"而實"對"體者，如柳宗元《晉問》是也。

第十八節　答

答者，與"對"同義，如東方朔《答客難》，班固《答賓戲》是。又曰"應"，如柳開《應責》是也。

第十九節　問　答

問答者，一問一答。其體古書中甚多，東坡有《問答録》一卷。

第二十節　答　問

答問者，就所問而答之，用之於師弟授受者爲多。

第二十一節　啓　事

啓事者，言事也。如山公啓事，羅隱啓事是。

第二十二節　書

書者，言事之書也。體有二：一君與臣，謂之賜書，如漢文帝《賜南越王趙佗書》是；一朋友相與，謂之遺書，如魯仲連《遺燕將書》是。又謂之詒書，如叔向《詒子産書》是。又謂之與書，如魏文帝《與吴質書》是。又謂之復書，如子産《復叔向書》是。復書一名答書，如韓愈《答李翊書》是。

第二十三節　簡

簡者，大略也。古人所用，一行可盡者，書之於簡；數行乃盡者，書之於方；方之數不容者，乃書之於策。故單執一札者，謂之簡；連編諸簡者，謂之策。有手簡、小簡之名。《東坡書簡》一卷，《豫章書簡》一卷，乃簡體之準則也。

第二十四節　牘

牘，即簡也。今謂之尺牘。尺牘之體，諸葛武侯、王右軍、韓文公三家書翰，風神高遠，惜武侯、右軍皆小簡，韓雖多大篇，而究遜於武侯與右軍也。

第二十五節　刀　筆

刀筆者，古者記事於簡策，謬誤者以刀削而除之，故曰刀筆，後世遂效其體爲之。如王勃《刀筆》一卷，薛逢《刀筆》一卷，宋景文《刀筆》一卷，劉筠《中山刀筆》一卷，黄庭堅《刀筆》一卷是也。

第二十六節　帖

帖者，説帖也，又名帖子。又，明制，諸司相移，有揭帖之名。

第二十七節　誄

誄者，稱人之德行於死後也。古者，卿大夫殁，君命有司累其功德，爲誄文以哀之。《周禮・小史》“讀誄”，後魯哀公亦誄孔子以文，柳下惠之妻亦誄其夫。後世多用誄文，惟辭則費矣。

第二十八節　祭　文

祭文者，表其哀也。始於曹孟德之《祭橋玄》。其體不一，散文，如韓愈《祭十二郎文》；韻語，如歐陽修《祭程相公文》；四言六言，如韓愈《祭柳州李使君文》；長句短句，如歐陽修《祭蘇子美文》。亦有用以祈禱雨暘者，有用以驅逐邪癘者，有用以吁求福音者，有用以哀傷死亡者。

第二十九節　弔　文

弔文者，弔死之辭也。弔生曰唁，弔死曰弔。《弔屈原文》，體如騷；《弔古戰場文》，體如賦。然如賦者，則過華韻緩，易乏急切悽惻之狀態，故以髣髴《楚辭》者爲正體。

第三十節　哀　辭

哀辭者，以文抒其哀痛之情也。如班固《梁氏哀辭》是。蓋原於《詩》之“交交黄鳥”。又如《七哀》、《八哀》之類，亦哀辭也。又名哀策，如漢樂安相李尤作《和帝哀策》是也。又名哀册文，如令狐楚《唐憲宗章武皇帝哀册文》是也。

第三章　文詞類

文詞類者，文、詩、賦、辭、樂府、詞、曲之流也。其文體概用聯章積句法者也。

第一節　文

文者，文章也。凡篇章皆謂之文，而此獨以“文”名者，蓋文中有一種文體，往往爲文人游戲俳諧之作。或雜著之文，隨事命名，無一定之體格，或盟神，或諷人，或用韻語，或爲散文，或爲四六文。其體不同，其用各異。然本乎義理，發乎性情，則與他文無異焉。若柳宗元《乞巧文》，韓愈《送窮文》之類是也。

第二節　詩

詩者，絃歌諷諭之聲也。始於唐虞，至周分爲六詩。《周禮》：太師教六詩。六詩者，風、賦、比、興、雅、頌是也。子夏《毛詩序》曰：“詩者，志之所之也，在心爲志，發言爲詩。情動於中而形於言。”詩之旨，盡在是矣。然不易者詩之旨，屢變者詩之體。曰風，曰雅，曰頌，三代之音也；曰歌，曰吟，曰操，曰詞，曰曲，曰謡，兩漢之音也。曰律，曰排律，曰絶句，唐人之音也。宋人又變而有詞，元人又變而有曲。夷考詩學，三百篇古義昭炯，姑置勿論。試以漢言之：蘇武、李陵之所作，紆曲悽惋，實宗《國風》與楚人之辭。二子既殁，繼者絶少。下逮建安、黄初，曹子建父子起而振之，劉公幹、王仲宣力從而輔翼。正始之間，嵇、阮作而詩道大盛，然皆師李陵而馳騁於《風》、《雅》者也。自是以後，正音衰微。至太康時，陸機、陸雲仿子建，潘安仁、張茂先、張景陽學仲宣，左太沖、張季鷹法公幹。獨陶元亮高情遠韻，雖出於太沖、景陽，而實超建安而上之。元嘉以還，三謝、顔、鮑爲之首。三謝亦本子建，惟參以郭景純；延之則祖士衡；明遠則效景陽，氣骨直追西漢。餘或傷於刻鏤，較之太康，則有間矣。永明而下，此病更甚。沈休文拘於聲韻，王元長局於偪迫，江文通過於摹擬，陰子堅涉於淺易，何仲言流於瑣碎。至於徐孝穆、庾子山以婉麗爲宗，詩之變極矣。然諸人雖或遠祖子建、太沖，近宗靈運、玄暉，方之元嘉，殆又不逮。唐初承陳隋之弊，多遵徐、庾，遂致頹靡不振。張子壽、蘇廷碩、張道濟相繼而興，各以《風》、《雅》爲師。而盧昇之、王子安務欲凌避三謝。劉希夷、王昌齡、沈雲卿亦欲蹴駕江、薛，惟溺於久習，終不能改。獨陳伯玉痛懲其弊，專師漢魏而友景純、淵明，可謂挺然不羣之士。復古之功，於是焉在。開元、天寶中，杜子美繼出，上薄《風》、《雅》，下贱沈、宋，席奪蘇、李，氣吞曹、劉，掩顔、謝之孤高，雜徐、庾之流麗，真所謂集大成者。並時而作，有李太白，遠宗《風》、《騷》及建安七子，其格極高而善變。王摩詰依仿淵明，雖運詞清雅，而萎弱少風骨。韋應物祖襲靈運，一寄穠鮮於簡淡之中，淵明以來，蓋一人已。岑參、高達夫、劉長卿、孟浩然、元次山之屬，咸以興寄相高，取法建安。至於大曆，錢郎遠師沈、宋，而苗、崔、盧、耿、李諸家，亦皆本伯玉而宗黄初，詩道於是爲盛。韓、柳起於元和之間，韓初效建安，晚自成家，勢若掀雷抉電，撑决於天地之垠。柳斟酌陶謝之中，而措辭俊逸清妍，可爲應物後一人。元、白近於輕俗，王、張過於浮麗，賈閬仙矯豔，元、白、劉夢得步驟少陵，杜牧之沈酣靈運，孟東野陰祖沈、謝，至李長吉、温飛卿、李商隱、段成式專誇靡曼，而詩之變極矣。宋初襲晚唐、五季之弊，天聖以來，晏同叔、錢希聖、劉子儀、楊大年數人，亦思有以革之，第師於義山，全乖《大雅》之風。迨王元之以邁世之豪，以樂天爲法；歐陽永叔痛矯西崑，以退之爲宗；蘇子美、梅聖俞介乎其間。梅之覃思精微，學孟東野；蘇之筆力横絶，宗杜子美。若論詩道，亦號中興。元祐之間，蘇、黄挺出。而後之詩人，好爲此二家之學。南渡後，尤、蕭、范、陸四家爲傑出。若楊誠齋、鄭德源變爲諧俗，劉潛夫、方巨山流爲纖小，不足學也。元詩大概近纖，虞、范、楊、揭四家，詩品相敵，然金元之際，必以遺山爲最。明初承元遺習，稍尚詞華。劉伯温獨標骨幹，時能規模杜、韓；高季迪出入於漢、魏、六朝、唐、宋諸家，而步驟未化。永樂以還，崇尚臺閣體，而詩學壞矣。李東陽力挽狂瀾，前七子起而振之，詩遂復歸於正；後七子纘繼之，餘緒賴以不墜。萬曆以後，詩學衰矣。兹復舉其體裁言之。

五言古詩

五言古詩，始於西漢蘇武、李陵，嗣是，汪洋於漢魏，汗漫於晉宋，至陳隋而古調絶矣。唐初承前代之弊，陳子昂起而振之，遏貞觀之横流，決開元之正派，李、杜、王、孟相繼而起，元和以下，遺響復息。他如《扶風歌》、《五君詠》、《夏日歎》等篇，雖云五言，實爲雜體。

七言古詩

七言古詩，始於柏梁，聲長字縱，易以成文，與五言略異。漢魏諸作，既多樂府，唐代名家，又多歌行，故於此類，作者亦希。然樂府、歌行，貴抑揚頓挫；古詩貴優柔和平，循守法度，其體出自不同也。

雜言古詩

古詩自四、五、七言之外，又有雜言。大略與樂府歌行相似，而其名不同，故别爲一體。

近體律詩

律詩者，陳隋以下聲律對偶之詩也。詩至梁陳，儷句漸多，雖名古詩，已具律體。

唐興，沈、宋之流更加精練，號爲律詩。其後寖盛，雖不及古詩之高遠，然對偶音律，亦文章之所應有也。

排律五、七言同

排律原於顔延之、謝膽諸人。梁陳以還，儷句尤多。唐興，始尚此體，而有排律之名。其體以布置有序，首尾貫通爲上。

絶句五、七言同

絶句詩原於樂府。樂府，五言如《白頭吟》、《出塞曲》、《桃葉歌》、《歡聞歌》、《長干曲》、《團扇郎》等篇；七言則如《挾瑟歌》、《烏棲曲》、《怨歌行》等篇。下及六代，述作漸繁，唐初定爲絶句。絶句者，即律詩而截之也。故唐人絶句，皆稱律詩。觀李漢編昌黎絶句皆入律詩，蓋可見矣。

第三節　賦

賦者，敷陳其事而直言之也。義在託諷，是爲正體。其始創自荀况宦遊於楚，作爲五賦。後屈原乃作《離騷》，宋玉、唐勒皆競爲之。漢興，賈誼、枚乘、司馬相如、揚雄、張衡之流，著作尤盛。《上林》、《甘泉》極其鋪張，而終歸於諷諫，則有風之義焉。《兩都》、《兩京》極其炫燿，終折以法度，則有《雅》、《頌》之義焉。《長門》自悼，緣情發意，託物起興，詞極和平從容之概，則有比興之義焉，此古賦也。三國、兩晉，徵引俳詞；宋、齊、梁、陳，加以四六，則古賦之體變矣。逮乎三唐，更限以律，四聲八韻，專事駢偶，其法愈密，其體愈變。至宋，以文體爲賦，雖亦用韻，實非賦之正宗。蓋自劉、班詩賦一略，區分其類，而屈原、荀卿、陸賈，定爲三家之學，殆已成爲古義矣。

第四節　辭

辭者，始於屈原憂愁幽思，本《詩》義而爲《離騷》也。宋玉、景差、唐勒之徒相繼而作，並號“楚辭”。後世爲辭者，有漢武帝之《秋風辭》，陶淵明之《歸去來辭》。

第五節　樂府

樂府起於漢，風、雅、頌之變也。樂官肄習之樂章，有風、雅、頌之遺意焉。風土之音曰風，朝廷之音曰雅，宗廟之音曰頌。以風、雅、頌之詩，爲燕、享、祀之樂。自后夔以來，樂以詩爲本，詩以聲爲用。仲尼編《詩》，爲行燕禮、享禮、祀禮之時用詩以歌，非説義也。故列十五國風，以明風土之音不同；分大小二雅，以明朝廷之音有别；陳周、魯、商三頌之音，所以侑祭也；定《南陔》、《白華》、《華黍》、《崇邱》、《由庚》、《由儀》六笙之音，所以叶歌也。得詩而得聲者三百篇，則繫於風、雅、頌；得詩而不得聲者删之，後人謂之逸詩。逸詩者，以其詩無聲，於樂無所繫紀，故删之而逸之也。春秋士大夫，雖如季札之觀周樂，尚不能辨别國風；然太師所掌，正聲悉存，穆叔不拜《肆夏》，寧武子不拜《彤弓》，誦詩知樂，代有其人。戰代紛紜，不遑禮樂。屈、宋崛起，以騷代詩，然

《九歌》諸篇，所以侑樂也；《九章》等作，所以抒情也。禮與樂不能合一，即詩與樂自此分源矣。而況漢立齊、魯、韓、毛四家，各爲序、訓，而以説義相高，不以審音爲事，於是樂師惟工音律，文士僅知聲調，而詩樂俱亡矣。詩樂俱亡，於是樂府作，樂府作而詩亡且絶矣。何言之？當漢武時，《上之回》、《聖人出》，君子之作也，雅也；《艾如張》、《雉子班》，野人之作也，風也；合而爲“鼓吹曲”。《燕歌行》其音本幽薊，列國之風也；《煌煌京洛行》，其音本京華，則都人之雅也；合而爲“相和歌”。是之爲風、雅不分。及至明帝，《辟雍》、《享射》，用雅頌樂。夫《辟雍》當用頌，《享射》當用雅，明帝雅、頌莫辨，安問大予明帝用之於郊廟上陵、黄門明帝用之於宴羣臣哉？迨魏文兄弟，酬唱新什，更創五言，節奏格調，與古絶異。自是有專工古詩者，有偏長樂府者，然準《鹿鳴》作《於赫》篇以祀武帝，準《騶虞》作《巍巍》篇以祀文帝，準《文王》作《洋洋》篇以祀明帝，是純用風、雅，而頌可廢矣。故至曹魏而樂亡且絶矣。陳梁而下，樂府古詩變爲律絶，是并樂府而亡之矣。唐代作新什，謂之新樂府，以元微之爲之最工。然如李、杜、高、岑輩所作，名爲樂府，實則歌行矣。下此益入卑庸怪麗，而古義蕩然。至唐末五代，復變爲詩餘，於是宋人之詞，元人之曲，紛紛而起。凡樂府所隸諸體，詳言於左。

歌

歌者，放情長言，雜而無方之謂。唐虞《擊壤》有歌，《喜起》有歌，《南風》有歌。嗣是，有塗山氏之《候人歌》，而南音出；有有娀氏之《燕飛歌》，而北音始；有孔甲之《破斧歌》，而東音作；有辛餘靡《濟昭王歌》，而西音起。下此則《易水》、《越人》作於戰代，《離騷》、《九歌》興於楚辭。至漢而歌始列於樂府。凡樂府命題，名稱不一。登於郊祀，謂之郊廟歌；用於燕射，謂之燕射歌；列於鼓吹，謂之鐃歌；施於侏儒，謂之俳歌；絲竹相和，謂之相和歌；琴曲相弄，謂之琴曲歌。凡歌有因地而作者，京兆《邯鄲歌》之類是也；有因人而作者，孺子《才人歌》之類是也；有傷時而作者，微子《麥秀歌》是也；有寓意而作者，張衡《同聲歌》是也。寧戚以困而歌，項籍以窮而歌，屈原以愁而歌，卞和以怨而歌，雖所遇不同，而發乎情則一也。

行

行者，步驟馳騁，疏而不滯之謂。漢自孝武以還，樂府始有“行”名。如《大演》、《隴西》、《豫章》、《長安》、《京洛》、《東西門》等作皆是也。較之歌曲，名雖異而體則同也。

歌行

歌行者，兼歌與行之妙也。有聲有詞者，樂府所載歌行是也；有詞無聲者，後人所作歌行是也。其名多與樂府同，惟曰詠、曰謡、曰哀、曰别，則樂府所未有，而專屬於歌行也。歌行之原出自《離騷》。漢魏樂府諸歌行，有三言者，《郊祀歌》、《董逃行》之類；

四言者,《安世歌》、《善哉行》之類;五言者,《長歌行》之類;六言者,《上留田》、《妾薄命》之類。若專以七言長短爲歌行,餘隸别體,則自唐人始也。總之,歌者曲調之總名,原於上古,行者歌中之一體,創自漢人,明矣隸於歌行之詠、謡、哀、别四體附後。

詠者,長吟密詠之謂。始於曾點之"詠歸"。後世有詠懷詩、詠史詩諸作。

謡者,通乎俚俗也,非鼓非鐘,徒歌之謂。始於康衢而流於閭巷者也。後世童謡,幾乎專門之作矣。至漢代始以謡列樂府。

哀者,本於《楚辭》之《哀時命》,流於《哀江南》、《哀江頭》者也。

别者,平調曲中有文帝《秋風别》,若杜子美《新婚》、《無家》諸别,則樂府之變也。

引

引者,述事之本末先後,有序以抽其意緒者也。古相和有六引,《宫引》、《角引》已闕而無徵,惟《箜篌引》、《商引》、《徵引》、《羽引》尚存。然如《箜篌引》,四言也,虞世南《從軍引》則五言排律也。

謳

漢武帝定郊祀之禮,乃立樂府,采詩夜誦。有趙、代、秦、楚之謳。

吟

吁嗟慨歎,悲憂深思,以伸其鬱者曰吟。有《大雅吟》、《小雅吟》、《楚王吟》、《白頭吟》等名。

怨

怨者,幽思激切,憤而不怒之謂。

歎

歎者,感而發言也。古相和歌有《吟歎曲》,蓋兼吟與歎之名也。

詞

詞者,詩之餘也,古樂府之流别,後世曲之所由起也。蓋自樂府散亡,聲律乖闕,唐李白始作《清平調》、《憶秦娥》、《菩薩蠻》諸詞。厥後趙崇祚輯《花間集》,凡五百闋。宋柳永增至二百餘調,一時文人復相擬作,富至六十餘種,可謂極盛。至東坡、少游出,詞極盛矣。東坡以歌行縱横之筆,盤屈爲詞,跌宕排奡,一變唐五代之舊格;秦少游之詞,傳播人間,雖遠方女子,亦膾炙之,然去樂府則遠矣。厥後金元變而爲曲,則去樂府益遠矣。夫樂府與詞,同被管絃,惟樂府以簡潔揚厲爲工,詞以婉麗流暢爲美,此其不同耳。附竹枝、柳枝、柘枝三詞體。

竹枝詞出巴渝,唐貞元中,劉夢得在沅湘,以其地俚歌鄙陋,乃作新詞九章,教里中兒歌之,其詞稍以文語,世所稱"白帝城頭"以下九章是也。嗣後擅其長者,有楊廉夫焉。後人一切譜風土者,皆沿其體。

柳枝詞者，始於白香山《楊柳枝》一曲，蓋本六朝之《折楊柳枝》歌辭也。其聲情之儇利輕雋，與竹枝大同小異，與七絶微有所分，亦歌謠之一體也。

柘枝詞者，蓋隷於舞曲，故後人有效竹枝、柳枝二體，而柘枝體則未學也。健舞曲有《柘枝》，軟舞曲有《屈柘》，羽調有《柘枝曲》，商調有《屈柘枝》，此舞因曲而得名也。

曲

曲者，聲音離比，高下長短之謂也。漢時鼓吹曲一名短簫鐃歌，用於朝會，横吹曲用於軍中，馬上奏之，雅之變也。房中曲用於房中，風之變也。相和曲即房中曲之遺聲，四弦曲則居相和之末。若相如諸人所定十九章之歌，頌之變也。又有雜曲始於漢魏，有名存義亡，而有古辭可考者，有不見古辭，而後人擬述者，謂之雜曲。此外有舞曲，始於晉之傅玄；有法曲，始於唐之白樂天。凡若此者，雅音雖失，要皆諸夏之聲也。自樂府一變爲詞，又轉爲曲，於是金有北曲，元有南曲。至元代，戲曲盛行，作雜劇者，亦紛紛而起，迄今有北人之小曲，南人之吴曲，實皆樂府遺意也。附琴曲於後。

琴曲有暢、有操、有引、有弄。和樂而作，命之曰暢，言美其道也；憂愁而作，命之曰操，言窮不失操也。引者，進德修業，申達之名也；弄者，性情和平，寬泰之意也。後世於琴曲，往往舉操，而不言暢、引、弄矣。

操

操者，憂愁閉塞而作之曲也。琴曲有操，言遇災遭害，困厄窮迫，雖怨恨失意，猶守禮義，不懼不懾，樂道而不失其操者也。始於文王之《羑里操》。伯牙《水仙操》、周伯奇《履霜操》、孔子《龜山操》、《猗蘭操》皆其著者也。後世惟韓退之《琴操》辭旨最爲高古。

第六節　小　説

小説者，出於稗官，委巷傳聞，瑣屑細微，古人不廢。義取於《莊子》之寓言，起源於周末漢初方士虞初之小説九百四十三篇，《漢書·藝文志》載之。然《漢志》所載《青史子》五十七篇、賈誼《新書·保傅篇》中已引之，則由來久矣。特盛於虞初耳。漢魏間所傳之《飛燕外傳》，小説漸次發展，至裴鉶集之《傳奇》，五朝小説所載之《紅綫傳》、《崑崙奴傳》等，殆已爲後世戲曲之權輿矣。今考《唐代叢書》中所收一百六十四種，雖信僞參半，要爲當代文人才士之所作爲也。後世院本小説，多原於唐，而白話小説，則原於宋。元代盛行戲曲，於是傳奇之能事畢矣。逮至明代，作者亦好爲之。近世陳允生、毛聲山、金聖嘆，又爲各種小説之批評家。蓋自劉、班列小説爲一家，以迄於宋鄭漁仲氏作《通志》，均謂之説部，不爲分目。今《四庫》書目，於小説分雜事、異聞、瑣語三目。《續通考》因之，定爲瑣事、瑣語二目，但皆仍條記之舊，於小説中之演義傳奇畧焉。故章回、雜劇終爲儒者之所鄙，此亦烏足以極文章之妙！兹特分傳奇、演義二體以詳説之。

傳奇

稗官廢而傳奇作，傳奇作，戲曲興矣。唐人始有單篇，則爲傳奇一類。宋有戲曲唱，至今而爲院本、爲雜劇。院本、雜劇，名雖異，實則一也。金人中國，所用胡樂，其音嘈雜淒緊，中國之詞，不快於北耳，故爲新聲，即北曲也。然北曲復不諧於南耳，故元代又變新體而爲南曲。北曲勁切雄麗，於調促之處見筋節；南曲清峭柔遠，於調緩之處著豐神。北曲字多，其力每見於絃；南曲字少，其力多見於板。北宜和歌，南宜獨奏。北曲之優者，爲《西厢記》；南曲之優者，爲《琵琶記》。《西厢》乃元王實甫取唐元微之《會真記》爲粉本，總成十六折，稱千古絶調，爲元代戲曲之壓卷。《琵琶記》爲元末時人高則誠所著，叙孝婦貞妻之行，明湯若士評其爲從性情上著工夫，不以詞調之巧倩爲長，洵確評也。元代戲曲之傑出者，於《西厢》、《琵琶》外，如《拜月》，如《荆釵》，名作不少。明代之戲曲，雖有沈青門、陳大聲諸家，其最足傳者，斷推臨川人湯顯祖《玉茗堂傳奇》，即《牡丹亭》(《還魂記》)、《邯鄲夢》、《南柯記》、《紫釵記》是也。又有阮大鋮之《燕子箋》，亦爲世所重。近世出色之作，如李笠翁之《十種曲》，洪思昉之《長生殿傳奇》，孔云亭之《桃花扇傳奇》，蔣藏園之《紅雪樓九種曲》，皆最著者也。

演義

演義之體，起於宋末，原於傳體者也。魏晉以來，皆用内傳、外傳之體，至宋末詞人，分爲章回，混以街談俚諺之語，發爲議論叙事之文，於是演義之體出。如《三國志演義》，直用其名者也。若《水滸》則名“傳”，《西遊》則名“記”，《聊齋》則名“志”，實皆演義體也。原其最初，則基於宋末之《宣和遺事》，元代施耐菴之《水滸傳》，即以此爲粉本。至與《水滸》並重者，有羅貫之《三國演義》，據正史之事以實之。明代有長春真人之《西遊記》，假唐僧玄奘赴天竺求經之譚。若《金瓶梅》等，則過於醜褻。近世有曹雪芹之《紅樓夢》，蒲留仙之《聊齋志》，皆表著於世者也。

其餘或叙述雜事，或記録異聞，或綴輯瑣語，一切文人筆墨之所及，曰筆談，曰筆記，曰偶談，曰雜記，曰隨筆，曰漫記，曰叢録，曰紀餘，曰瑣語，曰外史，要皆統於説部，蓋沿魏晉時代小説之體也。要之，中國之小説，自昔之作，大約事雜鬼神，情鍾男女者爲多，故往往爲世間之戲具，不流行於上流社會。而移風易俗之道，外國泰半得力於小説者，中國反以此而沮風氣。推其原因，則由於讀小説者，不知小説之功用；作小説者，不知小説之關係也。(以上卷三)

《漢文典·文章典·文論》(節録)

三古之文尚已。嬴秦、炎漢，無格律之拘。建安、黄初，體裁漸備，論文之説出，

《典論》其首也。著爲宏篇，卓然名家者，有晉摯虞之《文章流别》；勒成一書，傳於後世者，有梁劉勰之《文心雕龍》。摯虞舉文章之派别，溯厥師承；劉勰究文體之源流，評其工拙。爲例雖殊，用意則一。唐賢復古，不遑著作；宋明文家，好爲議論。宋有陳騤《文則》、李耆卿《文章精義》，明有朱荃宰《文通》、王文禄《文脈》。然宋人務求深解，多穿鑿之詞；明人喜作高談，多虚憍之論。其於後學，雖有裨益，若論斯文，尚多缺憾焉。

原理篇

第四章　文之效果

六經，皆大文也，故文章之原出於經。詔、命、策、檄本諸《書》，序、述、論、議本諸《易》，歌、詠、賦、頌本諸《詩》，盟、祝、哀、誄本諸《禮》，書、奏、箴、銘本諸《春秋》。是以西漢之文，上追三古。唐宋痛詆六朝，力排五季，其矯矯者，亦得媲美兩漢。司馬遷之史，賈誼、劉向、陸贄、蘇軾之奏議，韓愈、歐陽修之碑、銘、傳、狀，蘇洵、曾鞏之論、辨、記、序，杜子美之詩，皆出言有章，吐辭爲經，其文與日月山河並壽，大塊文章於是焉在。然自古文人，多陷輕薄，宋玉俳優見遇，東方朔滑稽不雅，司馬相如竊貲無操，揚雄德敗美新，劉歆反覆莽世，班固盗竊父史，顔延年負氣摧黜，謝靈運空疏亂紀。凡若此者，《顔氏家訓》已譏之矣，不解彼何富於才華而累盛德若此。顔之推曰："原其所積，文章之體，標舉興會，發引性靈，使人矜伐，故忽於持操。"顔氏此言，雖推諸百世而皆準也。故夸毗者不崇實踐，文必纖豔浮侈；徼倖者專務干禄，文必破碎掇拾；誕妄者矢口談玄，文必虚無滅裂；浮蕩者徒知罔利，文必詭譎浮僞。由前之説，效果如此；由後之説，效果如彼。當其鼓吹風雅，鋪張篇什，雕飾華采，瑥琢章句，非不詰竞論議，敷陳利害，掐抉造化，窮極筆力，而其所受與所習者，惟計文之工拙，不問道之是非。於是文之結果，遂爲人之結果焉。孟子曰："行之而不著焉，習矣而不察焉，終身由之而不知其道者衆也。"吁！觀於此而習焉不察，人且可哉！

種類篇

人之理想感情，千差萬别，故文之種類，千態萬狀，而不相混同。自形式上觀之，即有無窮之差異，况精神中純粹之模範，又益多焉。

第一章　屬於體裁之種類

上古之文不立體，六藝尚已。晚周以來，諸子各自名家，多以文鳴於世，雖不立體，而大要有撰著之體，有集録之體。漢儒好爲撰著之文，故西漢文章能上追三代。

至唐昌黎，盡爲集録，宋士宗之，以至於今，於是撰著少而集録多。故漢代多撰著之文，唐後多集録之體。體制不辨，而欲文章之工也，其可得哉！

第一節　撰著之文

聖王在上，以文教治天下。六典之文，官司所守，以治以察，當於用而已。自君師道判，政教權分，於是有道之士，無其位而不得志，退而著述，欲來者之興起。自周末，文章之學盛，而撰著之事專矣。撰著之體，篇祇一義，原於《易》、《春秋》者也。戰國時，諸子騰説，凡儒家、道家、墨家、名家、法家、農家、雜家、陰陽家、縱横家者流，其所成書，皆爲撰著。漢興，子長、子雲並有撰著。《史記》者，繼《春秋》而作者也。《太玄》者，繼《易》而作者也。餘若董仲舒《繁露》、王符《潛夫論》、徐幹《中論》、王通《中説》、歐陽修《五代史》、司馬光《資治通鑑》、周敦頤《通書》、張載《正蒙》，此撰著之卓卓者。然以其難能也，故可貴，而爲之者亦希罕焉。

第二節　集録之文

集録者，篇各爲義，原於《詩》、《書》者也。自古在昔，先民有作，體皆撰著，文無集録。自專門之學微，而撰著之作衰，亦自撰著之作衰，而文集之名起。魏晉間，文章之士，矜事著作，於是集録之體，寖繁寖熾，至唐乃大暢其風。自《七略》流爲四部，而集録之體，日益發達不可遏，然古義蕩焉矣。

第二章　屬於格律之種類

古之所謂文者，有文筆之分舊説，有韻爲文，無韻爲筆，無駢散之名。古人之文，本天籟之自然，故文之句讀，每相和叶，後儒準此，遂爲之韻。有不合者，諧之以音，"讀若"、"讀爲"，充類至盡，而韻文著。駢文者，自韻文生也。古昔無專名，亦不立體，以二奇句，成一耦辭，有韻無韻，不規一律也。南北朝來，始有四六之文，文體日益浮靡，乃有綴學之士，屏棄六朝駢儷之文，返之於三代兩漢，謂之古文。古文出，文章稍稍可觀。

第一節　韻　文

有韻之文，始自《關雎》，降而五七古，降而五七律，再降至詞曲，而流品極矣，然亦不專在詩也。《九疇》、《皇極》，訓誥之韻者也；六爻、《象》、《贊》，《易·繫》之韻者也；又如史游《急就章》，焦貢《易林》，經部之韻文也；《黄庭經》之七言，《參同契》之斷字，子部之韻文也。蓋韻文重句法，上古韻文之體，詩、歌、騷、賦、箴、銘是也。其後古音亡而韻文絶，於是後之讀書者，不知古韻。如《洪範》以"義"韻"頗"，而唐明皇疑之；《冠禮》以"服"韻"德"，而賈公彦疑之。不知古音"義"爲"俄"，正與"頗"爲韻；古音"服"爲"匐"，正與"德"爲韻。唐之中葉，已不曉古音，况其後乎？厥後附合賦體生排律詩，附合駢文生四六文，附合樂府長短句生詞曲，是皆由韻文而變化者也。

第二節　駢　文

天地之道，不能有奇而無耦。“同歸殊途，一致百慮”，《易》之文，駢也；“覯閔既多，受侮不少”，《詩》之文，駢也；“罪疑惟輕，功疑惟重”，《書》之文，駢也；“傲不可長，忌不可滿”，《禮》之文，駢也。兩漢去古未遠，尚存六經遺緒，至魏晉則已澆，至齊梁則已縟。於是文人各衒所長，而六朝之文，至中唐而絶響。韓柳提倡古文，舉駢體文屏黜之，然流風餘韻，不絶於疇類。至宋代諸子，推尊韓氏之文，於是古文之名尊，不知六朝駢體其至者亦符秦漢。八家古文，原其始多由《選》學。蓋自淺薄挑剔之風盛，雄贍精深之文衰，而後駢文之道爲庸音矣。

第三節　四六文

魏晉以來，始有四六之文，其體猶未純一。至南北朝，文書尚偶，句數並對，作爲四字六字，但其中亦有變化，或三七、或五八、或六八，字數亦有參差；有隔句對，有二句對，有散聯二句對，有偶聯隔句對。至宋而四六始立專體。宋之四六，各有源流，論其大要，藏曲折於排蕩之中者，眉山也；標精理於簡嚴之内者，金陵也。其他則不出二者範圍。惟此等文體，合韻文、駢文而成者，最爲雜亂，故文家不尚斯品。

第四節　散　文

粵若稽古，散體單行，爲無韻之文，如《堯典》等篇是，無古文之名也。古文者，韓愈氏厭棄魏晉六朝駢儷之文，反之於六經兩漢，從而名焉者也。六朝以來，駢體盛行，雖姚察父子，振於隋末唐初，然終不能革駢儷之風。至唐退之力矯當時之弊，於是古文之名立，而散體文有專家矣。

第六章　屬於通俗之種類

世有一種文體，鄙俚褻穢，不足以與於古作者之林，而頗流行於社會，且其勢力範圍甚大，外此而獨立，反不適用。此等文體，謂爲通俗，庶乎可也。

第一節　公移之文

公移者，諸司相移之辭也。唐世，凡下達上，其制有狀、有牒、有辭，百官於其長用狀，庶人呈於官府用辭，職官階級稍上者用牒，對職者亦用牒。至於諸司自相質問，其用有三：曰關，謂關通其事也；曰刺，謂刺舉之也；曰移，謂移其事於他司也。宋制，宰執帶三省樞密院事出使者移六部曰劄，六部移宰執帶三省樞密院事出使者，及從官任使副移六部用申狀，六部相移用公牒。明時，上逮下者，曰帖、曰照會、曰劄付、曰案驗、曰故牒；下達上者，曰呈、曰申、曰案呈、曰咨呈、曰牒呈；諸司相移者，曰咨、曰牒、曰閲；上下通用者，曰揭帖。此等文體，别有程式，但求明達，不事精深。近時通用，則上逮下曰諭、曰札、曰告示、曰批，平行曰咨文、曰移文、曰照會，下達上曰申文、曰詳文、曰稟、曰呈，外交曰約章、曰條約。

第二節　柬牘之文

尺牘，古昔謂之書簡。考之典籍，貽書見於《左傳》，遺書登於《國策》，與書載於《文選》，答書列於韓文。簡則右軍、東坡，且以名世。稽諸往古，猶以雅言，創爲一體，如《歐蘇手簡》、《翰墨大全》等類所載之文，文規有起結之稱呼。後世俗尚日趨簡陋，俚語俗字之雜出，散行駢體之並陳，勒爲專書，名曰尺牘。此等文體，甚不雅馴，而世俗酬酢通用之，此又一格也。

第三節　語録之文

自唐代僧徒，不通文章，以俚語俗諺，書記師説，宋儒效之，創爲語録。推原其意，取乎質言，然自宋來，文人學士，每效其體，支蔓荒蕪，遂不可治。

第四節　小説之文

小説之文，每演白話，所記多雜事瑣語。其體則章回、傳奇，敘事之法，多本傳紀，惟詞曲則注意於音節，辭采雕琢，不遺餘力。自屠爨販卒，嫗娃童稚，上至大人先生，文人學士，無不爲之歆動。其感人之深，有如此者，蓋别具一種筆墨者也。

纠謬篇

第一章　建體之謬

體曷爲而謬也？一序也，所以敘人、敘事、敘物，而後世乃有贈序之一體，則謬矣。一傳也，古者其人有關於世，史官爲之立傳，後人不論何人，類皆爲傳，則謬矣。譜者，旁行之文字，司馬遷本周譜而作十表，後世譜自爲譜，表自爲表，譜爲世系之專名，表與史志爲一類，則謬矣。辭者，語言之總稱，楚屈原本《國風》而作《楚辭》，後世易辭爲詞，以詞亂辭，辭與文尚合稱，詞與曲相對待，則謬矣。賦爲古詩之流，其意在乎諷諭，而漢代以後之賦，流連風景，敷陳事物，失諷諭之初旨，則謬矣。箴爲諫官之責，其旨在乎格非，而揚子以下之箴，韓子五箴，程子四箴，失言官之本義，則謬矣。對策是對體，後人列之於策類。書説多奏體，後人例之以書信。七爲辭體，隸於設問，烏得專立七體？《難蜀父老》别爲難體，則《解嘲》當有嘲體。餘若相如、子雲之辭賦，類乎奏議，嚴遵、徐陵之上書，亦同獻頌，抑何謬也！又有俳諧之文，蓋出於滑稽家言，而後世效之者，如韓愈《毛穎傳》，司空圖《容成侯傳》，蘇子瞻《杜仲傳》，雖近諧謔，而文意寓諷，猶可言也；若明温陶君作《黄甘绿吉》、《江瑶柱》、《萬石君》諸傳，則無甚高義，直以文章爲游戲矣，又何謬也。種種紕繆，雖先哲不免，况後人之因仍也乎？蓋中國文體之不講也，固已久矣。

知本篇

第二章 文當本經

文章之原出於經。詔、命、策、檄生於《書》,序、述、論、議生於《易》,歌、詠、賦、頌生於《詩》,祭、祀、哀、誄生於《禮》,書、奏、箴、銘生於《春秋》,此顔之推之説也。論、説、辭、序,《易》統其首;詔、策、章、奏,《書》發其源;賦、頌、歌、贊,《詩》立其本;銘、誄、箴、祝,《禮》總其端;紀、傳、檄文,《春秋》爲根,此劉彦和之説也。二子,知文者也,而所言如此,况老子本《易》之陰陽以立説,莊子本《易》之假象以寓言,鄒衍本《書》之天地以談九州,關尹本《書》之《洪範》以言五行,管、商本《禮》以言法制,申、韓本《春秋》以言刑名,類皆持之有故,言之成理,不獨區區文章之長也。經之爲用大矣哉! 韓退之爲中國大文家,而自述其所服膺之書,曰《易》、曰《詩》、曰《左氏春秋傳》;柳子厚自述所以得力者,亦曰《易》、《詩》、《書》、《禮》、《春秋》、《孟子》、《穀梁》,誠以文必本諸經而始有根柢。《莊子》本《易》,《離騷》本《詩》,《史記》本《春秋》。若帝紀、世家,又本二雅、十五國風;若八書,又本《禹貢》、《周官》。夫如莊周、屈原、司馬遷之徒,其文卓越千古,與三代同風,猶且不能外經而言文,況後之作者耶! 然不可如劉向、曾鞏,多引經語以成文耳。是在劉、曾爲之,猶不失爲經術之文,若後之效之者,填塞經文、集録書語,以爲經術,其失也晦矣。(以上卷四)

姚 華

姚華(1876—1930)字重光,號茫父。貴州貴筑(今貴陽)人。清光緒二十三年(1897)舉人,三十年進士,授工部虞衡司主事。早年寓居北京蓮花寺,愛好許慎《説文解字》,收集金石文字,尤好篆、隸書法及繪畫,長於詩、詞、曲創作,傳世作品頗多,是清末以後貴州士林的佼佼者。姚華不但以詩、書、畫三絶名噪京華,而且在戲曲理論上有較高造詣,其曲論著作有《曲海一勺》、《菉猗室曲話》、《元刊雜劇三十種校正》、《盲詞考》等,對清末及民國初年京劇、昆曲的發展有一定影響。《曲海一勺》最早連載於梁啟超主編的《庸言》雜誌,分《述旨》、《原樂》、《明詩》、《駢史》四章,論述戲曲的起源、曲與詩詞的關係、戲曲的語言與曲律、傳奇所敷演的情節與史傳的關係等問題。

本書資料據 1940 年中華書局排印本《曲海一勺》。

述旨(節録)

文章起於歌謠,至便口耳,往往感人出於不覺。是以古今作者,前後相紹,體雖屢變,其歸則一。有文以來,詩歌尚已。戰國既降,詩分爲三:騷、賦、樂府,並成鼎足。然騷、賦别行,而樂府獨隸詩系。自漢及唐,古、近體詩,猶未歧視。五代、兩宋,長短句作,命之曰詞;别子爲祖,支派始分。然以樂府名者,比比而有。金元起於北方,音律異聲,詞弗能叶,新聲以創,而曲遂作。尋其淵源,一本諸詞,遠祖南唐,近宗北宋諸家小令,痕跡分明,不獨大曲爲散套、雜劇、傳奇之濫觴已也。是以詞曲界劃,雖極謹嚴,然多蒙舊語,曲亦名詞,或曰樂府,少示區别,則曰詞餘,曰今樂府。茂倩而後,詩集不續,若繼爲之,源流朗然,不可誣也。自時厥後,曲又爲二,南北分歧,雁行相抗,昔爲附庸,今成大國。古今變遷,有如此者。夫文章體制,與時因革,時世既殊,物象即變,心隨物轉,新裁斯出。自今以往,又不知變遷如何也……曲起金元,逮於明清,時歷四代,著作實繁,雖才有長短,誼有高下,欲加評斷,不少瑕疵,然非曲之過也。曲之托體,美矣茂矣!夫其文、情相生,比、賦並用,語似淺而實深,意若隱而常顯,情沿俗而歸雅,義雖莊而必諧,謝羣言以標新,離六籍以隸事。小令數語,常若豐澤;套詞連章,自成機杼;雜劇傳奇,更兼衆妙。意無不協之句,辭無不白之懷;雖甚參差,仍嚴格律,遇字須酌,逢音必審,平務分乎陰陽,仄尤謹於上去。人質實以清空,去文飾以藻麗;犯古今之所難,獨雜沓而有倫。其易若彼,其難若此,豈非境之至勝,而體之最優者哉!文章諸體,名篇千萬,凡有佳勝,古人居先;曲之興起,纔五百年,世不之重,作者較稀,鴻寶所藏,珍秘未闡,及今發揚,未爲晚也。

田北湖

田北湖(1877—1918)名其田,字自耘,號北湖。清末南京六合人。十三歲即被擢入南菁書院。清末因文字入獄,被羈押了很長時間。辛亥革命後仍不得志,歸居玄武湖,將居室題名爲“坐擁五洲”。還曾被舉薦到北京大學教授歷史,並參與修撰《方輿圖志》。

本書資料據《國粹學報》。

論文章源流(節録)

上古無文之稱,中古史官,其名乃著,先後相承,而經出焉。百家諸子,起而變經,異曲爭鳴，細流四溢；鉛槧之士，獨尊其師説，以赴跂趨。綜其體制，約爲四類：紀述之文也，箋注之文也，議論之文也，比賦之文也。萬世萬變，終不出此範圍矣。漢興試士，呫嗶之徒，相率應制，以博禄位。於是公室考校，郡邑選舉而外，無專習者，間有官書職司，私家著作，其所學問，皆由舉業研究而來。吾乃斷之曰：太古之文出於民間，中古之文出於史官，春秋之文出於經學，自漢以後之文出於考試而已。歷代考試，制藝不同，一源相通，曾無異致。然其爲體與古文古經之距絶，不可以道里計也。今辨其體，必溯所窮，吾將求之古史古經焉。

記載之著，發始於謡諺，但有章句，而無體裁。所謂謡者，比物以起興，叶音以足語，今爲韻文，若記言之類也。所謂諺者，觸義引類，依事直書，今爲序述，若記事之類也。所見與聞，皆爲筆述者，往昔之實事，傳誦之名言，未有師生之授受，故無家法。又各就其一鄉一邑之風俗性情，以陳民志，方言不通，而流傳不遠。及文教大進，政體日崇，凡兹之類，非官司所採納，不得列於國史，篇籍於焉散失。其猶或存者，不過窮僻之壤，鄙野之夫，斷簡殘篇，口講指畫，流風餘韻，留遺於民間，收拾舊觀，東鱗西爪云爾。况儒家既盛，不屑相習，更以爲言不雅馴，大異近體，直如今之所謂小説、所謂白話也者，弁髦視之，曾不值通人之一笑也，誰復輕重之哉？二千五百年前，最初最古之文字，不可多睹；惟秦火未焚之書，偶引片言，於是奇珍異寶，尚震光耀焉。

周監二代，郁郁爲盛，諸史並設，分局盡職，文章之美，臻乎完備。藏室所藏，無論上古中古之書，莫不蕾萃。春秋列國，羣秕王綱，文武之緒，若存若亡，孔氏取其籍，從而删擇之，别爲古時近世之史。更述遺意，旁舉國典，而著於經，承官史之餘流，立私門之學派。綜其大綱，是分二類：列傳紀者，謂之《尚書》；編年月者，謂之《春秋》。《尚書》始於帝典，終乎《周書》，多記帝王君臣之言；文亦遞變，由樸而華，由艱深而暢茂；雖古今異説，或多僞託，而文體之階級，殊井井焉。紀識本末，標目裁篇，後之紀傳，悉源乎此。《春秋》者，循年推月，歸乎紀事之體，簡而能詳，疏而不漏，文理之組織，漸見縝密，字句之琱琢，漸及浮華。爲其徒者，各緣時事，衍義别傳，體會世説，不厭瑣屑，或採陳編，或託輿論，惟務文飾，以掩二百餘年之穢迹，其所謂褒貶善惡者，洵乎微言，恐未足以伸此曲筆也。《書》降爲《傳》，一綫獨承，後先斷續，枝幹自離，師生相比，徇俗干時；故其篇中於興廢治亂之原，制作得失之紀，凡其實迹故履，可以啟導顓蒙，振作士氣，使鑑於前而圖於後者，輒有避諱，含混出之，持“民可使由，不可使知”之義，壅遏一世之聰明，驅之冥蒙之城，至死不悟。王充發難，微示其機；二千年俊，李宏甫出而直抉之，李氏謂“天不無真是非”，上疑孔氏所知所罪；豈非《春秋》之真實究竟乎？自儒家習學，埋首讀史，只知《書》、《傳》，中古以往，舊史絶矣。(1905 年一卷 2—6 期)

唐恩溥

唐恩溥(1877—1961)字天如。廣東新會人。工詩擅書。曾任吴佩孚部秘書長,又曾任清史館纂修,有《清史·地理志》、《列傳》諸稿。《文章學》爲其在兩廣高級工業學堂的國文講義,分《文章源流》和《學文緒論》上下兩篇。

本書資料據1961年香港白沙文化教育基金會版《文章學》。

學文緒論(節録)

一曰爲文宜先知體制也。古人有言:文章以體制爲先,精工次之。失其體制,雖浮聲切響,抽黄對白,極其精工,不可謂之文矣。故士衡《文賦》之篇,彦和《文心雕龍》之作,其於體制之間,特兢兢焉。蓋以文者,所以勒之金石,傳之來兹,其勢不可以苟而已也。夫兩漢而降,作者雲興,刓精竭慮,思以文章自名於天下者,不可勝數矣。然或及身而名不彰,或遲至數十百年而卒歸磨滅,其流存於今者,蓋千百中之一二也,豈其文詞不盡雅馴歟?抑其體制之間,猶多滅裂,而未底於極工歟?傳曰:"言之無文,行而不遠。"然則體制者,乃所以文其言也。是故王者之言,謂之詔誥;詔誥之文,則貴其深厚而爾雅也。自上諭下謂之檄令;檄令之文,則貴其辭健而義顯也。將帥獻捷,謂之露布;露布之文,則貴其奮發而雄厲也。自下而進説於其君者,謂之奏議,而表疏、對策、上書、封事,皆奏議之流也;奏議之文,則貴其詳明而剴切也。權衡事理者謂之論,剖析疑難者謂之辨;論辨之文,則貴其肅括而典覈也。序典籍之所以作者謂之叙,擷其要旨而題之書後者謂之跋;叙跋之文,則貴其考據精詳,而能抉作者之意也。舒布其言,陳之簡牘,謂之書説;書説之文,則貴其條暢而恢奇也。擇言而進,致敬愛、陳忠告者,謂之贈序;贈序之文,則貴其婉而多諷也。歌頌功德,施諸金石,稱述世系,揭諸墓道,謂之碑誌;碑誌之文,則貴其簡嚴而有義法也。載其人之大節逸事,以傳之後世者,謂之傳;撮序其生平賢否,以上之史氏者,謂之行狀;傳狀之文,則貴其徵實不誣而辭尚體要也。援古喻今,示規諷之辭者,謂之箴;引物取譬,寓警戒之旨者,謂之銘;箴銘之文,則貴其托意親切,而結體閎深也。景仰古人,序列其事而贊美之,謂之贊;游揚德業,褒讚成功,謂之頌;贊頌之文,則貴其鋪張而揚厲也。雜記者,碑文之屬也,然大小事殊,取義各異,其體主於記事,故謂之記;雜記之文,則貴其簡重而嚴整也。變風雅之體,鋪采摛文,體物寫志者,謂之辭賦;辭賦之文,則貴其環奇而綺麗也。悲實依心,以詞遣哀,謂之哀祭;哀祭之文,則貴其情深而語惻也。凡此諸類,體制不同，命意自異，而其所辨者，又多在於幾微毫芒之間。故古之作者，猶難兼工，而況率爾操觚者乎？是以汪彦章謂傅自得曰："今世綴文之士雖多，往往昧於體制，獨吾子爲得之，不懈則古人可及也。"由此言之，學者欲凌跨文壇之中，雄視百世之下，非取古文體制，精鑒而甄别之以求其至，又烏能垂世而行遠哉？（下篇）

張　相

張相（1877—1945）原名廷相，字獻之。浙江杭州人。早年任杭州各學堂教師，講授古文與歷史。後應上海中華書局之聘，任編輯所副所長，後辭職。除主編文史課本外，又編有《古今文綜》十册。1936年與舒新城、沈頤、徐元誥等人主編《辭海》。五十歲以後，專門研究詩、詞、曲中不曾有人解釋的語辭，寫成《詩詞曲語辭彙釋》一書，對研究古典文學和近代語匯貢獻甚大。張相認爲，過去的文章纂彙，或有斷代局限，或存門户之見，亟需一部新舊不避、駢散並蓄的彙纂，以"存本來、公是非、博會通、宏觀覽"。因輯秦漢以來下迄清末民初各類文章共二千三百餘篇，名《古今文綜》。全書分論著序録、書牘贈序、碑文墓誌、傳狀志記、詔令表奏、辭賦雜文六部，十二編；每編下又區分爲若干章、目，並於各章、目附簡短論述。編者意在細分文體，但子目過於繁冗，不便翻檢。本書删除其選文，收入其論述部分。

本書資料據1916年中華書局本《古今文綜》。

《古今文綜》綴言（節録）

古文之目，自唐而興，單行票姚，詡爲起衰，而矯之者，遂謂單行爲言，用偶爲文，深屏世之所謂古文，一挑一剔，無殊小慧。駢散之爭，既成鬨市，自來選家，亦分涂轍，各揭一幟，絶不相容。平心論之，韓、歐傑出，時屬唐宋，括之以古，則三代、秦、漢，置於何地；必曰用偶爲文，轉相詆娸，則孔子所作《文言》，未嘗悉是偶語，蔑古蔑聖，其失惟鈞。李申耆云："天地之道，陰陽而已。陰陽相並俱生，故奇偶不能相離，方圓必相爲用。"溝而通之，可稱卓識，故所選《文鈔》，奇偶並録。特其命名，囿於駢體，斯一間之未達者也。孔子有言："物相雜故曰文。"兹書擇善而從，意主渾圜，爲散爲駢，不取標揭，但名爲文，亦取參伍錯綜之誼，爰名爲綜。事不師古，理惟求是，區區之恉，竊在於斯。已上定名大意第一。

《昭明文選》，各以彙聚，詩賦之屬，乃以類分。寶臣《文粹》，隨文分目，碑曰"姦雄"，銘曰"暴虐"，命意則善，定名或乖。厥後吴氏《文章辨體》，徐氏《文體明辨》、賀氏

《文章辨體彙選》，析類數十，或至百餘，踵事增華，亦云詳備。惜抱《類纂》，括爲十三。春木《文録》，括爲十七。滌生《雜鈔》，括爲十一，稍稍趨於弘整矣。兹書凡六部十二韻：曰論著序録，推闡發明，是其幟志，爲第一部；曰書牘贈序，所以敦倫好，寄情愫，爲第二部；曰碑文墓銘，伐石鎸辭，垂諸不朽，體則異，恉則同，爲第三部；曰傳狀志記，表章人物，亦碑文墓銘類也，爲第四部；曰詔令表奏，廟堂之製，高文典册，别成一體，爲第五部；曰辭賦雜文，掞張之作，統紀於此，爲第六部。箴銘頌贊哀祭，惜抱本爲三類，春木乃爲六類，滌生哀祭爲一類，箴銘頌贊，省入辭賦類，意以韻文，體質相近。然祭弔哀誄，韻文爲多，《招魂》些詞，淵源可溯，兹廣滌生之例，省入辭賦類。彦和《文心雕龍》，雜文所舉，僅有三目，對問、連珠與七是也，後世有作，波譎雲詭，顧名思義，并以附焉。已上分部大意第二。

總集、别集，流傳夥矣。要其涇渭，析爲兩事：一曰歷史之屬，一曰實用之屬。曷謂歷史？古之所有，今之所廢者也。曷謂實用？古今不廢者也。約以今名，前者曰陳文，後者曰生文。生文所以眎其效，陳文亦以博其趣。兹書標名古今，兩事並録，特所畸重，在於實用，分目詳略，依斯爲準。論著序録，書牘贈序，碑文墓銘，傳狀志記，抉宇宙之奥，發事物之蹟，通性情之正，揚風烈之懿，皆生文也，故此四部，標舉法式，不厭煩細。詔令表奏，限於時代，此陳文也，詞氣堂皇，多大手筆，兩漢之文，此尤翹楚，多聞善識，聊博其趣而已。辭賦之才，古稱君子，今匪急務，特示一斑。頌贊箴銘，祭弔哀誄，亦生文也，備陳流變，藉資採擇。至於雜文之屬，略同辭賦，鉤其佹異，以終吾篇。已上析目大意第三。

拘虚篤時，莊生所誚，文章之用，與世移變，今之所開，古不得囿。近世肇治科學，析類之事，目爲至要。植物學家，部門科屬諸名，井井而談，屬隸無紊，譬諸草木，區以别矣，矧在文章，渠不若彼。兹書以部統編，以編統章，每章之中，先爲甲乙，次爲一二，次爲子丑，次爲金石，次爲壹貳，取彼習熟，以爲符記。自我作古，大雅或呵，然《荀子・正名》篇曰："循於舊名，作於新名。"又曰："單足以喻則單，單不足以喻則兼，單與兼無所相避則共。"是故有大共名，有大别名，則志無不喻之患，事無困廢之禍。《大易》一卦，統乎六爻，揚雄《太玄》，衍爲方州部家，上以統下，寡以制衆，皆以共名别名，迭爲銜屬。且篇析子目，《管子》、《吕覽》，已有先例，甲乙丙丁，用以分别，《管子・輕重》篇，又其權輿。今之作新，誼實循舊。至於括弧，亦有師仿，古人觀書，乙識其處，乙之取形，括弧爲近，藉以豁目，於文無害。惟子目復雜，分章斯長，覽者於此，易滋疑詑。章實齋論篇卷有云："要在文以足言，成章有序，取其行遠可達而已，篇章簡策，非所計也。"已上格式大意第四。

《昭明文選》，上採史文，不録經子，兹書宗之。惟無韻誄文，窮於舉例，録哀公誄仲尼一首。《文選》不録並世，蓋以標榜聲氣，君子弗欽，自後選家，大率斆法。迨惜抱《類纂》，近及方、劉、黎氏《續纂》，並世亦録。玆書約以清末爲斷，其以實用攸關，無從示式，破格爲之，僅何維棣、孫同康兩首而已。至於湘綺、虛受，海内二老，觥觥文宗，迹彼譔述，終入著録，標榜聲氣，何有嫌疑，故並録焉。《昭明》類分，時代相次，申耆《文鈔》，繫人以代，讀書論世，頗便瀏覽。然在斷代，異議滋多，漢末六朝，尤爲轇輵。若云某文之作，時在某朝，裁篇别出，其言則韙，但無考者，何從臆决。嚴鐵橋氏，輯三代、秦、漢、六朝文，大率以卒年斷代，玆書依焉。五代終始，僅五十年，倘以閲世短促，準《全唐文》例，繫之於唐，唐以亡矣，繫於何有，玆書爰稱五代，不復著其代别。朱明遺老，黄、顧之儔，春木、邁堂，兩家《文録》，已隸之清，玆亦從之，蓋卒年斷代例也。惜抱、申耆，著録之人，惟稱其字，字或湮佚，遂致參差，且史傳揭目，大都稱名，玆書從之，庶幾一定。已上斷限大意第五。

學術思想，表於文字，爾其爲爭，約有兩端。一曰異同，一曰新舊。距楊、墨，闢佛、老，下至漢宋殊涂，朱、陸背僢，持之有故，言之成理，此異同也。君臣倫常之重，《春秋》夷夏之嚴，諸所孳乳，今成謬説，此新舊也。玆書生文陳文，意在並蓄，所以存本來，公是非，博會通，閎觀覽。且所言者，其人與骨，皆已朽矣，大同新理，寧足以繩。維古有言，毋文害辭，毋辭害意，是之取爾。已上采輯大意第六。

不佞供職浙江安定中學校及浙江第一中學校，主任國文，凡十二載，中間部章更迭，國文時間，或贏或縮，終以文章公式，猝難理董，一暴十寒，弗敷講貫。問業之士，餘力學文，參考瀏覽，期之課外。頗思輯一善本，彌其缺憾。粗定義例，暇輒鈔纂，積年既久，卷帙稍多。今年傭職中華書局，遂承諈諉，葳此舊業，復加推衍，差云殺青。古人著書，志在名山，不佞之作，無此閎願，應時勢之需求，供學生之參鏡。斯其體例，在課本講義之間，且古本多殘，石刻易漶，壺鼓方圓，讀之意沮，或有鴻文雅著，氣體卓然，作家所矜，初學未習，故舉例之文，間不從朔，譬之教怡，有實有權，因人而設，不得已也。復於每章每目，略綴言辭。撢其源委，述其體要，大抵彦和、知幾、實齋諸家之説。碑文墓銘，折衷蒼崖以下諸金石家之書。考文正名，溯厥原始，一以《説文》、《爾雅》、《釋名》、《獨斷》、《文章緣起》諸書爲宗。己意所及，十裁三四，辭取達意，不爲博考，亦思繁而不殺，使人倦覽。至於圈點，所以抉菁華，示義法，歸、茅有作，世人所重，惜抱亦云，發人神智，取便學子，毋寧存之。在今日爲筌蹄，在明日爲芻狗，從宜從俗，鴻喆勿譏。已上平點大意第七。

民國四年十月杭縣張相獻之父識於上海中華書局。(卷首)

第一部　論著序録之屬

第一編　論著類

第一章　論之體製

昔者彦和詮論，曰“彌綸羣言，研精一理”。載繹其誼，“彌綸羣言”，則作法也，“研精一理”，則體製也。文事流別，析而彌增，體製之分，代孳異説，要之彦和政經史文之別，卓哉名言，弗可易矣。茲約以今名，曰論理，曰論文，曰論政，曰論史，抑昔軌有不得而囿者，爲之歸餘，曰雜論。凡類五。

（甲）論理

述經叙理，是名爲論。孔門《論語》，論之極軌，煌煌日月，無得而踰焉。後世勃窣理窟，代有作者，大都義取闡發。老泉生千載後，奮其獨斷之見，説經嶽嶽，不主故常，斯論衡之亞也。子瞻《刑賞》，附會經義，荆公《禮論》，抉摘經心，皆彦和所謂“釋經則與傳注參體”者與。歸震川之《論貞女》，頗招議駮，顧衡以今日之新理，毋寧爲平。孟塗《論學》，通其郵，用其中，舉漢宋之鬩而一掃之。昭明有言：“論則析理精微。”李充亦云：“論貴允理。”不求支離，此其選矣。凡七首。

（乙）論文

《文心雕龍》，抉微入奥，論文之著，此爲絶倡，雅宜攬其全書，茲編不復割取。伯仲之間，則子桓《典論》之《論文》矣。李文饒之作，爲《謝靈運傳論》而發，異同之致，與陸厥《致隱侯書》，足資參稽。下此張氏、魏氏二家之論，亦可觀。斯皆彦和所謂“銓文則與叙引共紀”者也。凡四首。

（丙）論政

坐而論道，謂之三公。彦和亦云：“陳政則與議説合契。”凡體關建白者，入表奏類，不復羼列。惟夫魁儒桀士之倫，獨居深念，論列是非，其慮遠，故其言長，其痛深，故其旨顯，此《徙戎》、《辨姦》之所爲作也。昌黎《争臣論》，子瞻《始皇論》，義取鍼砭，意往而復。梅氏、錢氏有作，體亦於諷論爲近，言者無罪，聞者足戒。斯類而輯之爾。凡六首。

（丁）論史

古者史臣紀載，乃有史論。蕭《選》特標此目，大氐採自史書。後世文士，讀書論世，間有造述，遂與史傳別出。彦和所謂“辨史則與贊評齊行”者也。迄乎三蘇，蔚爲大觀，駸駸乎自成一體矣。發題策士，事關制科，宋明以還，其作彌夥，史論之名，遂成專屬，視蕭《選》之所標，已貌同而心異。蓋文章隨乎世變，此亦時代爲之也。兹以前者爲史傳論，後者爲史論，藉明區别云爾。

（一）史傳論

子長譔述《史記》，限以篇終，各著一論，既而班固曰贊，荀悦曰論，《東觀》曰序，謝承曰詮，其名萬殊，總歸論贊，劉知幾氏言之詳矣。但馬、班論列，後世專名爲贊，别入史贊類。兹於後漢、晉、宋、南齊、五代諸史，并周保緒氏之《晉畧》，擇其尤弘整安雅者，凡八首，以示例焉。若夫元元本本，則全史在。

（二）史論

作者既多，涂術滋廣。觀其探究制度，則原本政典；溝通學術，則仿佛儒林；形勢之談，既踵地志；人物之論，亦規列傳。綜厥體裁，雖曰文勝，要不失爲史之别子也。凡四類。

（子）論制度

曹元首推崇封建，而柳州之論，頗有出入，游民之爲禍烈矣。子瞻、子居，其説如冰炭之不相容。觀水有術，必觀其瀾，君子於此，可以觀文瀾矣。凡四首。

（丑）論學術

太史談之六家要指，括囊大典。劉《略》、班《志》之先河也。子瞻《荀》、《韓》兩論，頗能觀其會通。容甫邃於荀學，其所證引，闢開節解，視子瞻爲精實。六經皆史，龔氏之尊史至矣。皆所謂好學深思，心知其意者也。凡五首。

（寅）論形勢

子瞻習爲從横家言，平王東遷，譙爲失勢。後世子居之論西楚，高掌遠蹠，實宗法之。亭林地學大師，較覈形勝，不難以馬上得天下，其論尤偉，視彼榷指之儔，淵源固殊焉。凡三首。

（卯）論人物

大抵爲此體者，多宗蘇氏。蘇氏文章穎鋭，挾其邁往不屑之氣，以辭掩理，往往而有。修辭立誠，君子之訓，佚放者爲之，遂詭而害理，蕩而失其宗，此得失之林也。若其體製，可析爲二。

（金）論一人一事

推微知著，斯徵史識，子瞻長於此體，録二首。叔子效法蘇氏，姚、梅亦時有善言，各録一首。本章次章所選引，自廣義言之，可隸於此目者多矣。不具列也。凡五首。

（石）數人合論

史有合傳，乃有合論。後之作者，或異代或同時，綜合而比較之，抒其上下古今之見,斯爲貴也。陋者爲之,或至比附鉤𥿄以爲能,則失其旨矣。録蘇子瞻、陳止齊、魏叔子、全謝山各一首。

(戊) 雜論

班《志》貫串九流,而儒墨刑名,窮於稱謂,則曰雜家。兹編竊比其意,凡無可歸轄之作,别立一幟,附於章末,統名之曰雜焉。録嵇叔夜《養生論》以下凡三首,爲雜論。

第二章　論之作法

文之爲事,貴乎適變,是以赴節投袂,應絃遣聲,士衡所云,譬之歌舞,微夫微夫,輪扁有不能言者夫。大抵當機以應者工,設鵠以射者拙。通詮衆論,約爲七類,彌綸羣言,此其庶幾。

(甲) 敷陳

自漢以還,論主質幹。自唐以還,論主波瀾。近世作者,大抵效法三蘇,浩乎沛然,取其氣盛,而閑雅平徹之風,稍稍衰矣。論者倫也,義取倫理無爽,馳驟横决,良乖古誼。班叔皮之《論王命》,李蕭遠之《論運命》,如雲在空,絪緼變化。劉氏、楊氏之作,排比衆説,祥金在冶,所謂"辭共心密,敵人不知所乘"者也。凡四首。

(乙) 問答

曼倩《非有》,子淵《講德》,發揮旁通,設爲問答,模仿經子,自成一格,録二首。昔者彦昇《文章緣起》,以子淵《講德》,爲論之始,後世多非之。顧問答辨難,論之爲誼,衡名責實,彼亦有取爾也。

(丙) 整鍊

管、莊、荀、墨諸子,時見排比之言,廉戾黝栗,戛戛獨造。宋之明允,清之崑繩,倜乎以經世自命,其文最爲近之。唐子《潛書》,龔氏《文集》,操觚之子,耆同膾炙,良足爲詞繁不殺者藥也。凡四家,文九首。

(丁) 清折

士衡有言:"論精微而朗暢。"整鍊者,精微之作,而清折者則朗暢之文也。歐、蘇頗多此體,高者起訖謹嚴,彌見矩矱;次者亦一唱三歎,無醉意,無蔓辭。孔㢲軒《元武宗論》,詞氣瑰麗,按其作法,正復龍驤虎步,高下在心,故以坿焉。共六首。

(戊) 翻騰

得間之意,扼要之理,驅之以鋭氣,鑄之以偉詞,遂使軒然大波,起於尺幅,此亦天下之詭觀也,賈、蘇自是大宗。明人希直、元美、荆川,均有述作,惜意盡於言,少瀠洄之致,然鋒穎則過絶人。巽之《蒯通論》,通甫《祭仲》、《寬饒》兩論,開闔遒緊,宕而能厚。趙桐生、皮鹿門之作,出以駢儷,亦斯文之雄師也。凡十二首。

（己）申前人之説

彦和謂："論所以辨正然否。"標準斯誼，然則有申，而否則有駁矣。録孝標、子瞻以下凡五首，皆所以辨正其然者也。昔者宣尼立言，尚云祖述，引申之誼，由來舊矣。

（庚）駁前人之説

録權文公、王荆公以下凡十一首，皆辨正其否者也。辭忌枝碎，義貴圓通，大雅不羣，實在於此。若夫越理横斷之説，反義取通之論，悉以屏録，無俾害文。

第三章　論著之其餘各體

凡屬於論著類者，體製匪一，綜述於此：曰辨，子目五；曰説，子目六；曰議，曰原，曰義，無子目；曰解，曰釋，子目各二。凡爲類七，爲子目十五。

（甲）辨

據理陳詞，詰曲究盡，因之以辨名篇。其體實起於唐代，許書訓辨爲判，大鄭讀辨爲别，判别是非，此其幟志。經典流傳，字或作辯，辯本訓治，與辨無關，斯假借之誼也。兹編輯自各方，爲辨、爲辯，一從原本。至其體製，可得而言，折衷聖喆，導勵流俗，如昌黎《諱辯》之類是也，是曰辨理。捃摭史事，一掃玭蜉，如柳州《桐葉封弟辯》之類是也，是曰辨事。載籍叢殘，殷殷考訂，如柳州《文子》、《鬼谷》諸辨之類是也，是曰辨古書。滄桑陵谷，傳聞異辭，如王廣津《太華仙掌辨》之類是也，是曰辨地理。蓋棺之論，重爲平反，如焦弱侯《揚子雲始末辯》之類是也，是曰辨古人。凡五目，共録文十七首。

（一）辨理　録五首。

（二）辨事　録二首。

（三）辨古書　録六首。

（四）辨地理　録二首。

（五）辨古人　録二首。

（乙）説

士衡《文賦》："説煒曄以譎誑。"彦和辭而闢之，顧謂："説者，悦也。言咨悦懌。"夫古之所謂書説，後之所謂奏議，主文譎諫，義實相師，入室之爭，良可以已，參觀表奏類。古者宣尼贊《易》，爰有《説卦》，説訓爲釋，其體與解相出入。汶長著書，顏曰《説文解字》，此其證也。唐宋以還，厥體滋多，豈所謂博學詳説者耶？昌黎《師説》，鋭於復古；柳州《天説》，篤於信道；《揅經室集》之《説文言》，蓺林聚訟，頗資援據；來鵠《儉不至説》，短言寥寥，樂蓮裳廣之，乃消息於國計民生之大，可謂至矣。凡此籀理之作爲一類。吴氏《餅説》，體物無遺；許氏《硯説》，陳言務去；瑑人《天壽》之篇，庶幾能説山川者與？其《碑》、《石》二説，尤洞達，凡此格物之作爲一類。至於《中庸》致曲，乃有雜説；《莊》、《列》寓言，乃有設説。字説者，《儀禮》字辭之遺；贈説者，古人贈處之雅，衡之於義，皆不苟作。凡六目，共録文二十四首。

（一）説理　録四首。

（二）説物　録五首。

（三）雜説　録六首。

（四）設説　録三首。

（五）字説　録三首。

（六）贈説　録三首。

（丙）議

彦和有云："周爰諮謀，是謂爲議。議之言宜，審事宜也。"但軒帝明臺之盛，唐堯四岳之咨，發言盈廷，體近建白，别入駁議類。若夫私家譔述，善談名理，文以辨潔爲能，事以明覈爲美，含毫激想，匡弼政教，斯自雅量，素所蓄也，必律以庶人不議之文，不亦泥乎？録柳州《晉文問守原議》以下凡四首。

（丁）原

《漢書》注："原，謂思其本也。"《雕龍》之作，首列《原道》，以原名篇，義則少異。昌黎崛起，推波助瀾，蔚爲此體之大宗。後之作者，日以繁矣，以梨洲爲最善。録昌黎《原道》以下凡六首。

（戊）義

義者宜也，謂名處其宜也。昏冠射聘，《戴記》名之以義。後世爲之，體於經解爲近。稟經酌雅，神禪其詞，故足尚也。録二首。

（已）解

解之爲訓，猶言分疏。經解之名，見於《戴記》。何休《公羊》，題曰解詁。博士孔鼂，注《逸周書》，亦復以解名篇。漢晉之時，其體如此，後世施之雜文，迹近論説。録三首。解又訓脱，揚子《解嘲》，義取乎此，亦雜文之流也，昌黎踵之，作《進學解》。録二首。

（一）理解　録三首。

（二）喻解　録二首。

（庚）釋

釋者，解也。《爾雅》篇目，統曰釋某，義取疏釋，此一體也。録汪容甫《釋三九》一首。釋者解説令散也，《吴語》："使行人釋言於齊。"義取譬釋，此一體也。録伯喈《釋誨》，昌黎《釋言》，共二首。

（一）疏釋　録一首。

（二）譬釋　録二首。

第二編　序録類

第一章　著述之序上

《周頌》"繼序"，《傳》曰："序，緒也。"《爾雅·釋詁》曰："叙，緒也。"《説文》：序爲東西墻，叙爲次第。假序爲叙，經傳已舊。兹編爲序、爲叙，字或不同，一從傳本。序既訓緒，義資紬繹，又訓次第，意在敷陳。孔子贊《易》，爰有《序卦》，其序之權輿乎？序其作意，次第爲言。古人命篇，多在簡末，如《史記序》、《説文解字序》是也。後世徒觀夫《詩》、《書》小序，冠於篇前，往往有所著述，則導言之作，裦然居首，已稍稍失古誼矣。博觀衆製，約爲九事，即分三章述焉。

（甲）自序著述

作者之意，引伸乎序。然自人言之，不若自己言之之深切著明也。《史記》、《説文》，不朽之業，迹其樞要，尤在自序。他人有心，予忖度之，烏能如其腹中所欲言乎？凡兩類。

（一）序單篇

《伊訓》首節，即其自序。降此《詩》、《書》小序，闡發本篇，條舉件繫，不煩而解，此其古體矣。後世作者寖多，大抵史官立言，文人掞藻，義取前導，均有斯製。爰約之爲史傳序及文序云。

（子）史傳序

龍門作史，每於列傳之前，先序厓略。後世善斆，厥惟歐陽。横雲《明史》，保緒《晉略》，亦存良製，一鱗一爪，可以名家。共録六首。

（丑）文序

大抵賦序爲一類，詩序爲一類，雜文序爲一類。録九首。士衡意在諷刺，子山體屬應奉，越縵《九哀》，祖北江之阰側；鹿門兩贊，法稚威之渾灝。此又其大略之可言者已。

（二）序全帙

融會貫通，條述梗概，特其方法，有詳有渾。

（子）詳序

子長史家鼻祖，百卅篇之大恉，江漢朝宗，匯於《自序》。古之人有爲之者，《孟子》終篇，述堯舜以來；《莊子·天下》，叙學術之概，比物此志也。抗顔行者，班固氏而止爾。保緒《晉略序目》，希古之作，亦殊可觀。張氏、譚氏，叙述詩賦，淵然深，秩然理，源流殫洽，要亦師《漢書・藝文志》、《隋書・經籍志》而爲之者也。凡五首。

（丑）渾序

文章之法，匪繁則簡。繁貴能殺，簡貴能文。《老子》曰："三十輻，共一轂。"《孟子》曰："博學詳説，將以反約。"斯昌黎所謂"記事必提其要，纂言必鉤其玄"者也。若其方法，亦有二焉。

（金）以闡發之法序

最録文章，義存矜式，如昭明《文選序》是也。包舉衆有，意在搜羅，如歐陽公《集古録目序》是也。沈潛舊籍，發揮古誼，如朱子《大學章句序》是也。愴念身世，感槩今昔，如戴南山《孑遺録序》是也。凡此諸類，録文十首。其資之也深，其取之也左右逢其源，君子自得，有味哉其言之也。

（石）以謙抑之法序

歐、王諸作，或關政令，或屬奏進，讀其文，論其世，想見其承平制作之盛，匪特揄揚休美，體則宜然，抑鞠躬君子之風，以視囂張陵競者，氣象固不侔焉。録五首。

第二章　著述之序中

（乙）序人著述

古人作書，不皆有序，或於終篇，最其大恉，其體一衍，乃爲自序，而序人之作，亦由是興矣，爾其權輿，屬於著書。自是厥後，復有文集，而詶應之作，亦由是緐矣。近世以還，操觚能文，人各一集，泛覽蓺府，製序尤多。綜而甄之，亦爲兩類。

（一）序單篇

例見前章。録玄晏《三都賦序》一首。太沖無名，借之以重，《世説》所載，云其自作，然昭明聞見切近，列名皇甫，亮不爲誣，兹從之云。

（二）序全帙

例見前章。古之作者，亦或稱爲大序焉。分詳序、渾序二類。

（子）詳序

例見前章。《會昌一品》，云改義山之作。《戴集總序》，頗抉漢學之精。爰録二首，以存楷式。

（丑）渾序

例見前章。序人著述，屬於詶應，此其體也。序之爲誼，次事有法，此其用也。兹約以今名，前者爲闢繫，後者爲作法云。

（金）闢繫

凡五目，述於下。

（壹）爲前輩序

莫爲之後，雖盛弗彰，徵文考獻，以先正典型風天下。此士大夫有世教之責者事也。録蘇子瞻、梅伯言序共二首。

（貳）爲後輩序

痛逝者之不作，傷吾道之日孤。其言哀以思，其音繚以曲，頹然老矣，掩卷漣洏，後之覽者，亦將有感於斯文也。録魏叔子、梅伯言、曾滌生序共三首。

（叁）爲婦人序

婦德婦言，古者並重。《詩》三百篇，删自孔子，其中思婦有作，皇然與《雅》、《頌》同陳。必以内言出閫爲詆娸，拘於墟，篤於時，譬如賈豎女子爭言，何其無大體也。今者女教日興，名山之業，將在彤管，此其嚆矢云爾。録張燕公《上官氏文集序》以下凡三首。

（肆）爲方外序

自孟子闢楊墨，唐宋諸賢以衛道自命，競言闢佛，語言文字之間，廩廩乎不稍假借，何其嚴也。大同之説，今始昌明，古有作者，已通聲氣。亟録歐蘇之序，以息彼我之爭。凡三首。

（伍）爲外國人序

大道之行，天下爲公。有唐盛時，四裔之國以十數，各遣其子弟，入我太學，讀我詩書，自昔史氏，以爲美談。還視今日，主客又異形矣。老師宿儒，抱書而泣，悁焉以荒經爲恩。瀛海之邦，有起而廣業甄微者，不亦輕中華而羞當世賢豪耶？讀吴摯甫氏《古籀篇序》及《周易象義辨正序》，感慨係之矣。然吴氏序言，無阿好，無苟同，庶幾能持國體者。録二首。

（石）作法

凡八目，述於下。

（壹）以列傳之法序

古者序集，文以人重，讀其書，不知其人可乎？昧者不察，習覩近體，驚詫古人之作，無殊列傳，以爲格不相入，則數典而忘其祖者也。彦昇《王文憲集序》，粲然古意，可爲模範，後世文人，知此者尠，荀慈《伯兄詩文序略》，庶其嗣音。録二首。

（貳）以史志之法序

《漢・藝文志》，《隋・經籍志》，源流本末，粼然大備，承學之士便焉。近世古文派别，推本桐城，自姚惜抱而大昌，自曾滌生而丕變。讀《歐陽生文集序》，及《孔叙仲文集吴序》，源流本末，方物漢、隋二志，而曾序師友傳□，又與《儒林傳》爲近，自我作古，偉哉，前此未之有也。録二首。

（叁）以地記之法序

史公遊歷天下，恢擴耳目，故其爲文，雄奇萬變。而《河渠書》、《貨殖列傳》及《漢興諸侯年表序》，指述形勢，尤爲剴切。後世作者，叙及文事，往往模山範水，造爲奇辭大句以自壯，譬諸繪事，渲染尚焉，所謂"得江山之助"者也。録荆公《靈谷詩序》以下凡六首。

（肆）以紀事之法序

彦和有云："序者次事。"此之所録，約爲三類。雍容盛典，體制攸崇，託之高文，照耀千古，如顔、韓兩序是也。俛仰陳迹，綢繆倫好，或叙今昔，或感生死，如袁、梅兩序是也。命儔嘯侣，古歡盎然，淋灕篇翰，誌此觴詠，如宋、洪、李諸序是也。共八首。

（伍）以感歎之法序

《史記·屈原列傳》，叙《離騷》之恉，宛曲紆軫，愾乎如聞，千秋有餘哀焉。後之作者，雞鳴而思君子，亡國而痛大夫，反顧流涕，高邱無女，長言不足，繼以永歎，其惻愴可知也。録徐鼎臣《江簡公集序》以下凡七首。

（陸）以託諷之法序

自歸震川序《項思堯文集》，妄庸巨子，詆訶弇山，而談藝之士，秦漢一説，唐宋一説，交閧之事由是始。魯通甫《伊蒿室集序》，亦其亞也，其《熊司寇集序》，深屏枝葉，獨得文章之本源。滌生諸序，鼓吹儒真，鍼砭俗學，文特閎雅可誦，濂亭諸序率仿之。諸氏之序《詞綜》，倚聲流弊，鑄鼎象形，非夫好學深思之君子，亦烏足以語此。共録八首。

（柒）以評論之法序

棘棘不阿，古人所重。昭明"白璧微瑕"一語，卓識孤懷，弗可逮已，惜抱、滌生，時有平論，越縵代譔《祀典考序》，補闕拾遺，悠然嚮往。斯皆三代直道之遺乎？然末俗好聞諛言久矣，我知大聲之不入於里耳也。録四首。

（捌）以闡發之法序

序集之作，此爲中堅。觀其敷衽陳詞，一横一縱，序之訓緒，何其乙乙者與。篇籍既多，搜戢斯富，要其作意，不外兩端。燕公、昌黎兩序，撫狀文心，通幽達變，後此汪氏《韻蘭詩序》，吴氏《復堂詩序》，王氏《柈湖文序》，皆其嗣音。子固源本經術，辭氣雖容，《范奏議序》，見文章之關於治化。滌生網羅散佚，以表章鄉賢自任，考學徵文，斐然述作。凡此皆撢源以立言者也。稚存博雅，湘涵瀾翻，惜抱善於推勘，越縵申其議駁。凡此皆廣例以證辨者也。共録十二首。

第三章　著述之序下

（丙）序古書

孔子贊《易》，有《繫辭》、《文言》諸作，而纂《書》百篇，各爲之序，雖或云謬託，要之序古之文，亦推濫觴。劉子政氏校書秘府，條其大恉，遂有叙録，卓然大宗矣，以命名不同，列於後章。大都整次舊簡，淵通妙思，斯之爲體，可約以兩，一曰辨證，次曰闡發。

（一）以辨證之法序

斠覈字義，異同致辨，有如怨家，校讎之名舊已。清代考據諸家，彬彬雅雅，成爲風會，動譙宋人，以爲空疏，然近世校讎之學，開自宋人，唐賢莫之逮也。録宋黄雲林《楚辭序》一首，清汪容甫《賈誼新書序》一首，考據之文，易滋蕪類，嘗鼎一臠，庶其知味。

（二）以闡發之法序

西河大賢，孔門文學，《詩序》之作，允爲弁冕。歐陽氏《黄庭經序》，意在存古，不爲嚴論。子固湛於古書，深醇淹雅，駸駸乎與子政爭涂矣。凡此皆所謂"攄蓄念，發幽情"者也。録四首。

（丁）序譯書

佛學入中國久矣，六朝三唐之間，内學蔚蒸，繙譯彌富，顧序經之作，多闡教義。卅年以來，新學東徂，鯨呿鰲擲，陳腐之説一洗，而學問之道昌矣，此亦文運興革之樞也。録吴摯甫氏《天演論序》、《世界地理序》，共二首。

（戊）序圖

大都爲三類：説山川，記道里，則地志圖序是也。辨昭穆，訂訛繆，則世次圖序是也。述芳躅，誌陳迹，則高風、昔遊及煙雲過眼圖序是也。揚子有云："書爲心畫。"兩美攸合，文人之能事盡矣。共五首。

（己）序表

史臣載筆，叙述爲艱，紛而綜之，斯歸於表，表所未明，復繫以序。子長創爲此體，後世效焉。大抵文尚流美，辭崇體要。共録七首。

（庚）序譜

古之作者，實爲世本，自是厥後，迄乎唐代，譜牒之學，猶稱專長，則族譜之爲也。康成治《詩》，綜其變化，爰有《詩譜》。後世綴學之士，説有系統，往往以譜名篇。而金石學家，稽繆篆，述摹印，顔曰印譜，又其别子矣。凡此諸序，約爲三類。共六首。

（辛）後序

對於前序，乃立斯稱，涇渭之間，可判爲兩。

（一）以闡發之法序

孤遠之恉，微眇難識，重事掞張，藉誌厥後，亦所以整比事理，導滯宣幽，譬如曲終重之以亂云爾。録四首。

(二) 以謙抑之法序

非其尊親,即所師事,小於執卷,著作之事,謙讓未遑焉。裴、曾、阮、吴諸序,可以見其大凡。録四首。

(壬) 上下序

《易》如《繫辭》,《禮》如《曲禮》,文字過長,用析篇目。即如賈誼《過秦》,《新書》亦分上下焉。黄梨洲氏《明文案》有上下序,他之作者,不概見也。録二首。

第四章　雜　序

昭明列序,僅有詩文。後世文體孳緐,其例頗嫌弗括。姚氏《唐文粹》,有集序,有譙集,王氏《法海》,詩文宴集,亦區爲二,選家宗焉。兹編詩文一類,易名著述之序,析爲九事,冀盡衆變。然自兹以外,囿以宴集,亦殊未賅,而姚氏天地修養諸名,徒滋駴詑,難云愜當,凡斯之類,不敢從同,聊復析爲四事,曰序人,曰序物,曰序宴集,曰序身世,而統目之爲雜序云。

(甲) 序人

《隋·經籍志》,稱漢"沛、三輔,有耆舊節士之序",蓋其爲體,傳記之間。劉向《新序》,所録皆嘉言懿行,此其證也。夏侯孝若一叙,類乎家傳,姚氏之作,叙議兼施,脱胎腐史。薛氏叙曾幕賓僚,文碎而密,孟堅之遺,有清中興,萬流仰鏡,亦治掌故者所有事與。凡三首。

(乙) 序物

此之爲體,純乎雜記。顧序虎丘,雅近酈《注》,柳州序棋,言近指遠,稺存《嘉禾》之篇,則頌揚之選矣。凡三首。

(丙) 序宴集

一觴一詠,暢叙幽情,自右軍倡聲,風流宏被,序平原之豪飲,憶南皮之勝遊,代有作者,於今爲烈。録《蘭亭序》以下凡七首。

(丁) 序身世

古人著書,每於自序之中,遠溯家世,兼及行己。《離騷》發端,詳述高陽伯庸正則靈均諸語,自序身世,實其先河。沿及後世,單篇别出,名爲自序,六朝之時,此體尤多。兹以孝標之作,俊人取法,因類輯劉知幾、汪容甫、楊才叔諸家,述作淵源,庶幾弗昧。馮可道《長樂老序》,巧言如簧,亦孔之醜,爲來世之口實,亦不没其文辭,遂羼入焉。凡五首。

第五章　序録之其餘各體

凡屬於序録類者,體製匪一,綜述於此,曰譜,曰録,無子目;曰跋,子目四;曰題,曰讀，曰引，無子目；曰書後，子目二；曰記後，無子目。凡爲類八，爲子目六。

（甲）譜

《周譜》之作，旁行斜上，所以明氏族，別親疏。引而伸之，大抵義取周密，説具係統，皆謂之譜。《釋名》："譜，布也。布列見其事也。"其完然成巨帙者不復録，録孫過庭《書譜》、包安吴《文譜》，各一首。

（乙）録

録者，籍也，孳乳其誼，謂之總領，猶今言綱要矣。自劉子政校書，輒條其大恉，名曰《書録》，亦曰《叙録》，其體乃著。草廬經學，焯於元代，《四經序録》，言之淵淵。洪氏《地理書目叙録》，舊時輿地之學，集其大成，何其閎覽博物君子者歟。共四首。

（丙）跋

《禮》："燭不見跋。"注："跋，本也。"故有足後爲跋之誼，而坿書文字，遂以跋名。其體孳萌於宋，歐、蘇之集，實爲權輿。綜其流別，約分爲四：捃逸抽秘，考訂叢殘，是曰故籍之屬；一帋一縑，望古遥集，是曰書體之屬；文章不朽，性命與契，是曰詩文之屬；摩挲尺幅，遐思淵淵，是曰圖畫之屬。大抵掞張幐義，景仰名流，體爲志餘，詞爲雜綴。凡録十二首。

（一）跋故籍　録二首。

（二）跋書體　録五首。

（三）跋詩丈　録三首。

（四）跋圖畫　録二首。

（丁）題

《説文》："題，頟也。"引伸其誼，遂爲居前，此一説也。《詩》："題彼脊令。"《傳》曰："題，視也。"《釋名》亦曰："題，諦也，審諦其名號也。"此一説也。然題之爲文，不必居前，題後之體，可爲左證，斯審諦之説允矣。録四首。

（戊）讀

《説文》："籀，讀書也。"《方言》："抽，讀也。"《史記》："紬史記金匱石室之書。"字亦作紬，紬繹其義，故曰讀矣。其體於題爲近。昌黎以後，作者滋多。録六首。

（己）引

《爾雅》："引，陳也。"《詩·行葦》箋："在前曰引。"彦和有言："叙引共紀。"又曰："引者胤辭。"斯知叙引同體，由來已古。劉夢得序文，多名爲引。眉山父子，避其家諱，以引爲序，又其後矣。録四首。

（庚）書俊

其體與題跋相近，大抵或全帙，或一篇，掩卷罷讀，悠然有思，遂從而爲之辭，此其識也。而其流别,亦可約指,子固、介甫、姚、梅、張、吴諸作,意在闡史;青門、滌生諸作,體近弼教;兩董《春覺軒集書後》,言念耆舊,阱側其思,又别一體矣;凡此皆闡發事實者也。觥觥望溪,桐城鼻祖,書後諸篇,義法所在;滌生、濂亭,持論尤覈;孟塗推重彦和,駢體大宗,《雕龍》斯仰;後世李、皮兩作,駢散爭論,亦資參觀;孔㢠軒《石鼓文詩書後》,夷視俗書,高跂獵碣,又别一體矣;凡此皆評隲文字者也。綜兩類,録文二十首。

(一) 闡發事實　録十首。

(二) 評隲文字　録十首。

(辛) 記後

其體與書後同。瓻其陳義,師法淵源之作爲多。永叔之於昌黎,南屏之於震川,摯甫之於《尚書》、《左史》,碻乎心得,故崒然自成一家言。録四首。

第二部　書牘贈序之屬

第一編　書牘類

第一章　敘事之書上

彦和有言:"書者,舒也。舒布其言,陳之簡牘。"然自上而下,則曰賜書;自下而上,則曰上書,茲别入詔令、表奏兩類。惟上下詶答,言匪政事,體屬筆札者,文以類聚,仍隸於斯。彦和又云:"書體宜條暢以任氣,優游以懌懷。"標準斯言,析之爲兩。條暢任氣,屬於敘事;優游懌懷,屬於達情。徐伯魯氏所謂"書有議論、辭令二體"者也。近世黎庶昌,謂書牘有言理、言情、言事之别。但事之一名,足以賅理,細别爲三,大别仍二。古者言筆未分,矢口陳詞,不立名目,亦迄春秋,兹體遒著,由是以還,漢人長於敘事,六朝長於達情,唐宋又長於敘事,清代文人學人,雲興霧合,敘事達情,斐然並見,此其大較也。兹先録敘事之書,凡九類,析爲三章。博觀衆製,詞條豐蔚,雖事僅疇醋,而富逾譔著,書記之事,匪小道已。

(甲) 論學

自唐人以衛道自命,而辨學術,别幾微,書牘之中,亦開生面。兹録閎雅可誦者,凡八首。昌黎闢佛,考亭談性,思之爛熟,如數家珍。顧亭林清儒巨擘,講學末流,目擊其弊,言之絶痛。自後惜抱、滌生,均以閎文繫衆望。漢、宋之辨,朱、陸之爭,幟志高張,齗齗未已,而孟塗翊戴宋儒,通甫掊擊道統,相僢而馳,要皆持之有故,言之成理者焉。清代(鄦)學大行,轉注之説,迄無定論,滌生《與朱仲我書》,出其創獲,治小學者,莫之難也,故以附云。

（乙）論文

吾國論文，素無專著，微言弘恉，往往散見書牘之中。玆編之輯，意在掞張文事，執柯伐柯，其則不遠。論文之作，搜録較多，要其涂術，一曰評騭，一曰闡發，紀文之士，以覽觀焉。

（一）評騭

魏之子建，梁之簡文，言藻文人，婉而多中，審其風格，庶乎《典論》之遺。近世論者，别駢散，分古今，秦漢六朝，以逮唐宋，砉然爲三。安吴觥觥，一通其郵，無偏辭，無貸語。後此劉孟塗與阮氏論文，衡量八家，不爽銖兩，其流亞也。乾嘉以還，桐城文派之説，披靡天下，吴南屏碩果不食，反唇而譏，鐵中錚錚，彌見風骨，彭湘涵氏有作，掎摭詩人，殿最儷體，趣昭事覈，斯亦别子矣。凡此皆評騭文家者也。録八首。

（二）闡發

文之能事，不過四端，曰聲，曰氣，曰辭，曰法。沈隱侯著《靈運傳論》，張其聲韻之説，與陸韓卿往復論難，要之六朝文人，多講聲韻，特其幼眇，輪扁不言。有唐昌黎，易爲養氣，同時子厚，以多讀古書爲事，畸於修辭，宋蘇氏、王氏之論述，皆其緒餘，惟氣與辭，相爲並用，斯邵青門所云"讀書養氣，濬文之源"者也。朝宗推重韓歐，不外運氣，至云行文裁制，則桐城義法之説，已兆先河。方氏因辭以求法，姚氏諸家因聲以求氣，洵乎文之能事，不過四端者與。姚氏陰陽之説，得曾氏而大昌，曾氏論文，以力去陳言始，以聲調鏗鏘終，恢以漢賦之氣，行以戒律之嚴，四端具備，蔚然大宗，可不謂雄駿君子焉？張氏主諷讀，吴氏主雅馴，二子皆從曾氏問故，師法淵然可尋。他若迦陵詞賦之雄，標以興會，别具玄解，荀慈力追晉宋，簡質清剛，消息乎聲氣之説，孟塗論駢體一書，取精用宏，仍在多讀。故知文無駢散，理實一揆，先民復生，俟之不惑。凡此皆闡發文心者也。録二十二首。

第二章　叙事之書中

（丙）論政

識時務者，是爲俊傑，盱衡世變，馳騁其辭，談兵事，覈吏治，量國費，備荒政，策外交，犖犖大端，洞見癥結，或上言獻替，或私居商榷，爲隨爲激，所持各異，要之詰屈究盡，可見施行，彦和所謂"取象於夬，貴在明決"者也。録昌黎、老泉以下凡十二首。

（丁）雜論

彦和云："詳總書體，本在盡言。"執斯以推，諷籀衆製，則有跌宕文史，摩挲篆楷，考訂金石，撢簡義例，或乃旁參佛乘，下感世習，可謂佹色殊聲，極文人之能事者矣。録梁武《論書書》以下凡十六首。

（戊）辨駁

“批大卻，導大窾，動刀甚微，謋然已解。”故知切理者厭心，尺一之書，所以能服人也。不善者爲之，羿而不理，激而尚氣，其說嫚，其詞枝，則賈豎女子爭言類矣。至於邦家傎危，飛書走檄，既資排難，亦賴折衝，陳興國之於貞陽侯，徐孝穆之於楊僕射，史閣部之於睿親王，大義盟鬼神，血誠迸金石，雖年代已謝，而生氣猶新，書介之文，斯爲尤美。凡録十首。

第三章　敘事之書下

（己）諷勸

此之爲體，或婉或直，然其蹊徑，可約爲三。敵國兵交，使在其間，捭闔從衡，馮乎簡牘，要在開形勢，指利害，一紙之書，賢於十萬之兵，如朱叔元、王仲宣、阮元瑜、丘希範、徐孝穆、多爾衮諸書是也。策名委贄，重其官守，亢進可危，瘝職可戒，至若天下之鬼，一時之瑣，聲罪致討，足以褫魄，然辭亦少激焉，如王生、永叔、介甫、朝宗諸書是也。軫念身世，商略出處，閬風縶馬之思，空谷維駒之詠，語長心重，惻乎動人，如劉醇甫、黃霽青、王眉叔、趙桐孫諸書是也。共録十五首。

（庚）慰藉

古者列國有難，進書弔慰。循而推之，綢繆倫好，蠲祓侘傺，其上者開示理勢，盡利盡嗛；其次者莊論俳語，亦足以開拓心胸。故知文字之用，勝於萱蘇矣。共録六首。

（辛）干謁

假今之人，曳裾侯門，馳書豪右，避趄囁嚅，曾不可以終日，何則？其氣苶也。醻酢應求，人生詎免，要之纏綿以盡致，慷慨以任氣，血誠可訴，而風骨不頹，文章於是爲不朽矣。昌黎明於事理，往復推勘，書牘尤長，而干謁諸作，讀之短氣，悉畀刊落，以崇體要。録丘巨源、江文通以下凡十首。

（壬）况狀

此之爲體，約分四類。綺麗豐縟，儷語尤工，則有君子于役，登彼長途，俛仰山川，流連光景，如鮑明遠《大雷書》之類，此揚水懷歸東征破斧之遺也。雄心僨薄，文思旁皇，一唱三歎，自適己事，如梁簡文《答張纘》之類，此漢高猛士魏武短歌之意也。至於吴叔庠、陶通明諸書，其屈子玄圃淮南小山之思乎？張乖崖、李越縵諸書，其燭武精亡淵明形役之嗟乎？凡録十九首。

第四章　達情之書上

喜怒哀樂，含生大情，敷衽陳詞，可歌可泣。彦和所云“心聲之獻酬”者也。魏晉以還，筆札紛紜，衆響箎弄，有清儷體諸家，亦足上追逸軌，其情深，其文明，其思悱惻，其韻瀏亮，辭令之美，斯爲正宗。凡六類，析爲兩章。

（甲）感慕

白雲在天，蒼波無極，長謡永夜，撫臆蕭辰，成連海上之琴，張敏夢中之路，故知風雨如晦，而雞鳴不已，葼施盈室，而叢蘭自芳，同心之言，豈不有藉乎翰墨者也。録魏文帝、梁簡文帝以下凡十三首。

（乙）牢騷

大塊噫氣，其名爲風，是惟無作，作則萬竅怒呺，士有蓬累而行，宛曲紆軫，不平之鳴，上訴真宰。迹其憤氣雲薄，激情風烈，此易水之所以歌，而《離騷》之所爲作也。嗟乎子卿，行矣孔璋，我聞此語，心骨悲傷。録司馬子長、李少卿以下凡十三首。

（丙）恬淡

巢、許尚已，叔世賤儒，金玉奪其氣，簪紱嬰其心。有士一人，獨清獨醒，不使芻狗貽夢，社櫟見嘲，纏綿《招隱》之詩，剴切《陳情》之表，可以養生，可以窮年，是亦莊周所謂"緣督爲經"者耶？録雷仲倫、周義利以下凡十二首。

（丁）惋傷

死生之感，賢愚攸同，友生銜悲，況爲骨肉。當其執簡操觚，聲淚俱咽，哀感頑豔，由此其選，匪云危苦之言易工也，別有掘黄泉而致書，招鬼魂而共語，幽明路隔，文字契通，緬山陽之死友，酒囊勝而云再，如任彦昇、劉孝標、張燕公三書是已。録文凡十六首。

第五章　達情之書下

（戊）懇摯

伏波戒姪，康成訓子，宇文母子之殷肫，薛氏兄弟之訣别，讀之使人增天倫之重焉，此一類也。賓王拳拳，深其孺慕，容甫翼翼，廣其孝思，讀之使人念鞠我之艱焉，此一類也。慎終鉅典，傳世高文，鮮民告哀，泣涕如雨，如子瞻之《謝張太保》，子固之《謝杜相公》、《寄歐陽舍人》，此一類也。密契古懽，商量出處，盈盈一簡，藹乎性真，如昌黎之《與李翱》，北江之《與季逑》，越縵之《與柯山親友》，此一類也。凡録文十三首。

（己）側豔

《關雎》之詠，以求淑女；《草蟲》之詩，以思君子。夫婦爲人倫之首，《國風》存好色之文，匪若後世之談香匳，矜麗體者倫也。漢魏六朝，間存古製，有好事者，仿孝穆《玉臺》之集，輯爲一編，蓺林盛業，跂予望之。録徐淑以下，文凡七首。

第六章 書牘之其餘各體

著於竹帛謂之書,書之於版謂之牘。牘長一尺,或云尺一,尺牘之名,由此其昉,形若木笏,但不挫角,師古之説詳矣。其餘箋、簡、札、帖諸名,咸自書牘孳乳。凡屬於書牘類者,體製匪一,綜述於此,曰箋,子目二;曰啓,子目六;曰帖,曰簡,曰奏記,曰狀,曰札,曰疏,曰引,無子目。凡爲類九,爲子目八。其間凡施之君主者,均别入表奏類。

(甲) 箋

《詩》注:"箋,或作牋。"《説文》:"箋,表識書也。"彦和云:"牋者,表也,表識其情也。"後漢之制,公府奏記,郡將奏牋。大抵古者自敵以上,此體爲宜,後世亦遂施之儕輩矣。兹本彦和之説,約以今名,析爲兩目,一曰陳述,敬而不懾,簡而無傲,庶幾上窺乎表者也;一曰議論,清美以惠其才,彪蔚以文其響,庶幾上睨乎書者也。凡文十四首。

(一) 陳述

録繁休伯以下凡八首。

(二) 議論

録楊德祖以下凡六首。

(乙) 啓

《通俗文》云:"官信曰啓。"《釋名》:"啓,詣也。以啓語官司所至詣也。"古者軍在前曰啓,在後曰殿。意者上書先容,義等執贄乎。《大唐創業起居注》載"帝自手疏《與突厥書》,署名某啓。所司報請,改啓爲書"。則施之自敵以上,義可概見。然昭明《十二月啓》,翫其語意,問訊朋儔,此其不同者也。後世又有公啓,施之泛博之人,則又無分上下已。兹析爲六目,曰感慕,曰陳述,曰干謁,曰達謝,曰致賀,曰公啓,綜而甄之,其諸在藏弆之列者與。凡文三十五首。

(一) 感慕

録昭明太子以下凡四首。

(二) 陳述

録劉孝儀以下凡四首。

(三) 干謁

録劉夢得以下凡四首。

(四) 達謝

録劉孝儀以下凡十三首。

（五）致賀

録柳子厚以下凡四首。

（六）公啓

録劉圃三以下凡六首。

（丙）帖

《説文》："帖，帛書署也。"古謂之帖，今謂之籤，魏晉以還，爲書牘之一名。蓋單篇隻義，近乎短書與。録四首。

（丁）簡

《説文》："簡，牒也。"編連爲策，不編爲簡，簡略之誼，權輿於此。《詩・出車》傳："古者無紙，有事書之於簡，謂之簡書。"蓋著之於竹，與書相同，故以爲書牘之名也。字亦作柬，所謂柬擇其事理所宜也。録二首。

（戊）奏記

《説文》："奏，進也。"彦和云："記之言志，進己志也。"古者書記同辭，奏記之誼，無殊進書云爾。録二首。

（己）狀

狀之爲言陳也，陳述事實，施之自敵以上，其體與箋、啓爲近。録二首。

（庚）札

《説文》："札，牒也。"在竹曰簡，在木曰牘，牒札其通語也。後世公府行文，專用此稱，書札之誼，寖不可見。録二首。

（辛）疏

彦和云："疏者，布也。布置物類，撮題近意。故小券短書，號之爲疏。"自奏疏之名顯，而書疏之名晦矣，紬覽《陶集》，猶存此製。別有誼取布陳，同乎公啓，亦古體也。共録二首。

（壬）引

大抵吁衆呼援，近世以來，疏引並用，佛事召募，其文尤多，引之訓陳，抑不背其本誼，特其爲體，與序録之屬所入者，同名而殊實矣。録三首。

第二編　贈序類

第一章　別序之體製

昔者子路去魯，謂顔子曰："何以贈我？"顔子亦曰："何以處我？"而《左傳》載"繞朝贈策"。自劉彦和以下，解爲書簡。臨別贈言，其誼古已。漢魏以還，贈別以詩，唐人爲之,緣詩作序,至於昌黎贈序,不皆有詩,且不必以别焉。文章之事,與時推移,誚爲非古,斯知一十而昧二五者也。爰仍論著之例,體製作法,析爲二章。兹先述體製云爾。

(甲) 仕宦

聖門諸賢,爲宰問政,每申討論,所紀夥已。後之作者,綢繆離别之衷,鄭重民社之寄,冀以宏謨猷,敦教化,斯性情之篤,而友朋之所以重也。學古入官,士林仰鏡,贈别之作,此類良多。録張燕公以下文凡二十首。

(乙) 督師

讀《詩》至《車攻》、《無衣》、《小戎》、《駟驖》諸章,勇士一人,雄入九軍,何其壯也。國家之命,繫乎將帥,祖餞之誼,通於類禡,取先天下武夫,闢其口而奪之氣,昌黎所爲勖柳中丞者也。録王芥子、張濂亭文共四首。

(丙) 出使

春秋戰國,行人將命,輝煌記載,專對尚焉。自後世大一統之説,深入人心,凡在四裔,目以蠻夷,乃至國勢既衰,而成見猶不可拔,交際所由多僨也。昌黎、老泉、望溪諸作,躬際盛時,詞鋒横驟。張、趙生於季世,高掌遠蹠,不爲目論,斯識時之士矣。録文共五首。

(丁) 佐幕

古者公府吏掾,皆其自辟,幕府之制,此實濫觴。士不得權輿位,得人而佐之,功業在人,無異於己。濂亭之論韙矣,豈區區作上賓稱揖客云爾哉? 録昌黎以下文共六首。

(戊) 致仕

《引年》之典,所以重老,政治隆窳,於此可覘。楊少尹之歸,不絶其禄,周屯田若不釋然,降是則龍峯無疾報罷矣。越縵序高次風,謗讟交加,怵然見仕宦之巇巇。衰世秕政,所謂每下愈况者耶。録文共四首。

(己) 寧親

親在遠游,歸而定省,禮也。贈言者大抵敦叙彝倫,澡雪其精神,磨礱其志業,悠乎有息壤之思焉。録文共三首。

(庚) 答人

往而不來,是爲非禮,答人之作,亦一體也。録二首。

(辛) 留别

行者有贈,居者有處,其從來久矣。録八首。

(壬) 合送數人

贈序之體，昉乎書牘，昔雷仲倫之《示子姪》，駱賓王之《與博昌父老》，致辭達愫，匪止一人，此其先河與。録二首。

（癸）送特别人

文章之事，因人而施，知者不失人，亦不失言，故足尚也。録七首。

第二章　别序之作法

君子贈人以言，必有其所以言者焉，泛應曲當，黎然於人人之心，使施者不夸，而受者彌愜，《大易》所由擬以蘭臭，《荀子》所以比於金珠也。約其作法，析爲六類。

（甲）稱頌

聲聞過情，君子所耻。大抵述其事業，羡其境遇，無溢量，無浮詞，斯非導諛貢媚者比也。録昌黎《送竇從事》以下文凡九首。

（乙）規勉

責善規過，朋友之道。故去其驕氣，老聃以勉孔子；不務循職，王生以戒寬饒。今人與居，古人與稽，肝膽照人，可謂篤厚君子者也。録昌黎《送許郢州》以下文凡十六首。

（丙）解慰

士有磊落抑塞，無所合，困而歸，國門祖筵，心傷悴矣，君子於此，愔愔德音，酌酒以散其牢愁，鳴琴以平其忼慨，大丈夫不遇於時之所爲也。若夫五斗折腰之感，千里命駕之思，幸謝故人，敬勖光采，瑣瑣者何足道乎。録昌黎《送王秀才》以下文凡十四首。

（丁）感慨

俯仰今昔，悲從中來，昌黎《送李正字序》，有桓公種柳之感焉，此梅伯言《贈小坡》之所脱胎也。若夫公論未明，掩鬱長歎，震川《送張夾江序》，作“士不遇賦”讀可已。録文凡三首。

（戊）諷諭

摩詰之作，恢我王度，諭彼蕃臣，亦以華夏上邦，體應爾也。昌黎蒿目憂患，《董邵南》、《李端公》兩序，惓惓河北，情見乎詞，鄭公貪鄙，美之以能貧，諷之以不富，聞者足戒，其庶幾與。録文凡四首。

（己）發揮

君子深造以道，凡夫政教風俗之大，學術文章之懿，藴之彌深，觸之斯發，如泰山出雲，膚寸而合，不崇朝而雨及天下也，如原泉混混，不舍晝夜，盈科而進，由江河而放諸海也，贈人以言，抒其自得，浩乎極文章之詭觀矣。録永叔《送王聖紀侯序》以下文凡十二首。

第三章　壽序之體製

生日之禮，起於六朝，顔之推謂江南風俗，是日供張聲樂。唐宋以還，壽詩彌夥；元明之際，乃有壽序。自宋景濂以壽序入集，斯體遂爲大宗，然大率緣壽詩爲之。自是厥後，無詩而序，遂以爲常。歸震川、曾滌生頗言其非古，讀其文集，壽序特多，匪曰惡醉而强酒也。章實齊曰："文生於質，視質之如何而施吾文焉。"亦於世教，未爲無補。禮從宜，使從俗，苟不悖乎古人之道，君子之所不廢也。爰仍别序之例而先述其體製云。

（甲）親戚

淳于髡謂"親有嚴客，豢韝鞠䠀，侍酒於前，奉觴上壽"。故知此事緣起，當在家人長者之間，所謂叙天倫之樂事者也。録親戚壽序共九首。

（乙）仕宦

"南山有臺，眉壽黄耇"，祝壽之文，此爲權輿。然首章曰："樂只君子，邦家之基。樂之君子，萬壽無期。"蓋古者祝壽，施之君親，次亦惟卿大夫備位國家，始與此禮，典綦鉅矣。然治天下者，惟良二千石，而大夫致仕，則以教於鄉，一命以上，亦皆負斯世斯民政教責者也，庶足附於"樂只君子"之誼與。惟位與壽，歸之大德，録仕宦壽序共七首。

（丙）武功

《采芑》之詩曰："方叔元老，克壯其猷。方叔率止，執訊獲醜。"諒哉，握虎符，佩金印，自非老於戎行，烏能勝任而愉快者乎？太公鷹揚，八十之年。蹇叔墓木拱矣，能知郩陵之役。此李勣命將，所以訾相夫奇龐福艾之人也。凡關於武功者，録壽序共五首。

（丁）布衣

司馬子長作《史記》，以伯夷事迹無徵，爰即天道報施，寄其閎議，《伯夷列傳》，成别調焉。摛文之士，有所序列，每於事功、節操、學問、文章，諸犖犖大端，逞其椳筆。而閭巷布衣，操行中庸，名位不足以自顯，老死溝壑，傳者用希。凡布衣之屬，録壽序共三首。

（戊）學人

自古學人，必得其壽，蓋經史文章之懿，考據性命之精，經國大典，不朽盛事在焉。老師宿儒，所以爲貴。凡學人之屬，録壽序共六首。

（己）女壽

昔劉向有《列女傳》之撰，厥後范蔚宗作《後漢書》，上補馬、班之闕，創立體例，搜次才行高秀者，桓龐趙班之儔，彙爲列傳。後之史家，咸宗法之。曾滌生謂范氏之識，有見於古聖人正家之大原。其言允已。令妻壽母，詠其燕喜。爰本斯恉，録女壽序文共七首。

（庚）雙壽

孟子論君子之三樂，雖王天下不與，而父母俱存，褎然居首。人子拚韛奉斝，爲友朋者，張大其詞，愛其親而施之人。"孝子不匱，永錫爾類。"左氏之所爲美考叔也。若夫達人長德，白首唱隨，於古有徵，亦君子偕老之所爲詠也。録雙壽序文共七首。

（辛）方外

遊方之外，誼本《莊子》。莊子著書，《逍遥遊》、《齊物論》、《養生主》諸篇，褎然居首，可以保身，可以盡年，先天地生而不爲久，長於上古而不老，蓋惟逃於寬閒寂寞之濱者然也。浮屠之説，生老病死，是謂四諦，物論之齊與，養生之主與，序而志之，亦所謂因緣者與。録方外壽序一首。

（壬）初度序

壽之爲誼，有虛有實，上壽、中壽、下壽，限以年歲，此實言也。史傳所稱，"爲先生壽"，"爲長者壽"，不限年歲，此虛言也。然明季風氣，五十以還，始相爲壽，蓋五十服政，四十而仕，由此逆溯，更無俟論，名不正，言不順，大雅譏焉。折衷《離騷》，取名初度，亦亡於禮者之禮乎。録初度序文一首。

（癸）自序

昔者劉光伯自贊，謂通人司馬相如、揚子雲、馬季長、鄭康成等，皆自叙風徽，傳芳來葉，進而徵之。十五志學，七十從心，歷數生平，無殊年譜，孔子已爲之矣。斯亦行夫古之道也。録自壽序文共二首。

第四章　壽序之作法

昌黎有言："惟古於詞必己出，降而不能乃剽賊。"剿説雷同，壽序成惡道久矣。然蓬生麻中，不扶自直，戛戛獨造，是在通人，發攄今情，鄭重古誼，庶無乖於作者之恉乎？約其作法，亦得六類。

（甲）考論

辭氣之出，宜遠鄙倍，繁華流蕩，君子弗欽。孔子有言曰："《爾雅》以觀於古，足以辨言矣。"壽序非古，宜若可爲。録歸震川《默齋壽序》以下文凡五首。

（乙）規勉

愛人之摯，憂其無成，於奉觴之餘，寓揚觶之誼。不則亦述家世，誦靈芬，無以空文，隳其實踐，豈不貇貇有古君子之風者哉？録汪堯峯《孟遷壽序》以下文凡四首。

（丙）感歎

魏文帝《與季重書云》："節同時異，物是人非，我勞如何。"王逸少序蘭亭修禊，謂"情隨事遷，感慨系之"。故知性真之文，感乎頑豔，故人握手，頽然老矣，言歡方笑，涉哀已悲，一樽相屬，跌宕於形骸之外，此亦性真之發越者摯也。録歸震川《侗庵壽序》以下文凡七首。

（丁）慰藉

必得其壽，斯爲大德，浮雲富貴，無以恩公，物論可齊，賓戲可答，所謂排終身之積慘，求數刻之暫歡者也。元真相葆，猶是太平之人，莊子有言，寧爲溝中之斷。録歸震川、吴摯甫文，共兩首。

（戊）發揮

至德懿行，文章政事，含章内美，斯實俊民也。發揮旁通，聲生勢長，此子爲不朽矣。視彼眉壽福祉，無故而爲麥邱張老之言者，披文相質，不迥殊乎？録魏叔子《小翮壽序》以下文凡七首。

（己）别體

或進説，或陳銘，或獻頌詞，或援緯候，工者爲之，遠祖連珠之體，重次《千字》之文。又其至者，拜乎師門，效孝標《三同》之論，編次年譜，序《會昌一品》之書，介壽陳詞，斯爲觀止。録文共十一首。

第五章　贈序之其餘各體

贈序之作，不必有詩，馴而致之，不必有别，匪特壽序然也。序訓次第，意在敷陳，古人序人、序物，以至序宴集、序身世，盂水方圓，無施不可。其於贈序，亦復同揆。凡屬於贈序類者，體製匪一，綜述於此，曰序學藝，曰序治行，曰序武功，曰序交誼，曰序名字，曰序新婚，曰序築室，曰序補博士弟子，曰序下第，曰序優伶。凡十類，共文十五首，大抵意主贊揚，體近傳記，覽者宜自得之，不贅説也。

（甲）序學藝　録四首。

（乙）序治行　録一首。

（丙）序武功　録一首。

（丁）序交誼　録一首。

（戊）序名字　録二首。

（己）序新婚　録二首。

（庚）序築室　録一首。

（辛）序補博士弟子　録一首。

（壬）序下第　録一首。

（癸）序優伶　録一首。

第三部　碑文墓銘之屬

第一編　碑文類

第一章　祠廟碑文

古者宗廟有碑，所以麗牲；宫必有碑，所以識日景，引陰陽。溯其權輿，制等桓楹，叙功述德，因而文之，其事起於秦漢矣。士衡有言："碑披文以相質。"孫何《碑解》，頗致譏誚，以爲碑非文名，單詞不立，循名責實，宜曰碑文。又碑之與銘，事多聯屬，凡止稱銘者，别入銘類。兹述祠廟碑文凡七類，亦以碑文之起，宜此爲先云爾。

（甲）嶽瀆

王念豐云："漢時嶽瀆祠廟之碑，大都部掾之儔，頌其府主。故於獻享之人，陳乞之事，往往兼及。"蓋兹體之起，肇端封禪，典策之文，潤色鴻業，匪曰夸毗，體則然也。録張燕公《西嶽碑文》、韓昌黎《南海碑文》，共二首。

（乙）寺觀

魏晉以還，諸教朋興，紺宇琳宫，每多傑構。宋景文言："墓碑下棺，廟碑繫牲，刻文其上，於義有取。"今佛氏揭石鏤文，題曰碑銘，何也？黄棃洲氏，即援《儀禮》鄭注識日景之説，以爲無礙名義。則知宫必有碑，無分釋老，特侈陳教義，良足累文。兹録閎麗有氣韻者，自王簡栖《頭陁寺碑文》以下凡四首。

（丙）聖賢

嘉聖靈於髣髴，想禎祥之來集，仲尼日月，無得而踰，俎豆百世不祧可也。唐之韓子，宋之朱子，扶翊聖學，號爲功臣；子瞻、笠舫之作，推崇備至，亦無媿詞。録文共四首。

（丁）功德

《祭法》有云："聖王制祭，所以崇德報功，勸忠尚義，風勵無窮。"則夫㫚鼎書勳，妕盤銘績，廟貌有作，紀以鴻文，庶幾有異者山河，不泐者金石，所謂神麗顯融，越不可尚者也。

（一）昔人

可分爲叙事、翻案二類。

（子）叙事

碑碣之文，貴有直體，肅穆其氣，弘整其詞，斯善學漢人者也。録昌黎《徐偃王廟碑文》以下凡六首。

（丑）翻案

碑文之作，所以紀事，議論縱横，乖乎古式，亦物窮則變之徵也。《小倉山集》，讀者每意其《于忠肅碑》，矜爲創作。然《吴山伍公碑文》，善卷已爲先導，作者繼起，格調遂成，類而録之，文凡四首。

（二）今人

復分爲已歿、生存二類。

（子）已歿

法施於民則祀，以死勤事則祀，遺愛在民，没世不忘，憩棠之思，焄蒿之氣，此後世名宦祠所由昉也。録文二首。

（丑）生存

漢欒布爲燕相，有治績，民立生祠。于公決獄平，郡中爲之生立祠，曰于公祠。故知生祠之制，起於漢代，自是厥後，常有建立。迄於明季，魏閹當國，而其典濫矣，顧碑文不少概見。録一首。

（戊）義烈

自唐天寶中，詔史籍所載，德行彌高者，所在置祠，量時致祭，於是古來忠臣義士孝婦烈女，得與祠祭者，四十五人，追賢紀善，此其權輿。蓋周師滅殷，封比干之墓；漢高過魏，歎無忌之賢。宜也。録文五首。

（己）家廟

孔子曰："古者臣有大功，死則必祀之於廟，所以殊有績，勸忠勤也。"然有位於廟，誼實配享，《左傳》載趙氏祀安于於廟，説者謂人臣私廟，自趙簡子始矣。録文五首。

（庚）雜祀

五祀八蜡，由來舊已，碑而文之，亦有舉莫廢意也。録文四首。

第二章　紀事碑文

文事流别，變而加厲。宫廟有碑，無與於文。俄而列以文焉，紀事諸作，不必於碑；俄而被諸碑焉，要其事資久遠，誼取昭垂一也。石墨流傳，充乎宬府，衡其大别，墓文而外，不過兩類：一曰祠廟，一曰紀事而已。抑記文之作，往往刻石，碑之與記，事斯聯屬。兹編義取斷截，凡記之標題，不以碑名，均别入志記類。

（甲）紀功

考之《周禮》，國功曰功，戰功曰多，奠乎山川，光乎區宇，闕而不紀，後嗣何觀，亦書太常銘鐘彝意也，特詞有繁簡爾。録文凡六首。

（乙）德政

德政之碑，清世有禁。文緐法敝，叔季則然。昔者南國興甘棠之詠，東京留酸棗之碑，民不能忘，典何可廢。録文凡四首。

（丙）教思

以道得民，謂之儒者。校官之去，教思無窮，世之治國聞譚德育者資焉。録文二首。

（丁）黌序

學校之不振，乃有書院，官師之不及，輔以社學。今者教育制度，備哉燦爛，神明之式，回視既往，芻狗而已。古不足師，文可爲笵。録文共四首。

（戊）名蹟

過大梁者，佇想於夷門；遊九原者，流連於隨會。神從遐躅，所謂景行行止者也。録文共四首。

（己）殉難

矢志靡他，一瞑不顧，百世之下，聞者興起，指豐碑而墮淚，賦楚些而招魂，問諸水濱，語夫片石，碑者悲也，此之謂矣。録文共三首。

（庚）雜誌

碑之與記，事多聯屬，因斯類求，名曰雜誌。至於道路橋梁功役諸碑，漢人已爲之矣，於古有徵，於文無害。凡録文十二首。

第三章　碑文之其餘各體

凡屬於碑文類者，體製匪一，綜述於此：曰刻石，曰碑陰，曰碑係，曰後碑，曰題名，曰造像記，凡爲類六。

（甲）刻石

《管子》有言："無懷氏封泰山刻石紀功。"此當爲刻石之始。而秦始皇上泰山、嶧山、之罘及琅邪臺，均曰刻石。蓋金石刻辭，稱述成功，秦時去古未遠，非宫非廟，不得云碑，覈實命名，故曰刻石，非若後世之泛雜無義也，大輅椎輪，彌見矩矱。録文凡四首。

（乙）碑陰

漢魏以來，碑陰或題名，或紀事，亦有重鐫碑文者。《水經注》："樊城西南有曹仁記水碑，杜元凱重刻其後，書伐吴之事是也。"兹録紀事之文，其體於題跋書後爲近。凡五首。

（丙）碑係

楊炯《成知禮神道碑》，昌黎《施先生墓誌銘》，均稱"係曰"。蓋係之以詞，猶"頌曰”、“銘曰”云爾。容甫《述學》,有碑係之目,擬之碑頌、碑銘,亦足成名,此一例也。録一首。

(丁) 後碑

有别碑,有後碑。同記其事而别立一碑者,謂之别碑;不更立石而刻之碑陰者,謂之後碑。後碑與碑陰,異名而同實。録一首。

(戊) 題名

亦碑陰之類,然時或雜綴以文詞焉。録四首。

(己) 造像記

王蘭泉云:“造像始於北魏,迄於唐之中葉,所造皆釋迦彌陀諸像,其初不過刻石,其後或施以金塗綵繪,蓋干戈擾攘,不如無生,相率造此,以冀佛佑也,而以龍門爲最多。”文殊蕪庸不足録。録二首。

第二編 墓銘類

第一章 墓銘之體製上

墓石之文,約爲兩事,刻諸墓上,刻諸壙中是也。曰碑,曰碣,曰表,刻諸墓上。曰墓誌銘,納諸壙中。而姚惜抱氏謂古人皆曰誌,世人以立石墓上曰碑曰表,埋乃曰誌者,爲失其義。充其語恉,將使誌銘高立,碑表埋幽,不亦緄乎?古誼單證,未敢從同。問嘗兼籀衆説,墓誌自爲一事,碑、碣與表,事或相通。唐時葬令,五品以上爲碑,龜趺螭首;降五品爲碣,方趺圓首。明制,三品以上神道碑,四品以下墓表。清制,品官得立碑碣,處士不禁用表,特揆之漢時,尚不立限。《説文》:“碑,豎石也。”“碣,特立之石也。”“表,上衣也。”引伸爲旌表。漢人墓碑之文,或刻石柱,或刻石碑。石柱之設,用以表墓,唐人所謂“墳前石表”者也,此碑與表通之説也。潘蒼崖謂碑高丈二,碣高四尺,表之高與碣同。其説本之《家禮》,此碣與表通之説也。故徐師魯云:“碑碣有尊卑,而表無之,蓋碑碣之變稱矣。”神道之意,猶云墓道。《後漢書》李賢注:“墓前開道,建石柱以爲標,謂之神道。”斯仍石表之説。故知地理家言,以神道爲東南方,矜奇弔詭,語近無稽。至於墓誌之文,王儉謂始於顔延之,任昉謂始於晉,其説均非。三代以來,殉葬器物,往往有銘,而《漢王史威長葬銘》,凡卅二字,埋壙之文,殆其權輿。綜而述之,碑碣表誌,式備於漢,且其爲文,均得曰銘。斯則惜抱之説是也。玆故概以墓銘,而先述其體製爲兩章云。

(甲) 仕宦

墓銘有文,通乎史傳,閭巷之士,憔悴專一,死而死耳,苟其功業治行,煊赫可見,文章點綴，光氣動人，斯一佳傳也。曰貴顯，曰庶官，曰武功，析爲三事，録之如左。

（一）貴顯

昔者梁邱據死，齊景公謂忠臣愛我，欲厚葬之，高大其壟。故霍光之卒，大其塋制，起三幽闕，作神道。而唐太宗昭陵陪葬，自宰相功臣以下，凡百餘人。異數寵禮，生榮死哀，宜有高文，紀此玄石。録庾子山《齊王憲神道碑》文以下凡十首。

（二）庶官

除一職，受一官，功在國家，利在生民，蓋棺而論，何慙膴仕。若夫有地百里，流其政聲，樂只君子，民之父母，此《循吏傳》之所爲作也。録韓昌黎《孔司勳墓誌》以下凡十四首。

（三）武功

生當封侯，死當廟食，城作王羆之塚，革裹馬援之尸，所謂大丈夫雄心，能無憤發者也。一抔墳土，弔往日之將軍；百戰山河，壽不刊之貞石。録張燕公《凉州都督郭公神道碑》文以下凡十首。

第二章　墓銘之體製下

（乙）德行

道學之傳，別於儒林；善人之重，稱爲國紀。德邁乎一世，行高乎衆人，有道之碑，何其懿也。録永叔《石先生墓誌銘》以下凡六首。

（丙）節烈

變起倉卒，視死如歸，穆然想見古烈士之風徽，所性分定則然，非苟以徼夫旦夕之名者比也。至於婦人女子，慷慨赴義，自裁塵壒，此其賢遠矣，鏤石有文，千載奕奕。録王于一《錢烈女墓誌》以下凡六首。

（丁）學業

人世一切剽㓨聲華之事，藐而不爲，荒山敝榻，孳孳絶業，譏謝姗笑，不以易慮，當時無稱，歿則爛焉，增光於儒林文學傳矣，秉筆之士，表章一二，獨學無和，用以自壯。録昌黎《施先生墓銘》以下凡十一首。

（戊）藝術

干支陰陽，通於緯學；技巧手搏，列於兵家。矧夫音樂書畫之精，醫藥經方之諭，綜甄六藝，囊括九流，道有可觀，死且不朽。録昌黎《李虛中墓誌銘》以下凡七首。

（己）方外

六朝三唐，二氏雜遝，高行卓詣，不乏傳人，乃至女流，併名度牒，凡兹道士女冠僧尼之儔，宗風所暨，宰如墳如，備摭幽竁之文，用廣碑版之例。

(一) 道士　録二首。

(二) 女道士　録一首。

(三) 和尚　録三首。

(四) 尼　録二首。

(庚) 婦人

婦人祔葬,額題從夫,義例然也。或先葬,或後葬,或别葬,於是始專題矣。述賢母者,鎸其仁慈之德;悼令妻者,誌其惆悵之情。録庾子山《步陸孤氏墓誌銘》以下凡六首。

(辛) 生壙

昔漢孔眈自製生壙文,而唐人高延福,亦叙自營生壙之事。埋骨何地,荷鍤以從,倘所謂達人大觀,物無不可者耶。録姚惜抱《實心藏銘》以下凡三首。

(壬) 遷葬

《司馬元興誌》,簡質有古法,權文公之作,備述源委,足爲範式。柳州《趙丞誌》,意在表揚孝思,事異而文亦至。凡録三首。

(癸) 合葬

婦人從夫,合葬不書某氏,黄梨洲、汪堯峯皆主其説。然夫婦雙書,求之唐碑,亦有其例,《張府君樊氏誌》、《鄭府君崔氏誌》,皆是也。至於二妻同穴,生死合壙,則合葬之别例矣。録文共六首。

第三章　墓銘之題撰上

自蒼崖《金石例》後,繼踵而起者,凡十餘家,稱謂題撰,詳哉言之。然古石殘磨,文字多缺,單詞隻義,未見全豹,録目則便,取法則艱。又著録之家,高言漢唐,近時文集,未之撢簡,則亦論高而難行者也。兹編大抵自唐至清,采文爲夥,冀與諸《金石例》,别出並行,録必全篇,廣所未備,亦兼可審其題名云爾。

(甲) 親族

家人骨肉,臨穴制詞,不無危苦之言,惟以悲哀爲主,爰自祖父,旁及昆弟,下逮子孫,爲若干目,而以乳母附焉。至哀無文,不知所云,流涕而已。

(一) 爲父撰　録六首。

(二) 爲母撰　録二首。

(三) 爲祖父撰　録二首。

(四) 爲祖母撰　録一首。

(五) 爲王姑撰　録一首。

（六）爲伯父撰　録一首。

（七）爲伯妣撰　録二首。

（八）爲叔父撰　録三首。

（九）爲叔母撰　録一首。

（十）爲姑撰　録一首。

（十一）爲兄撰　録三首。

（十二）爲嫂撰　録一首。

（十三）爲弟撰　録二首。

（十四）爲弟婦撰　録一首。

（十五）爲從兄撰　録一首。

（十六）爲從弟撰　録一首。

（十七）爲姊撰　録一首。

（十八）爲妹撰　録三首。

（十九）爲妻撰　録七首。

（二十）爲夫撰　録一首。

（二十一）爲子撰　録四首。

（二十二）爲子婦撰　録一首。

（二十三）爲女撰　録三首。

（二十四）爲姪撰　録三首。

（二十五）爲姪婦撰　録一首。

（二十六）爲姪女撰　録一首。

（二十七）爲孫撰　録一首。

（二十八）爲姪孫撰　録一首。

（二十九）爲族曾祖撰　録一首。

（三十）爲族祖撰　録一首。

（三十一）爲乳母撰　録二首。

第四章　墓銘之題撰下

（乙）姻戚

姻連之誼，聞見真碻，高才軼行，訊之貞珉，與夫泛疏無等，以狀乞銘，貿然爲無責之言者，譬彼逕庭，舉以殊矣。爰自母黨、妻黨以下，爲若干目，世有睦婣之士，覽之庶其終篇。

（一）爲舅氏撰　録三首。

（二）爲舅氏婦撰　録一首。

（三）爲外舅撰　録三首。

（四）爲外姑撰　録二首。

（五）爲從母撰　録二首。

（六）爲從母夫撰　録一首。

（七）爲姑夫撰　録一首。

（八）爲外弟撰　録一首。

（九）爲外妹撰　録一首。

（十）爲姊妹之夫撰　録二首。

（十一）爲妻兄撰　録一首。

（十二）爲妻兄弟之夫撰　録二首。

（十三）爲妻兄弟之子撰　録一首。

（十四）爲甥撰　録一首。

（十五）爲婿撰　録一首。

（十六）爲祖母之父撰　録一首。

（十七）爲外祖母撰　録一首。

（丙）師友

風氣之懿，學問之茂，自師弟徒黨始，淵源未沫，伐石鎸詞，使潛德克彰，而後來者有所考。斯能文君子責也。《詩》亦有言："洽比其鄰。"昌黎《息國夫人誌》，創例特書，其諸鄉黨之誼與，遂以附焉。

（一）爲師撰　録一首。

（二）爲弟子撰　録四首。

（三）爲先輩撰　録三首。

（四）爲後輩撰　録一首。

（五）爲友撰　録八首。

（六）爲鄰撰　録一首。

（丁）僕妾

敝蓋敝帷，不遺狗馬，物吾同與，民吾同胞，臧獲童妾之微，玄宅有文，俾無泯滅，亦《禮》之所謂逮賤者耶。録文四首。

（戊）出妻

《禮》無其文，情不可恝。夫《禮》亦順人情而已，曾何彼嗛之有。録李剛主出妻墓誌一首。

（己）外婦

夫爲寄豭，殺之無罪，彝倫攸斁，不可爲訓，姑存一格云爾。録柳州《外婦誌》一首。

（庚）外國人

窆石有文，施及重譯，瀛海之國，被我華風，亦足以馳域外之觀，見宅中之大也。録胡光大《浡泥國王墓碑》文一首。

（辛）自撰

王史葬銘，埋石造端，李申耆氏云："蓋自爲之，取辨名姓而已。"隋唐以還，時或散見，爰類輯之，凡文七首。

第五章　墓銘之作法上

碑版文字，焯爲專家，神明變化，要有義例，其間蟺蜕之迹，因革之端，涂轍雖紛，知言者可望而决也。兹録作法之大别，一屬文章，一屬格式，分兩章，著於篇。

（甲）文章之屬

彦和之論碑也，曰："清詞轉而不窮，巧義出而卓立。"蓋墓銘之文，通乎史傳，叙事則書法，寓意則論贊，依類以求，貌離神合，就其著者，約得八目。

（一）考論

昌黎並世，推重柳州，要其歸宿，則議論證據今古，出入經史百子，兩語而已，亮哉。事不師古，非所聞也。録汪堯峯《孝貞女墓誌銘》以下凡五首。

（二）翻案

顯微闡幽，君子之責。蓋棺論定，惡聲所至，不爲恕辭，則長逝者魂魄，私恨無窮，寧不恫乎？録王荆公《丁君墓誌》、董方立《楊妃墓碑》文，共二首。

（三）感歎

述哀之文，體則宜之，或悲其遭際，或自愴身世，感不絶於予心，羌低徊而欲絶。録庾子山《吴明徹墓誌銘》以下文凡十八首。

（四）微辭

於文爲直筆，於誼爲諍友，皎然之心，不欺地下，諛墓云乎哉。録文共八首。

（五）借事發揮

碑銘之文，紀事爲上，議論爲下，然昌黎《柳子厚墓誌》，自我作古，創爲格調，後人斆之者衆矣，抑亦屬辭比事，春秋之教耶。録文共十三首。

（六）述他人言

爲此體者，大抵以婦人誌銘爲多。蓋内言出閫，《禮經》垂誡，得諸傳述，立言之體也。録文五首。

（七）附述小事

侯朝宗云："行文之旨，全在裁制，無論細大，皆可驅遣。當其閒漫纖碎，反宜動色而陳，鑿鑿娓娓，使讀者見其關係，尋繹不倦。"此之謂與。録王荆公文二首。

（八）偏重大事

彦和有云："屬碑之體，資乎史才。標序盛德，必見清風之華；昭紀鴻懿，必見峻偉之烈。"大書特書，此其幟志。録文凡五首。

第六章 墓銘之作法下

（乙）格式之屬

碑表立於墓上，文可贍詳；墓誌埋於壙中，體宜簡要。東坡爲張文定公作墓誌，七千餘字，論者以爲非法。唐人墓誌，至長不過千字而已。兹復述其大體之顯著者，參伍錯綜，約十二目。若夫諱字姓氏，鄉邑族出，行治履歷，卒日壽年，妻子葬地，王止仲所云十三事者，成書具在，覽者可自得也。

（一）僅稱爲碑

漢人尚質，往往而有。自唐以還，乃限以品級矣。録文七首。

（二）僅稱爲碣

碑之與碣，異物同質。僅稱爲碣，例與碑同。録文一首。

（三）僅稱爲誌

誌者，記也，字亦作志。墓誌省文，僅稱爲誌。録文三首。

（四）僅稱爲銘

銘者，自名也，稱揚其先祖之美，而明著之後世也。《蔡中郎集》，揭載此體，甑其文意，殆墓碑之别體。録文三首。

（五）平分段落

叙事之古，莫《尚書》若，《堯典》分命羲和，《禹貢》叙述九州，重規疊矩，取其整齊。此體之權輿也。録文七首。

（六）有銘無序

分言之，則前序爲誌，韻語爲銘。通言之，則誌即是銘，銘即是誌。彦和有云："其序則傳，其文則銘。"故知惟序與銘，可以對舉。前目所録序曰銘，曰平分段落者，殆正式也。兹録有銘無序者三首，所謂銘即是誌者也。

（七）名爲銘而無銘

所謂誌即是銘者也。録二首。

（八）畧於序而詳於銘

此亦銘即是誌之一體也。其法始於昌黎，荆公效之，遂成一格。録文共六首。

（九）銘語述餘事

此亦畧序詳銘之一體也。録文二首。

（十）銘語述世系姓字

此畧序詳銘之又一體也。録文三首。

（十）銘不用韻語

誌文無韻，銘文用韻，此通例也。然銘即是誌，何拘乎韻，且墓文綴尾，無韻者多矣，所異者，"銘曰"二字之有無耳。録文三首。

（十二）通體用也字

此體起於《易》之《序雜卦》，永叔《醉翁亭記》仿之。墓文爲此，亦猶平分段落，取其整齊也。録文三首。

第七章　墓銘之其餘各體

凡屬於墓銘類者，體製匪一，綜述於此，曰後誌，曰神誥，曰些詞，曰祠版文，曰冢闕文，曰墓幢銘，曰石蓋文，曰石柱銘，曰華表銘，曰石人銘，凡爲類十。然名目紛緐，難更僕數。古人哀詞、哀讚、誄文，多被於石，其他如玄堂誌、窆域志、墓識、殯誌、葬記、墓記、壙記、墳記、石記、磚記、埋銘、瘞銘、塋兆記、墓碑銘、石槨銘、石塔銘、穿中柱文、神道闕銘之類，及已見於前數章者，不備述也。

（甲）後誌

墓不兩誌，古也。然事會所迫，對於前誌，乃有斯稱。亦曰續志。共録二首。

（乙）神誥

《説文》："誥，告也。"上下相告，並得爲誥。《蔡中郎集》，載有此體，文中具述不祔葬之由，因曰神誥，蓋以告靈云爾。録一首。

（丙）些詞

《楚辭・招魂》，其詞用些。鮚埼亭文，曾有此體，蓋錢公殉節，衣冠葬之，表墓之文，因曰些詞。録一首。

（丁）祠版文

碑版同詞，以著之廟，故曰祠版，猶祭碑爾。録一首。

（戊）塚闕文

今制墓門，横書其上，漢例無門，每爲墓闕，或雙峙而兩書，或一闕而背面徧書，此其遺也。録文兩首。

（己）墓幢銘

唐《郎邪王氏夫人墓銘》，刻於經幢，幢凡八面，兩面刻銘，六面刻經，誌銘之不埋者，此其一例。幢之爲制，起於釋氏，墓前立此，其猶之墓闕乎？録文一首。

（庚）石蓋文

墓誌之製，凡石二片，一爲誌石，一爲石蓋，束之以鐵，埋於壙前，異日陵谷有更，庶或爲之掩覆，此其用也。石蓋題名，僅書某某，此之有文，所以補書，亦猶之後誌續誌云。録一首。

（辛）石柱銘

古者墓碑之文，或刻石柱，大抵即石闕之屬。録文一首。

（壬）華表銘

此之爲體，亦猶之石柱銘云爾。録文一首。

（癸）石人銘

《風俗通》曰："方相氏葬日入壙驅罔象，罔象好食死人肝腦。人臣不得備方相，乃立其象於墓側。"又《事祖廣記》，炙穀子云："墓有石人，起於秦漢。"至於石人有銘，其來已久。《水經注》載酈食其廟石人，胸前銘曰門亭長，是其朔也。此之有銘，亦等於石柱華表云爾。録文一首。

第四部　傳狀志記之屬

第一編　傳狀類

第一章　傳　上

傳之爲誼，取乎傳示，遡其權輿，事屬於經。微言絶，大義乖，或取簡畢，或授口耳，緣文起義，爰名爲傳，如《左氏春秋》、子夏《喪服》是也，實齋言之詳矣。自司馬遷作《史記》，創爲列傳，事始移之於史。厥後史家，咸遵軌轍，正史所載，充乎宬府，篇帙之富，莫殫莫究。故兹書上采史文，不采史傳，大抵取材集部爲多。昔顧亭林以不當作史之職，無爲人立傳者。劉海峯云："爲達官名人傳者，史官職之。文士作傳，凡爲圬者、種樹之流而已。"而實齋則謂"明自嘉靖而後，持門户以攻王、李，輒言傳乃史職，好爲高論"。因舉《三國志注》，引東京魏晉諸家私傳相證明，凡數十事。惜抱師事海峯，亦云近世史館，非賜謚及死事者，不得爲傳，史之傳者無幾，有資文士之作。今兹之意，亦猶是也。析爲五類，分兩章，著於篇。

（甲）紀實

陳無功《文章緣起注》云："《博物志》：賢者著行曰傳。傳者，轉也，紀載事跡，以轉示後來也。其式貴實書，無泛論。”兹師其意，標曰紀實。仍沿壽序墓文之例，分析子目，一曰傳親族，一曰傳他人。

（一）爲親族傳

史家鼻祖，咸推馬班。子長《史記・自序》，孟堅《漢書・叙傳》，元元本本，詳其家世。以彼體屬官書，叙事無殊家乘，私人載筆，此其濫觴。録十一首。

（二）爲他人傳

劉海峯以達官名人，爲之行狀，上史氏而已，不當爲之傳。然傳之與狀，異名同實，列之爲傳，亦足以上史氏者也。抑其命名，每有識别。曰小傳，猶《喪服》之有《小記》也。曰外傳，猶《韓詩》之有《外傳》也。曰家傳，劉知幾所謂“紀其先烈，貽厥後來，揚雄《家牒》，殷敬《世傳》”之流也。曰别傳，劉知幾所謂“賢士貞女，類聚區分”，劉向《列女》、梁鴻《逸民》之流也。既可並行，亦資採擇。兹定其類别，曰功烈，曰治行，曰文學，曰高行，曰義俠，曰貞節，其圬者、種樹之流，則曰雜傳。至其名義，正史之目，章章明矣，不復述也。

（子）功烈　録五首。

（丑）治行　録三首。

（寅）文學　録十首。

（卯）高行　録七首。

（辰）義俠　録六首。

（巳）貞節　録六首。

（午）雜傳　録九首。

第二章　傳　下

（乙）寓言

自昌黎爲《革華》、《毛穎》諸傳，後世儒士，非譏其累體，即誚其褻史。然彦昇《文章緣起》，謂傳始於東方朔《非有先生傳》，則知滑稽之作，由來已久。且《詩》有六義，其三曰比。莊周著書，泰半寓言。觀於人文，則亦何施而不可乎？録六首。

（丙）自傳

自司馬相如自叙爲傳，爾後文人，多爲自叙，或稱自叙傳。淵明騫其逸思，《五柳》一傳，寓名於詭，隱身於文。後世六一、青門之儔，其嗣響也。録五首。

（丁）合傳

劉知幾云：“二人行事，首尾相隨，則有一傳兼書，包括令盡。若陳餘、張耳，合體成篇；陳勝、吴廣，相參並録是也。”録七首。

（戊）附傳

劉知幾云："事跡雖寡，名行可崇，寄在他篇，爲其標冠。若商山四皓，事列王楊之首；廬江毛義，名在劉平之上是也。自兹已後，史氏相承，述作雖多，斯道多廢。其同於古者，唯有附出而已。"録四首。

第三章　狀

劉彦和云："狀者，貌也。體貌本原，取其事實，先賢表謚，並有行狀。"徐伯魯云："取死者生平言語、行事、世系、名字、爵里、壽年、後裔之詳，著爲行狀，亦名行述。因其請編史録，或墓誌碑表之類，故謂之狀。"何義門云："《漢書·高紀·求賢詔》，詣相國府署行義年。"蘇林曰："行狀，年紀也。"此行狀所自始。後則太常議謚，史官紀事，皆取之，首行必書幾歲，猶其遺也。

（甲）行狀

仍前章述傳之例，一曰狀親族，一曰狀他人。

（一）爲親族狀

内言戒其出閫，地道終於無成，故在婦人，不用行狀，曰事略，曰行述，曰行略，此其意也。江文通有《建平王太妃行狀》，此爲特例，抑亦居尊之體，異於齊民耶。録狀親族文凡十首。

（二）爲他人狀

世人求撰墓銘，往往先爲佳狀，然行狀墓銘，事本相通。全謝山云："《輿地碑記目》：'廬州有唐旌表萬敬儒孝行狀碑，化州譙國夫人冼氏廟有行狀碑。'斯知行狀亦碑版文字之一。"其在高僧，每以行述刻碑，或曰墓狀，或曰行狀銘云。録狀他人文凡十首。

（乙）合狀

傳有合傳，則狀亦有合狀矣。仍踵前例，分爲兩目。

（一）爲親族狀

曰述，曰略，不名行狀，亦以事合婦人，體宜爾也。録二首。

（二）爲他人狀

謝山網羅放矢，别具孤懷，《鮚埼亭集》，頗多此體。録二首。

第二編　志記類

第一章　典　志

記文大都被碑，其前爲序、後爲銘詩者，體尤昭著。惟載筆之屬，類乎紀事，則不盡被碑焉。惜抱《類篹》，名曰雜記；滌生《雜鈔》，於雜記之外，創爲典志一目，吴摯甫頗推許焉。然滌生《序例》，謂典志所以記政典，所舉《周禮》、《儀禮》、"八書"、"十志"、"三通"之屬，皆典章之書，後世古文，惟録子固《趙公救菑記》及《序鑑湖圖》，何其隘也。輒廣其例，析爲七目，所録史志，僅《平準書》、《營制篇》二首而已。

（甲）治理

昌黎有言："令修於庭户，而人自得於湖山千里之外。"是故"淵居高拱，可覘治化"，匪惟官守之箴，抑亦户牖之銘也。登其堂，讀其文章，憬然於國家之盛衰治亂，其來有自，何其有典有則者與。録五首。

（乙）兵事

今世命名，輒曰軍事。阮士宗《七録序》云："劉向有《兵書略》，王儉以兵事淺薄，軍言深廣，改兵爲軍。竊謂古有兵革、兵戎、治兵、用兵之言，斯則武事之總名也，所以還改軍從兵。"兹曰兵事，亦士宗之志與。録四首。

（丙）食貨

食足貨通，然後國實民富而教化成，史公《平準書》尚已。後世度支疆理設倉救菑諸政，聚人守位，養成羣生，奉順天德，治國安民之本，於是乎在，何可没也。録六首。

（丁）興造

《禹貢》一書，記載隨山濬川之事，井乎其理，秩乎其文。次則橋梁、道路、工役諸端，漢人之碑，亦有法式。夫經之營之，靈台所以致詠；鞠人謀人，盤庚所以申誥。一勞久逸，暫費永寧，佚道使民，明訓斯在。録八首。

（戊）黌序

《大學》之道，明德新民。凡學校之記，不以碑名者，悉入於此，餘見碑文類。録七首。

（己）祠廟

崇德報功，載在祀典。凡祠廟之記，不以碑名者，悉入於此，餘見碑文類。

（一）聖哲　録六首。

（二）寺觀　録三首。

（三）義烈　録五首。

（四）雜祀　録二首。

（庚）上儀

帝者上儀，誼取颺頌，盛哉斯世，俟其禕而。録六首。

第二章　記物上

《釋名》:“記,紀也,紀識之也。”記之爲體,亦肇於經,微言大義,筆而録之。以其用言,既名爲傳;以其體言,亦名爲記,如大小《戴記》是也。實齋有云:“虞預《妬記》、《襄陽耆舊記》,叙人何嘗不稱記;《龜策》、《西域》諸傳,述事何嘗不稱傳。”故記之與傳,初實無别。又柳州小文,《序棋》、《序飲》,咸謂之序。故記之與序,體又相通。兹先述記物之文,爲兩章,著於篇。

(甲) 山水

此之爲體,大抵誌遊踪,寫勝致,洞穿涬溟之思,雕鑱宇宙之筆,劉孟塗所謂“林巒何幸,得斯人之一言;山水有靈,驚知己於千古”者也。第其作法,約爲四目。

(一) 紀實

陳後山云:“退之作記,記其事耳,今之記,乃論也。”則知雜以議論,已乖體製。故如《禹貢》、《山經》、《水經》諸書,博大閎肆,如其分際,不著一語,斯爲潔也。柳州頗知此恉,佳篇遂多。近世惜抱《登泰山記》,文境亦頗超卓。共録文十首。

(二) 寓情

曾點詠遊於沂水,莊子託想於濠間,覺天地之有情,合物我而胥化,斯亦紀實之亞也。録十九首。

(三) 議論

后山所譏,以論作記,然高山可仰,比諸景行,原泉不舍,取其有本,古人不爲病也。及蔽者爲之,泥其迹,遺其神,迂而寡趣,泛而無等,則爲文之累矣。録十三首。

(四) 考據

實事求是,援古證今,屬地理之專門,亦紀實之别體。録三首。

(乙) 齋閣

居高明,遠眺望,凡夫齋閣、亭臺、樓館、堂室之類,大抵記物有作,山水而外,此體爲多。而其作法,曰紀實,曰寓情,曰議論,亦復同同,其與山水諸記異者,曰儆勉。

(一) 紀實

山水之記,鋪張佳勝。此則落成之典,往往兼叙緣起。録十二首。

(二) 寓情

山水之記,流連光景,惆悵今昔。此則兼有至性之言焉,如歸震川《項脊軒志》、《思子亭記》,吴殿麟《半閣記》,李越縵《夢故廬記》是也。録十四首。

（三）議論

感慨以飛其興，揚榷以極其致，大抵與山水之記同。録十四首。

（四）儆勉

俛仰一室，叢薄萬端，此詩之所以戒屋漏，銘之所以陳座右也。録四首。

第三章　記物下

（丙）名蹟

靈□勝賞，精神往來，是以橋山攀其弓髯，武城修其墻屋。録六首。

（丁）寓言

遊於姑射之山，窅然喪其天下，佯逛避世，有託而逃，其意念深遠矣。録四首。

（戊）圖記

此之爲體，同乎題跋，記與序通，亦見序圖。録七首。

（己）畫記

昌黎《畫記》，體則《考工》，文則《顧命》，千秋推絶調焉。永叔《王彦章畫像記》，議論風發，不可控馭。後之作者，不出此二涂也。録九首。

（庚）雜物

色色形形，化工之妙，懿彼文心，窮追冥契，王荆公所謂"鑱刻萬物而接之以藻繪"者也。録十首。

第四章　記　事

事之爲名，與物相對，記物而外，厥惟記事。抑彼山水諸記，中多述遊，兹既名從其主，悉入記物，故本章所録，篇帙不多云。

（甲）宴集

記之與序，體或相通，朋舊流連，盍戠誌盛，亦以序名焉，别見序録類。録六首。

（乙）記人

記之與傳，初實無别，此其爲體，頗同乎傳。劉知幾云："包舉一生而爲之傳，史漢列傳體也；隨舉一事而爲之傳，《左傳》體也。"此其左氏之遺乎？録十首。

（丙）記言

《禮記·玉藻》："左史記事，右史記言。"要其淵源，亦史之别子也。録六首。

（丁）雜事

凡記事之作，無可統紀者，悉隸於此。録十首。

第五部 詔令表奏之屬

第一編 詔令類

第一章 詔 令

劉彦和云:“軒轅唐虞,同稱爲命。降及七國,並稱曰令。秦并天下,改命曰制。漢初定儀,命有四品,一曰策書,二曰制書,三曰詔書,四曰戒敕。”而中郎《獨斷》,舉名亦同,特其用涂,説則各異。自漢以後,益難溝畫。良以百王殊制,應時命文,故無取乎拘執也。玆先述詔令爲一章。《釋名》:“詔,照也。人闇不見事,則有所犯,以此示之,使昭然知所由也。令,領也。理領之使不相犯也。”而《説文》釋詔,《爾雅》釋令,均訓爲告,誼實同揆。其曰書者,又其通名,故以入焉。爰括爲三屬述之。

(甲) 政治之屬

兩漢詔書,訓辭深厚。沿及六季,施以儷詞,其高者亦宛轉跌宕,可以雒誦。唐時尚有雅音,宋後則頗傷儇薄矣,豈氣運爲之耶?凡三目。

(一) 内政

淵嘿黼扆,響盈四表,所謂奥窔之間,簟席之上,斂然聖王之文章具焉,佛然平世之俗起焉,非特藻耀高翔,爲文筆之鳴鳳者也。録三十三首。

(二) 外交

自昔詞人,鋪張盛典,不曰南暨北被,則曰陸讋水慄,王者無外,痛乎斯説之颬人也。四夷君長,形格勢禁,降心以就,但取羈縻而已。光武中興,李唐崛起,當彼其時,幾人稱王,幾人稱帝,羣雄逐逐,片言折衝,殆齊宣所謂交鄰之道與,亦以附焉。録十三首。

(三) 武事

龍睇大野,虎嘯六合,此彦和所謂“治戎爕伐,聲有洊雷之威;明罰敕法,辭有秋霜之烈”者也。讀之亦足以增長剛氣,嗔薄雄心。録十七首。

(乙) 典制之屬

騰義蜚辭,涣其大號,發皇耳目,綢繆恩紀,甚盛事也。凡三目。

(一) 正號

正位居體,帝者上儀,其有西嚮南嚮,廩乎臨履,爲而不宰,尤著謙沖。録九首。

(二) 恩赦

上失其道,民散久矣,三五以還,驩虞足貴,雞竿由其霈澤,鮒轍於以來蘇。其赦文德音之屬，别入下章。録十一首。

（三）優遇

坐而論道，三公之貴，安車蒲輪，禮亦宜焉。若夫聽鼓鼙之聲，思將帥之臣，追酬毅魄，恩意旁皇，死而有知，握拳穿爪，左氏所以許狼瞫，燕王所以市駿骨也。録十首。

（丙）情事之屬

大哉王言，宜崇體要，極其流變，曰情曰事，凡二目。

（一）抒情

至情悃愊，言款以深，家人父子之間，爲愛爲勞，彌見真率，其進焉者，九五降尊，如布衣交，所謂“筆吐星漢之華，氣含風雨之潤”者與。録十六首。

（二）雜事

凡如絲如綸，無可統紀者，悉隸於此。録十八首。

第二章　詔令之其餘各體

凡屬於詔令類者，體製匪一，綜述於此。曰德音之屬，子目三。曰諭教之屬，子目三。曰制誥之屬，子目三。曰批判之屬，子目二。曰檄移之屬，子目四。曰策問之屬，子目四。曰册文之屬，子目七。曰祭告之屬，子目四。凡爲類八，爲子目三十。

（甲）德音之屬

德音之體，起於唐代，蓋天子布德之音也。體於赦文爲近，然赦文止言肆赦之意，德音兼及處分之事，義有廣狹，故以德音統焉。

（一）德音

貊其德音，其德克明，皇矣所詠，此焉取義。録三首。

（二）赦文

眚災肆赦，古者謂之赦詔而已。録二首。

（三）鐵券文

劉彦和云：“券者，束也，明白約束，以備情僞，字形半分，故周稱判書。古有鐵券，以堅信誓。”録一首。

（乙）諭教之屬（凡此皆所以昭告者也）

（一）諭

《説文》：“諭，告也。”《廣雅》：“諭，曉也。”字亦同喻。録二首。

（二）教

《説文》：“教，上所施，下所效也。”《白虎通》：“王者設教，承衰捄敝，欲民反正道也。”秦法諸侯王用教，漢時大臣亦得用焉。自是之後，其制亦濫。録六首。

（三）示

《釋名》："示，示也。過所至關津以示之也。"畢氏《疏證》移置之傳下，以爲傳即過所，因附會之。按《漢書·終軍傳》："關吏予軍繻。"張晏注："繻，符也。書帛裂而分之，若券契矣。"蘇林注："舊關出入皆以傳。傳煩，因裂繻頭，合以爲符信。繻，示聲近。"則知《漢書》所謂繻，即《釋名》所謂示，無譌奪也。特後世變其徵信之體，而爲曉喻之文，此亦猶之曰符曰判，非復古製矣。録一首。

（丙）制誥之屬

凡此皆古爲詔書，而後世用於遷除者也。

（一）制

秦并天下，改命曰制，漢時制詔並行，然中郎《獨斷》，謂徵爲九卿，若遷京師近官，亦用制。其後世用於遷除之濫觴與。録二首。

（二）誥

《説文》："誥，告也。"彦和云："誓以訓戎，誥以敷政。"《獨斷》云："詔，誥也。"斯知古者之誥，亦與詔同。至宋乃以命庶官，謫有罪，及追贈封，統稱制誥，所謂兩制者也。録三首。

（三）敕

《説文》："敕，誡也。亦與勑通。形聲相近，經典字遂作勑。"《釋名》："敕，飭也。使自謹飭，不敢廢慢也。漢初定儀，是曰戎敕，亦謂敕書。"《獨斷》云："所以戒敕刺史、太守，及三邊營官。"世皆名此爲策書，失之遠矣。然唐制王言有七，四曰發敕，六曰論事敕書。其發敕者，授六品以下官用之，亦曰告身、明制。五品以上贈封用誥，六品以下用勑命。敕與制誥，合爲一類，而戒敕之恉荒矣。録十首。

（丁）批判之屬

其用相近，且時亦均以試士，故爲一類。

（一）批

《洪範五行傳注》："批，推也。"推勘之意，斯可引申。《玉海》云："唐學士初入院，試制詔批答共三篇，蓋采臣下章疏之意而答之也。"莊子有言，批卻導窾。批之爲事，殆在得間。録二首。

（二）判

《周禮·秋官·朝士》："凡有責者，有判書以治則聽。"《注》云："判，半分而合者。"唐制選士，判居其一。要之其文以判辨爲用。録九首。

（戊）移檄之屬

事屬金革，其詞大都以嚴厲爲尚，故爲一類。

（一）移

劉彦和云:“移者,易也。移風易俗,令往而民隨者也。”又云:“檄移爲用,事兼文武。其在金革,則逆黨用檄,順命資移。意用小異,體義大同。”逮乎唐代,諸司自相質問,爰有關移,則名同而實異矣。録四首。

（二）檄

《説文》:“檄,二尺書也。”彦和云:“檄者,皦也。宣露於外,皦然明白也。張儀檄楚,書以尺二。明白之文,或稱露布,播諸視聽也。”然《釋名》又云:“檄,激也。下官所以激迎其上之書文也。”此當爲毛義之所謂奉檄者,遷除之屬,别一體矣。録七首。

（三）符

《釋名》:“符,付也。書所敕命於上,付使傳行之也。”《説文》:“符,信也。漢制以竹,長六寸,分而相合。”彦和云:“符者,孚也。徵召防僞,事資中孚。三代玉瑞,漢世金竹,末代從省,易以書翰矣。”録二首。

（四）牒

《説文》:“牒,札也。”《廣雅》:“牒,版也。”彦和云:“牒者,葉也。短簡編牒,如葉在枝。議政未定,故短牒咨謀。”其在唐代,有品以上,公文稱牒。然移文本爲檄體,轉爲公文;牒體本爲公文,轉爲檄體。王益吾云:“本國伐叛,但云下符。其小征伐,則用移牒,皆檄之流也。”録一首。

（己）策問之屬

《釋名》:“策書,教令於上,所以驅策諸下也。”臨軒發策,選才取士。漢時曰詔、曰制,六季或曰策文,唐宋以還,通曰策問。兹綜録焉。

（一）策詔　録二首。

（二）策制　録一首。

（三）策文　録五首。

（四）策問　録二首。

（庚）册文之屬

《説文》:“册,符命也,諸侯進受於王者也。象其札,一長一短,中有二編之形。”《釋名》:“漢制約敕封侯曰册。册,賾也,敕使整賾不犯之也。”《獨斷》:“《禮》曰:‘不滿百文,不書於策。’其制長二尺,短者半之。”按古文作笧,假借爲策。董仲舒《對策》,文中稱“明册”,或“册曰”,斯知通用舊已。古者册書,施之臣下。逮至後世,其用甚繇,或施之尊,或施之卑,要之不離乎符命者近是。約爲七目述焉。

（一）册尊

所謂玉册者也。録二首。

(二) 册立

皇后太子,屬國之主,凡其正位,均以册文。録四首。

(三) 册封

《獨斷》所謂以命諸侯王、三公者也。録五首。

(四) 册免

《獨斷》所謂三公以罪免,亦賜策者也。録二首。

(五) 哀册

任彦昇以漢樂安相李尤作《和帝哀册》,爲哀册之始。《釋名》:"哀,愛也,愛而思念之也。"録七首。

(六) 謚册

謚,今本《説文》作謚。《北堂書鈔》九十四引《説文》:"謚,行之迹也。從言、兮、皿聲。"《廣韻》:"謚,《説文》作謚,漢唐碑版均作謚,不作謚。致譌之時,當在五代。"《書・堯典序》疏:"謚者,累也。累其行而號也。"從益之誼,尤爲明塙。段、王、桂、朱諸家,説之詳矣。今標目用謚,求其是也;録文用謚,仍其舊也。謚册云者,《獨斷》謂:"諸侯王、三公之薨,亦以策書誄謚其行。"特變其制,施之於尊,是其異爾。録二首。

(七) 雜册

凡册文之無可統紀者,悉隸於此。録三首。

(辛) 祭告之屬

亦有以册文行之者,附存於此。

(一) 告天　録二首。

(二) 告廟　録二首。

(三) 祭陵　録二首。

(四) 諭祭　録二首。

第二編　表奏類

第一章　表奏上

《獨斷》云:"凡羣臣上書於天子者有四名。"彦和云:"章以謝恩,奏以按劾,表以陳情,議以執異。"然其用涂,終難畫一,則亦應時命文,無取拘執者也,兹不具論。論其著者,一曰奏,《釋名》:"奏,鄒也。鄒,狹小之言也。"彦和云:"奏者,進也,言敷於下,情進於上也。"一曰表,《釋名》:"下言上曰表,思之於内,表施於外也。"一曰章,彦和云:"章者,明也。《詩》云:'爲章於天。'謂文明也。"一曰封事,《獨斷》云:"凡章表皆啓封，其言密事，得皁囊盛。”此其緣起也。若夫疏者條其事而陳之，啓者，《書》所謂“啓乃心”，書者，又其通名，抑古時君臣之言，同名爲書，疏啓亦書之流别與？宋曰劄子，其書札之譌字與？近世以書紙之式名，或曰奏摺，因物定名，無關宏恉。兹括爲三屬，分兩章，著於篇。

（甲）政治之屬

浩然之氣，盛大流行，大抵以漢人爲長，約分四目。

（一）陳述

彦和有云：“奏之爲筆，以明允篤誠爲本，辨析疏通爲首。强志足以成務，博見足以窮理，酌古御今，治繁總要，此其體也。”録二十首。

（二）諫諍

彦和有云：“表奏確切，號爲讜言，讜者偏也。”不無過正之言，惟以矯枉爲用，所謂“王臣匪躬，必吐謇諤”者耶。録十一首。

（三）薦揚

君子之仕，進不隱賢，文子升公，武仲竊位，尼山褒貶，此爲兢兢。録四首。

（四）訟理

拳拳之忠，不能自列，交游莫救視，左右不一言，此太史公之所爲悲傷也。拔之泥滓，濯之清泠，懇款可風，公私何忝。録四首。

第二章　表奏下

（乙）典制之屬

應絃赴節，情生乎文，大抵以六朝人爲長。約分三目。

（一）慶賀

鏗鏘金石，後舞前歌，毋曰諛辭，取其悦耳，選言樹骨，雅重精思。世稱《封禪》麗而不典，《劇秦》典而不實，古人於此，亦云難也。録十二首。

（二）陳謝

或爲陳乞，或爲感謝，圓規方矩，限於格式，要貴婉麗明篤，娓娓動人。其在梁賢，文通、彦昇，尤擅此體，故所采選，篇幅尤多。録三十四首。

（三）上進

承明制作，茂典式存，祥異駢臻，鴻美攸紀，意古而不晦於深，文今而不墜於淺，言之有物，斯爲得也。録十五首。

（丙）雜事之屬

凡敷奏以言，無可統紀者，悉隸於此。録八首。

第三章　表奏之其餘各體

凡屬於表奏類者，體製匪一，綜述於此：曰對，曰策，曰講義，曰駮議，曰謚議，曰彈文，曰露布，曰降表，凡爲類八。

（甲）對

彦和有云："對策者，應詔陳政，議之别體。"又按漢制，朝臣補外，天子使人受所欲言，及有事下議，均以書對。故應劭《漢儀》云："董仲舒老病致仕，每有政議，數遣廷尉張湯，親至陋巷，問其得失，於是作《春秋决獄》二百三十二事，動以經對。"此其事也。然亦有文不條陳，但資發攄者，如中山王《聞樂對》，終童《白麟奇木對》，汪容甫《廣陵對》，亦以附焉。共録十一首。

（乙）策

策士之制，始於漢文，應詔陳言，謂之對策。後世亦有著策上進者，謂之進策。東坡之作，大抵近是。共録十二首。

（丙）講義

學校既興，沿東瀛之習，輒曰講義。其在初制，則奏御之作，以備經筵進講之用者也。格式所關，録一首。

（丁）駮議

中郎《獨斷》云："其有疑事，公卿百官會議。若臺閣有所正處，而獨執異意者，曰駮議。馬色不純曰駮。"彦和云："雜議不純，故謂之駮也。"録五首。

（戊）謚議

亦駮議之流也。字當作謚，説見前章謚册。録三首。

（己）彈文

彈，糾劾也，繩愆糾謬之謂。省臺中憲之職也，古者奏以按劾，故亦稱爲奏彈。録五首。

（庚）露布

《隋志》有《魏武帝露布文》九卷。《文章緣起》云："漢賈洪爲馬超伐曹操作露布。"《通典》云："後魏攻戰克捷，欲天下聞知，乃書帛建於漆竿上，名爲露布。"揆其初制，檄移之屬。彦和論檄云："明白之文，或稱露布。"斯知用在令下，匪取奏御，故魏明帝有《露布天下并班告益州文》也。迄乎唐制，下之通上，其制有六，三曰露布，兵部奉以奏聞，乃爲表奏之一體矣。録四首。

（辛）降表

此亦表奏之一事也。五代時前蜀、後蜀之降，皆李昊作表，蜀人夜表其門曰："世修降表李家。”當時傳以爲笑。録二首。

第六部　辭賦雜文之屬

第一編　辭賦類

第一章　辭　賦

辭,本作詞。《説文》:“詞,意内而言外也。”《釋名》:“詞,嗣也,令譔善言相續嗣也。”《詩》有六義,其二曰賦。彦和云:“賦者,鋪也。鋪采摛文,體物寫志也。”屈子所作,通稱《楚辭》,劉向《七略》,列之賦家,則知辭之與賦,古實一物。宋子京有言:“《離騷》爲辭賦祖,後人爲之,如至方不能加矩,至圓不能過規。”章實齋云:“賦家者流,源本《詩》、《騷》,出入諸子。假設問對,則《莊》、《列》之寓言;恢廓聲勢,則蘇、張之縱横;排比諧隱,則韓非之《儲説》;徵材聚事,則《吕覽》之類輯。”是知文事總綰,厥惟辭賦。昔揚子雲教桓譚,讀千首賦。近世曾滌生,以文稱雄,要其得力,實在漢賦,六藝附庸,蔚成大國。彦和之言,不其亮與?

(甲)辭

漢武《秋風》,頗類詩歌。醇粹之體,惟淵明《歸去辭》耳。蕭《選》辭目,二文並列,兹編宗之,從其朔也。大抵古今文士,善摛辭者,咸趨騷壇。此之所存,殊不多覯。録文共五首。

(乙)騷

“離騷”之意,猶言離憂,以騷爲目,單詞不立,且《楚辭》之中,“騷”其一篇,統目爲“騷”,亦嫌弗括。然彦和有《辨騷》之篇,單辭曰騷,沿稱已舊。《辨騷》所引,并及《九歌》、《九辯》、《天問》、《遠遊》諸文。蕭樓所録,亦復同揆,則騷爲共名。又其先例,兹姑從之云爾。録文五首。

(丙)賦

方望子《文章緣起補注》,大約以古賦至六朝,變而爲俳,唐人再變而爲律,宋人又再變而爲文。賦之爲體,凡有四名,然律賦別具體裁,曰古,曰俳,曰文,疆界之分,殊難顓畫。兹因統以兩目,一曰古賦,一曰律賦云。

(一)古賦

賦之分類,約有兩涂,一曰分家,一曰分體。皋聞《七十家賦鈔》,源流本末,條舉件繫,法劉向之《詩賦略》,此分家之爲也。昭明太子撰録《文選》,京都、郊祀諸目,部居不雜,此分體之爲也。惜抱謂《文選》分體碎雜,立名多有可笑。兹編義取桃導,無寧分體，上師蕭樓，特曰情、曰志，言之不順，從長棄短，又其所矣。爰分爲四：曰賦理，曰賦物，曰賦事，曰賦意。彦和所譏“讀千賦而愈惑體要”者，庶其免諸？

（子）賦理

彦和論賦有云：“麗詞雅義，符采相勝。”則賦理尚焉。凡此之作，可分二目。

（金）詮理　録二首。

（石）論文　録二首。

（丑）賦物

彦和論賦有云：“京殿苑獵，義尚光大。”又云：“草區禽族，庶品雜類，觸興致情，因變取會。”則賦物尚焉。凡此之作，又分七目。

（金）山水　録二首。

（石）京都　録二首。

（絲）宫殿　録二首。

（竹）苑囿　録三首。

（匏）祠廟　録一首。

（土）物景　録四首。

（革）雜物　録四首。

（寅）賦事

此《漢志》所謂“登高能賦，可爲大夫”者也。凡二目。

（金）行役　録一首。

（石）遊覽　録四首。

（卯）賦意

此《漢志》所謂“感物造耑”，彦和所謂“述行序志”者也。凡三目。

（金）寓言　録四首。

（石）情感　録四首。

（絲）哀弔　録五首。

（二）律賦

始於沈約“四聲八病”之拘，中於徐、庾“隔句作對”之陋，終於隋、唐、宋取士限韻之制，此律賦之所由名也。雕蟲小技，壯夫不爲。故録二首，以備一格。

第二章　頌　贊

彦和有云：“容體底頌，勳業垂讚。蓋四始之至，頌居其極，而贊之爲體，亦頌家之細條。”姚惜抱云：“頌贊類者，《詩頌》之流，而不必施之金石者也。”兹合爲一章述之。

（甲）頌

《釋名》："頌，容也，叙説其成功之形容也。"彦和云："容告神明謂之頌。"是故《那》詩、《清廟》，皆以告神，自《魯頌·駉》、《閟》，致美僖公，其體始變，則濫觴乎後世之爲矣。

（一）無韻之頌

大抵頌、贊、箴、銘、祭、弔、哀、誄之八事者，韻文居多，皆爲辭賦之流。姚惜抱謂《漁父》及《楚人以弋説襄王》，宋玉《對王問》，皆辭賦類。辭賦固當有韻，然古人亦有無韻者，以義在託諷，亦謂之賦。竊本此恉，推而闡之，頌贊以下八事，均有無韻之作。故悉以有韻無韻，對舉爲目，既以審其體要，亦以盡其流變。總述於此，後不復贅也。録無韻之頌凡三首。

（二）有韻之頌

此彦和所謂"頌惟典雅，辭必清鑠，敷寫似賦，而不入華侈之區；敬慎如銘，而異乎規戒之域"者也。曰人物，曰武功，曰上儀，曰德政，曰休祥，曰雜事物。凡六目。

（子）人物　録六首。

（丑）武功　録四首。

（寅）上儀　録四首。

（卯）德政　録三首。

（辰）休祥　録二首。

（巳）雜事物　録二十一首。

（乙）贊

字亦作讚。《釋名》："讚，纂也，纂集其美而叙之也。"《尚書大傳》云："舜爲賓客，禹爲主人，樂正進贊。"蓋古者爲唱發之辭。故彦和云："漢置鴻臚，唱拜爲讚，即古之遺語也。"迄司馬相如爲《荆軻贊》，其文不傳，然奬歎之言，遂同頌體，則後世之爲矣。

（一）無韻之贊

曰史贊，曰雜贊，析爲二目。

（子）史贊

其體與史論同。彦和云："遷史固書，託讚褒貶。"蓋贊本訓助，助以發明傳意，故不論善惡，皆得曰贊，與夫壹意贊美者，稍稍殊矣。録八首。

（丑）雜贊

紀述事蹟，尚論人物，要亦颺言以明事，嗟歎以助辭者也。録二首。

（二）有韻之贊

此彦和所謂"結言於四字之句，盤桓乎數韻之辭，約舉以盡情，昭灼以送文"者也。

曰人物，曰山水，曰文字，曰名理，曰圖畫，曰雜物。凡六目。

（子）人物　録五首。

（丑）山水　録三十九首。

（寅）文字　録五十一首。

（卯）名理　録五首。

（辰）圖畫　録五十六首。

（巳）雜物　録三首。

第三章　箴　銘

彦和有云："箴頌於官，銘題於器，名目雖異，而警戒實同。箴全禦過，故文資確切；銘兼褒讚，故體貴弘潤。"其論允矣。兹合爲一章述之。

（甲）箴

箴之爲誼，與鍼略同。《説文》："箴，綴衣箴也。""鍼，所以縫也。"古時醫者，亦以鍼刺病，故諷刺救失，亦謂之箴。《夏》、《商》二箴，見於《逸周書》及《吕覽》，餘句雖存，全文已佚。《虞人》一篇，備載《左傳》，揚子雲倣而爲之，於是斯體著焉。

（一）無韻之箴　録一首。

（二）有韻之箴

此士衡所謂"箴頓挫而清壯"者也。曰官守，曰學問，曰贈獻，曰雜事物。凡四目。

（子）官守　録三十五首。

（丑）學問　録十六首。

（寅）贈獻　録十首。

（卯）雜事物　録七首。

（乙）銘

《釋名》："銘，名也。述其功美，使可稱名也。"作器能銘，可爲大夫。故彦和云："觀器必也正名，審用貴乎盛德。"若夫被碑之作，志窆之文，已見碑文墓銘類。其僅稱爲銘者，悉入於此。蓋古人頌贊箴銘，大都刻石，凡斯之屬，事資參稽也。

（一）無韻之銘　録二首。

（二）有韻之銘

此士衡所謂"銘博約而温潤"者也。曰功烈，曰山水，曰祠廟，曰隄防，曰屋宇，曰學問，曰情感，曰雜物。凡八目。

（子）功烈　録二十首。

（丑）山水　録十五首。

（寅）祠廟　録四首。

（卯）隄防　録三首。

（辰）屋宇　録八首。

（巳）學問　録七首。

（午）情感　録三首。

（未）雜物　録二十首。

第四章　祭弔哀誄

頌贊箴銘，文多刻石；祭弔哀誄，體亦有然。魏孝文《弔比干墓文》，唐太宗《祭比干文》，石墨鎸華，藝林拱璧。歐陽公《胥夫人墓誌》，云爲哀詞一篇，藏諸墓；曾南豐《蘇明允哀詞》，刻之塚上。不特《蔡中郎集·胡公夫人哀讚》爲墓銘之别稱也，則哀詞亦刻石也。誄以納石，亦稱墓誄。故彦和《雕龍》，誄碑並稱，則誄文亦刻石也。兹合爲一章述之。

（甲）祭文

《孝經疏》云："祭者，際也。人神相接，故曰際也。"《周禮》："大祝掌六祝之辭，以事鬼神示。"告饗有文，此其嚆矢。迄乎後世，體寖孳乳。唐翼修曰："祭文之用有四：祈禱雨暘，驅逐邪魅，干求福澤，哀痛死亡。"如此而已。兹復分析并省，曰祭親族，曰祭他人，曰祭古，曰雜祭。而各以無韻有韻，分著於篇。

（一）無韻之祭文　（凡四目）

（子）祭親族　録十首。

（丑）祭他人　録五首。

（寅）祭古　録八首。

（卯）雜祭　録五首。

（二）有韻之祭文　（凡四目）

（子）祭親族　録七首。

（丑）祭他人　録十三首。

（寅）祭古　録三首。

（卯）雜祭　録六首。

（乙）弔文

《説文》："弔，問終也。"彦和云："弔者，至也。《詩》云：'神之弔矣。'言神至也。君子令終定謚，事極理哀，故賓之慰主，以至弔爲言"，又"或驕貴而殞身，或狷忿以乖道，或有志而無時，或美才而兼累，追而慰之，並名爲弔"。然則揆之古誼，亦《周禮》之所謂哀禍災者與。

(一) 無韻之弔文　録二首。

(二) 有韻之弔文　録八首。

(丙) 哀詞

摯虞有言:“哀詞者,誄之流也。”彦和云:“賦憲之謚,短折曰哀。哀者,依也,悲實依心,故曰哀也。”君子作歌,惟以告哀。而其體製可析爲三。

(一) 文

情往會悲,文來引泣。迹其辭意,弔文之亞。録三首。

(二) 讚

墓銘之文,古有斯稱。迹其辭意,誄文之亞。録二首。

(三) 詞

以詞遣哀,不泪之悼。蓋短折曰哀,故施之夭殤,文爲尤多。

(子) 無韻之哀詞　録一首。

(丑) 有韻之哀詞(復分二目)

(金) 哀親族　録八首。

(石) 哀他人　録四首。

(丁) 誄文

《釋名》:“誄,累也。累列其事而稱之也。”古者讀誄定謚,惟天子稱天以誄,諸侯相誄,則爲非禮。然自柳妻誄惠,私誄斯起。所謂賤不誄貴,幼不誄長者,古誼稍稍荒矣。故古之爲誄,惟以定謚;今之爲誄,惟以述哀。士衡所云“誄纏綿而悽愴”者也。抑其爲文,多叙世業。彦和有云:“傳體而頌文,榮始而哀終。”此其旨也。

(一) 無韻之誄文　録一首。

(二) 有韻之誄文(復分二目)

(子) 誄親族　録四首。

(丑) 誄他人　録八首。

第二編　雜文類

第一章　雜文上

彦和叙述雜文,以爲“宋玉含才,始造對問;枚乘摛豔,首制《七發》;揚雄覃思文閣,碎文瑣語,肇爲連珠;凡此三者,文章之枝派,《暇豫》之末造也。然而智術之子,博雅之人,藻溢於辭,辭盈乎氣,苑囿文情,日新殊致”。彦和以還,佹色畸形,繁以衆矣。

爰類而甄之，以彦和所謂雜文者爲《雜文上》，其餘爲《雜文下》，分兩章，著於篇。

（甲）對問

《公》、《穀》傳經，假設問辭，《莊》、《列》寓言，亦述堯、舜、孔、顏之問答。雖曰宋玉之徒，首爲此體，蓋亦有所本也。驅使煙墨，發揮牢騷，後世文人，效之者衆。柳州《天對》，所以和靈均，解結轖，體亦相近，故以次焉。録八首。

（乙）七

彦和之釋《七發》也，曰"七竅所發，發乎嗜欲。始邪末正，所以戒膏粱之子也"。自後枝附影從，莫不以七爲名。要之單詞稱七，猶之稱騷，以云正名，均嫌不立。特七之爲名，原於七竅，斯知謂問對凡七，因而定名者，其説荒也。覈其文體，對問之亞。《九稽》、《九招》，亦其同流。録七家共六十首。

（丙）連珠

假喻達恉，互相發明，辭句連續，纍如貫珠，兹體所由名也。昔韓非著書，先列其目，後著其解，謂之連語。殆兹體之先河與。大抵連珠之文，律諸因果，先爲引辭，後爲結論，有似名學三段之法。詞既華贍，理復确立。故譚仲修云："文字之用，不外事理。駢儷詞夸，每於理之精微，事之曲折，多不能盡，乃爲談古文者所鄙夷。承學之士，先習陸庾連珠，沈思啙藻，析理述事，充之復何所滯。"録五家共一百九十首。

第二章　雜文下

（丁）雜頌

雜頌者，頌之流也。詠歎中雅，轉運中律，嘽緩舒繹，曲折不失節。録文四首。

（戊）雜贊

雜贊者，贊之流也。曰述，曰勢，曰品，凡三目。

（一）述

劉知幾云："馬遷《自叙傳》後，歷寫諸篇，各叙其意。既而班固變爲詩體，號之曰述。范曄改彼述名，呼之以贊。"斯知述之與贊，同禾異穎。然彦和論讚，以爲摯虞《流别》，謬稱爲述。顏師古亦謂"史遷云作，班固謙不敢言作，乃改言述，避作者之謂聖，取述者之謂明"。後人呼爲《漢書》述，失之遠矣。摯虞尚有此惑，其餘曷怪。則古人於此，亦聚訟也。録十首。

（二）勢

《文章緣起》曰："勢始於崔瑗作《草書勢》。"《説文》無勢字。古祇作埶。《考工記》云："審曲面埶。"鄭司農訓埶爲形埶。今人言字，輒曰字形，故凡斯之作，概關書法。録六首。

（三）品

《説文》："品，衆庶也。"《廣雅》："品，式也"。引伸其誼，則爲品藻。鍾嶸《詩品》，其權輿矣。録二家文三十六首。

（己）雜擬

爻者效此，象者像此，故有擬議，乃成變化，或摹古人，或託物類，既有翻空之奇，復見徵實之巧，文事變通，斯盡利也。

（一）摹古

自古文人，互有師仿。揚子雲氏《太玄》擬《易》，《法言》擬《論語》。厥後蘇綽、王通，譔述亦遵往軌。章實齋云："古人之言，所以爲公，未嘗矜於文辭，而私據爲己有也。"兹分爲擬語、擬文，以著於篇。

（子）擬語　録三首。

（丑）擬文

復析爲二目。

（金）本無之擬

此實齋所謂"假設之公"者也。録十一首。

（石）本有之擬

文章之事，天下爲公。亦自隋唐詞科，命題取士，往往賦擬相如，頌擬王褒。流風所扇，彌彬蔚矣。録六首。

（二）託物

有以見天下之賾，而擬諸形容，象其物宜；有以見天下之動，而觀其會通，行其典禮，此《易》教也，文事亦然。學鳩笑鵬，罔兩語影，莊生之作，其達觀與。録八首。

（庚）集句

《壹是紀始》引《稗史》，晉傅咸作集經詩，其《毛詩》一篇略曰："聿修厥德，令終有俶。勉爾遁思，我言維服。盜言孔甘，其何能淑。讒人罔極，有靦面目。"章實齋云："辭人點竄，略仿史删，譬之古方今效，神加減於刀圭；趙壁漢師，變旌旗於節度。"所謂點竄之公也。然其蹊徑，可析爲二，範圍廣者，是曰雜集；範圍狹者，是曰類集。

（一）雜集　録二首。

（二）類集　録三首。

（辛）雜體

凡别裁畸體，未設類目者，姑以文章大别，析爲有韻文、無韻文二類。亦以文之駢散，原可合一，韻之有無，斯徵區别云爾。

（一）有韻文　録十二首。

（二）無韻文　録十五首。

徐　昂

徐昂（1877—1953）初字亦軒，易字益修，號逸休。江蘇南通人。清光緒二十四年（1898）以第一名秀才入庠。後入江陰南菁書院攻讀，與丁福葆等同窗切磋，造詣日進。一生治學力求嚴謹，鍥而不捨，精通羣經，深得桐城方、姚古文義法精奥，但更求務實之學，致力於國學專著的撰述，孜孜數十年如一日。尤其是他對《周易》的研究，直追漢儒焦、京二大家，窮其本源，剔抉精微，闡前人所未明，造詣至深。著有《易林勘復》、《京氏易傳箋》、《釋鄭氏爻辰補》、《周易虞氏學》、《周易對象通釋》、《詩經聲韻譜》、《楚詞音》、《石鼓文音釋》、《説文音釋》、《等韻通轉圖證》、《詩經形釋》、《文談》、《馬氏文通正誤》、《休復齋雜誌》等三十餘種專著，後彙編爲《徐氏叢書》出版。

本書資料據 1952 年《徐氏叢書》再版本《文談》。

散文與駢文

天地生物，有奇有偶，駢散者陰陽自然之道也。我國文字基於畫卦，畫之奇者散之源，偶者駢之源，經籍之奇句偶句於以並孳焉。是不獨文章然也，詩歌不偶對之句即散文也，句之偶對者即駢文也。窮帖括之原，亦基於偶畫，由偶畫而偶字而偶句，以至闢於駢偶之詩文，此偶數之變化之所極也。散文中或用駢語以整齊格局，駢文中或用散語以疏宕辭氣，陽中有陰，陰中有陽，其用固相資也。希臘文辭，重在對稱，而論歐美文章之大概，實無所謂駢，故駢儷之文爲中夏所獨，而音節之道亦以漢文爲微奥。惟偏勝之極，流於帖括，此其失也。秦漢以前，散多於駢，兩漢崇尚詞賦，駢儷日滋，東漢尤甚，蜀漢之文如武侯《出師表》，“侍中、侍郎”兩偶段，制藝之股式近之。魏晉以後，偶語盛行，齊梁而降，駢儷之法，日夸一日。新聲既發，古調日湮，而藻采典麗，音韻和協，亦於斯爲盛。其時散文勢力極衰，唐代韓、柳復古，文中仍多用偶，故兩晉六朝之文之衰，非病駢儷也，觀骨力之靡與厚，足以判其文之興衰矣。韓、歐以往，歸、方繼起，桐城大昌，散文之勢力寖强，伯言、皋文皆棄其所爲駢文而求之古文，勢力可見矣。或謂古文之名獨尊，而駢偶之文乃屏而不得與於其列，良有以也。

文體文與語體文

言譯爲文,文即言也。文言既分,遂有常語雅言之目,而羣經中紀載最古者,泰半當世之語言。《詩》三百篇皆古代新詩,國風即人民歌謡,假借表其土音,方言入之著録。譬之往古所遺缾罍缶鐳之屬,今人珍而玩之,在當時視之,皆尋常簡陋之器耳。或以推行語體文爲戾乎古,不知實復古也。語體愈盛行,文體愈高貴,或慮文體將因之式微,亦過矣。西土文字多源羅馬,厥後字形音調,遞經變化,而拉丁古文,學者羣奉爲國粹。存古適今,並行不悖,互相詆呰,奚可耶?

古文與時文

時有先後,斯文有古今。工古文者思救世俗之弊,以維其道,必反乎科舉之時文而屏黜之。韓退之因李氏子蟠從學古文,特貽之《師説》,所以提倡古文,激勸當世也。其徒李習之、皇甫持正、孫可之輩,與徒友論文,多輔翼韓氏,宣示古道,排斥時文。蘇子瞻之世以經術取士,而其《贈吴彦律》也,亦告之以道,使其知返。其時之歐、曾以及明之歸、王,清之方、姚,所持之旨莫不爾也。自唐以降,科舉益滋,古文與時文之戰爭寖烈,而時文取士之柄操之國家,收效甚捷,海内趨之者如蠅如螘,韓、柳輩初亦出入其途,他何論焉。古文之幟祇樹於草野一二君子之文壇,致力甚艱,而效又遲緩,附之者如晨星,如霜林之葉,其勢於是乎益孤。故戰爭之勢,古文恒窮挫,時文乃如燎火横流,不可抑止。工乎古文者,大半流離潦倒,有在上執柄者,亦必傾之使下。時文之工者則登龍附鳳,上干雲霄,以爲不可一世,仰之者若狂。而守道之君子處乎濁世,既不能行其志,權力又不足以轉移習俗,乃退而與其門人知交,抱守孤詣,獨行其是,困阨而不悔。閲數十年或數百年而後,復有明道者出,表章文學,軒輊以明,其論乃稍稍定焉,古文不絶之縷在此。夫以退之之學詔勉太學諸生,可謂親切,而諸生罕聞有勤於古文者,蓋汲汲於當時之有司,固别有在也。退之身世之鬱憤於《進學解》及《上兵部李侍郎書》兩篇中畧見之。蘇子美與其兄才翁及穆參軍伯長爲古歌詩雜文,時人多非笑,歐陽嘗慨乎言之。黎、安二生爲里人所呰,曾子固勸之之旨在篤守其道,至不能以其辭説轉移習俗,同歸於道,而終於成鄉人之大惑。當韓、歐之世,時人之耳目猶若此,况科舉時文靡靡之秋也。伊古以來所稱文盛之世,後能軼乎前者,厥惟清代,其文章有突過明代者,而桐城徒友亦較唐宋爲廣,傳者既衆,戰爭之勢少盛,要其後亦漸衰焉。(以上卷一)

碑　誌

碑誌原於秦漢刻石，歌頌功德，節韻之詞曰文，曰辭，曰詩，曰頌，曰銘，體裁不外詩騷兩派。自唐以來，哲人烈士及里巷一節之足稱者，於其没也，多託於當時作者之文，以傳而襲刻石之製，爲碑爲表爲碣皆是也。節韻之詞多曰銘，碣或銘或否，表無銘，碑大半有銘，惟壙志葬誌權厝誌等篇則否。預營兆域而爲記以刻石者，謂之壽藏碑，前代傳者較少，其銘義大半與箴相近。誌之前有冠以序文，而叙其著述之顛末者，又或謂誌爲序。所謂神道碑銘者，其人大抵皆列高爵，功業或表見於史册，至於抱志以没，爲史官所不録。其碑或存之墓上，或見自土中，後人瀏覽碑誌，往往足以動其感慕而爲之愛護。其或石泐字蝕，而發古人之文集，讀其誌銘，亦足以考見亡者身世也。銘義有三端：(一)稱頌，對於其才學或道德文章發抒欽仰之思；(二)感歎，對於其際遇發爲感慨；(三)祈祝，願後世愛護骸骨，墓壟永固。或因以及其後人之吉利，涉及風水，意義少狹。世風澆薄，諛墓之文日多，尋常匹夫匹婦，哀輓者輒儕之古哲人古賢女，言者不本諸誠，見者不以爲浮，虚僞成習，不能信今，遑云傳後。雜記中題壁等文，亦或刊石，與碑志類之山石廟觀等碑相通，惟無銘詞耳。碑碣每三句協韻者，惟秦製有之，如《泰山》、《之罘》、《會稽》諸碑詞石門碣文，皆三句協韻，具詳《史記・秦始皇本紀》中。

論説(節録)

文之構成，不外案判。以體而言，記叙案也，論説判也。記叙類之傳與誌皆案也，論贊與銘辭皆判也。純粹記叙，有案無判。孔子《春秋》書法案而不判，判即藴蓄於案之中。凡事理之顯見者，不加判斷，僅列其案。或徵引語句，如其言而止；或援舉事實，如其事而止。不加判詞，皆有涵蓄之妙。

序跋贈序

序詩文集，關於送别或祝壽等作，皆含有贈言之意，如歐陽永叔《釋秘演詩集序》爲送别而作，邵位西《龍樹寺壽議詩序》爲獻壽而作，皆是也。贈序本爲詩歌而作，韓退之《送揚少尹序》、侯朝宗《送何子歸金陵序》，皆序送别之詩歌集，猶之序跋之序也。故序跋與贈序體制雖分，而義實相通，古人行世之文，大半於其没後子孫或徒友搜集遺稿，刊而傳之，故銘墓多先於序文。歐陽永叔《江鄰幾文集序》以聖俞、子美諸人陪襯，皆謂先銘其壙而後序其文，蓋著述次序本如是也。序弁前而跋履後，皆不以贊美爲貴，古人贊歎處多不過數語，重在考求事行，披覽全集，抉其生平精神與志趣所寄託者，表章著述之所從出。如有戚族或交游之感情，或爲之搜訂著述，文尤親切有味，書一篇之後，較易於跋全書，最上者評論義法，其下者判斷事實。書史傳後，論斷其事，性質與史論相通。傳銘等文前或係以序，雖不别列，亦序跋之性也。文體因人事而孳生，惲子居《答蔣松如書》以唐宋贈送序、明之壽序等文爲不經，其後有《復吴南屏書》者，亦以送人序、壽序等文爲不古。窮一切著作之始，體制皆自無而有，經與古之合不合，在言之見道與否，而不在乎文體名稱之異同也。送人序臨别贈言，直接用文字，蓋以語言寄於空虚，時遷境易，痕迹泯然，著爲文字，可永其相告之意，且可爲别時之紀念。若夫驪歌未動，鴻文忽抒，非送别而亦詶以序，使對待者置之座右，他日或散處，檢誦故人文字，可迴溯曩昔風雨諄諄之意，藉以印證往跡，故雖非送别而亦含有其意。韓愈《師説》爲贈李蟠而作，題屬論説，而體實贈序。送别序要義重在勸勉，鮮有往復爲惜别之語者。詩歌則惆悵徘徊，一再言之，而益見其情之深至，駢文亦有如是者，此其異也。要之勸勉以德，詩歌中亦以是爲精義，蘇武、李陵離别倡和五言古詩，互以崇德相勉，蘇武詩"願君崇令德"，李陵詩"努力崇明德"。其道在是，不僅以言情勝也。壽序采録事實，以擇其與情意聯絡者爲宜，能以情意驅遣事實，文自可觀。如專臚舉事實，堆砌滿紙，斯與小史無異矣。

書　牘

秦漢以前，君臣往復，朋好酬答，間接用文字，皆謂之書。厥後書奏異制，遂别爲兩體。專制既革，上書倫於書牘，復其初矣。書牘分與書、復書二種：與書陳述意見或情狀，復書則就來書答復其諮詢之事物，或就其所陳述者，表示贊同或辨駁之意，詞宜温婉，而義宜廣大。上名公大人書，以不卑下爲貴，韓退之干求當世書，文詞雖工，而義多卑隘，不足貴也。古文中之書牘，寒暄語不多見，與簡牘鋪張套語迥别，而簡牘之文亦不可忽也。古人造文字，祇以爲適用之符號，經籍之文在當世多爲適用，後世以美術視之，日趨浮華，遂失其旨，而專事揣摩華美之文辭，侈爲無益之論説。至授筆草一檄，批一牘，輒謝曰不能，則又安取乎文？文之精者載道義，其行之也久遠，粗者達事情，其行之也切近，金玉錦繡與布帛菽粟相資爲用，庶得其當也。清代有《復汪梅村書》者，盛稱公牘之文，其言尚可采。畧謂文章之可傳者，惟道政事，較有實際。董江都春秋斷獄，胡安定經義治事，皆不尚詞華。淺儒謂案牘之文爲不古，見有登諸集者，輒鄙俗視之，不知經傳固多簡牘之文。近人會稽章氏，嘗謂古無私門著述，六經皆官守之書，官先其職而後書，師弟子傳之，以爲學業，論者韙之。黄公度論日本文學，其言有曰："近世章疏移檄，告諭批判，明白曉暢，務期達意，其文體絶爲古人所無。"斯説也，蓋亦深念斯文之適用於今，而通行於俗也。共和告成之速，賴檄文函電之力居多，自今以往，文字之用愈多，一切振興之事，自上率下，自下達上，與夫平行旁流，何一不需公牘爲導綫。往昔體例繁多，起止有定式，鋪次有成轍，行款之單雙，葉面之陰陽，繕摺封緘，用硃蓋印，程式極嚴，今則簡要矣。江陵工於文藻，陽明精於性理，而其不朽者，一在籌邊論事諸牘，一在告示條約諸篇，公牘之不可忽也有如此。

箴　銘

箴與銘别爲二類：箴大半重在懲戒，銘則懲惡與勸善並施爲多；箴多直陳其義，銘或託物陳詞，或無所託而立義，託物者大概就其體質或狀態或功用著想。銘之簡單者如湯之《盤銘》是，武王器械諸銘屬於繁復類，要皆施諸服用之器物，或刻諸金玉，或録之楮帛，厥後則推及居處之屋宇矣。繁復之銘，標題貴先總而後分，篇首宜有總序，王禕《器物銘》有序。箴亦然也。韓退之《五箴》有序。

頌　贊

頌始於詩，贊源於書，體雖有别，而褒美其意，贍麗其詞，固相同也。頌大半揄揚國家，贊多稱譽人事，義别廣狹，此微異耳。頌、贊稱美之詞須當其量，不宜溢分，如推崇極至，輕發而妄施，則虚浮無徵矣。頌、贊皆或先之以序，有叙述者，有參以議論者。贊與傳贊相通，惟傳贊體由散句而整句而協韻，頌贊之費或四言整句，或散句，無不節以韻者。頌詞亦然。駢儷之體或不協韻，如漢王褒《聖主得賢臣頌》是也。

哀　祭

文字之制，本求適用於人，後乃浮其用而及於神鬼。秦人之哀三子，衛人之哀二子，《黄鳥》、《乘舟》，乃哀祭之體所由始，至唐宋而文盛矣。哀辭誄文祗以鳴悲哀之情而已，祭文則直接對於亡者，讀之而告其靈，焚之而示諸幽。揆之於理，似近杳冥，而衡之於情，尚非敞罔。遣詞之意與泣訴同，哀情鬱於中，掬淚而出，誠摯樸實，無一毫虚僞容於其際，不假修飾，無意爲文，而自不失之俚俗。如竭力雕琢，堆砌事實，有意表異於生者，或迫於酬應，本無感觸，强襲空語，填溢滿紙，則詞薄而情漓，失真甚矣。

辭賦(節録)

賦由騷而變，而皆源於《詩經》。騷復係以歌詞或倡詞或亂詞，賦後係以歌詞，皆所以變换一篇之節奏而舒宕其辭氣，復其初矣。賦爲《詩經》三用之一，賦之體由用而變。曹丕《典論·論文》於七子中首稱"王粲長於辭賦"，又《與吴質書》亦稱"仲宣善於辭賦"，曹植《與楊德祖書》於諸子中獨評論孔璋"不閑於辭賦"，則當世之重辭賦可見矣。(以上卷三)

王國維

王國維(1877—1927)字伯隅、静安，號觀堂、永觀。浙江海寧人。清末秀才。鄉試中舉，奔上海投汪康年、羅振玉等人，編譯《農學報》、《教育世界》雜誌。光緒二十九年(1903)任通州、蘇州等師範學堂教習，主講哲學、心理學等。1908年隨羅振玉入京，任學部圖書館編譯。辛亥革命後逃居日本，用四年之功整理羅振玉的"大雲書庫"所藏經史書籍，先後寫有考古學論文多篇。歸國後，以清朝遺老自居。後由胡適推薦爲清華研究院教授，主張用地下史料考訂文獻史料，對史學界有一定影響，對圖書館學亦有建樹。他是我國近現代在文學、美學、史學、哲學、古文字、考古學等各方面成就卓著的學術鉅子，是近代中國最早運用西方哲學、美學、文學觀點和方法剖析評論中國古典文學的開風氣者，又是中國史學史上將歷史學與考古學相結合的開創者，確立了較系統的近代標準和方法。王國維的學術著作，以史學爲最多，文學爲最深，文字學爲最基本，並涉及其他許多方面；他研究殷周制度史、宋元戲曲史、古文字學等方面的成就，都是空前而超過了同時代學者的。王國維生前著作六十餘種，他親自編定《静安文集》、《觀堂集林》刊行於世。逝世後，另有《遺書》、《全集》、《書信集》等出版。更有今人整理出版之遺著、佚著多種。其在文學上的主要著作有《人間詞甲乙稿》、《人間詞話》、《曲録》、《戲曲考源》、《宋大曲考》、《宋元戲曲史》、《紅樓夢評論》等。其《人間詞話》提出了"境界説"。"境界説"是《人間詞話》的核心，統領其他論點。王國維不僅把它視爲創作原則，也把它當作批評標準，論斷詩詞的演變，評價詞人的得失、作品的優劣、詞品的高低，均從"境界"出發。中國戲劇藝術在元代達到高度的繁榮，但卻因以往學者的輕視而晦暗不顯。王國維的《宋元戲曲史》在這方面作了開創性的工作，它全面考察，追根溯源，回答了中國戲劇藝術的特徵、中國戲劇的起源和形成、中國戲曲文學的成就等根本性的問題，使元曲這一瑰寶重放異彩，並爲今後的戲劇史研究指明了道路。

本書資料據中華書局1986年唐圭璋《詞話叢編》本《人間詞話》、《人間詞話删稿》，上海古籍出版社1998年版《宋元戲曲史》。

《人間詞話》（節録）

李後主詞眼界大

詞至李後主而眼界始大，感慨遂深，遂變伶工之詞而爲士大夫之詞。周介存置諸温、韋之下，可謂顛倒黑白矣。"自是人生長恨水長東"，"流水落花春去也，天上人間"，《金荃》、《浣花》能有此氣象耶！

稼軒用《天問》體送月

稼軒中秋飲酒達旦，用《天問》體作《木蘭花慢》以送月曰："可憐今夕月，向何處、去悠悠？是别有人間，那邊才見，光景東頭。"詞人想像，直悟月輪繞地之理，與科學家密合，可謂神悟。

詞不易於詩

陸放翁跋《花間集》，謂："唐季五代，詩愈卑，而倚聲者輒簡古可愛。能此不能彼，未易以理推也。"《提要》駁之，謂："猶能舉七十斤者，舉百斤則蹶，舉五十斤則運掉自如。"其言甚辨。然謂詞必易於詩，余未敢信。善乎陳卧子之言曰："宋人不知詩而强作詩，故終宋之世無詩。然其歡愉愁怨之致，動於中而不能抑者，類發于詩餘，故其所造獨工。"五代詞之所以獨勝，亦以此也。

文體始盛終衰

四言敝而有《楚辭》，《楚辭》敝而有五言，五言敝而有七言，古詩敝而有律絶，律絶敝而有詞。蓋文體通行既久，染指遂多，自成習套。豪傑之士，亦難於其中自出新意，故遁而作他體，以自解脱。一切文體所以始盛終衰者，皆由於此。故謂文學後不如前，余未敢言。但就一體論，則此説固無以易也。

詩詞無題

詩之《三百篇》、《十九首》，詞之五代、北宋，皆無題也。非無題也，詩詞中之意，不能以題盡之也。自《花庵》、《草堂》，每調立題，並古人無題之詞亦爲之作題。如觀一幅佳山水，而即曰此某山某河，可乎？詩有題而詩亡，詞有題而詞亡。然中材之士，鮮能知此而自振拔者矣。

近體與詩體之比較

近體詩體制，以五七言絶句爲最尊，律詩次之，排律最下。蓋此體於寄興言情，兩無所當，殆有韻之駢體文耳。詞中小令如絶句，長調似律詩，若長調之《百字令》、《沁園春》等，則近於排律矣。

《人間詞話删稿》（節録）

雙聲疊韻

雙聲、疊韻之論，盛於六朝，唐人猶多用之。至宋以後，則漸不講，並不知二者爲何物。乾嘉間，吾鄉周松靄先生春著《杜詩雙聲疊韻譜括略》，正千餘年之誤，可謂有功文苑者矣。其言曰："兩字同母謂之雙聲，兩字同韻謂之疊韻。"余按用今日各國文法通用之語表之，則兩字同一子音者謂之雙聲。如《南史・羊元保傳》之"官家恨狹，更廣八分"，"官家更廣"四字，皆從 k 得聲。《洛陽伽藍記》之"獰奴慢罵"，"獰奴"二字，皆從 n 得聲。"慢罵"二字，皆從 m 得聲也。兩字同一母音者，謂之疊韻。如梁武帝"後牖有朽柳"，"後牖有"三字，雙聲而兼疊韻。"有朽柳"三字，其母音皆爲 u。劉孝綽之"梁皇長康强"，"梁長强"三字，其母音皆爲 ian 也。自李淑《詩苑》僞造沈約之説，以雙聲疊韻爲詩中八病之二，後世詩家多廢而不講，亦不復用之於詞。余謂苟於詞之蕩漾處多用疊韻，促結處用雙聲，則其鏗鏘可誦，必有過於前人者。惜世之專講音律者，尚未悟此也！

疊韻不拘平仄

世人但知雙聲之不拘四聲，不知疊韻亦不拘平、上、去三聲。凡字之同母者，雖平仄有殊，皆疊韻也。按：此則通行本未載，王幼安從原稿補。

唐詩宋詞盛衰

詩之唐中葉以後，殆爲羔雁之具矣。故五代北宋之詩，佳者絶少，而詞則爲其極盛時代。即詩詞兼擅如永叔、少游者，詞勝於詩遠甚。以其寫之於詩者，不若寫之於詞者之真也。至南宋以後，詞亦爲羔雁之具，而詞亦替矣。此亦文學升降之一闢鍵也。

詩文詞難易

散文易學而難工，駢文難學而易工。近體詩易學而難工。古體詩難學而易工。小令易學而難工，長調難學而易工。

詞體與詩體不同

詞之爲體，要眇宜修。能言詩之所不能言，而不能盡言詩之所能言。詩之境闊，詞之言長。

詩詞工拙

《滄浪》、《鳳兮》二歌，已開楚辭體格。然楚辭之最工者，推屈原、宋玉，而後此之王褒、劉向之詞不與焉。五古之最工者，實推阮嗣宗、左太沖、郭景純、陶淵明，而前此曹、劉，後此陳子昂、李太白不與焉。詞之最工者，實推後主、正中、永叔、少游、美成，而後此南宋諸公不與焉。

《宋元戲曲史》自序

凡一代有一代之文學：楚之騷、漢之賦、六代之駢語、唐之詩、宋之詞、元之曲，皆所謂一代之文學，而後世莫能繼焉者也。獨元人之曲，爲時既近，托體稍卑，故兩朝史志與《四庫》集部，均不著於録；後世儒碩，皆鄙棄不復道。而爲此學者，大率不學之徒。即有一二學子，以餘力及此，亦未有能觀其會通，窺其奥窔者。遂使一代文獻，郁堙沈晦者且數百年，愚甚惑焉。往者讀元人雜劇而善之，以爲能道人情，狀物態，詞采俊拔，而出乎自然，蓋古所未有，而後人所不能仿佛也。輒思究其淵源，明其變化之跡，以爲非求諸唐宋遼金之文學，弗能得也。乃成《曲録》六卷、《戲曲考原》一卷、《宋大曲考》一卷、《優語録》二卷、《古劇脚色考》一卷、《曲調源流表》一卷。從事既久，續有所得，頗覺昔人之説，與自己之書，罅漏日多，而手所疏記，與心所領會者，亦日有增益。壬子歲莫，旅居多暇，乃以三月之力，寫爲此書。凡諸材料，皆余所搜集；其所説明，亦大抵余之所創獲也。世之爲此學者自余始，其所貢于此學者，亦以此書爲多，非吾輩才力過於古人，實以古人未嘗爲此學故也。寫定有日，輒記其緣起，其有匡正補益，則俟諸異日云。海寧王國維序。（卷首）

第一章　上古至五代之戲劇

歌舞之興，其始於古之巫乎？巫之興也，蓋在上古之世。《楚語》："古者民神不雜，民之精爽不攜貳者，而又能齊肅衷正。(中略)如此，則明神降之。在男曰覡，在女曰巫。(中略)及少皞之衰，九黎亂德，民神雜糅，不可方物。夫人作享，家爲巫史。"然則巫覡之興，在少皞之前，蓋此事與文化俱古矣。巫之事神，必用歌舞，《説文解字》(五)："巫，祝也。女能事無形以舞降神者也。象人兩褎舞形，與工同意。"故《商書》言："恒舞於宫，酣歌於室，時謂巫風。"《漢書·地理志》言："陳太姬婦人尊貴，好祭祀，用史巫，故其俗巫鬼。"《陳詩》曰："坎其擊鼓，宛邱之下，無冬無夏，治其鷺羽。"又曰："東門之枌，宛邱之栩，子仲之子，婆娑其下。"此其風也。鄭氏《詩譜》亦云："是古代之巫，實以歌舞爲職，以樂神人者也。"商人好鬼，故伊尹獨有巫風之戒。及周公制禮，禮秩百神，而定其祀典。官有常職，禮有常數，樂有常節，古之巫風稍殺。然其餘習，猶有存者：方相氏之驅疫也，大蠟之索萬物也，皆是物也。故子貢觀於蠟，而曰一國之人皆若狂，孔子告以張而不弛，文武不能。後人以八蠟爲三代之戲禮(《東坡志林》)，非過言也。

周禮既廢，巫風大興。楚越之間，其風尤盛。王逸《楚辭章句》謂："楚國南部之邑，沅湘之間，其俗信鬼而好祠，其祠必作歌樂鼓舞、以樂諸神。屈原見俗人祭祀之禮，歌舞之樂，其詞鄙俚，因爲作《九歌》之曲。"古之所謂巫，楚人謂之曰靈。《東皇太一》曰："靈偃蹇兮姣服，芳菲菲兮滿堂。"《雲中君》曰："靈連蜷兮既留，爛昭昭兮未央。"此二者，王逸皆訓爲巫，而他靈字則訓爲神。案《説文》(一)："靈，巫也。"古雖言巫而不言靈，觀于屈巫之字子靈，則楚人謂巫爲靈，不自戰國始矣。

古之祭也必有尸。宗廟之尸，以子弟爲之。至天地百神之祀，用尸與否，雖不可考，然《晉語》載"晉祀夏郊，以董伯爲尸"，則非宗廟之祀，固亦用之。《楚辭》之靈，殆以巫而兼尸之用者也。其詞謂巫曰靈，謂神亦曰靈，蓋羣巫之中，必有象神之衣服形貌動作者，而視爲神之所馮依，故謂之曰靈，或謂之靈保。《東君》曰："思靈保兮賢姱。"王逸《章句》訓靈爲神，訓保爲安。余疑《楚詞》之靈保與《詩》之神保，皆尸之異名。《詩·楚茨》云："神保是饗。"又云："神保是格。"又云："鼓鐘送尸，神保聿歸。"《毛傳》云："保，安也。"《鄭箋》亦云："神安而饗其祭祀。"又云："神安歸者，歸於天也。"然如毛、鄭之説，則謂神安是饗、神安是格，神安聿歸者，於辭爲不文。《楚茨》一詩，鄭孔二君皆以爲述繹祭賓尸之事，其禮亦與古禮《有司徹》一篇相合，則所謂神保，殆謂尸也。其曰"鼓鐘送尸，神保聿歸"，蓋參互言之，以避復耳。知《詩》之神保爲尸，則《楚辭》之靈保可知矣。至於浴蘭沐芳，華衣若英，衣服之麗也；緩節安歌，竽瑟浩倡，歌舞之盛也；乘風載雲之詞，生别新知之語，荒淫之意也。是則靈之爲職，或偃蹇以象神，或婆娑以樂神，蓋後世戲劇之萌芽，已有存焉者矣。

巫覡之興，雖在上皇之世，然俳優則遠在其後。《列女傳》云："夏桀既棄禮義，求倡優侏儒狎徒，爲奇偉之戲。"此漢人所紀，或不足信。其可信者，則晉之優施，楚之優孟，皆在春秋之世。案《説文》(八)："優，饒也；一曰倡也，又曰倡樂也。"古代之優，本以樂爲職，故優施假歌舞以説里克。《史記》稱優孟，亦云楚之樂人。又優之爲言戲也，《左傳》："宋華弱與樂轡少相狎，長相優。"杜注："優，調戲也。"故優人之言，無不以調戲爲主。優施鳥烏之歌，優孟愛馬之對，皆以微詞托意，甚有謔而爲虐者。《穀梁傳》："頰谷之會，齊人使優施舞于魯君之幕下。孔子曰：'笑君者罪當死'，使司馬行法焉。"厥後秦之優旃，漢之幸倡郭舍人，其言無不以調戲爲事。要之，巫與優之别：巫以樂神，而優以樂人；巫以歌舞爲主，而優以調謔爲主，巫以女爲之，而優以男爲之。至若優孟之爲孫叔敖衣冠，而楚王欲以爲相；優施一舞，而孔子謂其笑君，則於言語之外，其調戲亦以動作行之，與後世之優，頗復相類。後世戲劇，當自巫、優二者出。而此二者，固未可以後世戲劇視之也。

附考：古之優人，其始皆以侏儒爲之，《樂記》稱優侏儒。頰谷之會，孔子所誅者，《穀梁傳》謂之優，而《孔子家語》、何休《公羊解詁》，均謂之侏儒。《史記·李斯列傳》："侏儒倡優之好，不列於前。"《滑稽列傳》亦云："優旃者，秦倡侏儒也。"故其自言曰："我雖短也，幸休居。"此實以侏儒爲優之一確證也。《晉語》"侏儒扶盧。"韋昭注："扶，緣也；盧，矛戟之秘，緣之以爲戲。"此即漢尋瞂之戲所由起。而優人於歌舞調戲外，且兼以競技爲事矣。

漢之俳優，亦用以樂人，而非以樂神。《鹽鐵論·散不足》篇雖云："富者祈名嶽，望山川，椎牛擊鼓，戲倡舞像"；然《漢書·禮樂志》載郊祭樂人員，初無優人，惟朝賀置酒陳前殿房中，有常從倡三十人，常從象人(孟康曰：象人，若今戲魚蝦獅子者也。韋昭曰：著假面者也。)四人，詔隨常從倡十六人，秦倡員二十九人，秦倡象人員三人，詔隨秦倡一人，此外尚有黄門倡。此種倡人，以郭舍人例之，亦當以歌舞調謔爲事。以倡而兼象人，則又兼以競技爲事，蓋自漢初已有之，《賈子新書·匈奴篇》所陳者是也。至武帝元封三年，而角抵戲始興。《史記·大宛傳》："安息以黎軒善眩人獻於漢。是時上方巡狩海上，乃悉從外國客，大觳抵，出奇戲諸怪物，及加其眩者之工。而觳抵奇戲歲增變甚盛，益興，自此始。"按角抵者，應劭曰："角者，角技也；抵者，相抵觸也。"文穎曰："名此樂爲角抵者，兩兩相當，角力角技藝射禦，故名角抵，蓋雜技樂也。"是角抵以角技爲義，故所包頗廣，後世所謂百戲者是也。角抵之地，漢時在平樂觀。觀張衡

《西京賦》所賦平樂事，殆兼諸技而有之。“烏獲扛鼎，都盧尋橦，沖狹燕濯，胸突銛鋒，跳丸劍之揮霍，走索上而相逢。”則角力角技之本事也。“巨獸之爲蔓延，舍利之化仙車，吞刀吐火，雲霧杳冥”，所謂加眩者之工而增變者也。“總會仙倡，戲豹舞羆，白虎鼓瑟，蒼龍吹篪”，則假面之戲也。“女蝸坐而長歌，聲清暢而委蛇，洪厓立而指揮，被毛羽之襳襹，度曲未終，雲起雪飛”，則歌舞之人，又作古人之形象矣。“東海黄公，赤刀粤祝，冀厭百虎，卒不能救”，則且敷衍故事矣。至李尤《平樂觀賦》(《藝文類聚》六十三)亦云：“有仙駕雀，其形蚴虬，騎驢馳射，狐兔驚走，侏儒巨人，戲謔爲偶。”則明明有俳優在其間矣。及元帝初元五年，始罷角抵，然其支流之流傳于後世者尚多，故張衡、李尤在後漢時，猶得取而賦之也。

至魏明帝時，復修漢平樂故事。《魏略》(《魏志·明帝紀》裴注所引)：“帝引穀水過九龍殿前，水轉百戲。歲首，建巨獸，魚龍蔓延，弄馬倒騎，備如漢西京之制。”故魏時優人，乃復著聞。《魏志·齊王紀》注引《世語》及《魏氏春秋》云：“司馬文王鎮許昌，征還擊姜維，至京師，帝於平樂觀，以臨軍過中領軍許允，與左右小臣謀，因文王辭，殺之，勒其衆以退大將軍，已書詔於前。文王入，帝方食粟，優人雲午等唱曰‘青頭雞，青頭雞。’青頭雞者，鴨也(謂押詔書)帝懼，不敢發。”又《魏書》(裴注引)載：司馬師等《廢帝奏》亦云：“使小優郭懷、袁信於廣望觀下作遼東妖婦，嬉褻過度，道路行人掩目。”太后廢帝令亦云：“日延倡優，恣其醜謔。”則此時倡優亦以歌舞戲謔爲事；其作遼東妖婦，或演故事，蓋猶漢世角抵之餘風也。

晉時優戲，殊無可考。惟《趙書》(《太平御覽》卷五百六十九引)云：“石勒參軍周延爲館陶令，斷官絹數萬匹，下獄，以八議宥之。後每大會，使俳優著介幘、黄絹單衣。優問：‘汝何官，在我輩中?’曰：‘我本爲館陶令。’斗數單衣，曰：‘正坐取是，入汝輩中。’以爲笑。”唐段安節《樂府雜録》，亦載此事云：“參軍始自後漢館陶令石耽。”然後漢之世，尚無參軍之官，則《趙書》之説殆是。此事雖非演故事而演時事，又專以調謔爲主，然唐宋以後，脚色中有名之參軍，實出於此。自此以後迄南朝，亦有俗樂。梁時設樂，有曲、有舞、有技；然六朝之季，恩幸雖盛，而俳優罕聞，蓋視魏晉之優，殆未有以大異也。

由是觀之，則古之俳優，但以歌舞及戲謔爲事。自漢以後，則間演故事；而合歌舞以演一事者，實始於北齊。顧其事至簡，與其謂之戲，不若謂之舞之爲當也。然後世戲劇之源，實自此始。《舊唐書·音樂志》云：“代面出於北齊。北齊蘭陵王長恭，才武而面美，常著假面以對敵。嘗擊周師金墉城下，勇冠三軍，齊人壯之，爲此舞以效其指揮擊刺之容，謂之《蘭陵王入陣曲》。”《樂府雜録》與崔令欽《教坊記》所載略同。又《教坊記》云：“《踏揺娘》：北齊有人姓蘇，鮑鼻，實不仕，而自號爲郎中。嗜飲酗酒，每醉，輒毆其妻。妻銜悲訴於鄰里。時人弄之：丈夫著婦人衣，徐步入場，行歌。每一疊，旁人齊聲和之云：'踏摇和來，踏摇娘苦，和來。'以其且步且歌，故謂之踏摇；以其稱冤，故言苦；及其夫至，則作毆鬥之狀，以爲笑樂。"此事《舊唐書·音樂志》及《樂府雜録》亦紀之。但一以蘇爲隋末河内人，一以爲後周士人。齊、周、隋相距，歷年無幾，而《教坊記》所紀獨詳，以爲齊人，或當不謬。此二者皆有歌有舞，以演一事。而前此雖有歌舞，未用之以演故事；雖演故事，未嘗合以歌舞，不可謂非優戲之創例也。蓋魏、齊、周三朝，皆以外族入主中國，其與西域諸國，交通頻繁，龜兹、天竺、康國、安國等樂，皆於此時入中國。而龜兹樂則自隋唐以來，相承用之，以迄於今。此時外國戲劇，當與之俱入中國。如《舊唐書·音樂志》所載《撥頭》一戲，其最著之例也。案《蘭陵王》、《踏摇娘》二舞，《舊志》列之歌舞戲中，其間尚有《撥頭》一戲。《志》云："《撥頭》者，出西域。胡人爲猛獸所噬，其子求獸殺之，爲此舞以象之也。"《樂府雜録》謂之"鉢頭"，此語之爲外國語之譯音，固不待言；且於國名、地名、人名三者中，必居其一焉。其入中國，不審在何時。按《北史·西域傳》有拔豆國，去代五萬一千里（按五萬一千里，必有誤字，《北史·西域傳》諸國，雖大秦之遠，亦僅去代三萬九千四百里，拔豆上之南天竺國去代三萬一千五百里，疊伏羅國去代三萬一千里，此五萬一千里，疑亦三萬一千里之誤也。）隋唐二《志》，即無此國，蓋於後魏之初一通中國，後或亡或隔絶，已不可知。如使"撥頭"與"拔豆"爲同音異譯，而此戲出於拔豆國，或由龜兹等國而入中國，則其時自不應在隋唐以後，或北齊時已有此戲。而《蘭陵王》、《踏摇娘》等戲，皆模仿而爲之者歟。

此種歌舞戲，當時尚未盛行，實不過爲百戲之一種。蓋漢、魏以來之角抵奇戲，尚行於南北朝，而北朝尤盛。《魏書·樂志》言："太宗增修百戲，撰合大曲。"《隋書·音樂志》亦云："齊武平中，有魚龍爛漫，俳優侏儒，（中略）奇怪異端，百有餘物，名爲百戲。周明帝武成間，朔旦會羣臣，亦用百戲。及宣帝時，征齊散樂人並會京師爲之。至隋煬帝大業二年，突厥染干來朝，煬帝欲誇之，總追四方散樂，大集東都。自是每歲正月，萬國來朝，留至十五日，於端門外建國門内，綿亘八里，列爲戲場。百官起棚夾路，從昏至旦，以縱觀，至晦而罷。伎人皆衣綿繡繒彩，其歌舞者多爲婦人服，鳴環珮，飾以花毦者，殆三萬人。"故柳彧上書謂："鳴鼓聒天，燎炬照地，人戴獸面，男爲女服，倡優雜技，詭狀異形。"（《隋書·柳彧傳》）薛道衡《和許給事善心戲場轉韻詩》（《初學記》卷十五），所詠亦略同。雖侈靡跨於漢代，然視張衡之賦西京，李尤之賦平樂觀，其言固未有大異也。

至唐而所謂歌舞戲者，始多概見。有本於前代者，有出新撰者，今備舉之。

一、《代面》《大面》

《舊唐書·音樂志》一則(見前)。

《樂府雜録》鼓架部條:"有代面,始自北齊神武弟,有膽勇,善戰鬥,以其顔貌無威,每入陣即著面具,後乃百戰百勝。戲者衣紫、腰金、執鞭也。"

《教坊記》:"大面出北齊蘭陵王長恭,性膽勇,而貌婦人,自嫌不足以威敵,乃刻爲假面,臨陣著之,因爲此戲,亦入歌曲。"

二、《撥頭》《缽頭》

《舊唐書·音樂志》一則(見前)。

《樂府雜録》鼓架部條:"缽頭:昔有人父爲虎所傷,遂上山尋其父屍。山有八折,故曲八疊。戲者被發素衣,面作啼,蓋遭喪之狀也。"

三、《踏摇娘》《蘇中郎》《蘇郎中》

《舊書·音樂志》:"踏摇娘生於隋末河内。河内有人,貌惡而嗜酒,常自號郎中。醉歸,必毆其妻。其妻美色善歌,爲怨苦之辭。河朔演其聲而被之弦管,因寫其夫之容。妻悲訴,每摇頓其身,故號'踏摇娘'。近代優人改其制度,非舊旨也。"

《樂府雜録》鼓架部條:"《蘇中郎》:後周士人蘇葩,嗜酒落魄,自號中郎。每有歌場,輒入獨舞。今爲戲者,著緋、帶帽,面正赤,蓋狀其醉也。即有踏摇娘。"

《教坊記》一則(見前)。

四、參軍戲

《樂府雜録》俳優條:"開元中,黄幡綽、張野狐弄參軍。始自漢館陶令石耽。耽有贓犯,和帝惜其才,免罪。每宴樂,即令衣白夾衫,命俳優弄辱之,經年乃放。後爲參軍,誤也。開元中,有李仙鶴善此戲,明皇特授韶州同正參軍,以食其禄。是以陸鴻漸撰詞,言韶州參軍,蓋由此也。"

趙璘《因話録》(卷一):"肅宗宴於宫中,女優有弄假官戲,其緑衣秉簡者,謂之參軍樁。"

范攄《雲溪友議》(卷九):元稹廉問浙東,"有俳優周季南、季崇,及妻劉采春,自淮甸而來,善弄《陸參軍》,歌聲徹雲。"

(附)《五代史·吴世家》:"徐氏之專政也,楊隆演幼懦,不能自持;而知訓尤淩侮之。嘗飲酒樓上,命優人高貴卿侍酒,知訓爲參軍,隆演鶉衣髽髻爲蒼鶻。"

(附)姚寬《西溪叢語》(下)引《吴史》:"徐知訓怙威驕淫,調謔王,無敬長之心。嘗登樓狎戲,荷衣木簡,自稱參軍,令王髽髻鶉衣,爲蒼頭以從。"

五、《樊噲排君難》戲 《樊噲排闥》劇

《唐會要》(卷三十三):"光化四年正月,宴於保寧殿,上製曲,名曰《贊成功》。時鹽州雄毅軍使孫德昭等,殺劉季述反正,帝乃製曲以褒之,仍作《樊噲排君難》戲以樂焉。"

宋敏求《長安志》(卷六):"昭宗宴李繼昭等將於保寧殿,親製《贊成功》曲以褒之,仍命伶官作《樊噲排君難》戲以樂之。"

陳暘《樂書》(卷一百八十六):"昭宗光化中,孫德昭之徒刃劉季述,始作《樊噲排闥》劇。"

此五劇中其出於後趙者一(參軍),出於北齊或周隋者二(《大面》、《踏摇娘》),出於西域者一(《撥頭》),惟《樊噲排君難》戲乃唐代所自製,且其佈置甚簡,而動作有節,固與《破陣樂》、《慶善樂》諸舞,相去不遠。其所異者,在演故事一事耳。顧唐代歌舞戲之發達,雖止於此,而滑稽戲則殊進步。此種戲劇,優人恒隨時地而自由爲之;雖不必有故事,而恒托爲故事之形;惟不容合以歌舞,故與前者稍異耳。其見於載籍者,兹復匯舉之,其可資比較之助者,頗不少也。

《資治通鑒》(卷二百十二):"侍中宋璟,疾負罪而妄訴不已者,悉付御史臺治之。謂中丞李謹度曰:'服不更訴者,出之;尚訴未已者,且係。'由是人多怨者。會天旱,優人作魃狀,戲於上前。問:'魃何爲出?'對曰:'奉相公處分。'又問:'何故?'對曰:'負罪者三百余人,相公悉以係獄抑之,故魃不得不出。'上心以爲然。"

《舊唐書・文宗紀》:"太和六年二月己丑寒食節,上宴羣臣於麟德殿。是日,雜戲人弄孔子。帝曰:'孔子古今之師,安得侮黷。'亟命驅出。"

高彦休《唐闕史》(卷下):"咸通中,優人李可及者,滑稽諧戲,獨出輩流。雖不能托諷匡正,然智巧敏捷,亦不可多得。嘗因延慶節,緇黄講論畢,次及倡優爲戲,可及乃儒服險巾,褒衣博帶,攝齊以升講座,自稱'三教論衡'。其隅坐者問曰:'即言博通三教,釋迦如來是何人?'對曰:'是婦人。'問者驚曰:'何也?'對曰:'《金剛經》云:敷座而坐。或非婦人,何煩夫坐然後兒坐也。'上爲之啟齒。又問曰:'太上老君何人也?'對曰:'亦婦人也。'問者益所不喻。乃曰:'《道德經》云:吾有大患,是吾有身,及吾無身,吾復何患。倘非婦人,何患乎有娠乎?'上大悦。又問:'文宣王何人也?'對曰:'婦人也。'問者曰:'何以知之?'對曰:'《論語》云:

沽之哉！沽之哉！吾待賈者也。向非婦人，待嫁奚爲？'上意極歡，寵錫甚厚。翌日，授環衛之員外職。"

唐無名氏《玉泉子真録》(《説郛》卷四十六)："崔公鉉之在淮南，嘗俾樂工集其家僮，教以諸戲。一日，其樂工告以成就，且請試焉。鉉命閲於堂下，與妻李坐觀之。僮以李氏妒忌，即以數僮衣婦人衣，曰妻曰妾，列於旁側。一僮則執簡束帶，旋辟唯諾其間。張樂，命酒，不能無屬意者，李氏未之悟也。久之，戲愈甚，悉類李氏平昔所嘗爲。李氏雖少悟，以其戲偶合，私謂不敢而然，且觀之。僮志在發悟，愈益戲之。李果怒，罵之曰：'奴敢無禮，吾何嘗如此。'僮指之，且出，曰：'咄咄！赤眼而作白眼，諱乎？'鉉大笑，幾至絶倒。"

孫光憲《北夢瑣言》(卷六)："光化中，朱朴自《毛詩》博士登庸，恃其口辯，可以立致太平。由藩邸引導，聞于昭宗，遂有此拜。對揚之日，面陳時事數條，每言'臣爲陛下致之。'洎操大柄，無以施展，自是恩澤日衰，中外騰沸。内宴日，俳優穆刀陵作念經行者，至御前曰：'若是朱相，即是非相。'翌日出官。"

附：五代

《北夢瑣言》(卷十四)：劉仁恭之軍，爲汴帥敗於内黄。"爾後汴帥攻燕，亦敗於唐河。他日命使聘汴，汴帥開宴，俳優戲醫病人以譏之。且問：'病狀内黄，以何藥可瘥？'其聘使謂汴帥曰：'内黄，可以唐河水浸之，必愈。'賓主大笑。"

錢易《南部新書》(卷癸)："王延彬獨據建州，稱僞號，一旦大設，伶官作戲，辭云：'只聞有泗州和尚，不見有五縣天子。'"

鄭文寶《江南餘載》(卷上)："徐知訓在宣州，聚斂苛暴，百姓苦之。入覲侍宴，伶人戲，作緑衣大面若鬼神者。旁一人問：'誰？'對曰：'我宣州土地神也，吾主人入覲，和地皮掘來，故得至此。'"

又(卷上)："張崇帥廬州，人苦其不法。因其入覲，相謂曰：'渠伊必不來矣。'崇聞之，計口征渠伊錢。明年又入覲，人不敢交語，唯道路相目，捋須爲慶而已。崇歸，又征捋須錢。其在建康，伶人戲爲死而獲譴者，曰：'焦湖百里，一任作獺。'"

觀上文之所彙集，知此各滑稽戲，始於開元，而盛於晚唐。以此與歌舞戲相比較，則一以歌舞爲主，一以言語爲主；一則演故事，一則諷時事；一爲應節之舞蹈，一爲隨意之動作；一可永久演之，一則除一時一地外，不容施於他處；此其相異者也。而此二者之關紐，實在《參軍》一戲。《參軍》之戲，本演石耽或周延故事。又《雲溪友議》謂"周季南等弄《陸參軍》，歌聲徹雲"，則似爲歌舞劇。然至唐中葉以後，所謂參軍者，不必演石耽或周延。凡一切假官，皆謂之參軍。《因話録》所謂"女優有弄假官戲，其緑衣秉簡者謂之參軍樁”是也。由是參軍一色,遂爲脚色之主。其與之相對者,謂之蒼鶻。李義山《驕兒詩》:“忽復學參軍,按聲唤蒼鶻。”《五代史·吴世家》所紀,足以證之。上所載滑稽劇中,無在不可見此二色之對立。如李可及之儒服險巾,褒衣博帶;崔鉉家童之執簡束帶,旋辟唯諾;南唐伶人之緑衣大面,作宣州土地神,皆所謂參軍者爲之,而與之對待者,則爲蒼鶻。此説觀下章所載宋代戲劇,自可了然,此非想象之説也。要之:唐五代戲劇,或以歌舞爲主,而失其自由;或演一事,而不能被以歌舞。其視南宋、金、元之戲劇,尚未可同日而語也。

第二章　宋之滑稽戲

今日流傳之古劇,其最古者出於金、元之間。觀其結構,實綜合前此所有之滑稽戲及雜戲、小説爲之。又宋、元之際,始有南曲、北曲之分,此二者,亦皆綜合宋代各種樂曲而爲之者也。今欲溯其發達之跡,當分爲三章論之:一、宋之滑稽戲;二、宋之雜戲小説;三、宋之樂曲是也。

宋之滑稽戲,大略與唐滑稽戲同,當時亦謂之雜劇。兹復彙集之如下:

劉攽《中山詩話》:“祥符天禧中,楊大年、錢文僖、晏元獻、劉子儀以文章立朝,爲詩皆宗李義山,後進多竊義山語句。嘗内宴,優人有爲義山者,衣服敗裂,告人曰:‘吾爲諸館職挦撦至此。’聞者歡笑。”

范鎮《東齋紀事》(卷一):“賞花、釣魚,賦詩,往往有宿構者。天聖中,永興軍進山水石適至,會命賦山水石,其間多荒惡者,蓋出其不意耳。中坐,優人入戲,各執筆若吟詠狀。其一人忽仆於界石上,衆扶掖起之。既起,曰:‘數日來作賞花釣魚詩,準備應制,卻被這石頭擦倒。’左右皆大笑。翌日,降出其詩,令中書銓定。秘閣校理韓義最爲鄙惡,落職與外任。”

張師正《倦遊雜録》(江少虞《皇朝事實類苑》卷六十四引):“景祐末,詔以鄭州爲奉寧軍,蔡州爲淮康軍。范雍自侍郎領淮康節鉞,鎮延安。時羌人旅拒戍邊之卒,延安爲盛。有内臣盧押班者,爲鈐轄,心常輕范。一日軍府開宴,有軍伶人雜劇,稱參軍夢得一黄瓜,長丈余,是何祥也?一伶賀曰:‘黄瓜上有刺,必作黄州刺史。’一伶批其頰曰:‘若夢見鎮府蘿蔔,須作蔡州節度使?’范疑盧所教,即取二伶杖背,黥爲城旦。”

宋無名氏《續墨客揮犀》(卷五):“熙寧九年,太皇生辰,教坊例有獻香雜劇。時判都水監侯叔獻新卒,伶人丁仙現假爲一道士善出神,一僧善入定。或詰其出神何所見,道士云:‘近曾出神至大羅,見玉皇殿上,有一人披金紫,熟視之,乃本朝韓侍中也。手捧一物,竊問旁立者,曰:韓侍中獻國家金枝玉葉萬世不絶圖。'僧曰:'近入定到地獄,見閻羅殿側,有一個衣緋垂魚,細視之,乃判都水監侯工部也。手中亦擎一物,竊問左右,云:爲奈何水淺,獻圖欲别開河道耳。'時叔獻興水利以圖恩賞,百姓苦之,故伶人有此語。"(江少虞《皇朝事實類苑》卷六十五引此條作《倦遊雜録》)

朱彧《萍洲可談》(卷三):"熙寧間,王介甫行新法,(中略)其時多引人上殿。伶人對上作俳,跨驢直登軒陛,左右止之。其人曰:'將謂有脚者盡上得。'薦者少沮。"

陳師道《談叢》(卷一):"王荆公改科舉,暮年乃覺其失,曰:'欲變學究爲秀才,不謂變秀才爲學究也。'蓋舉子專誦《王氏章句》而不解其義,正如學究誦注疏爾。教坊雜戲亦曰:'學《詩》于陸農師,學《易》於龔深之(之當作父)。'蓋譏士之寡聞也。"

王辟之《澠水燕談録》(卷十):"頃有秉政者,深被眷倚,言事無不從。一日御宴,教坊雜劇爲小商,自稱姓趙,以瓦瓿賣沙糖。道逢故人,喜而拜之。伸足誤踏瓿倒,糖流於地。小商彈釆歎息曰:'甜釆,你即溜也,怎奈何?'左右皆笑。俚語以王姓爲甜釆。"

李廌《師友談記》:"東坡先生近令門人作《人不易物賦》,或戲作一聯曰:'伏其几而襲其裳,豈爲孔子;學其書而戴其帽,未是蘇公。'(士大夫近年仿東坡桶高簷短帽,名曰"子瞻樣"。)廌因言之。公笑曰:'近扈從醴泉觀,優人以相與自誇文章爲戲者,一優丁仙現曰:"吾之文章,汝輩不可及也。"衆優曰:"何也?"曰:"汝不見吾頭上子瞻乎?"'上爲解顔,顧公久之。"

《萍洲可談》(卷三):"王德用爲使相,黑色,俗號黑相。嘗與北使伴射,使已中的,黑相取箭鏍頭,一發破前矢,俗號劈筈箭。姚麟亦善射,爲殿帥十年,伴射,嘗蒙獎賜。崇寧初,王恩以遭遇處位殿帥,不習弓矢,歲歲以伴射爲窘。伶人對御作俳,先一人持一矢入,曰:'黑相劈筈箭,售錢三百萬。'又一人持八矢入,曰:'老姚射不輸箭,售錢三百萬。'後二人挽箭一車入,曰:'車箭賣一錢。'或問:'此何人家箭,價賤如此?'答曰:'王恩不及垛箭。'"

又:"崇寧鑄九鼎,帝鼒居中,八鼎各鎮一隅。是時行當十錢,蘇州無賴子弟冒法盜鑄。會浙中大水,伶人對御作俳:今歲東南大水,乞遣彤鼎往鎮蘇州。或作鼎神附奏云:'不願前去,恐一例鑄作當十錢。'朝廷因治章綖之獄。"

曾敏行《獨醒雜誌》(卷九):"崇寧二年,鑄大錢,蔡元長建議,俾爲折十。民間不便,優人因内宴,爲賣漿者,或投一大錢,飲一杯,而索償其餘。賣漿者對以方出市，未有錢，可更飲漿。乃連飲至於五六，其人鼓腹曰：‘使相公改作折百錢，奈何！’上爲之動。法由是改。又，大農告乏時，有獻廪俸減半之議。優人乃爲衣冠之士，自束帶衣裾，被身之物，輒除其半。衆怪而問之，則曰：‘減半。’已而，兩足共穿半袴，躄而來前。復問之，則又曰：‘減半。’乃長歎曰：‘但知減半，豈料難行。’語傳禁中，亦遂罷議。”

洪邁《夷堅志》丁集（卷四）：“俳優侏儒，周技之下且賤者。然亦能因戲語而箴諷時政，有合於古矇誦工諫之義，世目爲雜劇者是已。崇寧初，斥遠元祐忠賢，禁錮學術，凡偶涉其時所爲所行，無論大小，一切不得志。伶者對御爲戲：推一參軍作宰相，據坐，宣揚朝政之美。一僧乞給公據游方，視其戒牒，則元祐三年者，立塗毁之，而加以冠巾。道士失亡度牒，聞被載時，亦元祐也，剥其羽服，使爲民。一士以元祐五年獲薦，當免舉，禮部不爲引用，來自言，即押送所屬屏斥。已而，主管宅庫者附耳語曰：‘今日在左藏庫，請相公料錢一千貫，儘是元祐錢，合取鈞旨。’其人俯首久之，曰：‘從後門搬入去。’副者舉所挺杖其背，曰：‘你做到宰相，元來也只要錢！’是時，至尊亦解顔。”

又：“蔡京作宰，弟卞爲元樞。卞乃王安石婿，尊崇婦翁。當孔廟釋奠時，躋於配享而封舒王。優人設孔子正坐，顔、孟與安石侍側。孔子命之坐，安石揖孟子居上，孟辭曰：‘天下達尊，爵居其一，軻近蒙公爵，相公貴爲真王，何必謙光如此。’遂揖顔，曰‘回也陋巷匹夫，平生無分毫事業，公爲命世真儒，位貌有間，辭之過矣。’安石遂處其上。夫子不能安席，亦避位。安石惶懼拱手，云：‘不敢。’往復未决。子路在外，情憤不能堪，徑趨從禮室，挽公冶長臂而出。公冶爲窘迫之狀，謝曰：‘長何罪？”乃責數之曰：‘汝全不救護丈人，看取别人家女婿。’其意以譏卞也。時方議欲升安石於孟子之上，爲此而止。”

又：“又常設三輩爲儒、道、釋，各稱頌其教。儒者曰：‘吾之所學：仁、義、禮、智、信，曰五常。’遂演暢其旨，皆采引經書，不雜媟語。次至道士，曰：‘吾之所學：金、木、水、火、土，曰五行。’亦説大意。末至僧，僧抵掌曰：‘二子腐生常談，不足聽。吾之所學：生、老、病、死、苦，曰五化。’藏經淵奥，非汝等所得聞，當以現世佛菩薩法理之妙，爲汝陳之。盍以次問我？曰‘敢問生？’曰：‘内自太學辟雍，外至下州偏縣，凡秀才讀書者，盡爲三舍生。華屋美饌，月書季考，三歲大比，脱白掛緑，上可以爲卿相。國家之於生也如此。’曰：‘敢問老？’曰：‘老而孤獨貧困，必淪溝壑，今所在立孤老院，養之終身。國家之於老也如此。’曰：‘敢問病？’曰：‘不幸而有疾，家貧不能拯療，於是有安濟坊，使之存處，差醫付藥，責以十全之效。其於病也如此。’曰：‘敢問死？’曰：‘死者，人所不免，惟貧民無所歸，則擇空隙地爲漏澤園;無以斂,則與之棺,使得葬埋。春秋享祀,恩及泉壤。其於死也如此。'曰:'敢問苦?'其人瞑目不應,陽若惻悚然。促之再三,乃蹙頞答曰:'只是百姓一般受無量苦。'徽宗爲惻然長思,弗以爲罪。"

周密《齊東野語》(卷二十):"宣和間,徽宗與蔡攸輩在禁中,自爲優戲。上作參軍趨出,攸戲上曰:'陛下好個神宗皇帝。'上以杖鞭之曰:'你也好個司馬丞相。'"

又(卷十):"宣和中,童貫用兵燕薊,敗而竄。一日内宴,教坊進伎,爲三四婢,首飾皆不同。其一當頞爲髻,曰:蔡大師家人也;其二髻偏墜,曰:鄭太宰家人也;又一人滿頭爲髻如小兒,曰:童大王家人也。問其故。蔡氏者曰:'太師覲清光,此名朝天髻。'鄭氏者曰:'吾太宰奉祠就第,此懶梳髻。'至童氏者曰:'大王方用兵,此三十六髻也。'"(三十六計,走爲上計,宋人有此俗語。)

劉績《霏雪録》:"宋高宗時,饔人瀹餛飩不熟,下大理寺。優人扮兩士人,相貌各異。問其年,一曰甲子生,一曰丙子生。優人告曰:'此二人皆合下大理。'高宗問故,優人曰:'餃子餅子皆生,與餛飩不熟者同罪。'上大笑,赦原饔人。"

張知甫《可書》:"金人自侵中國,惟以敲棒擊人腦而斃。紹興間,有伶人作雜戲云:'若要勝金人,須是我中國一件件相敵,乃可。且如金國有粘罕,我國有韓少保;金國有柳葉槍,我國有鳳凰弓;金國有鑿子箭,我國有鎖子甲;金國有敲棒,我國有天靈蓋。'人皆笑之。"

岳珂《桯史》(卷七):"秦檜以紹興十五年四月丙子朔,賜第望仙橋;丁丑,賜銀絹萬匹兩,錢千萬,彩千縑。有詔:'就第賜燕,假以教坊優伶。'宰執咸與。中席,優長誦致語,退。有參軍者,前,褒檜功德,一伶以荷葉交椅從之。詼語雜至,賓歡既洽。參軍方拱揖謝,將就椅,忽墜其幞頭,乃總髮爲髻,如行伍之巾,後有大巾鐶,爲雙疊勝。伶指而問曰:'此何鐶?'曰:'二聖鐶',遽以朴擊其首,曰:'爾但坐太師交椅,請取銀絹例物,此鐶掉腦後可也。'一坐失色。檜怒,明日下伶於獄,有死者。於是語禁始益繁。"

《夷堅志》丁集(卷四):"紹興中,李椿年行經界量田法。方事之初,郡縣奉命嚴急,民當其職者頗困苦之。優者爲先聖、先師,鼎足而坐。有弟子從末席起,咨叩所疑。孟子奮然曰:'仁政必自經界始。吾下世千五百年,其言乃爲聖世所施用,三千之徒皆不如。'顔子默默無語。或於傍笑曰:'使汝不是短命而死,也須做出一場害人事。'時秦檜方主李議,聞者畏獲罪,不待此段之畢,即以謗褻聖賢叱執送獄。明日,杖而逐出境。"

又:"壬戌省試,秦檜之子熺、侄昌時、昌齡,皆奏名。公議籍籍,而無敢輒語。

至乙丑春首，優者即戲場，設爲士子赴南宫，相與推論知舉官爲誰。指侍從某尚書、某侍郎當主文柄，優長者非之曰：'今年必差彭越。'問者曰：'朝廷之上，不聞有此官員。'曰：'漢梁王也。'曰：'彼是古人，死已千年，如何來得？'曰：'前舉是楚王韓信、彭越一等人；所以知今爲彭王。'問者嗤其妄，且扣厥指，笑曰：'若不是韓信，如何取得他三秦！'四座不敢領略，一哄而出。秦亦不敢明行譴罰云。"

明田汝成《西湖遊覽志餘》（卷二十二，此條當出宋人小説，未知所本）："紹興間，内宴，有優人作善天文者，云：'世間貴官人，必應星象，我悉能窺之。法當用渾儀，設玉衡，若對其人窺之，則見星而不見其人；玉衡不能卒辦，用銅錢一文亦可。'乃令窺光堯，云：'帝星也。'秦師垣，曰：'相星也。'韓蘄王，曰：'將星也。'張循王，曰：'不見其星。'衆皆駭，復令窺之，曰：'中不見星，只見張郡王在錢眼内坐。'殿上大笑。俊最多貲，故譏之。"

張端義《貴耳集》（卷下）："壽皇賜宰執宴，御前雜劇，妝秀才三人。首問曰：'第一秀才，仙鄉何處？'曰：'上黨人。'次問：'第二秀才，仙鄉何處？'曰：'澤州人。'次問第三秀才，曰：'湖州人。'又問上黨秀才，'汝鄉出何生藥？'曰：'某鄉出人參。'次問澤州秀才，'汝鄉出甚生藥？'曰：'某鄉出甘草。'次問：'湖州出甚生藥？'曰：'出黄蘗。''如何湖州出黄蘗？''最是黄蘗苦人！'當時皇伯秀王在湖州，故有此語。壽皇即日召入，賜第，奉朝請。"

又："何自然中丞，上疏乞朝廷並庫，壽皇從之。方且講究未定，御前有燕，雜劇伶人妝一賣故衣者，持褌一腰，只有一隻褌口。買者得之，問：'如何著？'賣者曰：'兩腳並做一褌口。'買者曰：'褌卻並了，只恐行不得。'壽皇即寢此議。"

《桯史》（卷十）："淳熙間，胡給事元質既新貢院，嗣歲庚子，適大比，（中略）會初場賦題，出《舜聞善若决江河》，而以'聞善而行、沛然莫禦'爲韻。士既就案矣。（中略）忽一老儒摘《禮部韻》示諸生，謂沛字惟十四泰有之，一爲顛沛，一爲沛邑，注無沛决之義。惟它有霈字，乃從雨，爲可疑。衆曰是，哄然叩簾請。（中略）或入於房，執考校者一人驅之。考校者惶遽，急曰：'有雨頭也得，無雨頭也得。'或又咎其誤，曰：'第二場更不敢也。'蓋一時祈脱之辭，移時稍定，試司申'鼓噪場屋'，胡以其不稱於禮遇也，怒，物色爲首者，盡係獄。韋布益不平。既拆號，例宴主司以勞還，畢三爵，優伶序進。有儒服立於前者，一人旁揖之，相與詫博洽，辨古今，岸然不相下。因各求挑試所誦憶。其一問：'漢名宰相凡幾？'儒服以蕭、曹以下，枚數之無遺。羣優咸贊其能。乃曰：'漢相吾言之矣。敢問唐三百年間，名將帥何人也？'旁揖者亦詘指英衛以及季葉，曰：'張巡、許遠、田萬春。'儒服奮起争曰：'巡、遠之姓是也，萬春之姓雷，歷考史牒，未有以雷爲田者。'揖者不服，撑拒騰口。俄一緑衣参軍,自稱教授,前據几,二人敬質疑。曰:'是故雷姓。'揖者大詬,袒裼奮拳,教授遽作恐懼狀,曰:'有雨頭也得,無雨頭也得!'坐中方失色,知其諷己也。忽優有黄衣者,持令旗躍出稠人中,曰:'制置大學給事台旨:試官在座,爾輩安得無禮。'羣優亟斂下,喏曰'第二場更不敢也。'侠𠯿皆笑,席客大慚。明日遁去。遂釋係者。胡意其爲郡士所使,録優而詰之,杖而出諸境。然其語盛傳至今。"

又(卷五):"韓平原在慶元初,其弟仰胄爲知閤門事,頗與密議,時人謂之大小韓,求捷徑者爭趨之。一日内宴,優人有爲衣冠到選者,自叙履歷才藝,應得美官,而流滯銓曹,自春徂冬,未有所擬,方徘徊浩歎。又爲日者敝帽持扇,過其旁,遂邀使談庚甲,問以得禄之期。日者厲聲曰:'君命甚高;但以五星局中,財帛宫若有所礙。目下若欲亨達,先見小寒;更望事成,必見大寒可也。'優蓋以寒爲韓。侍宴者皆縮頸匿笑。"

張仲文《白獺髓》(《説郛》卷三十八):"嘉泰末年,平原公恃有扶日之功,凡事自作威福,政事皆不由内出。會内宴,伶人王公瑾曰:'今日政如客人賣傘,不由里面。'"

葉紹翁《四朝聞見録》(戊集):"韓侂胄用兵既敗,爲之鬚髮俱白,困悶不知所爲。優伶因上賜侂胄宴,設樊遲、樊噲,旁有一人曰樊惱。又設一人,揖問遲:'誰與你取名?'對以夫子所取。則拜曰:'此聖門之高弟也。'又揖問噲,曰:'誰名汝?'對曰:'漢高祖所命。'則拜曰:'真漢家之名將也。'又揖惱,曰:'誰名汝?'對以'樊惱自取'。又因郭倪、郭果(按果當作倬)敗,因賜宴,優伶以生菱進於桌上,命二人移桌,忽生菱墜,盡碎。其一人曰:'苦,苦,苦! 壞了多少生靈,只因移果桌!'"

《貴耳集》(卷下):"袁彦純尹京,專一留意酒政。煮酒賣盡,取常州宜興縣酒、衢州龍遊縣酒在都下賣。御前雜劇,三個官人,一曰京尹,二曰常州太守,三曰衢州太守。三人爭坐位,常守讓京尹曰:'豈宜在我二州之下?'衢守爭曰:'京尹合在我二州之下。'常守問曰:'如何有此説?'衢守云:'他是我二州拍户。'寧廟亦大笑。"

又:"史同叔爲相日,府中開宴,用雜劇人。作一士人念詩,曰:'滿朝朱紫貴,儘是讀書人。'旁一士人曰:'非也,滿朝朱紫貴,儘是四明人。'自後相府有宴,二十年不用雜劇。"

《桯史》(卷十三):"蜀伶多能文,俳語率雜以經史,凡制帥幕府之燕集,多用之。嘉定中,吴畏齋帥成都,從行者多選人,類以京削繫念。伶知其然。一日,爲古衣冠服數人，游於庭，自稱孔門弟子。交質以姓氏，或曰常，或曰於，或曰吾。問其所涖官，則合而應曰：'皆選人也。'固請析之。居首者率然對曰：'子乃不我知，《論語》所謂常從事於斯矣，即某其人也。官爲從事而係以姓，固理之然。'問其次，曰：'亦出《論語》，于從政乎何有，蓋即某官氏之稱。'又問其次，曰：'某又《論語》十七篇所謂：吾將仕者。'遂相與歎詫，以選調爲淹抑。有從惠其旁者，曰：'子之名不見於七十子，固聖門下第，盍叩十哲而請教焉。'如其言，見顔、閔方在堂，羣而請益。子騫蹙頞曰：'如之何？何必改！'兖公應之曰：'然！回也不改。'衆憮然不怡，曰：'無已，質諸夫子。'如之，夫子不答，久而曰：'鑽遂改火，急可已矣。'坐客皆愧而笑。聞者至今啟顔。優流侮聖言，直可誅絶。特記一時之戲語如此。"

《齊東野語》（卷十三）："蜀優尤能涉獵古經，援引經史，以佐口吻，資笑談。當史丞相彌遠用事，選人改官，多出其門。制閫大宴，有優爲衣冠者數輩，皆稱爲孔門弟子，相與言吾儕皆選人。遂各言其姓，曰'吾爲常從事'，'吾爲於從政'，'吾爲吾將仕'，'吾爲路文學'。別有二人出，曰：'吾宰予也。夫子曰，于予與改，可謂僥倖。'其一曰：'吾顔回也。夫子曰，回也不改。吾爲四科之首而不改，汝何爲獨改？'曰：'吾鑽故，汝何不鑽？'曰：'吾非不鑽，而鑽彌堅耳。'曰：'汝之不改，宜也，何不鑽彌遠乎？'其離析文義，可謂侮聖言；而巧發微中，有足稱言者焉。有袁三者，名尤著。有從官姓袁者，制蜀，頗乏廉聲。羣優四人，分主酒、色、財、氣，各誇張其好尚之樂，而餘者互譏笑之。至袁優，則曰：'吾所好者，財也。'因極言財之美利，衆亦譏誚不已。徐以手自指曰：'任你譏笑，其如袁丈好此何！'"

又："近者己亥，史岩之爲京尹，其弟以參政督兵於淮。一日内宴，伶人衣金紫，而幞頭忽脱，乃紅巾也。或驚問曰：'賊裹紅巾，何爲官亦如此？'旁一人答云：'如今做官的都是如此。'於是褫其衣冠，則有萬回佛自懷中墜地。其旁者曰：'他雖做賊，且看他哥哥面。'"

又："女冠吴知古用事，人皆側目。内宴，參軍肆筵張樂，胥輩請僉文書，參軍怒曰：'吾方聽觱栗，可少緩。'請至再三，其答如前。胥擊其首曰：'甚事不被觱栗壞了！'蓋是俗呼黄冠爲觱栗也。"

又："王叔知吴門日，名其酒曰'徹底清'。錫宴日，伶人持一樽，誇於衆曰：'此酒名徹底清。'既而開樽，則濁醪也。旁誚之云：'汝既爲徹底清，卻如何如此？'答云：'本是徹底清，被錢打得渾了。'"

羅大經《鶴林玉露》（卷三）："端平間，真西山參大政，未及有所建置而薨。魏鶴山督師，亦未及有所設施而罷。臨安優人，裝一儒生，手持一鶴；別一儒生與之解後，問其姓名，曰：‘姓鍾名庸。’問所持何物，曰：‘大鶴也。’因傾蓋歡然，呼酒對飲。其人大嚼洪吸，酒肉靡有孑遺。忽顛仆於地，羣數人曳之不動。一人乃批其頰，大罵曰：‘説甚《中庸》、《大學》，吃了許多酒食，一動也動不得。’遂一笑而罷。或謂有使其爲此，以姍侮君子者，府尹乃悉黥其人。”

《西湖遊覽志餘》（卷二，不知其所本）：“丁大全作相，與董宋臣表里。（中略）一日内宴，一人專打鑼，一人扑之，曰：‘今日排當，不奏他樂，丁丁董董不已，何也？’曰：‘方今事皆丁董，吾安得不丁董？’”

仇遠《稗史》（《説郛》卷二十五）：“至元丙子，北兵入杭，廟朝爲虚。有金姓者，世爲伶官，流離無所歸。一日，道遇左丞范文虎，向爲宋殿帥時，熟知其爲人，謂金曰：‘來日公宴，汝來獻伎，不愁貧賤。’如期往，爲優戲，作諢曰：‘某寺有鐘，寺僧不敢擊者數日，主僧問故，乃言鐘樓有巨神，神怪不敢登也。主僧亟往視之，神即跪伏投拜，主僧曰：“汝何神也？”答曰：“鐘神。”主僧曰：“既是鐘神，何故投拜？”’衆皆大笑，范爲之不懌。其人亦不顧。識者莫不多之。”

附　遼金僞齊

《宋史·孔道輔傳》：“道輔奉使契丹，契丹宴使者，優人以文宣王爲戲，道輔艴然徑出。”

邵伯温《聞見前録》（卷十）：“潞公謂温公曰：‘吾留守北京，遣人入大遼偵事，回云：見遼主大宴羣臣，伶人劇戲作衣冠者，見物必攫取，懷之。有從其後以梃扑之者，曰：司馬端明耶？君實清名，在夷狄如此。’温公媿謝。”

沈作喆《寓簡》（卷十）：“僞齊劉豫既僭位，大宴羣臣。教坊進雜劇。有處士問星翁曰：‘自古帝王之興，必有受命之符，今新主有天下，抑有嘉祥美瑞以應之乎？’星翁曰：‘固有之。新主即位之前一日，有一星聚東井，真所謂符命也。’處士以杖擊之，曰：‘五星，非一也，乃云聚耳。一星，又何聚焉？’星翁曰：‘汝固不知也。新主聖德，比漢高祖只少四星兒裏。’”

《金史·后妃傳》：“章宗元妃李氏，勢位熏赫，與皇后侔。一日，宴宫中，優人玳瑁頭者，戲於上前。或問：‘上國有何符瑞？’優曰：‘汝不聞鳳凰見乎？’曰：‘知之而未聞其詳。’優曰：‘其飛有四，所應亦異。若向上飛，則風雨順時；向下飛，則五穀豐登；向外飛，則四國來朝；向裏飛（音同李妃），則加官進禄。’上笑而罷。”

宋遼金三朝之滑稽劇，其見於載籍者略具於此。此種滑稽劇，宋人亦謂之雜劇，或謂之雜戲。吕本中《童蒙訓》曰：“作雜劇者，打猛諢入，卻打猛諢出。”吴自牧《夢粱録》亦云：“雜劇全用故事，務在滑稽。”孟元老《東京夢華録》云：“聖節内殿雜戲，爲有使人預宴，不敢深作諧謔。"則無使人時可知。是宋人雜劇，固純以詼諧爲主，與唐之滑稽劇無異。但其中脚色，較爲著明，而佈置亦稍復雜。然不能被以歌舞，其去真正戲劇尚遠。然謂宋人戲劇遂止於此，則大不然。雖明之中葉，尚有此種滑稽劇，觀文林《琅邪漫鈔》、徐咸《西園雜記》、沈德符《萬曆野獲編》所載者，全與宋滑稽劇無異。若以此概明之戲劇，未有不笑者也。宋劇亦然。故欲知宋、元戲劇之淵源，不可不兼於他方面求之也。

第三章　宋之小説雜戲

宋之滑稽戲，雖托故事以諷時事，然不以演事實爲主，而以所含之意義爲主。至其變爲演事實之戲劇，則當時之小説，實有力焉。

小説之名起於漢。《西京賦》云："小説九百，本自虞初。"《漢書・藝文志》有"《虞初周説》九百四十四篇。"其書之體例如何，今無由知。唯《魏略》(《魏志・王粲傳》注引)言："臨淄侯植，誦俳優小説數千言。"則似與後世小説，已不相遠。六朝時，干寶、任昉、劉義慶諸人，咸有著述，至唐而大盛。今《太平廣記》所載，實集其成。然但爲著述上之事，與宋之小説無與焉。宋之小説，則不以著述爲事，而以講演爲事。灌園耐得翁《都城紀勝》謂説話有四種：一小説、一説經、一説參請、一説史書。《夢粱録》(卷二十)所紀略同。《武林舊事》(卷六)所載諸色伎藝人中，有書會(謂説書會)，有演史，有説經諢經，有小説。而《都城紀勝》、《夢粱録》均謂小説人能以一朝一代故事，頃刻間提破。則演史與小説，自爲一類。此三書所記，皆南渡以後之事；而其源則發於宋初。高承《事物紀原》(卷九)："仁宗時，市人有能談三國事者，或采其説，加緣飾，作影人。"《東坡志林》(卷六)：王彭嘗云"塗巷中小兒薄劣，爲其家所厭苦，輒與錢令聚坐，聽説古話，至説三國事"云云。《東京夢華録》(卷五)所載京瓦伎藝，有霍四究説三分，尹常賣《五代史》。至南渡以後，有敷衍《復華篇》及《中興名將傳》者，見於《夢粱録》，此皆演史之類也。其無關史事者，則謂之小説。《夢粱録》云："小説一名銀字兒，如煙粉、靈怪、傳奇、公案、朴刀、杆棒、發跡、变泰等事。"則其體例，亦當與演史大略相同。今日所傳之《五代平話》，實演史之遺；《宣和遺事》，殆小説之遺也。此種説話，以叙事爲主，與滑稽劇之但托故事者迥異。其發達之跡，雖略與戲曲平行，而後世戲劇之題目，多取諸此，其結構亦多依仿爲之，所以資戲劇之發達者，實不少也。

至與戲劇更相近者，則爲傀儡。傀儡起於周季，《列子》以偃師刻木人事，爲在周穆王時，或係寓言；然謂列子時已有此事，當不誣也。《樂府雜録》以爲起於漢祖平城之圍，其説無稽。《通典》則云："《窟礌子》作偶人以戲，善歌舞，本喪家樂也。漢末始用之於嘉會。"其説本於應劭《風俗通》,則漢時固確有此戲矣。漢時此戲結構如何,雖不可考,然六朝之際,此戲已演故事。《顔氏家訓・書證篇》:"或問:'俗名傀儡子爲郭秃,有故實乎?'答曰:'《風俗通》云:諸郭皆諱秃,當是前世有姓郭而病秃者,滑稽調戲,故後人爲其像,呼爲郭秃。'"唐時傀儡戲中之郭郎實出於此,至宋猶有此名。唐之傀儡,亦演故事。《封氏聞見記》(卷六):"大曆中,太原節度辛景雲葬日,諸道節度使使人修祭。范陽祭盤,最爲高大,刻木爲尉遲鄂公突厥鬭將之象,機關動作,不異於生。祭訖,靈車欲過,使者請曰:'對數未盡。'又停車,設項羽與漢高祖會鴻門之象,良久乃畢。"至宋而傀儡最盛,種類亦最繁:有懸絲傀儡、走綫傀儡、杖頭傀儡、藥發傀儡、肉傀儡、水傀儡各種(見《東京夢華録》、《武林舊事》、《夢粱録》)。《夢粱録》云:"凡傀儡敷衍煙粉、靈怪、鐵騎、公案、史書、歷代君臣將相故事話本,或講史,或作雜劇,或如崖詞。(中略)大抵弄此,多虚少實,如《巨靈神》、《朱姬大仙》等也。"則宋時此戲,實與戲劇同時發達,其以敷衍故事爲主,且較勝於滑稽劇。此於戲劇之進步上,不能不注意者也。

傀儡之外,似戲劇而非真戲劇者,尚有影戲。此則自宋始有之。《事物紀原》(卷九):"宋朝仁宗時,市人有能談三國事者,或采其説加緣飾、作影人,始爲魏、吴、蜀三分戰爭之象。"《東京夢華録》所載京瓦伎藝,有影戲,有喬影戲。南宋尤盛。《夢粱録》云:"有弄影戲者,元汴京初以素紙雕簇,自後人巧工精,以羊皮雕形,以彩色裝飾,不致損壞。(中略)其話本與講史書者頗同,大抵真假相半。公忠者雕以正貌,奸邪者刻以醜形,蓋亦寓褒貶於其間耳。"然則影戲之爲物,專以演故事爲事,與傀儡同。此亦有助於戲劇之進步者也。

以上三者,皆以演故事爲事。小説但以口演,傀儡、影戲則爲其形象矣。然而非以人演也。其以人演者,戲劇之外,尚有種種,亦戲劇之支流,而不可不一注意也。

三教　《東京夢華録》(卷十):十二月,"即有貧者三教人,爲一火,裝婦人神鬼,敲鑼擊鼓,巡門乞錢,俗呼爲打夜胡。"

訝鼓　《續墨客揮犀》(卷七):"王子醇初平熙河,邊陲寧静,講武之暇,因教軍士爲訝鼓戲,數年間遂盛行於世。其舉動舞裝之狀,與優人之詞,皆子醇初制也。或云:'子醇初與西人對陣,兵未交,子醇命軍士百余人,裝爲訝鼓隊,繞出軍前,虜見皆愕眙。進兵奮擊,大破之。'"《朱子語類》(卷一百三十九)亦云:"如舞訝鼓,其間男子、婦人、僧道、雜色,無所不有,但都是假的。"

舞隊　《武林舊事》(卷二)所紀舞隊,全與前二者相似。今列其目:

《查查鬼》(《查大》)、《李大口》(《一字口》)、《賀豐年》、《長飶斂》(《長頭》)、《兔吉》(《兔毛大伯》)、《吃遂》、《大憨兒》、《粗妲》、《麻婆子》、《快活三郎》、《黄金杏》、《瞎判官》、《快活三娘》、《沈承務》、《一臉膜》、《貓兒相公》、《洞公嘴》、《細妲》、《河東子》、《黑遂》、《王鐵兒》、《交椅》、《夾棒》、《屏風》、《男女竹馬》、《男女杵歌》、《大小斫刀鮑老》、《交衮鮑老》、《子弟清音》、《女童清音》、《諸國獻寶》、《穿心國入貢》、《孫武子教女兵》、《六國朝》、《四國朝》、《遏雲社》、《緋緑社》、《胡安女》、《鳳阮稽琴》、《撲蝴蝶》、《回陽丹》、《火藥》、《瓦盆鼓》、《焦錘架兒》、《喬三教》、《喬迎酒》、《喬親事》、《喬樂神》、(《馬明王》)、《喬捉蛇》、《喬學堂》、《喬宅眷》、《喬像生》、《喬師娘》、《獨自喬》、《地仙》,《旱划船》、《教象》、《裝態》、《村田樂》、《鼓板》、《踏撬》(一作《踏蹺》)、《撲旗》、《抱鑼裝鬼》、《獅豹蠻牌》、《十齋郎》、《耍和尚》、《劉衮》、《散錢行》、《貨郎》、《打嬌惜》。

其中裝作種種人物,或有故事。其所以異於戲劇者,則演劇有定所,此則巡迴演之。然後來戲名曲名中,多用其名目,可知其與戲劇非毫無關係也。

第四章　宋之樂曲

前二章既述宋代之滑稽戲及小説雜戲,後世戲劇之淵源,略可於此窺之。然後代之戲劇,必合言語、動作、歌唱,以演一故事,而後戲劇之意義始全。故真戲劇必與戲曲相表裏。然則戲曲之爲物,果如何發達乎?此不可不先研究宋代之樂曲也。

宋之歌曲,其最通行而爲人人所知者,是爲詞,亦謂之近體樂府,亦謂之長短句。其體始於唐之中葉,至晚唐五代,而作者漸多,及宋而大盛。宋人宴集,無不歌以侑觴。然大率徒歌而不舞,其歌亦以一闋爲率。其有連續歌此一曲者,如歐陽公之[采桑子],凡十一首;趙德麟之[商調·蝶戀花],凡十首。一述西湖之勝,一詠《會真》之事,皆徒歌而不舞,其所以異於普通之詞者,不過重疊此曲,以詠一事而已。

其歌舞相兼者,則謂之傳踏(曾慥《樂府雅詞》卷上),亦謂之轉踏(王灼《碧雞漫志》卷三),亦謂之纏達(《夢粱録》卷二十)。北宋之轉踏,恒以一曲連續歌之。每一首詠一事,共若干首則詠若干事。然亦有合若干首而詠一事者。《碧雞漫志》(卷三)謂石曼卿作《拂霓裳轉踏》,述開元天寶遺事是也。其曲調唯[調笑]一調用之最多。今舉其一例:

調笑轉踏　鄭僅(《樂府雅詞》卷上)

良辰易失,信四者之難並。佳客相逢,實一時之盛會。用陳妙曲,上助清歡。女伴相將,調笑入隊。

秦樓有女字羅敷,二十未滿十五餘,金鐶約腕攜籠去,攀枝折葉城南隅。使君春思如飛絮，五馬徘徊芳草路，東風吹鬢不可親，日晚蠶饑欲歸去。

歸去，攜籠女，南陌春愁三月暮，使君春思如飛絮，五馬徘徊頻駐。蠶饑日晚空留顧，笑指秦樓歸去。

石城女子名莫愁，家住石城西渡頭，拾翠每尋芳草路，採蓮時過緑蘋洲。五陵豪客青樓上，醉倒金壺待清唱，風高江闊白浪飛，急催艇子操雙槳。

雙槳，小舟蕩，唤取莫愁迎疊浪，五陵豪客青樓上，不道風高江廣。千金難買傾城樣，那聽繞梁清唱。

繡户朱簾翠幕張，主人置酒宴華堂；相如年少多才調，消得文君暗斷腸。斷腸初認琴心挑，么弦暗寫相思調，從來萬曲不關心，此度傷心何草草！

草草，最年少，繡户銀屏人窈窕，瑶琴暗寫相思調，一曲關心多少。臨邛客舍成都道，苦恨相逢不早！此三曲分詠羅敷莫愁文君三事，尚有九曲詠九事，文多略之

放隊

新詞宛轉遞相傳，振袖傾鬟風露前，月落烏啼雲雨散，遊人陌上拾花鈿。

此種詞前有勾隊詞，後以一詩一曲相間，終以放隊詞，則亦用七絶，此宋初體格如此。然至汴宋之末，則其體漸變。《夢粱録》（卷二十）：“在京時，只有纏令纏達，有引子尾聲爲纏令，引子後只有兩腔迎互循環，間有纏達。”此纏達之音，與傳踏同，其爲一物無疑也。吴《録》所云，與上文之傳踏相比較，其變化之跡顯然。蓋勾隊之詞，變而爲引子；放隊之詞，變而爲尾聲；曲前之詩，後亦變而用他曲；故云引子後只有兩腔迎互循環也。今纏達之詞皆亡，唯元劇中正宫套曲，其體例全自此出，觀第七章所引例，自可了然矣。

傳踏之制，以歌者爲一隊，且歌且舞，以侑賓客。宋時有與此相似，或同實異名者，是爲隊舞。《宋史·樂志》：“隊舞之制，其名各十。小兒隊凡七十二人：一曰柘枝隊，二曰劍器隊，三曰婆羅門隊，四曰醉胡騰隊，五曰諢臣萬歲樂隊，六曰兒童感聖樂隊，七曰玉兔渾脱隊。八曰異域朝天隊，九曰兒童解紅隊，十曰射雕回鶻隊。女弟子隊凡一百五十三人：一曰菩薩蠻隊，二曰感化樂隊，三日抛球樂隊，四曰佳人剪牡丹隊，五曰拂霓裳隊，六曰採蓮隊，七曰鳳迎樂隊，八曰菩薩獻香花隊，九曰彩雲仙隊，十曰打球樂隊。”其裝飾各由其隊名而異：如佳人剪牡丹隊，則衣紅生色砌衣，戴金冠，剪牡丹花；採蓮隊則執蓮花；菩薩獻香花隊則執香花盤。其舞未詳，其曲宋人或取以填詞。其中有拂霓裳隊，而《碧雞漫志》謂石曼卿作《拂霓裳傳踏》，恐與傳踏爲一，或爲傳踏之所自出也。

宋時舞曲，尚有曲破。《宋史·樂志》：“太宗洞曉音律，製曲破二十九。”此在唐五

代已有之，至宋時又藉以演故事。史浩《鄮峯真隱漫録》之《劍舞》即是也。今録其辭如下：

劍舞（《鄮峯真隱漫録》卷四十六）

二舞者對廳立裀上，（下略）樂部唱〔劍器曲破〕，作舞一段了。二舞者同唱〔霜天曉角〕。

瑩瑩巨闕，左右凝霜雪；且向玉階掀舞，終當有用時節。唱徹，人盡説，寶此剛不折，内使奸雄落膽，外須遣豺狼滅。

樂部唱曲子，作舞《劍器曲破》一段。舞罷，二人分立兩邊。别二人漢裝者出，對坐。桌上設酒桌。竹竿子念：

“伏以斷蛇大澤，逐鹿中原，佩赤帝之真符，接蒼姬之正統。皇威既振，天命有歸，量勢雖盛於重瞳，度德難勝於隆準。鴻門設會，亞父輸謀，徒矜起舞之雄姿，厥有解紛之壯士。想當時之賈勇，激烈飛揚；宜後世之效顰，回翔宛轉。雙鸞奏技，四座騰歡。”

樂部唱曲子，舞《劍器曲破》一段。一人左立者，上裀舞，有欲刺右漢裝者之勢，又一人舞進前，翼蔽之。舞罷，兩舞者並退。漢裝者亦退。復有兩人唐裝者出，對坐，桌上設筆硯紙，舞者一人换婦人裝，立裀上。竹竿子念：

“伏以雲鬟聳蒼壁，霧縠罩香肌，袖翻紫電以連軒，手握青蛇而的皪，花影下游龍自躍，錦裀上蹌鳳来儀，逸態横生，瑰姿譎起。領此入神之技，誠爲駭目之觀，巴女心驚，燕姬色沮。豈唯張長史草書大進，抑亦杜工部麗句新成。稱妙一時，流芳萬古，宜呈雅態，以洽濃歡。”

樂部唱曲子，舞《劍器曲破》一段，作龍蛇蜿蜒曼舞之勢。兩人唐裝者起。二舞者，一男一女，對舞，結《劍器曲破》徹。竹竿子念：

“項伯有功扶帝業，大娘馳譽滿文場，合兹二妙甚奇特，欲使嘉賓釂一觴。霍如羿射九日落，矯如羣帝驂龍翔，來如雷霆收震怒，罷如江海含晴光。歌舞既終，相將好去。”

念了，二舞者出隊。

由此觀之，其樂有聲無詞，且於舞踏之中，寓以故事，頗與唐之歌舞戲相似。而其曲中有“破”有“徹”，蓋截大曲入破以後用之也。

此外兼歌舞之伎，則爲大曲。大曲自南北朝已有此名。南朝大曲，則清商三調中之大曲，《宋書·樂志》所載者是也。北朝大曲，則《魏書·樂志》言之而不詳。至唐而雅樂、清樂、燕樂、西涼、龜兹、安國、天竺、疏勒、高昌樂中均有大曲（見《大唐六典》卷十四《協律郎》條注）。然傳於後世者，唯胡樂大曲耳。其名悉載於《教坊記》，而其詞尚略存於《樂府詩集·近代曲辭》中。宋之大曲，即自此出。教坊所奏，凡十八調四十大曲，《文獻通考》及《宋史·樂志》具載其目。此外亦尚有之，故又有“五十大曲”及“五十四大曲”之稱（詳見予《唐宋大曲考》，玆略之）。其曲辭之存於今日者，有董穎〔薄媚〕（《樂府雅詞》卷上）、曾布〔水調歌頭〕（王明清《玉照新志》卷二）、史浩〔採蓮〕（《鄮峯真隱漫録》卷四十五）三曲稍長，然亦非其全遍。其中間一二遍，則于宋詞中間遇之。大曲遍數，多至一二十。其各遍之名，則唐時有排遍、入破、徹（《樂府詩集》卷七十九）。而排遍、入破，又各有數遍。徹者，入破之末一遍也。宋大曲則王灼謂：“凡大曲有散序、靸、排遍、攧、正攧、入破、虚催、實催、衮遍、歇拍、殺衮，始成一曲，謂之大遍。”（《碧雞漫志》卷三）沈括亦云：“所謂大遍者，有序、引、歌、歙、嗺、哨、催、攧、衮、破、行、中腔、踏歌之類，凡數十解。”（《夢溪筆談》卷五）沈氏所列各名，與現存大曲不合。王説近之。惟攧後尚有延遍，實催前尚有衮遍（即張炎《詞源》所謂中衮）。而散序與排遍，均不止一遍，排遍且多至八九，故大曲遍數，往往至於數十，唯宋人多裁截用之。即其所用者，亦以聲與舞爲主，而不以詞爲主，故多有聲無詞者。自北宋時，葛守誠撰四十大曲，而教坊大曲，始全有詞。然南宋修内司所編《樂府混成集》，大曲一項，凡數百解，有譜無詞者居半（周密《齊東野語》卷十），則亦不以詞重矣。其攧、破、催、衮，以舞之節名之。此種大曲，遍數既多，自於叙事爲便，故宋人詠事多用之。今録董穎〔薄媚〕，以示其一例。宋人大曲之存者，以此爲最長矣。

薄媚（西子詞）（《樂府雅詞》卷上）

排遍第八

怒濤卷雪，巍岫布雲，越襟吴帶如斯。有客經遊，月伴風隨。值盛世，觀此江山美，合放懷，何事卻興悲？不爲回頭，舊國天涯，爲想前君事，越王嫁禍獻西施，吴即中深機。闔廬死，有遺誓，勾踐必誅夷。吴未干戈出境，倉卒越兵，投怒夫差，鼎沸鯨鯢。越遭勁敵，可憐無計脱重圍！歸路茫然，城郭邱墟，飄泊稽山裏。旅魂暗逐戰塵飛，天日慘無輝。

排遍第九

自笑平生，英氣淩雲，凛然萬里宣威。那知此際，熊虎塗窮，來伴麋鹿卑棲。既甘臣妾，猶不許，何爲計？爭若都燔寶器，盡誅吾妻子，徑將死戰決雄雌，天意恐憐之。偶聞太宰正擅權，貪賂市恩私。因將寶玩獻誠，雖脱霜戈，石室囚係憂嗟，又經時，恨不如巢燕自由歸，殘月朦朧，寒雨瀟瀟，有血都成淚。備嘗嶮厄反邦畿，冤憤刻肝脾。

第十擷

種陳謀，謂吴兵正熾，越勇難施；破吴策，唯妖姬。有傾城妙麗，名稱（一作字）西子歲方笄。算夫差惑此，須致顛危。范蠡微行，珠貝爲香餌，苧蘿不釣釣深閨。吞餌果殊姿。素肌纖弱，不勝羅綺。鸞鏡畔，粉面淡匀，梨花一朵瓊壺裏，嫣然意態嬌春，寸眸剪水，斜鬟鬆翠，人無雙宜。名動君王，繡履容易，來登玉陛。

入破第一

窣湘裙，摇漢佩，步步香風起。斂雙蛾，論時事，蘭心巧會君意。殊珍異寶，猶自朝臣未與，妾何人，被此隆恩，雖令效死奉嚴旨。隱約龍姿忻悦，更把甘言説。辭俊美，質娉婷，天教汝衆美兼備。聞吴重色，憑汝和親，應爲靖邊陲。將别金門，俄揮粉淚，靚妝洗。

第二虚催

飛雲駛香車，故國難回睇，芳心漸摇，迤邐吴都繁麗。忠臣子胥，預知道爲邦祟，諫言先啟，願勿容其至。周亡褒姒，商傾妲己。吴王卻嫌胥逆耳，才經眼便深恩愛，東風暗綻嬌蕊，彩鸞翻妒伊，得取次於飛共戲，金屋看承，他宫盡廢。

第三衮遍

華宴夕，燈摇醉，粉菡萏，籠蟾桂。揚翠袖，含風舞，輕妙處，驚鴻態，分明是瑶臺瓊榭，閬苑蓬壺景，盡移此地。花繞仙步，鶯隨管吹。寶帳暖，留春百和，馥鬱融鴛被。銀漏永，楚雲濃，三竿日猶褪霞衣。宿酲輕腕嗅，宫花雙帶係，合同心時，波下比目，深憐到底。

第四催拍

耳盈絲竹，眼摇珠翠，迷樂事，宫闈内。争知漸國勢陵夷。奸臣獻佞，轉恣奢淫，天譴歲屢饑。從此萬姓，離心解體。越遣使陰窺虚實，蚤夜營邊備。兵未動，子胥存，雖堪伐，尚畏忠義。斯人既戮，又且嚴兵卷土赴黄池，觀釁種蠡，方云可矣。

第五衮遍

機有神，征鼙一鼓，萬馬襟喉地。庭喋血，誅留守，憐屈服，斂兵還，危如此。當除禍本，重結人心，争奈竟荒迷。戰骨方埋，靈旗又指。勢連敗，柔荑攜泣，不忍相拋棄。身在兮，心先死，宵奔兮，兵已前圍。謀窮計盡，唳鶴啼猿，聞處分外悲。丹穴縱近，誰容再歸。

第六歇拍

哀誠屢吐，甬東分賜，垂暮日置荒隅，心知愧。寶鍔紅委，鸞存鳳去，辜負恩憐，情不似虞姬。尚望論功，榮歸故里。降令曰：吴無赦汝，越與吴何異。吴正怨，越方疑，從公論合去妖類。蛾眉宛轉，竟殞鮫綃，香骨委塵泥。渺渺姑蘇，荒蕪鹿戲。

第七煞衮

王公子，青春更才美，風流慕連理。耶溪一日，悠悠回首凝思。雲鬟煙鬢，玉珮霞裾，依約露妍姿。送目驚喜，俄迂玉趾。同仙騎洞府歸去，簾櫳窈窕戲魚水。正一點犀通，遽别恨何已！媚魄千載，教人屬意，况當時金殿裏。

此曲自〔排遍第八〕至〔煞衮〕，共十遍，而截去〔排遍第七〕以上不用。此種大曲，遍數既多，雖便於叙事，然其動作皆有定則，欲以完全演一故事，固非易易。且現存大曲，皆爲叙事體，而非代言體。即有故事，要亦爲歌舞戲之一種，未足以當戲曲之名也。

由上所述宋樂曲觀之，則傳踏僅以一曲反復歌之；曲破與大曲，則曲之遍數雖多，然仍限於一曲。至合數曲而成一樂者，唯宋鼓吹曲中有之。宋大駕鼓吹，恒用〔導引〕、〔六州〕、〔十二時〕三曲。梓宫發引，則加〔祔陵歌〕，虞主回京，則加〔虞主歌〕，各爲四曲。南渡後郊祀，則於〔導引〕、〔六州〕、〔十二時〕三曲外，又加〔奉禋歌〕、〔降仙台〕二曲，共爲五曲。合曲之體例，始於鼓吹見之。若求之於通常樂曲中，則合諸曲以成全體者，實自諸宫調始。諸宫調者，小説之支流，而被之以樂曲者也。《碧雞漫志》(卷二)："熙寧元豐間，澤州孔三傳始創諸宫調古傳，士大夫皆能誦之。"《夢粱録》(卷二十)云："説唱諸宫調，昨汴京有孔三傳，編成傳奇靈怪，入曲説唱。"《東京夢華録》(卷五)紀崇觀以來瓦舍伎藝，有"孔三傳、耍秀才諸宫調"。《武林舊事》(卷六)所載諸色伎藝人，諸宫調傳奇有高郎婦等四人。則南北宋均有之。今其詞尚存者，唯金董解元之《西廂》耳。董解元《西廂》，胡元瑞、焦理堂、施北研筆記中，均有考訂，訖不知爲何體。沈德符《野獲編》(卷二十五)且妄以爲金人院本模範。以余考之，確爲諸宫調無疑。觀陶南村《輟耕録》謂："金章宗時董解元所編《西廂記》，時代未遠，猶罕有人能解之。"則後人不識此體，固不足怪也。此編之爲諸宫調有三證：本書卷一〔太平賺〕詞云："俺平生情性好疏狂，疏狂的情性難拘束。一回家想么，詩魔多，愛選多情曲。比前賢樂府不中聽，在諸宫調裏卻著數。"此開卷自叙作詞緣起，而自云"在諸宫調裏"，其證一也。元淩雲翰《柘軒詞》有〔定風波〕詞賦《崔鶯鶯傳》云："翻殘金舊日諸宫調本，才入時人聽"，則金人所賦《西廂》詞，自爲諸宫調，其證二也。此書體例，求之古曲，無一相似。獨元王伯成《天寶遺事》，見於《雍熙樂府》、《九宫大成》所選者，大致相同。而元鍾嗣成《録鬼簿》(卷上)於王伯成條下注云："有《天寶遺事諸宫調》行於世。"王詞既爲諸宫調，則董詞之爲諸宫調無疑，其證三也。其所以名諸宫調者，則由宋人所用大曲傳踏，不過一曲，其爲同一宫調中甚明。唯此編每宫調中，多或十余曲，少或一二曲，即易他宫調，合若干宫調以詠一事，故謂之諸宫調。今録二三調以示其例：

〔黄鐘宫・出隊子〕最苦是離别，彼此心頭難棄舍。鶯鶯哭得似癡呆，臉上啼痕都是血，有千種恩情何處説。夫人道："天晚教郎疾去"，怎奈紅娘心似鐵，把鶯鶯扶上七香車。君瑞攀鞍空自攧，道得個冤家寧奈些。

〔尾〕馬兒登程，坐車兒歸舍。馬兒往西行，坐車兒往東拽，兩口兒一步兒離得遠如一步也。

〔仙吕調・點絳唇〕〔纏令〕美滿生離，據鞍兀兀離腸痛；舊歡新寵，變作高唐夢。回首孤城，依約青山擁。西風送，戍樓寒重，初品〔梅花弄〕。

〔瑞蓮兒〕衰草淒淒一徑通，丹楓索索滿林紅。平生蹤跡無定著，如斷蓬。聽塞鴻，啞啞的飛過暮雲重。

〔風吹荷葉〕憶得枕鴛衾鳳，今宵管半壁兒没用。觸目淒涼千萬種：見滴流流的紅葉，淅零零的微雨，率剌剌的西風。

〔尾〕驢鞭半嫋，吟肩雙聳，休問離愁輕重，向個馬兒上駝也駝不動。（離蒲西行三十里，日色晚矣，野景堪畫）

〔仙吕調・賞花時〕落日平林噪晚鴉，風袖翩翩催瘦馬，一徑入天涯，荒涼古岸，衰草帶霜滑。瞥見個孤林端入畫，籬落蕭疏帶淺沙，一個老大伯捕魚蝦，横橋流水，茅舍映荻花。

〔尾〕駝腰的柳樹上有魚槎，一竿風旆茅簷上掛。澹煙瀟灑，横鎖著兩三家。（生投宿於村落。）

此上八曲，已易三調，全書體例皆如是。此於叙事最爲便利，蓋大曲等先有曲，而後人藉以詠事。此則製曲之始，本爲叙事而設，故宋金雜劇院本中，後亦用之（見後二章），非徒供説唱之用而已。

宋人樂曲之不限一曲者，諸宫調之外，又有賺詞。賺詞者，取一宫調之曲若干，合之以成一全體。此體久爲世人所不知，案《夢粱録》（卷二十）："紹興年間，有張五牛大夫，因聽動鼓板中有〔太平令〕或賺鼓板，即今拍板大節抑揚處是也，遂撰爲賺。賺者，誤賺之之義，正堪美聽中，不覺已至尾聲，是不宜爲片序也。又有覆賺，其中變花前月下之情，及鐵騎之類"云云。是唱賺之中，亦有敷演故事者，今已不傳。其常用賺詞，余始于《事林廣記》（日本翻元泰定本戊集卷二）中發現之。其前且有唱賺規例，今具録如下：

（遏雲要訣）"夫唱賺一家，古謂之道賺。腔必真，字必正。欲有墩亢掣拽之殊，字有唇喉齒舌之異，抑分輕清重濁之聲，必别合口半合口之字；更忌馬囂韃子，俗語鄉談。如對聖案，但唱樂道、山居、水居、清雅之詞，切不可以風情花柳豔冶之曲；如此，則爲瀆聖。社條不賽，筵會吉席，上壽慶賀，不在此限。假如未唱之初，執拍當胸，不可高過鼻，須假鼓板村擾，三拍起引子，唱頭一句。又三拍至兩片結尾，三拍煞；入序，尾，三拍巾鬥煞；入賺，頭一字當一拍，第一片三拍，後仿此。出賺三拍，出聲巾鬥又三拍煞。尾聲，總十二拍：第一句四拍，第二句五拍，第三句三拍煞。此一定不逾之法。"

遏雲致語（筵會用）〔鷓鴣天〕

遇酒當歌酒滿斟，一觴一詠樂天真，三杯五盞陶情性，對月臨風自賞心。環列處，總佳賓，歌聲繚亮遏行雲，春風滿座知音者，一曲教君側耳聽。

圓社市語〔中吕宫・圓裏圓〕

〔紫蘇丸〕相逢閒暇時，有閑的打唤瞞兒，呵喝囉聲嗽道膁廝，俺嗏歡喜，才下脚，須和美。試問伊家，有甚夾氣，又管甚官場側背，算人間落花流水。

〔縷縷金〕把金銀錠打旋起，花星臨照我，怎睜避？近日間遊戲，因到花市簾兒下，瞥見一個表兒圓，咱每便著意。

〔好女兒〕生得寶妝蹺，身分美，繡帶兒纏脚，更好肩背。畫眉兒入鬢春山翠。帶著粉鉗兒，更綰個朝天髻。

〔大夫娘〕忙入步，又遲疑，又怕五角兒衝撞我没蹺踢。網兒儘是札，圓底都松例，要抛聲忒壯果難爲，真個費脚力。

〔好孩兒〕供送飲三杯，先入氣，道今宵打歇處，把人拍惜。怎知他水脉透不由得你。咱們只要表兒圓時，復地一合兒美。

〔賺〕春遊禁陌，流鶯往來穿梭戲，紫燕歸巢，葉底桃花綻蕊。賞芳菲，蹴秋千高而不遠，似踏火不沾地，見小池，風擺荷葉戲水。素秋天氣，正玩月斜插花枝，賞登高佶料沙羔美，最好當場落帽，陶潛菊繞籬。仲冬時，那孩兒忌酒怕風，帳幕中纏脚忒稔膩。講論處，下梢團圓到底，怎不則劇。

〔越恁好〕勘脚並打二步步隨定伊，何曾見走衮，你於我，我與你，場場有踢，没些拗背。兩個對壘，天生不枉作一對。脚頭果然廝稠密。

〔鶻打兔〕從今後一來一往，休要放脱些兒。又管甚攪閑底拽，閑定白打膁廝，有千般解數，真個難比。

骨自有

〔尾聲〕五花叢裏英雄輩，倚玉偎香不暫離，做得個風流第一。

《事林廣記》雖載此詞，然不著其爲何時人所作。以余考之，則當出南渡之後。詞前有"遏雲要訣"，遏雲者，南宋歌社之名。《武林舊事》（卷三）"二月八日，爲相川張王生辰，霍山行宫朝拜極盛，百戲競集。如緋緑社（雜劇）、齊雲社（蹴球）、遏雲社（唱賺）

等"云云。《夢粱録》(卷十九)"社會"條下亦載之。今此詞之首,有遏雲要訣、遏雲致語,又云"唱賺"、"道賺",而詞中又有賺詞,則爲宋遏雲社所唱賺詞無疑也。所唱之曲,題爲"圓社市語"。圓社,謂蹴球,《事林廣記》戊集(卷二)《圓社摸場》條,起四句云:"四海齊雲社,當場蹴氣球,作家偏著所,圓社最風流。"今曲題如此,而曲中所使,皆蹴球家語,則圓社爲齊雲社無疑。以遏雲社之人,唱齊雲社之事,謂非南宋人所作不可也。此詞自其結構觀之,則似北曲;自其曲名,則疑爲南曲。蓋其用一宫調之曲,頗似北曲套數。其曲名則〔縷縷金〕、〔好孩兒〕、〔越恁好〕三曲,均在南曲中吕宫,〔紫蘇丸〕則在南曲仙吕宫,北曲中無此數調。〔鶻打兔〕則南北曲皆有,唯皆無〔大夫娘〕一曲。蓋南北曲之形式及材料,在南宋已全具矣。

第五章　宋官本雜劇段數

由前三章研究之所得,而後宋之戲曲,可得而論焉。戲曲之作,不能言其始於何時。宋《崇文總目》(卷一)已有周優人《曲辭》二卷。原釋云:"周吏部侍郎趙上交,翰林學士李昉,諫議大夫劉陶,司勳郎中馮古,纂録燕優人曲辭。"此燕爲劉守光之燕,或契丹之燕,其曲辭爲樂曲或戲曲,均不可考。《宋史·樂志》亦言真宗不喜鄭聲,而或爲雜劇詞,未嘗宣佈於外。《夢粱録》(卷二十)亦云"向者汴京教坊大使孟角球,曾做雜劇本子,葛守誠撰四十大曲。"則北宋固確有戲曲。然其體裁如何,則不可知。惟《武林舊事》(卷十)所載官本雜劇段數,多至二百八十本。今雖僅存其目,可以窺兩宋戲曲之大概焉。

就此二百八十本精密考之,則其用大曲者一百有三,用法曲者四,用諸宫調者二,用普通詞調者三十有五。兹分别叙之。

大曲一百有三本:

〔六幺〕二十本(案《宋史·樂志》、《文獻通考·教坊部》十八調中,中吕調、南吕調、仙吕調,均有〔緑腰〕大曲。"六幺",即其略字也。)

《爭曲六幺》、《扯攔六幺》、《教鼇六幺》、《鞭帽六公》、《衣籠六幺》、《廚子六幺》、《孤奪旦六幺》、《王子高六幺》、《崔護六幺》、《骰子六幺》、《照道六幺》、《鶯鶯六幺》、《大宴六幺》、《驢精六幺》、《女生外向六幺》、《慕道六公》、《三偌慕道六幺》、《雙欄哮六幺》、《趕厥夾六幺》、《羹湯六幺》。

〔瀛府〕六本(《宋史·樂志》及《通考·教坊部》十八調中,正官、南吕宫中,均有〔瀛府〕大曲。)

《索拜瀛府》、《厚熟瀛府》、《哭骰子瀛府》、《醉院君瀛府》、《懊骨頭瀛府》、《賭錢望瀛府》。

〔梁州〕七本(《宋史·樂志》及《通考·教坊部》十八調中,正官調、道調官、仙吕宫、黄鐘宫,均有〔梁州〕大曲。)

《四僧梁州》、《三索梁州》、《詩曲梁州》、《頭錢梁州》、《食店梁州》、《法事饅頭梁州》、《四哮梁州》。

〔伊州〕五本(《宋史·樂志》及《通考·教坊部》十八調,越調、歇指調中,均有〔伊州〕大曲。)

《領伊州》、《鐵指甲伊州》、《鬧伍伯伊州》、《裴少俊伊州》、《食店伊州》。

〔新水〕四本(《宋史·樂志》及《通考·教坊部》十八調,雙調中有〔新水調〕大曲。〔新水〕,即〔新水調〕之略也。)

《桶擔新水》、《雙哮新水》、《燒花新水》、《新水爨》。

〔薄媚〕九本(《宋史·樂志》及《通考·教坊部》十八調,道調宫、南吕宫中,均有〔薄媚〕大曲。)

《簡帖薄媚》、《請客薄媚》、《錯取薄媚》、《傳神薄媚》、《九妝薄媚》、《本事現薄媚》、《打調薄媚》、《拜褥薄媚》、《鄭生遇龍女薄媚》。

〔大明樂〕三本(《宋史·樂志》及《通考·教坊部》十八調,大石調中有〔大明樂〕大曲。)

《土地大明樂》、《打球大明樂》、《三爺老大明樂》。

〔降黄龍〕五本(案《宋史·樂志》及《通考·教坊部》大曲中,無〔降黄龍〕之名。然張炎《詞源》卷下云:“如〔六幺〕,如〔降黄龍〕,皆大曲。”又云“大曲〔降黄龍〕花十六,當用十六拍。”今《董西廂》及南北曲均有〔降黄龍衮〕一調,衮者,大曲中一遍之名,則此五本爲大曲無疑。)

《列女降黄龍》、《雙旦降黄龍》、《柳玭上官降黄龍》、《入寺降黄龍》、《偷標降黄龍》。

〔胡渭州〕四本(《宋史·樂志》及《通考·教坊部》十八調,小石調、林鐘商中均有〔胡渭州〕大曲。)

《趕厥胡渭州》、《單番將胡渭州》、《銀器胡渭州》、《看燈胡渭州》。

〔石州〕三本(《宋史·樂志》及《通考·教坊部》十八調,越調中有〔石州〕大曲。)

《單打石州》、《和尚那石州》、《趕厥石州》。

〔大聖樂〕三本(《宋史·樂志》及《通考·教坊部》十八調,道調宫中有〔大聖樂〕大曲。)

《塑金剛大聖樂》、《單打大聖樂》、《柳毅大聖樂》。

〔中和樂〕四本（《宋史・樂志》及《通考・教坊部》十八調，黄鐘宫中有〔中和樂〕大曲。）

《霸王中和樂》、《馬頭中和樂》、《大打調中和樂》、《封鷺中和樂》。

〔萬年歡〕二本（《宋史・樂志》及《通考・教坊部》十八調，中吕宫中有〔萬年歡〕大曲。）

《喝貼萬年歡》、《托合萬年歡》。

〔熙州〕三本（案《宋史・樂志》及《通考・教坊部》十八調，四十大曲中無〔熙州〕之名。然洪邁《容齋隨筆》卷十四云："今世所傳大曲，皆出於唐。而以州名者五：伊、涼、熙、石、渭也。"周邦彦《片玉詞》有〔氐州第一〕詞。毛晉注《清真集》作〔熙州摘遍〕，是氐州即熙州。摘遍者，謂摘大曲之一遍爲之，亦宋人語，則〔熙州〕之爲大曲審矣。）

《迓鼓熙州》、《駱駝熙州》、《二郎熙州》。

〔道人歡〕四本（《宋史・樂志》及《通考・教坊部》十八調，中吕調中有〔道人歡〕大曲。）

《大打調道人歡》、《會子道人歡》、《打拍道人歡》、《越娘道人歡》。

〔長壽仙〕三本（《宋史・樂志》及《通考・教坊部》十八調，般涉調中有〔長壽仙〕大曲。）

《打勘長壽仙》、《偌賣旦長壽仙》、《分頭子長壽仙》。

〔劍器〕二本（《宋史・樂志》及《通考・教坊部》十八調，中吕宫、黄鐘宫中，均有〔劍器〕大曲。）

《病爺老劍器》、《霸王劍器》。

〔延壽樂〕二本（《宋史・樂志》及《通考・教坊部》十八調，仙吕宫中有〔延壽樂〕大曲。）

《黄傑進延壽樂》、《義養娘延壽樂》。

〔賀皇恩〕二本（《宋史・樂志》及《通考・教坊部》十八調，林鐘商中有〔賀皇恩〕大曲。）

《扯籃兒賀皇恩》、《催妝賀皇恩》。

〔採蓮〕三本（《宋史・樂志》及《通考・教坊部》十八調，雙調中有〔採蓮〕大曲。）

《唐輔採蓮》、《雙哮採蓮》、《病和採蓮》。

〔保金枝〕一本（《宋史・樂志》及《通考・教坊部》十八調，仙吕宫中有〔保金枝〕大曲。）

《檻偖保金枝》。

〔嘉慶樂〕一本（《宋史·樂志》及《通考·教坊部》十八調，小石調中有〔嘉慶樂〕大曲。）

《老孤嘉慶樂》。

〔慶雲樂〕一本（《宋史·樂志》及《通考·教坊部》十八調，歇指調中有〔慶雲樂〕大曲。）

《進筆慶雲樂》。

〔君臣相遇樂〕一本（《宋史·樂志》及《通考·教坊部》十八調，歇指調中有〔君臣相遇樂〕大曲。"相遇樂"，即〔君臣相遇樂〕之略也。）

《裴航相遇樂》。

〔泛清波〕二本（《宋史·樂志》及《通考·教坊部》十八調，鐘林商中有〔泛清波〕大曲。）

《能知他泛清波》、《三釣魚泛清波》。

〔彩雲歸〕二本（《宋史·樂志》及《通考·教坊部》十八調，仙吕調中有〔彩雲歸〕大曲。）

《夢巫山彩雲歸》、《青陽觀碑彩雲歸》。

〔千春樂〕一本（《宋史·樂志》及《通考·教坊部》十八調，黄鐘羽中有〔千春樂〕大曲。）

《禾打千春樂》。

〔罷金鉦〕一本（《宋史·樂志》及《通考·教坊部》十八調，南吕調中有〔罷金鉦〕大曲。）

《牛五郎罷金鉦》（原作〔罷金征〕，誤也）。

以上百有三本，皆爲大曲。其爲曲二十有八，而其中二十六，在《教坊部》四十大曲中。餘如〔降黄龍〕、〔熙州〕二曲之爲大曲，亦有宋人之説可證也。

法曲四本：

《棋盤法曲》、《孤和法曲》、《藏瓶法曲》、《車兒法曲》。

《宋史·樂志》有法曲部。其曲二：一曰〔道調宫·望瀛〕，二曰〔小石調·獻仙音〕。《詞源》（卷下）謂大曲片數（即遍數）與法曲相上下，則二者略相似也。

諸宫調二本：

《諸宫調霸王》、《諸宫調卦册兒》。

按此即以諸宫調填曲也。

普通詞調三十本：

《打地鋪逍遥樂》、《病鄭逍遥樂》、《崔護逍遥樂》、《濹涌逍遥樂》、《四鄭舞楊花》、《四偌满皇州》(原脱满字)、《浮漚暮雲歸》、《五柳菊花新》、《四季夹竹桃》、《醉花陰爨》、《夜半樂爨》、《木蘭花爨》、《月當廳爨》、《醉還醒爨》、《扑蝴蝶爨》、《满皇州卦鋪兒》、《白苧卦鋪兒》、《探春卦鋪兒》、《三哮好女兒》、《二郎神變二郎神》、《大雙頭蓮》、《小雙頭蓮》、《三笑月中行》、《三登樂院公狗兒》、《三教安公子》、《普天樂打三教》、《满皇州打三教》、《三姐醉還醒》、《三姐黄鶯兒》、《賣花黄鶯兒》。

其不見宋詞，而見於金元曲調者九本：

《四小將整乾坤》、《棹孤舟爨》、《慶時豊卦鋪兒》、《三哮上小樓》、《鶻打兔變二郎神》、《雙羅羅啄木兒》、《賴房錢啄木兒》、《圍城啄木兒》、《四國朝》。

此外有不著其名，而實用曲調者。如《三十拍爨》則李涪《刊誤》云："臛酒三十拍，促曲名〔三臺〕。"則實用〔三臺〕曲也。《三十六拍爨》當亦仿此。《錢手帕爨》注云："小字〔太平歌〕"，則用〔太平歌〕曲也。餘如《兩相宜萬年芳》之〔萬年芳〕，《病孤三鄉題》、《王魁三鄉題》、《强偌三鄉題》之〔三鄉題〕，《三哮文字兒》之〔文字兒〕，雖詞曲調中，均不見其名，以他本例之，疑亦俗曲之名也。又如《崔智韜艾虎兒》、《雌虎》(原注云：崔智韜)二本，並不見有用歌曲之跡，而關漢卿《謝天香》雜劇楔子曰："鄭六遇妖狐，崔韜逢雌虎，大曲内儘是寒儒。"則此二本之一，當以大曲演之。此外各本之類此者，當亦不乏也。

由此觀之，則此二百八十本中，其用大曲、法曲、諸宫調、詞曲調者，共一百五十餘本，已過全數之半，則南宋雜劇，殆多以歌曲演之，與第二章所載滑稽戲迥異。其用大曲、法曲、諸宫調者，則曲之片數頗多，以敷衍一故事，自覺不難，其單用詞調及曲調者，只有一曲，當以此曲循環敷演，如上章傳踏之例，此在元明南曲中，尚得發見其例也。

且此二百八十本，不皆純正之戲劇。如《打調薄媚》、《大打調中和樂》、《大打調道人歡》三本，則劉昌詩《蘆浦筆記》(卷三)謂街市戲謔，有打砌打調之類，實滑稽戲之支流，而佐以歌曲者也。如《門子打三教爨》、《雙三教》、《三教安公子》、《三教鬧著棋》、《打三教庵宇》、《普天樂打三教》、《满皇州打三教》、《領三教》，則演前章所述三教人者也。《迓鼓兒熙州》、《迓鼓孤》則前章所云訝鼓之戲也。《天下太平爨》及《百花爨》，則《樂府雜録》所謂字舞花舞也。案《齊東野語》(卷十)云："州郡遇聖節賜宴，率命猥伎數十，羣舞於庭，作天下太平字，殊爲不經。而唐王建《宫詞》云：'每過舞頭分兩向，太平萬歲字當中。'則此事由來久矣",云云。可知宋代戲劇,實綜合種種之雜戲;而其戲曲,亦綜合種種之樂曲,此事觀後數章自益明也。

此項官本雜劇,雖著録於宋末,然其中實有北宋之戲曲,不可不知也。如《王子高六么》一本,實神宗元豐以前之作。趙彦衛《雲麓漫鈔》(卷十):"王迥字子高,舊有周瓊姬事,胡徽之爲作傳,或用其傳作〔六么〕。"朱彧《萍洲可談》(卷一):"王迥美姿容,有才思,少年時不甚持重,間爲狎邪輩所誣,播入樂府。今〔六么〕所歌奇俊王家郎者,乃迥也。元豐初,蔡持正舉之,可任監司,神宗忽云:'此乃奇俊王家郎乎?'持正叩頭請罪。"(又見一宋人小説云:或薦子高於王荆公,公舉此語。今不能舉其書名。案子高嘗從荆公遊,則語或近是)則此曲實作於神宗時,然至南宋末尚存。吴文英《夢窗乙稿》中,〔惜秋華〕詞自注尚及之。然其爲北宋之作,無可疑也。又如《三爺老大明樂》、《病爺老劍器》二本,爺老二字,中國夙未聞有此,疑是契丹語。《唐書·房琯傳》:"彼曳落河雖多,豈能當我劉秩等。"愚謂曳落河即《遼史》屢見之拽剌。《遼史·百官志》云"走卒謂之拽剌",元馬致遠《薦福碑》雜劇,尚有曳剌,爲傔從之屬。爺老二字,當亦曳剌之同音異譯,此必北宋與遼盟聘時輸入之語。則此二本,當亦爲北宋之作。以此推之,恐尚不止此數本。然則此二百八十本,與其視爲南宋之作,不若視爲兩宋之作爲妥也。

第六章　金院本名目

兩宋戲劇,均謂之雜劇,至金而始有院本之名。院本者,《太和正音譜》云:"行院之本也。"初不知行院爲何語,後讀元刊《張千替殺妻》雜劇云:"你是良人良人宅眷,不是小末小末行院。"則行院者,大抵金元人謂倡伎所居,其所演唱之本,即謂之院本云爾。院本名目六百九十種,見於陶九成《輟耕録》(卷二十五)者,不言其爲何代之作。而院本之名,金元皆有之,故但就其名,頗難區别。以余考之,其爲金人所作,殆無可疑者也(見下)。自此目觀之,甚與宋官本雜劇段數相似,而復雜過之。其中又分子目若干。曰"和曲院本"者十有四本。其所著曲名,皆大曲法曲,則和曲殆大曲法曲之總名也。曰"上皇院本"者十有四本。其中如《金明池》、《萬歲山》、《錯入内》、《斷上皇》等,皆明示宋徽宗時事,他可類推,則上皇者謂徽宗也。曰"題目院本"者二十本。按題目,即唐以來合生之别名。高承《事物紀原》(卷九)《合生》條言:《唐書·武平一傳》平一上書:比來妖伎胡人於御座之前,"或言妃主情貌,或列王公名質,詠歌舞蹈,名曰合生。始自王公,稍及閭巷。"即合生之原,起於唐中宗時也,今人亦謂之唱題目云云。此云題目,即唱題目之略也。曰"霸王院本"者六本,疑演項羽之事。曰"諸雜大小院本”者一百八十有九，曰“院么”者二十有一，曰“諸雜院爨”者一百有七。陶氏云：“院本又謂之五花爨弄。”則爨亦院本之異名也。曰“衝撞引首”者一百有九，曰“拴搐豔段”者九十有二。案《夢粱録》(卷二十)云：“雜劇先做尋常熟事一段，名曰豔段；次做正雜劇。”則引首與豔段，疑各相類。豔段，《輟耕録》又謂之焰段。曰：“焰段，亦院本之意，但差簡耳。取其如火焰，易明而易滅也。”其所以不得爲正雜劇者，當以此；但不知所謂衝撞、拴搐，作何解耳。曰“打略拴搐”者八十有八，曰“諸雜砌”者三十。案《蘆浦筆記》謂：“街市戲謔，有打砌、打調之類。”疑雜砌亦滑稽戲之流。然其目則頗多故事，則又似與打砌無涉。《雲麓漫鈔》(卷八)：“近日優人作雜班，似雜劇而稍簡略。金虜官制，有文班武班，若醫卜倡優，謂之雜班。每宴集，伶人進，曰雜班上，故流傳作此。”然《東京夢華録》已有雜扮之名。《夢粱録》亦云：“雜扮或曰雜班，又名經(當作紐)元子，又謂之拔和，即雜劇之後散段也。頃在汴京時，村落野夫，罕得入城，遂撰此端，多是借裝爲山東河北村叟，以資笑端。”則自北宋已有之。今“打略拴搐”中，有《和尚家門》、《先生家門》、《秀才家門》、《列良家門》、《禾下家門》各種，每種各有數本，疑皆裝此種人物以資笑劇，或爲雜扮之類；而所謂雜砌者，或亦類是也。

更就其所著曲名分之，則爲大曲者十六：

《上墳伊州》、《燒花新水》、《熙州駱駝》、《列良瀛府》、《賀貼萬年歡》、《拼㢝降黄龍》、《列女降黄龍》(以上和曲院本)

《進奉伊州》(諸雜大小院本)

《鬧夾棒六么》、《送宣道人歡》、《扯彩延壽樂》、《諱老長壽仙》、《背箱伊州》、《酒樓伊州》、《抹面長壽仙》、《羹湯六么》(以上諸雜院爨)

爲法曲者七：

《月明法曲》、《郓王法曲》、《燒香法曲》、《送香法曲》(以上和曲院本)

《鬧夾棒法曲》、《望瀛法曲》、《分拐法曲》(以上諸雜院爨)

爲詞曲調者三十有七：

《病鄭逍遥樂》、《四皓逍遥樂》、《四酸逍遥樂》(以上和曲院本)

《春從天上來》(上皇院本)

《楊柳枝》(題目院本)

《似娘兒》、《醜奴兒》、《馬明王》、《鬥鵪鶉》、《滿朝歡》、《花前飲》、《賣花聲》、《隔簾聽》、《擊梧桐》、《海棠春》、《更漏子》(以上諸雜大小院本)

《逍遥樂打馬鋪》、《夜半樂打明皇》、《集賢賓打三教》、《喜遷鶯剁草鞋》、《上小樓衮頭子》、《單兜望梅花》、《雙聲疊韻》、《河轉迓鼓》、《和燕歸梁》、《謁金門爨》(以上諸雜院爨)

《憨郭郎》、《喬捉蛇》、《天下樂》、《山麻秸》、《搗練子》、《淨瓶兒》、《調笑令》、《鬥鼓笛》、《柳青娘》(以上衝撞引首)

《歸塞北》、《少年游》(以上拴搐豔段)

《春從天上來》,《水龍吟》(以上打略拴搐)

又"拴搐豔段"中,有一本名《諸宫調》,殆以諸宫調敷演之。則其體裁,全與宋官本雜劇段數相似。唯著曲名者,不及全體十分之一,而官本雜劇則過十分之五,此其相異者也。

此院本名目中,不但有簡易之劇,且有説唱雜戲在其間。如:

《講來年好》、《講聖州序》、《講樂章序》、《講道德經》、《講蒙求爨》、《講心字爨》。

此即推説經諢經之例而廣之。他如:

《訂注論語》、《論語謁食》、《擂鼓孝經》、《唐韻六帖》。

疑亦此類。又有:

《背鼓千字文》、《變龍千字文》、《摔盒千字文》、《錯打千字文》、《木驢千字文》、《埋頭千字文》。

此當取周興嗣《千字文》中語,以演一事,以悦俗耳,在後世南曲賓白中猶時遇之,蓋其由來已古,此亦説唱之類也。又如:

《神農大説藥》、《講百果爨》、《講百花爨》、《講百禽爨》。

案《武林舊事》(卷六)載説藥有楊郎中、徐郎中、喬七官人,則南宋亦有之。其説或借藥名以制曲,或説而不唱,則不可知。至講百果、百花、百禽,亦其類也。

"打略拴搐"中,有《星象名》、《果子名》、《草名》等。以名字終者二十六種,當亦説藥之類。又有:

《和尚家門》四本,《先生家門》四本(自其子目觀之,先生謂道士也),《秀才家門》十本,《列良家門》六本(列良謂日者),《禾下家門》五本(禾下謂農夫),《大夫家門》八本(大夫謂醫士),《卒子家門》四本,《良頭家門》二本(良頭未詳),《邦老家門》五本(邦老謂盗賊),《都子家門》三本(都子謂乞丐),《孤下家門》三本(孤下謂官吏),《司吏家門》二本,《仵作行家門》一本,《撅倈家門》一本(撅倈未詳)。

此五十五本,殆摹寫社會上種種人物職業,與三教、迓鼓等戲相似。此外如"拴搐豔段"中之《遮截架解》、《三打步》、《穿百倬》,"打略拴搐"中之《難字兒》、《猜謎》等,則並競技遊戲等事而有之。此種或占演劇之一部分,或用爲戲劇中之材料,雖不可知,然可見此種戲劇,實綜合當時所有之遊戲技藝,尚非純粹之戲劇也。

此院本名目之爲金人所用,蓋無可疑。《輟耕録》云:"金有雜劇、院本、諸宫調。院本、雜劇,其實一也。國朝院本雜劇,始厘而二之。"今此目之與官本雜劇段數同名者十餘種，而一謂之雜劇，一謂之院本，足明其爲金之院本，而非元之院本，一證也。中有《金皇聖德》一本，明爲金人之作，而非宋元人之作，二證也。如《水龍吟》、《雙聲疊韻》等之以曲調名者，其曲僅見於《董西廂》，而不見於元曲，三證也。與宋官本雜劇名例相同，足證其爲同時之作，四證也。且其中關係開封者頗多，開封者，宋之東都，金之南都，而宣宗貞祐後遷居於此者也，故多演宋汴京時事，"上皇院本"且勿論，他如鄆王、蔡奴，汴京之人也，金明池、陳橋，汴京之地也，其中與宋官本雜劇同名者，或猶是北宋之作，亦未可知。然宋金之間，戲劇之交通頗易。如雜班之名，由北而入南，唱賺之作，由南而入北（唱賺始於紹興間，然《董西廂》中亦多用之）。又如演蔡中郎事者，則南有負鼓盲翁之唱，而院本名目中亦有《蔡伯喈》一本：可知當時戲曲流傳，不以國土限也。

第七章　古劇之結構

宋金以前雜劇院本，今無一存。又自其目觀之，其結構與後世戲劇迥異，故謂之古劇。古劇者，非盡純正之劇，而兼有競技遊戲在其中，既如前二章所述矣。蓋古人雜劇，非瓦舍所演，則於宴集用之。瓦舍所演者，技藝甚多，不止雜劇一種；而宴集時所以娛耳目者，雜劇之外，亦尚有種種技藝。觀《宋史・樂志》、《東京夢華録》、《夢粱録》、《武林舊事》所載天子大宴禮節可知。即以雜劇言，其種類亦不一。正雜劇之前，有豔段，其後散段謂之雜扮（見第六章），二者皆較正雜劇爲簡易。此種簡易之劇，當以滑稽戲競技遊戲充之，故此等亦時冒雜劇之名，此在後世猶然。明顧起元《客座贅語》謂："南都萬曆以前，大席則用教坊打院本，乃北曲四大套者。中間錯以撮墊圈，舞觀音，或百丈旗，或跳隊。"明代且然，則宋金固不足怪。但其相異者，則明代競技等，錯在正劇之中間，而宋金則在其前後耳。至正雜劇之數，每次所演，亦復不多。《東京夢華録》謂："雜劇入場，一場兩段。"《夢粱録》亦云："次做正雜劇，通名兩段。"《武林舊事》（卷一）所載"天基聖節排當樂次"，亦皇帝初坐，進雜劇二段，再坐，復進二段。此可以例其餘矣。

腳色之名，在唐時只有參軍、蒼鶻，至宋而其名稍繁。《夢粱録》（卷二十）云："雜劇中末泥爲長，每一場四人或五人。（中略）末泥色主張，引戲色分付，副淨色發喬，副末色打諢。或添一人，名曰裝孤。"《輟耕録》（卷二十五）所述略同。唯《武林舊事》（卷一）所載"乾淳教坊樂部"中，雜劇三甲，一甲或八人或五人。其所列腳色五，則有戲頭而無末泥，有裝旦而無裝孤，而引戲、副淨、副末三色則同，唯副淨則謂之次淨耳。《夢粱録》云："雜劇中末泥爲長。"則末泥或即戲頭；然戲頭、引戲，實出古舞中之舞頭、引舞。(唐王建《宫詞》:“舞頭先拍第三聲”,又:“每過舞頭分兩向”,則舞頭唐時已有之。《宋史·樂志》有引舞,亦謂之引舞頭。《樂府雜録·傀儡》條有引歌舞者郭郎,則引舞亦始於唐也。)則末泥亦當出於古舞中之舞末。《東京夢華録》(卷九)云:“舞旋多是雷中慶,……舞曲破攧前一遍,舞者入場,至歇拍,一人入場,對舞數拍,前舞者退,獨後舞者終其曲,謂之舞末。”末之名當出於此。又長言之則爲末泥也。淨者,參軍之促音,宋代演劇時,參軍色手執竹竿子以句之(見《東京夢華録》卷九),亦如唐代協律郎之舉麾樂作,偃麾樂止相似,故參軍亦謂之竹竿子。由是觀之,則末泥色以主張爲職,參軍色以指麾爲職,不親在搬演之列。故宋戲劇中淨、末二色,反不如副淨、副末之著也。

唐之參軍、蒼鶻,至宋而爲副淨、副末二色。夫上既言淨爲參軍之促音,兹何故復以副淨爲參軍也?曰:副淨本淨之副,故宋人亦謂之參軍。《夢華録》中執竹竿子之參軍,當爲淨;而第二章滑稽劇中所屢見之參軍,則副淨也。此説有征乎?曰:《輟耕録》云“副淨古謂之參軍,副末古謂之蒼鶻,鶻能擊禽鳥,末可打副淨”。此説以第二章所引《夷堅志》(丁集卷四)、《桯史》(卷七)、《齊東野語》(卷十三)諸事證之,無乎不合;則參軍之爲副淨,當可信也。故淨與末,始見於宋末諸書;而副淨與副末,則北宋人著述中已見之。黄山谷〔鼓笛令〕詞云:“副靖傳語木大,鼓兒裏且打一和。”《王直方詩話》(《苕溪漁隱叢話》前集卷二十引)載:“歐陽公致梅聖俞簡云:‘正如雜劇人,上名下韻不來,須副末接續。’”凡宋滑稽劇中,與參軍相對待者,雖不言其爲何色,其實皆爲副末。此出於唐代參軍與蒼鶻之關係,其來已古。而《夢粱録》所謂末泥色主張,引戲色分付,副淨色發喬,副末色打諢,此四語實能道盡宋代脚色之職分也。主張、分付,皆編排命令之事,故其自身不復演劇。發喬者,蓋喬作愚謬之態,以供嘲諷;而打諢,則益發揮之以成一笑柄也。試細玩第二章所載滑稽劇,無在不可見發喬、打諢二者之關係。至他種雜劇,雖不知如何,然謂副淨、副末二色,爲古劇中最重之脚色,無不可也。

至裝孤、裝旦二語,亦有可尋味者,元人脚色中有孤有旦,其實二者非脚色之名;孤者,當時官吏之稱,旦者,婦女之稱。其假作官吏婦女者,謂之裝孤、裝旦則可;若徑謂之孤與旦,則已過矣。孤者,當以帝王官吏自稱孤寡,故謂之孤;旦與妲不知其義。然《青樓集》謂張奔兒爲風流旦,李嬌兒爲温柔旦,則旦疑爲宋元倡伎之稱。優伶本非官吏,又非婦人,故其假作官吏婦人者,謂之裝孤、裝旦也。

要之,宋雜劇、金院本二目所現之人物,若妲、若旦、若徠,則示其男女及年齒;若孤、若酸、若爺老、若邦老,則示其職業及位置;若厥、若偌,則示其性情舉止(其解均見拙著《古劇脚色考》);若哮、若鄭、若和,雖不解其義,亦當有所指示。然此等皆有某脚色以扮之,而其自身非脚色之名,則可信也。

宋雜劇、金院本二目中，多被以歌曲。當時歌者與演者，果一人否，亦所當考也。滑稽劇之言語，必由演者自言之；至自唱歌曲與否，則當視此時已有代言體之戲曲否以爲斷。若僅有叙事體之曲，則當如第四章所載史浩《劍舞》，歌唱與動作，分爲二事也。

綜上所述者觀之，則唐代僅有歌舞劇及滑稽劇，至宋金二代而始有純粹演故事之劇。故雖謂真正之戲劇起於宋代，無不可也。然宋金演劇之結構，雖略如上，而其本則無一存，故當日已有代言體之戲曲否，已不可知。而論真正之戲曲，不能不從元雜劇始也。

第八章　元雜劇之淵源（節録）

由前數章之説，則宋金之所謂雜劇院本者，其中有滑稽戲，有正雜劇，有豔段，有雜班，又有種種技藝遊戲。其所用之曲，有大曲，有法曲，有諸宫調，有詞，其名雖同，而其實頗異。至成一定之體段，用一定之曲調，而百餘年間無敢逾越者，則元雜劇是也。元雜劇之視前代戲曲之進步，約而言之，則有二焉。宋雜劇中用大曲者幾半。大曲之爲物，遍數雖多，然通前後爲一曲，其次序不容顛倒，而字句不容增減，格律至嚴，故其運用亦頗不便。其用諸宫調者，則不拘於一曲。凡同在一宫調中之曲，皆可用之。顧一宫調中，雖或有聯至十余曲者，然大抵用二三曲而止。移宫换韻，轉變至多，故於雄肆之處，稍有欠焉。元雜劇則不然，每劇皆用四折，每折易一宫調，每調中之曲，必在十曲以上；其視大曲爲自由，而較諸宫調爲雄肆。且於正宫之〔端正好〕、〔貨郎兒〕、〔煞尾〕，仙吕宫之〔混江龍〕、〔後庭花〕、〔青哥兒〕，南吕宫之〔草池春〕、〔鵪鶉兒〕、〔黄鐘尾〕，中吕宫之〔道和〕，雙調之□□□、〔折桂令〕、〔梅花酒〕、〔尾聲〕，共十四曲：皆字句不拘，可以增損，此樂曲上之進步也。其二則由叙事體而變爲代言體也。宋人大曲，就其現存者觀之，皆爲叙事體；金之諸宫調，雖有代言之處，而其大體只可謂之叙事。獨元雜劇於科白中叙事，而曲文全爲代言。雖宋金時或當已有代言體之戲曲，而就現存者言之，則斷自元劇始，不可謂非戲曲上之一大進步也。此二者之進步，一屬形式，一屬材質，二者兼備，而後我中國之真戲曲出焉。

顧自元劇之進步言之，雖若出於創作者，然就其形式分析觀之，則頗不然。元劇所用曲，據周德清《中原音韻》所紀，則黄鐘宫二十四章，正宫二十五章，大石調二十一章，小石調五章，仙吕四十二章，中吕三十二章，南吕二十一章，雙調一百章，越調三十五章，商調十六章，商角調六章，般涉調八章，都三百三十五章（章即曲也）。而其中小石、商角、般涉三調，元劇中從未用之。故陶九成《輟耕録》（卷二十六）無此三調之曲，僅有正宫二十五章，黄鐘十五章，南吕二十章，中吕三十八章，仙吕三十六章，商調十六章，大石十九章，雙調六十章，都二百三十章。二者不同。觀《太和正音譜》所録，全與《中原音韻》同。則以曲言之，陶説爲未備矣。然劇中所用，則出於陶《録》二百三十章外者甚少。此外百餘章，不過元人小令套數中用之耳。今就此三百三十五章研究之，則其曲爲前此所有者幾半。更分析之，則出於大曲者十一：

〔降黄龍衮〕（黄鐘）

〔小梁州〕、〔六幺遍〕（以上正宫）

〔催拍子〕（大石）

〔伊州遍〕（小石）

〔八聲甘州〕、〔六幺序〕、〔六幺令〕（以上仙吕）

〔普天樂〕（《宋史·樂志》太宗撰大曲，有《平晉普天樂》，此或其略語也）、〔齊天樂〕（以上中吕）

〔梁州第七〕（南吕）

出於唐宋詞者七十有五：

〔醉花陰〕、〔喜遷鶯〕、〔賀聖朝〕、〔晝夜樂〕、〔人月圓〕、〔抛球樂〕、〔侍香金童〕、〔女冠子〕（以上黄鐘宫）

〔滚繡球〕、〔菩薩蠻〕（以上正宫）

〔歸塞北〕（即詞之〔望江南〕）、〔雁過南樓〕（晏殊《珠玉詞》〔清商怨〕中有此句，其調即詞之〔清商怨〕）、〔念奴嬌〕、〔青杏兒〕（宋詞作〔青杏子〕）、〔還京樂〕、〔百字令〕（以上大石）

〔點絳唇〕、〔天下樂〕、〔鵲踏枝〕、〔金盞兒〕（詞作〔金盞子〕）、〔憶王孫〕、〔瑞鶴仙〕、〔後庭花〕、〔太常引〕、〔柳外樓〕（即〔憶王孫〕）（以上仙吕）

〔粉蝶兒〕、〔醉春風〕、〔醉高歌〕、〔上小樓〕、〔滿庭芳〕、〔剔銀燈〕、〔柳青娘〕、〔朝天子〕（以上中吕）

〔烏夜啼〕、〔感皇恩〕、〔賀新郎〕（以上南吕）

〔駐馬聽〕、〔夜行船〕〔月上海棠〕、〔風入松〕、〔萬花方三臺〕、〔滴滴金〕、〔太清歌〕、〔搗練子〕、〔快活年〕（宋詞作〔快活年近拍〕）、〔豆葉黄〕、〔川撥棹〕（宋詞作〔撥棹子〕）、〔金盞兒〕、〔也不羅〕（原注即〔野落索〕。案其調即宋詞之〔一落索〕也）、〔行香子〕、〔碧玉蕭〕、〔驟雨打新荷〕、〔減字木蘭花〕、〔青玉案〕、〔魚游春水〕（以上雙調）

〔金蕉葉〕、〔小桃紅〕、〔三臺印〕、〔耍三臺〕、〔梅花引〕、〔看花回〕、〔南鄉子〕、〔糖多令〕（以上越調）

〔集賢賓〕、〔逍遥樂〕、〔望遠行〕、〔玉抱肚〕、〔秦樓月〕（以上商調）

〔黄鶯兒〕、〔踏莎行〕、〔垂絲釣〕、〔應天長〕（以上商角調）

〔哨遍〕、〔瑶台月〕（以上般涉調）

其出於諸宫調中各曲者，二十有八：

〔出隊子〕、〔刮地風〕、〔寨兒令〕、〔神仗兒〕、〔四門子〕、〔文如錦〕、〔啄木兒煞〕（以上黄鐘）

〔脱布衫〕（正宫）

〔荼蘼香〕、〔玉翼蟬煞〕（以上大石）

〔賞花時〕、〔勝葫蘆〕、〔混江龍〕（以上仙吕）

〔迎仙客〕、〔石榴花〕、〔鵲打兔〕、〔喬捉蛇〕（以上中吕）

〔一枝花〕、〔牧羊關〕（以上南吕）

〔攪箏琶〕、〔慶宣和〕（以上雙調）

〔鬥鵪鶉〕、〔青山口〕、〔憑欄人〕、〔雪裏梅〕（以上越調）

〔耍孩兒〕、〔牆頭花〕、〔急曲子〕、〔麻婆子〕（以上般涉調）

然則此三百三十五章，出於古曲者一百有十，殆當全數之三分之一。雖其詞字句之數，或與古詞不同，當由時代遷移之故；其淵源所自，要不可誣也。此外曲名，尚有雖不見於古詞曲，而可確知其非創造者如下：

〔六國朝〕（大石）曾敏行《獨醒雜誌》（卷五）："先君嘗言宣和末客京師，街巷鄙人，多歌蕃曲，名曰〔異國朝〕、〔四國朝〕、〔六國朝〕、〔蠻牌序〕、〔蓬蓬花〕等。其言至俚，一時士大夫亦皆歌之。"則汴宋末已有此曲也。

〔憨郭郎〕（大石）《樂府雜録·傀儡子》條云："其引歌舞有郭郎者，發正禿，善優笑，閭里呼爲郭郎，凡戲場必在俳兒之首也。"《後山詩話》載楊大年《傀儡詩》："鮑老當筵笑郭郎"，則宋時尚有之，其曲當出宋代也。

〔叫聲〕（中吕）《事物紀原》（卷九）《吟叫》條："嘉祐末，仁宗上仙"，"四海遏密，故市井初有叫果子之戲。其本蓋自至和嘉祐之間叫〔紫蘇丸〕，洎樂工杜人經'十叫子'始也。京師凡賣一物，必有聲韻，其吟哦俱不同；故市人采其聲調，間以詞章，以爲戲樂也。今盛行於世，又謂之吟哦也。"《夢粱録》（卷二十）："今街市與宅院，往往效京師叫聲，以市井諸色歌叫賣合之聲，采合宫商，成其詞也。"

〔快活三〕（中吕）《東京夢華録》（卷七）：關扑"有名者，任大頭、快活三之類。"《武林舊事》（卷二）"舞隊"有《快活三郎》、《快樂三娘》二種，蓋亦宋時語也。

〔鮑老兒〕、〔古鮑老〕（中吕）楊文公詩："鮑老當筵笑郭郎。"《武林舊事》（卷二）"舞隊"中有《大小斫刀鮑老》、《交袞鮑老》，則亦宋時語也。

〔四邊静〕(中吕)《雲麓漫鈔》(卷四):“巾之制,有圓頂、方頂、磚頂、琴頂,秦伯陽又以磚頂服去頂上之重紗,謂之四邊淨。”則此亦宋時語也。

〔喬捉蛇〕(中吕)《武林舊事》(卷二)“舞隊”中有《喬捉蛇》,金人院本名目中亦有《喬捉蛇》一本。

〔撥不斷〕(仙吕)《武林舊事》(卷六):“唱〔撥不斷〕”有張翡子、黄三二人,則亦宋時舊曲也。

〔太平令〕(仙吕)《夢粱録》(卷二十):“紹興年間,有張五牛大夫,因聽動鼓板中有〔太平令〕或賺鼓板”,“遂撰爲賺”。則亦宋時舊曲也。

此上十章,雖不見於現存宋詞中,然可證其爲宋代舊曲,或爲宋時習用之語,則其有所本,蓋無可疑。由此推之,則其他二百十餘章,其爲宋金舊曲者,當復不鮮,特無由證明之耳。

雖元劇諸曲配置之法,亦非盡由創造。《夢粱録》謂宋之纏達,引子後只有兩腔,迎互循環。今於元劇仙吕宫、正宫中曲,實有用此體例者。今舉其例:如馬致遠《陳摶高卧》劇第一折,(仙吕)第五曲名,實以〔後庭花〕、〔金盞兒〕二曲迎互循環。今舉其全折之曲名:

〔仙吕·點絳唇〕、〔混江龍〕、〔油葫蘆〕、〔天下樂〕、〔醉中天〕、〔後庭花〕〔金盞兒〕、〔後庭花〕、〔金盞兒〕、〔醉中天〕、〔金盞兒〕、〔賺煞〕。

鄭廷玉《看錢奴買冤家債主》第二折,則其例更明:

〔正宫·端正好〕、〔滚繡球〕、〔倘秀才〕、〔滚繡球〕、〔倘秀才〕、〔滚繡球〕、〔倘秀才〕、〔滚繡球〕、〔倘秀才〕、〔塞鴻秋〕、〔隨煞〕。

此中〔端正好〕一曲,當宋纏達中之引子,而以〔滚繡球〕、〔倘秀才〕二曲循環迎互,至於四次,〔隨煞〕則當纏達之尾聲,唯其上多〔塞鴻秋〕一曲。《陳摶高卧》劇之第四折亦然。其全折之曲名如下:

〔正宫·端正好〕、〔滚繡球〕、〔倘秀才〕、〔滚繡球〕、〔倘秀才〕、〔叨叨令〕、〔倘秀才〕、〔滚繡球〕、〔倘秀才〕、〔滚繡球〕、〔倘秀才〕、〔三煞〕、〔二煞〕、〔煞尾〕。

元刊無名氏《張千替殺妻》雜劇第二折亦同:

〔端正好〕、〔滚繡球〕、〔倘秀才〕、〔滚繡球〕、〔倘秀才〕、〔滚繡球〕、〔倘秀才〕、〔滚繡球〕、〔叨叨令〕、〔尾聲〕。

此亦皆以〔滚繡球〕、〔倘秀才〕二曲相循環,中唯雜以〔叨叨令〕一曲。他劇正宫曲中之相循環者,亦皆用此二曲,故《中原音韻》於此二曲下皆注“子母調”。此種自宋代纏達出,毫無可疑。可知元劇之構造,實多取諸舊有之形式也。

且不獨元劇之形式爲然,即就其材質言之,其取諸古劇者不少。玆列表以明之。

（編者按：表略）

今元劇目録之見於《録鬼簿》、《太和正音譜》者，共五百餘種。而其與古劇名相同，或出於古劇者，共三十二種。且古劇之目，存亡恐亦相半，則其相同者，想尚不止於此也。

由元劇之形式材料兩面研究之，可知元劇雖有特色，而非盡出於創造；由是其創作之時代，亦可得而略定焉。

第九章　元劇之時地（節録）

元雜劇之體，創自何人，不見於紀載。鍾嗣成《録鬼簿》所著録，以關漢卿爲首。寧獻王《太和正音譜》以馬致遠爲首。然《正音譜》之評曲也，於關漢卿則云："觀其詞語，乃可上可下之才；蓋所以取者，初爲雜劇之始，故卓以前列。"蓋《正音譜》之次第，以詞之甲乙論，而非以時代之先後。其以漢卿爲雜劇之始，固與《録鬼簿》同也。漢卿時代，頗多異説。楊鐵崖《元宫詞》云："開國遺音樂府傳，白翎飛上十三弦，大金優諫關卿在，《伊尹扶湯》進劇編。"此關卿當指漢卿而言。雖《録鬼簿》所録漢卿雜劇六十本中，無《伊尹扶湯》，而鄭光祖所作雜劇目中有之，然馬致遠《漢宫秋》雜劇中有云："不説它《伊尹扶湯》，則説那《武王伐紂》。"案《武王伐紂》乃趙文殷所作雜劇，則《伊尹扶湯》亦必爲雜劇之名。馬致遠時代，在漢卿之後，鄭光祖之前，則其所云《伊尹扶湯》劇，自當爲關氏之作，而非鄭氏之作。其不見於《録鬼簿》者，亦猶其所作《竇娥冤》、《續西廂》等，亦未爲鍾氏所著録也。楊詩云云，正指漢卿，則漢卿固逮事金源矣。《録鬼簿》云："漢卿，大都人，太醫院尹。"明蔣仲舒《堯山堂外紀》（卷六十八）則云："金末爲太醫院尹，金亡不仕。"則不知所據。據《輟耕録》（卷二十三）則漢卿至中統初尚存。案自金亡至元中統元年，凡二十六年。果使金亡不仕，則似無於元代進雜劇之理。寧視漢卿生於金代，仕元，爲太醫院尹，爲稍當也。又《鬼董》五卷末，有元泰定丙寅臨安錢孚跋，云"關解元之所傳"，後人皆以解元爲即漢卿。《堯山堂外紀》遂誤以此書爲漢卿所作。錢氏《元史・藝文志》仍之。案解元之稱，始於唐；而其見於正史也，始於《金史・選舉志》。金人亦喜稱人爲解元，如董解元是已。則漢卿得解，自當在金末。若元則唯太宗九年（金亡後三年）秋八月一行科舉，後廢而不舉者七十八年。至仁宗延祐元年八月，始復以科目取士，遂爲定制。故漢卿得解，即非在金世，亦必在蒙古太宗九年。至世祖中統之初，固已垂老矣。雜劇苟爲漢卿所創，則其創作之時，必在金天興與元中統間二三十年之中，此可略得而推測者也。

《正音譜》雖云漢卿爲雜劇之始，然漢卿同時，雜劇家業已輩出，此未必由新體流行之速，抑由元劇之創作諸家亦各有所盡力也。據《録鬼簿》所載，於楊顯之則云“與漢卿莫逆交，凡有珠玉，與公較之”；於費君祥則云“與漢卿交，有《愛女論》行於世”；於梁進之則云“與漢卿世交”。又如紅字李二、花李郎二人，皆注教坊劉耍和婿。按《輟耕録》所載院本名目，前章既定爲金人之作，而云教坊魏、武、劉三人鼎新編輯，劉疑即劉耍和。金李治《敬齋古今黈》(卷一)云：“近者伶官劉子才，蓄才人隱語數十卷。”疑亦此人，則其人自當在金末，而其婿之時代，當與漢卿不甚相遠也。他如石子章，則《元遺山詩集》(卷九)有答石子璋兼送其行七律一首；李庭《寓庵集》(卷二)亦有送石子章北上七律一首。按寓庵生於金承安三年，卒於元至元十三年，其年代與遺山略同。如雜劇家之石子章，即《遺山》、《寓庵集》中之人，則亦當與漢卿同時矣。

此外與漢卿同時者，尚有王實父。《西廂記》五劇，《録鬼簿》屬之實父。後世或謂王作，而關續之(都穆《南豪詩話》，王世貞《藝苑卮言》)；或謂關作，而王續之者(《雍熙樂府》卷十九，載無名氏《西廂十詠》)。然元人一劇，如《黄粱夢》、《驌驦裘》等，恒以數人合作，況五劇之多乎？且合作者，皆同時人，自不能以作者與續者定時代之先後也。則實父生年，固不後於漢卿。又漢卿有《閨怨佳人拜月亭》一劇，實甫亦有《才子佳人拜月亭》劇，其所譜者乃金南遷時事，事在宣宗貞祐之初，距金亡二十年。或二人均及見此事，故各有此本欲。

此外元初雜劇家，其時代確可考者，則有白仁甫樸。據元王博文《天籟集序》謂：“仁甫年甫七歲，遭壬辰之難。”又謂：“中統初，開府史公，將以所業薦之於朝。”按壬辰爲金哀宗天興元年，時仁甫年七歲，則至中統元年庚辰，年正三十五歲；故於至元一統後，尚游金陵。蓋視漢卿爲後輩矣。

由是觀之，則元劇創造之時代，可得而略定矣。至有元一代之雜劇，可分爲三期：一、蒙古時代：此自太宗取中原以後，至至元一統之初。《録鬼簿》卷上所録之作者五十七人，大都在此期中。(中如馬致遠、尚仲賢、戴善甫，均爲江浙行省務官，姚守中爲平江路吏，李文蔚爲江州路瑞昌縣尹，趙天錫爲鎮江府判，張壽卿爲浙江省掾史，皆在至元一統之後。侯正卿亦曾遊杭州，然《録鬼簿》均謂之前輩名公才人，與漢卿無别，或其游宦江浙，爲晚年之事矣。)其人皆北方人也。二、一統時代：則自至元後至至順後至元間，《録鬼溥》所謂“已亡名公才人，與余相知或不相知者”是也。其人則南方爲多，否則北人而僑寓南方者也。三、至正時代：《録鬼簿》所謂“方今才人”是也。此三期，以第一期之作者爲最盛，其著作存者亦多，元劇之傑作大抵出於此期中。至第二期，則除宫天挺、鄭光祖、喬吉三家外，殆無足觀，而其劇存者亦罕。第三期則存者更罕，僅有秦簡夫、蕭德祥、朱凱、王曄五劇，其去蒙古時代之劇遠矣。

就諸家之時代，今取其有雜劇存於今者，著之。

第一期

關漢卿　楊顯之　張國寶(一作國賓)石子章　王實父　高文秀　鄭廷玉　白樸　馬致遠　李文蔚　李直夫　吴昌齡　武漢臣　王仲文　李壽卿　尚仲賢　石君寶　紀君祥　戴善甫　李好古　孟漢卿　李行道　孫仲章　岳伯川　康進之　孔文卿　張壽卿

第二期

楊梓　宫天挺　鄭光祖　范康　金仁傑　曾瑞　喬吉

第三期

秦簡夫　蕭德祥　朱凱　王曄

此外如王子一、劉東生、谷子敬、賈仲名、楊文奎、楊景言、湯式，其名均不見《録鬼簿》。《元曲選》於谷子敬、賈仲名諸劇，皆云元人，《太和正音譜》則直以爲明人。案王劉諸人不見他書，唯賈仲名則元人有同姓名者。《元史·賈居貞傳》："居貞字仲明，真定獲鹿人，官至江西行省參知政事。卒於至元十七年，年六十三。"則尚爲元初人，似非作曲之賈仲名。且《正音譜》寧獻王所作，紀其同時之人，當無大謬。又谷賈二人之曲，雖氣骨頗高，而傷於綺麗，頗於元曲不類；則視爲明初人，當無大誤也。

更就雜劇家之里居研究之，則如下表。(編者按：表略)

第十章　元劇之結構

元劇以一宫調之曲一套爲一折。普通雜劇，大抵四折，或加楔子。案《説文》(六)："楔，櫼也。"今木工於兩木間有不固處，則斫木札入之，謂之楔子，亦謂之櫼。雜劇之楔子亦然。四折之外，意有未盡，則以楔子足之。昔人謂北曲之楔子，即南曲之引子，其實不然。元劇楔子，或在前，或在各折之間，大抵用〔仙吕·賞花時〕或〔端正好〕二曲。唯《西廂記》第二劇中之楔子，則用〔正宫·端正好〕全套，與一折等，其實亦楔子也。除楔子計之，仍爲四折。唯紀君祥之《趙氏孤兒》，則有五折，又有楔子，此爲元劇變例。又張時起之《賽花月秋千記》，今雖不存，然據《録鬼簿》所紀，則有六折。此外無聞焉。若《西廂記》之二十折，則自五劇構成，合之爲一，分之則仍爲五。此在元劇中亦非僅見之作。如吴昌齡之《西遊記》，其書至國初尚存，其著録於《也是園書目》者云四卷，見於曹寅《楝亭書目》者云六卷。明淩濛初《西廂序》云："吴昌齡《西遊記》有六本"，則每本爲一卷矣。淩氏又云："王實甫《破窑記》、《麗春園》、《販茶船》、《進梅諫》、《于公高門》，各有二本。關漢卿《破窑記》、《澆花旦》，亦有二本。"此必與《西廂記》同一體例。此外《録鬼簿》所載：如李文蔚有《謝安東山高卧》，下注云"趙公輔次本”，而於趙公輔之《晉謝安東山高卧》下，則注云“次本”；武漢臣有《虎牢關三戰吕布》，下注云“鄭德輝次本”，而於鄭德輝此劇下，則注云“次本”。蓋李武二人作前本，而趙鄭續之，以成一全體者也。餘如武漢臣之《曹伯明錯勘贓》，尚仲賢之《崔護謁漿》，趙子祥之《太祖夜斬石守信》、《風月害夫人》、趙文殷之《宦門子弟錯立身》、金仁傑之《蔡琰還朝》，皆注“次本”。雖不言所續何人，當亦續《西廂記》之類。然此不過增多劇數，而每劇之以四折爲率，則固無甚出入也。

雜劇之爲物，合動作、言語、歌唱三者而成。故元劇對此三者，各有其相當之物。其紀動作者，曰科；紀言語者，曰賓、曰白；紀所歌唱者，曰曲。元劇中所紀動作，皆以科字終。後人與白並舉，謂之科白，其實自爲二事。《輟耕録》紀金人院本，謂教坊“魏、武、劉三人，鼎新編輯，魏長於念誦，武長於筋斗，劉長於科泛。”科泛或即指動作而言也。賓白，則余所見周憲王自刊雜劇，每劇題目下，即有全賓字樣。明姜南《抱璞簡記》(《續説郛》卷十九)曰：“北曲中有全賓全白。兩人相説曰賓，一人自説曰白。”則賓白又有别矣。臧氏《元曲選序》云：“或謂元取士有填詞科，(中略)主司所定題目外，止曲名及韻耳。其賓白，則演劇時伶人自爲之，故多鄙俚蹈襲之語。”填詞取士説之妄，今不必辨。至謂賓白爲伶人自爲，其説亦頗難通。元劇之詞，大抵曲白相生；苟不兼作白，則曲亦無從作，此最易明之理也。今就其存者言之，則《元曲選》中百種，無不有白，此猶可諉爲明人之作也。然白中所用之語，如馬致遠《薦福碑》劇中之“曳剌”，鄭光祖《王粲登樓》劇中之“點湯”，一爲遼金人語，一爲宋人語，明人已無此語，必爲當時之作無疑。至《元刊雜劇三十種》，則有曲無白者誠多；然其與《元曲選》復出者，字句亦略相同，而有曲白相生之妙，恐坊間刊刻時，删去其白，如今日坊刊脚本然。蓋白則人人皆知，而曲則聽者不能盡解。此種刊本，當爲供觀劇者之便故也。且元劇中賓白，鄙俚蹈襲者固多，然其傑作如《老生兒》等，其妙處全在於白。苟去其白，則其曲全無意味。欲强分爲二人之作，安可得也。且周憲王時代，去元未遠，觀其所自刊雜劇，曲白俱全。則元劇亦當如此。愈以知臧説不足信矣。

元劇每折唱者，止限一人，若末，若旦；他色則有白無唱，若唱，則限於楔子中；至四折中之唱者，則非末若旦不可。而末若旦所扮者，不必皆爲劇中主要之人物；苟劇中主要之人物，於此折不唱，則亦退居他色，而以末若旦扮唱者，此一定之例也。然亦有出於例外者，如關漢卿之《蝴蝶夢》第三折，則旦之外，倈兒亦唱；尚仲賢之《氣英布》第四折，則正末扮探子唱，又扮英布唱；張國賓之《薛仁貴》第三折，則丑扮禾旦上唱，正末復扮伴哥唱；范子安之《竹葉舟》第三折，則首列禦寇唱，次正末唱。然《氣英布》劇探子所唱，已至尾聲，故元刊本及《雍熙樂府》所選，皆至尾聲而止，後三曲或後人所加。《蝴蝶夢》、《薛仁貴》中，倈及丑所唱者，既非本宫之曲，且刊本中皆低一格，明非曲。《竹葉舟》中，列禦寇所唱，明曰道情，至下〔端正好〕曲，乃入正劇。蓋但以供點綴之用，不足破元劇之例也。唯《西廂記》第一、第四、第五劇之第四折，皆以二人唱，今《西廂》只有明人所刊，其爲原本如此，抑由後人竄入，則不可考矣。

元劇腳色中，除末、旦主唱，爲當場正色外，則有淨有丑。而末、旦二色，支派彌繁。今舉其見於元劇者，則末有外末、沖末、二末、小末，旦有老旦、大旦、小旦、旦倈、色旦、搽旦、外旦、貼旦等。《青樓集》云："凡妓以墨點破其面爲花旦"，元劇中之色旦、搽旦，殆即是也。元劇有外旦、外末，而又有外；外則或扮男，或扮女，當爲外末、外旦之省。外末、外旦之省爲外，猶貼旦之後省爲貼也。案《宋史・職官志》："凡直館院則謂之館職，以他官兼者謂之貼職。"又《武林舊事》(卷四)"乾淳教坊樂部"，有"衙前"，有"和顧"，而和顧人中，如朱和、蔣寧、王原全下，皆注云"次貼衙前"，意當與貼職之貼同，即謂非衙前而充衙前(衙前謂臨安府樂人)也。然則曰沖、曰外、曰貼，均係一義，謂於正色之外，又加某色，以充之也。此外見於元劇者，以年齡言，則有若孛老、卜兒、倈兒，以地位職業言，則有若孤、細酸、伴哥、禾旦、曳剌、邦老，皆有某色以扮之，而其身則非腳色之名，與宋金之腳色無異也。

元劇中歌者與演者之爲一人，固不待言。毛西訶《詞話》，獨創異説，以爲演者不唱，唱者不演。然《元曲選》各劇，明云末唱、旦唱，《元刊雜劇》亦云"正末開"，或"正末放"，則爲旦、末自唱可知。且毛氏"連廂"之説，元明人著述中從未見之，疑其言猶蹈明人杜撰之習。即有此事，亦不過演劇中之一派，而不足以概元劇也。

演劇時所用之物，謂之砌末。焦理堂《易餘籥録》(卷十七)曰："《輟耕録》有諸雜砌之目，不知所謂。按元曲《殺狗勸夫》，祇從取砌末上，謂所埋之死狗也。《貨郎旦》外旦取砌末付淨科，謂金銀財寶也。《梧桐雨》正末引宮娥挑燈拿砌末上，謂七夕乞巧筵所設物也。《陳摶高卧》外扮使臣引卒子捧砌末上，謂詔書纁帛也。《冤家債主》和尚交砌末科，謂銀也。《誤入桃源》正末扮劉晨，外扮阮肇帶砌末上，謂行李包裹或采藥器具也。又淨扮劉德引沙三、王留等將砌末上，謂春社中羊酒紙錢之屬也。"余謂焦氏之解砌末是也。然以之與雜砌相牽合，則頗不然。雜砌之解，已見上文，似與砌末無涉。砌末之語，雖始見元劇，必爲古語。案宋無名氏《續墨客揮犀》(卷七)云："問今州郡有公宴，將作曲，伶人呼細末將來，此是何義？對曰：凡御宴進樂，先以弦聲發之，然後衆樂和之，故號絲抹將來。今所在起曲，遂先之以竹聲，不唯訛其名，亦失其實矣。"又張表臣《珊瑚鉤詩話》(卷二)亦云："始作樂必曰絲末將來，亦唐以來如是。"余疑砌末或爲細末之訛。蓋絲抹一語，既訛爲細末，其義已亡，而其語獨存，遂誤視爲將某物來之意，因以指演劇時所用之物耳。

第十一章　元劇之文章(節録)

元雜劇之爲一代之絶作,元人未之知也。明之文人始激賞之,至有以關漢卿比司馬子長者(韓文靖邦奇)。三百年來,學者文人,大抵屏元劇不觀。其見元劇者,無不加以傾倒。如焦里堂《易餘籥録》之説,可謂具眼矣。焦氏謂一代有一代之所勝,欲自楚騷以下,撰爲一集,漢則專取其賦,魏晉六朝至隋,則專録其五言詩,唐則專録其律詩,宋專録其詞,元專録其曲。余謂律詩與詞,固莫盛於唐宋,然此二者果爲二代文學中最佳之作否,尚屬疑問。若元之文學,則固未有尚於其曲者也。元曲之佳處何在?一言以蔽之,曰:自然而已矣。古今之大文學,無不以自然勝,而莫著於元曲。蓋元劇之作者,其人均非有名位學問也;其作劇也,非有藏之名山,傳之其人之意也。彼以意興之所至爲之,以自娱娱人。關目之拙劣,所不問也;思想之卑陋,所不諱也;人物之矛盾,所不顧也。彼但摹寫其胸中之感想,與時代之情狀,而真摯之理與秀傑之氣,時流露於其間。故謂元曲爲中國最自然之文學,無不可也。若其文字之自然,則又爲其必然之結果,抑其次也。

元代曲家,自明以來,稱關馬鄭白。然以其年代及造詣論之,寧稱關白馬鄭爲妥也。關漢卿一空倚傍,自鑄偉詞,而其言曲盡人情,字字本色,故當爲元人第一。白仁甫、馬東籬,高華雄渾,情深文明。鄭德輝清麗芊綿,自成馨逸。均不失爲第一流。其餘曲家,均在四家範圍内。唯宫大用瘦硬通神,獨樹一幟。以唐詩喻之:則漢卿似白樂天,仁甫似劉夢得,東籬似李義山,德輝似温飛卿,而大用則似韓昌黎。以宋詞喻之:則漢卿似柳耆卿,仁甫似蘇東坡,東籬似歐陽永叔,德輝似秦少游,大用似張子野。雖地位不必同,而品格則略相似也。明寧獻王曲品,躋馬致遠於第一,而抑漢卿於第十。蓋元中葉以後,曲家多祖馬、鄭,而祧漢卿,故寧王之評如是。其實非篤論也。

元劇自文章上言之,優足以當一代之文學。又以其自然故,故能寫當時政治及社會之情狀,足以供史家論世之資者不少。又曲中多用俗語,故宋金元三朝遺語,所存甚多。輯而存之,理而董之,自足爲一專書。此又言語學上之事,而非此書之所有事也。

第十二章　元院本

元人雜劇之外,尚有院本。《輟耕録》云:"國朝雜劇院本,分而爲二。"蓋雜劇爲元人所創，而院本則金源之遺，然元人猶有作之者。《録鬼簿》(卷下)云："屈英甫名彦英，編《一百二十行》及《看錢奴》院本"是也。元人院本，今無存者，故其體例如何，全不可考。唯明周憲王《吕洞賓花月神仙會》雜劇中，有院本一段。此段係憲王自撰，或剪裁金元舊院本充之，雖不可知，然其結構簡易，與北劇南戲，均截然不同。故作元院本觀可，即金人院本，亦即此而可想像矣。今全録其文如下：

末云："小生昨日街上閑行，見了四個樂工，自山東瀛州來到此處，打趁覓錢。小生邀他今日在大姐家，慶會小生生辰，若早晚還不見來。"

辦淨同捷譏、付末、末泥上，相見了，做院本《長壽仙獻香添壽》。院本上。捷云："歌聲才住。"末泥云："絲竹暫停。"淨云："俺四人佳戲向前。"付末云："道甚清才謝樂?"捷云："今日雙秀才的生日，您一人要一句添壽的詩。"捷先云："檜柏青松常四時。"付末云："仙鶴仙鹿獻靈芝。"末泥云："瑶池金母蟠桃宴。"付淨云："都活一千八百歲。"付末打云："這言語不成文章，再說。"淨云："都活二千九百歲。"付末云："也不成文章。"淨云："有了，有了，都活三萬三千三百歲，白了髭髯白了眉。"付末云："好好！到是一個壽星。"捷云："我問你一人要一件祝壽底物。"捷云："我有一幅畫兒，上面三個人兒：兩個是福禄星君，一個是南極老兒。"問付末云："我有一幅畫兒，上面四科樹兒：兩科是青松翠柏，兩科是紫竹靈芝。"問末泥云："我有一幅畫兒，上面兩般物兒：一個是送酒黄鶴，一個是銜花鹿兒。"淨趨搶云："我也有。我有一幅圖兒，上面一個靶兒，我也不識是甚物，人都道是春畫兒。"付末打云："這個甚底，將來獻壽。"淨云："我子願歡會長生。"淨趨搶云："俺一人是兩般樂器：一般是絲，一般是竹，與雙秀才添壽咱。"捷云："我有一個玉笙，有一架銀箏，就有一個小曲兒添壽，名是〔醉太平〕。"

捷唱："有一排玉笙，有一架銀箏，將來獻壽鳳鸞鳴，感天仙降庭。玉笙吹出悠然興，銀箏搊得新詞令，都來添壽樂官星，祝千年壽寧。"

末泥云："我也有一管龍笛，一張錦瑟，就有一個曲兒添壽。"

末泥唱："品龍笛鳳聲，彈錦瑟泉鳴，供筵前添壽老人星，慶千春萬齡。瑟呵！冰蠶吐出絲明淨，笛呵！紫筠調得聲相應。我將這龍笛錦瑟賀升平，飲香醪玉瓶！"

付末云："我也有一面琵琶，一管紫簫，就有個曲兒添壽。"

付末唱："撥琵琶韻美，吹簫管聲齊，琵琶簫管慶樽席，向筵前奏只。琵琶彈出長生意，紫簫吹得天仙會，都來添壽笑嘻嘻，老人星賀喜!"

淨趨槍云："小子兒也有一條弦兒一個孔兒的絲竹，就有一個曲兒添壽。"

淨唱："彈棉花的木弓，吹柴草的火筒，這兩般絲竹不相同，是俺付淨色的受用。這木弓彈了棉花呵！一夜温暖衣衾重。這火筒吹著柴草呵！一生飽食憑他用。這兩般，不受饑，不受冷，過三冬，比你樂器的有功。”

付末打云：“付淨的巧語能言。”淨云：“説遍這絲竹管弦。”付末云：“藍采和手執檀板。”淨云：“漢鍾離書捧真筌。”付末云：“鐵拐李忙吹玉管。”淨云：“白玉蟾舞袖翩翩。”付末云：“韓湘子生花藏葉。”淨云：“張果老擊鼓喧闐。”付末云：“曹國舅高歌大曲。”淨云：“徐神翁慢撫琴弦。”付末云：“東方朔學踏焰爨。”淨云：“吕洞賓掌記詞篇。”付末云：“總都是神仙作戲。”淨云：“慶千秋福壽雙全。”付末云：“問你付淨的辦個甚色？”淨云：“哎哎！哎哎！我辦個富樂院裹樂探官員。”付末收住：“世財紅粉高樓酒，都是人間喜樂時。”

末云：“深謝四位伶官，逢場作戲，果然是錦心繡口，弄月嘲風。”

此中腳色，末泥、付末、付淨（即副末、副淨）三色，與《輟耕録》所載院本中腳色同，唯有捷譏而無引戲。案上文説唱，皆捷譏在前，則捷譏或即引戲。捷譏之名，亦起於宋。《武林舊事》（卷六）“諸色伎藝人”中，商謎有捷機和尚是也。此四色中，以付淨、付末二色爲重，且以付淨色爲尤重，較然可見。此猶唐宋遺風。其中付末打付淨者三次，亦古代鶻打參軍之遺；而末一段，付淨、付末各道一句，又歐陽公《與梅聖俞書》所謂如“雜劇人上名下韻不來，須副末接續”者也。此一段之爲古曲，當無可疑。即非古曲，亦必全仿古劇爲之者。以其足窺金元之院本，故兹著之。

院本之體例，有白有唱，與雜劇無異。唯唱者不限一人，如上例中捷譏、末泥、付末、付淨，各唱〔醉太平〕一曲是也。明徐充《暖姝由筆》（《續説郛》卷十九）曰：“有白有唱者名雜劇，用弦索者名套數，扮演戲跳而不唱者名院本。”雜劇與套數之别，既見上章，絶非如徐氏之説。至謂院本演而不唱，則不獨金人院本以曲名者甚多，即上例之中，亦有歌曲。而《水滸傳》載白秀英之演院本，亦有白有唱，可知其説之無根矣。且院本一段之中，各色皆唱，又與南曲戲文相近，但一行於北，一行於南。其實院本與南戲之間，其關係較二者之與元雜劇更近。以二者一出於金院本，一出於宋戲文，其根本要有相似之處；而元雜劇則出於一時之創造故也。

第十三章　南戲之淵源及時代

元劇進步之二大端，既於第八章述之矣。然元劇大都限於四折，且每折限一宫調，又限一人唱，其律至嚴，不容逾越。故莊嚴雄肆，是其所長；而於曲折詳盡，猶其所短也。至除此限制，而一劇無一定之折數，一折（南戲中謂之一出）無一定之宫調；且不獨以數色合唱一折，並有以數色合唱一曲，而各色皆有白有唱者，此則南戲之一大進步，而不得不大書特書以表之者也。

南戲之淵源於宋，殆無可疑。至何時進步至此，則無可考。吾輩所知，但元季既有此種南戲耳。然其淵源所自，或反古於元雜劇。今試就其曲名分析之，則其出於古曲者，更較元北曲爲多。今南曲譜録之存者，皆屬明代之作。以吾人所見，則其最古者，唯沈璟之《南九宫譜》二十二卷耳。此書前有李維楨序，謂出於陳、白二譜；然其注新增者不少。今除其中之犯曲（即集曲）不計，則仙吕宫曲凡六十九章，羽調九章，正宫四十六章，大石調十五章，中吕宫六十五章，般涉調一章，南吕宫八十四章，黄鐘宫四十章，越調五十章，商調三十六章，雙調八十八章，附録三十九章；都五百四十三章。而其中出於古曲者如下。

出於大曲者二十四：

〔劍器令〕（仙吕引子）

〔八聲甘州〕（仙吕慢詞）

〔梁州令〕、〔齊天樂〕（以上正宫引子）

〔普天樂〕（正宫過曲）

〔催拍〕、〔長壽仙〕（以上大石調過曲）

〔大勝樂〕（疑即〔大聖樂〕）、〔薄媚〕（以上南吕引子）

〔梁州序〕、〔大勝樂〕、〔薄媚衮〕（以上南吕過曲）

〔降黄龍〕（黄鐘過曲）

〔入破〕、〔出破〕（以上越調近詞）

〔新水令〕（雙調引子）

〔六么令〕（雙調過曲）

〔薄媚曲破〕（附録過曲）

〔入破第一〕、〔破第二〕、〔衮第三〕、〔歇拍〕、〔中衮第五〕、〔煞尾〕、〔出破〕（以上黄鐘過曲，見《琵琶記》）（七曲相連，實大曲之七遍，而亡其調名者也）。

其出於唐宋詞者一百九十：

〔卜算子〕、〔番卜算〕、〔探春令〕、〔醉落魄〕、〔天下樂〕、〔鵲橋仙〕、〔唐多令〕、〔似娘兒〕、〔鷓鴣天〕（以上仙吕引子）

〔碧牡丹〕、〔望梅花〕、〔感庭秋〕、〔喜還京〕、〔桂枝香〕、〔河傳序〕、〔惜黄花〕、〔春從天上來〕（以上仙吕過曲）

〔河傳〕、〔聲聲慢〕、〔杜韋娘〕、〔桂枝香〕（以上仙吕慢詞）

〔天下樂〕、〔喜還京〕（以上仙吕近詞）

〔浪淘沙〕（羽調近詞）

〔燕歸梁〕、〔七娘子〕、〔破陣子〕、〔瑞鶴仙〕、〔喜遷鶯〕、〔緱山月〕、〔新荷葉〕（以上正宫引子）

〔玉芙蓉〕、〔錦纏道〕、〔小桃紅〕、〔三字令〕、〔傾杯序〕、〔滿江紅急〕、〔醉太平〕、〔雙鸂鶒〕、〔洞仙歌〕、〔醜奴兒近〕（以上正宫過曲）

〔安公子〕（正宫慢詞）

〔東風第一枝〕、〔少年游〕、〔念奴嬌〕、〔燭影摇紅〕（以上大石引子）

〔沙塞子〕、〔沙塞子急〕、〔念奴嬌序〕、〔人月圓〕（以上大石過曲）

〔驀山溪〕、〔烏夜啼〕、〔醜奴兒〕（以上大石慢詞）

〔插花三臺〕（大石近詞）

〔粉蝶兒〕、〔行香子〕、〔菊花新〕、〔青玉案〕、〔尾犯〕、〔剔銀燈引〕、〔金菊對芙蓉〕（以上中吕引子）

〔泣顔回〕（見《太平廣記》有〔哭顔回〕曲）、〔好事近〕、〔駐馬聽〕、〔古輪臺〕、〔漁家傲〕、〔尾犯序〕、〔丹鳳吟〕、〔舞霓裳〕、〔山花子〕、〔千秋歲〕（以上中吕過曲）

〔醉春風〕、〔賀聖朝〕、〔沁園春〕、〔柳梢青〕（以上中吕慢詞）

〔迎仙客〕（中吕近詞）

〔哨遍〕（般涉調慢詞）

〔戀芳春〕、〔女冠子〕、〔臨江仙〕、〔一剪梅〕、〔虞美人〕、〔意難忘〕、〔薄倖〕、〔生查子〕、〔于飛樂〕、〔步蟾宫〕、〔滿江紅〕、〔上林春〕、〔滿園春〕（以上南吕引子）

〔賀新郎〕、〔賀新郎衮〕、〔女冠子〕、〔解連環〕、〔引駕行〕、〔竹馬兒〕、〔繡帶兒〕、〔鎖窗寒〕、〔阮郎歸〕、〔浣溪沙〕、〔五更轉〕、〔滿園春〕、〔八寶妝〕（以上南吕過曲）

〔賀新郎〕、〔木蘭花〕、〔烏夜啼〕（以上南吕慢詞）

〔絳都春〕、〔疏影〕、〔瑞雲濃〕、〔女冠子〕、〔點絳唇〕、〔傳言玉女〕、〔西地錦〕、〔玉漏遲〕（以上黄鐘引子）

〔絳都春序〕、〔畫眉序〕、〔滴滴金〕、〔雙聲子〕、〔歸朝歡〕、〔春雲怨〕、〔玉漏遲序〕、〔傳言玉女〕、〔侍香金童〕、〔天仙子〕（以上黄鐘過曲）

〔浪淘沙〕、〔霜天曉角〕、〔金蕉葉〕、〔杏花天〕、〔祝英臺近〕（以上越調引子）

〔小桃紅〕、〔雁過南樓〕、〔亭前柳〕、〔繡停針〕、〔祝英臺〕、〔憶多嬌〕、〔江神子〕（以上越調過曲）

〔鳳凰閣〕、〔高陽臺〕、〔憶秦娥〕、〔逍遥樂〕、〔繞池遊〕、〔三臺令〕、〔二郎神慢〕、〔十二時〕（以上商調引子）

〔滿園春〕、〔高陽臺〕、〔擊梧桐〕、〔二郎神〕、〔集賢賓〕、〔鶯啼序〕、〔黄鶯兒〕（以上商調過曲）

〔集賢賓〕、〔永遇樂〕、〔熙州三臺〕、〔解連環〕(以上商調慢詞)

〔驟雨打新荷〕(小石調近詞)

〔真珠簾〕、〔花心動〕、〔謁金門〕、〔惜奴嬌〕、〔寶鼎現〕、〔搗練子〕、〔風入松慢〕、〔海棠春〕、〔夜行船〕、〔駕聖朝〕、〔秋蕊香〕、〔梅花引〕(以上雙調引子)

〔畫錦堂〕、〔紅林檎〕、〔醉公子〕(以上雙調過曲)

〔柳摇金〕、〔月上海棠〕、〔柳梢青〕、〔夜行船序〕、〔惜奴嬌〕、〔品令〕、〔豆葉黄〕、〔字字雙〕、〔玉交枝〕、〔玉抱肚〕、〔川撥棹〕(以上仙吕入雙調過曲)

〔紅林檎〕、〔泛蘭舟〕(以上雙調慢詞)

〔帝臺春〕(附録引子)

〔鶴沖天〕、〔疏影〕(以上附録過曲)

出於金諸宫調者十三：

〔勝葫蘆〕、〔美中美〕(以上仙吕過曲)

〔石榴花〕、〔古輪臺〕、〔鶻打兔〕、〔麻婆子〕、〔荼蘼香傍拍〕(以上中吕過曲)

〔一枝花〕(南吕引子)

〔出隊子〕、〔神仗兒〕、〔啄木兒〕、〔刮地風〕(以上黄鐘過曲)

〔山麻秸〕(越調過曲)

出於南宋唱賺者十：

〔賺〕、〔薄媚賺〕(以上仙吕近詞)

〔賺〕、〔黄鐘賺〕(以上正宫過曲)

〔本宫賺〕(大石過曲)

〔本宫賺〕、〔梁州賺〕(以上南吕過曲)

〔賺〕(南吕近詞)

〔本宫賺〕(越調過曲)

〔入賺〕(越調近詞)

同於元雜劇曲名者十有三：

〔青哥兒〕(仙吕過曲)

〔四邊静〕(正宫過曲)

〔紅繡鞋〕、〔紅芍藥〕(以上中吕過曲)

〔紅衫兒〕(南吕過曲)

〔水仙子〕(黄鐘過曲)

〔禿厮兒〕、〔梅花酒〕(以上越調過曲)

〔綿搭絮〕(越調近詞)

〔梧葉兒〕(商調過曲)

〔五供養〕(雙調過曲)

〔沉醉東風〕、〔雁兒落〕、〔步步嬌〕(以上仙吕入雙調過曲)

〔貨郎兒〕(附録過曲)

其有古詞曲所未見、而可知其出於古者，如下：

〔紫蘇丸〕(仙吕過曲)，《事物紀原》(卷九)《吟叫》條："嘉祐末，仁宗上仙，……四海遏密，故市井初有叫果子之戲。蓋自至和嘉祐之間，叫〔紫蘇丸〕，洎樂工杜人經十叫子始也。京師凡賣一物，必有聲韻，其吟哦俱不同；故市人采其聲調，間以詞章，以爲戲樂也。"則〔紫蘇丸〕乃北宋叫聲之遺，南宋賺詞中，猶有此曲，見第四章。

〔好女兒〕、〔縷縷金〕、〔越恁好〕(均中吕過曲)，均見第四章所録南宋賺詞。

〔耍鮑老〕(中吕過曲)，又(黄鐘過曲)，〔鮑老催〕(黄鐘過曲)，見第八章〔鮑老兒〕條。

〔合生〕(中吕過曲)，見第六章。

〔杵歌〕(中吕過曲)、〔園林杵歌〕(越調過曲)，《事物紀原》(卷九)有《杵歌》一條；又《武林舊事》(卷二)舞隊中有《男女杵歌》。

〔大迓鼓〕(南吕過曲)，見第三章。

〔劉袞〕(南吕過曲)、〔山東劉袞〕(仙吕入雙調過曲)，《武林舊事》(卷四)雜劇三甲，内中祇應一甲五人，内有次淨劉袞。又(卷二)舞隊中有《劉袞》，又金院本名目中有《調劉袞》一本。

〔太平歌〕(黄鐘過曲)，南宋官本雜劇段數，《錢手帕爨》下，注小字〔太平歌〕。

〔蠻牌令〕(越調過曲)，見第八章〔六國朝〕條。

〔四國朝〕(雙調引子)，見第八章〔六國朝〕條。

〔破金歌〕(仙吕入雙調過曲)，此詞云"破金"，必南宋所作也。

〔中都俏〕(附録過曲)，案金以燕京爲中都。元世祖至元元年，又改燕京爲中都，九年改大都，則此爲金人或元初遺曲也。

以上十八章，其爲古曲或自古曲出，蓋無可疑。此外想尚不少。總而計之，則南曲五百四十三章中，出於古曲者凡二百六十章，幾當全數之半；而北曲之出於古曲者，不過能舉其三分之一，可知南曲淵源之古也。

南戲之曲名，出於古典者其多如此。至其配置之法，一出中不以一宫調之曲爲限，頗似諸宫調。其有一出首尾，只用一曲，終而復始者，又頗似北宋之傳踏。又《琵琶記》中第十六出，有大曲一段，凡七遍，雖失其曲名，且其各遍之次序與宋大曲不盡合，要必有所出。可知南戲之曲，亦綜合舊曲而成，並非出於一時之創造也。

更以南戲之材質言之，則本於古者更多。今日所存最古之南戲，僅《荆》、《劉》、《拜》、《殺》與《琵琶記》五種耳。《荆》謂《荆釵》，《劉》謂《白兔》，《拜》、《殺》則謂《拜月》、《殺狗》二記。此四本與《琵琶》均出於元明之間（見下），然其源頗古。施愚山《矩齋雜記》云："傳奇《荆釵記》，醜詆孫汝權。按汝權宋名進士，有文集，尚氣誼，王梅溪先生好友也。梅溪劾史浩八罪，汝權慫恿之，史氏切齒，故入傳奇，謬其事以汙之。温州周天錫字懋寵，嘗辨其誣。見《竹懶新著》。"施氏之説，信否不可知，要足備參考也。《白兔記》演李三娘事；然元劉唐卿已有《李三娘麻地捧印》雜劇，則亦非創作矣。《殺狗》則元蕭德祥有《王翛然斷殺狗勸夫》雜劇。《拜月》之先，已有關漢卿《閨怨佳人拜月亭》、王實甫《才子佳人拜月亭》二劇。《琵琶》則陸放翁既有"滿村聽唱蔡中郎"之句；而金人院本名目，亦有《蔡伯喈》一本。又祝允明《猥談》謂：南戲，"余見舊牒，其時有趙閎夫榜禁，頗述名目，如《趙真女蔡二郎》等，亦不甚多。"余案元岳伯川《吕洞賓度鐵拐李岳》雜劇，第二折〔煞尾〕云"你學那守三貞趙真女，羅裙包土將墳臺建"，則其事正與《琵琶記》中之趙五娘同。岳伯川元初人，則元初確有此南戲矣。且今日《琵琶記》傳本第一出末，有四語，末二語云："有貞有烈趙真女，全忠全孝蔡伯喈。"此四語實與北劇之題目正名相同。則雖今本《琵琶記》其初亦當名《趙真女》或《蔡伯喈》，而《琵琶》之名，乃由後人追改，則不徒用其事，且襲其名矣。然則今日所傳最古之南戲，其故事關目，皆有所由來，視元雜劇對古劇之關係，更爲親密也。

南戲始於何時，未有定説。明祝允明《猥談》（《續説郛》卷四十六）云："南戲出於宣和之後，南渡之際，謂之温州雜劇。予見舊牒，其時有趙閎夫榜禁，頗述名目，如《趙真女蔡二郎》等，亦不甚多"云云。其言"出於宣和之後"，不知何據。以余所考，則南戲當出於南宋之戲文，與宋雜劇無涉；唯其與温州相關係，則不可誣也。戲文二字，未見於宋人書中，然其源則出於宋季。元周德清《中原音韻》云："南宋都杭，吴興與切鄰，故其戲文如《樂昌分鏡》等，唱念呼吸，皆如約韻。"（謂沈約韻）此但渾言南宋，不著其爲何時。劉一清《錢唐遺事》則云："賈似道少時，佻㒓尤甚。自入相後，猶微服閑行，或飲於伎家。至戊辰己巳間，《王焕》戲文盛行於都下，始自太學，有黄可道者爲之。"則戲文於度宗咸淳四五年間，既已盛行，尚不言其始於何時也。葉子奇《草木子》則云："俳優戲文，始於王魁，永嘉人作之。識者曰：若見永嘉人作相，國當亡。及宋將亡，乃永嘉陳宜中作相。其後元朝南戲盛行，及當亂，北院本特盛，南戲遂絶。"案宋官本雜劇中，有《王魁三鄉題》，其翻爲戲文，不知始於何時，要在宋亡前百數十年間。至以戲文爲永嘉人所作，亦非無據。案周密《癸辛雜誌》别集上，紀温州樂清縣僧祖傑，楊髡之黨，（中略）旁觀不平，乃撰爲戲文以廣其事。又撰《琵琶記》之高則誠亦温州永嘉人。葉盛《菉竹堂書目》，有《東嘉韞玉傳奇》，則宋元戲文大都出於温州。然則葉氏永嘉始作之言，祝氏“温州雜劇”之説，其或信矣。元一統後，南戲與北雜劇並行。《青樓集》云：“龍樓景、丹墀秀，皆金門高之女，俱有姿色，專工南戲。”《録鬼簿》謂：“南北調合腔，自沈和甫始。”又云：“蕭德祥，凡古文俱隱括爲南曲，街市盛行，又有南曲戲文等。”以南曲戲文四字連稱，則南戲出於宋末之戲文，固昭昭矣。

然就現存之南戲言之，則時代稍後。後人稱《荆》、《劉》、《拜》、《殺》，爲元四大家。明無名氏亦以《荆釵記》爲柯丹邱撰，世亦傳有元刊本。（貴池劉氏有之，余未見。然聞繆藝風秘監言，中有制義數篇，則爲洪武後刊本明矣）然柯敬仲未聞以製曲稱，想舊本當題丹邱子或丹邱先生撰。丹邱子者，明寧獻王道號也。（《千頃堂書目》，有丹邱子《太和正音譜》二卷，譜中亦自稱丹邱先生。其實此書，乃寧獻王撰，故書中著録，訖於明初人也。）後人不知，見丹邱二字，即以爲敬仲耳。《白兔記》不知撰人。《殺狗記》據《静志居詩話》（卷四）則爲徐畛所作。畛字仲由，淳安人，洪武初征秀才，至藩省辭歸，則其人至明初尚存，其製作之時，在元在明已不可考矣。《拜月亭》（其刻於《六十種曲》中者，易名《幽閨記》）則明王元美、何元朗、臧晉叔等皆以爲元施君美（惠）所撰。君美杭人，卒於至順、至正間。然《録鬼簿》謂君美詩酒之暇，唯以填詞和曲爲事，有《古今砌話》編成一集，而無一語及《拜月亭》。雖《録鬼簿》但録雜劇，不録南戲，然其人苟有南戲或院本，亦必及之。如范居中、屈彦英、蕭德祥等是也。則《拜月》是否出君美手，尚屬疑問，唯就曲文觀之，定爲元人之作，當無大謬。而其撰人與時代，確乎可知者，唯《琵琶》一記耳。

作《琵琶》者，人人皆知其爲高則誠。然其名則或以爲高拭，或以爲高明；其字則或以爲則誠，或以爲則成。蔣仲舒《堯山堂外記》（卷七十六）：“高拭字則成，作《琵琶記》者。或謂方谷真據慶元時，有高明者，避地鄞之櫟社，以詞曲自娱。（中略）案高明，温州瑞安人，以《春秋》中至正乙酉第，其字則誠，非則成也。或曰二人同時同郡，字又同音，遂誤耳。”以上皆蔣氏説。王元美《藝苑卮言》亦云南曲高拭則誠，遂掩前後。朱竹垞《静志居詩話》，於高明條下，引《外紀》之説，復云：“涵虚子曲譜，有高拭而無高明，則蔣氏之言，或有所據”云云。余案元刊本張小山《北曲聯樂府》，前有海粟馮子振、燕山高拭題詞，此即涵虚子曲譜中之高拭。《琵琶》乃南曲戲文，則其作者自當爲永嘉之高明，而非燕山之高拭。况明人中如姚福《青溪暇筆》、田藝蘅《留青日劄》，皆以作《琵琶》者爲高明，當不謬也。既爲高明，則其字自當爲則誠，而非則成。至其作《琵琶記》之時代，則據《青溪暇筆》及《留青日劄》，均謂在寓居櫟社之後。其寓居櫟社，據《留青日劄》及《列朝詩集》，又在方國珍降元之後。按國珍降元者再，其初降時，尚未據慶元，其再降則在至正十六年；則此記之作，亦在至正十六年以後矣。然《留青日劄》又謂高皇帝微時，嘗奇此戲。案明太祖起兵在至正十二年閏三月，若微時已有此戲，則當成於十二年以前。又《日劄》引一説，謂："初東嘉以伯喈爲不忠不孝，夢伯喈謂之曰：'公能易我爲全忠全孝，當有以報公。'遂以全忠全孝易之，東嘉後果發解。"案則誠中進士第，在至正五年；則成書又當在五年以前。然明人小説所載，大抵無稽之説，寧從《青溪暇筆》及《留青日劄》前説，謂成書於避地櫟社之後，爲較妥也。

由是觀之，則現存南戲，其最古者，大抵作於元明之間。而《草木子》反謂"元朝南戲盛行，及當亂，北院本（此謂元人雜劇）特盛，南戲遂絶"者，果何説歟？曰：葉氏所記，或金華一地之事。然元代南戲之盛，與其至明初而衰息，此亦事實，不可誣也。沈氏《南九宫譜》所選古傳奇，如《劉盼盼》、《王焕》、《韓壽》、《朱買臣》、《古西廂》、《王魁》、《孟姜女》、《冤家債主》、《玩江樓》、《李勉》、《燕子樓》、《鄭孔目》、《牆頭馬上》、《司馬相如》、《進梅諫》、《詐妮子》、《復落倡》、《崔護》等，其名各與宋雜劇段數、金院本名目、元人雜劇相同，復與明代傳奇不類，疑皆元人所作南戲。此外命名相類者，亦尚有二十餘種，亦當爲同時之作也。而自明洪武至成弘間，則南戲反少。沈德符《萬曆野獲編》（卷二十五）原明之南曲，謂"《四節》、《連環》、《繡襦》之屬，出於成、宏間，始爲時所稱。"則元明之間，南曲一時衰熄，事或然也。觀明初曲家所作，雜劇多而傳奇絶少，或足證此事歟。

第十四章　元南戲之文章（節録）

元之南戲，以《荆》、《劉》、《拜》、《殺》並稱，得《琵琶》而五，此五本尤以《拜月》、《琵琶》爲眉目，此明以來之定論也。元南戲之佳處，亦一言以蔽之，曰自然而已矣。申言之，則亦不過一言，曰有意境而已矣。故元代南、北二戲，佳處略同；唯北劇悲壯沈雄，南戲清柔曲折，此外殆無區别。此由地方之風氣，及曲之體制使然。而元曲之能事，則固未有間也。

元人南戲，推《拜月》、《琵琶》。明代如何元朗、臧晉叔、沈德符輩，皆謂《拜月》出《琵琶》之上。然《拜月》佳處，大都蹈襲關漢卿《閨怨佳人拜月亭》雜劇，但變其體制耳。明人罕睹關劇，又尚南曲，故盛稱之。

第十五章　餘　論

一

由此書所研究者觀之，知我國戲劇，漢魏以來，與百戲合，至唐而分爲歌舞戲及滑稽戲二種。宋時滑稽戲尤盛，又漸藉歌舞以緣飾故事，於是向之歌舞戲，不以歌舞爲主，而以故事爲主。至元雜劇出而體制遂定，南戲出而變化更多。於是我國始有純粹之戲曲；然其與百戲及滑稽戲之關係，亦非全絶。此於第八章論古劇之結構時，已略及之。元代亦然。義大利人馬哥樸禄《遊記》中，記元世祖時曲宴禮節云："宴畢徹案，伎人入，優戲者，奏樂者，倒植者，弄手技者，皆呈藝於大汗之前，觀者大悦。"則元時戲劇，亦與百戲合演矣。明代亦然。吕毖《明宫史》(木集)謂："鐘鼓司過錦之戲，約有百回，每回十餘人不拘。濃淡相間，雅俗並陳，全在結局有趣。如説笑話之類，又如雜劇故事之類，各有引旗一對，鑼鼓送上。所裝扮者，備極世間騙局俗態，並閨閫拙婦騃男，及市井商匠刁賴詞訟雜要把戲等項。"則與宋之雜扮略同。至雜要把戲，則又兼及百戲，雖在今日，猶與戲劇未嘗全無關係也。

二

由前章觀之，則北劇南戲，皆至元而大成，其發達，亦至元代而止。嗣是以後，則明初雜劇，如谷子敬、賈仲名輩，矜重典麗，尚似元代中葉之作。至仁宣間，而周憲王有燉，最以雜劇知名，其所著見於《也是園書目》者，共三十種。即以平生所見者論：其所自刊者九種，刊於《雜劇十段錦》者十種，而一種復出，共得十八種。其詞雖諧穩，然元人生氣，至是頓盡；且中頗雜以南曲，且每折唱者不限一人，已失元人法度矣。此後唯王渼陂九思、康對山海，皆以北曲擅場。而二人所作《杜甫遊春》、《中山狼》二劇，均鮮動人之處。徐文長渭之《四聲猿》，雖有佳處，然不逮元人遠甚。至明季所謂雜劇，如汪伯玉道昆、陳玉陽與郊、梁伯龍辰魚、梅禹金鼎祚、王辰玉衡、卓珂月人月所作，蒐於《盛明雜劇》中者，既無定折，又多用南曲，其詞亦無足觀。南戲亦然。此戲明中葉以前，作者寥寥，至隆萬後始盛，而尤以吴江沈伯英璟、臨川湯義仍顯祖爲巨擘。沈氏之詞，以合律稱，而其文則庸俗不足道。湯氏才思，誠一時之雋，然較之元人，顯有人工與自然之别。故余謂北劇南戲限於元代，非過爲苛論也。

三

雜劇、院本、傳奇之名，自古迄今，其義頗不一。宋時所謂雜劇，其初殆專指滑稽戲言之。孔平仲《談苑》(卷五)："山谷云：作詩正如作雜劇，初時佈置，臨了須打諢。"吕本中《童蒙訓》亦云："如作雜劇，打猛諢入，卻打猛諢出。"《夢粱録》亦云："雜劇全用故事，務在滑稽。"故第二章所集之滑稽戲，宋人恒謂之雜劇，此雜劇最初之意也。至《武林舊事》所載之官本雜劇段數，則多以故事爲主，與滑稽戲截然不同；而亦謂之雜劇，蓋其初本爲滑稽戲之名，後擴而爲戲劇之總名也。元雜劇又與宋官本雜劇截然不同。至明中葉以後，則以戲曲之短者爲雜劇，其折數則自一折以至六七折皆有之，又舍北曲而用南曲，又非元人所謂雜劇矣。

院本之名義亦不一。金之院本，與宋雜劇略同。元人既創新雜劇，而又有院本，則院本殆即金之舊劇也。然至明初，則已有謂元雜劇爲院本者，如《草木子》所謂“北院本特盛，南戲遂絶”者，實謂北雜劇也。顧起元《客座贅語》謂：南都萬曆以前，“大席則用教坊打院本，乃北曲四大套者。”此亦指北雜劇言之也。然明文林《琅琊漫鈔》（《苑録彙編》卷一百九十七）所紀太監阿醜打院本事，與《萬曆野獲編》（卷六十二）所紀郭武定家優人打院本事，皆與唐宋以來之滑稽戲同，則猶用金元院本之本義也。但自明以後，大抵謂北戲或南戲爲院本。《野獲編》謂“逮本朝院本久不傳，今尚稱院本者，猶沿宋元之舊也。金章宗時，董解元《西廂》尚是院本模範”云云。其以《董西廂》爲院本固誤；然可知明以後所謂院本，實與戲曲之意無異也。

傳奇之名，實始於唐。唐裴鉶所作《傳奇》六卷，本小説家言，爲傳奇之第一義也。至宋則以諸宫調爲傳奇，《武林舊事》所載諸色伎藝人，諸宫調傳奇，有高郎婦、黄淑卿、王雙蓮、袁太道等。《夢粱録》亦云：“説唱諸宫調，昨汴京有孔三傳，編成傳奇靈怪入曲説唱。”即《碧雞漫志》所謂“澤州孔三傳，首唱諸宫調古傳，士大夫皆能誦之”者也。則宋之傳奇，即諸宫調，一謂之古傳，與戲曲亦無涉也。元人則以元雜劇爲傳奇，《録鬼簿》所著録者，均爲雜劇，而録中則謂之傳奇。又楊鐵崖《元宫詞》云：“《屍諫靈公》演傳奇，一朝傳到九重知，奉宣齎與中書省，諸路都教唱此詞。”案《屍諫靈公》，乃鮑天祐所撰雜劇，則元人均以雜劇爲傳奇也。至明人則以戲曲之長者爲傳奇（如沈璟《南九宫譜》等），以與北雜劇相别。乾隆間，黄文暘編《曲海目》，遂分戲曲爲雜劇、傳奇二種，余曩作《曲録》從之。蓋傳奇之名，至明凡四變矣。

戲文之名，出於宋元之間，其意蓋指南戲。明人亦多用此語，意亦略同。唯《野獲編》始云：“自北有《西廂》，南有《拜月》，雜劇變爲戲文。以至《琵琶》遂演爲四十餘折，幾倍雜劇。”則戲曲之長者，不問北劇南戲，皆謂之戲文。意與明以後所謂傳奇無異。而戲曲之長者，北少而南多，故亦恒指南戲。要之意義之最少變化者，唯此一語耳。

四（節録）

至我國樂曲與外國之關係，亦可略言焉。三代之頃，廟中已列夷蠻之樂。漢張騫之使西域也，得《摩訶兜勒》之曲以歸。至晉吕光平西域，得龜兹之樂，而變其聲。魏太武平河西得之，謂之西涼樂；魏周之際，遂謂之國伎。龜兹之樂，亦於後魏時入中國。至齊周二代，而胡樂更盛。《隋志》謂：“齊後主唯好胡戎樂，耽愛無已，於是繁手淫聲，爭新哀怨，故曹妙達、安未弱、安馬駒之徒，至有封王開府者（曹妙達之祖曹婆羅門，受琵琶曲於龜兹商人，蓋亦西域人也。）遂服簪纓而爲伶人之事。後主亦能自度曲，親執樂器，悦玩無厭，使胡兒閹官之輩，齊唱和之。”北周亦然。太祖輔魏之時，得高昌伎，教習以備饗宴之禮。及武帝大和六年，羅掖庭四夷樂，其後帝娉皇后於北狄，得其所獲康國、龜兹等樂，更雜以高昌之舊，並於大司樂習焉，故齊周二代，並用胡樂。至隋初而太常雅樂，並用胡聲；而龜兹之八十四調，遂由蘇祗婆鄭譯而顯。當時九部伎，除清樂、文康爲江南舊樂外，餘七部皆胡樂也。有唐仍之。其大曲、法曲，大抵胡樂，而龜兹之八十四調，其中二十八調尤爲盛行。宋教坊之十八調，亦唐二十八調之遺物。北曲之十二宫調，與南曲之十三宫調，又宋教坊十八調之遺物也。故南北曲之聲，皆來自外國。而曲亦有自外國來者，其出於大曲、法曲等，自唐以前入中國者，且勿論；即以宋以後言之，則徽宗時蕃曲復盛行於世。吴曾《能改齋漫録》（卷一）云：徽宗“政和初，有旨立賞錢五百千，若用鼓板改作北曲子，並著北服之類，並禁止支賞。其後民間不廢鼓板之戲，第改名太平鼓”云云。至紹興年間，有張五牛大夫聽動鼓板，中有〔太平令〕，因撰爲賺（見上）。則北曲中之〔太平令〕，與南曲中之〔太平歌〕，皆北曲子。又第四章所載南宋賺詞，其結構似北曲，而曲名似南曲者，亦當自蕃曲出。而南北曲之賺，又自賺詞出也。至宣和末，京師街巷鄙人，多歌蕃曲，名曰〔異國朝〕、〔四國朝〕、〔六國朝〕、〔蠻牌序〕、〔蓬蓬花〕等，其言至俚，一時士大夫皆能歌之（見上）。今南北曲中尚有〔四國朝〕、〔六國朝〕、〔蠻牌兒〕，此亦蕃曲，而於宣和時已入中原矣。至金人入主中國，而女真樂亦隨之而入。《中原音韻》謂：“女真〔風流體〕等樂章，皆以女真人音聲歌之。雖字有舛訛，不傷於音律者，不爲害也。”則北曲雙調中之〔風流體〕等，實女真曲也。此外如北曲黄鐘宫之〔者剌古〕，雙調之〔阿納忽〕、〔古都白〕、〔唐兀歹〕、〔阿忽令〕，越調之〔拙魯速〕，商調之〔浪來裏〕，皆非中原之語，亦當爲女真或蒙古之曲也。

以上就樂曲之方面論之。至於戲劇，則除《撥頭》一戲自西域入中國外，别無所聞。遼金之雜劇院本，與唐宋之雜劇，結構全同。吾輩寧謂遼金之劇皆自宋往，而宋之雜劇，不自遼金來，較可信也。至元劇之結構，誠爲創見；然創之者，實爲漢人；而亦大用古劇之材料與古曲之形式，不能謂之自外國輸入也。

胡樸安

胡樸安（1878—1947）原名韞玉，字樸安。室名樸學齋。安徽涇縣人。辛亥革命前抵沪參加《民立報》工作，並在國學保存會掌管藏書。加入南社，與詩人柳亞子、弘一法師等創辦“文美會”。學宗戴震、包世臣，尤長於《易》、《詩》、《説文》及訓詁學。從事漢語文字和訓詁學教學研究幾十年，先後任教於上海大學、持志大學、國民大學和羣治大學等。著有《文字學ABC》、《中國文字學史》、《中國訓詁學史》、《俗語典》、《中華全國風俗志》、《中國言語變遷的痕跡》、《讀漢文記》、《論文雜記》、《漢碑在文字學上之價值》、《中國文字之發生與變遷》、《聲韻略論》、《從文字學上考見中國古代之聲韻與語言》、《文字學之價值》等論著、論文。

本書資料據1923年《樸學齋叢刊》本《讀漢文記》、《論文雜記》。

《讀漢文記》(節録)

《漢書·藝文志》賈誼五十八篇列在儒家,賈誼賦七篇列在詩賦,漢時文章之類别亦可知矣。

《伯夷列傳》乃傳之變體,議論多,事實少。

文章體裁至西京備矣,彦昇言之最詳,"高文典册用相如,飛書羽檄用枚皋"。不僅備體,且有能獨擅其體者。彦昇謂論始於《四子講德》。彦和《文心雕龍》則云:"莊周《齊物》,以論爲名。"此彦和之失。《莊子·齊物論》,物、論,並列也。物者,物也;論者,言也。物萬不同而齊之,論萬不同而齊之,彦和誤於前,後人緣彦和之失,《齊物論》遂不可讀矣。彦昇著《文章緣起》,取《四子講德論》,識見過於彦和遠矣。

西京進上之文,名稱頗煩,曰表、曰上書、曰上疏、曰對策、曰議、曰謝恩、曰奏。若就其用區分之,大概表多陳情之語,書乃評諫之辭,書、疏同類而異名。對策上有所諮詢,下有所陳述。議同於策,多駁擊,少陳述,此其異也。謝恩即章,其用較狹。奏則評諫之總稱,漢始定之也。漢定禮儀有四品:一曰章,以謝恩;二曰奏,以按劾;三曰表,以陳情;四曰議,以執異。觀之各文,又不盡然。漢人進上之文題奏者絶少,不過標題皆後人所爲,不可據爲定論也。

《論文雜記》(節録)

友人尹石公能讀古書,不善爲通俗文,嘗從余問文章派别及用功之法。余曰:"文章大别有二:曰有韻,曰無韻。無韻之文又分爲二:曰平正通達之文,曰精微譎誑之文。用功之法:爲有韻之文,於經讀《詩》,於史讀《後漢書》、《晉書》、《南北史》,於子讀《淮南》,於總集讀《文選》,於專集讀《離騷》、徐、庾。爲平正通達之文,於經讀大小戴《禮》,於史讀《前漢書》,於子讀《管子》、《荀子》,於專集讀陸宣公、蘇東坡、陳龍川。爲精微譎誑之文,於經讀《左傳》,於史讀《史記》、《新五代史》,於子讀《莊子》,於總集讀姚選《古文辭類纂》,於專集讀韓退之、柳子厚、歐陽永叔、王半山。"余雖能爲是言,未曾下過切實工夫。是否謬誤,不敢自信也。

駢文選本,蔣氏之《四六法海》不如李氏之《駢體文鈔》,蓋蔣氏不選漢文,李氏選漢文較多也。

一曰奇偶。單句爲奇,雙句爲偶。凝重之文多出於偶,流麗之文多出於奇,此一定之例也。然文雖駢,必有奇以振其氣,文雖散,必有偶以植其骨。奇偶互用,駢體之文不板滯,散行之文不薄弱。但奇偶變化不可一端,善用奇者必偶,《左氏》是也;善用偶者必奇,《離騷》是也。

近世士子文語不分,至有抑駢揚散之論。予嘗考之,二者不可偏廢也。三代以上,刻簡漆書,傳録不便,學術授受但憑口耳之傳,于是言語分爲兩種:一爲方言,一爲文言。方言者平常日用之語,文言者傳受學問之語。自是以後,方言謂之語,文言謂之文。其見於書簡者,《堯典》、《舜典》、《禹貢》等篇,意多顯豁,屬於文者也。《盤庚》、《多士》、《多方》等篇,辭甚佶屈,屬於語者也。此專論一書,若總論之,大抵經近於文,史近於語。秦漢以降,賦、頌、箴、銘由文而出,論、辨、書、疏由語而出。至六朝,文與筆分,有韻者謂之文,無韻者謂之筆。唐韓愈氏,希蹤經史,號爲古文,然時人衹稱韓筆,不謂之文也。至宋始分爲駢體之文、散行之文,於是文語混矣。晚近以來,空疏者奉桐城爲大師,甚且以散行爲文之正宗,駢體文爲之别派,庸詎知駢體始可謂之文,散行衹可謂之筆與語乎?近三數年,學者更爲昧然。梁啓超以演説之語而亦竊能文之名,甚無謂也。夫文爲美術之一種,筆則屬於語而便於日用者也。故文貴麗藻,悠揚不盡。語貴簡括,理明而達。文以感人,語以通意。名雖不可混淆,實則不能偏廢,必明二者所由分而致力焉,則庶幾矣。

六經爲文章之祖,後之言文者莫外焉。三代以上之文,政在是,學在是,道亦在是,不可以文論。戰國時策士高談雄辨,抑揚頓挫以逞辭鋒,反覆譬喻以達意旨,文之萌芽實始於此。然篇名未立,體裁未備。文之緣起當溯源於兩漢之世,"高文册典用相如,飛書羽檄用枚皋"。欲作文,先辨體,論、説之文以理爲主,氣欲盛,筆欲鋭。書、策之文以事爲經,辭欲達,旨欲明。傳肖其人,記詳其事。詩、賦之語不可施於箴、銘,哀、誄之詞自不同乎祭、弔。辨之不精,率爾命筆,匪特文不雅馴,而體自先淆。至於典雅華麗之分,緩急疾徐之異,頓挫曲折之法,徵實應虚之殊,尤宜相題取勢,循體生情也。

天僇生

天僇生(1880—1914)名王鐘麒,字毓仁,號無生,别號天僇生。清末安徽歙縣人。歷任《神州日報》、《民呼報》、《天鐸報》主筆。主要論文有《中國歷代小説史論》、《論小説與改良社會之關係》等。

本書資料據《月月小説》。

中國歷代小説史論(節録)

仲尼因百二十國寶書而作《春秋》,其旨隱,其詞微,其大要歸於懲惡而勸善。仲尼殁而微言絶,《春秋》之旨,不襮白於天下,才士惻焉憂之,而小説出。蓋小説者,所以濟《詩》與《春秋》之窮者也。薦紳先生,視小説若洪水猛獸,屏子弟不使觀。至近世新學家,又不知前哲用心之所在,日以迻譯異邦小説爲事,其志非不善,而收效寡者,風俗時勢有不同也。吾以爲欲振興吾國小説,不可不先知吾國小説之歷史。自黄帝藏書小酉之山,是爲小説之起點。此後數千年,作者代興,其體亦屢變。晰而言之,則記事之體盛於唐。記事體者,爲史家之支流,其源出於《穆天子傳》、《漢武帝内傳》、《張皇后外傳》等書,至唐而後大盛。雜記之體興於宋。宋人所著雜記小説,予生也晚,所及見者,已不下二百餘種,其言皆錯雜無倫序,其源出於《青史子》。於古有作者,則有若《十洲記》、《拾遺記》、《洞冥記》及晉之《搜神記》,皆宋人之濫觴也。戲劇之體昌於元。詩之宫譜失而後有詞,詞不能盡作者之意,而後有曲。元人以戲曲名者,若馬致遠,若賈仲明,若王實甫,若高則誠,皆江湖不得志之士,恫心於種族之禍,既無所發抒,乃不得不托浮靡之文以自見。後世誦其言,未嘗不悲其志也。章回、彈詞之體行於明清。章回體以施耐庵之《水滸傳》爲先聲,彈詞體以楊升庵之《廿一史彈詞》爲最古。數百年來,厥體大盛,以《紅樓夢》、《天雨花》二書爲代表。其餘作者,無慮數百家,亦頗有名著云。(第一年第十一號)

劉師培

劉師培(1884—1919)字申叔,號左盦。江蘇儀徵人。出身於傳統經學之家,自幼熟讀經史。十九歲中舉人,後因目睹時艱加上科舉不第而轉向革命。1904年加入光復會及蔡元培主持的"暗殺團"等革命組織。1905年,參加"國學保存會",創辦《國粹學報》,以"發明國學,保存國粹"爲宗旨,兼倡革命排滿,其同仁被人稱爲"國粹派"。撰《攘書》、《中國民族志》等,對鼓吹反清革命、激蕩民氣起了極大的作用。東渡日本後,捲入同盟會内部紛爭,參與了章太炎、張繼等的反孫行動。經倒孫事變,在思想上愈加傾向於無政府主義。1908年,由反清而轉向清廷一方,公開投靠兩江總督端方,從此成爲其幕府之人物,如影隨行。端方遭革命黨刺殺後,山西閻錫山聘其爲都督府顧問，發刊《國故鉤沉》。後參與楊度創辦的籌安會，成爲"六君子"之一，支持袁世凱稱帝。劉師培的政治品格雖多不足道，但其國學造詣極深，涉獵相當廣泛，經學、史學、哲學、文學無所不通。在他短短三十六年的生命歷程中，對經學、小學及漢魏詩文皆有精深研究，尤擅駢文；並受西方進化論思想影響，提出研究中國古代社會的一系列新觀點；主張以字音推求字義，用古語明今言，用今言通古語，通過古文字的結構探究中國"人羣進化"的軌跡；又提倡文字改革和使用白話文。一生著作甚豐，後人輯爲《劉申叔先生遺書》，凡七十四種，有"著作等身"之譽。

本書資料據1936年寧武南氏校印《劉申叔先生遺書》本《論文雜記》、《文説》、《左盦外集》，1946年獨立出版社南京再版本《漢魏六朝專家文研究》。

《論文雜記》（節録）

印度佛書，區分三類：一曰經，二曰論，三曰律。而中國古代書籍，亦大抵分此三類：一曰文言，藻繪成文，復雜以駢語韻文，以便記誦，如《易經》六十四卦及《書》、《詩》兩經是也，是即佛書之經類。一曰語，或爲記事之文，或爲論難之文，用單行之語，而不雜以駢儷之詞，如《春秋》、《論語》及諸子之書是也，是即佛書之論類。一曰例，明法布令，語簡事賅，以便民庶之遵行，如《周禮》、《儀禮》、《禮記》是也，是即佛書之律類。後世以降，排偶之文，皆經類也；單行之文，皆論類也；會典、律例諸書，皆律類也。故經、論、律三類，可以該古今文體之全。惜後人昧其淵源，不知文章之派别耳。

英儒斯賓塞耳有言："世界愈進化，則文字愈退化。"夫所謂退化者，乃由文趨質，由深趨淺耳。及觀之中國文學，則上古之書，印刷未明，竹帛繁重，故力求簡質，崇用文言。降及東周，文字漸繁；至於六朝，文與筆分；宋代以下，文詞益淺，而儒家語録以興；元代以來，復盛興詞曲：此皆語言文字合一之漸也。故小説之體，即由是而興，而《水游傳》、《三國演義》諸書，已開俗語入文之漸。

上古之時，先有語言，後有文字。有聲音，然後有點畫；有謡諺，然後有詩歌。謡諺二體，皆爲韻語。"謡"訓"徒歌"，《説文》"䚻"字下云："徒歌也。"戴侗《六書故》引唐本《説文》："聲謡，徒歌也。"《爾雅·釋樂篇》亦同。歌者，永言之謂也。《漢書·藝文志》云："詠其聲謂之歌。""諺"訓"傳言"，《説文》云："諺，傳言也。"言者，直言之謂也。《文心雕龍》云："諺，直言也。"蓋古人作詩，循天籟之自然，有音無字，故起源亦甚古。觀《列子》所載，有堯時謡，孟子之告齊王，首引夏諺，而《韓非子·六反篇》或引古諺，或引先聖諺，足徵謡諺之作先於詩歌。"諺"字從言，彦聲。"彦"訓"美士"。《説文》云："有文人之所言也。"是諺、彦爲士之文言，非若後世之諺爲鄙言俗語也。鄙言俗語爲"諺"字引伸之義。厥後詩歌繼興，始著文字於竹帛。然當此之時，歌謡而外，復有史篇，大抵皆爲韻語。言志者爲詩，記事者爲史篇。史篇起源，始於倉聖。《周官》之制，太史之職，掌諭書名。而宣王之世，復有史籀作《史篇》，書雖失傳，然以李斯《倉頡篇》、史遊《急就篇》例之，大抵韻語偶文，便於記誦，舉民生日用之字，悉列其中，蓋《史篇》即古代之字典也。《内則》云："十歲學書記。"即《史篇》也。又孔子之論學《詩》也，亦曰"多識於鳥獸草木之名"，是詩歌亦不啻古人之文典也。蓋古代之時，教曰"聲教"，故記誦之學大行，而中國詞章之體，亦從此而生。詩篇以降，有屈、宋《楚詞》，爲詞賦家之鼻祖。然自吾觀之，《離騷》、《九章》，音涉哀思，矢耿介，慕靈修，傷中路之夷猶，怨美人之遲暮，託哀吟於芳草，驗吉占於靈茅，窈窕善懷，嬋娟太息，詩歌比興之遺也。《九歌》、《招魂》，指物類象，冠劍陸離，輿旌紛錯，以及靈旗星蓋，鱗屋龍堂，土伯神君，壺蜂雁虺，辨名物之瑰奇，助文章之侈麗，史篇記載之遺也。是《楚詞》一編，隱含二體。秦漢之世，賦體漸興，《荀子》已有《蠶賦》。溯其淵源，亦爲《楚詞》之別派，憂深慮遠，《幽通》、《思玄》，出於《騷經》者也；《甘泉》、《藉田》，愉容典則，出於《東皇》、《司命》者也；《洛神》、《長門》，其音哀思，出於《湘君》、《湘夫人》者也；《感舊》、《歎逝》，悲怨悽涼，出於《山鬼》、《國殤》者也；《西征》、《北征》，叙事記遊，出於《涉江》、《遠遊》者也；《鵬鳥》、《鸚鵡》，生歎不辰，出於《懷沙》者也；《哀江南賦》，睠懷舊都，出於《哀郢》者也；推之《枯樹》出於《橘頌》，《閒居》出於《卜居》，《七發》乃《九辨》之遺，《解嘲》即《漁父》之意：淵源所自，豈可誣乎？蓋《騷》出於《詩》，故孟堅以賦爲古詩之流。然相如、子雲作賦漢廷，指陳事物，殫見洽聞，非惟風雅之遺音，抑亦《史篇》之變體。觀相如作《凡將篇》，子雲作《訓纂篇》，皆《史篇》之體，小學津梁也。足證古代文章家皆明字學。此古代文章之流别也，然知之者鮮矣。

箴、銘、碑、頌，皆文章之有韻者也，然發源則甚古。箴者，古人諫誨之詞也。《書·盤庚篇》云："無伏小人之攸箴。"《詩·庭燎序》云："因以箴之。"《左傳》載師曠之言曰："百工誦箴諫。"《文心雕龍》之言曰："夏、商二箴，餘句頗存。"案《夏箴》見於《佚周書·文傳篇》，《商箴》見《吕氏春秋·名類篇》，而《謹聽篇》亦引《周箴》。案周辛甲爲太史，官箴王缺，而《虞人》一篇，列諸《左傳》。則箴體本於三代也。銘者，古人儆勵之詞也。《説文》云："銘，名也。"銘始於黄帝，故《漢志》道家類列《黄帝銘》六篇，厥後禹銘筍虡，湯銘浴盤，武王聞丹書之言，爲銘十六，見《大戴禮》。而周代公卿大夫，莫不勒銘於器，以示子孫。見金石書中所載。故臧武仲云："夫銘，天子令德，諸侯言時計功，大夫稱伐。"而《詩傳》亦曰："作器能銘，可以爲大夫。"《考工記》亦曰："嘉量有銘。"則銘體始於五帝矣。碑者，古人記功之文也。自無懷氏刻石泰山，爲立碑記功之始。《文心雕龍》云："碑者，埤也。上古帝王，始號封禪，樹石碑岳，故名曰碑。"而《穆天子傳》亦言穆王紀跡於弇山。則碑體亦始於五帝矣。古人記功之碑與麗牲之碑不同，見江都淩先生小樓《讀書答問》。頌者，古人揄揚之詞也。《莊子》有言："黄帝張

《咸池》之樂，有焱氏爲頌。"而《史記·樂書》亦曰："黄帝有《龍衮頌》。"而帝嚳之世，咸墨爲頌，以歌《九韶》。見《文心雕龍》。《詩》有六義，其六曰頌，《周頌》、《魯頌》、《商頌》皆載《詩經》。則頌體亦始於五帝矣。推之誌銘、如比干《銅盤銘》及孔子銘吴季札墓是。誄辭之作，如魯莊誄縣賁父、哀公誄孔子是。皆起於三代之前，而皆爲有韻之文。足證上古之世，崇尚文言，故韻語之文，莫不起源於古昔。阮氏《文言説》所言，誠不誣也。

劉彦和作《文心雕龍》，叙雜文爲一類。吾觀雜文之體，約有三端：一曰答問，始於宋玉，《答楚王問》蓋縱横家之流亞也；厥後子雲有《解嘲》之篇，孟堅有《賓戲》之答，而韓昌黎《進學解》，亦此體之正宗也。一曰七發，始於枚乘，蓋《楚詞·九歌》、《九辯》之流亞也；厥後曹子建作《七啓》，張景陽作《七命》，浩瀚縱横，體仿《七發》，蓋勸百風一，與賦無殊，而盛陳服食遊觀，亦近《招魂》、《大招》之作，柳子厚《晉問篇》，亦七類也。誠文體之别出者矣。一曰連珠，始於漢魏，蓋荀子演《成相》之流亞也；首用喻言，近於詩人之比興；繼陳往事，類於史傳之贊辭；而儷語韻文，不沿奇語，亦儷體中之别成一派者也。三者而外，新體實繁，有所謂上梁文者矣，出於《詩·斯干篇》。有所謂祝壽文者矣，始於華封人之祝堯。而一二慧業文人，筆舌互用，多或累幅，少或數言，語近滑稽，言違典則，此則子雲稱爲小技，而昌黎斥爲俳優者也。古人謂"小言破道"，其此之謂乎？

西漢之時，總集、專集之名未立；隋唐以上，詩集、文集之體未分。於何徵之？觀班《志》之叙藝文也，僅序詩賦爲五種，而未及雜文；誠以古人不立文名，偶有撰著，皆出入六經、諸子之中，非六經、諸子而外，别有古文一體也。如論説之體，近人列爲文體之一者也。然其體實出於儒家。九家之中，凡能推闡義理，成一家者，皆爲論體，互相辯難者，皆爲辯體。儒家之中，如《禮記·表記》、《中庸》各篇，皆論體也；《孟子》駁許行等章，皆辯體也。即道家、雜家、法家、墨家之中，亦隱含論，辯兩體。宣口爲説，發明經語大義亦爲説。《漢志》於發明經義之文，即附於本經之下。又賈誼《過秦論》三篇，亦列於《新書》，而《漢志》雜家復有《荆軻論》五篇，皆論體之列於子者也。書説之體，亦近人列爲文體之一者也，然其體實出縱横家。如蘇子、張子、蒯通、鄒陽、主父偃之文，皆文章中之書説類也，而《漢志》咸列之縱横家中。推之奏議之體，《漢志》附列於六經。如《尚書》類列議奏四十二篇，《禮》類列議奏三十八篇，《春秋》類列議奏三十九篇、奏事二十篇，《論語》類列議奏二十篇；而河間獻王對上下三雍宫列於儒家，博士賢臣對列於雜家，此又奏議類之附列諸子中者也。敕令之體，《漢志》附列於儒家。儒家之中，列《高祖傳》十三篇，自注云："高祖及大臣述古語及詔策也。"又列《孝文傳》十一篇，自注云："文帝所稱及詔策。"此其確證。又如傳、記、箴、銘，亦文章之一體。然據班《志》觀之，則傳體近於《春秋》，故太史公、馮商所著書列入《春秋》類也。記體近於古禮，如《周官經》、《古佚禮》、大小戴《禮》，皆記體之先聲也。箴體附於儒家，儒家列楊雄三十八篇，有箴二篇，而劉向所序六十七篇内，有《列女傳頌》，頌亦文也。銘體附於道家，道家列《黄帝銘》六篇，而雜家所列孔甲盤盂二十六篇，亦銘類也。是今人之所謂文者，皆探源於六經、諸子者也。故古人不立文名，亦不立集名。若詩賦諸體，則爲古人有韻之文，源於古代之文言，故别於六藝九流之外，亦足證古人有韻之文，另爲一體，不與他體相雜矣。至於東漢，文人撰作，以篇計，不以集名。觀《後漢》各列傳可見。後世所謂《張平子集》、《蔡中郎集》者，皆後人追稱之詞也。六朝以降，集名始興，分總集、專集爲二類。然考《隋書·經籍志》，則所列集名，大抵皆兼括詩文各體，且多儷詞韻語之文。唐宋以降，詩集文集，判爲兩途。而文之刊入集中者，不論其爲有韻爲無韻也，亦不論其爲奇體爲偶體也，而文章之體，至此大淆。惟儀徵阮芸臺先生編輯《揅經室集》，言集不言文，祇曰《揅經室集》，不曰《揅經室文集》。析爲經、史、子、集四種，凡説經之文歸第一集，記事之文歸第二集，言理之文及雜文歸第三集，有韻之文、駢體之文及古今體詩歸第四集。謂非窺古人學術之流别者乎？然流俗昏迷，知此義者鮮矣。

《漢書·藝文志》叙詩賦爲五種，而賦則析爲四類：屈原以下二十家爲一類；合屈原、唐勒、宋玉、趙幽王、莊夫子、賈誼、枚乘、司馬相如、淮南王、孔藏、劉偃、吾丘壽王、蔡甲、兒寬、張子僑、劉德、劉向、王褒及淮南王羣臣，合以武帝之賦，共三百六十一篇。陸賈以下二十一家爲一類；合陸賈、枚皋、朱建、莊忽奇、嚴助、朱買臣、劉辟疆、司馬遷、嬰齊、臣説、臣吾、蘇季、蕭望之、徐明、李息、淮陽憲王、楊雄、馮商、杜參、張豐、朱宇之賦，共二百七十四篇。荀卿以下二十五家爲一類；合荀卿、廣川王越、魏内史、東晻令延年、李忠、張偃、賈充、張仁、秦充、李步昌、謝多、周長孺、錡華、眭弘、别栩陽、臣昌市、臣義、王商、徐博、吕嘉、華龍、路恭之賦，以及秦時雜賦、長沙王羣臣賦、李思《孝景皇帝頌》，共一百三十六篇。客主賦以下十二家爲一類；客主賦以下，皆無作者姓名。大抵撰纂前人舊作，匯爲一編，猶近世坊間所行之撰賦也。共二百三十三篇。而班《志》於區分之意，不注一詞。近代校讎家，亦鮮有討論及此者。自吾觀之，客主賦以下十二家，皆漢代之總集類也，此爲總集之始。餘則皆爲分集。而分集之賦，復分三類：有寫懷之賦，即所謂言深思遠，以達一己之中情者也。有騁辭之賦，即所謂縱筆所如，以才藻擅長者也。有闡理之賦。即所謂分析事物，以形容其精微者也。寫懷之賦，屈原以下二十家是也。屈原《離騷經》固爲寫懷之作，《九章》諸篇亦然。唐勒、宋玉皆屈原之徒，《九辨》、《大招》，取法《騷經》。賈誼思慕屈平，所作《弔屈平賦》及《鵩賦》，皆《離騷》之遺意也。相如《大人賦》，亦宋玉《高唐賦》之遺；而淮南所作《招隱士》，又純乎《山鬼》之意者也。枚皋、劉向之作，亦取意諷諫。餘不可考。騁辭之賦，陸賈以下二十一家是也。陸賈等之賦雖不存，然陸賈爲説客，爲縱横家之流，則其賦必爲騁詞之賦。《漢書》朱建與陸賈同傳，亦辯士之流。枚皋、嚴助、朱買臣，皆工於言語者也；《漢志》列嚴助書於縱横家，此其證也。史遷、馮商，皆作史之才，則賦筆必近於縱横。楊雄《羽獵》、《長楊》諸賦，亦多富麗之詞，亦近於騁詞者也。闡理之賦，荀卿以下二十五家是也。觀荀卿作《成相篇》，已近於賦體，而其考列往跡，闡明事理，已開後世之聯珠。《薖賦》諸篇，亦即小驗大，析理至精，察理至明，故知其賦爲闡理之賦也。餘多不可考。惟眭弘爲明經之人，所作之賦，亦必闡理之一派也。寫懷之賦，其源出於《詩經》。《詩序》言："在心爲志，發言篇詩。"是詩者，即所以寫心中之志者也。詩有風、賦、比、興四體，而《楚詞》亦具此四體，故《史記》言《楚詞》兼具《國風》、《小雅》之長也。騁詞之賦，其源出於縱横家。如縱横家所言，非徒善辯，且能備舉各物之情况以眩其才。《七發》及《羽獵》等賦，其遺意也。章氏《文史通義》，叙詩賦之源流，已言其出於縱横家矣。闡理之賦，其源出於儒、道兩家。老子《道德經》已有似賦之處矣。觀班《志》之分析詩賦，後世之賦，《三都》、《兩京》，騁辭賦也；《閒情》、《歎逝》，寫懷賦也；《幽通》、《思玄》，析理賦也。可以知詩歌之體，與賦不同，不歌而誦爲之賦，則詩歌皆可誦者矣。而騷體則同於賦體。至《文選》析賦、騷爲二，則與班《志》之義迥殊矣，惟戴東原則稱《楚詞》爲《屈原賦》，仍用班《志》之稱，作有《屈原賦注》一書。故特正之。

由漢至魏，文章遷變，計有四端：西漢之時，箴、銘、賦、頌，源出於文；論、辯、書、疏，源出於語。觀鄒、鄒陽枚、枚乘、枚皋楊、子雲馬司馬相如之流，咸工作賦，沈思翰藻，不歌而誦；旁及箴、銘、騷、七，咸屬有韻之文。若賈生作論，《過秦論》之類是。史遷報書，劉向、匡衡之獻疏，雖記事記言，昭書簡册，不欲操觚率爾，或加潤飾之功，然大抵皆單行之語，不雜駢驪之詞；或出語雄奇，如史遷、賈生之文是，出於《韓非子》者也。或行文平實，如晁錯、劉向之文是，出於《吕氏春秋》者也。咸能抑揚頓挫，以期語意之簡明。東京以降，論辯諸作，往往以單行之語，連排偶之詞，載於《後漢書》之文，莫不如是。即專家之文集，亦莫不然。而奇偶相生，致文體迥殊於西漢。東漢之儒，凡能自成一家言者，如《論衡》、《潛夫論》、《申鑒》、《中論》之類，亦能取法於諸子，不雜排偶之詞。《論衡》語意尤淺，其文在兩漢中殆别成一體者也。建安之世，七子繼興，偶有撰著，悉以排偶易單行；如《加魏公九錫文》之類，其最著者也。即非有韻之文，如書啓之類是也。亦用偶文之體，而華靡之作，遂開四六之先，而文體復殊於東漢。其遷變者一也。西漢之書，言詞簡直，故句法貴短，或以二字成一言，如《史記》各列傳中是也。而形容事物，不爽錙銖。且能用俗語方言以形容其實事。東漢之文，句法較長，即研鍊之詞，亦以四字成一語。未有用兩字即成一句者。魏代之文，則合二語成一意。或上句用四字，下句用六字；或上句用六字，下句用四字；或上句、下句皆用四字，而上聯咸與下聯成對偶，誠以非此不能盡其意也，已開四六之體。由簡趨繁，此文章進化之公例也。昭然不爽。其遷變者二也。西漢之時，雖屬韻文，如騷賦之類。而對偶之法未嚴。西漢之文，或此段與彼段互爲對偶之詞，以成排比之體；或一句之中，以上半句對下半句，皆得謂之偶文。非拘於用同一之句法也，亦非拘拘於用一定之聲律也。東漢之文，漸尚對偶。所謂字句之間互相對偶也。若魏代之體，則又以聲色相矜，以藻繪相飾，靡曼纖冶，致失本真。魏晉之文，雖多華靡，然尚有清氣。至六朝以降，則又偏重詞華矣。其遷變者三也。西漢文人，若楊、馬之流，咸能洞明字學，相如作《凡將篇》，而子雲亦作《方言》。故選詞遣字，亦能古訓是式，所用古文奇字甚多，非明六書假借之用者，不能通其詞也。非淺學所能窺。故必待後儒之訓釋也。東漢文人，既與儒林分列，文苑、儒林，范書已分二傳。故文詞古奧，遠遜西京。此由學士未必工作文，而文人亦非真識字。魏代之文，則又語意易明，無俟後儒之解釋。此由文章之中，奇字古文，用者甚少。其遷變者四也。要而論之，文雖小道，實與時代而遷變。故東京之文，殊於西京；魏代之文，復殊東漢。文章之體，在前人不能强同。若夫去古已遠，猶欲擇古人一家之文，以自矜效法，吾未見其可也。

中國三代之時，以文物爲文，如《易經·賁卦》云："剛柔交錯，天文也；文明以止，人文也。觀乎天文，以察時變；觀乎人文，以化成天下。"《明夷卦》云："内文明而外柔順。"蓋古之所謂文明者，即光融天下之謂也。以華靡爲文，孔子曰："周監於二代，郁郁乎文哉，吾從周。"而《公羊傳》復言："舍周之文，從殷之質。"蓋以文爲華靡，以質爲儉朴。故中國古代皆尚質，不尚文，以爲舍質用文，則民智日開，民心日漓，與背僞歸真之説相背，故不尚華靡也。而禮樂法制，《論語》曰："文王既殁，文不在兹乎？天之將喪斯文也，後死者不得與於斯文也。天之未喪斯文也，匡人其如予何？"注以禮樂制度稱之。又云："焕乎其有文章。"亦指帝堯之禮樂法度言也。威儀文辭，《詩·淇澳序》云："美武公之有文章也。"而《大雅·抑篇》亦武公所作，其詞曰："慎爾出話，謹爾威儀。"則文章當指威儀文詞言矣。觀《左傳》襄三十一年所載北宫文子與子太叔之論威儀，可見。又《論語》曰："夫子之文章，可得而聞。"文章者，亦即威儀之詞也。亦莫不稱爲文章。推之以典籍爲文，如《論語》言"文獻不足故也"，《孟子》言"其文則史"是也。以文字爲文，如《史記·太史公自序》言"《春秋》文成數萬"，猶言字成數萬也。又如許君字學之書，名曰《説文解字》，亦此例也。以言辭爲文。如《左傳》"言之無文，行之不遠"，又"言非文詞不爲功"是也。其以文爲文章之文者，即後世文苑、文人之文也。則始於孔子作《文言》。蓋"文"訓爲"飾"，乃英華發外，秩然有章之謂也。故道之發現於外者爲文，事之條理秩然者爲文，而言詞之有緣飾者，亦莫不稱之爲文。古人言文合一，故借爲文章之文。後世以文章之文，遂足該文字之界説，失之甚矣。唐甄《潛書·非文篇》云："古之善文者，根於心，矢於口，徵於事，博於典，書於策簡，采色焜燿。以此言道，道在襟帶；以此述功，功在耳目：故可尚也。漢乃謂之文，失之半矣；唐以下盡失之。"其説甚精，惟未窮文字之訓。夫文字之訓，既專屬於文章，則循名責實，惟韻語儷詞之作，稍與緣飾之訓相符。故漢、魏、六朝之世，悉以有韻偶行者爲文，而昭明編輯《文選》，亦以沈思翰藻者爲文。文章之界，至此而大明矣。降及唐代，以筆爲文，如昌黎言"作爲文章，其書滿家"，見《進學解》；夢得言"手持文柄，高視寰海"，見劉禹錫《祭韓退之文》是也。李習之論韓文云："後進之士，有志於古文者，莫不視以爲法。"是儼然以韓文爲古文，而不復稱之爲筆矣。以詩爲文，如杜詩"文章憎命達"，杜詩之言文章者，大抵皆指詩言，如"文章千古事"，"已似愛文章"，"文章一小技，於道未爲尊"，"文章日自負"，"文章實致身"，"文章開宅奥"，"名豈文章著"，"文章敢自誣"，大抵皆指詩言。如"文章千古事"一首，下文皆係論詩之語，此工部以詩爲文章之證也。若杜詩所言"海内文章伯"，"豈有文章驚海内"，"每語見許文章伯"，"文章有神交有道"，似亦指詩而言。若"枚乘文章老"，"文章曹植波瀾闊"，"庾信文章老更成"，"王楊盧駱當時體，輕薄爲文哂未休"，則文章當指駢文言。韓詩"李杜文章在"韓詩云："李杜文章在，光焰萬丈長。"《新唐書·杜甫傳贊》亦云："昌黎韓愈於文章重許可，詩獨推李杜，曰：'李杜文章在，光焰萬丈長。'誠可信云。"則文章指詩歌而言，明矣。又昌黎《感春詩》有云："近憐李杜無檢束，爛漫長醉多文詞。"則文詞亦指詩歌言也。是也。夫詩爲有韻之文，且多偶語，以詩爲文，似未盡非；唐宋以下，又别詩於古文之外。如人之有專集者，悉分文集與詩集爲二，即詩文匯刻一集，亦必標其名曰"某某詩文集"若干卷，此詩别於文之確證也。若以筆爲文，則與古代文字之訓相背矣。而流俗每習焉不察，豈不謬哉？

唐人以筆爲文，始於韓、柳。昌黎自述其作文也，謂"沈潛稽郁，含英咀華，作爲文章，上規姚、姒、《盤》、《誥》、《易》、《詩》、《春秋》、《左氏》，下逮《莊》、《騷》、太史、子雲、相如，以閎中肆外"。見《進學解》。而子厚亦有言，謂"每爲文章，本《書》、《詩》、《禮》、《春秋》、《易》，參之《穀梁》以厲其氣，參之《孟》、《荀》以暢其支，參之《莊》、《老》以肆其端，參之《國語》以博其趣，參之《離騷》以致其幽，參之太史以著其潔"。此韓、柳爲文之旨也。夫二子之文，氣盛言宜，韓氏《答李生書》云："氣盛則言之短長皆宜。"此韓文之要旨。希蹤子史。而韓門弟子有李翺、皇甫湜諸人，偶有所作，咸能易排偶爲單行，易平易爲奇古，李習之《答朱載書》云："六經创意造言皆不相師。"又云："天下之語文章有六説焉：其尚異者曰，文章詞句奇險而已；其好理者曰，文章叙意苟通而已；溺於時者曰，文章必當對；病於時者曰，文章不當對；愛難者曰，宜深不當易；愛易者曰，宜通不當難。"觀於此言，則當時文體之紛爭，一在平奇，一在奇偶，一在淺深。此則韓、柳之作異於當時者也。復能務去陳言，辭必己出。韓氏《答李生書》云："惟陳言之務去。"《樊宗師墓銘》云："惟古於辭必己出。"韓文與當時之文不同者以此。當時之士，以其異於韻語偶文之作也，唐代重詩賦，故以韻語偶文者爲今文。遂羣然目之爲古文。以筆爲文，至此始矣。唐代仍以韓文爲筆。而昌黎之作，尤爲學者所盛推。如夢得之稱韓文也，謂"手持文柄，高視寰海，權衡低昂，瞻我所在"；李習之稱韓文也，謂"撥去其華，得其本根，包劉越嬴，並武同殷，六經之風，絶而復新"；皇甫持正之論韓文也，謂"抉經之心，執聖之權，尚友作者，跂邪觝異，以扶孔子，存皇之極。茹古涵今，無有端倪"，又曰"姬氏以來，一人而已"；李漢論韓文曰："周情孔思，千態萬貌，卒澤於道德仁義，炳如也。"韓文爲當時所推如此。宋代之初，有柳開者，文以昌黎爲宗。張景《柳開行狀》云："爲文章以韓爲宗，當時韓之道獨行於公，遂名肩愈，字紹先。韓之道大行於今，自公始也。"案：開爲宋初人。厥後蘇舜欽、穆伯長、尹師魯諸人，善治古文，效法昌黎，與歐陽修相唱和。修《書韓文後》云："官於洛陽，而尹師魯之徒皆在，遂相與爲作古文，因出所藏《昌黎集》而補綴之，其後天下學者亦漸趨於古。"《蘇子美集序》云："天聖之間，子美獨與兄才翁及穆參軍爲雜文，時人頗共非笑之。"穆脩《柳集序》云："予少嗜韓、柳二家之文，"皆其證也。而曾、王、三蘇咸出歐陽之門，故每作一文，莫不法歐而宗韓。大抵王介甫多效法柳文，然集中所載論文之作，亦盛稱昌黎。東坡亦然，至稱爲文起八代之衰。古文之體，至此大成。即兩宋文人，亦以韓、歐爲圭臬。試推其故，約有三端：一以六朝以來，文體益卑，以聲色詞華相矜尚，欲矯其弊，不得不用韓文；一以兩宋鴻儒，喜言道學，而昌黎所言，適與相符，遂目爲文能載道，既宗其道，復法其文；韓文如《原道》、《原性》諸作，以及李習之《復性書》，皆宋儒所景仰，遂以閑聖道、闢異端之功，歸之昌黎。實則昌黎言理之文，所見甚淺，何足謂之載道哉？一以宋代以降，學者習於空疏，枵腹之徒，以韓、歐之文便於蹈虚也，遂羣相效法：有此三因，而韓、歐之文，遂爲後世古文之正宗矣。世有正名之聖人，知言之君子，其惟易古文之名爲雜著乎？

古人詩賦，俱謂之文。阮芸臺《咸秩無文解》云：“古人稱詩之入樂者曰文。”故子夏《詩大序》：“聲成文謂之音。”孟子曰：“不以文害辞。”趙注曰：“文，詩之文章也。”然詩賦之學，亦出行人之官。蓋賦列六藝之一，乃古詩之流。古代之詩，雖不别標賦體，然凡作詩者，皆謂之賦詩，見《左傳》隱三年、閔二年及文六年傳。誦詩者亦謂之賦詩。見《左傳》襄二十八年。《漢志》叙詩賦略，謂“古者諸侯卿大夫，交接鄰國，以微言相感，當揖讓之際，必稱詩以喻其志，蓋以别賢不肖而觀盛衰，故孔子言：‘不學詩，無以言。’”夫交接鄰國，揖讓諭志，咸爲行人之專司。行人之術，流爲縱横家。故《漢志》叙縱横家，引“誦詩三百，不能專對”之文，以爲大戒，誠以出使四方，必當有得于詩教。則詩賦之學，實惟縱横家所獨擅矣。試考之古籍，則周代之詩，非徒因行人而作，且多爲行人所賡誦：有知行人之勤勞，而賦詩以慰恤者；見《詩・周南・卷耳篇》序及本篇鄭箋。有獎行人之往來，而賦詩以褒美者；見《詩・小雅・四牡篇》序及本篇“四牡騑騑”句毛傳，又見《小雅・皇皇者華篇》序及本篇“駪駪征夫”句毛傳。或行人從政，而室家賦詩以勸行；見《詩・周南・殷其雷》序及本篇鄭箋。或行人于役，而僚友賦詩以寄念；見《王風・君子于役篇》序及本篇《正義》。或行人困瘁，賦詩以抒其情；見《詩・小雅・北山篇》序及篇中“或不已于行”句，又見《緜蠻篇》序及本篇鄭箋。或行人閔憂，賦詩以述其境：見《詩・王風・黍離篇》序及篇中“行邁靡靡”句毛傳，又見《小雅・小明篇》“我征徂西”句孔疏。是古詩每因行人而作矣。又以《左氏傳》證之：有行人相儀而賦詩者；見襄公二十六年傳，國景子賦《蓼蕭》，賦《轡之柔矣》；子展賦《緇衣》，又賦《將仲子兮》。有行人出聘而賦詩者；見襄公八年傳，范宣子賦《摽有梅》。有行人乞援而賦詩者，見襄十六年傳，魯穆叔賦《圻父》，又賦《鴻雁》卒章。有行人涖盟而賦詩者；見襄二十七年傳，楚薳罷賦《既醉》。有行人當宴會而賦詩者；見昭元年，穆叔賦《鵲巢》、《采蘩》，子皮賦《野有死麕》，趙孟賦《常棣》。有行人答餞送而賦詩者；見昭十六年傳，子齹等賦《野有蔓草》諸篇餞韓起是。是古詩每爲行人所誦矣。蓋採風侯邦，本行人之舊典，見《前漢書・食貨志》。故詩賦之根源，惟行人研尋最審。吴季札以行人觀樂于魯，亦其證也。所以賦詩當答者，行人無容緘默；《左氏(傳)》昭公十二年傳云：“宋華定來聘，公享之，爲賦《蓼蕭》，不知，又不答賦。叔孫昭子曰：‘必亡。’”而賦詩不當答者，行人必爲剖陳。《左氏》文四年傳云：“衛寧武子來聘，公與之宴，爲賦《湛露》及《彤弓》，不辭，又不答賦。使行人私焉，對曰：‘臣以爲肄業及之也。昔諸侯朝正于王，王宴樂之，于是乎賦《湛露》。諸侯敵王所愾，以獲其功，于是乎賜之彤弓一。今陪臣來繼舊好，君辱貺之，其敢干大禮以自取戾？’”由是言之，行人承命以修好，苟非登高能賦者，難期專對之能矣。兩漢以前，未有别集之目。《漢志》所載詩賦，首列屈原，而唐勒、宋玉次之，屈原賦二十五篇，唐勒賦四篇，宋玉賦十六篇。其學皆源于古詩，《漢志》言屈原作賦以諷，咸有惻隱古詩之義。而《史記・屈原傳》亦言《離騷》兼《國風》及《小雅》之長。雖體格與《三百篇》漸異，見《文心雕龍・詮賦篇》。然屈原數人，皆長于辭令，有行人應對之才。《史記・屈原傳》云：“嫻於辭令，出則接遇賓客，應對諸侯。屈原既死之後，楚有宋玉、唐勒、景差之徒者，皆好詞，而以賦見稱，然皆祖屈原之從容詞令。"其確證也。西漢詩賦，其見於《漢志》者，如陸賈、嚴助之流，陸賈賦三篇，嚴助賦二十五篇。並以辯論見稱，受命出使。《史記·陸賈傳》言賈有口辯，復使南越，《漢書·嚴助傳》亦言上令助與大臣辨論，復言遣助以意旨諭甌越。是詩賦雖别爲一略，不與縱横同科，而夷考作者之生平，大抵曾任行人之職。東漢以後，詩賦咸以集名；《文獻通考》引吴氏説，謂東京别集之名，本於劉歆之《略》，而輯略之名，則有本於《商頌》之《輯》。爲行人者，以詩賦與鄰境唱酬，亦莫不雍容華國。如費禕使吴，作《麥賦》，見《三國志·諸葛恪傳》注。陳傳澤贈詩薛道衡，見《隋書·道衡傳》。故昭明編輯《文選》，於行旅之詩，别立子目。如蘇武等諸人之詩是。王西莊謂奉使之臣，宜于詩教，見《西征集·少司農裘公使浙集序》。誠不誣也。又班《志》有言："不歌而誦謂之賦。"案"登高能賦"之言，本於毛公《詩傳》，在"君子九能"之内。夫九能均不外乎作文，故總名曰德音。而"登高能賦"與"使能造命"相次，其爲行人之詩賦無疑。《鄘風·定之方中》毛傳云："故建邦能命龜，田能施命，作器能銘，使能造命，升高能賦，師旅能誓，山川能説，喪記能誄，祭祀能語，君子能此九者，可謂有德音，可以爲大夫。"案此乃後世文章之祖也。建邦能命龜，所以作卜筮之繇詞也。田能施命，所以爲國家作命令也。若夫作器能銘，爲後世銘詞之祖。使能造命，爲後世國書之祖。升高能賦，爲後世詩賦之祖。師旅能誓，爲後世軍檄之祖。山川能説，爲後世地志圖説之祖。喪記能誄，祭祀能語，爲後世哀誄祭文之祖。毛公此説，必周秦以前古説。即此語觀之，足證文章各體出於墨家、縱横家兩派矣。《隋書·經籍志》集部總論亦引"登高能賦"之文，其説亦本毛傳。則後世詩集，皆縱横家之派别矣，焉得謂集部與子部無關耶？若夫荀卿、賈誼、蕭望之、劉向等，亦俱有賦，具列於《漢志》之中，此又以儒家而兼文士之才，非縱横一家之所能限矣。觀《禮記·學記篇》有言："宵雅肄三，官其始也。"推古人立法之旨，即望其能賦詩而爲行人之官耳；故以古人奉使之詩，勵其初學進修之志。《學記》鄭君注云："宵之言小也，謂《鹿鳴》、《四牡》、《皇皇者華》也。爲始學者習之，所以勸之以官。"夫《四牡》、《皇皇者華》，均古人出使詩也。而後世文章之士，賡詩作賦，亦多浮誇矜詡之詞，《漢書·藝文志》云："其後宋玉、唐勒，漢興，枚乘、司馬相如下及楊子雲，競爲侈靡弘衍之詞，没其風諭之義。是以楊子悔之曰：'詩人之賦麗以則，詞人之賦麗以淫。'"又《顔氏家訓·文章篇》云："自古之(文)人，多陷輕薄，原其所積文章之體，飈舉興會，發引性靈，使人矜伐，忽於持操，果於進取。"此則縱横家尚諼棄信之流弊也。亦見班《志》。欲考詩賦之流别者，盍溯源于縱横家哉！

上古之時，六藝之中，詩、樂並列，而詩有入樂不入樂之分。誠以音樂之道，感人至深，故移風易俗，莫善於樂。及墨子作《非樂篇》，習俗相沿，降及秦漢，《樂經》遂亡。然漢設樂府之官，而依永和聲，猶不失前王之旨。及樂府之官廢，而樂教盡淪。夫民謡里諺，皆有抑揚緩促之音；聲有抑揚，則句有長短。樂教既廢，而文人墨客，無復永言詠嘆以寄其思，乃創爲詞調，以紹樂府之遺。夫詞于四始之中，大旨近於比興；而曲終奏雅，懲一勸百，亦承古賦之遺風。然感人至深，捷於影響。則詞者，合詩教、樂教而自成一體者也。吾觀《詩》篇三百，按其音律，多與後世長短句相符。如《召南·殷其雷篇》云："殷其雷，在南山之陽。"此三五言調也。《小雅·魚麗篇》云："魚麗於罶，鱨鯊。"此二四言調也。《齊風·還篇》云："遭我乎猺之間兮，並驅從兩肩兮。"此六七言調也。《召南·江有汜篇》云："不我以，不我以。"此疊句韻也。《豳風·東山篇》曰："我來自東，零雨其濛。鸛鳴於垤，婦嘆於室。"此换韻調也。《召南·行露篇》曰："厭浥行露。"其第二章曰："誰謂雀無角。"此换頭調也。大抵煩促相宣，短長互用，於後世倚聲之法，已啓其先。足證詞曲之源，實爲古詩之别派。至於六朝，樂章盡廢，故詞曲之體，亦始於六朝。梁武帝作《江南弄》，沈約作《六憶詩》，實爲詞曲之濫觴。唐人樂府，多采五七言絶句。然唐人之詞，若《紇那曲》、《長相思》，皆五言絶句之變調也；《柳枝》、《竹枝》、《清平調引》、《小秦王》、《陽關曲》、《八拍蠻》、《浪淘沙》，皆七言絶句之變調也；《阿那曲》、《雞叫子》，則又仄韻之七言絶句也；《瑞鷓鴣》者，則七言律詩也；《欸殘紅》者，則五言古詩也；此亦詞爲詩餘之證。特古人詩調多近於詞，而後世詞調轉出於詩。蓋古代詩多入樂，與詞相同，而後世之詞，則又詩之按律者也。能按律，即能入樂。唐人詞律雖不及宋人之密，然李太白、温飛卿，其詞曲皆被管絃，故最精詞律。太白所作《清平調》，玄宗調笛倚歌，李龜年亦執板高歌，且謂生平得意之歌，無出於此。見《松窗録》。飛卿工於鼓琴吹笛，見《北夢瑣言》。所作詞曲，當時歌筵競唱。見《雲溪友議》。宰相令狐綯因宣宗愛唱《菩薩蠻》，令飛卿撰進，而宣宗君臣迭相唱和。見《北夢瑣言》。則太白、飛卿，精於詞律，彰彰明矣。蓋詞皆入樂，故古人之詞人，必先通音律，默契其深，然後按律以填詞，故所作之詞，咸可播之於歌詠。後世之人，按譜填詞，而音律之深，或茫然未解。則所謂詞者，徒以供騒人墨客寄託之用耳。而詞人外遂别有曲矣。豈知古代之詞，出於古樂之派别哉！

唐人之詞多緣題生詠：如填《臨江仙》之調者，皆詠水仙；填《女冠子》之調者，皆詠道情；填《河瀆神》之調者，皆詠祟祠；填《巫山一段雲》之調者，皆詠巫峽：以調爲題，此固唐人之遺法也。故楊用修諸人，於詞調起原，考之甚析。如《蝶鶯花》取梁元帝"翻階蛺蝶戀花情"，《滿庭芳》取吴融"滿庭芳草易黄昏"，《點絳唇》取江淹"明珠點絳唇"，《鷓鴣天》取鄭嵎"家在鷓鴣天"，《惜餘春》取太白賦語，《浣溪紗》取少陵詩意，《青玉案》取《四愁詩》語，《踏莎行》取韓翃詩語，《西江月》取衛萬詩語，《菩薩蠻》西域婦髻也，《蘇幕遮》西域婦帽也，《尉遲杯》以尉遲公飲酒必用大杯也，《蘭陵王》以其入陣之勇也。《生查子》即張博望乘槎事也，《瀟湘逢故人》柳惲句也，此皆升菴《詞品》考證之語。而都元敬、沈天羽、胡元瑞諸人，於詞調起原，尤多考證。誠以古人作詞，以調爲題，觸景抒情，必合詞名之本意。若宋人填詞，則不復緣題生詠：如"流水孤村"、"曉風殘月"等篇，皆與調名無與；而王晉卿《人月圓》詞，語非詠月；謝無佚《漁家傲》曲，詞異志和。是唐人以詞調爲題，然《菩薩蠻》詞，唐人亦無一語與詞名合者。而宋人不復以詞調爲題也。然宋人之詞，如《黄鶯兒》之詠鶯,《雙飛燕》之詠燕,《迎新春》之詠春,《月下笛》之詠笛,《暗香》、《疏影》之詠梅,《粉蝶兒》之詠蝶,如此之類,亦不可勝計,此皆宋人以調爲題者也。蓋唐人由詞而製調,故詞旨多與調名相符。宋人因調而填詞,故詞旨多與調名不合;而詞牌之外,别有詞題矣。此則宋詞之異於唐詞者也。五代之時,已有詞題,不始於宋也。

小説家流,出于稗官。班《志》所列者十餘家,今咸失傳。惟孔安國《秘記》、《至理篇》引。董仲舒《李少君家録》、《論仙篇》引。陳仲弓《異聞記》,偶見引于葛洪《抱朴子》。六朝以降,作者日增。蓋中國人民,喜言神怪,而莊言讜論,又非婦孺所能通,故假談諧鬼怪之詞,出以鄙俚,而勸懲之意,隱寓其中,亦感發人民之一助也。然古代小説家言,體近于史,爲《春秋》家之支流,與樂教固無涉也。唐代士人始著傳奇小説,用爲科舉之媒,如《幽怪録》、《傳奇》是也。宋人《雲麓漫鈔》稱其文備衆體,足覘詩筆史才。《雲麓漫鈔》曰:"唐之舉人,先藉當世顯人,以姓名達之主司,然後以所業投獻,踰數日又投,謂之温卷,如《幽怪録》、《傳奇》等是也。蓋此等文備衆體,可以見史才、詩筆、議論。至進士則多以詩爲贄,今有唐詩數百種行于世者皆是也。"予按《詩》三百篇,如《六月》、《采芑》、《大明》、《篤公劉》、《江漢》諸作,皆爲叙事之詩。而漢人樂府之詩,如《孔雀東南飛》數篇,咸雜叙閭里之事。叙事者,《春秋》家之支派也。樂府者,又樂教之支派也。是爲《春秋》家與樂教合一之始。唐杜甫之詩,亦稱詩史。此即金元曲劇之濫觴也。蓋傳奇小説之體,既興于中唐,而中唐以還,由詩生詞,由詞生曲,而曲劇之體以興。故傳奇小説者,曲劇之近源也;叙事樂府者,曲劇之遠源也。樂府之詩,或由一解至數解,即套曲之始也。樂府之句,或由三字至七字,即長短句之始也。且樂府之中,如《孔雀東南飛》諸篇,非惟叙衆人之事,亦且叙衆人之言,此又曲劇描摹口吻之權輿也。特曲劇之用,聲容相兼。聲出于《雅》,"雅"訓爲"正",乃聲音之不失其正者也。容出于《頌》,"頌"、"容"互訓,"頌"字從"公"得聲,"容"字從"谷"得聲,本屬一音之轉。又"頌"字從"頁",即象人身之形,與"夏"字同。《九夏》之樂,多屬于舞,故頌亦屬于舞,即古人所謂文舞、武舞二種也。乃用佾舞以節八音者也。見《左傳》隱五年。曲劇之興,實兼二體。元人以曲劇爲進身之媒,猶之唐人以傳奇小説爲科舉之媒也。明人襲宋元八比之體,用以取士,律以曲劇,雖有有韻無韻之分,然實曲劇之變體也。如破題、小講,猶曲劇之有引子也;提比、中比、後比,猶曲劇之有套數也;領題、出題、段落,猶曲劇之有賓白也;而描摹口角,以偪肖爲能,尤與曲劇相符。乃習之既久,遂詡爲代聖賢立言。然金元曲劇之中,其推爲正旦者,曷嘗非忠臣、孝子、貞夫、義婦耶?故曲劇者,又八比之先導也。古人既以傳奇曲劇爲進身之媒,則後世以八比爲取士之用者,曷足異乎?章世純《治平要續·爵禄篇》曰:"中産以上之家,無不教子。六歲即延師,教以對偶,取青對白,取一對二,取山對水,取仄對平,牽此扯彼,使整齊可觀,高下可誦。此何爲也?積之則爲表聯判語也,演之則時文法也。"據此以觀,足證八比之用,與曲劇同,故整齊可觀,高下可誦也。故知八比之出于曲劇，即知八比之文皆俳優之文矣。乃近數百年之間，視八比爲至尊，而視曲劇爲至卑，謂非一代之功令使之然耶？昔王維奏《鬱輪袍》以進身，頗爲正直所鄙。明代以降，士人咸憑八比以進身，是趨天下之人而盡爲王維也。噫！八比一體，當附入曲劇之後。

詩與樂分，然後詩中有樂府。樂府將淪，乃生詞曲。曲分南北，自昔然矣。然南劇之調，多本于詞，如詞調中之《搗練子》、《生查子》、《點絳唇》、《霜天曉角》、《卜算子》、《謁金門》、《憶秦娥》、《海棠春》、《秋蕊香》、《燕歸梁》、《浪淘沙》、《鷓鴣天》、《虞美人》、《步蟾宫》、《鵲橋仙》、《夜行梅花引》、《唐多令》、《一翦梅》、《破陣子》、《行香子》、《青玉案》、《天仙子》、《傳言玉女》、《風入松》、《祝英台近》、《滿路戀芳春》、《滿江紅》、《燭影摇紅》、《絳都春》、《念奴嬌》、《高陽臺》、《東風第一枝》、《真珠簾》、《齊天樂》、《二郎神》，皆南劇用爲引子者也。詞調中之《柳梢青》、《賀聖朝》、《醉東風》、《紅林檎近》、《驀山溪》、《聲聲慢》、《桂枝香》、《永遇樂》、《解連環》、《沁園春》、《賀新郎》，皆南劇用爲慢詩（詞）者也。而北劇之調，鮮本于詞，惟詞調之《青令兒》及《憶王孫》二調，北劇之中或偶用之。其故何哉？昔唐人祖孝孫有言："梁陳舊樂，用吴楚之音；周齊舊樂，涉胡戎之技。"樂分南北，分析昭然；而所謂音雜胡戎者，皆北方之樂也。自是以後，胡角之音，漸輸中國。如《黄鵠解》、《隴頭水》、《出關》、《入關》、《出塞》、《折楊柳》、《黄單于》、《赤之楊》、《望行人》十曲是也。《通志》曰："古有胡角十曲，即胡樂。"而隋煬之世，復有《涼州》、《伊州》、《甘州》、《渭州》四曲，由西域輸華，而四夷之樂，析爲九部，如西涼、龜兹、天竺、康居之樂是。播爲聲歌。夷樂之興，自此始矣。隋唐以降，北方之樂，胡漢雜淆；惟南方之地，古樂稍存。唐宋之詞，雖失古音，然源出樂府，鮮雜夷樂之音。大抵東晉以降，北方北樂之音多流入江南，與南方之樂歌相雜，故與秦漢之音不同。宋元以降，南劇起于南方；南方爲古樂僅存之地，以調之出于古樂府也，故其調亦多出于詞。北劇起于北方；北方爲胡樂盛行之地，故音雜胡樂，而其調鮮出于詞。雖然，南劇之音，雖傷輕綺，糅雜吴音，然視北劇之吐音粗厲，聲雜華夷者，豈不彼善于此乎？自夷禮輸華以後，中國士民，非唯不能保存古禮也，並不知保存古樂。笛曰羌笛，駱賓王《蕩子從軍賦》云："羌笛横吹隴路風。"馬融《長笛賦》云："此器起近代，出于羌中。"《通志》云："今横笛去觜，其加觜者，謂之義觜。"笛注云："横苗，小篪也，出漢靈帝，好胡笛。"《宋書》云："有胡篪出于胡吹，即謂出君也。"梁《胡吹歌》云："下馬吹横笛。"此歌本出北國，亦即此物。蓋羌笛、横笛、胡篪，同實異名，其原皆出于胡吹。故《通志》又云："今之篪又有胡吹，非雅樂也。"笳曰胡笳，胡笳見《晉書·劉琨傳》。《通志》云："杜摯有《笳賦》，云西戎所造。"晉先蠶注："車駕住，吹小菰，發，吹大菰。"菰即笳也。又有胡笳。《漢書》箏笛録有其曲。又云："角者，出于羌胡，以驚中國馬。篳篥者，出于胡中，其聲悲。"蓋笳、角、篳篥，其物雖異，然爲軍中所吹則一也。鼓曰羯鼓，羯鼓催花，爲唐玄宗事，見《唐代叢書》中。而琵琶、《通志》引傅玄説，謂琵琶本出胡中。又云："五絃琵琶，蓋北國所出。"箜篌、《通志》曰："豎箜篌，胡樂也。漢靈帝好之。體小而長。"錦雞鼓、虎撥思，《野獲編》云："樂器中有四絃長項圓鼙者，俗名琥珀槌，京師及塞北人呼胡博詞，又名渾不是，《元史》稱火不思，本虜中馬上所彈者。正統年間，以虎撥思賜瓦剌，蓋即此物。又有緊急鼓者，訛爲錦雞鼓，皆虜樂也。"咸爲虜樂。夷聲競作，雅樂式微，聲音感人，如響斯應，用夷變夏，此爲濫觴，則音樂改良烏可緩哉？

自唐人以律賦取士，而賦體日卑。昔《文心雕龍》之論賦也，謂六藝附庸，蔚成大國。吾觀《詩》有六義，賦之爲體，與比、興殊。興之爲體，興會所至，非即非離，詞微旨遠，假象于物，而或美或刺，皆見于興中。比之爲體，一正一喻，兩相譬況，詞決旨顯，體物寫志，而或美或刺，皆見于比中。故比、興二體，皆構造虚詞，特興隱而比顯，興婉而比直耳。毛公釋獨標興體，則以興體難知，非解不明；若比、賦二體，讀詩者皆可知之，無俟贅述也。若朱傳則兼標三體，且誤以興爲比。賦之爲體，則指事類情，不涉虚象，語皆徵實，辭必類物。故"賦"訓爲"鋪"，義取鋪張。昔邵公言公卿獻詩，師箴賦。毛傳言登高能賦，可以爲大夫。賦也者，指實事而言也。若夫春秋之時，以誦詩爲賦詩者，則誦詩者必陳其文，與鋪張之義同也。循名責實，惟記事析理之文，可錫賦名。自戰國之時，《楚騷》有作，詞咸比興，亦冒賦名，故班《志》稱《離騷》諸篇爲《屈原賦》。而賦體始淆。賦體既淆，斯包函愈廣；故六經之體，罔不相兼。賈生《鵩賦》，旨貫天人，入神致用，其言中，其事隱，擷道家之菁英，約儒家之正誼，其原出于《易經》，及孟堅、平子爲之，《幽通》、《思玄》，析理精微，精義曲隱，其道杳冥而有常，則《繫辭》之遺義也。班固《兩都》，誦德銘勳，從雍揄揚，事覈理舉，頌揚休明，遠則相如之《封禪》，相如《封禪文》亦近賦體，楊雄《劇秦》、班固《典引》皆屬此體。近師子雲之《羽獵》，其原出於《書經》；及潘岳之徒爲之，《藉田》一賦，義典言弘，亦典、誥之遺音也。屈原《離騷》，引辭表旨，譬物連類，以情爲裏，以物爲表，抑鬱沈怨，與風雅爲節，其原出于《詩經》；及宋玉、景差爲之，塗澤以摛辭，繁類以成體，振塵滓之澤，發芳香之鬯，亦葩經之嗣響也。相如《上林》，枚乘《七發》，聚事徵材，恢廓聲勢，譎而不觚，肆而不衍，其爲文也，縱而復反，放佚浮宕，而歸于大常，其原出于《春秋》；及左思之徒爲之，迅發弘富，博厚光大，亦史傳之變體也。荀卿《賦篇》，觀物也博，約義也精，簡直謹嚴，品物畢圖，樸質以謝華，輐斷以爲紀，其原出于《禮經》；及孔臧、司馬遷爲之，章約句制，切墨中繩，排奡以立體，艱深以隱詞，亦古典之遺型也。屈平《九歌》，依永和聲，近古樂章，《九歌》本楚人祀神之樂章。其原出于《樂經》；俊世之賦，雖不歌而誦，班《志》云："不歌而誦者謂之賦"，然子淵之賦《洞簫》，馬融之賦《長笛》，咸洞明樂理，故《文選》之賦，别立音樂之賦爲一門。則亦音樂之妙論也。彦和之論，夫豈誣哉？左、陸以下，漸趨整練。齊梁而降，益事妍華。自唐迄宋，以賦造士，創爲律賦，雖貽排優之譏，然指物貴工，隸事貴當，銖量寸度，言不違宗，合于指事類情之義。其旨則是，其格則非。後儒不察賦義之本原，而所作賦篇，多涉虚象，毋亦昧于文章之流别歟？

上古之時，未有詩歌，先有謡諺。然謡諺之音，多循天籟之自然。其所以能諧音律者，一由句各叶韻，二由語句之間多用疊韻、雙聲之字。凡有兩字同母，是爲雙聲；兩字同韻，謂之疊韻。上古歌謡，已有此體，昔堯時《擊壤歌》曰："日出而作，日入而息。”“日出”、“日入”，皆疊韻也。虞廷之賡歌曰“股肱”、“叢脞”，此雙聲也。舜時之歌曰：“祝融西方發其英。”“祝融”二字，亦雙聲也。又如古歌“斷竹續竹，飛土逐肉”，皆疊韻也。《詩》三百篇，大抵指物抒情之作，一字不能盡，則疊字以形容之，如雎鳩之“關關”，葛覃之“萋萋”是也；或用疊韻，則山之“崔嵬”，馬之“虺隤”是也；或用雙聲，如“蝃蝀在東”、“鴛鴦在梁”是也。雙聲疊韻，大抵皆口中狀物之辭，及用之於詩，則口舌相調，聲律有不期其然而然者。故兩漢、魏、晉之詩，多沿此例；特斯時韻學未興，未立“雙聲”、“疊韻”之名耳。自周容、沈約剏四聲切韻，有“前浮聲、後切響”之説，由是偶文韻語之中，多用雙聲疊韻。或自相爲對，或互相爲對。律詩始於蕭齊，故雙聲之體，亦始於王融。王融詩曰：“園蘅眩紅葩，湖荇燡黄花。回鶴横淮翰，遠越合雲霞。”此詩見原集中。厥後唐人多用之。如皮日休《溪上思》云：“疏魚低通灘，冷鷺立亂浪。草彩欲夷猶，雲容空淡蕩。”温庭筠詩云：“高閣過空谷，孤竿隔古岡。潭庭空淡蕩，髣髴復芬芳。”此其雙聲也。餘證甚多。蓋律體盛行，故其法益密。杜少陵之詩，尤善用雙聲疊韻：有二句皆雙聲而自相爲對者，如少陵《贈鮮于京兆》云：“奮飛超等級，容易失沈淪。”“奮飛”、“容易”，皆係雙聲。此雙聲之自相爲對者。餘證甚多。有二句皆疊韻而自相爲對者，如少陵《寄盧參謀》云：“流年疲蟋蟀，體物幸鷦鷯。”“蟋蟀”、“鷦鷯”，皆係疊韻。此疊韻之自相爲對者。餘證尚多。亦有雙聲疊韻互相爲對者。如少陵《贈河南韋尹》云：“牢落乾坤大，周流道術空。”“牢落”爲雙聲，“周流”爲疊韻，此以上句雙聲對下句之疊韻者也。又少陵《贈汝陽王詩》云：“寸腸堪繾綣，一諾豈驕矜。”“繾綣”爲疊韻，“驕矜”爲雙聲，此以上句疊韻對下句雙聲者也。餘證甚多。迨及宋初，此法漸微，惟蘇詩喜用雙聲。東坡嘗戲作切語《竹詩》，又作《和正甫一字韻詩》，又作《江行見月》四言詩，此三詩者，無一語而非雙聲，可以知蘇詩之喜用雙聲矣。然齊梁以前，未立“疊韻”、“雙聲”之目；齊梁以後，又漸失雙聲疊韻之傳，然考其篇章，往往亦多暗合。則疊韻雙聲乃自然之音律，非人力所可强爲矣。故未有文字之前，已具此體，惟前人未能一抉其秘耳。海寧周氏作《杜詩雙聲譜》，已發明此例，並旁采古今之詩以爲證佐，可謂發前人所未發矣；惟意有未盡，故復即其義而申之。王西莊諸儒亦復深信此説，見《蛾術編》。

《文説》(節録)

序(節録)

昔《文賦》作于陸機，《詩品》始于鍾嶸，論文之作，此其濫觴。彦和紹陸，始論文心；子由述韓，始言文氣。後世以降，著述日繁。所論之旨，厥有二端：一曰文體，二曰文法。《雕龍》一書，溯各體之起源，明立言之有當，體各爲篇，聚必以類，誠文學之津筏也。(卷首)

和聲篇第三

物失其平則鳴，情動於中則言；情感於物，則形於聲；聲能成文，斯謂之音。故音訓爲飲，《白虎通》云："音，飲也，言其剛柔清濁和而相飲也。"聲訓爲鳴。《白虎通》曰："聲，鳴也。"上古未有文字，先有語言，物各一名，言各一義，或循天籟，如一二、天地、父母、我彼諸字音是。或效物音，如牛羊、竹木、鵝鵲蛙諸字音是。或因形定聲，或因聲見義。故心同此理，即同此音，目爲元音，誰曰不宜？

太古之文，有音無字。謡諺二體，起源最先。謡訓"徒歌"，諺訓"傳言"。蓋言出於口，聲音以成，是爲有韻之文，咸合自然之節。則古人之文，以音爲主。故和聲依永，八音於焉克諧；六律五聲，五言於焉出納。聲音之道，與政通矣。

况三代之時，學憑記誦。師儒之學，口耳相傳；經典之文，聲韻相叶。故聲教記於《禹貢》，文言著於羲經，太學錫成均之名，四教爲樂正所掌。而六藝之文，諸子之書，莫不叶音而足語，立均而出度。見《國語》。試觀《周易》六爻，《尚書》二典，老聃傳《道德》之經，屈子作《離騷》之賦，以及箴銘垂訓，鐘鼎鏤詞，凡兹古籍，半屬韻文。况詩以調律，樂以播音，嗟嘆永歌，引宫刻羽，用之邦國，被之管弦，審音之精，此其證矣。

且古用韻文，厥有二故：一則刱字之原，音先義後；解字之用，音近義通。古人作文，比類合義，韻既相叶，義必相符。一則奇字硬語，詰屈聱牙；惟韻語偶文，便於諷誦。故外史諭書名，臣籀作《史篇》，使呫畢之儒，事半功倍。綜斯二因，遂崇偶體：或抑揚以協律，或經緯以成章，或間句而協音，阮芸臺《文韻説》曰："《詩・關雎》鳩、洲、逑押脚有韻，而女字不韻，得、服、側押脚有韻，而哉字不韻，此正子夏所謂聲成文之宫羽也。"或隔章而轉韻，《詩經》之韻不可一律齊，有四句兩韻，又轉而兩韻者，《關雎》次章之類是也；有四句而各兩韻者，《伯兮》首章之類是也；有八句而四韻者，《碩鼠》之類是也；有十二句而六韻者，《小明》首章之類是也；有三句而兩韻者，《采葛》之類是也；有三句而皆韻者，"十畝閑閑"之類是也。餘可類求。或用韻不拘句末，王懷祖曰："《三百篇》用韻，有字字相對極密，非後人所有者，如有瀰、有鷕、濟盈、雉鳴、不、求，其軌、其牡，鳳凰鳴矣、梧桐生矣，於彼高岡、於彼朝陽，奉奉、雍雍、萋萋、喈喈，無一字不相韻。"予案《詩經》有本句自叶之法，如"于嗟乎不承權輿"，乎、輿爲韻；"于嗟乎騶虞"，乎、虞爲韻；又如"于嗟麟兮"，嗟讀焉齊，與兮爲韻；"于胥樂兮"，胥讀爲西，與兮爲韻；"其樂只且"，樂讀爲羅，與且爲韻。是用韻不拘句末也。或協聲即在語端，此例爲前人所未發，如《易經》"積善之家，必有餘慶"，積與必韻；《書經》"冀州，既載壺口，治梁及岐，既修太原，至於岳陽"，冀與既、治、至三字韻。此例《詩經》尤多，《老子》、《楚詞》亦有之，不具引。或益助詞以足句，如《詩・關雎》篇用之字，《十畝之間》用兮字是也，是即《詩大序》所謂："言之不足，故嗟嘆之，嗟嘆之不足，故永歌之"也。屈、宋用兮字及些字，亦即此旨。或譜古調以成音，例如"彼候人兮"，"季女斯飢"，本古東音，見《吕覽》，而《曹風》又用之，此即譜古調以成音者也。與後世古詩篇多用"飲馬長城窟"、"青青河畔艸"爲首句同。又如《詩經》之中，多用"彼其之子"句，則此句亦當日所傳之古音也。又漢代樂府有《朱露》，即出於《魯頌》之《振露》，亦其證也。此句中之韻也。至于觸物抒情，侔色揣稱，或掇雙聲之字，或採疊韵之詞，如《關雎》之詩，"參差"、"僾遊"，即雙聲也；"窈窕"，"輾轉"，即疊韻也。餘可類推。至於唐人猶有用此例者，如杜少陵詩云："奮飛超等級，容易失沈淪。"白樂天詩云："荏苒星霜换，迴環節候遲。""奮飛"、"容易"、"荏苒"、"迴環"，皆雙聲也。杜詩云："卑枝低結子，接葉暗巢鶯。""低（卑）枝"、"接葉"即疊韻也。餘證甚多，見去歲《論文雜記》中。或用重言，如"關關"、"喈喈"、"萋萋"之類。或用疊語，如"王室如燬，雖則如燬"，以及"伐柯伐柯"之類是。此字中之音也。況音區輕重，《山海經》郭注云："藷藇，今江南單呼爲藷，音儲，語有輕重耳。"《顏氏家訓》云："其間輕重清濁，猶未可曉。"而《廣韻》有辨四聲輕清重濁法，《通志・七音略》亦謂"内轉之音，有輕中重、輕中輕、重中重、重中輕諸法，外轉亦然。"言判疾徐，韓非子曰："疾呼中宫，徐呼中商。"韋昭《國語注》曰："急呼則茅蒐成韎。"而《顏氏家訓》亦有徐言、疾言之語。聲音之學，自古有之。雖四聲未辨，字無平仄之分；如《堯典》："平章百姓，百姓昭明。"姓字爲仄音，明字爲平音。《易・坤卦》："積善之家，必有餘慶；積不善之家，必有餘殃。"慶字爲仄音，殃字爲平音。《詩・甫田》云："我田既臧，農夫之慶。"《假樂》云："保佑命之，自天申之。"《子衿》云："青青子佩，悠悠我思。"《雞鳴》云："蟲飛薨薨，甘與子同夢。"《蓼蕭》云："其德不爽，壽考不忘。"臧、申、思、薨、忘皆平音，慶、命、佩、夢、爽皆仄音。又如《老子》云："五味令人口爽，馳騁田獵令人發狂。"《太玄經》云："嘻嘻自懼，亡彼愆虞。"亦平韻仄韻互協之證。蓋古代音濁平仄之分，尚未大别，故古無四聲，蓋愈古則音愈簡。而兩語相承，音有低昂之判。是以長言短言，見于《公羊》之注；《公羊傳》："《春秋》伐人者爲客，伐者爲主。"何注云："伐人者爲客，讀伐，長言之；見伐者爲主，讀伐，短言之。"顧氏亭林曰："今之平仄，即古之長言短言。"開口合口，詳于《廣韻》之書。《廣韻》末附《辨十四聲例法》"一開口聲，二合口聲。"江慎修曰："開口即内言，即外轉；合口即外言，即内轉。"内言外言，亦見《顏氏家訓》。觀風虎雲龍，音殊高下；阮芸臺《文韻説》曰："《文言》固有韻，亦有平仄聲音，即如'濕燥龍虎'八句，何等聲音，無論'龍虎'二句，不可顛倒，若改爲'龍虎溼燥睹'，即無聲音矣，此豈聖人天成暗合，全不由於思至哉！"氣求聲應，語判洪纖。章句之間，各叶宫羽。雖曰音韻天成，暗與理合，此二句見沈約《宋書・謝靈運傳論》。然口舌相調，形氣相軋，張子《正蒙》云："聲者，形氣相軋而成。"洞合天然之律，亦由意匠之工。阮芸臺曰："自古聖賢屬文時，亦皆有意匠。"此則沈約所謂"韻與不韻，各有精粗"者矣。《答陸厥書》

秦漢以降，文體日滋。然集字爲句，駢異而同，抽句匪隻，摛詞非單，而駢字以音爲主，偶文以韻爲宗。《文心雕龍》曰："有韻者文也，無韻者筆也。"然水土氣别，則音分清濁；古今代嬗，則聲有異同。同一字而音韻互歧，同一音而形體各判。故"讀如"、"讀若"，半爲譬况之詞；"當作"、"當爲"，亦屬旁通之證。然施之于文，則言各有當。觀漭沆、龐鴻，一音相轉，而平子、長卿用之各别；平子《西京賦》云："滄池漭沆。"長卿《封禪文》云："湛恩龐鴻。"案：漭沆、龐鴻，四字音近義同，而一用漭沆，一用龐鴻者，則以聲音有高下之殊耳。崴嵬、㳅瀤，二字相通，而太冲、景純用之各殊。太冲《吴都賦》云："隱賑崴嵬。"景純《江賦》云："㴔淪㳅瀤。"案：此四字亦音近義同，而用之各殊，亦以聲音有輕重之分耳。蓋音有小大之區，語有翕張之異；若用字偶失，則音節相乖。屬文之士，不可不察也。

若夫《上林》之作，易“逍遥”爲“消摇”；《長楊》之篇，以“桔隔”代“戛擊”。“千眠”、《文賦》“阡瞑”《南都賦》，音義相同；“漫衍”、《甘泉賦》“曼延”《西京賦》，言詞靡别。則以洪荒字簡，一字兼數字之音；後代義明，數字歸一字之用。審音惟取相符，用字不妨偶異。蓋音同字異，亦可旁通；而音異字同，不容相假。則作文以音爲重，彰彰明矣。

厥後孫炎注經，始言反切；《顔氏家訓》曰：“孫叔言創《爾雅音義》，是漢末人獨知反語。”陸德明《經典釋文》曰：“孫炎始爲反語，魏朝以降漸繁。”張守節《史記正義》同。曹植論韻，暗合梵音。曹植感魚山神，製四十二契，慧皎以爲“梵響無授，始陳思王”，見李氏《音鑑》。而《聲類》編於李登，魏李登撰《聲類》十篇。《韻集》成於吕静，晉吕静因《聲類》而撰《韻集》，始有韻書之稱。以累萬之字，配五聲之音，《魏書·江式傳》曰：“静作《韻集》五卷，宫商角徵羽，各爲一篇。”唐封演《聞見記》曰：“魏李登撰《聲類》十卷，凡一萬一千五百二十字，以五聲命字。”是五聲之分，始于李、吕，在齊梁之前。尋聲推韻，自此始矣。

及齊梁之間，文士輩出，盛解音律，始制四聲，《南齊書·陸厥傳》曰：“汝南周顒，善識聲韻，沈約、謝朓、王融，文皆用宫商，以平上去入爲四聲，以此制韻，不可增減，世呼爲永明體。”《梁書·沈約傳》云：“撰《四聲譜》，以爲在昔詞人，累千載而不悟。高阻嘗問周捨曰：‘何謂四聲?’捨曰：‘天子聖哲是也。’然帝竟不遵用。”封演《聞見記》曰：“周顒好爲體語，因此切字皆有紐，紐有平上去入之異，永明中，沈約文詞精拔，善解音律，遂撰《四聲譜》。”案：沈氏之書一卷，見於《隋書·經籍志》，此後則言者愈衆矣。雖仄韻知區去入，顧亭林《音論》曰：“今考江左之文，自梁天監以前，多以去入二聲通用，以後則若有界限，絶不相通，是知四聲之論，起於永明，而定於梁陳之間也。”而平音未判陰陽。考約等只言平上去入，而未分陰平陽平，故只言四聲，而不言五聲也。然諸家之文，善識聲韻，五字之中，音韻悉異；兩句之内，角徵不同。以上見《南齊書·陸厥傳》。鄒漢勛《五韻論》曰：“五字之中，音韻悉異者，音目同紐，韻謂同類，言五字詩一句之中，非正用重言連語，不得復用同韻同音之字，犯之即爲病；兩句之内，角徵不同者，考五聲大小之次，宫爲大，商角次之，徵羽又次之。平聲本有陰陽四聲，本於五音，咸出於自然，稍知呼吸文字，即能辨之。”又云：“宫商猶言平仄，爲文皆用宫商，猶言爲文皆用平仄，兩句之内，角徵不同，猶言兩句住句之字，一平一仄耳。”又“案《文心雕龍·聲律篇》云：‘凡聲有飛沉，響有高下，雙聲隔字而每舛，疊韻雜句而必揆。’此亦‘五字之中，音韻悉異；兩句之内，角徵不同’之證，足證南朝文士，其論文章之聲病，固不減於沈隱侯也。”此論最精。又謂前有浮聲，後須切響，律吕各適物宜，低昂奚容舛節，一簡之内，音韻盡殊，偶語之中，輕重悉異。沈約《宋書·謝靈運傳論》曰：“夫五色相宣，八音協暢，由于玄黄律吕，各適物宜，欲使宫羽相變，低昂舛節，若前有浮聲，則後須切響，一簡之内，音韻盡殊，兩句之中，輕重悉異。妙達此旨，始可言文。”阮芸臺作《文韻説》，亦引此語爲證。案此語亦精，所謂“前有浮聲”者，即平韻也；所謂“後須切響”者，即仄韻也，此亦文分平仄之證。蓋叶韻貴調，必同聲相應；而摛辭貴偶，必異音相從。是猶簫管之音，首貴克諧；而琴瑟之音，不可專壹。特語末韻詞，有譜可憑；句内聲病，涉筆易犯。故往往閲之斐然，而誦之拗格。推其失致，厥有二因：一則以拗詞自矜，致聲失其節；一則以連語相貫，致音涉於同。連語者，即一語之中多用雙聲及疊韻之各字也。故宣之於口，或音涉鉤輈；若繩之以文，則體乖排偶。此則彦和所謂“作韻甚易，選和至難”者矣。見《文心雕龍·音律篇》。

隋唐之際，韻學日精：易四聲爲五音，齊梁之間，僅以平上去入爲四聲，而平聲未分陰陽，然《隋書·經籍志》云：“梁有《五音韻》一卷。”然五音之説，亦發明于六朝，特唐人始分陰陽爲二。合衆字爲一韻；如《廣韻》、《唐韻》諸書是，是爲韻書之祖。審聲有唇舌喉齒之殊，《玉篇》末附《五音聲論》云：“東方喉聲，西方舌聲，南方齒聲，北方唇聲，中央牙聲。”《廣韻》亦曰：“唇聲清，舌聲清，齒聲、牙聲、喉聲俱濁。”案《釋名》云：“天，坦也，以舌頭言之。”又“天，顯也，以舌腹言之。”又曰：“開唇言之，風，放也；合唇言之，風，汎也。”則舌聲唇聲之説，中國古籍亦有言之者矣。其説在六朝之前。合音有徵角宫商之異。《玉篇》末附《五聲論》云：“欲知商，開口張；欲知宫，舌居中；欲知角，舌縮卻；欲知徵，舌柱齒；欲知羽，撮口聚。”其説本出於《管子》。鄒漢勛謂“上爲宫，陰陽平爲商角，去入爲徵羽”。引字調音，各有清濁；孫氏《唐韻》曰：“引字調音，各自有清濁。”分類别等，咸造精微。分類者，即同紐之字也，凡同紐之字，皆爲同類；别等者，即同韻之字也，凡同韻之字，皆爲同等。故音韻有四等，一等洪大，二等次大，三四皆細，而四尤細，皆見江慎修《四聲清切韻》。然音學愈明，斯文韻愈密。故陰、何詩什，遂開近體之先；徐、庾文篇，無復單行之體。賦必叶律，送迎互换其聲；文必成章，進退遞新其格。推之沈、宋之詩，音中羣雅；温、李之文，勢若轉圜。或拗韻以協聲，據趙秋谷《聲調譜》，則古詩及拗體之詩，亦必叶自然之律。或激昂以競響。然調有緩急，音有抗墜，科律所設，不可誣也。

况唐人之詩，紹古樂府。故“朝雨渭城”，聲可裂笛；“秋風汾水”，歌以寄思。中唐以降，競尚倚聲，繁促相宜，短長互用，按律造譜，由詞製調。故聲轉於吻，則轆轤交往；辭靡於耳，亦短修互叶。觀《清平調》進於李白，樂部傳歌；《菩薩蠻》撰於飛卿，歌筵競唱。是古人辭曲，暗合樂章。及大晟設官，宫聲羽聲判其製；此北宋之事。蒙古宅夏，南曲北曲異其音。雖曼音俳曲，未克移風，而促韻繁聲，咸能入樂。此又文韻最精之證也。

然欲精文韻，厥有三端：一曰撰韻。三代以上，言各異聲，音區夏、楚，韻判《雅》、《南》。况百里之内，聲有不同；千年之中，語有遞轉。然古人用韻，多與今違；係本古音，非由叶韻。吴才老於《詩經》韻之殊於後世者，皆曰叶韻，非也。故“儀”與“阿”叶，則“儀”讀爲“莪”；《詩·菁菁者莪》篇。其旁證則《洪範》“頗”與“儀”協，《管子》“磋”與“儀”協，《太玄》“頗”與“儀”協。“下”與“滸”協，則“下”讀爲“虎”。《詩·緜篇》。其旁證則《楚詞》“舞”與“下”協，“處”與“下”協，“渚”與“下”協。“筵”音協“秩”，《賓之初延篇》。故“山”可協“歸”；《東山篇》。“今”音協“兹”，《載芟篇》。故“塵”可協“底”。《無將大車篇》。又“閉”讀爲“鼈”，則潘、顔之作可徵；“謳”讀爲“獄”，則曹、陸之詞可據。“岳”讀爲“獄”，則陸與司馬相符；“袂”讀爲“决”，則沈與江淹相合。及雙聲互轉,致古韻多淪。古韻之轉爲今韻,其故悉由雙聲,見《小學發微》。後世韻書既設,通協亦寬,然選韻必取同紐,作文必用今音。若昌黎之詩,以"城"協"江";杜牧之曲,以"信"協"深";姜夔以"陰"協"雲",陸遊以"寄"協"水"。或數韻通協,或四聲失調,則又用韻之失矣。又古人作文,多用方音,《公羊》侈用齊言,《離騷》亦徵楚語。雖律以雅言,韻訛實甚;然施之鄉國,音讀易諧。故徵之古昔,楚臣以土風協樂;驗之近代,宋人以里語入詞。特處封建之朝,則《國風》可齊《雅》、《頌》;值同文之世,則訛音甚於枘方。方音之用,詎免鄙倍之譏乎!

二曰發音。文以代言,取肖神理。上古立言,罕用助語,欲傳語尾之餘音,則擇實詞爲虚用。故出言之際,軒輊異情,虚字一乖,判于燕越。一字之失,一句爲之蹉跎;一句之誤,通篇爲之梗塞。然實字必徵其義,虚詞必聆其音:故"只"爲語已之詞,用"只"則文氣下引;《説文》"只"字下云:"語已詞也,從口,象氣下引之形也。""乎"爲語餘之助,用"乎"則文聲上揚。《説文》"乎"字下云:"語之餘也,從兮,象聲上越揚之形也。""曰"、"曶"二字,咸爲出氣之詞;《説文》"曰"字下云:"象口氣出也。""曶"字下云:"出氣詞。""之"、"其"兩字,亦屬代詞之例。且"則"字、"乃"字,同爲轉下之文,而意分緩急;"也"字、"耶"字,同爲終竟之詞,而語判信疑。義各有歸,淆用斯舛。若夫《周詩》以"伊"字爲起詞,《楚騷》以"羌"字爲轉語,《書》紀《臯謨》,則"事"字居言詞之間,《孟》論勇士,則"施"字爲發語之聲,使作者偶缺其文,則誦者不能成韻。又如"遑暇"重言,"庸何"並列,"期期"象口吃之聲,"耳耳"表不然之意,雖施諸縑墨,係屬費詞,然傳其聲貌,非此莫由。故詞氣之説,創于曾氏,而《音辭》之篇,著于子推,蓋頓挫異致,斯詠嘆殊情。至若"且"字用於《鄭詩》,"些"字見於《楚詞》,是猶元曲助字,純用方言。然助言偶舛,則餘韻失傳,釋詞之學,豈可忽乎?

三曰選字。文字不同,各如其面;字各有音,施之或異。兩字相聯,或音判剛柔;兩義相符,或用分雅俗。故黄沙白草,發爲粗厲之音;海水天風,恍睹寂寥之境。銘功誦烈,其音大而弘;範水模山,其音清以遠。美人香草,其音婉轉而彌長;玉宇瓊樓,其音慷慨而激越。雜綺語則音多柔靡,誦軍歌則音入雄渾。文韻異同,各視其體。觀《甘泉》、《藉田》之篇,齋肅麗則;《長門》、《洛神》之作,哀怨清泠。《感舊》、《嘆逝》,乃《山鬼》之遺音;《西征》、《北征》,亦《涉江》之遺響。《九歌》懷楚,幽杳悲涼;《七發》諫吴,浩瀚清壯。蓋配字殊科,則吐詞異響。是以章表之文,雍容而叙致;碑誄之筆,悽愴而纏綿。書啓之作,必朗暢以陳詞;頌贊之篇,必琳瑯而入誦。論説擅縱横之筆,詞必類於蘇、張;箴銘以清壯爲工,聲必諧乎金奏。言如綸綍,乃詔册之正宗;音涉哀思,乃賦騷之變體。其故何哉?則用字不同之故也。况復應制之文,多黄鐘、大吕之音;弔古之篇,傳《麥秀》、《黍離》之怨。賦物之篇,響逸而調遠;逞詞之作,鋒發而韻流。

作者集字以成章，誦者循聲而得貌。此朱氏所由作《駢雅》，宋人所由輯《漢雋》也。綜斯三義，方可言文。

或謂四聲乃古代所傳，五音特樂歌所用，文韻之説，近于拘牽。夫膠柱鼓瑟，刻舟求劍，以此言音，誠爲背古。然古人佩玉，行《肆夏》而奏《采齊》；伶工譜歌，上如抗而下如墜。小技猶然，况於文乎？是以宣尼聞樂，洋洋乎盈耳；師乙論音，纍纍如貫珠。推之曳履歌商，聲若出於金石；歈幽息蠟，音並合於籥章。見《周禮》。是則論樂之理，通於論文；和聲之章，斯能鳴盛。觀史遷論文，自取曲終而奏雅；昌黎詮道，亦謂氣盛則言宜。妙達此旨，方可言文。昔梁元帝之論文也，謂"宫徵靡曼，脣吻遒會"，見《金樓子·立言篇》。又曰："吟咏風謡，流連哀思，斯謂之文。"以證文筆之殊。劉彦和《文心雕龍》，亦曰"聲不失序，音以律文"，近世之書，若趙秋谷《聲調譜》，蔣氏《詞律》，以及阮芸臺《文韻説》，皆講文韻者必讀之書也。欲求立言之工，曷以此語爲法乎！古人之文，其可誦者文也，其不可誦者筆也，文筆不同，亦見阮氏《揅經室集》。

附録：明陳季立《讀詩拙言》論古韻語。季立名第，明代閩人，所作論古音書甚多，《讀詩拙言》一書，刻入凌氏《傳經堂叢書》中，此條論古韻最精，特開顧、戴之先，故特録之，以爲考文韻者之一助。

說者謂自五季之衰，外夷入寇，驅中原之人，入於江左，而河淮南北，間雜夷言，聲音之變，或自此始。然一郡之内，聲有不同，繫乎地者也；百年之中，語有遞轉，繫乎時者也。况有文字而後有音讀，由大小篆而八分，由八分而隸，凡幾變矣，音能不變乎？所貴誦詩讀書，尚論其當世之音而已矣。《三百篇》，詩之祖，亦韻之祖也，作韻書者，宜權輿於此。遡源沿流，部提其字，曰古音某，則今音行而古音庶幾不泯矣。自周至後漢，音已轉移，其未變者實多。愚考《説文》，"訟"以"公"得聲，"福"以"偪"得聲，"霾"以"貍"，"斯"以"其"，"脱"以"兑"，"節"以"即"，"溱"、"臻"皆"秦"，"闐"、"填"皆"真"，"者"讀"旅"，"涘"讀"矣"，"滔"讀"由"，"玖"讀"芑"；又"我"讀"俄"也，故"義"有"俄"音，而"儀"、"議"因之得聲矣，且以"莪"、"娥"、"蛾"、"鵝"、"峨"、"硪"、"哦"、"誐"之類例之，"我"可讀平也，奚疑乎？"可"讀"阿"也，故"奇"有"阿"音，而"猗"、"錡"因之得聲矣，且以"何"、"河"、"柯"、"軻"、"珂"、"妸"、"苛"、"訶"之類例之，"可"可讀平也，亦奚疑乎？凡此皆《毛詩》音也。徐鉉修《説文》，槩依孫愐之《切韻》，是以唐音而反律古矣。厥後諸韻書，引古詩如晨星，而於唐宋名家之辭，每數數焉，無亦譜子孫而忘祖宗乎？嗟夫！《説文》之音多與時違，幾爲溝中之斷矣，愚獨取之以讀《詩》，豈偶也哉？豈偶也哉？

耀采篇第四

昔《大易》有言："道有變動故曰爻，爻有等故曰物，物相雜故曰文。"《考工》亦有言:“青與白謂之文,白與黑謂之章。”蓋伏羲畫卦,即判陰陽;隸首作數,始分奇偶。一陰一陽謂之道,一奇一偶謂之文。故剛柔交錯,文之垂於天者也;經緯天地,文之列於謚者也。三代之時,一字數用,凡禮樂法制,威儀言辭,古籍所載,咸謂之文。見去歲第四期。是則文也者,乃英華發外秩然有章之謂也。

由古迄今,文不一體。然循名責實,則經史諸子,體與文殊;惟偶語韻詞,體與文合。昔孔美唐堯,特著“焕乎”之喻;《詩》歌衛武,亦標“有斐”之稱。以文雜質,則曰“彬彬”;舍質從文,乃稱“郁郁”。觀於“文”字之古義,可以識文章之正宗矣。況《易》以六位而成章,《書》爲四言之嚆矢,太師採詩,咸屬韻語,宣尼贊《易》,首肇文言,遐稽六藝之書,半屬偶文之體。觀《尚書・堯典》之文,“分命羲仲”四節,文筆相似,“九族既睦,平章百姓,百姓昭明,協和萬邦”,句法已成對偶,“慎徽五典”四句亦然,“流共工”二句亦然。《禹貢》以下,偶語尤多。《易》、《詩》之用偶語者,則更不知凡幾矣。是猶工繪事者,必待五采之彰施;聆樂音者,必取八音之迭奏。惟對偶之法未嚴,平側之音未判,乃偶寓於奇,非奇別於偶,雖句法奇變,長短參差,如《書經》、《易經》之文是也,然對偶排列者甚多。然音律克諧,低昂應節。見《和聲篇》。故訓辭爾雅,抽句匪單,或運用疊詞,古籍之文,多取雙字雙義用之,以厚其氣。或整列排語,如《書經》及《禮記》、《易繫辭》是。三代文體,即此可窺。况復鄭修命詞,子產於焉潤色;晉主盟會,仲尼以爲多文;直情徑行,戎、狄之道乃如此;《檀弓》。言不雅馴,縉紳先生所難言。道集於躬,出詞氣斯遠鄙倍;言以足志,非文辭不克爲功。是則文章一體,與直語殊。故豔采辯説,韓非首正其名;翰藻沈思,昭明復標其體。詩賦家言,與六藝九流異類;文苑列傳,共儒林道學殊科。自古以來,莫之或爽也。

東周以降,文體日工:屈、宋之作,上如《二南》;蘇、張之詞,下開《七發》。韓非著書,隱肇連珠之體;荀卿《成相》,實爲對偶之文。莫不振藻簡策,耀采詞林。西漢文人,追縱三古,而終軍有奇木白麟之對,兒寬攄奉觴上壽之辭,胎息微萌,儷形已具。迨及東漢,文益整贍,蓋踵事而增,自然之勢也。故敬通、平子之倫,孟堅、伯喈之輩,撰厥所作,咸屬偶文,用字必宗故訓,摛詞迥脱恒谿,或掇麗字以成章,或用駢音以叶韻,觀雍容揄揚之頌,明堂清廟之詩,不少篇章,胥關體製。若夫當塗受籙,正始開基,洛中則七子無雙,吴下則聯翩競爽,才思雖弱於西京,音律實開夫典午。六朝以來,風格相承,刻鏤之精,昔疏而今密,聲韻之叶,舊澀而新諧。凡江、范之弘裁,沈、任之巨製,莫不短長合節,追琢成章。故《文選》勒於昭明,屏除奇體;《文心》論於劉氏,備列偶詞。體製謹嚴,斯其證矣。厥後《選》學盛行,詞華聿振,徐、庾遷聲於河朔,燕、許振采於關中,排偶之文,於斯爲盛。趙宋初業,崇實黜華,或運陳言,或標遠致,雖麗詞務去,然科律未更。

是則駢文之一體,實爲文類之正宗。故《三都》、《兩京》,《甘泉》、《藉田》,金聲玉潤，繡錯綺交，賦體之正宗也；宣公興元之詔，文饒《會昌》之集，文贍義精，句奇語重，制敕之正宗也；劉琨《勸進》，庾讓《辭官》，婉轉以陳詞，雍容以叙致，書表之正宗也；中郎《太丘》之碑，魏公《李密》之誌，流鬱以運氣，俊偉以佐才，碑誌之正宗也；玄晏揚太沖之文，彦昇述文憲之作，以及"曲水流觴"之叙，"落霞孤鶩"之文，序文之正宗也；趙至《入關》之作，鮑照《大雷》之篇，叔庠擢秀於桐廬，士龍吐奇於鄮縣，遊記之正宗也；班彪《王命》，叔夜《養生》，干寶《論晉》，賈生《過秦》，論體之正宗也；頌則《出師》、《中興》，銘則《燕然》、《劍閣》，箴則子雲《百官》，贊則劉向《列女》，莫不音中羣雅，語異聱牙，頌銘箴贊之正宗也；孔璋《檄魏》，賓王《討周》，檄文之正宗也；士季之《酹諸葛》，義山之《祭伏波》，祭文之正宗也。蓋文之爲體，各自成家，言必齊偕，事歸鏤繪，以妃青媲白之詞，助博辯縱横之用。故"立誠"之詞，著於《周易》；"交錯"之訓，載於許書。況復蒼后翠嫣，鳥獸紀迒蹄之跡；赤丈緑字，龜龍闡《河洛》之精；川岳絢其光采，鐘球播其鏗鏘。蓋渾噩之風既革，巍焕之運斯開。觀熏緅紺絳，織文有新組之華；琚瑀珩璜，衡牙叶雜佩之響。物固宜然，況於文乎？

或謂梁陳之文，務華而不實；詩人之賦，由麗而入淫。雖矜斧匠之工，恐貽俳優之誚。不知蒻采爲花，色香自别，惟白受采，真宰有存。故史尚浮誇之體，聲擬輕重之和，實爲文章之正鵠，豈擬小技於雕蟲。

至韓、柳修詞，歐、曾循軌，以散行之體，立古文之名。然三代之時，文與語别；六朝以降，文與筆分。若屏斥偶體，崇尚奇詞，是則反璞歸真，力守老聃之論，舍文從質，轉追棘子之談，空疏之譏，詎可免歟？觀《典論》著於魏帝，備列詩賦之章；《文賦》創於陸機，不列序碑之體。則單行之詞，實與文章有别，有何疑乎？

宗騷篇第五(節録)

粤自風詩不作，文體屢遷，屈、宋繼興，爰創騷體，擷六藝之精英，括九流之奥旨，信夫駢體之先聲，文章之極則矣。

故知《楚詞》之書，其用尤廣：上承風詩之體，下開詞賦之先，若中壘《世頌》之篇，賈生《惜誓》之作，淵源有自，咸出於《騷》；故王逸作注，兼採景、唐之什；昭明選文，詳徵屈、宋之詞。惜夫漢魏以下，效法者稀：則以立言之旨，情文相生。後世詩人之作，情勝於文，故朴而不華；賦家之作，文勝於情，故華而不實。惟《洛神》之賦，出於《九歌》；《北征》之賦，近於《涉江》；《哀江南賦》，乃《哀郢》之餘音；《歸去來辭》，亦《卜居》之嗣響。自此以降，文藻空存，非復屈、宋之旨矣。

原戲

戲爲小道，然發源則甚古。遐稽史籍，歌舞並言如《商書》言有“恒舞於宫，酣歌於室”，爲歌舞並文之證。又如“前歌後舞，歌舞昇平”，皆其證也。歌以傳聲，舞以象容。歌舞本於詩，故歌詩以節舞黄氏以周《禮書通故》云：“《詩》序《維清》，奏古人作詩象舞。”謂歌此詩以節其舞也。以歌傳聲如《風》、《雅》是，復以舞象容如三《頌》是。孔子删詩，列《周頌》、《魯頌》、《商頌》於篇末。頌列於詩，猶戲曲列於詩詞中也。頌，即形容之容《詩譜》云：“頌之言容也。”《釋名》云：“頌，容也。”《漢書·儒林傳序》云：“徐生以頌爲禮官大夫。”注云：“頌，讀爲容。”阮芸臺云：“頌，正字。容，借字”，籀文作“額”，而《説文》訓“皃”。《説文》：“頌，容皃也。從頁，公聲。籀文作額。”“皃”字下亦云：“頌也。”儀徵阮氏謂：“《詩》有三頌，頌與樣同。”《詩大序》云：“頌者，美盛德之形容，以其成功告於神明者也。”蓋上古之時，最崇祀祖之典即祖先教也。欲尊祖敬宗，不得不追溯往跡，故《周頌》三十一篇所載之詩，上自郊社明堂，下至藉田祈穀，旁及嶽瀆星辰之祀即《烈文》、《有客》諸篇，亦因諸侯助祭而作。《閔予小子》，則朝廟之詩也，悉與祭禮相同即《魯頌·閟宫篇》亦爲追祀先公而作，《商頌·常發》諸詩，則皆祭祀之詩矣。是爲頌也者，祭禮之樂章也，非惟用之樂歌，亦且用之樂舞。古代惟饗用舞，大司樂言舞《雲門》以祀天神，舞《咸池》以祭地祇，舞《大磬》以祀四望，舞《大夏》以祭山川，舞《大濩》以享先妣，舞《大武》以享先祖。又言冬日至圜丘，奏樂三變，用《雲門》之舞；夏日至方丘，奏樂六變，用《咸池》之舞；宗廟奏樂九變，用《九聲》之舞。在古爲夏，在周爲頌商亦有之。“夏、頌”字並從頁，有首之象“夏”字從夊，並象手足。夏樂有九即《周禮》所謂《王夏》、《肆夏》、《昭夏》、《納夏》、《章夏》、《齊夏》、《族夏》、《頌夏》、《驁夏》也，至周猶存，宗禮賓禮皆用之杜子春《周禮注》云：“王出入，奏《王夏》；尸出入，奏《肆夏》；牲出入，奏《昭夏》；四方賓客來，奏《納夏》；臣有功，奏《章夏》；夫人祭，奏《齊夏》；族人侍，奏《族夏》；客醉而出，奏《頌夏》；公出入，奏《驁夏》。以金奏爲之節。”《周禮》鐘云：“以鐘鼓爲之節”。蓋以歌節舞，復以舞節音《左傳》云：“夫舞所以節八音，以行八風”。猶之今日戲曲，以樂器與歌者舞者相應也阮氏曰：“古人非後舞不稱奏”。後世變夏爲頌。《周禮》鄭注云：“夏，頌之族類也。”而頌之作用，並主形容。《維清》者，象舞也《墨子》云：“武王因先王之樂而自作樂，名曰象”。酌桓賚般小序云：“酌，告成大武也。”《内則》：“十三，舞勺。勺爲武舞，故隨武子。”以勺武並言。勺、酌古字通，爲大武之舞也又《祭統》云：“舞莫重於武宿夜。”熊氏謂：“武宿夜是大武樂章之名。”皇氏謂：“武王伐紂，至於商郊，士卒皆歡樂，歌以待旦，因名焉。”即武王伐紂之事。周代之時，以夏樂與大武並重，頌之諸侯如諸侯舞大削是也。並以之教民，象武爲武舞，器用干戚。夏籥爲文舞，器用羽籥《禮記·内則》云：“十三，舞勺。成童舞象。二十，舞大夏。”注云：“先學勺，後學象，文武之次。大夏，樂之文武備者也。”《文王世子》

云："春夏教干戈，秋冬教羽籥，皆於東序。"注："干戈，萬舞，象武也。羽籥，文舞，象文也。"《公羊傳》云："萬者何？干舞也。籥者何？籥舞也。"是舞分文武之證。此皆因詩而呈爲舞容者也。象武，陳武王伐紂之功《禮記·文王世子》："下管象，舞大武。"注云："象管，武王伐紂之樂也。以管播其聲，又爲之舞。"《明堂位》云："下管象。"《祭統》云："下而管象。"《詩·維清》箋云："象舞，象用兵時刺伎之舞。武王制焉。"《武》篇箋云："大武，周公作樂所爲舞也"。猶之後人戲曲，侈陳古人戰跡耳。《仲尼燕居》篇云："下而管象，示事也。"示事者，有容可象之謂也。此即古代戲曲之始。觀《樂記》之言大武也，謂先鼓警戒，三步見方。再始著往，復亂飾歸。奮疾不拔，極幽不隱。至推之君子好善，小人取過。《樂記》又云："執其干戚，習其俯仰屈伸，容貌得莊焉。行其綴兆，要其節奏，行列得正，進退得齊焉。"非即戲曲持器操械之始乎《記》言："朱干玉戚冕而舞大武，皮弁素積而舞大夏"？又《樂記》載孔子告賓牟賈云："夫舞者，象成者也。總干山立，武王之事也。發揚蹈厲，大公之志也。武亂皆坐，周召之治也。"又考之《尚書大傳》，則古制樂歌，皆假設賓主《尚書大傳》云："惟五祀奏鐘石，論人聲招樂，興于大麓之野，談然乃作大唐之歌。招爲賓客，雍爲主人。始奏《肆夏》，納以考成。亦舜爲賓客，而禹爲主人"。而武王克殷，亦雜演夏廷故事《佚書》："周武王克商，告廟萬獻，明明三終，籥人奏崇禹生開。"三終，即演夏代故事也。非即戲曲妝扮人物之始乎？是則戲曲者，導源於古代樂舞者也。古代之詩，雅頌可入樂舞，此頌字所由訓爲貌也。樂舞之制，始於古初《吕氏春秋》云："葛天氏之樂，三人摇牛尾，投足以歌八闋。"而《經書》"簫韶九成"，亦指舞言。是樂舞甚古。至春秋之際，其制猶存《左傳》襄公二十九年："季札請觀國樂，見舞象箾南籥，見舞大武，見舞韶夏，見舞大夏，見舞韶箾。"皆樂舞存於周末之證。由帝王祭禮，以推行於民庶，惟行綴佾列，數以位差如天子八佾，諸侯六，大夫四，士二是也，形以時異如《春秋繁露》云："法商而王，舞溢員；法夏而王，舞溢方；法質而王，舞溢橢；法文而王，舞溢衡"。然以歌節舞，以舞節音，則固與後世戲曲相近者也。況考之《周禮》，樂師爲旄禮毛爲犛牛尾，餘姚章氏謂即葛天氏之制，舞師教皇舞前篇云："皇舞者，以羽冒覆頭上，衣飾翡翠之羽，四方以皇"。而宋以《桑林》享晉侯，題以旌夏，懼而發疾餘姚章氏云："謂舞者即以旌夏戴頭也"。蓋舞者殊形詭象與方相氏熊皮金目類，致睹者生恐怖之心，猶之後世伶官面施朱墨也。在國則有舞容，在鄉則有儺禮儺雖古禮，然近於戲，後世鄉曲偏隅，每當歲暮，亦必賽會酬神，其遺制也。蓋樂舞之制，其利實蕃，大之可以振尚武之風如武舞是，小之可以爲養生之助如升降疾徐，可以勞筋骨，宣血氣是，而徵引往跡，雜陳古事，則又抒懷舊之蓄念，發思古之幽情，爲勸戒人民之一助，其用顧不大哉！故用之偏隅，則有昧任侏僸之樂《周禮》言："祭祀則舞四夷之樂。"傳之後世，猶有魚龍舍利之名後漢以此戲示四夷。此皆古籍之彰彰可考者也，故推原其終始而論之如此。

《劉申叔先生遺書·左盦外集》

《漢魏六朝專家文研究》(節録)

一　緒論(節録)

文章之用有三:一在辯理,一在論事,一在叙事。文章之體亦有三:一爲詩賦以外之韻文,碑銘、箴頌、贊誄是也;一爲析理議事之文,論説、辨議是也;一爲據事直書之文,記傳、行狀是也。三類之外,又有所謂"序"者,實即贊之一種,蓋古文序、贊不分。《後漢書》之"論"即爲《前漢書》之"贊",論贊之用,並與序同。孔子贊《易》,乃著《繫辭》,是作序有韻,亦非無本。自隋以降,序與記傳無别,據事直書,已失涵蓄之旨。唐宋而後,更於序中發抒議論,則又混入論説。其體裁訛變,正與後代混碑銘於傳狀,且復參加議論者,同一不足爲訓:此研究專家文體所以斷自五代以前也。然六朝以上文體亦有譌誤者,如《文選》中王子淵《聖主得賢臣頌》,據《漢書・王褒傳》考之,本爲"對"體,與東方朔《化民有道對》之類相同,自來未有無韻而可稱頌者。後世因《文選》之誤,而謂頌可無韻,誠不免展轉傳訛矣。

十四　文章變化與文體遷訛

凡文章各體皆有變化,但與變易舊體不同。就篇法而論:如紀傳體之先後,本應以事實爲序,然因事之重輕,間或用倒叙法。《史記》各傳,通例皆用順叙,而《衛青霍去病列傳》即兩人插叙,年月次序絲毫不紊。《漢書》各傳,皆傳前論後,而《王吉貢禹列傳》則先叙商山四皓,發爲議論。又《揚雄傳》内只引其自序,實在事跡反叙於論内。變化雖繁,要並與傳體無悖。蔡中郎之《楊炳碑》,盡用《尚書》成句,雖與普通各篇不同,而虚實並存,亦不乖碑體。此皆在本體内之變化,而非以他體作本體之文,絶無以傳爲碑或以碑爲傳者。降及六朝唐世,仍循此例,未嘗乖牾。此篇法變化無關文體者也。就句法而論:古人之變化亦甚多。試即對偶一端而言,有上句用兩人名,下句用一人名者;有上句用地名,下句用人名者;亦有上下兩句同用一意者。此種詞例甚多,無非求句法新穎,不與前人雷同而已。兩漢之文如蔡中郎諸人之聲調,乍視似不懸殊,若寫爲聲律譜以較,則其句法詞例無慮百餘種。建安文學所以超軼當時者,亦以其詩文之聲調句法爲兩漢所未有。如吴質《與陳思王書》,即其例也。故學一家之文,不必字摹句擬,而當有所變化。文章中之最難者,厥爲風韻、神理、氣味,善能趨步前人者,必於此三者得其神似,乃盡摹擬之能事,若徒拘句法,品斯下矣。凡一代之名家,無不具此三者;而各家之間又復不同。如陸士衡與潘安仁各有氣味,自成風韻,異曲同工,不能强合。至於文章之神理,尤爲難能可貴，即謝康樂所谓“道以神理超”也。如潘安仁、任彦昇之文皆有神理，但或從情文相生而出，或從極淡之處而出，或從隐秀之處而出。凡學古人之義，必须尋繹其神理與風韻，若面貌畢肖，而神理風韻毫無，不足與言擬古矣。陸士衡於碑銘一體，心摹神追蔡中郎，其篇幅雖長，偶句雖多，而文章之轉折，句法之簡鍊，以及篇章之結構，皆能具體而微。謝康樂之文頗似潘安仁，而其論體則摹擬嵇叔夜，雖體裁無嵇之大，而作法得嵇之工夫甚深、間有数篇，置之嵇文中亦不辨真贋。又六朝人之學潘安仁而能得其風韻者，則惟謝莊、謝玄暉二人。顔延年之文，亦可以爲士衡之體貳，不獨鍊句似陸，即風韻亦酷肖之。陸之風韻在“提”與“警”，延年得其一隅，故能儼然近真，惟其詩尚不及陸之顯耳。江文通之文，得力於《楚辭・九歌》者甚深，其體裁句法未必篇篇皆肖，而神理風韻殆能心慕神追。可知摹擬一家之文，必得其神理風韻，乃能得其骨髓。句法無妨變化，而氣味實質不宜相遠。研覽六朝人學两漢三國西晉之文，即可爲後世摹擬一家之模範矣。

至於文章之體裁，本有公式，不能變化。如敘記本以敘述事實爲主，若加空論即爲失禮。《水經注》及《洛陽伽藍記》華彩雖多，而與詞賦之體不同。議論之文與敘記相差尤遠。蓋論説以發明己意爲主，或駁時人，或辨古説，與敘記就事直書之體迥殊。所謂變化者，非謂改敘記爲論説或儕敘記爲詞賦也。世有最可奇異之文體，而世人習焉不察者，則杜牧《阿房宫賦》，及蘇軾之《前後赤壁賦》是也。此二篇非騷非賦，非論非記，全乖文體，難資楷模。準此而推，則唐以後文章之訛變失體者，殆可知矣。又六朝人所作傳狀，皆以四六爲之，清代文人亦有此弊，不知《史》、《漢》之傳，體裁已備，作傳狀者，即宜以此爲正宗，如將傳狀易爲四六，即爲失體。陳思王《魏文帝誄》於篇末略陳哀思，於體未爲大違，而劉彦和《文心雕龍》猶譏其乖甚。唐以後之作誄者，盡棄事實，專敘自己；甚至作墓誌銘，亦但敘自己之友誼而不及死者之生平。其違體之甚，彦和將謂之何耶？又作碑銘之序，不從敘事入手，但發議論，寄感慨，亦爲不合。蓋論説當以自己爲主，祭文、弔文亦可發揮自己之交誼，至於碑誌序文全以死者爲主，不能以自己爲主。苟違其例，則非文章之變化，乃改文體，違公式，而逾各體之界限也。文章既立各體之名，即各有其界説，各有其範圍。句法可以變化，而文體不能遷訛，倘逾其界畔，以採他體，猶之於一字本義及引伸以外曲爲之解，其免於穿鑿附會者幾希矣。

十九　論記事文之夾叙夾議及傳贊碑銘之繁簡有當

中國文學之特長，有評論與記事相混者，即所謂夾叙夾議也。如《史記・魏其武安侯列傳》，通篇記事，並無評論，而是非曲直即存於記事之中。餘如《封禪》、《平準》

兩書，句句叙事，亦即句句評論。故夾叙夾議之文以《史記》最爲擅長。《漢書·食貨》、《郊祀》兩志及《王莽》諸傳，並爲孟堅聚精會神之作，觀其叙議相參，實堪與史遷伯仲。至於史傳以外之文，如應劭《風俗通》之類，事實評論亦互相關聯，未有捨記事而專爲評論者。唐宋以降，盛行議論之文，徒騁空言，不顧事實，求其能如《史記》於記事中自見是非曲直者蓋寡。明清而還，斯體益昌。論史但求翻新，議政惟騖高遠，文變迂腐，意並空疏，其弊皆由評論與事實不相比附也。夫記事與評論之不宜分判，殆猶形影之不能相離。倘能融合二者，相因相成，則既免詞費，且增含蓄，較諸反覆申明，猶可包孕無遺，豈非行文之能事乎？試觀蔡伯喈所作碑文，但形容事實，不加贊美，而其揄揚已溢於事實之表，贊美與事實融合無間，故文章絶妙。降及六朝，此法漸致乖失。如庾子山《哀江南賦》借古物以比附事實，固甚恰當；但於叙事之際不著功罪，及訂論功罪，復贅他語，此漢人所未有也。至於後代四六，先用典故比附事實，事實之後更加贊美，則詞费文繁，去古益遠矣。東漢章奏議論之文，率皆平平叙記，而是非曲直自可瞭然，雖無後人反覆申明、慷慨激昂之致，而得失利害溢於言表，斯並得力於夾叙夾議功夫耳。

如上所云，事實與評論既不可分，而紀傳之外别有論贊，碑文之末復加銘詞者，其故何耶？不知論贊銘詞旨在總括文意，而與文之繁簡無關。古代筆紙缺乏，鈔寫匪易，口傳心受，必須約其文詞且須整齊有韻，始便記誦。若累牘連篇，殆非盡人所能曉喻。故論贊即貫串紀傳之大意，銘詞乃綜括碑文之事實，非於碑傳本事之外别有增益也。唐宋論文者，以爲銘之叙事乃補碑文所未足，不可與碑相犯。此由見《史記·樂毅傳贊》全異本文，遂謂贊非總括大意，乃補傳之不足。由此引申，更謂銘補碑闕，亦須另增新事耳。不知贊之本義，原與序同。序以總括書之大綱，贊以約述傳之事實。漢人贊序不分。《離騷經序》亦或作贊。孔子贊《易》，乃作《繫辭》，欲撮舉《易》之大意而總括之也。《史記》中如《樂毅傳贊》者，僅寥寥数篇，並非正格。至於《蔡中郎集》如《胡廣碑》等皆一人數篇，而其銘詞絶無奇峯突起、不與碑文附麗者。他如《隸釋》、《隸續》及《兩漢金石記》、《金石萃編》等所載漢碑，亦莫不皆然。蓋碑詳銘約，約碑之詳以爲銘，廣銘之約即爲碑，亦猶史書約紀傳而爲論贊，恢擴論贊仍成紀傳也。唐韓愈《平淮西碑》亦總括事實於銘詞者。

又漢人石刻，銘後往往附有亂詞，此體開自《楚辭》、漢賦，所以結束全文也。用亂者，一則以意義未盡，一則以意義雖盡而須数語作結始爲完足。降及三國六朝，此體久廢。今若爲碑銘，似宎恢復亂詞，以爲全篇事蹟或哀思之結穴焉。

總之古人爲文，繁簡義各有當。揆厥所由，《史記》、《漢書》開示法門甚多，兹下暇一一列舉矣。（以上《漢魏六朝專家文研究》）

蔡　楨

蔡楨(1891—1944)字嵩雲,號柯亭詞人。江西上猶人。二十世紀三十年代初,執教河南大學。著《柯亭詞論》,論填詞法度與歷代名家詞特點,皆能切中肯綮,爲近人詞話之上品。

本書資料據中華書局1986年唐圭璋《詞話叢編》本《柯亭詞論》。

守四聲並無牽强之病

詞講四聲,宋始有之,然多爲音律家之詞。文學家之詞,分平仄而已。音律家之詞,原可歌唱,四聲調叶,爲可歌之一種要素。仇山村曰:詞有四聲、五音、均拍、輕重、清濁之别,即指可歌之詞而言。北宋如屯田、方回、清真、雅言諸家,南宋如白石、梅溪、夢窗、草窗、玉田諸家,大都妙解音律,所爲詞,聲文並茂。吾人學其詞,多有應守四聲者。且所謂音律家之詞,亦惟獨創之調,自度之腔,如清真《蘭陵王》、白石《暗香》、《疏影》之類,須嚴守四聲。至於通行之調,如《金縷曲》、《沁園春》、《水龍吟》之類,則無四聲可守。《摸魚子》、《齊天樂》、《木蘭花慢》之類,一調中只有數處仄聲須分上去,不必全守四聲也。四聲調叶之詞,今雖以音譜失傳而不可歌,然較之僅分平仄者,讀時尚覺鏗鏘可聽。故詞家之守律者,必辨四聲分上去,以爲不如是,不合乎宋賢軌範。淺學者流,每謂守四聲如受桎梏,不能暢所欲言,認爲汨没性靈。其實能手爲之,依然行所無事,並無牽强不自然之病。觀清末况蕙風、朱彊村諸家守四聲之詞,足證此語不誣。

守四聲濫觴於南宋

詞守四聲,濫觴南宋。在北宋並無守四聲之説。南宋發生此種詞派,亦非無因。四聲之不同,全在高低輕重。去高而上低,平輕而入重,其大較也。歌辭之抗墜抑揚,全在四聲之配合恰當。非然者,必至生硬不能上口,又何能美聽乎。在深通音律之詩人詞人,隨意發爲詩詞,無不可歌,無不叶律。非然者,其用字必待樂工之校正,方能入調。史稱温飛卿能逐絃管之音,爲側豔之辭,其詩詞自可入樂。李太白、王摩詰不聞知音,而《清平調》、《渭城曲》唱遍一時,未始不由於前説。唐人歌絶句,五代歌小令,其歌法均甚簡單。北宋初,仍循五代遺法歌小令。中葉以後,慢詞漸盛,詞樂始突飛猛進,内容遂日趨於繁複矣。當時創調製譜最有名者,首推柳耆卿。所製新聲獨多,飲水處都歌柳詞,是其一證。繼之者爲周美成,曾充大晟府樂官。文人而通音律,故其詞和協流美,都可入樂,一時稱爲絶唱。南渡後,大晟樂譜散失,不獨柳譜全亡,周譜亦所存無幾。坊曲優伎,有能歌清真詞一二調者,人莫不視同珠璧(參看拙著《樂府指迷箋釋》"可歌之詞"條下小註第四段按語)惟其審音用字之法既不傳,如是羣視周詞四聲爲金科玉律。方千里、楊澤民、陳西麓諸家和清真調,謹守四聲,少有踰越,即其一例。厥後詞家,因守周詞之四聲,遂推而守其他音律家詞之四聲,此南宋守四聲詞派所由成立也。無論何事物,在原始時代,均純任自然,本無所謂法。漸進則法立,更進則法密。音樂進展,亦復如是。始何嘗有五音六律與四聲,其後覺天然歌唱,過于簡單淩亂,于是始有音律之發明。其實此音律,仍含于自然法則中,特後人加以發明。雖出人爲,謂仍屬自然法則,亦無不可。慢引近詞之成爲宋代詞樂,實由進步使然。其内容之繁複,迥非唐人絶句、五代小令可比。欲明其故,非將宋代燕樂所以承前啟後者,加以徹底之研討不可。總之守四聲詞派,實有其甚深之根據。篇幅所限,兹僅發其凡而已。

初學不必守四聲

詞守四聲,乃進一步作法,亦最後一步作法。填時須不感拘束之苦,方能得心應手。故初學填詞,實無守四聲之必要。否則辭意不能暢達,律雖叶而文不工,似此填詞,又何足貴!惟世無難事,習之既久,熟能生巧,自無所謂拘束,一以自然出之。雖守四聲,而讀者若不知其爲守四聲矣。北宋尚無守四聲之説。通音律之詞家,大都能按宫製譜,審音用字。(參看拙著《樂府指迷箋釋》"去聲字"條下小註第一後按語)南渡後,此法漸失傳。於是始有守四聲詞派出,以求於律不迕。至所謂守四聲,在一調中,有全守者,有半守半不守者。方楊諸家之和清真,每有此現象。全守者不必論。半守者,即詞中此一部分四聲,有絲毫不容假借處。故諸家於此等處,均不肯違背。半不守者,即詞中此一部分四聲,有可通融處。故諸家可各隨其意。又同一人所創之調亦然。如夢窗《鶯啼序》三首中四聲雖大致相同,亦間有不同處。總之皆隨各宫調音譜之性質,而填詞用字各如其量。惟四聲在調之何部即可通融,宋賢亦無定則傳後。故今日填詞,不講律則已,講律則惟有遵守宋賢軌範,亦步亦趨矣。入可代平,去不代上,本宋賢成説,不妨按調之情形採用。王半塘、鄭叔問、况蕙風、朱彊邨爲清末四大詞家,守律之嚴,王、鄭似不如朱、况。而朱、况之嚴於守律,前期之作,似不如其後期。總之宋詞之音譜拍眼既亡,即守四聲,亦不能入歌。守律派之守四聲,無非求其近于宋賢叶律之作耳。近年社集，恒見守律派詞人，與反對守律者互相非難，其實皆爲多事。詞在宋代，早分爲音律家之詞與文學家之詞。音律家聲文並茂之作，固可傳世。文學家專重辭章之作，又何嘗不可傳世。各從其是可也。

自然與人工各占地位

詞尚自然固矣，但亦不可一概論。無論何種文藝，其在初期，莫不出乎自然，本無所謂法。漸進則法立，更進則法密。文學技術日進，人工遂多于自然矣。詞之進展，亦不外此軌轍。唐五代小令，爲詞之初期，故《花間》、後主、正中之詞均自然多于人工。宋初小令，如歐、秦、二晏之流，所作以精到勝，與唐五代稍異，蓋人工甚于自然矣。宋初慢詞，猶接近自然時代，往往有佳句而乏佳章。自屯田出而詞法立，清真出而詞法密，詞風爲之丕變。如東坡之純任自然者，殆不多見矣。南宋以降，慢詞作法，窮極工巧。稼軒雖接武東坡，而詞之組織結構，有極精者，則非純任自然矣。梅溪、夢窗，遠紹清真；碧山、玉田，近宗白石。詞法之密，均臻絶頂。宋詞自此，殆純乎人工矣。總之尚自然，爲初期之詞；講人工，爲進步之詞。詞壇上各占地位，學者不妨各就性之所近而習之。必是丹非素，非通論也。

詞須熟誦

詞本可歌，音節鏗鏘，理所應有。填詞能入調，自無生硬之病，故覺鏗鏘可聽。欲求入調，惟有熟誦古名家詞，久之自然純熟。周介存《詞辨》，乃選本中最精者，首首可誦。

《水龍吟》句法

填詞，一調有一調之體制，一調有一調之氣象，即一調有一調之作法。《水龍吟》本非難調，亦無難句，惟前後遍中四字組成之六排句，太整太板，不易討好。詞中遇此等句法，須於整中寓散，板中求活。换言之，即各句下字時，須將實字虚字動字静字，分别錯綜組織以盡其變。前言字法須講侔色揣稱，此其一端也。細玩東坡“似花還似非花”一首，稼軒“楚天千里清秋”一首，於此前後六排句，手法何等靈變。又此調二二組成之四字句太多，故講究作法者，末尾四字句，多用一三句法，亦無非取其變化之意。詞之句法，故不嫌變化多方也。如東坡之“是離人淚”，稼軒之“揾英雄淚”，即其一例。

《河傳》創自飛卿

《河傳》調，創自飛卿。其後變體甚繁，《花間集》所載數家，圓轉宛折，均遜温體。此調句法長短參差相間，温體配合最爲適宜。又换叶極難自然，温體平仄互叶，凡四轉韻，無一毫牽强之病，非深通音律者，未易臻此。又温體韻密多短句，填時須一韻一境，一句一境。换叶必須换意，轉一韻，即增一境。勿令閒字閒句佔據篇幅，方合。

《小梅花》係東山創調

《小梅花》，係東山創調，一名《梅花引》，體近古樂府，宜逕用古樂府作法。軟句弱韻，均所最忌。賀作筆力陡健。《詞律》收向子諲作，不逮賀作遠甚，而反謂勝之，真賞識於牝牡驪黄之外矣。

《戚氏》爲屯田創調

《戚氏》爲屯田創調，《晚秋天》一首，寫客館秋懷，本無甚出奇，然用筆極有層次。初學慢詞，細玩此章，可悟謀篇布局之法。第一遍，就庭軒所見，寫到征夫前路。第二遍，就流連夜景，寫到追懷昔遊。第三遍，接寫昔遊經歷，仍落到天涯孤客，竟夜無眠情況，章法一絲不亂。惟第二遍自"夜永對景"至"往往經歲遷延"，第三遍自"别來迅景如梭"至"追往事空慘愁顔"，均是數句一氣貫注。屯田詞，最長於行氣，此等處甚難學。後人遇此等處，多用死句填實，縱令琢句工穩，其如懨懨無生氣何。

夢窗《鶯啼序》(節録)

《鶯啼序》爲序子之一體，全章二百四十字，乃詞調中最長者。

褚傳誥

褚傳誥(生卒年不詳)，清末民初人。餘不詳。

本書資料據1915年油印本《石橋文論》。

文體(節録)

駢散之互相詆毁,甚於敵國,莫能相下。然漢之高文稱兩司馬,唐則宣公、昌黎,如嵩華二山齊高海内。惟六朝偏於駢而宋偏於散,元明以還,皆祖宋而祧六朝,名散文曰"古文",而駢文一道遂與俳優並畜,非世所重矣。宋人好爲過高之論,其非班馬之手,稍講風韻者,輒詆爲齊梁小兒所作,故其時風氣,日趨於虚矯,而尚馳騁一派,尚演迤沖融又一派,無言枚、揚麗则之學者,間或有之,亦寥落如晨星。抑且風格卑弱,僅拾唐人小賦之遺,多好用成語湊合,務於奇趣横生而止,故每落小樣也。朱無邪氏曰:駢文萌芽於周秦,其體於漢魏崔、蔡諸公體格已成,建安近東漢,西晉近建安,故魏晉自爲一類,東晉與劉宋自爲一類,永明已後,益趨繁縟,至蕭梁諸帝王之作,而靡麗極矣。然徐、庾清新富贍,爲駢文正軌,惟時代遞降,體製不能無殊。由徐、庾而爲四傑,再變而爲義山,又變而爲宋人,故義山者,宋人之先聲也。宋人名駢文曰"四六",其名亦起於義山,見《樊南甲、乙集自序》。四字六字,相間成文,劉宋、蕭齊已下乃如此。至趙宋而此風遂盛,彭文勤有《宋四六選》,飛書馳驛,取其易曉,而風格乃益卑耳有明一代,更無足觀,其稍露芳華者,太倉張天如、雲間陳卧子數人而已,餘如王、唐、茅、歸、方皆以古文自命,於駢文未嘗問津。公安、竟陵體尤纖僻,有乖閎雅沈博絶麗之作,蓋無所有馴。

昔劉孟塗有言:夫駢散之分,非言有參差,實理有濃淡,或爲繪繡之節,或爲布帛之温。其要歸於無異致,推厥所自,俱出聖經。夫經語皆樸,惟《詩》獨華,《詩》之比物也雜,故辭婉而妍;《易》之造象也幽,故辭驚而創,駢語之采色於是乎出。《尚書》嚴重而體勢本方,《周官》整齊而文法多比,《戴記》工累叠之語,繁辭開屬對之門。《爾雅·释天》以下,句皆殊連,《左氏》叙事之中,言多綺合,駢語之體制於是乎出。

是則文之有駢散,如樹之有枝幹,艸之有花萼,初無彼此之别也。蓋理非不藉辭,辭亦不能外理,而偏勝之弊遂至兩歧。始則土石同生,终乃冰炭相格,求其合而一之者,其惟通方之識、絶特之才乎。上元梅伯言述管異之之言曰:人有哀樂者,面也,今以玉冠之,雖美,失其面矣,此駢體之失也。

文變(節録)

唐末有"三十六體",則以李義山、段柯古、温飛卿行皆十六,合而得名也。而嚴滄浪論詩有十八體,風、雅、頌、樂府、古選,建安、黄初、正始、太康、元嘉、永明、齊梁、南北朝、初唐、盛唐、晚唐、宋元祐者是,然建安、黄初本屬同時,不容區而爲二;正始之嵇、阮,太康之潘、左、張、陸、陶、郭,元嘉之元暉諸人,皆備於選體,則就古選中分其體可也，於古選外更列其體，不可也。又十四派，以李商隱爲正派，而黜蘇黄體爲卑下。夫義山富麗，實開西崑之首。東坡爲宋代大家，山谷稍生硬，而風骨自高焉，烏得以卑下目之？

劉咸炘

劉咸炘（1896—1932）字鑒泉，别號宥齋。室名推十齋。雙流縣（今屬四川）人。祖父劉沅、父親楓文，均爲蜀中知名學者。曾爲四川大學教授，門人遍蜀中。近代著名歷史學家、目録學家。篤學精思，明統知類，舉凡哲學、諸子學、史學、校讎學、方志學、文學以及道教研究，廣大圓通，勝義紛披，均有創獲，發前人所未發，卓然自成一家。張爾田、陳寅恪、梁漱溟、蒙文通、吴芳吉、盧前、唐君毅均對其學術成就推崇備至。其學術體系，以深厚的國學爲基礎，上繼浙東史學，以章學誠"六經皆史"思想爲其治學方法，又融入西方哲學和史學因素，故其思想如天馬行空，風捲殘雲，發爲文章，則恣肆汪洋，莫測崖涘。一生著述爲古今少有，共二百三十餘部，號爲《推十書》。其《文學述林》分文學正名、宋元文派略説、故事比觀、陸士衡文論四卷，論點圓融通達，溝通四部，力貫中西，對文章本體、創作、文學演進、文體、流派等一系列問題提出了獨到見解，體現出由博返約、通貫執中的學術特點。

本書資料據1929年成都尚友書塾刊本《文學述林》。

文學正名

文學一科，與史、子諸學並立，沿稱已久，而其定義範圍，則古無詳説，今亦不免含混，是不可不質定者也。考之遠古，《論語》所謂"文學"，對"德行"、"政事"而言。其所謂"學文"，則對"力行"而言。皆是統言册籍之學。其後學繁而分，乃有專以文名者。著録之例，則詩賦一流，擴爲集部，與史、子别。至齊梁時，遂有文、筆之區分：專以藻韻者爲文，無藻韻者則謂之爲筆詳見《金樓子》及阮氏《文筆論》。其後，藻韻偏弊，復古反質，所謂"古文"者興，此説遂廢。而"古文"則史、子皆入，亦未嘗定其疆畛，渾泛相沿而已。及至近世，偏質又弊，阮元等復申文、筆之説《揅經室集》，文之範圍始有議者。章炳麟正阮之偏，謂凡著於竹帛皆謂之文，有無可讀、有句讀之别《國故論衡》。最近，人又不取章説，而專用西説，以抒情感人、有藝術者爲主，詩歌、劇曲、小説爲純文學，史傳、論文爲雜文學。此四説者，各不相同。論文者或渾沿舊説，或泛依新説，章、阮二説亦有從者，或且竝四説而混用之。今於諸説未暇詳辨，但略言以明其係位，先圖而後説

之。（編者注：圖略）

文之本義，實指文字，所以代言，以意爲内實，而以符號爲外形者也。故凡著於竹帛者，皆謂之文。

内實不外三種，曰：事物在內、理、情。

外形以一篇爲單位，縱剖則爲五段：一曰字，二曰集字成句字羣在内，三曰集句成節句羣在内，俗所謂一筆，四曰集節成章亦曰段，五曰集章成篇。專講一字者謂之文字學，即舊所謂小學。專講字羣、句羣者謂之文法學，舊校勘家所謂詞例也。其講章篇者則爲文章學。

外形横剖則爲三件：一爲體性，即所謂客觀之文體。此由内實而定。文本以明事、理、情爲的，所明不同，方法亦異。事則叙述描寫在内，理則論辨解釋並入，情則抒寫，方法異而性殊，是爲定體。表之以名：叙事者謂之傳或記等，史部所容也；論理者謂之論或辨等，子部所容也；抒情者謂之詩或賦等，古之集部所容也。然諸名中，明屬於一實一法如論與傳者亦不多，其大半皆不定。如石刻辭本以所託之物爲名，故雖源起叙事，而亦可以論理抒情；曲本以合樂爲名，故亦可抒情，亦可叙事。又有告語之文，則本三種皆有，無所專屬。又凡文之一體，用之既久，内實往往擴張，遂有變髓。如詩本主言情，而亦有用以叙事論理者，雖變甚而失本性，爲論者所斥，然苟未全失本性，且能自成一妙，則亦當容許。故一名雖爲一體之表，而名與性已不盡相掩合，特相沿自有規例，以實定體，從其多者爲主耳。至於方法，則一體中互用者尤多。事必有其理，理須以事證。情生於事，而與理相連。故叙述文中，亦间有論辨之言；抒寫文中，亦間有叙述之語：皆不可以嚴分。特其中自有主從，以法定性，從其主者言之耳。

二爲篇中之規式，如詩之五七言，以字數分也；文之駢散，以句列分也；以及韻文之韻律，詞曲之譜調，一切形式，成爲規律。一文體中多以此而成小别，如詩之歌行、絶句是也。此與文法學所講不同：彼止字與字、句與句之關係，此則全篇中諸字諸句排列之形式也。

三爲格調，即所謂主觀之文體。此如書家之書勢漢魏人多形容書勢之文，樂家之樂調。同一點畫波磔，而有諸家之殊；同一宫商角徵，而有諸調之異。此當分爲四：一爲次，此依内實而定，叙事有先後，抒情有淺深，論理則且有專科之學。二爲聲，有高下、疏密。三爲色，有濃淡。此二者皆關於所用之字。四爲勢，有疾徐長短，此皆在章節間。體性規式乃衆人所同，惟此四者則隨作者而各不同，藝術之高下由此定，歷史之派别由此成。譬之書字，髓性則篆分真行之定體也，字羣、句羣則點畫也，篇中之規式則點畫之方位也，而格調之變則所謂各家之筆意也。或肥或瘦，或平或崛，或如山，或如水，或如雲，或如鳥，態各不同，而其字髓、點畫、方位則同也。又譬如人焉：次則其坐立行止之步驟也，聲音采色則其血氣肌骨也，勢則其動作之狀態也。

學文以求工也。所謂工者，工於形式也。事期於真理，情期於真善，或謂二者止期於真，非也。所謂真理自是善。明其當如此，非止明其本如此也。情須中節，豈一真所可了乎？徒真而不中節。不得爲文之内實。此内實之工，功在文外矣。若形式之工，則字期於當，訓詁之學也；字羣、句羣期於順，文法之學也；體性期於合，文體之論也。此皆止期於明，其内實則皆期於真善也。若規式格調則别加美爲目的。規式本以美之標準而定，格調變化隨人，而要以動人爲的，皆期於主觀之美者也。具此美者，乃謂之工文。其期於真善者，無美醜派别之可言，非文學專科之所求也。

如上所説，文之一物既分解矣。由是而觀四説，則其各有所主可見矣。章説最廣，阮説最狹，疆畛皆明，本無可非。蓋文之字義本爲致飾，對素材以爲稱。實質爲質，則形式爲文。而形式之規式格調中有樸淡華濃之别，則樸淡爲質，華濃爲文。章執前義也，阮執後義也。然於今之所謂文學專科之範圍皆不合，何也？無句讀文止有字羣、句羣及體性，而無格調，故無美醜，無派别也。阮氏之所據。則止篇中規式與格調中聲色二類之一態。彼非此態者，豈皆無所謂美哉？若齊梁文、筆之説，則又有深遠之因，非止如阮説而已。蓋自《七略》條别六藝諸子，而詩賦專爲一類。此類體性主於抒情，又用整齊之式及韻，與《書》、《春秋》、《官禮》之流之叙事、諸子之論理者不同。古之子、史家，其文格調雖美，而皆不以藝術爲標。其後此術乃成專門，有文之目《范書·文苑》，有集之名，漸以密聲麗色爲尚，然皆詩賦一略之流，子、史不入焉。其區别固猶以内容體性，非以藝術也。其後駢式韻律密聲麗色之術，竝施於叙事論理之文，於是有文、筆之説。雖猶未混子、史，而其標準則顯立於規式聲色中矣。《昭明文選》沿守舊疆，不收子、史，而又取單論、史論、贊、行述，則選其合於沈思翰藻之準者。劉氏《文心雕龍》不主文、筆之説，蓋知格調之不止於韻律駢式也。其書有《諸子》、《史傳》二篇，《書記》篇末且及譜、簿，占、試(式)、符、券、關、牒，已漸破狹義爲廣義。然所詳仍在篇翰，此數者猶居附録也。至於西人之論，其區别本質，專主藝術，正與《七略》以後、齊梁以前之見相同。蓋彼中本以詩歌、劇曲、小説爲文，猶中國之限於詩賦之流也。然後之編文學史者，亦並演説、論文、史傳而論之，正猶《文心雕龍》之竝説史、子，蓋以是諸文中亦有藝術之美也。况小説本爲叙事，與傳記更難區分。藝術者，兼賅規式格調之稱，乃文章之本質。以此爲準，固較齊梁之偏主駢式韻律密聲麗色者爲勝，然彼仍以詩歌劇曲爲主，則亦猶《文心》、《文選》之視史、子爲附也。夫以規式格調爲標準，則於舊之以體性爲標準者已如東西與南北之不同。標準既易，而仍欲守體性之舊疆，豈可得哉！齊梁之説不可用於今，則西人之説又安可用乎！

或曰抒情之舊疆乃與子、史竝立，今没去之，則是世間止有事學、理學，而無情學矣。曰所謂事學、理學者，内實之學也。以内實論，則情固事之一也，是心理學之所究也。若養情則實際之行，非知識之事矣，情豈別有學哉！若其與子、史相竝者，表達其情之形式也，而子、史者，亦表達事理之形式也。然則同爲形式，復何疑乎？

由上以言，今日論文學當明定曰：惟具體性、規式、格調者爲文。其僅有體性而無規式、格調者，止爲廣義之文。惟講究體性、規式、格調者爲文學，其僅講字之性質與字句之關係者，止爲廣義之文學。論體則須及無句讀之書，而論派則限於具藝術之美。

文變論戊辰二月三十日

王葆心作《古文辭通義》，論古今文派分爲逆流、順流。謂主秦漢者爲逆流，主唐宋者爲順流。此説似是而實未通。主八家者上法先秦、西漢，何嘗不逆？主八代者下取東京、六朝，何嘗不順？王、李學何、李，亦如方、劉之學歸也；王、李派之選詩，略宋元而取明以接唐；歸、方派之選文，略東京、六朝而取唐宋以接西漢：皆法古也，皆有近承也，安得有順流哉？

吾謂古今文派之異，不可以順逆該，而可以文質與正變該。文之變遷，惟文與詩最多，凡至四五：魏晉異漢，六朝稍異魏晉，盛唐異六朝，中唐異盛唐，兩宋又稍異中唐。其變皆以漸，至宋而變窮。元明不能再變，遂成兩派對立之形。詞曲、八比，體小時近，僅一變而亦成對峙之形。今納之爲甲乙二派，表之如下，若屢變之迹，則別有專書。（编者注：表略）

詞曲八比之爭不烈。文詩則甚烈，一派之中復分小派，或斷限稍殊，如取中唐而不取晚唐，取北宋而不取南宋，紛然不同，要可納於一對之中。凡文詩詞曲之對峙，大抵爲文質之殊，然已非盡爭文質，若詞則體本屬文，無純質之派，時文之變，更非文質矣。此惟正變之説，足以該之。文質之説，吾已詳論於《辭派圖》，今但論正變之説。

唐釋皎然作《詩式》，首標復古通變之説，曰“反古曰復，不滯曰變”，又謂“陳子昂復多而變少，沈、宋變多而復少”，其論甚精，過王氏順逆之説遠矣。變、復二事，本相因依。宋以前之復，雖復實變，如開元、元和諸詩家，雖反六朝而復魏晉，而其境實拓大於魏晉；宋以後之變，則雖變實復，如明及近世之主八家文者，雖曰沿中唐以後之變，而實遥宗兩漢。蓋更迭循環至於三四，則於近爲變，於遠爲復，今之所復即昔之變。加以對峙之後，兩弊皆著，則調和之道見矣。故復古者所復者不必爲正，順變者所順或且爲古。今之所論，謂源正流變之説，不論遠近與古今也，請得詳之。

明袁小脩宗道論詩曰：“有作始自宜有末流，有末流自宜有鼎革。”近周書昌永年論文曰:“文必有法而後能,必有變而後大。”譚仲脩獻論詞曰:“凡文字無論大小,有源流即有正變,有正變即有家數。”此三説如一説,乃論文派之原理格言也。凡一文體之初興,必絜靜謹約以自成其體,而不與他體相混,其後則内容日充,凡他體之可載者悉載之;異調日衆,凡他體之所有者悉有之,於是乃極能事而成大觀。莊子曰:“其作始也簡,其將畢也必巨。”蓋始嚴終寬,固事物之常也。試以此論,核之諸文。駢散之文,本非一體,不可渾論,須析言之詩詞之初本以道情,而後乃記事説理矣。碑銘之初本渾略,而後乃詳實如傳記矣。詞之初本通俗,而後乃典麗似駢文、律詩矣。五言詩如磬,而亦可作笳鼓之雄音。遊記本地志之流,而亦作小説之雋語。略舉如是皆在變。時變之既極,則其弊濫泆,於是有識者持復古之説繩之以正體。故李太白謂“自從建安來,綺麗不足珍”;韓退之謂“齊梁及陳隋,衆作等蟬噪”;何仲默景明謂“詩壞於陶”;劉水村壎謂“宋詩止是四六策論之有韻者”;王弇州世貞謂“元無文,論曲者以本色爲尚”;周止菴濟《詞辨》列蘇、辛爲變而賤;明人論時文者,標清真雅正爲宗,而排隆、萬:凡若此類,皆復古守正之説也,表中之甲派也。然復古太甚,則其弊拘隘,於是有識者持順變之説,擴之以容流。故劉孟塗開謂文體至八家始備,韓之贈序,歐之集序,皆古所無;陳石遺衍謂開元、元和、元祐,皆辟土啓疆,若守騷、選、盛唐,惟“日蹙國百里”;彭尺木紹升謂“論者執成化、弘治之一概以量列朝,亦通人之蔽”:凡若此類,皆通變之説也,表中之乙派也。古之論者主甲者多,而主乙者少。明世復占者摹擬之弊大著,爲衆所詆。然詆之者仍持復古之説,特平其太峭,稍稍下取,斷限不同而已。蓋其所論猶局於詞格。至明末諸人反摹擬之弊,乃專論本質,而開容廣之風,公安、竟陵、浙東開之,而葉横山《原詩》之論尤爲暢遂,其所持者乃在文之内實。此於論文之道爲一大進矣。

雖然,守正之説遂因通變之説而廢乎?又不然也。皎然曰:“惟復不變,則陷於相似之格。復、變二門,復忌太過;變若造微,不忌太過,苟不失正,亦何咎哉?”此論不差。而嫌未暢。夫守源正者之根據在於文體,其執以非順變者謂其忘本而破體也;順流變者之根據在於文質,其執以非守正者謂其遏新而輕質也。故主源正者辨體甚精,順流變者言本甚透,非皆拘拘爭格調而已。其拘拘爭格調者,不過文質之偏尚,于文之大端無與也。夫格调固不足爭也,文本因人,人有異態,文有異調,常也。彼此相非,特所見之異耳。乙派謂甲派不知變調之美,然甲派獨非一調乎?獨無美乎?故真能順變者止非摹擬,而不非所摹擬。如主唐詩者賤宋詩,而主宋詩者不賤唐詩,止賤學唐詩者。根極本質而容納異調,是誠論文者所當持也。然則通變者遂勝矣乎?曰:未然也。夫本質當重,而摹擬亦不可廢也。詞格固不能無摹擬,今豈能人創一格邪?徒摹詞而無質固不可,若摹詞而不害其質,豈得爲病乎?古今文人無不摹擬,而明人獨蒙詬者,以其無質也。顧無質者其流耳,何、李、王、李諸人之作,豈得謂皆無質乎?摹擬不可全廢,説詳《袁中郎論文語鈔》且異調固當容，内實固可充，而文之大體則不可逾越。詩固不當限於綺靡，而過於質直則不可以爲詩。詩固可以叙事説理，而叙事説理之文，要不可以爲詩。是故詩之多隸事者可容，而曲之多隸事者則不可容也。廢宋詩者非，而賤明曲則是，何也？體異也。《小雅》亦有絞直之句，而《詩》以柔厚爲體則不可誣也，何也？大體不以小變而没也。謂"詩壞於陶"者過；而以韓之贈序、歐之集序爲宗則妄。是故極其寬焉，則不但宋時當取，蘇、辛不當外視，即盧仝之怪、邵雍之質亦皆當取；極其嚴焉，則詩不可入詞句，詞不可入曲句。取知言論世之質，則極寬而不爲濫；立窮工盡巧之準，則極嚴而不爲拘。要之，本質之存亡，不在於體之新舊；内容之廣狹，不係於格之古今。分别言之，則各得其當；混而論之，斯爭詬所以不已也。

黄梨洲作《寒邨詩稿序》曰："上天下地曰宇，古往今來曰宙。自有此宇，便不能不宙。今以其性情下徇家數，是以宙滅宇也。又障其往來者，而使之索是非於黄塵，是以宙滅宙也。"此排守正者之論也。雖然，亦自有此宙，而不能不宇，若縱其才力，大混體性，是非"以宙滅宇"乎？又絶其承傳，而使之窮怪奇於斷徑，是非"以宙滅宙"乎？蓋宇之中有異有同，宙之中有變有常，滅異固悍，忘同亦誣，過變固愚，亂常亦謬也。

若夫綜羣體而論之，則通變之説勝矣。焦里堂《易餘籥録》曰："商之詩僅存頌，周則備風、雅、頌，載諸《三百篇》者尚矣。而楚騷之體則《三百》所無也，此屈、宋所以爲周末大家。其韋玄成父子以後之四言，則《三百篇》之餘氣遊魂也。漢之賦爲周秦所無，故司馬相如、揚雄、班固、張衡爲四百年作者，而東方朔、劉向、王逸之騷仍未脱周楚之科臼矣。其魏晉以後之賦，則漢賦之餘氣遊魂也。楚騷發源於《三百篇》，漢賦發源於周末，五言詩發源於漢之十九首及蘇、李，而建安而後，歷晉、宋、齊、梁、周、隋，於此爲盛。一變於晉之潘、陸，宋之颜、謝，易樸爲雕，化奇作偶。然晉宋以前未知有聲韻也。沈約卓然創始，指出四聲，自時厥後，變蹈厲爲和柔。宣城、水部、冠冕齊梁，又開潘、陸、顔、謝所未有矣。齊梁者，樞紐於古律之間者也。至唐遂專以律傳，杜甫、劉長卿、孟浩然、王維、李白、崔顥、白居易、李商隱等之五律七律，六朝以前所未有也。若陳子昂、張九齡、韋應物之五言古詩，不出漢魏人之所範圍。故論唐人詩，以七律五律爲先，七絶五絶次之，詩至此盡矣。晚唐漸有詞，興於五代而盛於宋，爲唐以前所無。故論宋宜取其詞，前則秦、柳、蘇、辛、晁，後則周、吴、姜、蔣，足與魏之曹劉、唐之李杜相輝映焉。其詩人之有西崑、西江諸派，不過唐人之緒餘，不足評其乖合矣。詞之體盡於南宋，而金元乃變爲曲，關漢卿、喬夢符、馬東離、張小山等爲一代鉅手。乃談者不取其曲，仍論其詩，失之矣。有明二百七十年，鏤心刻骨於八股，如胡思泉、歸熙父、金正希、章大力數十家，洵可繼楚騷、漢唐詩、宋詞、元曲以立一門户，而何、李、王、李之流乃沾沾於詩，自命復古，殊可不必者矣。夫一代有一代之所勝，舍其所勝而就其所不勝，皆寄人籬下者耳。余嘗欲自楚騷以下至明八股撰爲一集。漢則專取其賦，魏晉六朝至隋則專録其五言詩，唐則專録其律詩，宋專録其詞，元專録其曲，明專録其八股，一代還其一代之所勝。”王國維《人間詞話》曰：“四言敝而有楚辭，楚辭敝而有五言，五言敝而有七言，古詩敝而有律絶，律絶敝而有詞。蓋文體通行既久，染指遂多，自成習套，豪傑之士亦難於其中自出新意，故遁而作他體以自解脱。一切文體所以始盛終衰者，皆由於此。故謂文學後不如前，余未敢信。但就大體論，則此説固無以易也。”

焦、王之論，可謂勇且明矣。世間有此文，則文中有此品，文體固無所謂尊卑也。《四庫》不收曲詞、時文，而鄙棄明人小品，斯爲隘矣。雖然，賦之爲詩，詩之爲詞，詞之爲曲，其變也乃移也，非代也。蓋詩雖興，而賦體自在也，鋪陳物色，固有宜賦不宜詩者矣。詞雖興，而詩體自在也，叙事顯明，固有宜詩不宜詞者矣。曲可述情，而述情之晦者不如詞，故詞雖衰於元，而近日復興起。時文雖兼叙事，終不同於平話。平話尚不能代曲，而況時文乎？由是言之，則通變與守正，固未嘗相妨矣。

文派之爭甚繁，上論文質正變，特其大端耳。至其小端，則不可遽數。凡成一派，必有所偏重，然後能嚴明，從者欲其肖也，則不覺相襲，又不知變化，久乃成習氣而可厭。懲其敝者又起而矯之，力斥前者之非，並其初創者而詆之，幾若一無可取。然苟平心細審，則後者所重，前者固未嘗無之，但較其所重爲輕耳。如攻王、李者謂其無質，而王、李固未嘗全無質；鄙宋詩者謂其無華，而宋詩固非全無華。蓋凡能成一家，則於形實華質固皆必具，未有竟缺其一而可爲人久尊者也。法人古爾芒嘗謂：“佐拉創自然主義，薄理想，排象徵，而其自作則不然。故理想主義之革命，非對自然主義之産物而發，或僅對其中極下作品而發，乃對其學説而發，對其招牌而發。此輩自信以爲新發見真理，實則不過重然火炬而已。”此論極通。知此，則一切爭端之真界可以明，而其泰甚之辨可以息矣。

文選序説庚申

七略漸變而爲四部。劉氏“詩賦”一略，王氏《七志》更爲“文翰”，阮氏《七略》又改“翰”爲“集”，而“文集”之名成。蓋詩賦之體，流變爲頌贊箴銘，設詞連珠，而其風勢推用於一切告語之文，必稱翰而後可該。而集之爲稱，自隋以前固專指篇翰之出於詩教者也。經説、史傳各爲成書，子家别爲專門，故詞賦之流專稱爲集，非後世雜編爲集之例也。《書》、《禮》、《春秋》皆主質，故《詩》之流、藻韻之作專稱爲文，非著述統號爲文之名也。文也，集也，皆大其名而狹其實。此義不明，則六藝源流混，而文體不可復别。《文選》之爲世詬病以此。蘇子瞻首詆其無識，姚姬傳復譏爲破碎可笑。章實齋作《詩教》、《文集》二篇，發明隋前篇翰之源，正後世文集之謬，而不知《文選》之例即主詩教，故但表其輔史，摘其分門之誤，而未明本旨。阮芸臺撰《文言説》、《書〈文選序〉後》二篇，發明六朝文筆之辨，專以藻韻爲文，以救後世偏尚散行之謬。而不知藻韻源於詩教，故偏主排偶。至牽涉《四書》文而不爲通論，其不知史子集部源流，與蘇、姚同。吾既明章氏之義，乃知昭明本叙固已明言，阮氏亦未能細讀。就文説之，其義可瞭也：書名《文選》，猶之劉義慶之《集林》，沈約之《集鈔》，本專指當時之集而言。《序》先論詩，而舉六義，明乎詞賦一流皆源六義。又曰："古詩之體，今則全取賦名。"此言後世之賦，以附庸而成大國，兼該六義，足以當古之詩也。次論騷者，騷爲賦祖也。次論詩，次論頌。頌名猶沿於古詩，不但義同。箴戒起於上世，其藻韻與詩同，而《抑》及《卷阿》，列於《三百》。銘誄固詩之流，讚亦頌之類。以上皆詞賦正傳，源於詩教者也。惟箴下銘上雜入論體，似不倫，殆以箴戒言理而連及之與？此下乃言告語之文，蓋告語單篇，與經説、史傳、子家殊途。《三百篇》中有書簡哀弔之義；春秋賦詩酬答，其義亦取主文。而枚、馬書檄原於縱横，《東(后)漢・文苑傳》書教與賦頌並列。詔誥教令，上告下也；表奏牋記，下告上也；書誓符檄，告敵體也；弔祭悲哀，告鬼神也；末乃終以答客指事之設詞，三言七字之異句，以該諸未舉之例。篇、辭、引、序、碑、碣、誌、狀，皆屬單篇，特爲統舉之詞。篇辭本非一體，引序則一書之附物，碑碣與誌乃刻石之文，其詞簡渾與銘頌同，後世用史傳法，非古也。先後次第既已粲然，乃發其選輯之例：經不可選，不特尊經也。六經皆史，體製各殊，本非文集之流，亦不得割成書爲單篇也。昭明但言"日月俱懸，鬼神爭奥"，豈可芟夷剪裁？姚姬傳從之，止知尊經，已非了義。曾滌生則謂諸文皆本於經，經非不可選，遂徧選之。夫《詩》本單篇，列之賦頌弔哀猶可也。《尚書》，因事名篇之史也，而割分於典志、傳狀、詔令、論著。《禮記》，記也，而割分於典志、序跋。黎庶昌沿之，竟以《堯典》入於傳狀。此豈復可與考文體乎！然後知昭明不選之爲深晰源流也：不選子家，曰"以立意爲宗，不以能文爲本"，深辨文質之言也；不選説辭，曰"雖傳之簡牘，而事異篇章"，斯語尤精。曾滌生譏姚姬傳選太史談《論六家要指》，謂其文乃史遷所述，非談本有一篇。當矣；而於姚氏選《國策》諸説辭略不譏議，且沿之焉，此豈非撰《國策》者所記非本有一篇者乎？是知一十而不知二五也。夫事異篇章，不特説辭爲然，凡子史部成書，皆非詩教一流單篇抒采之比也。故昭明又曰："記事(之史)""繫年之書"，"方之篇翰，亦已不同"。其義亦明爽矣。然其書又選史論贊，恐後人疑爲自亂其例，則又曰："讚論之綜緝辭采，序述之錯比文華，事出沈思，義歸翰藻"，故雜而録之。明乎其選論序，亦以其藻韻合於詩教而録之，此即實齋所謂"詩教入於《春秋》，史家抑揚詠歎，原出《風》、《疋》"者也。由是以推，論爲子家而選諸論。狀雖單篇，亦屬史流，而選《竟陵文宣王行狀》。《過秦》本《新書》之一篇，而割采之。蓋皆以其沈思翰藻也。不取西漢奏疏，以其質也。其他各類，皆以此爲斷，去取之旨，猶可推尋。惟《毛詩序》、《尚書序》、《左傳序》，皆非沈思翰藻，而亦録之。殆以本書主於詩教，故録《詩序》以見宗主，而《書》、《春秋》二篇，又以旁備文史源流耳。《典論・論文》亦全書之一篇，而亦割録之，蓋猶之選《詩序》也。然全書之中，亦有未安者三端：一曰序次倒，二曰立目碎，三曰選録誤。實齋謂詩賦不當冠篇，後世沿之爲陋，其説苛矣。既知文章源於詩教，而不知《文選》專主詩流，是明於彼而闇於此也。實齋選《文徵》皆以奏議爲首，此乃《文徵》輔史之當然，非選文通例。且即就文爲著述統稱之廣義而言，亦不得先奏議也。惟是昭明既主於詩，則當先詩，次騷，次賦，源流乃明。今乃先賦，次詩，而又自解之曰“古詩之體，今則全取賦名”。夫賦雖兼該六義，今固猶有詩存，非賦所能該也。此倒者一也。《序》中分詞賦、告語爲二，劃剖明晰，而編録乃於賦、詩、騷、七之後，遂列詔、册、令、教、文、表、上書、啓、彈事、牋、書、檄諸告語文，而又繼以對問、設論、辭、頌、贊、符命之出於詩賦者，又繼以史論、論之旁出史子者，又繼以連珠、箴、銘、誄、哀、碑、志、弔、祭之出於詩賦者，忽此忽彼，離亂無序。狀出史家而間於誌後，以與志近而附焉，猶可也。序間於辭頌之間，何説耶？此所謂倒者二也。賦之源出於詩騷，志情紀行，乃真詩騷之遺，郊祀、耕籍、畋獵出於雅頌，哀傷出於國風，斯當類而次之，依其源之先後爲次第，今乃隨意編之，以情居末，猶可云防淫，其他則混矣。京都之體最後，而乃以爲首，此蓋文士之見，愛其篇體廣博耳。昭明於詩一類，略依風雅頌爲次第，首尾明白，何於賦乃混亂如此？此倒者三也。遊覽一目，可並於紀行。既有物色，便該萬象。宮殿特出，猶云擬於京都。鳥獸非物乎？江海非色乎？不必分而分。音樂中，簫笛器也，舞嘯事也，不當合而合。賦人事者多，賦動植者亦多，豈得以所選有鳥獸而無草木，有舞嘯而無釣弋宋玉《釣賦》，劉向《行弋賦》，遂立一篇之目乎？騷、七不當别爲一目，符命立名不安，述贊誤認班書，章實齋已譏之。吾謂七當並於設論而改爲“設詞”。符命之名不足該括。彦和稱“對禪”亦然，當依李氏《駢體文鈔》稱“雜颺頌”，又不當如實齋之説並於設論也。《秋風辭》，詩也；《歸去來》，賦類也；宋玉《對楚王問》，設詞也。辭與對問二目，皆可省也。此皆所謂碎者也。以愚臆見，更定其次，當先詩，次賦，分爲楚辭、情志、紀行、京都、宮苑、典禮、人事、物色、哀傷八類，而論文附焉；次頌、次贊、次雜颺頌、次箴、次銘、次連珠、次設詞、次碑、次志、次誄、次哀、次弔、次祭。然後次詔、次册、次令、次教、次策文、次表、次上書、次彈事、次啓、次牋、次奏記、次書、次移、次檄。告語之文既終，然後繼以序論行狀，則正附明矣。頌贊、令教、牋啓，皆可並二爲一，不並尚無害也。若夫撰録之誤，章氏謂《過秦》無論名，與班書序傳不當選，是也。雖主翰藻，子書不可割，序傳尤不可割也。《難蜀父老》，乃設詞頌德，非檄也，附於檄末，不安也。《聖主得賢臣頌》、《四子講德論》，皆颺頌之文，封禪典引之類，而歸於頌論，與四言之頌、樹義之論同列；《非有先生論》乃答難之流，而亦與樹義之論同列，此皆泥名而忘實也。雖然，其全書大體，疆畛固甚明白，固非不知源流者所得毛舉以相譏矣。劉彦和氏《文心雕龍》兼該六藝、諸子，與昭明之主狹義不同，其上廿五篇，《宗經》、《正緯》之後，即繼以《辨騷》、《明詩》、《樂府》、《詮賦》、《頌贊》，此皆詞賦本支，又次以《祝盟》、《銘箴》、《誄碑》、《哀弔》、《雜文》，皆詩之支流，終以近詩之《諧讔》，然後次以《史傳》、《諸子》、《論説》，然後次以告語之文《詔策》、《檄移》、《封禪》、《章表》、《奏啓》、《議對》、《書記》，而於《書記》篇末，乃廣論經史諸流及日用無可讀之文，其叙次亦與《文選序》大畧相同。此二書上推劉氏《七畧》，貌同心異，端緒秩然。而論文體者竟不推究，姚、曾諸人稍稍就所見之唐宋文字分立目録，遂已爲士林寶重，矜爲特出，亦可慨矣哉！

先賦後詩，今覺其不可輕非，《七畧・詩賦畧》亦先賦後詩，蓋當時自以漢賦直承《三百篇》。五言詩初興，境猶未廣。古人視詩、賦爲一，不似後人之分别。昭明之叙次，實承《七畧》耳。己巳十月自記。

文體演化論辨正戊辰十月初十日作

美利堅人摩爾頓以演化論法施諸文學，作《文體演化論》，謂一切文體皆出於詩，由神話、農曆諺語分化而爲歷史、哲學(演説)，又變而爲純粹散文，又變而爲兼文學、科學之散文。其説頗新。華人拾而衍之，謂適用於中國，徵引故實，以證其同，而强鑿之弊生矣。

夫演化之觀念可取，而其系統公例則不可守。此不獨文學爲然，吾已詳論於《進與退》篇矣。昔之論者視書之經史子集，史之六家二體，皆各自獨立，亦不復究其均整完具與否。自章實齋先生始明六藝、諸子、文集漸興之由，《尚書》、左氏、馬班嬗變之迹，以至近世專門名家，如周介存之論詞，包慎伯之論碑帖，王静安之論古文籀篆，皆改易各立之觀，而代以遞變，此誠評論之進步，雖不名爲演化論，實演化論也。故曰“演化之觀念可取”也。夫學者之通病，在求同而忽異，强散以爲連。演化之例宜施於同質，其不同質者則不可施。編年紀傳同在史家，如脊椎哺乳之同爲動物，卉服麻絲之同爲衣料，其變固可求也。若理文、事文、情文，則各應其用而生，譬如植之與動、衣之與食，夫豈有發生之關係耶？今須先問所諎演化，據形式邪？據素質邪？據大體邪？以大體言，事文之雛形當如今之賬簿，理文之雛形當是零條之格言，此與歌謠之爲抒情而生者，當是兄弟而非母子。謂日曆諺語出於歌謠，雖三尺童子亦知其非也。

觀摩爾頓之所以推衆文而皆原於詩者，蓋以情感、想像、韻律皆詩之所有，與智慧、論理、實質相爲對待，最初之文雖言理事，常雜情感、想像，又多用韻律。其後發達，乃有純智慧、論理，實質而不用華采韻律之文。後析而先渾，乃演化之公例。然則摩氏之言，乃主形式與質素矣。蓋古初語簡，多用韻以便誦，是誠有之。然此乃形式，固非詩之本質。即今叙事、論理及言技術之文，亦常假用詩賦之形式以爲口訣，人固不以爲真詩賦也。情感、想像誠詩之質素，然亦本非詩所獨有，不得謂有者即是詩。最初之文雖言理事，亦常雜情感，想像亦誠有之。然嚴論之，則智慧、情感、想像諸質素本常相連而不可分。記載中亦偶有論辨，抒情者或兼叙事，乃文之常態。不獨古爲然，即摩爾頓亦言近世之文，即純粹科學之作亦少絶不兼感情、想像者，此固不可爭之事實也。是故形式可以通用，素質本相交互，皆與大體之區别無關。正如上古資生，悉取於禽獸，茹毛飲血，寢處其皮，豈可證爲衣出於食，食出於衣？植物、動物體中化學原質固有同者，豈可證爲動出於植、植出於動邪？

儻認韻律及情感、想像爲詩所專有，而詩之一字從其廣義，則是所謂詩者，乃一切文體未分之稱，止能證爲初渾終析，不能證爲由此生彼矣。正如一花數瓣，不得謂此瓣生於彼瓣也。

章實齋先生嘗言一切文體出於詩，此所謂文，乃指後世華采之文；此所謂詩，亦即指想像華采之質素。彼固未嘗謂《書》、《禮》、《春秋》出於《三百篇》也。先生又嘗謂文以情爲至，蓋謂雖説理記事之文亦必有情而後爲真正之文。此與西人所用之純文學界説同，亦只謂此爲諸文之共有耳，非謂理文、事文生於情文也。

或曰真正文學既限於有此諸素，則彼理事文雛形之日曆格言無此諸素，不得爲文。然則叙事詩、劇詩、抒情詩爲文之初祖，不亦宜乎？曰：子言似是而實非也。摩爾頓之所論，固用文學之廣義（其所分，爲描寫、反省、表現三類。描寫、反省即事理文所由生，日曆格言皆是），故兼包純粹科學之文，豈用狹義之文學界説哉！若用狹義，則止當言此想像、華采之原素，覃及諸體耳，何以稱演化哉？正如富家多財，分潤鄰友，得謂鄰友皆此家所演化邪？且狹義文學之界説當重藝術，以此爲凖，則最初之歌謡亦直致而缺少藝術，不獨理事文也，又得謂理事文之藝術得諸情文乎？（以上卷一）

傳狀論（節録）

吾讀《漢書・東方朔傳》、《後漢書・黄憲傳》，而知别傳之所由始也。蓋紀傳史中之列傳，與雜傳、别傳殊。史記一代之事，以全書爲一體，有集散交互之法，列傳特全書之一篇，全體之一部，不爲一人備始末也。雜傳、别傳則主于傳一人，其體獨立。是以詳肖者，雜傳别傳之準，而不可以責于列傳。然列傳亦未始不可用之，如《東方朔傳》，雖詳董偃始末，仍是列傳互見之法，而具載朔之言行，不避瑣細，以示傳所不收皆非其實，此實以人爲主矣。考别傳、雜傳之體，其來甚古。諸子之書，本記言行。孔子教化三千，而有《論語》、《家語》。齊人傳道管、晏，而有《管子》、《晏子》。《管子》有三《匡》，已具别傳之體。《晏子》名"春秋"，已具軼事之體，惟尚承惇史《國語》之體，詳于言而略于行耳。彙傳始劉向《列女傳》，亦《新序》、《説苑》之變形耳。近世有定體之傳記原于古者，無定體之傳記凡經外之書，其迹固甚顯也。今之定體始于東漢。《隋書·經籍志》雜傳類叙曰：《周官》"閭胥之政，凡聚衆庶，書其敬敏任卹者。族師每月書其孝悌睦婣有學者。黨正歲書其德行道藝者，而入之于鄉大夫。鄉大夫三年大比而獻其書。是以窮居側陋之士言行必達，皆有史傳。自史官曠絶，其道廢壞"。"後漢光武始詔南陽撰作《風俗》，故沛三輔有耆舊節士之序，魯廬江有名德先賢之讚，郡國之書由是而作。"此論雜傳之盛，起于郡國之一種也。别傳之著，則始于行狀。《後漢書·范式傳》"長沙上計掾史上書表式行狀"；《李善傳》，鍾離意"上書薦善行狀"；《蔡邕集》有"上孝子狀"；而《三國志》"龐淯母趙娥爲父報仇"注引皇甫《列女傳》云"故黄門侍郎、安定梁寬爲其作傳"。是生而有傳，亦狀之類也。管輅弟辰作輅《别傳》，則家傳之權輿也。又《後漢書》稱李固弟子趙承等共論固言迹，爲《德行》一篇《唐志》有固别傳，則又承《管子》、《家語》而開宋人軼事之體者也《隋志》有《東方朔傳》，諸書引作"别傳"，未知是否即班氏所謂"世傳他事"者。蓋光武以鄉黨行義之士，成中興之功，宏奬高節，遂成東漢一代之俗，流爲名譽之風，倚于選舉之制。故有"月旦"之評，"名士"之目。直至六朝，碑贊狀傳由是而繁。當時所謂狀者，體本公牘，詞尚簡略，是當名爲"名狀"，如《隋志》所載《百官名》、《海内士品》，《世説》注所引《永嘉流人名》，皆是其類。雖未極詳肖，而畸行細事不關國祚官政、爲史所不書者，由是而彰矣。論人不專論事而兼論器，亦始東漢。如黄憲之倫無位無壽，徒以形容德量之語，傳想慕于千古，此實前此所無，而漢末名士先賢之美德高操，竟爲秦以來之一大盛，非傳狀宣傳之力耶？文章之變可見時風。六朝行義殺而尚風度，故有《語林》、《世説》之流；唐人奢淫玩惰，乃多傳奇之作。宋世風俗，初醇樸而後高潔，與東漢並稱，于是傳狀又盛。晁公武常言，近世時多有家傳語録之類行于世，持史筆者其慎焉。此謂門生子姓之多濫譽也。宋事之多疑亂，誠坐私書太多，然宋世賢者言行風度傳後世而可法者，獨多于前代，平心而論，功罪固不相掩矣。且涉于國事者固有恩怨之私，若行身接物、日用家常，誠能致詳，必不可僞，棄短取長，亦何責乎？

曲論癸亥年作，辛未三月初七日修

《四庫提要》曰："自古樂亡，而樂府興。後樂府之歌法至唐不傳，其所歌者皆絶句也。唐人歌詩之法至宋亦不傳，其所歌者皆詞也。宋人歌詞之法至元又漸不傳，而曲調作焉。考《三百篇》以至詩餘，大都抒寫性靈，緣情綺靡。惟南北曲則依附故實，描摹情狀，連篇累牘，其體例稍殊。然《國風》'氓之蚩蚩'一篇，已詳序一事之本末；樂府如《焦仲卿妻詩》、《秋胡行》、《木蘭詩》並鋪陳點綴，節目分明，是即傳奇之濫觴矣。"《提要》此論大體不誤。然曲之小令、套數，仍多抒寫性靈，緣情綺靡。而《提要》但論雜劇、傳奇，疏矣。且《提要》僅言曲之承詩詞，而未言曲之異於詩詞。蓋論三者之原固遞嬗而成，然至今三者並立，則各有其妙，而不能相并，不可相易。不獨雜劇、傳奇顯與詩詞殊，套數之長非詞所有，即小令亦與詞之小令有别，此不可不察也。陸象山、王陽明皆謂今之曲即古之詩樂，正樂當自劇本始，此猶專指劇言之。吾則謂曲直承樂，詩樂二者固本相通，而詩教温柔敦厚，樂教廣博易良，其用已不同。經解之分言，固指不入樂之詩與無文字之樂，然今以之論詩詞之文與曲之文，亦奄然相合。蓋詩詞之體温柔敦厚，而曲體則廣博易良也。何以言之？詩與樂之相離也早矣。自南北朝和樂之歌曲，唐宋和樂之詞，固已不同于詩體之嚴峻，蓋和樂之作欲使人人聽而知之，則詞自不能悉都雅，而其寫事義也不能不加纖細，勢固然也。惟是六朝之歌曲，宋之歌詞，其句度簡短，不能極流暢酣恣之致，而和聲之法又漸失傳，遂與不合樂之詩無大異。五言短曲已僅爲詩之一體，詞雖異於詩，其後乃反較詩而加隱晦矣。惟自元以來之曲，乃能極流暢酣恣之致，不獨今猶可歌，即將來歌法失傳，其用亦與詩詞殊異。王伯良曰："晉人言絲不如竹，竹不如肉，以爲漸近自然；吾謂詩不如詞，詞不如曲，是漸近人情。"所謂近人情者，即易良也。此固不待多辨，即使不能文者，取三者並讀之，亦必能辨也。惟其詞之易良，故其内容較詩詞爲廣博，人情物態，舉可見焉。小令之爲體，已能細詳，套數體益大，至於雜劇傳奇，則連折累齣，加以科白，益詳益細。彼詩詞即偶有叙事之長篇，寧能若是耶？雜劇傳奇，本與小説相出入。縱横之詞，煒曄譎誑，小説之材，街談巷議，詩與詞雖亦可取此，而能盡其致者，則惟平話與曲詞，斯亦廣博之徵也。夫廣博易良者，其義則家常，其文則本色。家常、本色，則其感人深，其移風易俗易，元曲之佳即在於是。明以來之作，能合者希，所謂南詞者大都詩詞之變相耳。以詩詞法作曲，以詩詞論曲，雖未至大乖，固已離其本矣。善夫王伯良曰："詞異於詩，曲異於詞，道迥不侔。以詩爲詞，以詞爲曲，誤矣。"今分説事義與文，略論諸名劇之得失以明之。

涵虚子論北曲，分雜劇爲十二科：一神仙道化，二林泉丘壑，三披袍秉笏，四忠臣烈士，五孝義廉潔，六斥姦罵讒，七逐臣孤子，八鏺刀趕棒，九風花雪月，十悲歡離合，十一煙花粉黛，十二神頭鬼面。又有"樂府十五種"者，乃指散曲，其以義分者凡八：曰黄冠，曰承安，曰玉堂，曰車堂，曰楚江，曰香奩，曰騷人，曰俳優。王伯良更益以"巧體"。吕勤之《曲品》分傳奇爲六門：曰忠孝，曰節義，曰風情，曰豪俠，曰功名，曰仙佛。此三説皆不過就舊曲所有分之耳。實則世間一切事義皆可爲曲材，劇曲猶必取情節多曲折者，散曲則直與詩境同，豈止此八者耶？乃今傳元人散曲，其内容較劇曲尤狹。如王伯成、睢景臣之敷衍古事，劉時中之上監司甚爲罕見，十之八九爲"黄冠"、"草堂"、"香奩"。雖其間嘲笑之作可見民風，亦其細耳。此固由元人風氣頹惰，亦因本起樂歌，未經推擴。蓋近世合樂之歌，本以侑宴，止取足供閒娱而授之伶伎，又必肖其聲口，故止有慶賀寫景與艷冶言情之詞。唐宋之詞、元明之散曲皆如是。詞在五代北宋，亦十九爲景詞、艷詞，後文人涉足其中乃漸推廣之。然世之淺識者猶尊初者爲"正"，而卑推廣者爲"變"。散曲之在元，正如詞之在五代、北宋。明以來人，風氣拘狹，不如宋人，又以世賤此道，學者多不肯爲，故不惟不能推廣，反較元人更狹。僅一馮海浮惟敏曲境稍廣，近於詞之辛稼軒，而後無繼者。夫曲體本廣于詞，而元人套劇又已發廣博之端，乃體成數百年，境界尚不能與詩相比，使人視爲天定纖艷戲謔之物，豈不惜哉！詩有杜、韓、白而境大拓，詞有蘇、辛而境大拓，曲家尚無其人，此後起之責也。

涵虚勤之所列劇曲科目第十，常與諸義相連屬，蓋情不外此四者也。情莫重于倫常，又以忠臣烈士、孝義廉節爲正，故論元劇者，必以《琵琶記》爲巨擘焉。非獨文之美也。高則誠，學人也，逸民也。《琵琶記》一書，《論語》"父母在不遠遊"章之講義也。禮制廢而士不得不遊以求食，倫常壞而世事亂，實根於此。則誠著書寄慨，義隱微而又衆喻，高深而家常，家常而高深，迥乎其不可尚已！施君美《拜月亭》，文之本色，與《琵琶》並稱。王元美世貞論《拜月》不如《琵琶》，其言甚是。何元朗良俊、徐陽初復祚乃非之。徐氏曰："《拜月》無一板一折非當行本色語，弇州乃以無大學問爲一短，不知聲律家正不取於宏詞博學也。又以無裨風教爲二短，不知風教當就道學先生講求，不當責之騷人墨士也。又以歌演終場不能使人墮淚爲三短，不知酒以合歡，歌演以佐酒，必墮淚以爲佳，將《薤歌》、《蒿里》盡侑觴具乎？"徐氏此説甚謬，不足勝弇州也。學問非謂博學，風教非謂道學，乃謂命意合乎諷勸教化也。若不講命意，則伶工固優爲本色語，何必騷人墨士？舍風教學問而别有騷人墨士，是江湖清客耳！弇州所謂墮淚，乃謂感人，非專指悲哀，不得以辭害意。且堂堂樂教，豈僅侑觴之具？若僅爲侑觴之具，則插科打諢已足比于博弈，何必文人學士盡力爲之，而列于文章之林耶？王伯良曰："古人往矣，吾取古事麗今聲，令觀者藉爲勸懲興起，或扼腕、裂眦、涕泗交下而不能已，此方爲有關世教文字。若徒取漫言，既已造化在手，而又未必其新奇可喜，亦何貴漫言爲耶？此非腐談，要是確論。故不關風化，縱佳徒然，此《琵琶》持大頭腦處。《拜月》祇是宣淫，端士所不與也。"此論可謂當矣。《琵琶》不獨爲南戲之冠，北劇亦無能及者。吾嘗以臧選百種劇分配十二科，乃知元人所作惟四種爲多：一則艷情，一則仙道，皆在十二科中；其不在十二科中，則寃獄與窮士發憤之作。寃獄多出俗所傳龍圖公案，情文尚多可取；窮士發憤則多爲大言怒詈，顯達淺陋不足觀。王國維氏謂"元曲之妙，千古無比，而作曲者胸中之淺陋，亦千古無比"《録曲餘談》此語甚確。北劇稱關、馬、鄭、白四大家。馬東籬本學人，多作仙道語。白蘭谷亦詩人，而佳作乃止艷情（《梧桐雨》、《墻頭馬上》）。鄭則佳作不少而全屬艷情。何元朗論四家，乃獨取鄭，習陋之見耳。以言乎義，則取鄭毋寧取馬也。其餘諸家，當以秦簡夫爲最。其作今傳者如《東堂老》、《趙禮讓肥》皆言倫誼，佳處幾配則誠，世顧無稱者。明以來之劇曲則十九皆説男女之情，並仙道、林泉亦少，諺稱劇曲不離二言："男子落難，女兒嫁漢。"非苛訕也。近人漸知事義。蔣心餘自題曲曰："安肯輕題南董筆，替人兒女寫相思。"善哉言乎！然心餘所作，雖多表章節義，亦多兒女之詞。若洪昉思之《長生殿》則又本艷情，而飾託于風教。其《自序》略云："從來傳奇家，非言情之文不能擅場，而近乃動寫情詞，數見不鮮，兼乖典則。因綴成此，凡穢語概削不書，要諸詩人忠厚之旨。然而樂極哀來，垂戒來世，意即寓焉。且古今逞侈而禍敗隨之者，未有不悔。玉環死而有知，情悔何極。非怨艾之深，尚何證仙之與有。孔子删《書》而係《秦誓》，嘉其敗而能悔。第曲終難于奏雅，稍借月宫足成之。雙星作合，生忉利天，情緣總歸虚幻，亦可以蘧然夢覺矣。"此其所言，極爲夸謬！詩詞名士，自顯其才，慮得罪於名教，而作此迂説，豈由衷之言乎？天寶之事，人所共知，何待繁衍乃爲垂戒。首齣《滿江紅》云："今古情場，問誰箇、真心到底？但果有，精誠不散，終成連理。"語意顯與《自序》相背，是直勸耳，何謂戒乎！玉環之悔，誰則證之？上援《秦誓》，擬不于倫。既以重圓之事爲真，則無虚幻之警；若本不以爲真，則鋪陳何爲乎？

義不家常，故文不能本色，此後世之曲所以不佳也。所謂家常者，事無取於宏大，義無取于高深。蓋主情不主智，詩教所以異于《禮》、《書》、《春秋》；主諷勸而不主考徵，小説所以殊于史傳。悲歡離合之情，人所同具，不必好學深思之士也。孔季重《桃花扇》字字徵實，然必以侯、李之情爲綫索。又所注意者乃在柳、蘇、史、左諸人之情，非爲南明作史，寓褒貶、考治亂也。湯義仍"四夢"記託於美人香草，以自抒其牢騷曠達，陳義非不深，然非深思者莫能喻，亦祇見其"誨淫"而已。蔣心餘撰《臨川夢》以發明湯氏之旨，荒唐可喜而終不能自圓其説，憤士不遇乃至一切皆空，已爲卑陋。俞氏一女子何與于士不遇，乃爲之癡想以死？蔣氏力辨其爲高尚之情，非關男女。然則何情耶？曷不確指之？又謂無端而生之情。然則何以生耶？曷不衆喻之？縱使可確指，而不能衆喻，則去易良已遠矣。

吴瞿安論劇事謂："實則當全實，虚則當全虚。"《顧曲麈譚》其説甚是。然亦有當辨者。曲出詩樂小説，本屬課虚，以情爲主，必以沈著痛快爲宗，不嫌少失其實，不能如考據家純用以鏡取形之法。《桃花扇》之妙，固不在于全實也。元劇事多缺略、矛盾，乃由重曲輕白，以白本非所重也。或曰：虚構毋乃與家常之旨相背？曰：虚者，不可徵信；常者，人所共知，二者不相妨。《琵琶》極虚矣，雖誣伯喈不顧也。然其事豈有不家常者哉？第虚構必根於情義，即造作神異，亦必有關勸懲，或偶以濟情事之窮可耳。若《長生殿》之後半，則畫蛇添足，無益而反有害矣。

劇曲之要，莫先於布局。布局寧精而短，不宜冗長。何元朗曰："《西厢》首尾五卷，曲二十一套，終始不出一'情'字，亦何怪其意之重復、語之蕪纇耶！乃知元人雜劇止四折，未爲無見"《四友齋叢説》。此説是也，而猶未盡。凡叙事文，不貴排比而貴變化，不貴縷陳終始，而貴揀擇精要，此史家、小説與曲之所同。曲主於揚厲詠歎，尤必擇可寫而寫之。又必善删省，多追叙、補叙之法，最忌頭緒太多，密塞不能盡課虚之長。吴瞿安已詳言之。董恒喦(榕)《芝龕記》喧賓奪主，楊蓬海恩壽已譏之矣。而尤爲通病者，則必使團圓，自元人已十之七八，尾必作慶賀語。《琵琶》末折《旌表》，與全旨大背。或云朱教諭所補也。馬東籬《漢宫秋》以《聞雁》終，白仁甫《梧桐雨》以《聞雨》終，所以成其佳妙。《長生殿·彈詞》一齣，全摹元人《貨郎旦》末折，最爲精警，正宜作終篇追弔。否亦當依白氏至聞鈴而止。乃復叨叨爲楊氏造作虚美，遂使局勢散漫，詞亦成强弩之末。《長恨歌》之遜於《連昌宫詞》，即以順叙直鋪，詳其不必詳。洪氏正蹈其覆轍，且更增衍於其外，乃反謂讀《長恨歌》、《梧桐雨》作數日惡。雖曰文人相輕，無乃太不自量乎！後來傳奇家貪作多齣，蔓衍無謂，未必非昉思啓之。或曰：若子之言，惟簡是尚，豈將盡廢傳奇，而但取四折之雜劇乎？《琵琶記》、《桃花扇》亦各數十齣，又何以稱焉？曰：吾非概以繁爲非，要視其結構耳。《琵琶記》每兩齣相比，仿顔延之《秋胡行》，一言遊者，一言居者，意相激射，雖有冗詞，而無冗齣。《桃花扇》則網羅舊聞，齣齣著實，豈若《長生殿》後半《聞樂》、《冥追》、《情悔》、《神訴》、《尸解》、《仙憶》、《慫合》、《補恨》諸齣，大都長物哉！或曰：若惟實是尚，又何貴於課虚乎？曰：吾非概以實爲尚，亦惟其要耳。所謂課虚者，必先於情事有去取，可寫乃寫，斯無閒文，是之謂實；而精采聚會，亦始能盡課虚之能耳。

詞貴本色而不貴餖飣，明人論之詳矣。昔人多標"妥溜"二字。吾謂妥溜之外，尚當加以"切雋"。本色而妥，固已難矣。然妥而澀則不宜於口，故必溜。妥溜矣，而詞皆陳陳相因，彼此可易，復何取乎？故必“切”。切矣，而言無精采，則不堪回味，不足動人，故尤必“雋”。雋者，由切生警，淡而不厭，其至者沁人心脾，非徒巧言趣語、清詞麗句。明人崇尚俊語，其論亦多似是而非。徒尚清詞麗句，將遠於本色；專主巧言趣語，亦將流於謔浪。劉融齋曰：“洪容齋論唐詩戲語，引杜牧‘公道世間惟白髮，貴人頭上不曾饒’、高駢‘依稀似曲纔堪聽，又被吹将别調中’、羅隱‘自家飛絮猶無定，爭解垂絲絆路人’。余謂觀此則南北劇中之本色當家處，古人早透消息矣。”此言最足表“雋”字之妙。晚唐人詩多此等句，以杜荀鶴爲最。元曲中語多類之。今俗所誦《增廣賢文》，即多取晚唐詩與元曲，在詩爲卑，而在曲爲高。荀鶴詩不爲論者所推，而爲流俗所傳誦，體皆律絶而義當格言，其斯以爲廣博易良也乎？

盧冀野曰：“王靜菴謂納蘭容若以自然之眼觀物，以自然之舌言物。此由初入中原，未染漢人風氣，故能真切如此。詞中不過納蘭一人而已。予以爲元初之曲，爲後來所不能及者，亦以此故。”舊作《飲虹曲話》中語自然即是真，惟其真，故與此篇所謂廣博易良相符。姚燧、盧摯、劉秉忠皆達官貴人，而其曲皆真切，非如詞中歐、范諸公之穠麗，可知詞與曲之分别，亦由北人、南人性情之異也。

明以降，曲之所以衰，不獨以詞法入曲一端，其最大原因在偏重聲音，不重文辭。觀於檃括、翻譜兩體可知。檃括最習見者爲《歸去來辭》，他如《赤壁賦》、《秋聲賦》諸文，被明人生吞活剥，零割整破，見之直欲作嘔。而翻詩爲曲，翻詞爲曲，翻北曲爲南曲，每使原作之生意雕斲殆盡，此沈寧菴之罪也。魏良輔作水磨腔，梁伯龍輩從而倡之，令套有《江東》、《白苧》，劇有《浣紗記》，而曲乃亡。下逮清初，諸家文字無能出其範围者，而聲音又衰。迄今知譜學者寥若晨星，並沈、梁之所謂曲亦絶矣！

北曲南曲，各有淵源。北莫北於畏吾，而酸齋終老湖上，所作題材雖多南方風物，而詞未離北人之習。有元一代，流寓西湖之曲人都如是。朱明開國，金陵爲曲人麕集之所，多南人而爲北曲，非復如元曲矣。故南詞趁此代興。當時之曲，遂被詞化。崑腔以前惟康對山、馮海浮稍能振起。康、馮皆北人，染南人風氣較淺故也。王伯良輩會稽一派，雖欲學北人本色，終以其爲南人，墮入魏、梁之途，不能自拔矣。

作劇無論課虚或全實，布局之前揀擇尚焉。洪、楊亂後，有嘉定人徐午閣鄂作《白頭新》、《梨花雪》二種，紀大亂中實事，步趨藏園，雖當時有時文氣習之譏，要亦近五十年中佳構，可謂善於揀擇者。又此篇謂布局須求精短，勿徒貪多，此言甚是。楊笠湖《吟風閣》一折寓一事，徐爔寫心雜劇，大類自傳，並皆精粹，足爲後來取法。

自記曰：辛未春，與冀野論曲，曾有書曰“詞與曲雖相近，而終有别。曲之詞宜以鬆快爲貴，若過多凝蓄，便與詞同，非曲之本色矣。馬東籬《天淨紗》，朱竹垞誤收入《詞綜》，亦有由然也。元人中惟張小山多此類，其特爲近代文人所稱道者，固以其曲多成集，亦以近代文人不貴曲之本色，而以詞觀之耳。明中葉以來，諸家多止以詞法作曲，麗則麗矣，是詞之妙，而非曲之妙也。元明散曲多閒適、風情，其妙約有二種：閒適者妙在莽而放宕，風情者妙在纖而宛轉，斯皆真曲之妙，而非詞之妙也"云云。三月，取此論稿修補，以就正於冀野。欲用此書意詳增論詞之語於末。適買得任君中敏所著書讀，乃知其言與余同，而甚精詳，因不復加。

《曲雅續編》序

冀野譔令曲爲《曲雅》，成於成都，余爲後序。欲更譔套曲爲續編，余復許作序。別去未久，自汴書來告續編成矣。余與冀野論曲所反復者，曲境之須廣而已。欲廣曲境，套爲尤利。何以言之？凡一文體之初，境必狹，後境轉廣，則體必有變。變者，文句加長，而組織加活也。史之初爲編年，其體徑直。事有不可依年而編者，則不能枉道而詳説，故變爲紀傳。紀傳者，較編年之組織爲活者也。詩本以抒情，而《雅》詩乃以叙事，其體亦遂長於《風》詩。詩之句度，初爲四言，繼乃變而爲五言、爲七言，體益長而境亦益廣。李太白嘗言五言不如四言，七言又其靡也。此不過尊古之意，言氣格則尚渾厚耳。若論其境，則七言之所容，較四言之所容不已度越甚遠哉？昔元微之論杜子美詩，稱其"鋪陳終始，排比聲韻，大或千言，次猶數百。辭氣豪邁，而風調清深，屬對律切，而脱棄凡近"，謂爲其所專美。夫鋪陳排比，豈不須體之長且活乎？子美之大，非尤以其七言乎？微之與韓、白，皆於詩林有廣境之功，故其言如此。而元裕之以爲識碔砆，未明其旨耳。雖然，所謂長者，非極長也。中國無數千言之詩，即千言亦罕。蓋千言以上，必其事特大。境之廣者，無不包也。必千言，則反不廣矣！且詩非傳記，其叙事不貴於備，其用在咏歎，其體尚婉約。務爲詳長則必多拙鋪，而詩質不純。吾選《風骨集》，特多取中唐韓、劉、元、白、張、王輩之短歌行，而七絶亦較多。嘗謂七絶者，詩之質最純者也；短歌行者，詩之境最廣者也。曲於詩爲最近，以詩譬曲，則小令猶七絶；雜劇猶千言以上之歌行，而套則短歌行也，較之小令體長而活者也。故曰"於廣境尤利"。冀野之譔《曲雅》，欲昌曲也；昌曲必廣其境，則續編較正編爲尤切矣。辛未九月二十五日。（以上卷二）

蠡勺居士

近代中國的第一本翻譯小説當推《昕夕閒談》，它的譯者是蠡勺居士，他是把西方小説介紹到中國的第一人。但蠡勺居士之尊姓大名，爲何方人士，生平事蹟如何，卻一直不爲人知。《瀛寰瑣記》是近代中國首份文學雜誌。清同治十一年(1872)創於上海,創辦人尊聞閣主,同治十三年十二月停刊。

本書資料據《瀛寰瑣記》。

《昕夕閒談》小序

小説之起,由來久矣。《虞初》九百,雜説之權輿;《唐代叢書》,瑣記之濫觴。降及元、明,聿有平話。無稽之語,演之以神奇;淺近之言,出之以情理。於是人競樂聞,趨之若鶩焉。推原其意,本以取快人之耳目而已,本以存昔日之遺聞瑣事,以附於稗官野史,使避世者亦可考見世事而已。(《瀛寰瑣記》第三期)

附　録

〔日本〕遍照金剛（弘法大師）

《文鏡秘府論》，作者爲日本平安時代弘法大師空海，是日本漢詩學的第一部著作。弘法大師空海(774—835)，俗姓佐伯，唐貞元二十年(804)七月至中國。元和元年(806)八月回日本，著此書。全書以天、地、東、南、西、北分卷，講述和介紹中國古代詩歌的聲律、詞藻、典故、對偶等形式技巧問題。如天卷論音韻，地卷論體勢，東卷論對偶，南卷論文意，西卷論文病，北卷論對屬，其中也有一些篇幅如《十七勢》等論及創作理論。此書是作者來華留學回國後，爲向日本人民介紹漢語漢詩而編寫的。其中所引之書，如崔融《唐朝新定詩格》、王昌齡《詩格》、元兢《詩髓腦》、皎然《詩議》等，今多失傳，因此對研究我國六朝至唐的詩學及文學批評等，具有很高的史料價值。

本書資料據人民文學出版社 1975 年周維德校點本《文鏡秘府論》。

《文鏡秘府論》序

夫大仙利物，名教爲基；君子濟時，文章是本也。故能空中塵中，開本有之字，龜上龍上，演自然之文。至如觀時變於三曜，察化成於九州，金玉笙簧，爛其文而撫黔首，郁乎焕乎，燦其章以馭蒼生。然則一爲名始，文則教源，以名教爲宗，則文章爲紀綱之要也。世間出世，誰能遺此乎！故經説阿毗跋致菩薩，必須先解文章。孔宣有言："小子何莫學夫《詩》？《詩》可以興，可以觀。邇之事父，遠之事君。""人而不爲《周南》、《邵南》，其猶正牆面而立也。"是知文章之義，大哉遠哉！

文以五音不奪、五彩得所立名，章因事理俱明、文義不昧樹號。因文詮名，唱名得義，名義已顯，以覺未悟。三教於是分鑣，五乘於是並轍。於焉釋經妙而難入，李篇玄而寡和，桑籍近而爭唱。游、夏得聞之日，屈、宋作賦之時，兩漢辭宗，三國文伯，體韻心傳，音律口授。沈侯、劉善之後，王、皎、崔、元之前，盛談四聲，爭吐病犯，黄卷溢篋，緗帙滿車。貧而樂道者，望絶訪寫；童而好學者，取決無由。

貧道幼就表舅，頗學藻麗，長入西秦，粗聽餘論。雖然志篤禪默，不屑此事。爰有一多後生，扣閑寂於文囿，撞詞華乎詩圃；音響難默，披卷函杖，即閱諸家格式等，勘彼同異，卷軸雖多，要樞則少，名異義同，繁穢尤甚。余癖難療，即事刀筆，削其重復，存其單號，總有一十五種類：謂《聲譜》、《調聲》、《八種韻》、《四聲論》、《十七勢》、《十四例》、《六義》、《十體》、《八階》、《六志》、《二十九種對》、《文三十種病累》、《十種疾》、《論文意》、《論對屬》等是也。配卷軸於六合，懸不朽於兩曜，名曰《文鏡秘府論》。庶緇素好事之人，山野文會之士，不尋千里，蛇珠自得；不煩旁搜，雕龍可期。

調　聲

或曰：凡四十字詩，十字一管，即生其意。頭邊二十字，一管亦得。六十、七十、百字詩，二十字一管，即生其意。語不用合帖，須直道天真，宛媚爲上。且須識一切題目義。最要立文多用其意，須令左穿右穴，不可拘檢。作語不得辛苦，須整理其道格。（格，意也。意高爲之格高，意下爲之下格）

律調其言，言無相妨，以字輕重清濁間之須穩。至如有輕重者，有輕中重，重中輕，當韻即見。且莊字全輕，霜字輕中重，瘡字重中輕，床字全重，如清字全輕，青字全濁。詩上句第二字重中輕，不與下句第二字同聲爲一管。上去入聲一管。上句平聲，下句上去入；上句上去入，下句平聲。以次平聲，以次又上去入；以次上去入，以次又平聲。如此輪回用之，直至於尾兩頭管。上去入相近，是詩律也。

五言平頭正律勢尖頭

皇甫冉詩曰：（五言）

中司龍節貴，上客虎符新。地控吴襟帶，有光漢縉紳。泛舟應度臘，入境便行春。何處歌來暮，長江建鄴人。

又錢起《獻歲歸山詩》曰：（五言）

欲知愚谷好，久别與春還。鶯暖初歸樹，雲晴却戀山。石田耕種少，野客性情閑。求仲時應見，殘陽且掩關。

又五言絶句詩曰：

胡風迎馬首，漢月送娥眉。久戍人將老，長征馬不肥。

又崔曙《試得明堂火珠詩》曰：

正位開重屋，淩空出火珠，夜來雙月滿，曙後一星孤。天淨光難滅，雲生望欲無。終期聖明代,國寶在名都。

又陳閏《罷官後却歸舊居詩》曰:

不歸江畔久,舊業已凋殘。露草蟲絲濕,湖泥鳥跡乾。買山開客舍,選竹作魚竿。何必勞州縣,驅馳效一官。

齊梁調詩

張謂《題故人別業詩》曰:(五言)

平子歸田處,園林接汝濆。落花開户入,啼鳥隔窗聞。池淨流春水,山明斂霽雲。晝遊仍不厭,乘月夜尋君。

何遜《傷徐主簿詩》曰:(五言)

世上逸羣士,人間徹總賢。畢池論賞詑,蔣徑篤周施。

又曰:

一旦辭東序,千秋送北邙;客簫雖有樂,鄰笛遂還傷。

又曰:

提琴就阮籍,載酒覓揚雄;直荷行罩水,斜柳細牽風。

七言尖頭律

皇甫冉詩曰:

閑看秋水心無染,高卧寒林手自栽。廬阜高僧留偈別,茅山道士寄書來。燕知社日辭巢去,菊爲重陽冒雨開。殘薄何時稱獻納,臨歧終日自遲回。

又曰:(私云:錢起之詩也)

自哂鄙夫多野性,貧居數畝半臨湍。溪雲帶雨來茅洞,山鵲將雛上藥欄。仙籙滿床閑不厭,陰符在篋老羞看。更憐童子宜春服,花裏尋師到杏壇。

元氏曰:聲有五聲,角徵宫商羽也。分於文字四聲,平上去入也。宫商爲平聲,徵爲上聲,羽爲去聲,角爲入聲。故沈隱侯論云:"欲使宫徵相變,低昂舛節,若前有浮聲,則後須切響。一簡之内,音韻盡殊;兩句之中,輕重悉異。妙達此旨,始可言文。"固知調聲之義,其爲用大矣。調聲之術,其例有三:一曰换頭,二曰護腰,三曰相承。

一,换頭者,若兢于《蓬州野望詩》曰:

飄摇宕渠域,曠望蜀門隈。水共三巴遠,山隨八陣開。橋形疑漢接,石勢似烟回。欲下他鄉淚,猿聲幾處催。

此篇第一句頭兩字平,次句頭兩字去上入;次句頭兩字去上入,次句頭兩字平;次句頭兩字又平，次句頭兩字去上入；次句頭兩字又去上入，次句頭兩字又平：如此輪轉，自初以終篇，名爲雙换頭，是最善也。若不可得如此，則如篇首第二字是平，下句第二字是用去上入；次句第二字又用去上入，次句第二字又用平：如此輪轉終篇，唯换第二字，其第一字與下句第一字用平不妨，此亦名爲换頭，然不及雙换。又不得句頭第一字是去上入，次句頭用去上入，則聲不調也。可不慎歟！

二，護腰者，腰，謂五字之中第三字也；護者，上句之腰不宜與下句之腰同聲。然同去上入則不可用，平聲無妨也。

庾信詩曰：

誰言氣蓋代，晨起帳中歌。

“氣”是第三字，上句之腰也；“帳”亦第三字，是下句之腰：此爲不調。宜護其腰，慎勿如此。

三，相承者，若上句五字之内，去上入字則多，而平聲極少者，則下句用三平承之。用三平之術，向上向下二途，其歸道一也。

三平向上承者，如謝康樂詩云：

溪壑斂暝色，雲霞收夕霏。

上句唯有“溪”一字是平，四字是去上入，故下句之上用“雲霞收”三平承之，故曰上承也。

三平向下承者，如王中書詩曰：

待君竟不至，秋雁雙雙飛。

上句唯有一字是平，四去上入，故下句末“雙雙飛”三平承之，故曰三平向下承也。

七種韻

凡詩有連韻、疊韻、轉韻、疊連韻、擲韻、重字韻、同音韻。

一，連韻者，第五字與第十字同音，故曰連韻。如湘東王詩曰：

嶰谷管新抽，淇園竹復脩，作龍還葛水，爲馬向并州。

此上第五字是“抽”，第十字是“脩”，此爲佳也。

二，疊韻者，詩曰：

看河水漠瀝，望野草蒼黄。露停君子樹，霜宿女姓薑。

此爲美矣。

三，轉韻者，詩曰：

蘭生不當門，别是閒田草。夙被霜露欺，紅榮已先老。謬接瑶花枝，結根君王池。顧無馨香美，叨沐清風吹。餘芳若可佩，卒歲長相隨。

四，疊連韻者，第四、第五與第九、第十字同韻，故曰疊連韻。詩曰：

羈客意盤桓，流淚下闌干；雖對琴觴樂，煩情仍未歡。

此爲麗也。

五，擲韻者，詩云：

不知羞，不敢留。但好去，莫相慮。孤客驚，百愁生。飯蔬簞食樂道，忘饑陋巷不疲。

此之謂也。又曰：

不知羞，不肯留。集麗城，夜啼聲。出長安，過上蘭。指揚都，越江湖。念邯鄲，忘朝飡。但好去，莫相慮。

六，重字韻者，詩云：望野草青青，臨河水活活。斜峯纜舟行，曲浦浮積沫。

此爲善也。

七，同音韻者，所謂同音而字别也。詩曰：

今朝是何夕，良人誰難覿。中心實憐愛，夜寐不安席。

此上第五字還是"席"音，此無妨也。

四聲論

論云：經案陸士衡《文賦》云"其爲物也多姿，其爲體也屢遷，其會意也尚巧，其遣言也貴妍，暨音聲之迭代，若五色之相宣"。又云"豐約之裁，俯仰之形，因宜適變，曲有微情。或言拙而喻巧，或理樸而辭輕，或襲故而彌新，或沿濁而更清。譬猶舞者赴節以投袂，歌者應弦而遣聲。"文體周流，備於兹賦矣。陸公才高價重，絶世孤出，實辭人之龜鏡，固難得文名焉。至於四聲條貫，無聞焉爾。李充之製《翰林》，褒貶古今，斟酌病利，乃作者之師表；摯虞之《文章志》，區别優劣，編輯勝辭，亦才人之苑囿。其於輕重巧切之韻，低昂曲折之聲，並秘之胸懷，未曾開口。縱復屈、宋奮飛於南楚，揚、馬馳騖於西蜀，或升堂擅美，或入室稱奇，爭日月之光，竦淩雲之氣；敬通、平子，分路揚鑣；武仲、孟堅，同途競遠；曹植、王粲、孔璋、公幹之流，潘岳、左思、士龍、景陽之輩，自《詩》、《騷》之後，晉、宋已前，杞梓相望，良亦多矣。莫不揚藻敷萼，文美名香，飈彩與錦肆爭華，發響共珠林合韻。然其聲調高下，未會當今，脣吻之間，何其滯歟！

夫四聲者，無響不到，無言不攝，總括三才，苞籠萬象。劉滔云："雖復雷霆疾響，蟲鳥殊鳴，萬籟爭吹，八音遞奏，出口入耳，觸身動物，固無能越也。”唯當形聲之外，言語道斷，此所不論，竟蔑聞於終古，獨見知於季代，亦足悲夫。雖師曠調律，京房改姓，伯喈之出變音，公明之察鳥語，至於此聲，竟無先悟。且《詩》、《書》、《禮》、《樂》，聖人遺旨，探賾索隱，亦未之前聞。宋末以來，始有四聲之目。沈氏乃著其《譜論》，云起自周顒。故沈氏《宋書・謝靈運傳》云：“五色相宣，八音協暢，玄黄律吕，各適物宜。故使宫羽相變，低昂舛節，若前有浮聲，則後須切響。一簡之内，音韻盡殊；兩句之中，輕重悉異。妙達此旨，始可言文。至於先士茂制，諷高歷賞，子建函谷之作，仲宣霸岸之篇，子荆零雨之章，正長朔風之句，並直舉胸懷，作傍經史，正以音律調韻，取高前式。”劉滔亦云：“得者暗與理合，失者莫識所由，唯知齟齬難安，未悟安之有術。若‘南國有佳人’，‘夜半不能寐’，豈用意所得哉！”蕭子顯《齊書》云：“沈約、謝朓、王融，以氣類相推，文用宫商，平上去入爲四聲，世呼爲永明體。”

然則蕭賾永明元年，即魏高祖孝文皇帝太和之六年（實爲北魏太和七年）也。昔永嘉之末，天下分崩，關、河之地，文章殄滅。魏昭成、道武之世，明元、太武之時，經營四方，所未遑也。雖復網羅後民，獻納左右；而文多古質，未營聲調耳。及太和任運，志在辭彩，上之化下，風俗俄移。故《後魏文苑序》云：“高祖馭天，鏡鋭情文學，蓋以頡頏漢徹，淹跨曹丕，氣遠韻高，豔藻獨構。衣冠仰止，咸慕新風，律調頗殊，曲度遂改，辭罕淵源，言多胸臆，練古雕今，有所未值。至於雅言麗則之奇，綺合繡聯之美，眇歷年歲，未聞獨得。既而陳郡袁翻、河内常景，晚拔疇類，稍革其風。及肅宗御曆，文雅大盛，學者如牛毛，成者如麟角。孔子曰：‘才難，不其然乎！’”從此之後，才子比肩，聲韻抑揚，文情婉麗，洛陽之下，吟諷成羣。及徙宅鄴中，辭人間出，風流弘雅，泉湧雲奔，動合宫商，韻諧金石者，蓋以千數，海内莫之比也。郁哉焕乎，於斯爲盛！乃甕牖繩樞之士，綺襦紈袴之童，習俗已久，漸以成性。假使對賓談論，聽訟斷决，運筆吐辭，皆莫之犯。

又吴人劉勰著《雕龍篇》云：“音有飛沉，響有雙疊，雙聲隔字而每舛，疊韻離句其必睽；沉則響發如斷，飛則聲揚不還；並鹿盧交往，逆鱗相批，迕其際會，則往蹇來替，其爲疹病，亦文家之吃也。”又云：“聲盡妍嗤，寄在吟詠，滋味流於下句，風力窮於和韻。異音相慎謂之和，同聲相應謂之韻，韻氣一定，則餘聲易遣，和體抑揚，故遺響難契矣。”此論，理到優華，控引弘博，計其幽趣，無以間然。但恨連章結句，時多澀阻，所謂能言之者也，未必能行者也。

潁川鍾嶸之作《詩品》，料簡次第，議其工拙。乃以謝朓之詩末句多謇，降爲中品，侏儒一節，可謂有心哉！又云：“但使清濁同流，口吻調和，斯爲足矣。至於平上去入，余病未能。”經謂：嶸徒見口吻之爲工，不知調和之有術，譬如刻木爲鳶，搏風遠颺，見其抑揚天路，騫翥煙霞，咸疑羽翮之行，然焉知王爾之巧思也。四聲之體調和，此其效乎！除四聲已外，别求此道，其猶之荆者而北魯、燕，雖遇牧馬童子，何以解鍾生之迷。或復云："余病未能。"觀公此病，乃是膏肓之疾，縱使華陀集藥，扁鵲投針，恐魂岱宗，終難起也。嶸又稱："昔齊有王元長者，嘗謂余曰：'宫商與二儀俱生，往古詩人，不知用之。唯范曄、謝公頗識之耳。'"今讀范侯贊論，謝公賦表，辭氣流靡，罕有挂礙，斯蓋獨悟於一時，爲知聲之創首也。

洛陽王斌撰《五格四聲論》，文辭鄭重，體例繁多，割拆推研，忽不能别矣。魏定州刺史甄思伯，一代偉人，以爲沈氏《四聲譜》不依古典，妄自穿鑿，乃取沈君少時文詠犯聲處以詰難之。又云："若計四聲爲紐，則天下衆聲無不入紐，萬聲萬紐，不可止爲四也。"經以爲三王異禮，五帝殊樂，質文代變，損益隨時，豈得膠柱調瑟，守株伺兔者也。古人有言："知今不知古，謂之盲瞽；知古不知今，謂之陸沉。"孔子曰："温故而知新，可以爲師矣。"《易》曰："一開一闔謂之變，往來無窮謂之通。"甄公此論，恐未成變通矣。且天平上去入者，四聲之總名也，徵整政隻者，四聲之實稱也。然則名不離實，實不遠名，名實相憑，理自然矣。故聲者逐物以立名，紐者因聲以轉注。萬聲萬紐，縱如來言；但四聲者，譬之軌轍，誰能行不由軌乎？縱出涉九州，巡游四海，誰能入不由户也？四聲總括，義在於此。

經數聞江表人士説：梁王蕭衍不知四聲，嘗從容謂中領軍朱异曰："何者名爲四聲？"异答云："'天子萬福'，即是四聲。"衍謂异："'天子壽考'，豈不是四聲也。"以蕭主之博洽通識，而竟不能辨之。時人咸美朱异之能言，歎蕭主之不悟。故知心有通塞，不可以一概論也。今尋公文詠，辭理可觀，但每觸籠網，不知回避，方驗所説非憑虚矣。

沈氏《答甄公論》云："昔神農重八卦，卦無不純；立四象，象無不象。但能作詩，無四聲之患，則同諸四象。四象既立，萬象生焉；四聲既周，羣聲類焉。經典史籍，唯有五聲，而無四聲。然則四聲之用，何傷五聲也。五聲者，宫商角徵羽，上下相應，則樂聲和矣；君臣民事物，五者相得，則國家治矣。作五言詩者，善用四聲，則諷詠而流靡；能達八體，則陸離而華潔。明各有所施，不相妨廢。昔周、孔所以不論四聲者，正以春爲陽中，德澤不偏，即平聲之象；夏草木茂盛，炎熾如火，即上聲之象；秋霜凝木落，去根離本，即去聲之象；冬天地閉藏，萬物盡收，即入聲之象：以其四時之中，合有其義，故不標出之耳。"是以《中庸》云："聖人有所不知，匹夫匹婦，猶有所知焉。"斯之謂也。

魏秘書常景爲《四聲讚》曰："龍圖寫象，鳥跡摛光。辭溢流徵，氣靡清商。四聲發彩，八體含章。浮景玉苑，妙響金鏘。"雖章句短局，而氣調清遠；故知變風俗下，豈虚也哉。齊僕射陽休之，當世之文匠也，乃以音有楚、夏，韻有訛切，辭人代用，今古不同，遂辨其尤相涉者五十六韻，科以四聲，名曰《韻略》。製作之士，咸取則焉，後生晚學，所賴多矣。齊太子舍人李節，知音之士，撰《音譜决疑》，其序云："案《周禮》，凡樂：圜鐘爲宫，黄鐘爲角，大蔟爲徵，沽洗爲羽，商不合律，蓋與宫同聲也。五行則火土同位，五音則宫商同律，闇與理合，不其然乎。吕静之撰《韻集》，分取無方。王微之製《鴻寶》，詠歌少驗。平上去入，出行閭里，沈約取以和聲之律吕相合。竊謂宫商徵羽角，即四聲也。羽，讀如括羽之羽，亦之和同，以拉羣音，無所不盡。豈其藏埋萬古，而未改於先悟者乎？"經每見當世文人，論四聲者衆矣，然其以五音配偶，多不能諧；李氏忽以《周禮》證明，商不合律，與四聲相配便合，恰然懸同。愚謂鐘、蔡以還，斯人而已。（以上天卷）

十體崔氏《新定詩體》開十種體，具例如後云右

一，形似體；二，質氣體；三，情理體；四，直置體；五，雕藻體；六，映帶體；七，飛動體；八，婉轉體；九，清切體；十，菁華體。

一，形似體。

形似體者，謂貌其形而得其似，可以妙求，難以粗測者是。詩曰："風花無定影，露竹有餘清。"又云："映浦樹疑浮，入雲峯似減。"如此即形似之體也

二，質氣體。

質氣體者，謂有質骨而作志氣者是。詩云："霧烽暗無色，霜旗涷不翻，雪覆白登道，冰塞黄河源。"此是質氣之體也

三，情理體。

情理體者，謂抒情以入理者是。詩云："游禽暮知返，行人獨未歸。"又云："四鄰不相識，自然成掩扉。"此即情理之體也

四，直置體。

直置體者，謂直書其事置之於句者是。詩云："馬銜苜蓿葉，劍瑩鴨鵜膏。"又曰："隱隱山分地，滄滄海接天。"此即是直置之體

五，雕藻體。

雕藻體者，謂以凡事理而雕藻之，成於妍麗，如絲彩之錯綜，金鐵之砥煉是。詩曰："岸緑開河柳，池紅照海榴。"又曰："華志怯馳年，韶顔慘驚節。"此即是雕藻之體

六，映帶體。

映帶體者，謂以事意相愜，復而用之者是。詩曰："露花疑濯錦，泉月似沉珠。"此意花似錦，月似珠，自昔通規矣。然蜀有濯錦川，漢有明珠浦，故特以爲映帶又曰："侵雲蹀征騎，帶月

倚雕弓。"“雲騎”與“月弓”是復用，此映帶之類又曰："舒桃臨遠騎，垂柳映連營。"

七，飛動體。

飛動體者，謂詞若飛騰而動是。詩曰："流波將月去，潮水帶星來。"又云："月光隨浪動，山影逐波流。"此即飛動之體

八，婉轉體。

婉轉體者，謂屈曲其詞，婉轉成句是。詩曰："歌前日照梁，舞處塵生襪。"又曰："泛色松煙舉，凝花菊露滋。"此即婉轉之類

九，清切體。

清切體者，謂詞清而切者是。詩曰："寒葭凝露色，落葉動秋聲。"又曰："猿聲出峽斷，月彩落江寒。"此即是清切之體

十，菁華體。

菁華體者，得其精而忘其粗者是。詩曰："青田未矯翰，丹穴欲乘風。"鶴生青田，鳳出丹穴；今只言青田，即可知鶴，指言丹穴，即可知鳳，此即文典之菁華。又曰："曲沼疏秋蓋，長林卷夏帷。"曲沼，池也又曰："積翠微深潭，舒丹明淺瀨。"丹即霞，翠即煙也。今只言丹、翠，即可知煙、霞之義。况近代之儒，情識不周於變通，即坐其危險，若玆人者，固未可與言

六　義

一曰風，二曰賦，三曰比，四曰興，五曰雅，六曰頌。

一曰風。

體一國之教謂之風。《關雎》、《麟趾》之化，王者之風也；《鵲巢》、《騶虞》之德，諸侯之風也。王云："天地之號令曰風。上之化下，猶風之靡草，行春令則和風生，行秋令則寒風殺，言君臣不可輕其風也。"

二曰賦。

皎云："賦者，布也。匠事布文，以寫情也。"王云："賦者，錯雜萬物，謂之賦也。"

三曰比。

皎曰："比者，全取外象以興之，'西北有浮雲'之類是也。"王云："比者，直比其身，謂之比假，如'關關雎鳩'之類是也。"

四曰興。

皎曰："興者，立象於前，後以人事諭之，《關雎》之類是也。"王云："興者，指物及比其身說之爲興，蓋托諭謂之興也。"

五曰雅。

皎曰:“正四方之風謂雅。正有小大,故有大小雅焉。”王云:“雅者,正也。言其雅言典切,爲之雅也。”

六曰頌。

王云:“頌者,讚也。讚歎其功,謂之頌也。”皎云:“頌者,容也。美盛德之形容,以其成功告於神明也。”

古人云:“頌者,敷陳似賦,而不華侈;恭慎如銘,而異規誡。”

以六義爲本,散乎情性,有君臣諷刺之道焉,有父子兄弟朋友規正之義焉。降及遊覽答贈之例,各於一道,全其雅正。(以上地卷)

論　對

或曰:文詞妍麗,良由對屬之能;筆札雄通,實安施之巧。若言不對,語必徒申;韻而不切,煩詞枉費。元氏云:“《易》曰:‘水流濕,火就燥。’‘雲從龍,風從虎。’《書》曰:‘滿招損,謙受益。’此皆聖作切對之例也。况乎庸才凡調,而對而不求切哉!”

余覽沈、陸、王、元等詩格式等,出没不同。今棄其同者,撰其異者,都有二十九種對,具出如後。其賦體對者,合彼重字、雙聲、疊韻三類,與此一名;或疊韻、雙聲,各開一對,略之賦體;或以重字屬聯綿對。今者,開合俱舉,存彼三名,後覽達人,莫嫌煩冗。

《筆札》七種言句例

一曰,一言句例;二曰,二言句例;三曰,三言句例,四曰,四言句例;五曰,五言句例;六曰,六言句例;七曰,七言句例。

一曰,一言句例。一言句者,天、地,陰、陽,江、河,日、月是也。

二曰,二言句例。二言句者,“天高,地下”,“露結,雲收”是。又“翼乎,沛乎”等是

三曰,三言句例。三言句者,“斟清酒,拍青琴”,“尋往信,訪來音”是也。又云:“春可樂,秋可哀”。

四曰,四言句例。四言句者,“朝燃獸炭,夜秉魚燈”,“宋臘已歌,秦姬欲笑”是也。

五曰,五言句例。五言句者,“霧開山有媚,雲閉日無光”,“燥塵籠野白,寒樹染村黄”是也。

六曰,六言句例。六言句者,“訝桃花之似頰,笑柳葉之如眉”,“拔笙簧而數暖,促箏柱而劬移”。

七曰，七言句例。七言句者，“素琴奏乎五三拍，緑酒傾乎一兩卮”，“忘言則貴於得趣，不樂則更待何爲”。

八曰，八言句例。八言句者，“吾家嫁我兮天一方，遠托異國兮烏孫王”。

九曰，九言句例。九言句者，“嗟余薄德從役至他鄉，筋力疲頓無意入長楊”。

十曰，十言句例。

十一曰，十一言句例。《文賦》云：“沈辭怫悦，若遊魚銜鉤而出重淵之深；浮藻聯翩，猶翔鳥纓繳而墜層雲之峻。”下句皆十一字是也。（以上東卷）

論文意（節録）

或曰：夫文字起於皇道，古人畫一之後方有也。先君傳之，不言而天下自理，不教而天下自然，此謂皇道。道合氣性，性合天理，於是萬物稟焉，蒼生理焉。堯行之，舜則之，淳樸之教，人不知有君也。後人知識漸下，聖人知之，所以畫八卦，垂淺教，令後人依焉。是知一生名，名生教，然後名教生焉。以名教爲宗，則文章起於皇道，興乎《國風》耳。自古文章，起於無作，興於自然，感激而成，都無飾練，發言以當，應物便是，古詩云：“日出而作，日入而息，鑿井而飲，耕田而食。”當句皆了也。其次，《尚書》歌曰：“元首明哉，股肱良哉，庶事康哉。”亦句句便了。自此之後，則有《毛詩》，假物成焉。夫子演《易》，極思於《繫辭》，言句簡易，體是詩骨。夫子傳於游、夏，游、夏傳於荀卿、孟軻，方有四言、五言，效古而作。荀、孟傳於司馬遷，遷傳於賈誼。誼謫居長沙，遂不得志，風土既殊，遷逐怨上，屬物比興，少於《風》、《雅》；復有騷人之作，皆有怨刺，失於本宗。乃知司馬遷爲北宗，賈生爲南宗，從此分焉。漢、魏有曹植、劉楨，皆氣高出於天縱，不傍經史，卓然爲文。從此之後，遞相祖述，經綸百代，識人虚薄，屬文於花草，失其古焉。中有鮑照、謝康樂，縱逸相繼，成敗兼行。至晉、宋、齊、梁，皆悉頹毁。

凡作詩之體，意是格，聲是律，意高則格高，聲辨則律清，格律全，然後始有調。用意於古人之上，則天地之境，洞焉可觀。古文格高，一句見意，則“股肱良哉”是也。其次兩句見意，則“關關雎鳩，在河之洲”是也。其次古詩，四句見意，則“青青陵上柏，磊磊澗中石，人生天地間，忽如遠行客”是也。又劉公幹詩云：“青青陵上松，瑟瑟谷中風，風弦一何盛，松枝一何勁。”此詩從首至尾，唯論一事，以此不如古人也。

詩有覽古者，經古人之成敗詠之是也。

詠史者，讀史見古人成敗，感而作之。

雜詩者，古人所作，元有題目，撰入《文選》，《文選》失其題目，古人不詳，名曰雜詩。

樂府者，選其清調合律，唱入管弦，所奏即入之樂府聚之。如《塘上行》、《怨歌行》、《長歌行》、《短歌行》之類是也。

詠懷者，有詠其懷抱之事爲興是也。

古意者，非若其古意，當何有今意；言其效古人意，斯蓋未當擬古。

寓言者，偶然寄言是也。

夫詩格律，須如金石之聲。《諫獵書》甚簡小直置，似不用事，而句句皆有事，甚善甚善；《海賦》太能；《鵬鳥賦》等，皆直把無頭尾；《天台山賦》能律聲，有金石聲。孫公云："擲地金聲。"此之謂也。《蕪城賦》，大才子有不足處，一歇哀傷便已，無有自寬知道之意。

夫文章之體，五言最難，聲勢沉浮，讀之不美。句多精巧，理合陰陽；包天地而羅萬物，籠日月而掩蒼生。其中四時調於遞代，八節正於輪環；五音五行，和於生滅；六律六吕，通於寒暑。

凡文章不得不對，上句若安重字、雙聲、疊韻，下句亦然。若上句偏安，下句不安，即名爲離支；若上句用事，下句不用事，名爲缺偶。故梁朝湘東王《詩評》云："作詩不對，本是吼文，不名爲詩。"

夫作詩用字之法，各有數般：一敵體用字，二同體用字，三釋訓用字，四直用字。但解作詩，一切文章，皆如此法。若相聞書題、碑文、墓誌、赦書、露布、箋、章、表、奏、啟、策、檄、銘、誄、詔、誥、辭、牒、判，一同此法。今世間之人，或識清而不知濁，或識濁而不知清。若以清爲韻，餘盡須用清；若以濁爲韻，餘盡須濁；若清濁相和，名爲落韻。故李《音序》曰："篇名落韻，下篇通韻。"以草木如此

凡文章體例，不解清濁規矩，造次不得制作。制作不依此法，縱令合理，所作千篇，不堪施用。但比來潘郎，縱解文章，復不閑清濁；縱解清濁，又不解文章。若解此法，即是文章之士。爲若不用此法，聲名難得。故《論語》云"學而時習之"，此謂也。若"思而不學，則危殆也"。又云："思之者，德之深也。"

或曰：夫詩有三、四、五、六、七言之別，今可略而叙之。三言始於《虞典》、《元首》之歌。四言本出《南風》，流於夏世，傳至韋孟，其文始具。六言散在《騷》、《雅》。七言萌於漢代。五言之作，《召南》《行露》，已有濫觴，漢武帝時，屢見全什，非本李少卿也。以上略同古人少卿以傷别爲宗，文體未備，意悲詞切，若偶中音響，《十九首》之流也。古詩以諷興爲宗，直而不俗，麗而不朽，格高而詞温，語近而意遠，情浮於語，偶象則發，不以力制，故皆合於語，而生自然。建安三祖、七子，五言始盛，風裁爽朗，莫之與京，然終傷用氣使才，違於天真，雖忘從容，而露造跡。正始中，何晏、嵇、阮之儔也，嵇興高邈，阮旨閑曠，亦難爲等夷；論其代，則漸浮侈矣。晉世尤尚綺靡，古人云："采縟於

正始,力柔於建安。”宋初文格,與晉相沿,更憔悴矣。

論人,則康樂公秉獨善之資,振頽靡之俗。沈建昌評:“自靈均已來,一人而已。”此後,江寧侯温而朗;鮑參軍麗而氣多,雜體《從軍》,殆淩前古,恨其縱横盤薄,體貌猶少;宣城公情致蕭散,詞澤義精,至於雅句殊章,往往驚絶;何水部雖謂格柔,而多清勁,或常態未剪,有逸對可嘉,風範波瀾,去謝遠矣。柳惲、王融、江總三子,江則理而情,王則情而麗,柳則雅而高。予知柳吴興名屈於何,格居何上。中間諸子,時有片言隻句,縱敵於古人,而體不足齒。或者隨流,風雅泯絶,八病雙枯,載發文蠹,遂有古律之别。古詩三等:正,偏,俗;律詩三等:古,正,俗頃作古詩者,不達其旨,效得庸音,競壯其詞,俾令虚大。或有所至,已在古人之後,意熟語舊,但見詩皮,淡而無味。予實不誣,唯知音者知耳。

律家之流,拘而多忌,失於自然,吾常所病也。必不得已,則削其俗巧,與其一體。一體者,由不明詩對,未皆大道。若《國風》、《雅》、《頌》之中,非一手作,或有暗同,不在此也。其詩云:“終朝采菉,不盈一掬。”又《詩》曰:“采采卷耳,不盈傾筐。”興雖别而勢同。若《頌》中,不名一體。夫累對成章,高手有互變之勢,列篇相望,殊狀更多。若句句同區,篇篇共轍,名爲貫魚之手,非變之才也。俗巧者,由不辨正氣,習俗師弱弊之過也。其詩云:“樹陰逢歇馬,魚潭見洗船。”又詩云:“隔花遥勸酒,就水更移床。”何則?夫境象不一,虚實難明,有可睹而不可取,景也;可聞而不可見,風也;雖繫乎我形,而妙用無體,心也;義貫衆象,而無定質,色也。凡此等,可以對虚,亦可以對實。

論體(節録)

凡製作之士,祖述多門,人心不同,文體各異。較而言之:有博雅焉,有清典焉,有綺豔焉,有宏壯焉,有要約焉,有切至焉。夫模範經誥,褒述功業,淵乎不測,洋哉有閑,博雅之裁也;敷演情志,宣照德音,植義必明,結言唯正,清典之致也;體其淑姿,因其壯觀,文章交映,光彩傍發,綺豔之則也;魁張奇偉,闡耀威靈,縱氣淩人,揚聲駭物,宏壯之道也;指事述心,斷辭趣理,微而能顯,少而斯洽,要約之旨也;舒陳哀憤,獻納約戒,言唯折中,情必曲盡,切至之功也。

至如稱博雅,則頌、論爲其標;頌明功業,論陳名理,體貴於弘,故事宜博,理歸於正,故言必雅之也語清典,則銘、贊居其極;銘題器物,贊述功德,皆限以四言,分有定準,言不沉遁,故聲必清;體不詭雜,故辭必典也陳綺豔,則詩、賦表其華;詩兼聲色,賦叙物象,故言資綺靡,而文極華豔叙宏壯,則詔、檄振其響;詔陳王命,檄叙軍容,宏則可以及遠,壯則可以威物論要約,則表、啟擅其能;表以陳事,啟以述心,皆施之尊重,須加肅敬,故言在於要,而理歸於約言切至,則箴、誄得其實。箴陳戒約，誄述哀情，故義資感動，言重切至也凡斯六事，文章之通義焉。苟非其宜，失之遠矣。博雅之失也緩，清典之失也輕，綺豔之失也淫，宏壯之失也誕，要約之失也闌，切至之失也直。體大義疏，辭引聲滯，緩之致焉；文體既大，而義不周密，故云疏；辭雖引長，而聲不通利，故云滯也理入於浮，言失於淺，輕之起焉；叙事爲文，須得其理，理不甚會，則覺其浮；言須典正，涉於流俗，則覺其淺豔貌違方，逞欲過度，淫以興焉；文雖綺豔，猶須准其事類相當，比擬叙述。不得豔物之貌，而違於道；逞己之心，而過於制也制傷迂闊，辭多詭異，誕則成焉；宏壯者，亦須准量事類可得施言，不可漫爲迂闊，虚陳詭異也情不申明，事有遺漏，有遺漏闌自見焉；謂論心意不能盡申，叙事理又有所闕焉也體尚專直，文好指斥，直乃行焉。謂文體不經營，專爲直置；言無比附，好相指斥也故詞人之作也，先看文之大體，隨而用心。謂上所陳文章六種，是其本體也遵其所宜，防其所失，博雅、清典、綺豔、宏壯、要約、切至等，是所宜也；緩、輕、淫、闌、誕、直等，是所失也故能辭成煉覈，動合規矩。而近代作者，好尚互舛，苟見一塗，守而不易，至令摛章綴翰，罕有兼善。豈才思之不足，抑由體制之未該也。（以上南卷）

論　病

夫文章之興，與自然起；宫商之律，共二儀生。是故奎星主其文書，日月焕乎其章，天籟自諧，地籟冥韻。葛天唱歌，虞帝吟詠，曹、王入室摛藻之前，游、夏升堂學文之後，四紐未顯，八病無聞。雖然，五音妙其調，六律精其響，銓輕重於毫忽，韻清濁於錙銖；故能九夏奏而陰陽和，六樂陳而天地順。和人理，通神明。風移俗易，鳥翔獸舞。自非雅詩雅樂，誰能致此感通乎！顒、約已降，兢、融以往，聲譜之論鬱起，病犯之名爭興；家制格式，人談疾累；徒競文華，空事拘檢；靈感沈秘，雕弊實繁。竊疑正聲之已失，爲當時運之使然。洎八體、十病、六犯、三疾，或文異義同，或名通理隔，卷軸滿機，乍閱難辨，遂使披卷者懷疑，搜寫者多倦。予今載刀之繁，載筆之簡，總有二十八種病，列之如左。其名異意同者，各注目下。後之覽者，一披總達。

文二十八種病

一曰平頭，或一六之犯名水渾病，二七之犯名火滅病二曰上尾，或名土崩病三曰蜂腰，四曰鶴膝，五曰大韻，或名觸絶病六曰小韻，或名傷音病七曰傍紐，亦名大紐，或名爽絶病八曰正紐，亦名小紐，或名爽切病九曰水渾，或本九曰木枯十曰火滅，或十曰金缺十一曰闕偶，十二曰繁説，或名疣贅，崔名相類十三曰齟齬，或名不調十四曰叢聚，或名叢木十五曰忌諱，十六曰形跡，崔同十七曰傍突，十八曰翻語，崔同。十九曰長擷腰，或名束二十曰長解鐙，或名散。

二十一曰支離,二十二曰相濫,崔同二十三曰落節,二十四曰雜亂,二十五曰文贅,或名涉俗二十六曰相反,二十七曰相重,二十八曰駢拇。

第一,平頭。

平頭詩者,五言詩第一字不得與第六字同聲,第二字不得與第七字同聲。同聲者,不得同平上去入四聲,犯者名爲犯平頭。平頭詩曰:"芳時淑氣清,提壺臺上傾。"如此之類,是其病也又詩曰:"山方翻類矩,波圓更若規,樹表看猿掛,林側望熊馳。"又詩曰:"朝雲晦初景,丹池晚飛雪,飄枝聚還散,吹楊凝且滅。"

釋曰:上句第一、二兩字是平聲,則下句第六、七兩字不得復用平聲,爲用同二句之首,即犯爲病。餘三聲皆爾,不可不避。三聲者,謂上去入也。

或曰:此平頭如是,近代成例,然未精也。欲知之者,上句第一字與下句第一字,同平聲不爲病;同上去入聲一字即病。若上句第二字與下句第二字同聲,無問平上去入,皆是巨病。此而或犯,未曰知音。今代文人李安平、上官儀,皆所不能免也。

或曰:沈氏云:"第一、第二字不宜與第六、第七同聲。若能參差用之,則可矣。"謂第一與第七、第二與第六同聲,如"秋月"、"白雲"之類,即《高宴》詩曰:"秋月照緑波,白雲隱星漢。"此即於理無嫌也。

四言、七言及諸賦頌,以第一句首字,第二句首字,不得同聲,不復拘以字數次第也。如曹植《洛神賦》云"榮曜秋菊,華茂春松",是也。銘誄之病,一同此式,乃疥癬微疾,不爲巨害。

第二,上尾。或名土崩病

上尾詩者,五言詩中,第五字不得與第十字同聲,名爲上尾。詩曰:"西北有高樓,上與浮雲齊。"如此之類,是其病也又曰:"可憐雙飛鳧,俱來下建章,一個今依是,拂翮獨先翔。"又曰:"蕩子别倡樓,秋庭夜月華,桂葉侵雲長,輕光逐漢斜。"若以"家"代"樓",此則無妨

釋曰:此即犯上尾病。上句第五字是平聲,則下句第十字不得復用平聲,如此病,比來無有免者。此是詩之疣,急避。

或云:如陸機詩曰:"衰草蔓長河,寒木入雲煙。""河"與"煙"平聲此上尾,齊梁已前,時有犯者。齊梁已來,無有犯者。此爲巨病。若犯者,文人以爲未涉文途者也。唯連韻者,非病也。如"青青河畔草,綿綿思遠道"是也。下句有雲"鬱鬱園中柳"也

或曰:其賦頌,以第一句末不得與第二句末同聲。如張然明《芙蓉賦》云:"潛靈根於玄泉,擢英耀於清波"是也。蔡伯喈《琴頌》云:"青雀西飛,别鶴東翔,飲馬長城,楚曲《明光》"是也。其銘誄等病,亦不異此耳。斯乃辭人痼疾,特須避之。若不解此病,未可與言文也。沈氏亦云:"上尾者,文章之尤疾。自開闢迄今,多懼不免,悲夫。"若

第五與第十故爲同韻者，不拘此限。即古詩云："四座且莫喧，願聽歌一言。"此其常也，不爲病累。其手筆，第一句末犯第二句末，最須避之。如孔文舉《與族弟書》云："同源派流，人易世疏，越在異域，情愛分隔。"是也。凡詩賦之體，悉以第二句末與第四句末以爲韻端。若諸雜筆不束以韻者，其第二句末即不得與第四句同聲，俗呼爲隔句上尾，必不得犯之。如魏文帝《與吴質書》曰"同乘共載，北遊後園。輿輪徐動，賓從無聲。清風夜起，悲笳微吟。"是也。劉滔云："下句之末，文章之韻，手筆之樞要。在文不可奪韻，在筆不可奪聲。且筆之兩句，比文之一句，文事三句之内，筆事六句之中，第二、第四、第六，此六句之末，不宜相犯。"此即是也。

第三，蜂腰。

蜂腰詩者，五言詩一句之中，第二字不得與第五字同聲。言兩頭粗，中央細，似蜂腰也。詩曰："青軒明月時，紫殿秋風日，瞳朧引夕照，晻曖映容質。"又曰："聞君愛我甘，竊獨自雕飾，"又曰："徐步金門出，言尋上苑春。"

釋曰：凡一句五言之中，而論蜂腰，則初腰事須急避之。復是劇病。若安聲體，尋常詩中，無有免者。

或曰："君"與"甘"非爲病；"獨"與"飾"是病。所以然者，如第二字與第五字同去上入，皆是病，平聲非病也。此病輕於上尾、鶴膝，均於平頭，重於四病，清都，清都師皆避之。已下四病，但須知之，不必須避。

劉氏曰："蜂腰者，五言詩第二字不得與第五字同聲。古詩曰：'聞君愛我甘，竊獨自雕飾'是也。此是一句中之上尾。沈氏云：'五言之中，分爲兩句，上二下三。凡至句末，並須要殺。'即其義也。劉滔亦云：'爲其同分句之末也。其諸賦頌，皆須以情斟酌避之。如阮瑀《止欲賦》云："思在體爲素粉，悲隨衣以消除。"即"體"與"粉"、"衣"與"除"同聲是也。又第二字與第四字同聲，亦不能善。此雖世無的目，而甚於蜂腰。如魏武帝《樂府歌》云："冬節南食稻，春日復北翔"是也。'劉滔又云：'四聲之中，入聲最少，餘聲有兩，總歸一入，如征整政隻、遮者柘隻是也。平聲賒緩，有用處最多，參彼三聲，殆爲大半。且五言之内，非兩則三，如班婕妤詩曰："常恐秋節至，涼風奪炎熱。"此其常也。亦得用一用四：若四，平聲無居第四，如古詩云"連城高且長"是也。用一，多在第二，如古詩曰"九州不足步"，此謂居其要也。然用全句，平上可爲上句取，固無全用。如古詩曰"迢迢牽牛星"，亦並不用。若古詩曰"脈脈不得語"，此則不相廢也。猶如丹素成章，鹽梅致味，宫羽調音，炎涼御節，相參而和矣。'"

第四，鶴膝。

鶴膝詩者，五言詩第五字不得與第十五字同聲。言兩頭細，中央粗，似鶴膝也，以其詩中央有病。詩曰；"撥棹金陵渚，遵流背城闕，浪蹙飛船影，山掛垂輪月。"又云：

"陟野看陽春,登樓望初節,緑池始沾裳,弱蘭未央結。"

釋云:取其兩字間似鶴膝,若上句第五"渚"字是上聲,則第三句末"影"字不得復用上聲,此即犯鶴膝。故沈東陽著辭曰:"若得其會者,則脣吻流易;失其要者,則喉舌蹇難。事同暗撫失調之琴,夜行坎壈之地。"蜂腰、鶴膝,體有兩宗,各互不同。王斌五字制鶴膝,十五字制蜂腰,並隨執用。

或曰:如班姬詩云"新裂齊紈素,皎潔如霜雪,裁爲合歡扇,團團似明月"。"素"與"扇"同去聲是也。此曰第三句者,舉其大法耳。但從首至末,皆須以次避之,若第三句不得與第五句相犯,第五句不得與第七句相犯。犯法准前也。

劉氏云:"鶴膝者,五言詩第五字不得與第十五字同聲。即古詩曰'客從遠方來,遺我一書札,上言長相思,下言久離别'是也。皆次第相避,不得以四句爲斷。吴人徐陵,東南之秀,所作文筆,未曾犯聲。唯《横吹曲》:'隴頭流水急,水急行難渡,半入隗囂營,傍侵酒泉路。心交贈寶刀,少婦裁紈袴,欲知别家久,戎衣今已故。'亦是通人之一弊也。凡諸賦頌,一同五言之式。如潘安仁《閒居賦》云:'陸擄紫房,水挂赬鯉,或宴于林,或禊于汜。'即其病也。其諸手筆,第一句末不得犯第三句末,其第三句末復不得犯第五句末,皆須鱗次避之。温、邢、魏諸公,及江東才子,每作手筆,多不避此聲。故温公爲《廣陽王碑序》云:'少挺神姿,幼標令望,顯譽羊車,稱奇虎檻。'邢公爲《老人星表》云:'定律令於遊麟,候宣夜於鳴鳥,醴泉代伯益之功,甘露當屏翳之力。'魏公爲《赤雀頌序》曰:'能短能長,既成章於雲表;明吉明凶,亦引氣於蓮上。'謝朓爲《鄱陽王讓表》云:'玄天蓋高,九重寂以卑聽;皎日著明,三舍回於至感。'任昉爲《范雲讓吏部表》云:'寒灰可煙,枯株復蔚,鎩翮奮飛,奔蹄且驟。'王融《求試效啟》云:'蒲柳先秋,光陰不待,貪及明時,展志愚效。'劉孝綽《謝散騎表》云:'邀幸自天,休慶不已。假鳴鳳之條,躡應龍之亦。'諸公等,並鴻才麗藻,南北辭宗,動靜應於風雲,咳唾合於宫羽,縱情使氣,不在其聲。後進之徒,宜爲楷式。其詩、賦、銘、誄,言有定數,韻無盈縮,必不得犯。且五言之作,最爲機妙,既恒宛口實,病累尤彰,故不可不事也。自餘手筆,或賒或促,任意縱容,不避此聲,未爲心腹之病。又今世筆體,第四句末不得與第八句末同聲,俗呼爲踏發聲。譬如機關,踏尾而頭發,以其軒輊不平故也。若不犯此病,謂之鹿盧聲,即是不朽之成式耳。沈氏曰:'人或謂鶴膝爲蜂腰,蜂腰爲鶴膝。疑未辨。'然則孰謂公爲該博乎！蓋是多聞闕疑,慎言寡尤者歟。"

第五,大韻。或名觸絶病

大韻詩者,五言詩若以"新"爲韻,上九字中,更不得安"人"、"津"、"鄰"、"身"、"陳"等字,既同其類,名犯大韻。詩曰:"紫翮拂花樹,黄鸝閑緑枝,思君一歎息,啼淚應言垂。"又曰:"遊魚牽細藻,鳴禽哢好音,誰知遲暮節,悲吟傷寸心。"

釋云：如此即犯大韻。今就十字内論大韻，若前韻第十字是“枝”字，則上第七字不得用“鸝”字，此爲同類国，大須避之。通二十字中，並不得安“簏”、“羈”、“雌”、“池”、“知”等類。除非故作疊韻，此即不論。

元氏曰：“此病不足累文，如能避者彌佳。若立字要切，於文調暢，不可移者，不須避之。”

劉氏曰：“大韻者，五言詩若以，‘新’爲韻，即一韻内，不得復用‘人’、‘津’、‘鄰’、‘親’等字。若一句内犯者，曹植詩云：‘涇、渭揚濁清’，即‘涇’、‘清’是也。十字内犯者，古詩曰‘良無磐石固，虚名復何益’，即‘石’、‘益’是也。”

第六，小韻。或名傷音病

小韻詩，除韻以外，而有迭相犯者，名爲犯小韻病也。詩曰：“搴簾出户望，霜花朝瀁日，晨鶯傍杼飛，早燕挑軒出。”又曰：“夜中無與悟，獨寤撫躬歎，唯慚一片月，流彩照南端。”

釋曰：此即犯小韻。就前九字中而論小韻，若第九字是“瀁”字，則上第五字不得復用“望”字等音，爲同是韻之病。

元氏曰：“此病輕於大韻，近代咸不以爲累文。”

或云：“凡小韻，居五字内急，九字内小緩。然此病雖非巨害，避爲美。”

劉氏曰：“小韻者，五言詩十字中，除本韻以外自相犯者，若已有‘梅’，更不得復用‘開’、‘來’、‘才’、‘臺’等字。五字内犯者，曹植詩云‘皇佐揚天惠’，即‘皇’、‘揚’是也。十字内犯者，陸士衡《擬古歌》云：‘嘉樹生朝陽，凝霜封其條。’即‘陽’、‘霜’是也。若故爲疊韻，兩字一處，於理得通，如‘飄搖’、‘窈窕’、‘徘徊’、‘周流’之等，不是病限。若相隔越，即不得耳。”

第七，傍紐。亦名大紐，或名爽切病

傍紐詩者，五言詩一句之中有“月”字，更不得安“魚”、“元”、“阮”、“願”等之字，此即雙聲，雙聲即犯傍紐。亦曰，五字中犯最急，十字中犯稍寬。如此之類，是其病。詩曰：“魚遊見風月，獸走畏傷蹄。”如此類者，是又犯傍紐病又曰：“元生愛皓月，阮氏願清風，取樂情無已，賞玩未能同。”又曰：“雲生遮麗月，波動亂遊魚，涼風便入體，寒氣漸鑽膚。”

釋曰：“魚”、“月”是雙聲，“獸”、“傷”並雙聲，此即犯大紐，所以即是，“元”、“阮”、“願”、“月”爲一紐。今就十字中論小紐，五字中論大紐。所以即是，“元”、“阮”、“願”、“月”爲一紐。王斌云：“若能回轉，即應言‘奇琴’、‘精酒’，‘風表’、‘月外’，此即可得免紐之病也。”

或曰：傍紐者，據傍聲而來與相忤也。然字從連韻，而紐聲相參，若“金”、“錦”、

"禁"、"急","陰"、"飲"、"蔭"、"邑",是連韻紐之。若"金"之與"飲"、"陰"之與"禁",從傍而會,是與相參之也。如云:"丈人且安坐,梁塵將欲飛。""丈"與"梁",亦"金"、"飲"之類,是犯也。

元氏云:"傍紐者,一韻之内,有隔字雙聲也。"元兢曰:"此病更輕於小韻,文人無以爲意者。又若不隔字而是雙聲,非病也。如'清切'、'從就'之類是也。"

劉氏曰:"傍紐者,即雙聲是也。譬如一韻中已有'任'字,即不得復用'忍'、'辱'、'柔'、'蠕'、'仁'、'讓'、'爾'、'日'之類。沈氏所謂風表、月外、奇琴、精酒是也。劉滔亦云:'重字之有"關關",疊韻之有"窈窕",雙聲之有"參差",並興於《風》如詩矣。'王玄謨問謝莊:'何者爲雙聲?何者爲疊韻?'答云:'"懸瓠"爲雙聲,"碻磝"爲疊韻。'時人稱其辨捷。如曹植詩云:'壯哉帝王居,佳麗殊百城。'即'居'、'佳','殊'、'城',是雙聲之病也。凡安雙聲,唯不得隔字,若'踟蹰'、'躑躅'、'蕭瑟'、'流連'之輩,兩字一處,於理即通,不在病限。沈氏謂此爲小紐。劉滔以雙聲亦爲正紐。其傍紐者,若五字中已有'任'字,其四字不得復用'錦'、'禁'、'急'、'飲'、'蔭'、'邑'等字,以其一紐之中,有'金'音等字,與'任'同韻故也。如王彪之《登冶城樓》詩云:'俯觀陋室,宇宙六合,譬如四壁。'即'譬'與'壁'是也。沈氏亦以此條謂之大紐。如此負犯,觸類而長,可以情得。韻紐四病,皆五字内之瑕疵,兩句中則非巨疾,但勿令相對也。"

第八,正紐。亦名小紐,或亦名爽切病

正紐者,五言詩"壬"、"衽"、"任"、"入"四字爲一紐,一句之中,已有"壬"字,更不得安"衽"、"任"、"入"等字。如此之類,名爲犯正紐之病也。詩曰:"撫琴起和曲,疊管泛鳴驅,停軒未忍去,白日小踟蹰。"又曰:"心中肝如割,腹裏氣便燋,逢風回無信,早雁轉成遥。""肝"、"割"同紐,深爲不便

釋曰:此即犯小紐之病也。今就五字中論,即是下句第十、九,雙聲兩字是也。除非故作雙聲,下句復雙聲對,方得免小紐之病也。若爲聯綿賦體類,皆如此也。

或曰:正紐者,謂正雙聲相犯。其雙聲雖一,傍正有殊,從一字紐之得四聲,是正也。若"元"、"阮"、"願"、"月"是若從他字來會成雙聲,是傍也。若"元"、"阮"、"願"、"月"是正,而有"牛"、"魚"、"妍"、"硯"等字來會"元"、"月"等字成雙聲是也如云:"我本漢家子,來嫁單于庭。""家"、"嫁"是一紐之内,名正雙聲,名犯正紐者也傍紐者,如"貽我青銅鏡,結我羅裙裾。""結"、"裙"是雙聲之傍,名犯傍紐也又一法,凡入雙聲者,皆名正紐。

元氏曰:"正紐者,一韻之内,有一字四聲分爲兩處是也。如梁簡文帝詩云:'輕霞落暮錦,流火散秋金。''金'、'錦'、'禁'、'急',是一字之四聲,今分爲兩處,是犯正紐也。"元兢曰:"此病輕重,與傍紐相類,近代咸不以爲累,但知之而已。"

劉氏曰:"正紐者,凡四聲爲一紐,如'任'、'荏'、'衽'、'入',五言詩一韻中已有

‘任’字，即九字中不得復有‘荏’、‘衽’、‘入’等字。古詩云‘曠野莽茫茫’。即‘莽’與‘茫’是也。凡諸文筆，皆須避之。若犯此聲，即齟齬不可讀耳。”

第九，水渾病，謂第一與第六之犯也。假作《春詩》曰：“沼萍遍水纈，榆莢滿枝錢。”又曰：“斜雲朝列陳，回娥夜抱弦。”

釋云：“沼”文處一，宜用平聲；“池”好“回”字在六，特須宫語。宜“趨”一爲上言之首，六是下句之初，同建水渾，以彰第一。且條嘉况，開示文生，製作之家，特宜監察。三隅已發，一角須求，聊説十規，以張羣目。

第十，火滅病，謂第二與第七之犯也。即假作《閨怨》詩曰：“塵暗離後鏡，帶永别前腰。”又曰：“怨心千過絶，啼眼百回垂。”

釋曰：“暗”文處二，宜用“埋”、“生”之言；“眼”字居七，特貴眸行之語。“離”當陰位，命于南方，用字致尤，故云離位火滅，因以名焉。

第九又，木枯病，謂第三與第八之犯也。即假作《秋詩》曰：“金風晨泛菊，玉露宵沾蘭。”一本“宵懸珠”又曰：“玉輪夜進轍，金車晝滅途。”

釋曰：“宵”爲第八，言“夜”已精；“夜”處第三，論“宵”乃妙。自餘優劣，改變皆然，聊著二門，用開多趣。

第十又，金缺病，謂第四與第九之犯也。夫金生兑位，應命秋律於西，上句向終，下句欲末，因數命之，故生斯號。即假作《寒詩》曰：“獸炭陵晨送，魚燈徹宵燃。”又曰：“狐裘朝除冷，褻褥夜排寒。”

釋曰：“宵”文處九，言“夜”便佳；“除”字在四，云“卻”爲妙。自餘致病，例此成規。告往知來，自然多悟。

第十一，闕偶病，謂八對皆無，言靡配屬，由言匹偶，因以名焉。假作《述懷詩》曰：“鳴琴四五弄，桂酒復盈杯。”又曰：“夜夜憐琴酒，優遊足暢情。”

釋曰：上有“四五”之言，下無“兩三”之句；不對“朝朝”之字，空垂“夜夜”之文。如此之徒，名爲闕偶。題斯一目，餘況皆然。

或曰：詩上引事，下須引事以對之。若上缺偶對者，是名缺偶。犯詩曰：“蘇秦時刺股，勤學我便耽。”

釋曰：上句“蘇秦”，是其人名，下將“勤學”對之，是其缺偶。

不犯詩曰：“刺股君稱麗，懸頭我未能。”

釋曰：上有“刺股”，下有“懸頭”，各爲一事，上下相對，故曰不犯。

第十二，繁説病，謂一文再論，繁詞寡義。或名相類，或名疣贅。即假作《對酒詩》曰：“清觴酒恒滿，緑酒會盈杯。”又曰：“滿酌余當進，彌甌我自傾。”

釋曰：“清觴”、“緑酒”，本自靡殊；“滿酌”、“盈杯”，何能有别。“余”之與“我”，同號己身,一説足明,何須再陳。如斯之類,寡義繁文,製作之家,特宜詳察。

詩曰:"遠岫開翠霧,遥山卷青靄。"

此兩句字别理不殊,是病。

崔氏曰:"'從風似飛絮,照日類繁英,拂岩如寫鏡,封林若耀瓊。'此四句相次一體不異,'似'、'類'、'如'、'若',是其病。"

第十三,齟齬病者,一句之内,除第一字及第五字,其中三字,有二字相連,同上去入是。若犯上聲,其病重於鶴膝,此例文人以爲秘密,莫肯傳授。上官儀云:"犯上聲是斬刑,去入亦絞刑。"如曹子建詩云:"公子敬愛客。""敬"與"愛"是,其中三字,其二字相連,同去聲是也。

元兢曰:"平聲不成病,上去入是重病,文人悟之者少,故此病無其名。兢案《文賦》云:'或齟齬而不安。'因以此病名爲齟齬之病焉。"

崔氏是名"不調"。不調者,謂五字内,除第一字、第五字,於三字用上去入聲相次者,平聲非病限,此是巨病。古今才子多不曉。如"晨風驚疊樹,曉月落危峯。""月"次"落",同入聲如"霧生極野碧,日下遠山紅。""下"次"遠",同上聲如"定惑關門吏,終悲塞上翁。""塞"次"上",同去聲

第十四,叢聚病者,如上句有"雲",下句有"霞",抑是常。其次句復有"風",下句復有"月"。"雲"、"霞"、"風"、"月",俱是氣象,相次叢聚,是爲病也。如劉鑠詩曰:"落日下遥林,浮雲靄曾闕,玉宇來清風,羅帳迎秋月。"此上句有"日",下句有"雲",次句有"風",次句有"月","日"、"雲"、"風"、"月",相次四句,是叢聚。

元兢曰:"蓋略舉氣象爲例,觸類而長,庶物則同。上十字已有'鸞'對'鳳',下十字不宜更有'鳧'對'鶴';上十字已有'桂'對'松',下十字不宜更用'桐'對'柳'。俱是叢聚之病,此又悟之者鮮矣。"

崔名叢木病,即引詩云:"庭梢桂林樹,簷度蒼梧雲,棹唱喧難辨,樵歌近易聞。""桂"、"梧"、"棹"、"樵",俱是木,即是病也。

第十五,忌諱病者,其中意義,有涉於國家之忌是也。如顧長康詩云:"山崩溟海竭,魚鳥依將何。""山崩"、"海竭",於國非所宜言,此忌諱病也。

元兢曰:"此病或犯,雖有周公之才,不足觀也。又如詠雨詩稱亂聲,泝水詩云逆流,此類皆是也。"

皎公名曰避忌之例,詩曰:"何況雙飛龍,羽翼縱當乖。"又云:"吾兄既鳳翔,王子亦龍飛。"

第十六,形跡病者,謂於其義相形嫌疑而成。如曹子建詩云:"壯哉帝王居,佳麗殊百城。"即如近代詩人,唯得云"麗城",亦云"佳麗城"。若單用"佳城",即如滕公佳城,爲形跡病也。

元兢云："文中例極多，不可輕下語也。"

崔曰："'佳山'、'佳城'，皆爲形跡墳埏，不可用。又如'侵天'、'干天'，是謂天與樹木等，犯者爲形跡。他皆效此。"

第十七，傍突病者，句中意旨，傍有所突觸。如周彦倫詩云："二畝不足情，三冬俄已畢。""二畝"涉其親，寧可云"不足情"也？

元兢云："此與忌諱同，執筆者咸宜戒之，不可輒犯也。"

第十八，翻語病者，正言是佳詞，反語則深累是也。如鮑明遠詩云："雞鳴關吏起，伐鼓早通晨。""伐鼓"，正言是佳詞，反語則不祥，是其病也。

崔氏云："'伐鼓'反語'腐骨'，是其病。"

第十九，長擷腰病者，每句第三字擷上下兩字，故曰擷腰，若無解鐙相間，則是長擷腰病也。如上官儀詩曰："曙色隨行漏，早吹入繁笳。旗文縈桂葉，騎影拂桃華。碧潭寫春照，青山籠雪花。"上句"隨"，次句"入"，次句"縈"，次句"拂"，次句"寫"，次句"籠"，皆單字，擷其腰於中，無有解鐙者，故曰長擷腰也。此病或名束

第二十，長解鐙病者，第一、第二字意相連，第三、第四字意相連，第五單一字成其意，是解鐙；不與擷腰相間，是長解鐙病也。如上官儀詩曰："池牖風月清，閒居遊客情，蘭泛樽中色，松吟弦上聲。""池牖"二字意相連，"風月"二字意相連，"清"一字成四字之意，以下三句，皆無有擷腰相間，故曰長解鐙之病也。

元兢曰："擷腰、解鐙並非病，文中自宜有之，不間則爲病。然解鐙須與擷腰相間，則屢遷其體。不可得句相間，但時然之，近文人篇中有然，相間者偶然耳。然悟之而爲詩者，不亦盡善者乎。"此病亦名散

第二十一，支離。不犯詩曰："春人對春酒，新附間新花。"犯詩曰："人人皆偃息，唯我獨從戎。"

第二十二，相濫。或名繁說謂一首詩中再度用事，一對之内反覆重論，文繁意疊，故名相濫。犯詩曰："玉繩耿長漢，金波麗碧空，星光暗雲裏，月影碎簾中。"

釋曰："玉繩"者星名，"金波"者月號，上既論訖，下復陳之，甚爲相濫，尤須慎之。

崔氏云："相濫者，謂'形體'、'途道'、'溝淖'、'淖泥'、'巷陌'、'樹木'、'枝條'、'山河'、'水石'、'冠帽'、'襵衣'，如此之等，名曰相濫。上句用'山'，下句用'河'；上句有'形'，下句安'體'；有句有'木'，下句安'條'：如此參差，乃爲善焉。若兩字一處，自是犯焉，非關詩處。或云兩目一處是。"

第二十三，落節。凡詩詠春，即取春之物色；詠秋，即須序秋之事情。或詠今人，或賦古帝，至於雜篇詠，皆須得其深趣，不可失義意。假令黄花未吐，已詠芬芳；青葉莫抽，逆言蓊鬱；或專心詠月，翻寄琴聲；或意論秋，雜陳春事；或無酒而言有酒，無音

而道有音:並是落節。若是長篇托意,不許限。即假作《詠月詩》曰:"玉鉤千丈掛,金波萬里遥。蚌虧輪影滅,蓂落桂陰銷。入風花氣馥,出樹鳥聲嬌。獨使高樓婦,空度可憐宵。"

釋曰:此詩本意詠月,中間論花述鳥,乍讀風花似好,細勘月意有殊,如此之輩,名曰落節。

又《詠春詩》曰;"何處覓消愁? 春園可暫遊。菊黄堪泛酒,梅紅可插頭。"

釋曰:菊黄泛酒,宜在九月,不合春日陳之;或在清朝,翻言朗夜,並是落節。

第二十四,雜亂。凡詩發首誠難,落句不易。或有制者,應作詩頭,勒爲詩尾;應可施後,翻使居前。故曰雜亂。假作《憶友詩》曰,"思君不可見,徒令年鬢秋。獨驚積寒暑,迢遞阻風牛,粤余慕樵隱,蕭然重一丘。"

釋曰:"粤余"一對,合在句端;"思君"一對,合居篇末。然則篇章之内,義别爲科,先後無差,文理俱暢;混而不别,故名雜亂。

第二十五,文贅。或名涉俗病凡五言詩,一字文贅,則衆巧皆除;片語落嫌,則人競褒貶。今作者或不經雕匠,未被揣磨,輒述拙成,多致紕繆。雖理義不失,而文不清新;或用事合同,而辭有利鈍。即假作《秋詩》曰:"熠耀庭中度,蟋蟀傍窗吟。條間垂白露,菊上帶黄金。"

釋曰:此詩據理,大體得通。然"庭中"、"傍窗",流俗已甚;"黄金"、"白露",語質無佳;凡此之流,名曰文贅。

又《詠秋詩》曰:"熠耀流寒火,蟋蟀動秋音。凝露如懸玉,攢菊似披金。"此則無贅也又曰:"渭濱迎宰相。"官之宰相,即是涉俗流之語,是其病又曰:"樹蔭逢歇馬,魚潭見洗船。"又曰:"隔花遥勸酒,就水更移床。"是則俗巧弱弊之過也

第二十六,相反,謂詞理别舉是也。詩曰:"晴雲開極野,積霧掩長洲。"上句既叙"晴雲",下句不宜"霧掩",不順理耳。

第二十七,相重,謂意義重疊是也。或名枝指也。詩曰:"驅馬清渭濱,飛鑣犯夕塵。川波張遠蓋,山日下遥輪。柳葉眉行盡,桃花騎轉新。"已上有"驅引"、"飛鑣",下又"桃花騎",是相重病也又曰:"游雁比翼翔,飛鴻知接翮。"

第二十八,駢拇者,所謂兩句中道物無差,名曰駢拇。如庾信詩曰:"兩戍俱臨水,雙城共夾河。"此之謂也。(以上西卷)

論對屬(節録)

凡爲文章,皆須對屬;誠以事不孤立,必有配疋而成。至若上與下,尊與卑,有

與無，同與異，去與來，虚與實，出與入，是與非，賢與愚，悲與樂，明與暗，濁與清，存與亡，進與退：如此等狀，名爲反對者也。事義各相反，故以名焉除此以外，並須以類對之：一二三四，數之類也；東西南北，方之類也；青赤玄黄，色之類也；風雪霜露，氣之類也；鳥獸草木，物之類也；耳目手足，形之類也；道德仁義，行之類也；唐、虞、夏、商，世之類也；王侯公卿，位之類也。及於偶語重言，雙聲疊韻，事類甚衆，不可備叙。（北卷）

〔日本〕齋藤拙堂

齋藤拙堂（1797—1865）名正謙，字有終，號拙堂，又號鐵研道人，通稱德藏，致仕後稱拙翁。拙堂本姓增村，因出嗣齋藤氏，故改姓齋藤。早期曾肄業於江户最高學府"昌平書院"。從古賀精里研習朱子學。1820年津地藩主藤堂高衰創建藩校"有造館"，拙堂入館任教職，遂舉家移居伊勢國之津市。新藩主繼位，調任侍讀郎。游京都，結識了當時著名的學者賴山陽，深相器重。1842年轉任郡宰，1844年任督學。在職期間，勤奮將事，政績斐然。常扈從藩主往來於江户（日本東京）、津地（日本今津市）之間，所到之處振興文教，提倡風雅，以此蜚聲文壇。其《拙堂文話》專就中日古今文人學士所寫文章進行評論，有許多精彩而有創見的見解，代表了江户時代漢文學文論的最高成就，也是中日文化交流的重要成果。

本書資料據王水照編《歷代文話》本《拙堂文話》、《拙堂續文話》。

《拙堂文話》（節録）

詩本文中一體耳，故古與《書》、《易》並立爲經。至昭明之選，猶收在文中。少陵云"與汝細論文"，昌黎云"李杜文章在"，皆謂詩也。至近體之盛行，詩文始分爲二派。近體之詩，韵必限一，句必限四若八，字必限五若七，約束嚴整，不能自肆。然不免爲文中一藝，猶四六之於文，詩餘之於詩也。至古詩，直文而已。言其押韻，則古書之文比比有之，非獨詩也。但以其咏歌之體，遣詞措語稍不得同耳。（卷一）

《拙堂續文話》（節録）

文章之體至唐宋而大備矣。間又有至於近世而定者，學者不可不遍觀取則也。彼侈口談秦漢者，豈識體裁哉？清人劉開云："文莫盛於西漢。而漢人所謂文，但有奏對封事，皆告君之體耳。書序雖有，不多見。至昌黎始工爲贈送碑志之文，柳州始創爲山水雜記之體，廬陵始專精於叙事，眉山始窮力策論，序經以臨川爲優，記學以南豐稱首。故文之義法至《史》、《漢》而已備，文之體制至八家而乃全。學者必先從事於此，而後有成法之可循。"此言信矣。

論辨書序爲議論文，記傳碑志爲叙事文，不可相亂。而傳之與志，簡之與書，本爲一類，亦不可相亂。善讀名家文，審考體裁，則知之矣。若鹵莽讀之，滅裂爲之，書乃爲簡，傳乃爲志，不免失體。文體之不可不明辨如是。

吴訥《文章辨體》、徐師曾《文體明辨》，並論文章體制，大有補於學者。近世魏勺庭文集，各部有《引》論其體式，亦皆得要。學者先讀二書，次及勺庭集，而後作文，庶其不差矣。

余嘗録文，分序引爲二。或人非之，蓋其説據陸遊《老學庵筆記》云："蘇東坡祖名序，故爲人作序皆用叙字。又以爲未安，遂改作引。"余殊不謂然。按《韵會》諸書叙序相通，而古本《論語集解》序作叙。引亦唐人既有之，如柳宗元《霹靂琴贊引》，稍異於序體。因撿徐師曾《文體明辨》，亦別立引部云："大略如序，而稍爲簡短，蓋序之濫觴也。若其名引之義，難妄臆説，俟博覽者詳焉。"於是果知陸氏之失考。

壽序昉於宋季，至明始盛，《震川集》殆八十首。其《朱君顧孺人雙壽序》云："吾鄉之俗五十而稱壽，自是率加十年而爲壽。"然則當時五十以下未有祝壽之例也。至清人，則四十、三十皆有壽序。以父師壽諸子門人，嫌近輕薄，且祝壽之言本難工易俗。然其例既立，自有體制。且我邦每事後於西土，獨祝壽之禮先於西土數百年，且以四十爲壽之始。其爲國故也尚矣，亦事之弗可廢者也。

書體敷陳明白，辨難懇到，盡其委曲之意。故徐師曾曰："書者，舒也。舒布其言，而陳之簡牘也。"但其與簡牘之别，魏勺庭《手簡引》辨之曰："書與簡一也。吾聞古者史官大事書之策，小事載之簡牘，是亦有繁簡大小之别焉。後世尺牘短篇遂成一家之學。故喻理事，别是非，其取舍與書同。山水花月、飲酒期約饋問之細，寥寥數言，情致足録，此其異於書也。然簡亦有長言者，要之率意應手取足，寫其胸中所欲，非必開闔起伏、斐然成一篇之格調也。"

余嘗謂詩文本非兩途，詩特文中一體耳。至近體之行，始與文判矣，亦未曾不同也。屬者讀清韓菼《有懷堂集》，有先獲我心者。其《松吟堂集序》云："文章之道無有二也，蓋詩與筆之分自六朝始。古《詩三百篇》，章無擇多少，句無論短長，道情而已，豈有聲律之限，是詩而筆也。古文皆足與詩相發明，且多韻語。《易》辭韵最古，《尚書》《禹謨》、《益稷》間有韵，《五子之歌》、《洪範》之敷言，皆韻。《左氏傳》亦多人童謡輿頌，與《易》繇辭，是筆而詩也。《離騷》爲詩之變，何嘗非古文。莊子之文最奇矣，中間語多可詩也。自沈約譜四聲，别自專家。而任昉以沈詩任筆之目，終身病之，欲爲詩以傾沈而不能。爾後學者頗區爲二門，失本趣矣。"又《陳山堂文序》云："蓋詩、古文無二道。《易》、《書》多韻語，如箴如銘；諸子百家之文皆然。而《詩三百篇》亦如《春秋》之微而顯、婉而辨也。《雅》、《頌》中長篇鋪陳，直如序如記。古人之於辭無不工，蓋左右逢其原矣。後乃有各得其一體者，特局於才分之所至，而非道之有岐也。"

《易》象彖雜卦等篇全用韻。《書·虞書》、《洪範》，《戴記·禮運》、《孔子閑居》等篇，間用韻。《左氏傳》語似銘似謡者尤多。雖諸子亦然。此以詩爲文者也。夫詩可以爲文，於是知詩爲文中一體無疑焉。蓋詩創於皋陶賡歌，今觀其詞爲詩可，爲文亦可。至古《詩三百篇》亦然。

《離騷》及漢魏樂府，句不必拘字數。至唐李太白好用長短句，如其《蜀道難》、《遠别離》等篇，則詩而文矣。

銘贊文而似詩，騷賦詩而似文，統而言之皆文耳。

少陵《北征》、昌黎《南山》，首尾開闢，頓挫抑揚，布置有叙而弗紊，直爲一篇紀事可矣，爲一首遊記可矣。其他長篇亦皆莫不然，如樂天《長恨歌》、《琵琶行》，亦可爲一篇傳奇也。

詩與文雖同源，而流派則别，猶文中有論策，有序記，各各不同，若混而同之，乃爲失體。趙飴山《談龍録》載昆山吴脩齡之言曰："意喻之米，文則炊而爲飯，詩則釀而爲酒。飯不變米形，酒則變盡。噉飯則飽，飲酒則醉。醉則憂者以樂，喜者以悲，有不知其所以然者。如《凱風》、《小弁》之意，斷不可以文章之道平直出之也。"至乎言也。

古人作文，先辨體制，次講稱謂。世人率不加意於此，亡論體制，至於稱謂尤多繆濫，所以不及古人。宋元以來彼士亦多杜撰，每爲識者所嗤。於是有潘蒼崖《金石例》、王止仲《金石舉例》、黄梨洲《金石要例》，前後繼出，以糾正之。近日又有梁廷枏《金石稱例》、梁玉繩《誌銘廣例》，搜羅殆遍，學文者當首讀之。（以上卷二）

图书在版编目（CIP）数据

中国古代文体学.附卷5,近现代文体资料集成/曾枣庄著.—上海：上海人民出版社：上海书店出版社，2012

ISBN 978-7-208-11116-5

Ⅰ.①中… Ⅱ.①曾… Ⅲ.①古典文学-文体论-资料-汇编-中国-近现代 Ⅳ.①I206.2

中国版本图书馆CIP数据核字(2012)第266701号

出版策划 王为松 许仲毅
责任编辑 孙 莺 田芳园 邹 烨
特约编审 钱玉林 罗 湘
封面设计 王小阳
技术编辑 伍贻晴

中国古代文体学

——附卷5,近现代文体资料集成

曾枣庄 著

世纪出版集团
上海人民出版社
上海书店出版社 出版

（200001 上海福建中路193号 www.ewen.cc）

世纪出版集团发行中心发行

浙江新华数码印务有限公司印刷

开本720×1000 1/16 印张399 插页42 字数6,042,000

2012年12月第1版 2012年12月第1次印刷

ISBN 978-7-208-11116-5/I·1074

定价 1500.00元

（全七册）